ULRICH HEFNER

DER TOD KOMMT IN SCHWARZ-LILA

INSELKRIMI

LEDA

Rot ist die Liebe,
Die Hoffnung ist grün,
weiß ist die Unschuld –

doch der Tod, der Tod kommt in
Schwarz-Lila

Vielen Dank, Benno.
Dein Vertrauen hat mich bestärkt.

Aktenzeichen: 2000-Tr./6

Ulrich Hefner

Der Tod kommt in Schwarz-Lila

LEDA

»... eines der interessantesten und vielversprechendsten Krimi-Debüts des Jahres. ... Ulrich Hefner, selbst Polizist, weiß wovon er schreibt. Und er tut dies detailliert, ohne zu langweilen. Spannend, ohne zu übertreiben. Deutlich, ohne sich an Gewaltorgien zu ereifern. Einfühlsam, ohne ins Kitschige abzurutschen. Ulrich Hefner hat mit »Der Tod kommt in Schwarz-Lila« mit Sicherheit auch den besseren Polizeiroman abgeliefert als Mankell mit seinen Wallander-Krimis. Weniger spektakulär, sicherlich näher an der Realität und immer viel strenger am Plot. Nicht vermessen kann man behaupten: Ulrich Hefner ist der bessere Mankell und Martin Trevisan der bessere Kurt Wallander.« *krimi-couch.de*

»Ulrich Hefner erzählt atmosphärisch dicht und ist ein ausgezeichneter Beobachter. Ob der Brutplatz von Austernfischer, ein Fischkutter auf hoher See oder das Haus eines Kapitäns, detailgetreu nimmt Hefner den Leser mit in die Umgebung seiner Figuren ohne jedoch zu langweilen. Aber er schildert auch einfühlsam und mit einer bedrückenden Authentizität die Lebensrealität eines Serienmörders, ohne die Schicksale der Opfer vergessen zu lassen.« *amazon.de*

Ulrich Hefner:
Der Tod kommt in Schwarz-Lila
Inselkrimi

1. Auflage 2007
2. Auflage 2010

ISBN 13: 978-3-939689-04-1

info@leda-verlag.de
www.leda-verlag.de

Satz: Heike Gerdes
Lektorat: Maeve Carels
Titelillustrationen:Andreas Herrmann
Druck und Gesamtherstellung: Aalexx Buchproduktion GmbH, Großburgwedel

Westlich von Wangerooge

Sanft rollten die Wellen der Nordsee gegen den Rumpf des alten Kutters. Die Positionslichter schimmerten über das gekräuselte Wasser. Kein Schiff kreuzte ihren Kurs. Die Nordsee zeigte ihre angenehme Seite. Ein leichter Westwind umschmeichelte die schweißnassen Gesichter der Fischer und blies ihnen salzige Luft in die Nasen. Säuberlich aufgereiht hingen die Netze über der Reling und warteten auf Beute.

Harte Arbeit lag vor Kapitän Hansen und seinen Männern. Am späten Nachmittag waren sie aufgebrochen und hatten den Hafen verlassen. Der Wetterbericht verhieß zwei gute Tage und diese Zeit galt es zu nutzen. Hier draußen am Borkumgrund westlich von Wangerooge hatten sie vor knapp zwei Wochen schon einmal gefischt. Prall gefüllt hatte die Winsch ihre Netze an Deck gehievt. Noch einmal so einen Fang und sein Schuldenberg wäre um ein Beträchtliches kleiner.

Hansen stand hinter dem Ruder und blickte hinaus auf die weite See. In der mondlosen Nacht konnte er den Horizont nur erahnen. Achtern warnte ein Leuchtfeuer vor gefährlichen Untiefen. Er wusste genau, wo er sich befand. Seit über dreißig Jahren kreuzte er in diesen Gewässern. Er kannte die Tücken der Nordsee. Gerade bei Neumond galt es besonders wachsam zu sein. Innerhalb kürzester Zeit konnten sich die sanft spielenden Wellen in tobende und alles verschlingende Gischt verwandeln. Erst wenn das Wasser vom Nordmeer in das schmale Nordseebecken eingelaufen war, konnte er sicher sein, dass es bei einer ruhigen See blieb.

So nahe am Wangerooger Fahrwasser war es immer ratsam, einen Blick auf das Radar zu werfen. Doch der Schirm flimmerte in beruhigendem Grün. Kein Schiffsverkehr störte ihre Kreise.

Hansen lauschte in die Nacht. Nur das monotone und gutmütige Tuckern des alten Diesels war zu hören. Fast zwanzigtausend Mark hatte die Reparatur des Motors gekostet. Für ihn ein kleines Vermögen.

Er warf einen Blick durch das schmutzige Fensterglas des Ruderhauses und sah Willemsen, der auf dem Vordeck stand und sich eine Zigarette anzündete. Nur noch wenige Minuten bis zum Wendepunkt, dann würde er auf volle Kraft gehen, damit Willemsen und Jan Ekke, der zweite Helfer an Bord, das Fanggeschirr wegfieren konnten. Diese Arbeit bedurfte äußerster Konzentration. Doch Hansen machte sich keine Sorgen. Sie waren ein eingespieltes Team. Jan Ekke Mijboer war zwar erst ein halbes Jahr auf Hansens Boot, hatte aber schon auf anderen Trawlern gearbeitet, bis er für fast ein Jahr ins Gefängnis musste. Er hatte nie ein Geheimnis daraus gemacht. Warum auch? Er war ein junger Mann und hatte für seine Dummheit gebüßt. Er hatte bezahlt. Jeden einzelnen Tag, jede einsame Nacht in einer engen und muffigen Zelle. Weitab von der salzigen Luft, weitab von der Freiheit der See, weitab von seinem Kurs.

Hansen blickte abermals auf den Radarschirm. Was war das? Eine Ortung? Der Schirm war leer. »Vermutlich nur Einbildung«, dachte er und konzentrierte sich wieder auf das Ruder. Er schaute hinaus, doch jetzt war Willemsen plötzlich verschwunden.

»Verdammt, was treiben die beiden da draußen?«, murmelte er. Sein Blick suchte durch die verschmierten Scheiben des Ruderhauses das Vorschiff ab, doch von Willemsen und Jan Ekke fehlte jede Spur. Er drosselte die Maschine und arretierte das Ruder. Mit einem Fluch auf den Lippen ging er nach draußen in die milde Nacht. Der trübe Schein der Bootslichter erhellte nur leidlich das Deck. Hansen umrundete das Ruderhaus und wandte sich nach Steuerbord. Im Vorbeigehen überprüfte er den festen Sitz der Kurrleinen an der Winsch. Was hatten sich die beiden Kerle nur gedacht, kurz vor dem Wendemanöver einfach die Netze zu verlassen?

Als er auf das Heck des Schiffes zuging, hörte er ein schepperndes Geräusch. Er fuhr zusammen und spähte hinaus in die Finsternis. Nichts war zu erkennen. Seit achtundvierzig Jahren fuhr er zur See und war beileibe kein ängstlicher Mensch, dennoch lief ihm ein kalter Schauer über den Rücken.

»Sven, Jan Ekke, verdammt, wo seid ihr?«, rief er in die undurchdringliche Schwärze.

Keine Antwort. Nur das Plätschern der Wellen füllte die Stille. Das Leuchtfeuer von Wangerooge schickte einen gleißend hellen Strahl nach dem anderen über das Wasser und doch wäre Hansen beinahe gestolpert. Auf der Laufplanke lag etwas, das dort nicht hingehörte. Weich und leblos fühlte es sich an, als Hansen mit dem Fuß danach tastete.

»Was zum Teufel ...?« Er bückte sich. Vor ihm lag ein menschlicher Körper. Im vorbeifliegenden Licht erkannte er das Gesicht von Willemsen. Eine dunkel glänzende Spur lief von dessen Kopf zur Reling hinüber und Hansen wusste sofort, dass hier das Leben aus Willemsens Schädel rann. Er beugte sich über den regungslosen Körper. Plötzlich hörte er erneut das ungewöhnliche Geräusch. Hansen fuhr herum. Ein brutaler Schlag gegen seinen Kopf bremste die Bewegung. Schmerzen durchfluteten ihn. Dann tauchte er mitten hinein in ein Meer der Besinnungslosigkeit.

*

Erschöpft legte er den Schreibstift zur Seite. Ein zufriedener Blick huschte über die noch feuchten Zeilen. Er pustete und erst als die Tinte getrocknet war, schloss er das Buch. Andächtig legte er es auf den Altar. Es war ein feierlicher Moment und er genoss jede einzelne Sekunde.

Seit dreizehn Jahren konnte er zum ersten Mal wieder frei atmen. Es war eine Erlösung. Wie ein zentnerschwerer Stein lastete die Schuld der anderen auf seinem Gewissen. Heute hatte er diesen Stein eine kleine Strecke anheben können.

Das bleiche, bläuliche Gesicht tauchte wieder vor seinen Augen auf. Das kleine Gesicht aus der Dunkelheit. Doch diesmal waren die Züge nicht verzerrt, die Augen nicht schreckensstarr auf ihn gerichtet. Diesmal nicht. Im Gegenteil. Ein weiches Lächeln lag auf den Lippen.

Er ging hinüber zum Tisch. Dort lag seine Beute. Der Beweis seiner Aufrichtigkeit. Er hatte sich zurückgeholt, was ihm damals gestohlen worden war. Das Taschentuch war rot.

Er blickte auf seine Armbanduhr. Eine Funkuhr. Sie war teuer gewesen. Lütjens hatte sie ihm damals geschenkt, weil er stets hilfsbereit gewesen war und sich um alles gekümmert hatte.

Auch heute war er hilfsbereit gewesen und heute hatte er sich eine Belohnung verdient: Ruhe.

Er steckte das blutige Taschentuch in seine Jacke und zog sich die Stiefel an. Er war müde, doch er hatte noch etwas zu erledigen, das keinen Aufschub duldete.

Die Tür knarrte, als er hinaus in den Flur ging.

Noch immer herrschte hier ein strenger Brandgeruch. Die verkohlten Balken auf der Südseite der alten Villa hatten den Geruch der Flammen in ihren Poren eingeschlossen und ließen ihn nur zögernd wieder frei. Er hasste diesen Gestank. Als er durch die Hintertür hinaus ins Freie trat, sog er die kühle und salzige Seeluft tief in seine Lungen.

Er ging hinüber zum Schuppen. Es war dunkel, denn Strom gab es hier schon lange nicht mehr. Er öffnete die kleine Tür, doch plötzlich hielt er inne. Die vorwurfsvollen Gesichter kehrten mit lauten Stimmen zurück. Wie ein Sturmgewitter brachen sie über ihn herein, die Schreie hallten in seinen Ohren. Sein Kopf schien platzen zu wollen und seine Hände zitterten.

Warum nur? Er hatte doch getan, was sie von ihm gefordert hatten. Warum ließen sie ihn nicht in Ruhe?

Er sank auf die Knie. Die Schreie wurden greller. Dann kam das andere, das verzerrte, das unnachgiebige und grausame Gesicht aus der Finsternis hervor. Schützend schlug er die Hände vor die Augen. Doch es nutzte nichts. Er konnte dieses Bild nicht vertreiben.

»Vater …nein, nicht …Es ist …es ist nur der Anfang«, stammelte er, doch die Fratze wollte nicht wieder verschwinden. Entkräftet sank er zu Boden. Seine Hände krallten sich in den feinen Sand.

*

Die Schreie der Möwen hallten durch das Morgengrauen. Dicke Wolken hingen über dem Himmel und ein stürmischer Wind blies von Westen her. Als er erwachte, wunderte er sich darüber, dass er im Freien lag. Zusammengekrümmt wie ein Kind im Mutterleib. Er fror. Es war Mai und noch immer wurde es nachts bitterkalt.

Mühsam erhob er sich. Er massierte sich die Starre aus den Gliedern. Sein Kopf schmerzte. Langsam kehrten die

Erinnerungen an die letzte Nacht wieder. Doch es waren nur noch Fragmente, vernebelte Bruchstücke aus einer anderen Welt. Als er den Schuppen betrat, blickte er sich suchend um. Dann fiel ihm wieder ein, warum er hierher gekommen war. Zielstrebig ging er auf den Schrank zu und öffnete ihn. Hier hinein hatte er die kleine Schachtel gelegt. Es war ein Geschenkkarton, bunt gemustert und mit einer roten Schleife auf dem Deckel. Mareike würde das Geschenk gefallen. Damals, zu ihrem siebten Geburtstag, hatte er ihr schon einmal ein kostbares Geschenk gemacht. Mit einem kleinen Ring hatte er sie überrascht. Sie hatte sich sehr darüber gefreut, war aufgesprungen, auf ihn zugestürmt und hatte ihn umarmt und auf die Wange geküsst. Heute hatte er sogar ein viel schöneres Geschenk für sie.

Er holte das blutgetränkte Taschentuch hervor und stopfte es samt Inhalt in die Schachtel. Dann verließ er den Schuppen und ging zurück in das verfallene Haus. Er musste etwas essen. Schließlich lag noch eine schwere Aufgabe vor ihm. Er durfte nicht versagen.

»Träne um Träne, Blut für Blut«, sagte er.

Ein alter und harter Brotkanten war alles, was er fand. Er setzte sich und biss hungrig hinein.

Wangerland Mai 2000

1

Rudolf Gabler stand am Fenster seines Pensionszimmers und schaute auf seine Armbanduhr. Es war kurz nach neun und er wusste, dass er nur noch wenig Zeit hatte. Das Wetter hatte sich geändert. Der Wind hatte zugenommen und peitschte die Wellen heftig gegen das Land. Er griff nach seinem Fotoapparat und überprüfte zum letzten Mal die Batterieanzeige. Zufrieden packte er den Apparat wieder zurück in die Tasche.

Er kannte sich aus mit der Fotografie. Seine Fotos waren keine bloßen Abbildungen der Realität. Die Bilder sollten immer auch seinem künstlerischen Anspruch genügen. Darauf legte er Wert, das war sein Markenzeichen.

Die Fotografie war nur eine seiner Leidenschaften, doch die andere hatte er längst schon vergessen.

Er war alt geworden, die Zeit hatte ihn eingeholt und seine einstmals pechschwarzen und vollen Haare waren jetzt grau und dünn.

Ehe er ins Badezimmer ging, warf er noch einmal einen sorgenvollen Blick nach draußen. Die Dunkelheit legte sich über die Insel und bedeckte das schäumende Wasser der aufbrausenden See. Noch regnete es nicht und er hoffte sehr, dass es in dieser Nacht trocken bleiben würde.

Plötzlich klingelte das Telefon. Gabler erschrak. Eilends lief er hinüber zum Apparat. Wer konnte ihn zu dieser Zeit noch anrufen? Neugierig nahm er den Hörer ab und meldete sich mit einem leisen »Hallo«.

Er erkannte ihre Stimme sofort. »Soll ich Ihnen zwei Brötchen für das Frühstück besorgen?«, fragte Frau Melsung, die Betreiberin der Ferienpension.

Sein Körper entspannte sich. »Nein, danke. Ich muss heute noch einmal hinaus. Es kann sein, dass es den ganzen morgigen Tag dauert, ehe ich zurückkehre.«

Sie sprachen noch eine Weile miteinander, dann verabschiedete er sich.

Er blickte erneut auf die Uhr. Es wurde Zeit. Er nahm seine dicke Windjacke von der Garderobe und zog sich die Gummistiefel an. Dann griff er nach seinem Fernglas und hängte es sich um den Hals. Es war ein exzellentes Glas, bot eine hervorragende Vergrößerung und war extrem lichtstark.

Als er hinaus ins Freie trat, fröstelte er. Der kalte Wind traf ihn mit voller Wucht. Er kniff die Augen zusammen und machte sich auf seinen Weg.

Sein Verleger würde staunen. Ein Foto des seltenen Austernfischers im Morgenlicht wäre eine Bereicherung für den geplanten Bildband. Noch immer war er sich über den Titel des Buches nicht im Klaren, doch darauf kam es auch gar nicht an. Zuerst einmal mussten die Vorarbeiten geleistet werden. Über dreihundert Fotografien lagen zu Hause in der Schublade, unzählige Textseiten hatte er geschrieben, redigiert, verworfen und neu verfasst. Schon sein erstes Werk war ein echter Erfolg in ornithologischen Fachkreisen gewesen.

Er erinnerte sich noch gut an den Tag, als er den Verleger bei einer Ausstellung seiner Fotografien im Rathaus von Wilhelmshaven getroffen hatte. Sie waren ins Gespräch gekommen und der Verleger hatte sich nur lobend über seine Arbeiten geäußert. Er hatte den künstlerischen Wert in Gablers Bildern sofort erkannt und nicht lange gewartet, bis er ihm ein Angebot machte. Für sein Vorhaben suchte er noch einen Fotografen, dessen Werke eine unverwechselbare Ausstrahlung besaßen. Kunstwerke, die voller Ästhetik und Anmut die Schönheit der Vogelwelt darstellten. Rudolf Gabler hatte diese seltene Gabe. Der Vorschlag des Verlegers war mehr als akzeptabel und so unterschrieb Gabler den Vertrag. Ein paar Tage später war er auf Kosten des Verlages in den Schwarzwald gereist, um seinen ersten Auftrag zu erfüllen.

Es hatte damals gut getan, nach all der verlorenen Zeit wieder eine echte Aufgabe gefunden zu haben. Seit seiner unrühmlichen Entlassung vor sieben Jahren hatte er sich nicht mehr so geachtet gefühlt. Er war noch nicht bereit gewesen für die Pensionierung. Der Schulamtsleiter hatte ihm erklärt, dass es das Beste für ihn sei. Er hatte es schließlich eingesehen und schweren Herzens zugestimmt. Die Wochen und Monate zuvor, als er noch voller Kampfeskraft gewesen war und die Herausforderung annehmen wollte, waren nicht spurlos an ihm vorübergegangen. Jeder neue Tag in der Schule kam einem Spießrutenlauf gleich und jedes neue Wortgefecht mit seinen Vorgesetzten ähnelte einem Kampf gegen Windmühlen. Egal was er tat, egal wie er sich verhielt: Er wurde den Makel nicht mehr los. Wenn er das Lehrerzimmer betrat, dann verstummten die Gespräche. Wenn er sich mit seinen Kolleginnen und Kollegen unterhalten wollte, blieb es bei höflichen, aber nichtssagenden Floskeln, ehe sie ihn stehen ließen.

Schließlich hatte er kapituliert, die Flagge gestrichen und war zurück nach Jever gezogen. Er wusste, dass es am Ende nicht mehr darum gegangen war, ob er Schuld auf sein Gewissen geladen hatte; schon der leise Verdacht hatte genügt, ihm das Kainsmal auf die Stirn zu drücken. Sieben Jahre später redete niemand mehr davon. Nur er konnte nicht vergessen.

Er nahm den Weg am Bahnhof entlang. Die letzten Lichter von Wangerooge blieben hinter ihm zurück. Über die südliche Route wanderte er hinaus zu den Ostdünen.

Er liebte die Vögel und wusste, dass er sie bei der Brut nicht stören durfte. Er hatte einen lichtstarken Film eingelegt und würde in seinem Unterstand warten, bis sich die Gelegenheit ergab. Bei Tagesanbruch waren die Tiere am aktivsten. Ein schwebender Austernfischer und im Hintergrund nur die stürmischen Wolken des Küstenlandes, das wäre eine Aufnahme, wie er sie sich vorstellte. Trotz aller Geduld, die er brauchte, wusste er, dass er schnell handeln musste. Oft genug spielte das Wetter an der Nordsee Kapriolen. Gestern war es noch mild und trocken gewesen. Und heute? Für alle Fälle hatte er seinen Blitz aufgeladen.

Als Rudolf Gabler am Rollfeld des Flugplatzes vorüberging, begegnete ihm ein Pärchen, das in dieser stürmischen Nacht ebenfalls die Ruhe und Abgeschiedenheit des Ostteils der Insel suchte. Der sandige Weg beschrieb einen Linksbogen. Mittlerweile war es dunkel geworden. Gabler holte seine Taschenlampe hervor und richtete den hellen Lichtstrahl auf den

Weg. Der Sand glitzerte. Dünen umgaben ihn. Drei Kilometer hatte er bereits zurückgelegt, er war das Wandern gewohnt. Es strengte ihn überhaupt nicht an. Er war fünfundsechzig und fühlte sich noch lange nicht alt, auch wenn ihm sein Spiegelbild oft genug das Gegenteil beweisen wollte.

Freunde aus vergangenen Tagen hatte er keine mehr. Sie wollten nichts mehr mit ihm zu tun haben. Seine Frau war schon lange tot und Kinder hatte sie ihm nie geschenkt. Sie hatte nie diesen innigen Kinderwunsch in sich getragen, so wie er es von anderen Frauen kannte.

Seit über einem halben Jahr war er nicht mehr an ihrem Grab gewesen. Er schämte sich dafür. Andererseits war es gut, dass sie nicht mehr miterleben musste, welchen Streich ihm das Leben gespielt hatte. Seine Frau war immer zart und zerbrechlich gewesen. Sie wäre daran zugrunde gegangen.

Er war alleine mit seinen düsteren Gedanken, mit sich, mit dem Wind und den rauschenden und tobenden Wellen der Nordsee. Die Luft schmeckte frisch und er spürte einen salzigen Belag auf seinen Lippen.

Kurz hinter der Weggabelung zweigte ein Trampelpfad ab und führte mitten hinein in die Dünenlandschaft Wangerooges. Hier hatte er gestern bei Tageslicht den Weg verlassen, um nach dem Gelege eines Austernfischers zu suchen. Vorsichtig war er einige Meter weit durch die Dünen gegangen und plötzlich auf brütende Vögel gestoßen. Zuerst hatte er angenommen, die Brutstätten einiger Silbermöwen ausgemacht zu haben, doch dann hatte sein Blick das schwarz-weiß gefleckte Gefieder eines Vogels gestreift, der sich tief ins Gras duckte. Ein langer, gelber Schnabel und kleine, rote Augenpunkte, die nervös hin und her flogen. Sieben Gelege hatte er am Ende gezählt.

Doch die Einstellungen hatten ihm noch nicht zugesagt. Die Vögel saßen träge auf ihren Nestern. So hatte er beschlossen, den kommenden Morgen zu nutzen. Er hatte ein Nest ausgewählt, das im Schatten einer Düne lag. Eine ganz besondere Einstellung, wie er fand. In der Nähe hatte er sich mit einem Tarnnetz einen kleinen Unterstand gebaut. Dann war er einige Zeit geblieben. Die Vögel sollten sich an seine Anwesenheit gewöhnen. Am Nachmittag war er zurückgegangen, hatte sich hingelegt und vier Stunden geschlafen. Er wusste, dass es lange dauern konnte, bis er zufrieden war. Rudolf Gabler war ein Perfektionist. Er wusste genau, was er wollte, und war nicht bereit, auch nur einen Zentimeter davon abzuweichen. So war es eigentlich immer gewesen.

Damals, als er die neunte Klasse in Schortens übernommen hatte, war dieser Perfektionismus wohl auch einer seiner Angriffspunkte gewesen. Mit Schrecken dachte er an die Zeit zurück. Diese kleine durchtriebene Göre hatte es aber auch auf die Spitze getrieben. Ihm war die Hand einfach ausgerutscht. Er hatte sich nicht mehr unter Kontrolle gehabt. Und alles nur, weil sie beinahe durchgefallen wäre. Er hatte es immer gesagt: Die Welt war schlecht, die Menschen waren schlecht und auch die Jugend wurde immer schlechter. Und er wusste, wovon er sprach, schließlich war er vom Fach.

Seine Frau hatte immer nur den Kopf geschüttelt, wenn er so redete. Sie wusste es vielleicht nicht besser. Sie hatte es immer nur mit den Jüngsten zu tun gehabt. Sechs- bis Achtjährige. Die waren noch leicht zu bändigen. Waren noch wirkliche Kinder, Kinder mit großen Augen und kleinen Stupsnasen. Er hingegen unterrichtete ältere. Dreizehn, vierzehn, manchmal sogar schon sechzehn Jahre alt. Sie ahnte ja gar nicht, welche Gemeinheiten diese Teufel in ihren Köpfen ausbrüteten.

Seine Frau hatte einen leichten Tod gehabt. Früh morgens hatte er sie leblos im Bett gefunden. Ihr Gesicht war blau und auf ihren Lippen lag ein Lächeln. Der Tod war über sie gekommen, als er neben ihr friedlich geschlafen hatte. Sie hatte schon immer Probleme mit dem Herzen gehabt und Anfang der Woche hatten ihr Brustkorb und ihr linker Arm geschmerzt.

»Wenn es am Montag noch nicht besser ist, dann gehe ich zum Arzt«, hatte sie noch am Sonntagmorgen gesagt. Doch den Montag hatte sie nicht mehr erlebt.

Er hatte sie gewarnt. Mit Schmerzen im Brustkorb spaßt man nicht, hatte er zu ihr gesagt, doch sie hatte alle Warnungen in den Wind geschlagen. Sie war gerade mal dreiundfünfzig, als sie starb. Er hatte nicht einmal einen Sohn oder eine Tochter, mit denen er seinen Schmerz teilen konnte. Er ertrug ihn alleine.

»Es ist schon klar, wenn man in einem gewissen Alter ist, noch nicht zum alten Eisen gehört und einem die Frau so früh wegstirbt, dann kann es passieren, dass man die Orientierung verliert«, hatte ihm der Polizist damals auf dem Revier gesagt. Doch Rudolf Gabler hatte genau gewusst, welche Antwort der Kommissar erwartete. Er wollte ihm eine Brücke bauen, den verständigen Freund und Partner, vielleicht sogar den Leidensgenossen spielen, doch Rudolf Gabler war nicht darauf eingegangen. Er hatte geschwiegen. Schuld, wer ist schon frei von Schuld?

Er war kurz vor seinem Ziel. Er verharrte und holte den Fotoapparat hervor. Alles musste vorbereitet sein. Keine unnötige Bewegung in ihrer Nähe. Sie sollten sich den Rest der Nacht an ihn gewöhnen, damit sie sich im ersten Morgenlicht so unbefangen verhielten, wie es nur möglich war. Er schaute auf seine Kamera. Das Display stand auf 13. Er blickte zum Himmel, dann holte er das Blitzgerät hervor und steckte es auf. Er hoffte, dass er es nicht brauchen würde, doch die schweren Wolken am Himmel und der stürmische Wind verhießen nichts Gutes. Er hatte nur noch den morgigen Tag.

Gabler ging vorsichtig weiter. Der Unterstand war nicht mehr weit entfernt, doch jedes Geräusch, jede Unvorsichtigkeit konnte ihn um die Früchte seiner Arbeit bringen. Er lauschte in die Nacht. Sie waren nah.

Plötzlich zerriss ein gequälter Schrei die Stille. Ein paar Vögel flatterten vor ihm auf und verschwanden in der Dunkelheit. Gabler fuhr der Schreck in die Glieder. Was war das?

Nichts war mehr zu hören. Hatten ihm seine Sinne einen Streich gespielt? Nein, die Vögel waren bestimmt nicht grundlos aufgeflogen. Gabler wandte sich um. Seine Finger umschlossen den Fotoapparat. Der Wind wehte ein leises Wimmern zu ihm herüber. Es war gespenstisch.

»Vielleicht ein Heuler«, beruhigte er seine angespannten Nerven, als er über die Düne stieg. Ein unvorsichtiger Schritt, und er strauchelte. Lang gestreckt fiel er in den weichen Sand. Die Taschenlampe stieß dumpf gegen seine Kamera.

Leise zerbiss er einen Fluch auf den Lippen. Er raffte sich auf und griff nach der Lampe. Das Wimmern war verstummt. Er klopfte sich den Sand von der Jacke, dann ging er zögernd weiter. Das östliche Ende der Insel lag schon vor ihm. Ein weiterer Sandhügel versperrte seinen Weg. Er erklomm den Gipfel und suchte die Umgebung mit der Taschenlampe ab. Plötzlich sah er einen Schatten. Direkt vor ihm tauchte er auf. Unmenschlich. Der Schatten sprang auf ihn zu. Bedrohlich.

Vor Schreck ließ Gabler die Lampe fallen. »Oh Gott, nein ...!« Er riss die Hände in die Höhe und bekam den Schatten zu fassen. Hart und kühl fühlte er sich an. Dann spürte Gabler nur noch einen rasenden Schmerz. Ein greller Blitz durchzuckte die Nacht. Er wollte schreien, doch er bekam keinen Ton heraus. Etwas hatte ihm die Worte in der Kehle zerschnitten.

*

Er raffte die wenigen Habseligkeiten zusammen und warf sie hinter die Düne. Schweiß lief ihm über die Stirn. Ströme vom Schweiß der Angst. Dann ging er hinunter zum Wasser. Die Insel schwächte die Wucht der Wellen, dennoch schaukelte das kleine Boot wie eine Nussschale hin und her. Er stieg ein und warf einen letzten Blick zurück. Dann startete er den Motor und brauste davon. Es war noch Zeit, dreieinhalb Stunden bis zur Ebbe.

2

»Du bist gemein, alle dürfen mit. Nur ich bekomme wieder alles verboten!« Paula rannte aus dem Zimmer. Mit einem lauten Knall fiel die Tür ins Schloss.

Trevisan schüttelte den Kopf. Wenn sie sich ärgerte, benahm sie sich genauso wie ihre Mutter. Er hatte es sich einfacher vorgestellt, mit seiner Tochter zusammenzuleben. In letzter Zeit war sie besonders zickig und abweisend gewesen. Er versuchte, ihre Launen und Stimmungsschwankungen auf die leichte Schulter zu nehmen. Aber den Ausflug konnte er ihr nicht gestatten. Paula war erst vierzehn und er konnte nicht zulassen, dass sie sich mit ihren Freunden vier Tage mit dem Boot im Wattenmeer herumtrieb. So eine verrückte Idee.

Trevisan schlug seine Zeitung auf. Gedankenverloren überflog er die Überschriften. Der Streit mit seiner Tochter ging ihm nicht aus dem Kopf. Damals, als Grit nach der Scheidung das Angebot einer Kieler Fährgesellschaft annahm, hatte sie Paula zu ihm gebracht. »Es ist nur vorübergehend. So lange, bis ich etwas Passendes gefunden habe. Dann kann sie wieder bei mir wohnen.«

Zwei Jahre waren inzwischen vergangen. Mittlerweile war keine Rede mehr davon, dass Paula nach Kiel zurückkehren sollte. Sie selbst hatte beschlossen, bei ihm in Sande zu bleiben. Und Trevisan hatte zähneknirschend zugestimmt. Nicht, dass er seine Tochter nicht liebte. Aber er wollte die Liebe zu seinem Kind nicht durch die Spannungen des alltäglichen Lebens eines Kriminalbeamten belasten. Und in seinem Job sah er, wie Kinder auf die schiefe Bahn gerieten und keinen Weg mehr zurück fanden, wenn ihnen die moralische Führung fehlte. Er hatte ein wenig Angst vor der Verantwortung.

Andererseits wollte er Paula ersparen, ein Spielball von Grits Launen zu werden. Immer hin und her geschoben, so wie es Grit passte.

Wenn es auch nicht leicht war, er hatte seine Linie gefunden und wich nicht davon ab. Auch wenn ihm Paula jetzt vorwarf, ihre Freiheiten zu beschneiden und überängstlich zu reagieren: Er konnte ihr die Tour nicht erlauben.

Trevisan faltete die Zeitung zusammen und warf sie zurück auf den Tisch. Seine Aktien hatten erneut nachgegeben und Werder Bremen hatte knapp mit 1:2 gegen Bayern München verloren. Früher hatte er kein Spiel seines Lieblingsvereins verpasst, aber nachdem er Leiter des 1. Fachkommissariats bei der Wilhelmshavener Kriminalpolizei geworden war und vor vier Jahren das kleine Reihenhaus in Sande gekauft hatte, fand er selten Gelegenheit, zum Fußball zu gehen.

Er ging hinüber zum Fenster und warf einen Blick hinaus. Vor zwei Wochen hatte er den Rasen gemäht, doch davon war kaum noch etwas zu erkennen. Er würde sich wieder etwas mehr Zeit für den Garten nehmen müssen. Noch immer lagen die Steinplatten für die Erweiterung der Terrasse zusammengeschnürt auf der Palette.

*

Horst Brinkmann genoss die Zeit, die er im Frühjahr auf Wangerooge zubringen konnte. Jedes Jahr verschlug es ihn auf diese Insel. Der Stress, dem er als Fluglotse jeden Tag ausgesetzt war, fiel nach wenigen Tagen wie lästiger Schorf von ihm ab und die würzige Seeluft machte seinen Kopf frei und beflügelte die Sinne.

Brinkmann war ein naturverbundener Mensch. Er liebte die Spaziergänge im Frühjahr, wenn sich noch keine Touristenströme durch die Dünen drängten. In der idyllischen Einsamkeit fühlte er sich wohl.

Nach dem Mittagessen in der Pension war er aufgebrochen. Heute führte ihn sein Weg hinüber in den Osten der Insel, in die sandige Dünenlandschaft. Als er sich dem Strand näherte, hörte er schon von weitem das wilde Geschrei der Möwen. »Was für ein Spektakel!«

Unzählige Vögel flatterten durch die Lüfte, stießen auf den Boden herab und stiegen rasant wieder auf. Andere ließen sich auf einem Dünenkamm nieder und beharkten sich mit den scharfen Schnäbeln. Brinkmann wusste nicht viel über das Verhalten der Vögel. Aber das aufgeregte Gehabe der Tiere konnte nur eines bedeuten. »Da habt ihr aber einen echten Leckerbissen gefunden«, murmelte er den Möwen zu. Die ließen sich nicht von ihm stören. Sie flogen nicht einmal auf, als er nur noch wenige Meter von ihnen entfernt war. Ihr ganzes Interesse galt dem Aas, auf das sie sich wieder und immer wieder stürzten.

Ein verendeter Heuler, eine Robbe vielleicht, bei der großen Anzahl der Vögel musste es schon ein großes Stück Fleisch sein. Brinkmanns Interesse war geweckt. Die frechen Biester ließen sich nicht so leicht verscheuchen. Er war nur noch wenige Schritte von der unüberschaubaren Zahl der Streithähne entfernt. Ihre ausgebreiteten Flügel versperrten ihm den Blick auf die Beute. Mit einer heftigen Bewegung gelang es Brinkmann schließlich, ein paar der Tiere zu verscheuchen, um das Aas in Augenschein zu nehmen.

Eine Beute mit Armen und Beinen.

Brinkmann stolperte und stürzte in den Sand. Hastig rappelte er sich wieder auf. So schnell ihn seine Beine trugen, rannte er zurück ins Dorf. Kraftlos und schweißnass hämmerte er an die erstbeste Tür. Eine alte Frau öffnete zögernd.

»Wo ist das Telefon ...schnell, das Telefon!« Er schlängelte sich an der Frau vorbei in den Flur.

Verängstigt schaute sie ihm nach und wähnte sich schon als Opfer eines Überfalls. Horst Brinkmann blickte sich suchend um und fand endlich einen altertümlichen Apparat auf einer kleinen Wandkonsole. Er stürzte darauf zu und riss den Hörer ans Ohr. Mit zitternden Fingern wählte er die Nummer der Polizei.

*

»Ich kann einfach nicht anders«, sagte Martin Trevisan ärgerlich und presste den Telefonhörer an sein Ohr. »Sie ist noch viel zu jung dafür. Und davon mal abgesehen, ist eine Bootstour auf der Nordsee auch nicht gerade ungefährlich. Was ist, wenn sie in schwere See kommen? Der junge Altermann hat zwar einen Bootsführerschein, aber es fehlt ihm noch an jeglicher Erfahrung. Ich verstehe gar nicht, dass seine Eltern so verantwortungslos sein können und diesen Unsinn auch noch erlauben.«

»Ich werde mit ihr reden. Ich komme morgen Mittag zu

euch rüber«, antwortete Angela verständnisvoll.

Trevisans Ärger verflog. »Dann bring deine Zahnbürste und den Pyjama mit. Ich lade dich zum Frühstück ein.«

»Also gut, dann bis morgen!« Sie verabschiedete sich.

Trevisan blickte nachdenklich auf das Bild an der Wand. Ein Bild von seiner Tochter und ihm.

Konnte Angela an die Stelle der Mutter treten? Würde er nach all den negativen Erlebnissen mit Grit jemals wieder mit einer Frau zusammenleben wollen? Jetzt, wo er sich an seine Freiheit gewöhnt hatte?

Er hatte Angela vor knapp einem Jahr auf der Geburtstagsfeier eines Kollegen kennen gelernt. Sie war eine hübsche und selbstbewusste Frau und ebenfalls geschieden. Sie hatten sich an diesem Abend lange unterhalten. Tags darauf hatten sie den Nachmittag miteinander verbracht. Beide spürten eine tiefe Zuneigung füreinander. Sie sagte ihm, dass sie ihre Freiheit erst wieder aufgeben würde, wenn sie sich absolut sicher sein konnte, dass es der Kerl auch wert war.

Mittlerweile war sich Trevisan klar darüber, dass er sie liebte. Wenn sie beisammen waren oder auch nur miteinander telefonierten, dann spürte er wieder dieses Kribbeln im Bauch. Ein Gefühl, das er lange schon verloren gewähnt hatte.

Außerdem verstand sie sich blendend mit Paula. Sie waren Freundinnen geworden.

Angela wohnte in Westerwerde und arbeitete als Journalistin bei einem Zeitschriftenverlag. Sie verdiente gut, fuhr einen kleinen Sportwagen und hatte ständig neue Klamotten. Sie war vierzig, doch das sah ihr keiner an.

Unter der Woche telefonierten sie jeden zweiten Tag miteinander und es tat immer gut, ihre Stimme zu hören. Auch heute hatte er zum Telefonhörer gegriffen und ihr von seinen Problemen mit Paula erzählt. Vielleicht gelang es ihr, Paula von diesem unsinnigen Gedanken mit dem Bootsausflug abzubringen.

Wo war Paula überhaupt? Seitdem sie so lautstark das Zimmer verlassen hatte, war sie nicht wieder aufgetaucht. Trevisan ging in den Flur. Hektische Technomusik drang durch das Treppenhaus. Sie war wohl oben in ihrem Zimmer.

Er überlegte, ob er hinaufgehen sollte, um noch einmal mit ihr zu reden, doch er verwarf den Gedanken. Es war besser, etwas Zeit verstreichen zu lassen. Auf weiteren Streit hatte er keine Lust. Morgen war auch noch ein Tag.

Er setzte den Teekessel auf den Herd. Es war kurz vor sechs Uhr. Er öffnete den Kühlschrank. Paula hatte eingekauft. Alles war an seinem Platz. Er griff nach einem Joghurtbecher. Als der Kessel zu pfeifen begann, nahm er ihn von der Platte und goss heißes Wasser in eine Tasse. Just in diesem Augenblick klingelte das Telefon. Wahrscheinlich jemand, der Paula sprechen will, dachte er. Als das Klingeln überhaupt nicht enden wollte, ging er schließlich in den Flur und nahm den Hörer ab.

»Wo bleibst du nur?«, sagte die weibliche Stimme am anderen Ende. »Zuerst führst du Dauergespräche und dann lässt du es einfach durchklingeln.« Seine Kollegin Monika Sander war in der Leitung.

»Ich dachte, es wäre für Paula«, entschuldigte er sich. »Was treibt dich so spät am Abend noch aus dem Haus?«

»Arbeit, was sonst?«, erwiderte Monika.

Trevisan schluckte.

Monika sprach genau das aus, was er befürchtet hatte: »Komm bitte sofort zur Dienststelle, wir haben eine Leiche.«

In der letzten Zeit war es ruhig gewesen. Nur hier und da ein Selbstmord, doch das war meist reine Routine. Das letzte Tötungsdelikt hatte es vor einem Dreivierteljahr gegeben. Und selbst dabei hatte es sich nur um Totschlag gehandelt. Ein Mann hatte im Alkoholrausch seine Frau erschlagen.

»Ich komme sofort, bis gleich!« Trevisan legte auf. Dann ging er hinauf zu Paula. Nun blieb ihm nichts anderes übrig, nun musste er mit ihr sprechen.

3

»Hallo, Martin, wo bleibst du denn?«, begrüßte ihn Monika, als er in ihr Dienstzimmer kam. Er warf ihr einen entschuldigenden Blick zu und strich sich über seine widerspenstigen Haare. Monika Sander war seit zehn Jahren bei der Kripo und Trevisans Stellvertreterin. Sie war verheiratet und hatte zwei Töchter.

»Du siehst etwas mitgenommen aus«, stellte sie fest, nachdem sie ihren Kollegen eingehend gemustert hatte. Er trug wie meistens einen Anzug in gedeckten Farben, korrekt und gepflegt. Aber um die Augen herum zeigte sich Müdigkeit. »Geht es dir gut?«

»Ärger mit Paula und etwas Kopfweh, aber es geht schon.«

Monikas älteste Tochter war im gleichen Alter wie Paula. So wusste sie, wovon Martin Trevisan sprach, als er ihr sein Leid klagte. »Mädchen in diesem Alter sind alle gleich«, kommentierte sie Trevisans Erzählung.

»Was liegt eigentlich an?«, fragte Trevisan nach einem kurzen Moment des Schweigens.

»Eine Leiche, männlich, Alter etwa sechzig, mit durchschnittener Kehle. Das Polizeiboot wird uns rüberbringen. Sie warten schon im Hafen.«

»Eine Wasserleiche?«

»Nein, der Tote liegt auf Wangerooge in den Dünen.«

»Wangerooge?«, sagte er entgeistert. »Auch das noch.« Ausgerechnet der nördlichste Punkt ihres Zuständigkeitsbereichs. Das warf seinen ganzen Plan für das Wochenende über den Haufen. Er blickte auf die Uhr. Es war kurz nach sieben. Er griff nach Monikas Telefon.

»Besetzt. Verdammt, ich habe ihr doch gesagt, dass ich noch anrufe. Immer dasselbe.« Er warf den Hörer zurück auf die Gabel.

Monika schaute ihn fragend an.

»Paula«, sagte er. »Ich dachte, ich bin bis Mitternacht wieder zurück.«

Monika warf ihm einen mitleidigen Blick zu, dann griff sie in ihre Jackentasche und kramte ein Handy hervor. »Versuch es eben später noch mal.«

»Okay, dann los. Wo sind die anderen?«

»Dietmar ist mit Alex und Tina schon aufgebrochen.«

Das Polizeiboot nahm die beiden am Handelshafen an Bord und legte sofort in Richtung Wangerooge ab. Die Überfahrt dauerte knapp zwei Stunden und trotz der relativ ruhigen See war es Trevisan nicht ganz wohl im Magen.

»Vielleicht eine Grippe«, dachte er. Er war froh, als das Boot im kleinen Yachthafen von Wangerooge festmachte. Mit unsicheren Schritten betrat er die Mole. Zum Glück trug er den warmen Trenchcoat über seinem dunklen Einreiher, denn inzwischen war ein kalter Wind aufgekommen, der heftig von Norden über die Insel fegte.

Ein alter Mann, wohl schon an die siebzig, erwartete sie. Er stellte sich als Joost vor und sagte, dass er vom Ortspolizisten den Auftrag habe, die Herren aus Wilhelmshaven an den Fundort der Leiche zu bringen. Sein Blick streifte Monika und eine Spur spitzbübischer Neugier lag in seinen Augen.

»Das ist meine Kollegin, Frau Sander«, stellte Trevisan klar, und ein Lächeln huschte über das Gesicht des Alten.

Joost verbeugte sich. »Entschuldigen Sie, aber Herbst sprach von ein paar Herren. Es ist mir aber ein Vergnügen, eine so hübsche Dame führen zu dürfen.«

Mit dem Schlauchboot setzten sie ihre Fahrt im flachen Küstengewässer fort. Joost lenkte das Boot geschickt durch die Dunkelheit. Schon von weitem sahen sie ein Scheinwerferlicht zwischen den Dünen.

Joost kannte die Insel wie seine Westentasche. Er war auf Wangerooge geboren und hatte hier lange Jahre als Leuchtturmwärter gearbeitet, bis er durch einen Haufen Elektronik ersetzt worden war. Er war zweiundsechzig gewesen, als er in Pension ging. Zwar hatte man ihm auf dem Festland Arbeit in der Verwaltung der Nordsee-Schifffahrtsdirektion angeboten, doch Joost hatte abgelehnt und war auf Wangerooge geblieben. Seitdem führte er Touristen durch das Watt.

*

Lauter Motorenlärm der Generatoren dröhnte durch die Nacht. Mehrere Scheinwerfer erhellten den Tatort. Rotweißes Absperrband surrte wie eine Drachenleine im Wind. Männer in papierenen Overalls waren geschäftig am Werk. Einer suchte den sandigen Boden mit einem Metalldetektor ab. Die Gegend wirkte im Licht der starken Scheinwerfer wie eine Mondlandschaft. Vor dem Absperrband am Rande des Weges lag ein Fahrrad. Zwei Männer standen daneben. Einer von ihnen war Dietmar Petermann, Trevisans Kollege. Der andere trug eine Polizeiuniform. Das musste wohl Herbst, der Ortspolizist, sein.

»Hallo, Dietmar – habt ihr schon etwas?«, schrie Trevisan gegen den Lärm an.

Petermann fuhr herum. »Martin, endlich. Ich dachte schon, ihr kommt nicht mehr.«

»Wir lassen euch doch nicht hängen. Weiß man schon …«

»Sein Name war Rudolf Gabler. Ein Pensionär aus Jever. Der Doktor ist noch mit ihm beschäftigt. Er meint, Mord oder Totschlag, auf keinen Fall Selbstmord. Der Tote hat eine hässliche Wunde am Hals und liegt wohl ein bis zwei Tage. Die Möwen hatten schon ihre Freude an ihm. Allem Anschein nach wurde er hier ermordet.«

»Irgendwelche Spuren?«, fragte Trevisan.

»Kleinschmidt hat seine ganze Crew im Einsatz. Sie suchen noch. Keiner darf bislang zum Tatort, nur der Doktor.«

»Ich kümmere mich mal um den Schreibkram«, sagte Monika, als sie die junge Tina Harloff, das Küken des 1. FK, hinter einer Düne auftauchen sah. Tina hielt eine Kladde in der Hand und kämpfte mit dem Wind um ein Blatt Papier.

Trevisan wandte sich wieder Petermann zu. »Weiß man schon, woher …?«

»Aus Jever, sagte ich doch schon.«

»Nein, ich meine hier auf der Insel.«

»Alex kümmert sich darum. Anscheinend hatte der Tote im Dorf ein Zimmer angemietet. Alex klappert sämtliche Pensionen ab. Eine Vermisstenmeldung liegt nicht vor.«

Trevisan schaute hinüber zu den Dünen. Die Spurensicherung schien mit ihrer Arbeit langsam zum Ende zu kommen.

Kleinschmidt, der Chef der Spurensicherung, kam hinter den Dünen hervor. Er klopfte sich den Sand von der Hose.

»Ist Martin schon da?«, rief er lautstark herüber.

Martin Trevisan trat vor und winkte ihn zu sich heran.

*

Alex Uhlenbruch und der zweite Mann der Wangerooger Polizeistation hatten schon neun Pensionen überprüft. Niemand dort vermisste einen Feriengast. Aber noch waren sie nicht am Ende. In Wangerooge gab es zudem noch genügend Privatunterkünfte. Fast an jedem zweiten Haus hing ein Schild mit der Aufschrift *Ferienwohnung* oder *Zimmer frei*.

Alex schaute auf seine Uhr. Es war kurz nach zehn. Sie standen vor der Tür und blickten auf das hölzerne Schild, das sich im Rhythmus des Windes hin und her wiegte. *Pension Seeblick, Fremdenzimmer mit Frühstück*, stand darauf.

»Hoffentlich ist noch jemand wach.« Alex Uhlenbruch drückte den Klingelknopf.

Es dauerte eine Weile, bis eine ältere Dame mit grauem Haar öffnete. Sie hatte eine gestrickte Stola umgelegt und die Arme vor der Brust verschränkt. Sie fror. Als sie die Uniform des Dorfpolizisten erkannte, der Alex begleitete, erschrak sie. »Ist etwas passiert?«

Alex Uhlenbruch schüttelte den Kopf. »Haben Sie derzeit einen Feriengast?« Er strich sich ungeduldig eine Strähne seiner tiefschwarzen Haare aus der Stirn, die ihm in das sonnengebräunte Gesicht gefallen war.

»Ja«, antwortete sie gedehnt. »Einen Herrn aus Jever. Aber er ist momentan nicht im Haus.«

»Wo ist er denn?«

»Er ist Fotograf. Er ging gestern hinaus in die Dünen und ist bis heute noch nicht zurückgekommen.«

»Und warum haben Sie nicht sofort die Polizei verständigt?«, brauste der Inselpolizist auf.

»Er sagte, er habe etwas zu erledigen und es könne die ganze Nacht und vielleicht auch den nächsten Tag dauern«, antwortete sie eingeschüchtert. »Seit Stunden überlege ich schon, ob ich Sie anrufen soll.«

*

Trevisan schaute sich um. Die Leiche des alten Mannes lag hinter einer Sanddüne und war vom Weg aus nicht zu sehen. Der Tote lag auf dem Rücken. Seine Augenhöhlen waren leer. Tiefe Wunden bedeckten sein Gesicht. Der Hals war auf der rechten Seite nur noch ein Klumpen aus blutigem Gewebe. Der Knochen der Wirbelsäule war fast freigelegt. Neben der Leiche lag eine große Tasche. Filme, mehrere Objektive und sonstiges Zubehör befanden sich darin. Der Fotoapparat lag in der Nähe seiner Beine und sah aus wie ein Teleskop. Ein riesiges Objektiv war aufgeschraubt. Ein Fernglas und eine Taschenlampe lagen im Sand.

»Ich sag dir, es war eine wahre Schufterei, bis wir die Ausrüstung endlich auf die Insel geschafft hatten«, beschwerte sich Kleinschmidt.

Trevisan beugte sich zum Opfer hinab. Vorsichtig begann er die Taschen des Toten zu durchsuchen.

»Wir haben die Taschen schon geleert«, sagte Kleinschmidt. »Ein Taschenmesser, eine Packung Hustenbonbons und eine Brieftasche. Ausweis, Führerschein, Scheckkarte und dreihundertsieben Mark. Wir haben alles in Tüten gepackt.«

Trevisan erhob sich. Ihm war schlecht. Der Anblick von Leichen machte ihm nicht viel aus, sie gehörten zu seinem Beruf. Aber etwas anderes lag in der Luft. Er hatte es schon den ganzen Tag über gespürt. »Weißt du schon, wie es passiert ist?«

»Massiver Angriff mit einem scharfkantigen Gegenstand gegen den Hals. Vermutlich stand er auf der Düne, als er getötet wurde. Er muss nach hinten gefallen sein, denn auf dem Weg gibt es starke Einblutungen im Sand. Anschließend wurde er hierher gebracht. Der oder die Täter haben sich keine besondere Mühe gegeben, die Leiche zu verstecken.«

»Auf Geld oder Wertsachen hatte es der Mörder offensichtlich nicht abgesehen«, erwiderte Trevisan nachdenklich.

»So wie das hier aussieht, scheint es nur wenige Ansatzpunkte zu geben. Das wird eine harte Nuss«, sagte Kleinschmidt mit Bedauern.

»Was glaubst du, war es Zufall oder ein gezielter Anschlag?«

»Das Spurenbild gibt keinen Aufschluss darüber.« Kleinschmidt wandte sich um, als sein Name gerufen wurde.

Hanselmann, sein Mitarbeiter, kam angelaufen. In der Hand hielt er eine kleine Tüte. »Das haben wir da oben gefunden. Wahrscheinlich hat der Tote dort gestanden. Es lag genau im Fallwinkel der versickerten Blutlache. Vielleicht ist es eine Spur.«

Kleinschmidt griff nach dem Tütchen und untersuchte den kleinen runden Gegenstand durch das Plastik hindurch. Nachdenklich fuhr er sich durch seine spärlichen Haare. Dann reichte er den Beutel an Trevisan weiter.

Trevisan schaute verdutzt auf den kleinen Metallring. »Was ist das?«

»Ich weiß es nicht, aber wir werden es herausfinden«, antwortete Kleinschmidt.

Wenig später trug der Wind die ersten Regentropfen heran. Fluchend zog Trevisan seinen Kragen höher. Er blickte auf die Uhr. Kurz nach Mitternacht.

*

Sie polterten und tanzten in seinem Kopf. Das Hämmern wurde unerträglich. Er nahm das Bild in seine Hand und schaute in das lächelnde Gesicht des fremden Mannes. Dann warf er es zurück auf den Tisch.

»Vater, lass mich in Ruhe. Ich habe doch alles getan. Aber du hörst einfach nicht auf. Lass mich. Ich will nicht mehr!«, schrie er in das leere Zimmer. Sein Kopf schien zu platzen. Der Magen krampfte. Dann kam das hässliche, fratzenhafte Gesicht erneut auf ihn zu. Es wollte nach ihm greifen. Ein Gesicht, ohne Arme und ohne Hände. Es kam immer näher und er spürte einen eiskalten Hauch, der von ihm Besitz nehmen wollte. Sein Magen rebellierte. Er erbrach die Mahlzeit, die er eben erst eingenommen hatte.

Das Gesicht gönnte ihm keine Ruhe. »Blut für Blut!«, kreischte es in ihm. Er erhob sich aus seiner kauernden Haltung und taumelte zu dem kleinen Tisch in der Ecke. Zwei Tabletten mussten genügen. Er hatte nicht mehr viele und sie waren schwer zu besorgen. Bald würde er wieder Ruhe finden, doch noch musste er abwarten. Er brauchte Geduld – Geduld, bis das Opfer eingekreist und der Zeitpunkt gekommen war. Nur abends, wenn ihn eine abgrundtiefe Leere umgab, wenn er nicht mehr mit Planen und Taktieren beschäftigt war, dann kamen die Gesichter aus ihrer düsteren Schattenwelt hervor. Sie ließen ihn nicht in Ruhe. Vielleicht wäre es eine Erlösung, wenn er die ganzen Tabletten auf einmal nähme, dann hätte er ewige Ruhe. Aber nein, er wollte nicht schon wieder versagen. Die Rechnung war noch nicht beglichen. Nein, er konnte diesen Schritt nicht tun. Jetzt noch nicht.

Er nahm einen kräftigen Schluck aus der Flasche. Der Alkohol brannte im Hals, doch er tat gut. Er griff nach dem kleinen, roten Notizbuch und schlug die Seiten auf. Dort stand ein Name in krakeliger Schrift. Es war nicht leicht gewesen, alle Namen der Schuldigen in Erfahrung zu bringen. Aber er hatte es geschafft. Sie konnten ihm nicht mehr entkommen.

Er ging hinüber zu der Matratze und legte sich hin. Er dachte an seine Mutter. Ihr erschrockener Blick, als sie damals die Tür öffnete. Sie hatte es nie verwunden, genauso wenig wie Vater. Doch sie hatten sich geirrt. Niemand hatte ihm geglaubt. Jetzt würde er es beweisen können. Vor dem höchsten Gericht gab es keine Lügen mehr. Hier gab es nur noch Wahrheit. Die reine Wahrheit. Er freute sich auf diesen Tag. Noch lag er fern. Noch gab es viel zu tun, bevor die letzte Verhandlung einberufen werden konnte.

Das abscheuliche Gesicht war verblasst. Es war wie weggezaubert, doch er wusste, dass es irgendwo in der Dunkelheit auf ihn lauerte. Nur nicht nachgeben, dachte er. Unruhig erhob er sich. Zum Ausruhen war noch keine Zeit. Draußen heulte der Wind ums Haus und peitschte den Regen gegen die hölzernen Wände. Erneut ergriff er die Flasche, doch diesmal stellte er sie nicht zurück auf den Tisch. Er nahm sie mit auf sein Lager.

Ein weiterer Schluck. Er spürte langsam die entspannende Wirkung. Die Zeiger des alten Weckers wanderten unaufhörlich voran. Endlich erfüllte die Wärme aus der Flasche auch seinen Geist. Langsam und kontrolliert ging sein Atem. Er schlief mit dem Gedanken ein, dass das fratzenhafte Gesicht lächeln und für immer seine schreckliche Maske verlieren sollte. Für immer sollte es glückselig werden.

Er würde dafür sorgen.

Bald.

*

Sie saßen um den langen Konferenztisch und blickten einander ratlos in die übernächtigten Gesichter. Es war kurz nach acht Uhr. Trevisan fror und fuhr sich mit den Händen durch das feuchte Haar. Sie hatten noch bis zum frühen Morgen ausgeharrt, bis das Polizeiboot wiedergekommen war, um sie abzuholen. Die Tatortarbeit war erledigt. Die Leiche befand sich auf dem Weg in die Gerichtsmedizin. Trevisan hoffte auf schnelle Ergebnisse, doch außer dem Namen des Toten hielten sie nicht viel in den Händen.

Wer war der Tote? Welche Geschichte verknüpfte sich mit diesem Namen? Was wollte er zu dieser unchristlichen Zeit draußen in den Dünen? Hatte dort der Tod auf ihn gelauert oder war er nur zufällig über ihn gekommen?

Trevisan wusste, dass keine leichte Aufgabe vor ihm lag.

Alex Uhlenbruch hatte das Zimmer des Toten ausfindig gemacht, doch von der Vermieterin war nicht viel über ihn zu erfahren. Mit Sicherheit wusste sie nur, dass Rudolf Gabler am vergangenen Freitag die Pension nach 21.15 Uhr verlassen hatte. Er war alleine hinaus in die Nacht gegangen. Es musste wichtig für ihn gewesen sein. Doch was genau er vorgehabt hatte, das konnte Frau Melsung nicht sagen. Gabler war schon im letzten Frühjahr und im Herbst Feriengast bei ihr gewesen. Er war stets alleine gekommen und meist hinaus in die Dünen gegangen. Den Fotoapparat und das Fernglas hatte er immer bei sich getragen. Eines war klar: Gabler war nicht hier gewesen, um Urlaub zu machen. Er hatte ein bestimmtes Ziel verfolgt, dessen war sich die Pensionsbesitzerin sicher. Aber was genau er tat, danach hatte sie ihn nie gefragt. Jedes Mal hatte er nach dem Aufenthalt bar bezahlt und eine Quittung verlangt. Einmal hatte er erwähnt, dass er die Quittung zur Abrechnung brauche.

Aus den zurückgebliebenen persönlichen Dingen konnte nur ein Rückschluss gezogen werden: Er war ein ordentlicher Mensch gewesen. Das Zimmer und auch das Bad waren aufgeräumt und sauber. Seine Kleidung hatte er bereits akkurat in seinem Koffer verstaut. Seine Abreise hatte bevorgestanden. Im Bad hatten sie Zahncreme, eine Zahnbürste, einen Kamm,

Seife, Shampoo und einen Rasierapparat gefunden. Auf der Ablage vor dem Spiegel herrschte Ordnung. Im Koffer auf der Kleidung lag ein Bild von einer Frau um die fünfzig. Mehr fanden sie nicht.

Bislang wusste Trevisan nicht einmal, ob Gabler Angehörige hatte. Nach dem Bericht der Polizeistreife, die zur Adresse des Toten geschickt worden war, hatte Gabler in einem Mehrfamilienhaus im Westen von Jever gewohnt. Außer Gabler standen noch drei weitere Namen auf den Briefkästen neben der Tür. Gabler hatte offenbar die Dachwohnung gemietet. Auf das Klingeln der Beamten hatte niemand geöffnet, auch bei den Nachbarn nicht. Nach zehn Uhr würde es eine Polizeistreife noch einmal versuchen.

Der Wagen des Mordopfers war noch in der Nacht bei Harlesiel auf einem Parkplatz nahe dem Fährhafen aufgefunden worden. Doch der Innenraum hatte keine Geheimnisse geborgen. Sein Zustand bestätigte nur, dass Gabler zu Lebzeiten ein ordentlicher Mensch gewesen war. Ansonsten befand sich nichts Auffälliges darin. Frau Melsung hatte ausgesagt, dass Rudolf Gabler am letzten Donnerstag um die Mittagszeit in Wangerooge angekommen war. Außer dem Koffer mit Kleidung hatte er nur noch seine aufwändige und teure Fotoausrüstung bei sich getragen.

»Heute haben die Ämter geschlossen.« Trevisan gähnte. »Ich glaube, wir können in den nächsten Stunden nichts ausrichten. Wir sollten uns ausruhen und heute Mittag wieder hier treffen, um unsere weitere Strategie festzulegen.«

Er war müde. Er war nun seit zweiundzwanzig Stunden auf den Beinen. Seinen Mitarbeitern ging es ähnlich. Zustimmendes Gemurmel wurde laut, dann erhoben sie sich und verließen das Bürogebäude in der Peterstraße.

Trevisan fiel ein, dass er ganz vergessen hatte, Paula anzurufen. Jetzt schlief seine Tochter bestimmt noch. – Und Angela wollte heute kommen. Sollte er ihr absagen?

Es war Sonntag und dicke Wolken hingen am Himmel.

4

Holger Björndahl arbeitete seit über sieben Jahren als Steuermann an Bord des Kühlcontainerschiffs *Hansa Ekklund*. Noch bei Dunkelheit hatten sie am Morgen in Bremen Ladung aufgenommen, ehe sie kurz nach sieben mit Kurs auf die Deutsche Bucht ausgelaufen waren. Über 2500 Seemeilen und ein stürmischer Atlantik lagen zwischen ihnen und ihrem Zielhafen. Selbst bei guten Bedingungen und voller Fahrt wären sie mindestens sieben Tage unterwegs.

Björndahl stand hinter dem Ruder und kontrollierte mit konzentriertem Blick die Instrumente. 285° Nordnordwest lag an. Das Schiff ging gleichmäßig in den Wellen, dennoch war die See aufgewühlt. Die Untiefen von Mellumplate lagen bereits hinter ihnen. Trotzdem war es Björndahl nicht ganz wohl in seiner Haut. Der Leuchtturm Roter Sand lag voraus und bald war es an der Zeit, den Kurs zu ändern.

Der leise Warnton des Radargerätes machte ihn unruhig. Dort draußen im Fahrwasser war etwas und es schien keine Notiz von ihnen zu nehmen. Angestrengt blickte er über den Horizont, doch er konnte nichts erkennen. Wenn das Ding in den nächsten paar Minuten keine Anstalten zur Kursänderung machte, dann blieb ihm keine andere Wahl, als den Kapitän zu rufen.

Der Funker saß hinter seinem Instrumentenpult und blickte ratlos auf die Armaturen. »Jetzt habe ich es auf allen Frequenzen versucht. Niemand meldet sich. Wie weit sind wir noch entfernt?«

Björndahl schaute auf den Radarschirm. »Etwa zwei Seemeilen bei unveränderter Position. Es scheint stillzustehen und hat keine Eigengeschwindigkeit.«

»Was treiben die da draußen?«, murmelte der Funker.

»Der Größe nach zu urteilen ist das ein Fischkutter, aber ich habe keine Ahnung, warum sie die Fahrrinne blockieren«, antwortete Björndahl.

Der Funker gab erneut die Kennung ihres Schiffes und den

augenblicklichen Kurs durch. Doch aus dem Lautsprecher drang nur statisches Rauschen.

»Sei's drum, ich hole den Alten«, entschied Björndahl und griff nach dem Bordtelefon.

*

Martin Trevisan hatte trotz großer Müdigkeit schlecht geschlafen. Draußen hingen dicke, graue Wolken vor dem Fenster und die Regentropfen klatschten gegen das kalte Glas. Angela war mit Paula in die Stadt gefahren. Er hoffte, sie würde seiner Tochter die Bootstour ausreden. Er duschte heiß und kalt, um seinen Kreislauf in Schwung zu bringen. Dann fuhr er ins Büro. Er hatte Angela gesagt, dass er wohl sehr spät nach Hause kommen würde.

»Dann werde ich eben mit Paula ins Kino gehen«, hatte sie verständnisvoll geantwortet.

Das liebte er an ihr. Sie war vollkommen unkompliziert. Er hatte einen Mord aufzuklären und Angela verstand es einfach. Grit hätte ihm bestimmt eine Szene gemacht.

Als Trevisan das Besprechungszimmer betrat, saßen Monika Sander und Dietmar Petermann am langen Tisch und betrachteten die Tatortfotos. Die Polizeifotografen hatten schnell gearbeitet und die Bilder sofort nach ihrer Rückkehr entwickelt. Dietmar blickte nachdenklich drein und zupfte sich seine grellfarbene Krawatte zurecht. Sie passte wie immer nicht zu den gedeckten Farben des Hemdes. Trevisan hatte sich früher oft gefragt, wer wohl für die Zusammenstellung von Petermanns Kleidung verantwortlich war. Mittlerweile wusste er, dass in der patriarchalisch ausgerichteten Familie allein Dietmar das letzte Wort hatte.

Trevisan trat an den kleinen Beistelltisch in der Ecke. Er schenkte sich eine Tasse Kaffee ein. »Wo sind Tina und Alex?«, fragte er, nachdem er einen Schluck getrunken hatte.

»Sie sind nach Jever gefahren. Sie nehmen sich Gablers Wohnung vor«, antwortete Dietmar.

»Beck hat schon zweimal angerufen. Es ist besser, wenn du sofort zurückrufst«, sagte Monika.

Trevisan seufzte griesgrämig. »Und was soll ich dem Chef erzählen?«

»Alles, was wir bislang wissen.« Monika zuckte die Schultern.

»Also nichts!« Trevisan griff nach den Fotos und betrachtete sie schweigend. »Hat sich noch etwas mit dem Wagen ergeben?«, fragte er nach einer Weile.

»Wir haben ihn sichergestellt. Kleinschmidt nimmt ihn sich morgen noch einmal genau vor«, antwortete Dietmar.

»Übrigens, die Kollegen aus Jever haben sich gemeldet«, sagte Monika. »Sie haben mit Gablers Nachbarn gesprochen. Gabler war alleinstehend. Er lebte ein leises und zurückgezogenes Leben. Keine Freunde, keine regelmäßigen Besucher, keine Frauengeschichten. Er verreiste oft und blieb tagelang verschwunden. Von Verwandten wissen sie nichts. Auch unser Computer weiß nichts über ihn. Mehr lässt sich im Moment nicht feststellen.«

Trevisan schaute aus dem Fenster.

War Rudolf Gabler aus purem Zufall Opfer eines Wahnsinnigen geworden? Warum? Was hatte er dort draußen gesehen? Auf wen war er dort gestoßen?

Auf Wangerooge waren die Befragungen abgeschlossen. Dort kamen sie nicht mehr weiter. Jever, Gablers Wohnung, das Umfeld, sein Leben, das waren die nächsten Schritte. Vielleicht würden sich daraus irgendwelche Hinweise ergeben.

»Also gut, gleich morgen früh beginnen wir. Dietmar, du nimmst dir mal seine Bankkonten vor. Monika, ich will alles über ihn wissen. Seine Herkunft, seine Kindheit, seine Freunde und sein Leben, überhaupt alles. Wir müssen uns ein detailliertes Bild über ihn machen können.«

»Glaubst du, er hat seinen Mörder gekannt?«, fragte Monika.

»Ich weiß es nicht«, erwiderte Trevisan unsicher.

»Also ich glaube, jemand hat ihm aufgelauert«, sagte Dietmar. »Ihr müsst doch zugeben, es ist schon ungewöhnlich, wenn ein alter Mann seine warme Pension verlässt, um eine stürmische Nacht draußen in den Dünen zu verbringen. Da stimmt doch etwas nicht. Was hatte er vor?«

Trevisan zeichnete auf dem Papier vor sich kleine Kreise mit seinem Füller. Er dachte über Dietmars Worte nach. Als das Telefon klingelte, fuhr er erschrocken zusammen. Monika nahm den Hörer ab.

Nur ab und an kam ein erstauntes »Aha« oder ein zustimmendes »Ja« über ihre Lippen. Das Gespräch dauerte lange und Trevisan trommelte unruhig mit dem Füller auf den Tisch, bis er feststellte, dass er die ganze Tinte auf dem Papier verkleckerte.

Endlich kam Monika zum Ende.

»Und?«, fragte Trevisan ungeduldig. Auch Dietmar schaute sie neugierig an.

»Alex war dran«, sagte sie. »Gabler war offenbar Berufsfotograf. In seiner Wohnung stehen zwei Bildbände, an denen er beteiligt war. Die Schrankschubläden sind auch voller Fotos. Landschaften, Architektur, Fabriken, Portraits. Vor allem alte Menschen und Kinder. Er scheint ein recht einfaches Leben geführt zu haben. Die Wohnung war ordentlich und alles stand an seinem Platz. Keine Anzeichen für einen Einbruch. Sie haben zwei Sparbücher sichergestellt. Auf dem einem sind fast einhunderttausend Mark. Er war also nicht gerade arm.«

Trevisan hörte aufmerksam zu. Ein ganz normales Rentnerleben. Wo war der Punkt, wo konnte man einhaken? Gablers Vorliebe für die Fotografie war schon beim Anblick der sündhaft teuren Fotoausrüstung klar geworden.

»Haben wir eigentlich den Film aus der Kamera?«, fiel es ihm siedendheiß ein.

»Kleinschmidt hat alles eingetütet und mitgenommen«, sagte Dietmar. »Er sagt, dass er sich im Labor darum kümmern wird. Ich gehe davon aus, dass er auch den Film aus der Kamera hat, sofern sich überhaupt einer darin befand.«

Trevisan nickte zufrieden. Er arbeitete seit über fünf Jahren mit Kleinschmidt zusammen und wusste, dass er sich auf ihn verlassen konnte.

Das Telefon klingelte erneut. Diesmal war Dietmar schneller am Apparat. Doch mit diesem Anrufer schien er nicht gerechnet zu haben. Er verzog sein Gesicht und formte tonlos mit den Lippen einen Nachnamen. Trevisan wusste sofort, wer in der Leitung war. Dietmar verabschiedete sich freundlich und reichte ihm den Hörer.

Kriminaldirektor Beck meldete sich mit krächzender Stimme. »Trevisan, ich warte schon seit Stunden auf deinen Anruf. Hast du schon Anhaltspunkte?«, polterte er ungehalten drauflos.

Er verschwendet wirklich keine Zeit mit Höflichkeitsfloskeln, dachte Trevisan. »Hallo. Gut, dass du anrufst. Ich wollte gerade …«

»Erzähl mir nichts! Wie sieht es aus?«, fiel ihm Beck ins Wort.

»Es sieht schlecht aus. Es ist noch viel zu früh, um irgendetwas sagen zu können«, erklärte Trevisan. »Uhlenbruch und Harloff durchsuchen gerade die Wohnung des Opfers. Ich hoffe, dass sie fündig werden. Etwas, das uns weiterbringt, verstehst du?«

»Mein Gott, Trevisan … So lange war es ruhig bei uns, und nun so ein bestialischer Mord. Es sind schon sieben Anrufe der Presse hier eingegangen. Mensch, was soll ich denen morgen bloß sagen?«

»Das überlasse ich dir«, erwiderte Trevisan.

»Wir müssen der Öffentlichkeit bald eine positive Nachricht servieren, sonst fallen die Journalisten wie eine Meute Hyänen über uns her.«

Trevisan verzog das Gesicht. Er war froh, als sich Beck verabschiedete. Als er die fragenden Mienen seiner Kollegen sah, zuckte er nur mit den Schultern.

Es war kurz vor fünf und draußen ließ der Regen nach.

*

Der Kapitän der *Hansa Ekklund* blickte ratlos durch sein Fernglas. »Der Kutter treibt ganz nahe an der Fahrrinne. Gib mir mal die Karte«, sagte er und setzte das Fernglas ab.

Björndahl reichte dem Kapitän die Seekarte und blickte ihn verwundert an. Was hatte der Alte vor?

Die Karten zeigten nichts Gutes. Im Roten Sand gab es Stellen mit weniger als fünf Metern Wassertiefe. Die *Hansa Ekklund* hatte im beladenen Zustand einen Tiefgang von fast zehn Metern. Die Strömungsverhältnisse waren außerordentlich schwierig. Wenn der Kutter in die Fahrrinne trieb, waren die nachfolgenden Schiffe in ernsthafter Gefahr. Erneut hob der Kapitän das Glas an die Augen. Ein roter Eimer hing am

Vormast des Kutters und tat allen kund, dass dieser Trawler beim Fischen war. Netze jedoch erkannte er nicht. Zumindest nicht auf der Steuerbordseite.

»Versuchen Sie noch ein letztes Mal, mit dem Kutter Kontakt aufzunehmen«, befahl der Kapitän seinem Funker. Der Mann nickte und schraubte an der Frequenzwählscheibe seines Funkgerätes. Langsam und bedächtig sprach er in das kleine Mikrophon. Keine Antwort, nur das Rauschen und Knistern atmosphärischer Störungen war zu hören. Björndahl schluckte. Die Geräusche hatten etwas Gespenstisches.

Noch immer beobachtete der Kapitän angespannt den Kutter, doch keine Bewegung war an Bord zu erkennen. Nur das Auf und Ab der Wellen hauchte dem Schiff noch etwas Leben ein.

Der Funker gab seine Versuche auf. Der Kapitän quittierte seine Meldung mit einem kurzen Nicken.

»Rufen Sie die Küstenwache«, entschied er nach einer Weile des Schweigens. »Da stimmt etwas nicht.«

Der Funker befolgte die Anweisung und gab den Vorfall an den Seenotrettungsdienst in Harlesiel weiter. Mit ihren wendigen Schnellbooten war es kein Problem, die Untiefen der Sandbank anzufahren. Die *Hansa Ekklund* setzte ihre Fahrt fort. Der Kapitän hatte getan, was er in dieser Situation tun konnte.

*

Gegen sieben betrat Kleinschmidt das Konferenzzimmer, in dem Trevisan und seine Kollegen noch immer am Tisch saßen und angestrengt nach Ermittlungsansätzen suchten. Er ließ sich mit einem Seufzer in einen Stuhl fallen und warf Trevisan einen dankbaren Blick zu, als dieser eine dampfende Tasse Kaffee vor ihm auf den Tisch stellte. Kleinschmidts Pfeife rauchte und ein süßlicher Geruch mischte sich unter den Duft des frischen Kaffees.

»Ich weiß, es ist noch zu früh, aber hast du schon etwas herausgefunden?«, fragte Trevisan.

»Ich habe den Film aus Gablers Kamera entwickelt«, entgegnete Kleinschmidt trocken.

Trevisan und die anderen schauten ihn gespannt an. »Und?«

»Insgesamt wurden vierzehn Bilder belichtet. Die ersten beiden sind schwarz. Elf Bilder zeigen Vögel …«

»Vögel?«, bemerkte Monika Sander erstaunt.

»Ja, Vögel. Brütende, fliegende, kreischende und herumsitzende Vögel«, bestätigte Kleinschmidt. »Wenn ihr mich fragt, dann war Gabler so eine Art Vogelkundler. Außerdem war er ein absoluter Profi. Hundertprozentiger Bildmittelpunkt, große Tiefenschärfe. Eben die Bilder eines Profis. Aber das habe ich mir schon bei seiner Ausrüstung gedacht. Eine Leica, dazu passende Originalobjektive. Mindestens fünfzehntausend Mark wert. Auch das Fernglas war nicht billig. Mich wundert nur, dass der Täter die Ausrüstung nicht mitgenommen hat.«

»Du sagtest: vierzehn Bilder«, sagte Trevisan ungeduldig. »Was ist auf dem letzten Bild?«

Kleinschmidt fasste in seine Jackentasche und warf einen Packen Fotos auf den Tisch.

Trevisan griff nach einem Abzug und gab die restlichen weiter. Das Bild war im Gegensatz zu den anderen Aufnahmen verwackelt und unscharf. Er konnte beim besten Willen nichts erkennen, nur ein Farbgemisch aus Schwarz und Lila. Trevisan betrachtete es eine Weile. »Was ist das?«

»Gablers letztes Bild.«

»Ich meine, was zeigt es?«

»Schwarz und Lila. Das siehst du doch. Es wurde mit einem Blitzlicht aufgenommen. Mehr kann ich dir auch nicht sagen.«

»Kann es sein, dass Wasser in den Fotoapparat kam?«, fragte Dietmar Petermann. »Bei meinem letzten Südfrankreichurlaub hatte ich auch solche Aufnahmen, nachdem die Kamera …«

»Eher unwahrscheinlich«, fiel ihm Kleinschmidt ins Wort und nahm einen kräftigen Zug an seiner Pfeife. »Die anderen Bilder sind ja okay. Nein, es ist eine Aufnahme. Gablers letzte, wie gesagt.«

Trevisan betrachtete noch immer das vierzehnte Bild. »Habt ihr sonst noch was?«

»Wir haben den Wagen durchsucht und Fingerabdrücke genommen«, sagte Kleinschmidt und stand auf. »Wir müssen aber erst noch alles überprüfen und auswerten. Das dauert noch ein paar Stunden. Ich mache mich gleich wieder an die Arbeit.«

An der Tür wandte er sich noch mal um. »Ach, übrigens, mit diesem Metallstück, das auf der Düne lag, sind wir noch nicht weitergekommen. Es kann natürlich sein, dass es mit dem Fall überhaupt nichts zu tun hat. Es scheint so eine Art Stellschraube zu sein. Aber es stammte weder von der Fotoausrüstung noch von sonst irgendeinem Gegenstand des Toten.«

»Dann stammt es vielleicht vom Mörder?«, warf Monika ein.

Kleinschmidt nickte. »Wir untersuchen das«, bekräftigte er, ehe er die Tür hinter sich schloss.

Kleinschmidt war ein Wühler, ein Eiferer auf seinem Gebiet. Ein ungelöstes Rätsel kam für ihn einer persönlichen Niederlage gleich. Doch Trevisan bezweifelte, dass der Täter irgendwelche verwertbaren Spuren hinterlassen hatte.

»Ich verstehe eines nicht – der Mörder hätte den Toten mit etwas Mühe locker im Sand verscharren können. Damit hätte er doch Zeit gewonnen«, sagte Dietmar, als er sich die Tatortaufnahmen anschaute. Die aussagekräftigsten wählte er aus und hängte sie an die Pinnwand. Es war gut, den Fall immer vor Augen zu haben. Oft genug hatten sie beim ersten Anblick ein Detail übersehen, das hinterher wichtig geworden war.

»Vielleicht hat er keinen Zeitvorsprung gebraucht und wohnt dort in der Gegend«, antwortete Monika. »Oder der Mörder wollte sogar, dass die Leiche gefunden wird.«

»Auch das hat etwas für sich, aber dann hätte er den Toten gleich auf dem Weg liegen lassen können«, griff Trevisan das Thema auf. »Nein, etwas Zeit hat er schon benötigt. Zumindest so viel, um vom Tatort auf der Ostseite der Insel zurück ins Dorf zu gelangen.«

»Möglicherweise ist er auch aufs Festland rüber«, gab Monika zu bedenken.

Trevisan blickte nachdenklich drein. »Wahrscheinlich hast du recht. Schau mal nach einem Gezeitenplan für die letzten beiden Tage und wenn du schon dabei bist, frag auch gleich nach dem Wetter!«

Monika nickte.

Das Telefon klingelte erneut. Dietmar nahm den Hörer ab. »Das ist Till«, informierte er seine beiden Kollegen. Monika Sander und Martin Trevisan verfolgten gespannt das Gespräch. »… Und wie geht es dir … Wann kommst du wieder … Das ist natürlich klar, aber wenn es nicht anders geht … Nein, wir kommen schon klar … Mein Beileid noch …« Dietmar legte den Hörer zurück und blickte betroffen.

»Was ist los?«, fragte Monika erschrocken.

»Tills Vater ist gestorben. Jetzt muss er die Beerdigung und die Formalitäten für seine Mutter regeln. Sie ist vollkommen durchgedreht. Er kommt erst nächste Woche wieder zum Dienst.«

»Mist!«, fluchte Trevisan. »Es kommt aber auch alles zusammen. Wir brauchen im Augenblick jeden Mann, aber in so einem Fall …«

Die Tür wurde aufgerissen und Alex Uhlenbruch kam herein. Er trug einen Karton. Tina Harloff folgte mit einigen Kuverts in den Händen.

»Wir haben alles mitgebracht, was einigermaßen wichtig erscheint. Darunter eine wahre Flut von Fotografien.« Alex stellte den Karton auf den Tisch.

Trevisan öffnete den Deckel. In diesem Karton befanden sich wohl an die tausend Bilder. Er fing einfach an und zog wahllos welche hervor. Landschaften, Bäume in allen Variationen und Jahreszeiten, altertümliche Fachwerkhäuser, Burgen, Schlösser und Tieraufnahmen. Nur auf wenigen Fotos waren auch Personen zu erkennen und von diesen Bildern ging etwas ganz Besonderes aus. Meist waren es alte Menschen. Zerfurchte Gesichter, graue Haare und zahnlose Münder.

»Glaubst du, darunter sind Bekannte von ihm?«, fragte Dietmar, der Trevisan über die Schulter blickte.

Trevisan schüttelte den Kopf. »Das sind Charakterstudien.« Er blätterte weiter. Schließlich wurde es ihm zu viel. Er warf die Bilder zurück in den Karton. »Was habt ihr über Gabler herausgefunden?«

Tina Harloff zuckte mit den Schultern. »Er lebte, wie schon gesagt, sehr zurückgezogen. Keine Kontakte zu den Nachbarn, keine Freunde, keine Bekannte oder Verwandte. Bislang niemand, der nach ihm fragt. In seinem Tischkalender sind ein paar Namen notiert. Wir arbeiten die Namensliste morgen ab.«

»Ja, und außerdem war er ein Künstler. Er hat ein Buch

herausgebracht«, mischte sich Alex Uhlenbruch ein und präsentierte einen Bildband. *Die Vogelwelt des Schwarzwaldes, fotografiert von Rudolf Gabler* stand auf dem Buchdeckel. Das bestätigte den Eindruck, den Kleinschmidt vom Opfer gewonnen hatte. »Ich glaube, er arbeitete an einem zweiten Bildband. Wir haben hier ein paar Textpassagen und Bilder gefunden. Fotos von Vögeln an Seen und Flüssen. Das scheint das Thema gewesen zu sein, mit dem sich Gabler auseinandersetzte.«

»Also gut, kümmert euch gleich morgen früh darum«, sagte Trevisan. »Klappert die Adressen ab und fragt bei dem Buchverlag nach. Dann wissen wir möglicherweise mehr.«

»Moment, das ist noch nicht alles.« Alex nahm eine Videokassette aus einem Kuvert und legte sie auf den Tisch.

Trevisan blickte ihn fragend an.

»Es ist Kinderpornografie der übelsten Machart«, sagte Tina Harloff mit Abscheu. »Versteckt im Kleiderschrank hinter den fein gebügelten, blütenweißen Hemden des Herrn Gabler.«

»Woher stammt die Kassette?«

»Ich habe mir nur Teile angeschaut. Wir müssen es noch genauer untersuchen. Es scheint sich um Aufnahmen aus Asien zu handeln. Thailand oder so.«

Trevisan runzelte die Stirn. Noch vor ein paar Sekunden hatte er Rudolf Gabler für einen netten Zeitgenossen gehalten, der mit Kamera und Objektiv durch die Lande streifte. Ein Fotoprofi, der Bildbände über die Schönheit der Natur schuf und herrliche Aufnahmen machte. Innerhalb weniger Augenblicke war der Mann zu einem geilen, geifernden, alten Ungeheuer mutiert. »Mädchen oder Jungen?«

»Beides!«, beantwortete Alex die Frage. »Und das hier noch.« Er legte ein Fotoalbum auf den Tisch und schlug es auf.

Eine neue Seite von Gablers Persönlichkeit offenbarte sich. Keine kunstvoll arrangierten Szenen einer heilen Welt, sondern hastige Bilder, teilweise unscharf und beinahe amateurhaft in Umkleidekabinen und Kaufhaustoiletten oder im Badezimmer aufgenommen. Sie beschäftigten sich nur mit einem Thema: der voyeuristischen Lust Gablers an nackten Mädchen und Frauen.

Trevisan schluckte seine Abscheu herunter. Der Gedanke an Paula schoss ihm durch den Kopf.

»So ein Schwein!«, sagte Monika angewidert. »Wie man sich nur täuschen kann. Ein Spanner. Ein ganz gemeiner und hinterhältiger Spanner und pädophil noch dazu.«

»Vielleicht hat er diesmal die falschen Bilder gemacht«, warf Dietmar Petermann ein.

*

Die *Ilse Knoop* hatte zwanzig Minuten gebraucht, um aus ihrer Position die beschriebene Stelle im Mellumer Fahrwasser zu erreichen. Der Seenotrettungskreuzer war erst seit zwei Jahren in Dienst gestellt und ein modernes und schnelles Boot. Fünf Mann Besatzung, allesamt als Rettungssanitäter ausgebildet, versahen darauf ihren Dienst. Schon als sie sich dem Kutter im Flachwasser näherten, wussten sie, dass hier keine normale Situation vorlag. Der Fischerkorb war gehisst, doch an Bord regte sich nichts. Nachdem sie längsseits gegangen waren, stiegen vier Mann hinüber auf den Kutter. Der Steuermann blieb alleine zurück.

Es dauerte keine Minute, bis einer der Sanitäter an die Reling gestürzt kam. Sein Gesicht war blass wie eine gekalkte Wand. »Ruf sofort die Polizei. Hier liegen zwei Leichen an Bord!«

Der Steuermann reagierte sofort und griff nach dem Funkgerät.

»… ja, zwei Leichen. Und überprüfen Sie gleich, auf wen das Schiff zugelassen ist. Die Kennung des Schiffes ist WHV 221, der Name ist *Helge*! Haben Sie verstanden? *Helge*!«

5

Den ganzen Tag über hatte er vor der Firma in Aurich gesessen und Pläne geschmiedet. Doch die Zeit war noch nicht reif. Er musste warten, ihn belauern, durfte ihn nicht mehr aus den Augen lassen. So lange, bis er endlich zuschlagen konnte.

Er hatte die Tageszeitung gelesen. Vom Mord auf Wangerooge war schon auf der ersten Seite des *Wilhelmshavener Tageblatts* berichtet worden. Es war ein guter Bericht. Die Worte hatten ihm gefallen. Die Polizei tappte noch im Dunkeln, hieß es da, aber das hatte er auch erwartet. Er hatte keine Spuren hinterlassen.

Der Kerl hatte den Tod verdient. Niemand bricht ungestraft ein Tabu. Blut für Blut. Eine grausame Wahrheit, dachte er. Das fratzenhafte Gesicht war in den unendlichen Tiefen seiner Seele versunken. Nur das kleine, runde, blaue Gesicht hatte gelächelt. Zum ersten Mal. Er genoss die Ruhe. Auch Mutter war jetzt glücklich. Die Zeit des Leidens war für sie vorbei. Vielleicht würde auch der Bruder bald aus der Dunkelheit auftauchen. Alles wäre wie früher. Sie wären wieder eine Familie.

Er erinnerte sich gerne an die Zeit, als sie auf der Insel gewohnt hatten. Die grüne Insel. Dort hatte er mit dem kleinen Hund der Nachbarn gespielt. Wie hieß er noch? War sein Name nicht Asta oder so ähnlich? Er wusste es nicht mehr. Doch immer, wenn er daran dachte, roch er das frische Gras und die salzige Luft.

Mareike war immer in seiner Nähe gewesen. Ein so zartes und hübsches Mädchen mit langen blonden Zöpfen, doch leider hatte sie oft gekränkelt.

Allesamt sollten sie bezahlen. Die Rechnung war noch lange nicht beglichen. Er schaute auf die Uhr. Es war kurz nach fünf. Eine Schar von Menschen hielt auf den Parkplatz vor der Firma zu. Wie viele mochten es wohl sein? Woran mochten sie denken? Er verwarf seine Grübeleien und versuchte sich auf das Wesentliche zu konzentrieren. Wichtig war nur einer unter ihnen, ein ganz bestimmter. Einer, der Schuld auf sich geladen hatte, und die Zeche war noch nicht bezahlt.

Das grüne Auto fuhr an ihm vorbei. Er startete den Motor. Heute war Montag, Ruhetag. Es würde nichts mehr passieren. Heute nicht. Er wusste, wohin der Mann wollte.

Vorsichtig nutzte er eine Lücke und fädelte sich in den fließenden Verkehr ein. Der Auspuff seines Wagens war etwas laut, aber ansonsten war das Auto noch gut in Schuss. Er folgte dem grünen Audi und hielt genügend Abstand. Der Wagen bog in Richtung Jever ab. Es war immer die gleiche Strecke. In Altgarmssiel endete die Fahrt. Der Mann fuhr den grünen Wagen in die Garage und verschwand im Haus.

Er wartete noch ein paar Minuten, bis er weiterfuhr. Die Kopfschmerzen waren zurückgekehrt.

*

Trevisan kannte den Weg genau. Er war ihn schon oft genug gegangen. Seine Schritte hallten in dem langen Gang wider. Kaltes Neonlicht durchflutete die Kellerräume. Die weiß gekachelten Wände strahlten den sterilen Charme von Desinfektionsmitteln aus.

Trevisan mochte ihn nicht, diesen Ort.

»Hallo, Trevisan, wir sind bald so weit«, begrüßte ihn Doktor Mühlbauer, der Chef des Oldenburger Instituts für Gerichtsmedizin, mit deplatzierter Fröhlichkeit. »Nehmen Sie doch erst einmal Platz, bis wir die Vorbereitungen abgeschlossen haben.«

Trevisan nickte stumm und setzte sich auf den kalten Plastikstuhl in der Ecke. Auf dem Seziertisch lag Gablers Leiche. Sie war mit einem grauen Laken abgedeckt.

Was hatte Gabler kurz vor seinem Tod erlebt? War er tatsächlich einem wahllos mordenden Psychopathen in die Arme gelaufen? Gedankenverloren blickte Trevisan in das deprimierende Grau des Lakens. Alles nur Zufall, Schicksal? Allerdings musste er auch Dietmar Petermanns Theorie in Betracht ziehen, dass Gablers pädophile Neigung der Grund für dessen Ermordung sein konnte. Die Kollegen auf Wangerooge hatten ganz in der Nähe zum Fundort der Leiche einen Unterstand entdeckt. Dieser bestand aus Tarnnetzen und Reisig und war so in den Dünen angelegt worden, dass er dem Mörder ohne weiteres als Versteck gedient haben konnte, während er seinem Opfer auflauerte.

Doch auch Gabler selbst konnte das Bauwerk errichtet haben. Schließlich wollte er scheue Vögel fotografieren. Trevisan hatte oft in Tierdokumentationen beobachtet, wie ein routinierter Fotograf vorging, um an seine Aufnahmen zu kommen. Gablers Verleger hatte bestätigt, dass der Ermordete tatsächlich an einem neuen Bildband über seltene Seevögel gearbeitet hatte. Wartete der Tod bereits in den Dünen auf ihn, als er sich auf den Weg zu den Brutplätzen des Austernfischers machte? Wer konnte davon wissen?

Und noch etwas ging Trevisan nicht aus dem Sinn – die letzte Aufnahme aus Gablers Fotoapparat. Wie konnte ein Perfektionist wie Gabler so ein stümperhaftes Foto machen? Irgendetwas hatte das Bild mit seinem Tod zu tun. Zeigte es den Mörder? Hatte er zugeschlagen, als Gabler den Auslöser betätigte? Trevisan seufzte. Er hatte nichts außer Vermutungen.

Ein hässliches Geräusch riss ihn aus seinen Gedanken. Doktor Mühlbauer sägte Gablers Brustbein auf.

»Die inneren Organe weisen eine normale Entwicklung auf. Keine Auffälligkeiten im abdominalen Bereich«, diktierte Mühlbauer in das Mikrophon, das über dem Seziertisch hing.

Rudolf Gabler wurde regelrecht ausgebeint. Jedes seiner Organe wurde akribisch untersucht.

Trevisan erhob sich und trat widerwillig näher.

Der Geruch, der sich langsam im Raum ausbreitete, wurde von Minute zu Minute unerträglicher. Trevisan hatte in seinem Leben schon unzähligen Leichen ins Gesicht blicken müssen. Obduktionen gab es mindestens zwanzig bis dreißig im Jahr und als Leiter des 1. Fachkommissariats blieb es ihm oft nicht erspart, persönlich daran teilzunehmen. Doch an den süßlichen Geruch des Todes würde er sich wohl nie gewöhnen.

Doktor Mühlbauer legte die blutverschmierte Säge auf den Beistelltisch. Trevisan schwankte und zog sich auf den Stuhl zurück. Heute war wohl nicht sein bester Tag.

Kurze Zeit später wusch sich der Doktor die Hände im Waschbecken. Schmunzelnd kam er auf Trevisan zu. »Jetzt wollen Sie so schnell wie möglich wissen, was mir der Tote ins Ohr geflüstert hat.«

»Ich bin ehrlich gesagt für jede Information dankbar, die mich weiterbringt«, entgegnete Trevisan sachlich.

»Also gut, ich will es kurz machen. Die Liegezeit der Leiche mag etwa zweieinhalb Tage betragen haben. Der Tod trat demnach am vergangenen Freitag ein, wohl so um Mitternacht. Zwei oder drei Stunden hin oder her. Genauer geht das erst nach der Gewebeanalyse. Die Halsschlagader wurde mit einer scharfen Klinge glatt durchtrennt. Um welche Waffe es sich dabei handelte, das vermag ich nicht zu sagen. Sie muss scharf wie ein Skalpell gewesen sein. Außer dieser Verletzung und den Fraßstellen der Vögel gibt es nur noch eine kleine Gewebeeinblutung an der rechten Hand. Die muss ich erst noch mikroskopisch näher untersuchen.«

»Bis wann habe ich den Obduktionsbefund auf meinem Schreibtisch?«

»Ich denke, bis Mittwoch.«

Trevisan verabschiedete sich und verließ den Sektionsraum. Der Geruch war mittlerweile unerträglich geworden. Er spürte einen unangenehmen Druck in der Magengegend.

Als er das Gebäude verlassen hatte, schnappte er nach Luft wie ein Fisch auf dem Trockenen.

*

»Hast du schon etwas Wichtiges erfahren?«, fragte Monika Sander sofort.

Trevisan schüttelte den Kopf. Er fühlte sich immer noch nicht ganz wohl. »Nur die Todeszeit wurde bestätigt. Mehr nicht.«

Monika bewegte den Wagen zügig durch den Wilhelmshavener Berufsverkehr. Kurz vor der Kunsthalle klingelte ihr Handy. Ihr Ehemann teilte mit, dass die kleine Dana mit 39° Fieber im Bett lag. Monika sollte aus der Apotheke Zäpfchen mitbringen, wenn sie nach Hause käme.

Als sie in der Dienststelle ankamen, wurden sie schon von Dietmar Petermann ungeduldig erwartet.

»Wir haben etwas herausgefunden, das uns weiterbringen könnte.« Er schlug den Ordner auf, den er in den Händen hielt. »Gabler arbeitete im Schulamtsbezirk Wilhelmshaven als Grundschullehrer. 1979 ließ er sich auf eigenen Wunsch nach Schortens versetzen. Seine Frau arbeitete ebenfalls dort an der Grundschule. 1989 wurde er erneut versetzt. Diesmal an die Hauptschule nach Aurich. 1992 starb seine Frau im Alter von zweiundfünfzig Jahren. Zwei Jahre später wurde er pensioniert. 1993 lief ein Verfahren wegen sexueller Nötigung gegen ihn. Eine dreizehnjährige Schülerin hat ihn angezeigt.«

Trevisan griff blitzschnell nach der Akte.

»Was wurde aus der Sache?«, fragte Monika Sander.

Dietermann strich sich über seine akkurat sitzende Frisur und räusperte sich. »Das Verfahren war bei der Staatsanwaltschaft in Aurich anhängig, aber es wurde eingestellt. Die Schülerin erwies sich nicht als besonders glaubwürdig und Gabler hat stets seine Unschuld beteuert. Er gab an, von ihr erpresst worden zu sein. Sie hatte schlechte Zensuren und wollte damit ihre Versetzung erreichen. Die Kleine war ganz schön durchtrieben und stammte aus zwielichtigen Verhältnissen. Der Vater soff und die Mutter ging auf den Strich. Für die Polizei war das Mädchen auch keine Unbekannte. Sie blieb oft unentschuldigt der Schule fern, klaute wie ein Rabe und presste ihren Mitschülerinnen das Pausengeld ab. Sie muss ein tolles Früchtchen gewesen sein. Trotzdem hat das Schulamt Gabler nahe gelegt, den Dienst zu quittieren und in Frühpension zu gehen. Er willigte schließlich ein.«

»Habt ihr Namen und Anschrift?«, fragte Trevisan.

Dietmar lächelte siegessicher. »Sie heißt Patricia Maxdorf. Sie müsste heute um die zwanzig sein. Sie wohnt in Jever, in der Dierolfstraße.«

Hatten sie endlich den erhofften Ermittlungsansatz gefunden? Hatte die kleine Maxdorf etwas mit dem Mord an Gabler zu tun? »Habt ihr sie schon ausfindig gemacht?«, wollte Trevisan wissen.

»Tina und Alex arbeiten daran. Es braucht seine Zeit. Auch unser Tag hat nur vierundzwanzig Stunden«, entgegnete Petermann frostig.

*

Es war ein altes und schmutziges Haus. Die Fassade wirkte stumpf und brüchig. Die verbeulten Briefkästen waren wohl alle schon einmal aufgebrochen worden. Auf den Klingelknöpfen standen unaussprechliche Namen. Ein schmuddeliger Kinderwagen war vor dem Haus abgestellt. Ein Rad fehlte.

Alex Uhlenbruch blickte auf die Klingel. Im dritten Stock, Westseite, wohnte die junge Frau, die als Dreizehnjährige den Lehrer Gabler angezeigt hatte. *»Maxdorf/Straßberg«*, stand in unbeholfener Schrift auf dem Klingelschild. Er klingelte. Einmal, zweimal, dreimal. Es dauerte eine Weile, bis ein elektrischer Summton erklang. Uhlenbruch drückte gegen die Tür. Im Treppenhaus roch es nach Seife und Urin. Sie gingen in den dritten Stock. Die Wohnungstür war noch geschlossen. Auch hier gab es eine Klingel. Tina Harloff drückte den schwarzen Knopf.

Eine Frau öffnete. Alkoholschwaden verfingen sich in Uhlenbruchs Nase. Die Frau wirkte ungepflegt und verlebt. Ihre Haut war stumpf und faltig. Ihr Alter war schwer zu schätzen. Sie trug ein zerknittertes und viel zu kurzes Kleid, das schon längst wieder hätte gewaschen werden müssen. »Was wollt ihr?«, lallte sie.

Uhlenbruch zeigte ihr seine Dienstmarke.

»Die Bullen, hab ich mir doch gleich gedacht, so schnieke wie ihr ausseht. Bei mir gibt's nichts zu holen. Der Kerl ist seit gestern weg. Er kommt nicht mehr, hat er gesagt. Hat wohl was Besseres, das Schwein. Vier Jahre hat er gebrummt und ich habe auf ihn gewartet. Dieser Saukerl!«

Alex warf Tina einen fragenden Blick zu. Als die Frau verstummte, sagte er: »Es geht um Ihre Tochter Patricia. Wir wollen sie gerne sprechen.«

»Dieses Flittchen. Sie hat er auch schon gehabt, dieses Schwein. Ich hab sie erwischt. Er hat sie gebumst und sie hat gestöhnt wie ein Vieh. Rausgeschmissen hab ich sie. Beide. Die Pest an ihren Hals. Verrecken sollen sie.« Sie war in ihrem Element und eine Schimpfkanonade folgte der anderen. Die Frau hatte ganz schön geladen.

»Zwei Promille mindestens«, flüsterte Alex seiner Kollegin zu. Tina nickte.

»Also gut, Frau Maxdorf, Ihre Tochter ist also nicht hier und Sie können mir auch nicht sagen …«

»Totschlagen hätte ich sie sollen und den Sauhund gleich

mit. Er taugt nichts. Säuft den ganzen Tag. Seit er wieder draußen ist, ist bei uns die Hölle los. Ich hasse den Kerl. Die Mutter reicht ihm nicht, muss sich auch noch an die Tochter ranmachen. Vier Jahre hab ich gewartet. Dieses Schwein!«

Alex Uhlenbruch schüttelte den Kopf. »Aus der werden wir wohl nichts herausbringen«, raunte er seiner Kollegin zu.

»Also gut, Frau Maxdorf. Sollte sich Ihre Tochter melden, dann rufen Sie uns einfach an.« Er reichte ihr seine Visitenkarte.

Sie verabschiedeten sich und wandten sich ab. Noch immer wetterte Frau Maxdorf lauthals und drohte »dem Kerl« alles Mögliche an. »Wo werden sie schon sein, ohne Geld. Er taugt nichts, und sie dazu. Wenn man wüsste, welche Brut man da aufzieht. Totschlagen, am besten gleich totschlagen.« Eine kleine Pause folgte. »Bestimmt sind sie bei Schindler. Wohin sollten sie sonst gehen, ohne Geld?«

Alex blieb auf der Treppenstufe stehen. Also wusste sie doch, wo die beiden untergekommen waren. Er ging zu ihr zurück.

Ein paar Minuten später hatte er erfahren, was er wissen wollte.

*

»Glaubst du wirklich, die kleine Maxdorf hat etwas mit Gablers Tod zu tun?«, fragte Monika Sander nachdenklich und legte die Akte zurück auf den Tisch.

Trevisan zuckte mit den Schultern.

»Es ist schon sieben Jahre her«, schob sie nach.

»Ich weiß«, sagte Trevisan. »Es ist dünnes Eis. Ehrlich gesagt glaube ich nicht daran. Aber es ist die erste vage Möglichkeit. Wer weiß, vielleicht hatten die beiden noch Kontakt. Selbst wenn es sich als falsche Spur herausstellt, müssen wir diese Möglichkeit zweifelsfrei ausschließen können.«

Monika nickte.

»Ich weiß im Moment überhaupt nicht, was ich glauben soll«, sagte er. »Kennst du das Gefühl, zwischen zwei Stühlen zu sitzen und sich für einen entscheiden zu müssen?«

»Was meinst du damit?«, fragte Monika.

»Irgendetwas sträubt sich in mir dagegen, an eine Beziehungstat zu glauben«, erklärte Trevisan. »Ich kann es nicht erklären, aber ich denke, das Ganze ist nur der Anfang.«

»Dietmar ist überzeugt von der Theorie, Patricia Maxdorf hätte etwas damit zu tun«, erwiderte Monika.

»Und was glaubst du?«

»Ich weiß es nicht. Wenn ich mit Dietmar rede, dann erscheint alles klar und logisch, aber nur für einen kurzen Moment. Ich glaube, ich muss erst mal darüber schlafen.«

»Dann bis morgen«, sagte Trevisan und verließ das Büro.

Noch bevor er die Treppe erreicht hatte, rief ihm Monika Sander nach, Kriminaldirektor Beck wolle noch mit ihm sprechen. Ausgerechnet jetzt, wo er müde war und nach Hause wollte.

Beck hatte sein Büro im vierten Stock. Trevisan nahm zwei Stufen auf einmal. Als er an die Tür klopfte, tönte ein resolutes »Herein« aus dem Zimmer.

Kriminaldirektor Beck war ein kleiner, untersetzter Mann. Erwartungsvoll blickte er von seinem Schreibtisch auf. »Hallo, Trevisan, wie laufen die Ermittlungen?«

Trevisan steuerte auf den Stuhl vor dem Schreibtisch zu. »Wir sind noch keinen bedeutenden Schritt weiter.«

Beck nickte. »Eine Beziehungstat ist wohl auszuschließen?«

Trevisan zuckte die Schultern. »Die Hinweise verdichten sich, dass der Ermordete zu Lebzeiten nicht der brave Rentner war, der er zunächst zu sein schien. Wir haben Spannerfotos bei ihm gefunden, außerdem gibt es Hinweise darauf, dass er vor ein paar Jahren ein minderjähriges Mädchen sexuell belästigte. Deswegen musste er auch vorzeitig aus dem Schuldienst ausscheiden.«

»Das ist ja interessant. Vielleicht liegt darin der Schlüssel. Weißt du«, sagte Beck verlegen, »Frau Schulte-Westerbeck … Sie ist der Meinung, dass du … vielleicht Hilfe brauchen könntest.«

Daher wehte also der Wind. Trevisan hatte bereits so etwas vermutet.

Das Telefon klingelte und Beck griff nach dem Hörer. Seine gespielt freundliche Miene verfinsterte sich und machte blankem Entsetzen Platz. Fassungslos legte er den Hörer auf.

Trevisan blickte ihn verwundert an.

»Die Küstenwache hat in der Wesermündung einen führerlosen Fischkutter aufgebracht«, sagte Beck. »An Bord haben sie drei Leichen gefunden. Ermordet, wie es scheint.«

6

Die Fahrt war eine einzige Tortur. Der Wind hatte zugenommen. Das kleine Polizeiboot tanzte über die aufgepeitschten Wogen. Trevisan war erleichtert, als sie endlich ihr Ziel erreichten. Im flacheren Gewässer rund um die Untiefen der Sandbank war es ruhiger. Ein Boot der Küstenwache ankerte neben dem Trawler. Das Schleppschiff der Hafendirektion war bereits unterwegs.

Das Übersetzen auf den Kutter war keine einfache Sache. Trevisan blieb jedoch nichts anderes übrig, wollte er sich hier einen ersten Eindruck vom Tatort verschaffen.

Beck schmunzelte, als er in Trevisans blasses Gesicht blickte. »Du bist wohl nicht ganz seetauglich«, spottete er.

Trevisan nickte gereizt. Ihm war speiübel.

Beck machte das Auf und Ab des kleinen Bootes nichts aus. Er schien es sogar zu genießen.

Das Polizeiboot fuhr dicht an den Kutter heran. Ein Polizist an Bord des Kutters fing die Leine auf und zurrte sie an der Reling fest. Nur noch ein halber Meter trennte die Boote. Der dicke Rammschutz an der Seite des Polizeibootes verhinderte, dass die stählernen Körper der Schiffe zusammenstießen. Trevisan versuchte vergeblich die Leiter zu greifen. Unter ihm tobte das Wasser und ihm war mulmig zumute. Endlich bekam er die Sprossen zu fassen. Mit einem unsicheren Schwung setzte er über. Beinahe wäre er abgerutscht, doch der Polizist ergriff ihn am Mantel und zog ihn zu sich heran. Dankbar begrüßte Trevisan den Beamten. Unterdessen hatte sich Beck spielerisch leicht an Bord geschwungen.

Trevisan blickte sich um. Noch war nichts verändert worden, außer dass sich der Schiffsarzt der *Ilse Knoop* der beiden Leichen an Bord angenommen und den Tod festgestellt hatte. Die Spurensicherung wartete in Wilhelmshaven auf den Kutter.

»Zwei Leichen liegen achtern«, berichtete der uniformierte Kollege. »Eine weitere schwimmt noch im Wasser. Sie hat sich im Netz verfangen. Wir haben einen Taucher eingesetzt, aber eine Bergung war noch nicht möglich. Das Netz wurde ohne die Scherbretter ausgebracht und hat sich vermutlich unter dem Schiff in der Schraube oder der Welle verfangen.«

Trevisan ging vorsichtig und langsam nach Achtern, immer darauf bedacht, keine Spuren zu vernichten. Der Uniformierte folgte.

Auf dem Vorschiff standen Körbe. Der Hock, ein Bretterverschlag zum Verstauen des Fanges, war leer. Trevisan hob eine der Ladeluken an und blickte neugierig hinein. Auch dort keine Fische. Alle Netze, bis auf eines, hingen über der Reling. Die Männer waren ermordet worden, noch bevor sie mit ihrer Arbeit begonnen hatten.

Die Leiche eines kräftigen Mannes lag steuerbord neben dem Ruderhaus. Von seinem Kopf aus zog sich eine dunkelbraune Spur bis zur Reling über die hölzernen Planken. Eingetrocknetes Blut. Unweit seines Kopfes lag ein Stauerhaken.

»Der ist wohl mit dem spitzen Ding erschlagen worden«, folgerte Beck. Trevisan schwieg.

»Die andere Leiche liegt dort oben.« Der Uniformierte zeigte auf das Dach des Ruderhauses.

Trevisan blickte sich ratlos um.

»Drüben auf der anderen Seite ist die Leiter«, erklärte der Kollege und ging voraus.

Die Leiche eines jungen Mannes lag auf dem Kajütdach bäuchlings im Beiboot. Der Tote hatte eine klaffende Wunde am Hals. Trevisan erstarrte.

»Ah, da kommt der Schlepper endlich«, rief der Kollege und blickte hinaus auf die düstere See.

Trevisans fuhr herum. Die Umrisse eines Schiffes zeichneten sich schwach am Horizont ab. Er blickte auf seine Uhr. Wieder eine Nacht ohne Schlaf, dachte er. Doch viel schlimmer waren seine Befürchtungen angesichts des Toten im Beiboot.

Beck schaute ihm über die Schulter, als sich Trevisan zu dem Toten herabbeugte. »Eine hässliche Wunde«, konstatierte der Chef.

»Wie bei dem Toten auf Wangerooge«, antwortete Trevisan geistesabwesend.

*

Schindler, der beste Freund jenes Herrn Straßberg, den Patricia Maxdorfs Mutter nur noch »den Kerl« genannt hatte, wohnte in einem ehemaligen Lagerhaus unweit des Ausrüstungshafens. Seine Wohnung lag im ersten Stock. Es stank nach vergammelten Lebensmitteln.

»Hier ist es«, flüsterte Alex Uhlenbruch seiner Kollegin zu. Tina Harloff nickte. Vorsichtig traten sie an die Tür. Alex suchte vergeblich nach einer Klingel. Schließlich klopfte er mit der Faust gegen das Türblatt. Er wusste genau, dass Schindler zu Hause war. Zwei Stunden hatte er zusammen mit Tina vor dem Haus gewartet, bis Schindler gekommen war.

Alex Uhlenbruch wusste mittlerweile alles über Schindler. Sogar ein Bild hatte er sich aus den Kriminalakten besorgt. Schindler war kein unbeschriebenes Blatt. Er war ein Junkie und einschlägig vorbestraft. Er würde sich wohl kaum über einen Besuch der Polizei freuen.

Auch über Straßberg hatte Alex so manches in Erfahrung gebracht. Straßberg war erst vor kurzem aus der Justizvollzugsanstalt in Hamburg entlassen worden. Vier Jahre hatte er dort wegen Rauschgifthandels und Diebereien gebrummt.

Von Patricia Maxdorf existierten nur unwesentliche Eintragungen im Computer. Ladendiebstähle, Beleidigungen und Betrügereien. Nichts Besonderes, dennoch zeigte es, dass sich das Mädchen auch jetzt noch nicht allzu viele Gedanken über das Gesetz machte.

Das Geräusch von Schritten drang aus der Wohnung. Plötzlich flog die Tür auf. »Es wird Zeit, ich habe dich schon viel früher erwartet«, sagte Schindler, ohne aufzublicken. Er hatte sich längst wieder umgewandt und schlenderte zurück in das Zimmer am Ende des Ganges.

Tina nickte Alex zu. Sie nutzten die Gelegenheit, betraten

die Wohnung und schlossen die Tür. Sie folgten Schindler in die schmuddelige Küche und blieben im Gang stehen. »Herr Schindler, wir müssen mit Ihnen reden.«

Schindler fuhr erschrocken herum. »Was ... Wer seid ihr?«

Alex Uhlenbruch griff in seine Lederjacke und holte seine Polizeimarke hervor.

»Bullen! Was soll das? Ich habe euch nicht hereingebeten.« Schindlers Stimme klang unsicher.

»Sie haben uns hereingelassen«, entgegnete Alex unbeeindruckt. »Wo ist Patricia Maxdorf?«

»Woher soll ich das wissen?«

»Ihre Mutter hat uns hierher geschickt, wir müssen mit ihr reden«, stellte Tina Harloff klar.

Schindler zuckte mit den Schultern und blickte gelangweilt auf den Boden. Er spielte den Unwissenden.

»Ich habe den Eindruck, dass es hier süßlich riecht. Meinst du nicht auch?«, fragte Axel laut und warf seiner Kollegin einen vielsagenden Blick zu.

Tina verstand. Sie zog die Luft in ihre Nase und nickte. »Er hat wohl gerade einen Joint geraucht.«

»Hey, was soll das Spiel? Das Weib ist nicht hier. Ich weiß wirklich nicht ...«

»Ich glaube, wir müssen uns hier etwas genauer umschauen«, sagte Alex und ging auf eine Zimmertür zu. »Hasch, Heroin, irgendetwas werden wir schon finden.«

»Macht keinen Quatsch, ich habe Bewährung. Ich spritze nicht mehr. Ich bin im Methadonprogramm.«

Alex hielt inne. »Patricia Maxdorf?«, fragte er fordernd.

Schindler überlegte. »Sie ist mit Straßberg unterwegs. Ihr wollt wirklich nur mit ihr reden?«

Alex Uhlenbruch nickte.

»Also gut, sie wollten eigentlich bis acht hier sein. Aber wenn ihr ihn verhaftet ... Straßberg wird mich ...«

Ein ungestümes Klopfen unterbrach ihn. Schindler fuhr erschrocken zusammen.

»Machen Sie auf, es gibt wirklich keinen Grund, sie zu warnen«, flüsterte Alex ihm zu. »Wir werden mit ihr sprechen und dann werden wir gehen.«

Schindler zögerte, doch dann ging er zur Wohnungstür.Er öffnete.

Ein junges Mädchen mit strähnigen, blonden Haaren und ein Mann von Mitte Dreißig standen vor der Tür. Als er Alex sah, zuckte er zusammen. Es mochte an Uhlenbruchs durchtrainiertem Körperbau liegen, seiner zwar modernen, aber auch korrekten Kleidung oder der leichten Ausbeulung unter den Achseln durch die Dienstwaffe im Holster, Straßberg wusste jedenfalls sofort, dass er einen Kriminalbeamten vor sich hatte. Blankes Entsetzen lag in seinen Augen. »Du Arschloch«, rief er Schindler zu, machte auf dem Absatz kehrt und stürmte davon.

Das Mädchen folgte ihm.

*

Zehn nach neun fuhr der Schlepper in den Nordhafen ein. Die Scheinwerfer kämpften gegen die aufsteigenden Nebelschwaden an, als sich plötzlich die *Helge* wie ein Geisterschiff in den Lichtkegel schob. Trevisan kam sich vor wie in einem Horrorfilm. Er war vor einer Stunde mit dem Polizeiboot in Wilhelmshaven angekommen. Die Übelkeit war verflogen, das Zittern in den Beinen hatte aufgehört.

Der große, weiße Spurensicherungswagen stand bereit. Kleinschmidt und sein Team warteten geduldig, bis die *Helge* an der Kaimauer festgemacht hatte.

Kriminaldirektor Beck befürchtete für den nächsten Tag einen Ansturm der Journalisten. Schon der Mord auf Wangerooge hatte im Wangerland für Aufregung in der Bevölkerung gesorgt.

Monika Sander trat an Trevisans Seite. »Die Taucher sind bereit«, sagte sie.

»Erst nachdem die Spurensicherung fertig ist. Die Leiche ist mindestens schon zwei Tage im Wasser. Da kommt es auf eine Stunde nicht an.«

Dietmar Petermann hatte die Zeit genutzt, um so viel wie möglich über die WHV 221 und ihre Crew herauszufinden. »Sie sind am vergangenen Donnerstagnachmittag ausgelaufen, um im Borkumgrund zu fischen. Der Eigner heißt Ole Hansen und ist fünfundsechzig Jahre alt. Mit zur Crew gehören ein Sven Ole Willemsen und ein Holländer namens Jan Ekke Mijboer.« Dietmar schaute gebannt auf den Kutter, während er berichtete. »Anscheinend wohnen alle drei zusammen in Fedderwarden. Die *Helge* ist in Wilhelmshaven registriert. Der Hafenmeister kennt den alten Hansen. Er sagt, dass er ein freundlicher und unauffälliger Mensch war. Auch Willemsen scheint ein unbeschriebenes Blatt zu sein. Nur dieser Mijboer wäre ein wenig zwielichtig, sagt er. Ich habe die Zentrale veranlasst, in unseren Computern über Mijboer zu recherchieren.«

Als Erstes gingen Kleinschmidt und seine Crew an Bord. Überall wurden Scheinwerfer platziert, um für ausreichend Licht zu sorgen. Weiße Gestalten wanderten über die Planken. In ihren Papieranzügen wirkten sie wie Gespenster.

Trevisan wartete geduldig an Land, bis nach einer Stunde der Polizeiarzt auf ihn zukam. Er kannte ihn flüchtig.

»Der Todeszeitpunkt liegt schon zwei bis drei Tage zurück. Der Ältere der beiden wurde erschlagen. Ich vermute, mit dem Haken, der in der Nähe seines Kopfes liegt. Der Jüngere starb durch Gewalteinwirkung gegen den Hals. Es gibt keine augenfälligen Kampfspuren an den beiden Leichen.«

»Kann die Wunde von einem Messer stammen?«, fragte Trevisan.

»Genaueres wird die Obduktion erweisen, aber es sieht mir nicht nach einem Messer aus. Eher eine Art Pfeilspitze. Der Schnitt ist glatt und wurde mit äußerster Wucht geführt.«

Trevisan bedankte sich. Der Arzt würde noch eine Weile warten müssen, bis er auch die dritte Leiche in Augenschein nehmen konnte. Trevisan schaute auf seine Uhr. Es war kurz vor elf.

»Was läuft hier bloß ab! Jagen wir einen Psychopathen?«, durchbrach Monika das allgemeine Schweigen.

»Ich weiß es nicht«, sagte Trevisan. »Aber mir erscheint der Tote von Wangerooge jetzt in einem ganz anderen Licht. Ich war fast geneigt, an Dietmars Theorie zu glauben, aber nach dieser Geschichte hier ist alles anders. Ich bin mir sicher, dass der Tote von Wangerooge und die Sache hier zusammenhängen. Die Wunde Gablers und die des jungen Mannes an Bord scheinen mir von derselben Waffe zu stammen. Ich weiß bloß noch nicht, was es war.«

Ein uniformierter Polizist kam auf ihn zu. »Herr Trevisan, Sie werden über Funk gerufen.«

*

Sie war verstockt. Schweigend saß sie im Vernehmungsraum. Außer ihrem Namen und ihrer Adresse hatte Patricia Maxdorf bislang nichts preisgegeben. Alex Uhlenbruch versuchte zuerst auf die kumpelhafte Art mit ihr ins Gespräch zu kommen, dann probierte er es auf die harte Tour. Schließlich verließ er das Zimmer und schaute Tina Harloff durch den venezianischen Spiegel zu, wie sie ihr Glück versuchte. Patricia war entweder mit allen Wassern gewaschen oder sie hatte Angst. Was hatte sie zu verbergen?

Alex war überrascht darüber, in welche Richtung sich der Fall Gabler entwickelt hatte. Noch waren die Indizien gegen Straßberg dürftig, aber warum war er heute weggelaufen? Alex hatte die Witterung aufgenommen. Nun ließ er nicht mehr locker. Ein Verdacht lag in der Luft. Vage nur, aber dennoch greifbar. Vielleicht hatte Straßberg versucht, Gabler zu erpressen. Zwar waren inzwischen sieben Jahre vergangen, aber Gabler hatte sich mittlerweile einen Namen als Fotograf gemacht und er hatte Geld auf seinem Konto. War das ein mögliches Motiv?

Alex hatte Straßbergs Akte gelesen. Rauschgiftdelikte, Raubüberfälle, Körperverletzung, Förderung der Prostitution und einmal sogar versuchter Totschlag. Zuletzt hatte er vier Jahre und zwei Monate eingesessen. Er war erst seit drei Wochen wieder auf freiem Fuß.

Zehn Jahre hatte er mit Patricia Maxdorfs Mutter zusammengelebt. Er musste also von der Anzeige gegen Gabler gewusst haben.

Steckte die kleine Maxdorf mit ihm unter einer Decke? Weshalb schwieg sie? Noch immer bemühte sich Tina, das Mädchen zum Sprechen zu bewegen, doch vergeblich. Patricia Maxdorf blieb stumm.

*

Gegen halb fünf kehrten Trevisan und Monika Sander in die Polizeiinspektion zurück. Sie waren durchgefroren und müde. Monika hatte Kopfschmerzen. Auch Trevisan spürte einen leichten Druck an den Schläfen. Es mochte wohl auch Übermüdung sein.

Zwei Feuerwehrtaucher hatten das Netz freibekommen. Der Tote im Netz war geborgen worden. Durch die lange Liegezeit im Wasser konnte der Gerichtsmediziner vor Ort nicht mehr viel feststellen. Auffällig war nur, dass der linke kleine Finger oberhalb des zweiten Gliedes abgetrennt worden war.

»Wohl doch die Spur eines Kampfes«, dachte Trevisan. »Oder zumindest einer Abwehrreaktion Hansens.«

Kleinschmidt hatte mit seinen Leuten buchstäblich jede einzelne Schiffsplanke umgedreht. Gefunden hatten sie jedoch nichts. Es war wie eine Geisterjagd. Die Tatwaffe im Fall Willemsen war eindeutig der Stauerhaken, so viel stand fest. Die Waffe, mit der Mijboer ermordet worden war, konnte nicht gefunden werden. Ole Hansen war in das Netz gewickelt worden. Es sprach viel dafür, dass er noch gelebt hatte, als man ihn ins Wasser stieß.

Die Leichen waren auf dem Weg in das Gerichtsmedizinische Institut. Dorthin, wo auch Gabler in einem Kühlfach auf Gerechtigkeit wartete.

»Es ist auszuschließen, dass sich die Männer auf dem Boot gegenseitig umbrachten«, sagte Monika. »Es ergäbe keinen Sinn. Aber wie ist der Mörder an Bord gekommen? Wie ist er wieder verschwunden? Das Wasser hat gerade mal vierzehn Grad.«

Trevisan zuckte die Schultern. »Wir müssen es herausfinden.«

*

Monika Sander war längst gegangen, als Trevisan müde und abgespannt durch den halbdunklen Gang zum Treppenhaus schlenderte. Er freute sich auf sein Bett. Aus Alexander Uhlenbruchs Büro strömte Licht durch einen Türspalt in den Flur. Verdutzt blieb er stehen und schob behutsam die Tür auf. Sein Blick fiel auf Alex, der hinter seinem Schreibtisch saß und eine Akte studierte. Unter der Sonnenbräune war sein Gesicht aschfahl vor Erschöpfung. Die sonst so sorgfältig mit Gel gestylten schwarzen Haare hingen ihm wirr in die Stirn.

»Alex, was machst du denn noch hier?«, fragte Trevisan.

Erschrocken blickte Uhlenbruch auf. »Martin, wieso bist du so früh im Büro?«

Trevisan erzählte ihm von dem grausigen Fund auf der *Helge*. Alex lauscht fassungslos. Schließlich berichtete er Trevisan von Straßbergs Flucht und der verstockten Patricia Maxdorf. Mittlerweile hatte er das Mädchen nach Hause bringen lassen. Es gab keinen ausreichenden Grund, sie weiter festzuhalten.

»Ich glaube, dass Straßberg etwas mit Gablers Tod zu tun hat«, erklärte Alex energisch und reichte Trevisan Straßbergs Kriminalakte.

Trevisan überflog die Seiten. Straßberg hatte schon einiges auf dem Kerbholz. Ein Mord war ihm durchaus zuzutrauen. Doch irgendwie war Trevisan skeptisch. Ihm kam es vor, als drehten sie sich im Kreis. Er konnte nicht genau sagen, was ihn an der Vorstellung störte, dass Straßberg der Täter sein sollte. Auf der anderen Seite, was steckte hinter dessen Flucht? Doch welchen Bezug konnte Straßberg zur Besatzung der *Helge* haben? Wo waren die Berührungspunkte? Gabler, Maxdorf, Hansen, Willemsen, Mijboer und Straßberg. Ergab diese Kombination ein Muster? Gab es Gemeinsamkeiten? Trevisan wähnte sich in einem Labyrinth.

»Wir müssen diesen Straßberg auf alle Fälle zu fassen kriegen«, bekräftigte Alex. »Das Material ist noch ein bisschen dürftig, aber für eine Fahndung reicht es.«

Trevisan blickte auf die Wanduhr. Es war fünf nach sechs. Draußen hatte es erneut zu regnen begonnen. »Ich denke, es ist das Beste, wenn wir jetzt nach Hause gehen. Schlaf dich erst mal aus. Wir können jetzt doch nichts tun. Wir treffen uns heute Mittag um zwei.«

Eine Stunde später fiel Trevisan hundemüde in sein Bett.

*

Er träumte. Bunte Bilder bewegten sich in seinem Kopf. Er drehte sich herum, doch das Klingeln hörte nicht auf. Langsam wurde er wach. Er griff nach dem Telefonhörer. Es war drei Minuten vor acht. »Trevisan«, meldete er sich verschlafen.

»Endlich bekomme ich dich mal zu fassen. Du bist ja nur noch unterwegs. Im Büro heißt es immer nur, du bist auf Ermittlungen, du darfst nicht gestört werden.«

Seine Frau. Das hatte ihm noch gefehlt.

»Hast du überhaupt noch Zeit für deine Tochter, Martin?«

Dieser vorwurfsvolle Unterton hatte ihm noch nie behagt. »Grit, ich bin hundemüde. Ich schlafe erst seit einer Stunde. Bitte, lass uns ...«

»Das könnte dir so passen. Wir reden jetzt! Paula hat mich angerufen und mir erzählt, dass du sie nicht mit auf einen Ausflug lässt. Seit Tagen versuche ich dich vergeblich zu erreichen. Auf der einen Seite spielst du den fürsorglichen Vater, auf der anderen Seite lässt du sie allein. Was ist in dich gefahren?«

»Grit, ich bin jetzt wirklich nicht dazu aufgelegt, über ...«

»Du hast dich kein bisschen geändert. Immer denkst du nur an dich. Ich hätte Paula damals nicht zu dir zurückkehren lassen sollen. Ich merke immer mehr, dass es dich überfordert. Wenn es dir passt, dann sperrst du sie in einen goldenen Käfig, ansonsten überlässt du sie sich selbst.«

Martin Trevisan schluckte seinen aufkeimenden Ärger herunter. Seit einem Monat hatte sich seine Exfrau nicht mehr gemeldet und ausgerechnet jetzt bildete sie sich ein, die treu sorgende Mutter spielen zu können. »Ich weiß nicht, was du überhaupt willst«, sagte er mit erzwungener Ruhe.

»Was ich will? Du fragst, was ich will? Ich will, dass du deinen Verpflichtungen als Vater nachkommst. Das will ich. Das bist du ihr schuldig. Wenn du dich nicht richtig um sie kümmerst, dann ... dann ...«

»Dann komm hierher und hol sie ab!«, schrie Trevisan ins Telefon. »Ich stecke mitten in einer Mordermittlung!«

»Du weißt genau, dass ich keine Zeit dafür habe. Ich muss in den nächsten Wochen nach Stockholm. Das ist wichtig für mich. Lass sie doch einfach mit auf den Ausflug. Dann ist dir und ihr geholfen. Sei doch nicht so stur.«

»Ich bin nicht stur. Wenn ich mich richtig erinnere, dann lebt Paula bei mir, weil du keine Zeit für sie hattest. Also wird sie auch tun, was ich für richtig halte. Die Nordsee ist für eine Bootstour zu gefährlich und außerdem treibt sich da draußen ein Psychopath herum, der wahllos Leute abschlachtet. Nein, das ist mein letztes Wort!«

Aufgebracht warf er den Hörer auf die Gabel. Nicht nur,

dass sie ihn aus dem Schlaf gerissen hatte, viel schlimmer war, dass Grit immer noch meinte, einfach über ihn und seine Gefühle bestimmen zu können. Das hatte schon früher nicht funktioniert.

Damals, als sie sich trennten, hatte er ein schlimmes Jahr hinter sich. Auch für Paula war es nicht leicht gewesen. Inzwischen hatte er sein Leben neu geordnet. Ein Leben, das zu ihm passte. Paula war ein Teil dieses Lebens. Warum maßte sich Grit immer wieder an, sich in sein Leben einzumischen?

Er brauchte zwei Stunden, um sich zu beruhigen. Es war zehn Uhr, als er in einen unruhigen Schlaf fiel.

7

Unbeholfen tapste das kleine Kätzchen über die Wiese. Es mochte nur wenige Wochen alt sein. Ein lustiger schwarzer Fleck, ähnlich einer einsamen Insel im weiten Meer, umrahmte das linke Ohr auf dem ansonsten weißen Fell. Das Kätzchen jagte den Insekten hinterher, sprang mit ausgestreckten Tatzen in die Luft, überschlug sich, schüttelte sich, um anschließend einem anderen Schmetterling oder Käfer hinterherzuhetzen.

Mit versteinerter Miene verfolgte er das Schauspiel. Dieses Kätzchen war ein bisschen so wie er. Auch er war in seinem Leben gestrauchelt, auch er war oft in eine tiefe Dunkelheit gestürzt. Doch immer wieder hatte er sich aufgerafft, immer wieder war er auf die Beine gekommen. Er verfolgte ein Ziel. Dafür lebte er.

Gerne hätte er gelacht, hätte seine Freude über das putzige Tierchen hinausposaunt, doch er besaß kein Lachen mehr. Sie hatten es ihm vor langer Zeit genommen.

Vielleicht würde er sich eines Tages neben ein anderes Kätzchen in die Wiese legen und mit ihm spielen und lachen und jauchzen und vor lauter Freude schreien, vielleicht. Doch vorher hatte er noch etwas zu erledigen.

Er hatte alles über den Mann in Erfahrung gebracht. Er wusste, wann er morgens aufstand, wann er zur Arbeit ging, welchen Weg er fuhr. Er wusste, wie sehr er seine Frau und die Kinder liebte, wohin er mit ihnen ausging. Er wusste, wie er die Wochenenden verbrachte, wohin er fuhr und wo er gerne verkehrte. Er wusste alles. Alles, was er wissen musste, um zu tun, was zu tun war.

*

Er saß auf einer Bank und blickte hinüber auf das kleine behagliche Wirtshaus. Der *Liekedeeler* war gut besucht. Der Gasthof war berühmt für seine Fischspezialitäten.

Der Mann hatte Urlaub und war mit seiner Frau und den Kindern nach Wilhelmshaven zum Einkaufen gefahren. Anschließend war er in dem kleinen Gasthaus am Stadtrand von Wittmund eingekehrt. Ein idyllisches Plätzchen. Weit ausladende Wiesen, eine Pferdekoppel und ein riesiger Spielplatz befanden sich direkt neben dem Gasthof. Die Temperaturen waren angenehm. Die Familie hatte draußen Platz genommen. Er konnte sie von seiner Bank aus sehen. Die Kinder schauten hinüber zu den Pferden. Der Mann und die Frau unterhielten sich und warfen einander verliebte Blicke zu. Es war schon seltsam. Obwohl die beiden schon lange verheiratet waren, schienen ihre Empfindungen die Jahre überdauert zu haben. Er wünschte sich auch jemanden, dem er so viel Liebe entgegenbringen konnte. Er war neidisch auf den Mann. Doch er hasste ihn nicht deshalb. Dieser Mann hatte Schuld auf sich geladen, hatte sich über die Grenze gewagt, sie überschritten, rücksichtslos. Das allein war der Grund. Der Frau und den Kindern würde es das Herz brechen. Doch das belastete ihn nicht.

Er blickte auf die Uhr. Es war kurz vor neun. Die Dämmerung schlich sich von Osten über das flache Land. Das Abendrot färbte den Horizont. Wind kam auf. Er war ein bisschen auf und ab gelaufen, doch den Wagen des Mannes ließ er nicht aus den Augen. Er hatte mit ihm den heutigen Tag begonnen, nun wollte er ihn auch mit ihm beschließen. Vielleicht konnte er wenigstens auf diese Art ein wenig an dem Glück der Familie teilhaben. Wenngleich er es irgendwann zerstören musste. Es reizte ihn, hinüberzugehen und dem Mann in die Augen zu blicken, doch er verwarf den Gedanken.

Plötzlich erhob sich das Paar und schlenderte auf den Parkplatz zu. Dort stand der Wagen. Ein grüner Audi. Die Frau rief ihre Kinder herbei. Lachend rannten sie zum Auto und der Mann gab seiner Frau einen Kuss.

Die Frau war Mitte vierzig. Sie hieß Marianne. Marianne hieß auch ein Mädchen in Westermarsch. Sie war noch in der Ausbildung. Er hatte sich mit ihr verabredet. Sie war nicht gekommen. Am nächsten Tag hatte ihn Friedrichs, der Aufseher, zu sich geholt und ihm klargemacht, dass so etwas nicht ging. Das Personal war tabu. Das war Gesetz in Westermarsch. Es hatte ihn schwer getroffen. Doch er hielt sich an Friedrichs Ermahnungen und vergaß Marianne. Schließlich wollte er nie wieder nach Wehnen zurück. Die hellgrün gestrichenen Gänge, die engen Zimmer, die Fenster, durch die immer nur Schatten fiel. Alleine der Gedanke daran machte ihn krank. Er hatte es lange genug ertragen.

Die Bremslichter des davonfahrenden Wagens rissen ihn aus seinen düsteren Gedanken. Er fluchte, weil er nicht aufgepasst hatte, und rannte zu seinem Fahrzeug. Der grüne Audi war in Richtung Eggelingen abgebogen.

Jetzt, wo er so dicht vor seinem Ziel stand, durfte er den Mann keine Minute mehr aus den Augen lassen. Er wollte in seiner Nähe sein. Wollte die letzten Tage des Mannes erleben, bis er sein Werk vollendete. Bald war es soweit. Träne für Träne, Blut für Blut.

Er startete den Motor. Der Anlasser orgelte ein paar Mal, dann war nur noch ein Klacken zu hören. Er schlug mit seinen Händen auf das Lenkrad und fluchte. Der kleine Finger der linken Hand schmerzte infernalisch. Es war paradox, wie konnte etwas schmerzen, das gar nicht mehr vorhanden war?

Er wartete eine Weile, dann versuchte er es erneut. Diesmal blieb es still. Auch die kleinen Kontrollleuchten im Armaturenbrett flackerten nur kurz auf, ehe sie wieder erloschen. Die Batterie. Sie hatte ihm schon ein paarmal Probleme gemacht. Hätte er sie nur ausgewechselt. Im Schuppen seines Unterschlupfes stand eine neue. Aber die Hammerschmidt-Villa war weit entfernt. Zornig stieg er aus. Allmählich wurde es dunkel und bald wäre nichts mehr zu sehen. Er öffnete die Motorhaube, doch alles schien an seinem Ort. Ratlos blickte er in das Gewirr aus Kabeln, Leitungen und Metall.

»Kann ich Ihnen helfen?«

Erschrocken fuhr er herum. Ein älterer Herr stand vor ihm. Im Hintergrund erblickte er eine alte Frau.

Er fühlte sich ertappt und rang nach Worten. »Die ... Der Wagen ... Er springt nicht an ... Die Batterie ...«, stotterte er.

»Na, das haben wir gleich«, antwortete der Alte und ging auf einen Mercedes zu. Aus dem Kofferraum holte er ein Überbrückungskabel, dann rangierte er seinen Wagen aus der Parklücke und fuhr dicht an den Fiat heran.

»Arbeiten Sie hier?«, fragte die Frau, die bei ihm stehen geblieben war.

Er schüttelte den Kopf. Er spürte, wie die Frau ihn musterte. Ihre Blicke streiften über seine schwarze Jogginghose und die lila Jacke.

»Ich bin Student und wollte ein bisschen joggen«, erklärte er abweisend.

»Ach ja – laufen Sie viel?«

Noch bevor er antworten konnte, war ihr Mann aus dem Mercedes gestiegen. »Wo haben Sie die Batterie?«, rief ihm der Alte zu.

Er wies auf die linke Seite des Wagens und war froh, dass er sich nicht weiter mit der Frau unterhalten musste. In seinem Körper pochte und raste all die Wut und Verzweiflung, die in ihm steckte. »Nur weg hier!«, fuhr es ihm durch den Kopf.

Der alte Mann verkabelte die beiden Batterien, dann forderte er ihn auf zu starten.

Er setzte sich hinter das Steuer. Nach zwei vergeblichen Versuchen sprang der Wagen an. Er verbarg die aufkeimende Panik und riss sich zusammen.

Der alte Mann stieg aus seinem Wagen und löste die Kabel.

Erleichtert atmete er auf und kurbelte die Scheibe herunter. Er wollte sich bedanken, doch er bekam keinen Ton heraus. Ohne weitere Worte brauste er davon. Verdutzt blieb das Ehepaar zurück.

»Was ist das bloß für ein sonderbarer Kauz gewesen?«, sagte der Alte zu seiner Frau.

»Ich habe dir gleich gesagt, lass die Finger davon. Du kanntest ihn doch überhaupt nicht. Du mit deiner krankhaften Hilfsbereitschaft. Das hast du nun davon. Eines Tages wird sie dich noch deinen Kopf kosten.«

Die Frau hatte keine Ahnung davon, wie nahe sie dem Abgrund gewesen waren.

*

Draußen zogen dunkle Wolken am Himmel auf. Die Temperaturen waren gefallen. Trevisan saß an seinem Schreibtisch. Ein paar Tageszeitungen lagen vor ihm.

Mordserie erschüttert das Wangerland, Vier Tote in zwei Tagen, Psychopath ermordet Fischer. Egal, welche Zeitung Trevisan in die Hand nahm, das Thema beherrschte die Schlagzeilen. »Die Polizei ist ratlos«, hieß es. Das Schlimmste daran war, dass die Journalisten sogar recht hatten. Zumindest was ihn betraf. Er schaute auf die Uhr, es war kurz nach vier. Draußen begann es zu regnen.

Vor ihm lag der Obduktionsbericht Gablers. Mühlbauer hatte sich beeilt. Trevisan schlug die erste Seite auf und begann zu lesen. Rudolf Gabler war durch Gewalteinwirkung gegen die rechte Halshälfte mit einem scharfkantigen Gegenstand gestorben, der mit äußerster Gewalt geführt worden war. Der Tod war am Freitag auf Samstag, zwischen 23.30 Uhr und 00.30 Uhr eingetreten. Als Tatwaffe kam ein Wurfmesser oder ein Pfeil mit scharfkantiger Spitze in Betracht. Die Halsschlagader war glatt durchtrennt worden. Spuren eines Kampfes gab es nicht, jedoch hatte sich auf dem rechten Handrücken Gablers eine Einblutung gebildet. Das sprach für eine Abwehrreaktion, beschrieb Mühlbauer nüchtern.

Trevisan las weiter und zog die Stirn kraus. In der Wunde waren feinste, rot gefärbte Kunststoffpartikel gefunden worden. Was konnte es damit nur auf sich haben? Er überlegte, doch ihm fiel keine vernünftige Erklärung ein.

Zumindest stand jetzt aber zweifelsfrei fest, dass Gabler auf der Düne, hinter der man ihn gefunden hatte, auch ermordet worden war. Mühlbauers und Kleinschmidts Erkenntnisse deckten sich.

Trevisan lehnte sich zurück und blickte an die weiß getünchte Decke. Ein Gedanke schoss ihm durch den Kopf. Noch bevor er nach ihm greifen konnte, verflüchtigte er sich.

Das Geld und die Papiere hatten den Mörder genauso wenig interessiert wie das teure Fernglas und die wertvolle Fotoausrüstung. Das letzte Foto auf Gablers Film blieb selbst nach digitaler Aufbereitung ein rätselhaftes Gemenge aus Schwarz und Lila. Fingerabdrücke gab es nicht. Zumindest waren am Tatort sowie in Gablers Wagen außer denen des Opfers keine festgestellt worden. Der einzige, wenn auch vage Ansatzpunkt in dieser Geschichte war ein kleiner Metallring, dessen Zweck und Herkunft bislang nicht zugeordnet werden konnten.

Mittlerweile gab es auch von Kleinschmidt ernüchternde Neuigkeiten. Die Spezialisten des Landeskriminalamtes hatten die Videokassette aus Gablers Wohnung unter die Lupe genommen. Der Film war mindestens sechs Jahre alt. Die dargestellten Personen, der Hintergrund, die Wohnungseinrichtung, all das ließ darauf schließen, dass das Video aus Ostasien stammte. Vermutlich war es in Thailand aufgenommen worden.

Auch die Bilder aus Gablers Album, auf denen sich Frauen und Mädchen in verschiedenen Badezimmern entkleideten, waren über fünf Jahre alt. In der Fotobeschichtung befanden sich noch Spuren von gesundheitsschädlichem Entwickler und Fixiermittel, die bereits seit Jahren nicht mehr vertrieben wurden. Fest stand jedenfalls, dass Gabler zu Hause über kein Farblabor verfügte. Die Bilder mussten aber in einem Labor entwickelt worden sein. Dietmar Petermann hatte inzwischen herausgefunden, dass Gabler in den Jahren 1995 bis 1996 in Wilhelmshaven an der Volkshochschule unterrichtet und dort Zugang zu einem gut sortierten Fotolabor gehabt hatte.

Die Vorstellung, die Personen auf den Bildern identifizieren zu können, war reine Utopie. Es konnte nicht einmal gesagt werden, wo die Aufnahmen gemacht worden waren.

Der Gedanke, der ihm vorhin kurz durch den Kopf geschossen war, kehrte zurück. Diesmal war Trevisan darauf vorbereitet. Er griff ihn auf. Der Polizeiarzt auf der *Helge* und nun Mühlbauer: Zum zweiten Mal hatte ein Arzt davon gesprochen, dass ein Pfeil als Tatwaffe in Betracht kam. Vielleicht war das ein Ansatzpunkt.

Aber zu einem Pfeil gehörte immer ein Bogen. Trevisan schüttelte den Kopf. Die Theorie schien ihm doch weit hergeholt. Ein Mann mit Pfeil und Bogen hätte auffallen müssen. Außerdem gab es zum Töten bessere Möglichkeiten. Und sich Straßberg mit einem Bogen vorzustellen, war genauso absurd wie ein Eisberg im Ems-Jade-Kanal. Straßberg war ein Gewaltmensch. Ein kleiner Verbrecher, der mit Fäusten und Messer seine Kämpfe austrug. Überdies hätte er vielleicht den Fotoapparat, aber niemals das Geld liegen lassen. Genau das störte Trevisan, wenn der Name Straßberg als Verdächtiger genannt wurde. Trevisan richtete sich auf. Straßberg? Alex und Dietmar waren überzeugt, dass Straßberg der Mörder von Wangerooge war. Sollte er zu ihnen gehen und sagen, lasst ihn laufen, wir suchen einen Mann mit Pfeil und Bogen? Sie hätten geglaubt, er sei übergeschnappt.

Pfeil und Bogen, immer wieder kreisten seine Gedanken um diese beiden Dinge. Sie ließen ihn nicht los. Dann kam ihm der rettende Einfall. Eine Armbrust oder eine Harpune hatten ebenfalls pfeilartige Geschosse. Er ordnete die Theorie in einer der vordersten Schubladen seines Gehirnes ein, um sie sofort wieder aufgreifen zu können, wenn er sie benötigte. Sollten Alex und Dietmar erst einmal diesen Straßberg suchen. Ein Gespräch mit dem Kerl schadet nichts, dachte Trevisan und beschloss abzuwarten, zu welchem Ergebnis Doktor Mühlbauer bei der Untersuchung der Leiche von Hansens Gehilfen Mijboer kommen würde. Mühlbauer hatte den Bericht bis zum Ende der Woche versprochen.

*

Trevisan blickte auf die Uhr. Langsam wurde es Zeit. Er hatte sich mit Monika und den anderen in Fedderwarden zur Durchsuchung von Hansens Haus verabredet. Doch zuvor musste er noch etwas erledigen. Er griff zum Telefon und wählte die Nummer von Till Schreier. Er hatte schon seit Tagen nichts mehr von ihm gehört. Er wollte wissen, wie es ihm ging. Schreier war seit vier Jahren beim 1. FK. Trevisan schätzte ihn sehr. Till war ein ruhiger und besonnener Mensch und bekannt für seine guten Einfälle. Gerade jetzt, wo er ihn brauchen konnte, fehlte er Trevisan. Es war noch so viel zu tun.

»Schreier«, meldete sich der Teilnehmer am anderen Ende. Trevisan erkannte Tills gedämpfte Stimme sofort.

»Hallo, ich bin es, Trevisan. Wie geht es dir?«

»Es geht so. Was bleibt uns anderes übrig. Mutter ist ganz schön durch den Wind. Es gibt noch so viele Dinge zu regeln. Manchmal weiß ich gar nicht, wo mir der Kopf steht.«

»Bleib so lange zu Hause, wie du willst. Das mit dem Urlaub geht in Ordnung.«

»Ich habe in der Zeitung von den Morden gelesen. Ich weiß, ihr braucht jeden Mann. Es tut mir leid, dass ich …«

»Es geht schon. Du weißt, wenn du Hilfe oder jemanden zum Reden brauchst, dann ruf mich einfach an«, sagte Trevisan, dann beendete er das Gespräch.

Er dachte an den Tod seines eigenen Vaters. Damals war er über vierhundert Kilometer entfernt gewesen. Vaters Tod war für alle überraschend gekommen. Ein Schlaganfall. Mutter hatte es schwer mitgenommen. Sie war herzkrank. Er hatte gewusst, wie schwer ihr das Weiterleben fallen würde und war froh gewesen, dass seine Schwester zu ihr zog. Ein halbes Jahr später war Mutter tot. Sie hatte Vaters Tod nie verkraftet. Trevisan blickte nachdenklich auf das Telefon. Dann erhob er sich und griff nach seiner Jacke.

*

Das kleine Haus lag außerhalb des Dorfes. Es war ein altes und schiefes Haus. Die roten Klinker waren mit einem dunklen Belag überzogen. Efeu und wilder Wein rankten sich um die östliche Fassade. Der Vorgarten wirkte gepflegt. Die Bäume waren vor einiger Zeit geschnitten worden. Das nächste Gebäude war weit entfernt. Hier standen die Häuser nicht so dicht beisammen wie in den Neubaugebieten. Hier gab es noch weite grüne Flächen zwischen den Grundstücken.

»Im Grund 6« hieß die Adresse. Zwei Dienstwagen parkten vor dem Anwesen. Trevisan hatte sich verspätet. Eine Schiffsglocke hing über der Tür. Trevisan zog an der Kette. Die Glocke schwang hin und her und der Klöppel schlug schallend gegen das Messing.

Tina Harloff öffnete die Tür.

»Hallo, Tina«, sagte Trevisan. »Ich wurde aufgehalten. Ihr habt schon angefangen?«

Tina nickte und ließ ihn ein. Trevisan blickte sich um. Das Haus war liebevoll eingerichtet. Eine kleine Küche, ein langer Flur. Allerlei Schnickschnack auf den Sideboards. Er betrat das Wohnzimmer. Es wirkte düster, was wohl an den dunklen Tapeten und den rustikalen Möbeln lag. Der massive Eichenschrank, die großen Polstersessel und das Kanapee, in dunklem Grün gehalten, drückten auf Trevisans Stimmung. Unzählige Buddelschiffe, dazwischen altmodisches Geschirr mit blauem Blumenmuster, standen in einer Glasvitrine. Das Bild einer alten Frau hing an der Wand neben dem Glasschrank. Daneben ein Ölgemälde. Es zeigte einen Kutter, der sich durch das aufgewühlte Meer kämpfte. Das Schiff war die *Helge*.

Trevisan musterte die blumige Tapete. Der helle Fleck war ihm nicht sofort aufgefallen. Er fuhr mit der Handfläche über die kalte Wand und stieß auf einen kleinen Nagel, dessen Kopf noch etwas herausragte. Auch hier hatte ein Bild gehangen, doch es fehlte. Er nahm die Fotografie der Frau vom Haken und schaute auf die Rückseite. Ein zweiter heller Fleck blieb an der Wand zurück.

»Das ist seine Frau. Sie ist vor vier Jahren gestorben. Das ist das letzte Bild von ihr«, sagte Monika Sander, als sie das Wohnzimmer betrat und Trevisan mit dem Foto sah.

»Moin, Monika. Ich hab ganz vergessen zu fragen: Wie geht es denn eigentlich deiner Kleinen?«

»Es geht ihr gut, das Fieber ist gesunken. Peter ist bei ihr.« Monikas Mann war freier Architekt. Ein erfolgreicher sogar. Es war ein Glück, dass er sich seine Zeit offenbar frei einteilen konnte.

»Wie weit seid ihr?«, fragte Trevisan und hängte das Bild zurück an die Wand.

»Hier unten sind wir fertig.«

»Und? Gab es etwas?«

»Hansen hat jeden Monat tausend Mark an ein Privatkonto in Hamburg überwiesen. Er war ein ordentlicher Mensch und hat die Kontoauszüge aufgehoben. Die ganzen letzten zehn Jahre. Es ist auffällig, dass er erst nach dem Tod seiner Frau mit den Überweisungen begann.«

»Wer ist der Empfänger?«

»Auf den Überweisungsquittungen sind nur Kontonummer und Bankinstitut vermerkt, aber das dürfte kein Problem sein.«

»Sonst noch etwas Besonderes?«

Sie schüttelte den Kopf.

Trevisan wandte sich um und besah sich die Buddelschiffe. Als Kind hatten sie ihn fasziniert. Ihm war immer unerklärlich gewesen, wie die großen Masten durch den kleinen Flaschenhals passten.

»Dietmar hört sich in der Nachbarschaft um«, sagte Monika. »Hansen verkehrte in seiner Freizeit in der Kneipe am Ende der Straße. Auch Willemsen war fast immer dabei.«

»Wo sind Tina und Alex?«, fragte Trevisan.

»Sie nehmen sich Willemsens Zimmer vor«, antwortete Monika und schaute auf ihre Uhr.

»Wenn du nach Hause willst ...«

»Nein, es geht schon. Peter hat um acht Uhr einen Termin. Bis dahin werden wir es wohl schaffen.«

Trevisan nickte. »Gut, dann nehmen wir beide uns das Zimmer des Holländers vor.«

Mijboers Zimmer lag im ersten Stock. Es war nur ein kleiner Raum. Ein Bett, ein Kleiderschrank, ein Sessel und ein Tisch. Bilder eines kleinen Kindes an der Wand. Ein Sekretär mit zwei Schubladen stand neben dem fleckigen Fenster. Trevisan blickte sich forschend um. Er prägte sich jedes Detail ein.

Monika Sander nahm sich den Sekretär vor. Die Schubladen waren unverschlossen.

Trevisan durchsuchte den Schrank. Nur wenige Kleider hingen darin. Unterwäsche in den Regalen, zwei Anzüge, ein paar Hemden, eine Jeans, zwei paar Schuhe und Socken. Mehr gab es nicht. Fein säuberlich durchforschte Trevisan vergeblich Stück um Stück. Auch Hohlräume oder Verstecke zog er in Betracht. Das Einzige, das er noch fand, war ein verstaubter Regenschirm auf dem Schrank.

Monika sondierte unterdessen den Inhalt des kleinen Schreibpultes. Ein paar Kontoauszüge. Wenig Geld auf dem Konto. Ein paar Briefe von einer gewissen Maike Mijboer, wohnhaft in Winschoten/Holland. Sie überflog die Zeilen. Es ging immer um das Gleiche. Um Geldforderungen und um die Fortschritte des kleinen Piet. Piet war offenbar der gemeinsame Sohn. Maike und Jan Ekke Mijboer lebten getrennt, hatten die holländischen Behörden berichtet. In der anderen Schublade lag etwas Schmuck. Ein Ohrring, eine Uhr. Nicht viel, nur billiger Plunder.

Trevisan blickte Monika über die Schulter. Ein schwarzes Notizbuch kam zum Vorschein. Sie blätterte darin. Das Buch war voller Namen und Telefonnummern. Sie seufzte.

»Am Ende reduziert sich das Leben auf pure Belanglosigkeiten«, sinnierte Trevisan, nachdem sie den Rest der Habseligkeiten Mijboers inspiziert hatten. »Wir nehmen das Notizbuch mit und werten es in der Polizeiinspektion aus.«

Monika nickte. Sie schaute auf die Uhr. Es war halb acht.

»Nimm meinen Wagen, ich fahre mit Dietmar.«

Monika nickte dankbar.

»Schon gut. Wir sehen uns morgen.« Er reichte ihr den Wagenschlüssel.

Als sie gegangen war, schaute er sich noch einmal um. Schon wollte er die Schubladen wieder zurückschieben, doch irgendetwas ließ ihn zögern. Nachdenklich musterte er die beiden. Sie waren unterschiedlich lang. Obwohl sie vollständig ausgezogen waren, fehlten der linken etwa zehn Zentimeter. Er beugte sich hinab. Zwei fest eingedrehte Schrauben hielten die längere Lade in den Gleitschienen. Die Kürzere wurde von einer einzigen, locker eingedrehten Schraube gehalten. Er holte sein Taschenmesser aus der Jackentasche und drehte die Schraube heraus. Dann zog er die Schublade aus dem Fach. Mit seiner linken Hand tastete er in die dunkle Öffnung. Plötzlich durchfuhr ihn ein stechender Schmerz. Er zog die Hand zurück. Sein kleiner Finger blutete. Ein vorstehender Nagel hatte eine klaffende Wunde gerissen. Trevisan fluchte. Abermals fasste er, diesmal eine Spur vorsichtiger, in den Hohlraum. Papier knisterte zwischen seinen Fingern. Er zog daran und ein braunes Kuvert kam zum Vorschein. Neugierig öffnete er es. Er fuhr zusammen, als jemand laut seinen Namen rief.

*

Horst Grevenstedt hatte die Kinder früh zu Bett gebracht. Seine Frau war ausgegangen. Es war Dienstag. Der Kirchenchor probte. Grevenstedt hatte die Woche über noch Urlaub. Vielleicht würde er mit Eva einen kurzen Abstecher nach Hamburg machen. Oma könnte auf die Kinder aufpassen. Sie würde sich darüber freuen. Das Boot konnte er auch noch am Wochenende richten.

Die Fischerei war nur noch Hobby. Fabrikschiffe und Kutter fischten die Bänke leer. Einzig und allein der Krabbenfang warf noch ein kleines Zubrot ab.

Mittlerweile war sein Leben wieder zur Ruhe gekommen. Eva hatte ihm geholfen. Trotzdem war es ihm nicht leicht gefallen, die Freiheit auf See aufzugeben und gegen eine düstere und muffige Fabrikhalle einzutauschen. Damals hatte er viel riskiert, um an Geld zu kommen, hatte seine Existenz aufs Spiel gesetzt und beinahe alles verloren, sogar Eva. Er hatte sie und die Kinder in dieser Zeit übel behandelt.

»Was ist schon ein Mann wert, wenn er seine Familie nicht ernähren kann«, hatte er zu ihr gesagt, als er mit dem Koffer in der Hand hinaus in den Abend gegangen war. Eva hatte ihm den richtigen Weg gezeigt. Hatte ihn vor Dummheiten bewahrt und um ihn gekämpft. Er war wieder zu Hause.

Er erhob sich und holte ein Bier aus dem Kühlschrank. Das Bier schmeckte herb.

*

Es war spät geworden. Trevisan fuhr mit Dietmar Petermann zurück nach Wilhelmshaven. Er staunte nicht schlecht, nachdem er das versteckte Kuvert vorsichtig geöffnet hatte. Es enthielt Geld. Alte, zerknitterte und abgegriffene Scheine. Zwölftausendsiebenhundertdreißig Mark insgesamt.

»Das Ganze kommt mir spanisch vor. Er war ein armer Schlucker und hatte Schulden. Wie sollte er an so viel Geld kommen?«, fragte Trevisan.

»Gespart?«

»Es sieht mir eher wie Drogengeld aus, so zerknittert wie die Scheine sind. Wir stehen erst am Anfang der Ermittlungen und schon wieder stoßen wir auf ein neues Rätsel. – Hast du wenigstens etwas Wichtiges erfahren?«, lenkte Trevisan die Unterhaltung auf ein anderes Thema. Spekulationen waren ihm zu müßig. Er hatte Kopfschmerzen.

»Ich hätte es mir schenken können. Hansen war ein Engel auf Erden. Er kümmerte sich rührend um seine kranke Frau und pflegte sie, bis sie starb. Ansonsten ging er treu und brav seiner Arbeit nach und gönnte sich als einziges Vergnügen jeden Samstag einen Skatabend im Klosterkrug bei Fietje.«

»Und Willemsen?«, fragte Trevisan.

»Willemsen hing an Hansen wie eine Klette. Er lebte seit über zehn Jahren in Hansens Haus«, berichtete Dietmar. »Er hat einen Bruder in Leer, zu dem aber so gut wie kein Kontakt bestand. Die Mutter soll in Olsdorf in einem Heim untergebracht sein. Sie liegt nach einem Schlaganfall im Koma.«

»Gab es Freunde, eine Frau oder einen Bekannten, zu dem er Kontakt hielt?« Trevisan schaltete die Innenbeleuchtung des Wagens ein und griff auf dem Rücksitz nach der Plastiktüte mit Willemsens Habseligkeiten.

»Keine Freunde, keine Bekannte und schon gar keine Frau. Fietje meinte, wenn er am Abend mehr als drei Worte herausbekam, dann grenzte das schon an ein Wunder. Meist saß er neben Hansen, schaute beim Kartenspielen zu und trank dabei zehn, zwölf Bier.«

Willemsens Nachlass bestand aus einem Taschenmesser, einem Pfeifenstopfer, einer Taschenuhr mit aufwändigen Verzierungen und einem Stück Papier. Trevisan entfaltete das Papier. Es war ein Werbeplakat im Din-A5-Format. *N.A.B* stand in großen altdeutschen Buchstaben darauf. Darunter stand »*Wir sind die Welt und wir werden um sie kämpfen*«.

Nur ein billiger Computerausdruck einer Umweltschutzorganisation, dachte Trevisan und legte die Tüte wieder auf den Rücksitz. »War Mijboer auch mit von der Partie?«

»Zwei, drei Mal. Er ging seine eigenen Wege. Er fuhr gerne nach Wilhelmshaven oder nach Bremen. Einmal sprang er beim Kartenspielen ein. Er gewann fast jedes Spiel. Ansonsten weiß Fietje nichts über den Holländer.«

»Schade«, entgegnete Trevisan. »Ich komme morgen eine Stunde später, kümmerst du dich um die Verständigung der Angehörigen?«

»Du kannst dich darauf verlassen«, antwortete Petermann.

8

Paula saß am Frühstückstisch und knabberte lustlos an einem Brötchen.

»Guten Morgen«, grüßte Trevisan schuldbewusst. Er erhielt keine Antwort. Schon alleine Paulas missgelaunter Gesichtsausdruck sprach Bände. Er hatte seit Freitag nicht mehr mit ihr geredet. Das ganze Wochenende über war er unterwegs gewesen. Seine Hoffnung, das Gespräch mit Angela hätte sie besänftigt, hatte sich nicht erfüllt.

Paula hatte nicht für ihn gedeckt, wie sie es sonst immer tat. Während er die Kaffeemaschine einschaltete, schaute er sich verstohlen nach ihr um. Sie trank Orangensaft und vermied jeglichen Blickkontakt. Trevisan schenkte sich eine Tasse ein. Starker, schwarzer Kaffee, ohne Milch und ohne Zucker, das war schon seit Jahren sein ganzes Frühstück. Er wusste, dass das auf Dauer nicht gesund war, doch vor zehn Uhr brachte er keine feste Nahrung hinunter.

Kaum hatte er Platz genommen, erhob sich Paula. Ihr Glas Orangensaft war noch halb gefüllt.

»Paula, bitte setz dich, wir müssen miteinander reden«, sagte er sanft.

Paula ging zur Tür. »Ich habe keine Zeit. Am Sonntag hatte ich Zeit, am Montag hatte ich Zeit und auch gestern war ich den ganzen Tag über zu Hause. Dich habe ich hier nicht gesehen!«

»Verdammt noch mal. Jetzt komm her und rede mit mir!«

»Was soll das?«, erwiderte sie biestig. »Hast du jetzt etwa fünf Minuten deiner kostbaren Zeit für mich übrig?«

»Ich stecke mitten in schwierigen Mordermittlungen«, sagte Trevisan. »Du hast genau gewusst, welchen Beruf ich habe. Wir haben damals ausführlich darüber geredet, dass es so laufen kann. Du hast dich trotzdem für mich entschieden.«

»Ja, das war vielleicht ein Fehler. Mutter hätte …«

»Hör auf«, fiel ihr Trevisan ungehalten ins Wort. »Deine Mutter lebt in Kiel und du hier in Sande unter meinem Dach.«

Kaum hatte er seinen Satz beendet, taten ihm die scharfen Worte schon wieder leid.

»Du willst wohl sagen, Mama hat mich nicht gewollt«, antwortete Paula trotzig. Sie drehte sich herum und verschwand im Flur.

»Paula, komm zurück! Was ist nur in dich gefahren?«

»Ich schätze, du musst bestimmt wieder zu deiner Arbeit. Und ich muss jetzt zur Schule.«

»So ein Blödsinn. Heute ist Mittwoch, du hast die erste Stunde frei«, erwiderte Trevisan. »Also, komm zurück!«

»Daran sieht man, wie sehr dich mein Leben interessiert. Ich habe schon seit zwei Monaten jeden Mittwoch Französisch.«

Kurz darauf hörte Trevisan die Eingangstür. Paula war gegangen.

Den Französischunterricht hatte er tatsächlich vergessen. Jetzt hatte er durch seine Dummheit die Situation noch verschlimmert. Wütend schlug er mit der flachen Hand auf den Tisch. Kaffee schwappte aus der übervollen Tasse und verteilte sich auf der Tischplatte.

Nach einer Weile erhob er sich und holte die Morgenzeitung aus dem Briefkasten. Er las die Schlagzeile. *Drei Tote auf Fischerboot, Polizei ist ratlos. Hängen die Morde mit dem mysteriösen Todesfall eines Touristen auf Wangerooge zusammen? Noch immer keine Spur vom Täter. Die Einwohner des Wangerlands in Angst und Schrecken. Ist die Polizei überhaupt noch in der Lage die Bürger zu schützen? Wer wird das nächste Opfer sein?*, hieß es in dem Bericht. Trevisan ärgerte sich maßlos. Nicht nur, dass der Journalist kein gutes Haar an der Polizei ließ, durch seine verbalen Attacken schürte er auch noch die Angst im Wangerland. Trevisan warf die Zeitung angewidert zurück auf den Tisch.

*

Alex Uhlenbruch saß vor dem Computerbildschirm und überprüfte die Telefonnummern aus Mijboers Notizbuch. Einige Anschlüsse hatte er bereits zugeordnet. Dennoch tat er sich schwer. Oft fehlte die Vorwahl oder hinter den Nummern stand nur ein einzelner Buchstabe. Handynummern waren am schlimmsten. Die wenigsten waren im Telefonverzeichnis erfasst.

Er rieb sich die Augen.

»Mach mal eine Pause. Ich hole dir einen Kaffee«, durchbrach Tina Harloff das monotone Rauschen des Computergebläses.

Alex schüttelte den Kopf. Hinter jedem Eintrag verbarg sich eine Person, eine Adresse, der mögliche Täter. Er widmete sich der nächsten Seite und tippte die Zahlenkombination in den Computer.

»Weißt du, wo die sichergestellten Sachen von Willemsen sind?«, fragte Tina und nippte an ihrem Glas Orangensaft.

»Monika hat sie mitgenommen«, antwortete Alex, ohne den Blick vom Bildschirm abzuwenden. Wieder meldete das Programm, dass die Nummer nicht existierte. Alex seufzte.

Tina stand auf »Ich gehe mal rüber zu Monika.«

»Das gibt es nicht! Verdammt, ich habe es gewusst!«, rief Alex unvermittelt.

Tina fuhr erschrocken herum. »Was ist?«

»Komm her, schau selbst. Wir haben es.«

Tina blickte auf den Bildschirm. »Ich glaube es nicht«, sagte sie erstaunt.

*

Martin Trevisan betrat zehn Minuten nach neun das Dienstgebäude in der Peterstraße. Auf dem Weg zu seinem Büro kam ihm Kriminaldirektor Beck aufgebracht entgegen.

»Mensch, Trevisan. Wir stecken mitten in schwierigsten Ermittlungen und du nimmst dir einfach frei«, polterte Beck.

Trevisan zuckte mit den Schultern.

»Hast du die Zeitung schon gelesen? Die Morde auf dem Kutter schlagen gewaltige Wellen. Seit Dienstbeginn klingelt ununterbrochen das Telefon. Die Presse macht uns die Hölle heiß und wirft uns Untätigkeit vor.«

»Die Ermittlungen laufen auf vollen Touren«, entgegnete Trevisan gelassen.

»Red keinen Blödsinn. Seit acht Uhr warte ich auf dich. Schulte-Westerbeck will uns sehen. Sie hat schon dreimal angerufen und nach dir gefragt. Ich musste sagen, dass ich nicht weiß, wo du bist. Ich stand da wie ein Trottel.«

»Entschuldige.«

»Ich bin schließlich der Leiter der Kriminalpolizei und verantwortlich für alles, was hier abläuft. Wenn du das nächste Mal später kommst, sag wenigstens mir Bescheid.«

Trevisan nickte. Gemeinsam fuhren sie in den vierten Stock.

Die Vorzimmerdame blickte auf, als Beck und Trevisan das Büro betraten. »Endlich«, seufzte sie. »Habt ihr die Zeitungen schon gelesen? Sie ist ganz schön gereizt. Sie telefoniert gerade.«

Beck klopfte.

»Herein!«, schlug es ihm entgegen.

Anke Schulte-Westerbeck saß hinter ihrem Schreibtisch. Vor ihr lag ein Stapel Zeitungen. Ihre Gesichtszüge ließen erkennen, dass sie missgestimmt war. »... selbstverständlich ...«, sagte sie in den Hörer. »Die Ermittlungen laufen auf Hochtouren ... aber natürlich ...« Mit einem Nicken wies sie Beck und Trevisan ihre Plätze zu.

Schweigend setzte sich Trevisan auf den gepolsterten Besucherstuhl. Das Gespräch dauerte noch eine Weile.

Trevisan musterte sie. Anke Schulte-Westerbeck war eine Karrierefrau, wie sie im Buche stand. Nachdem vor zwei Jahren »Onkel Tahnert«, wie alle ihn liebevoll genannt hatten, in Pension gegangen war, war sie an seine Stelle getreten und hatte die Betriebsabläufe ihrer Vorstellung nach »optimiert«. Die Umstellungen hatten zu viel Unruhe im Kollegenkreis geführt. Das familiäre Flair der Dienststelle und ein gehöriges Maß an menschlicher Wärme waren auf der Strecke geblieben. Vor allem Beck, der sich damals Hoffnungen auf den Posten des Leitenden Direktors gemacht hatte, war wie vor den Kopf geschlagen gewesen. Anke Schulte-Westerbeck kam direkt aus dem Ministerium und schien dort hochrangige Freude und Gönner zu haben. Beck sah sich selbst immer als politisches Bauernopfer. »Unsere Vorzeigefrau«, nannte er sie, wenn niemand zuhörte. Doch mittlerweile hatte er sich mit der Situation abgefunden und sich untergeordnet, so wie es von einem braven und treuen Beamten erwartet wurde.

Trevisan zuckte zusammen, als ihn das laute Scheppern des Telefonhörers, den Schulte-Westerbeck zurück auf die Gabel geworfen hatte, aus seinen Gedanken riss. Offenbar war das Telefonat nicht nach dem Geschmack der Chefin verlaufen. Sie schien geladen. Sein Blick streifte Beck, der zusammengesunken auf seinem Stuhl saß und den Eindruck eines Schlachtviehs vor seinem Metzger erweckte. Trevisan verbiss sich ein Lächeln.

»Herr Trevisan, da sind Sie ja endlich. Ich nehme an, Sie haben die Zeitungen gelesen?«, fragte sie mit ihrer tiefen Stimme.

Trevisan nickte stumm.

»Ich will nicht viel Wind darum machen, aber gerade hat der Regierungspräsident angerufen. Der Landtagsabgeordnete hat es heute früh schon getan und der Bürgermeister von Wilhelmshaven war kurz nach acht in der Leitung. Kurzum, haben Sie schon Ergebnisse?«

»Aber Frau Schulte-Westerbeck, die Ermittlungen sind doch erst angelaufen«, warf Beck ein.

»Herr Beck, ich bin nicht erst seit gestern bei der Polizei. Sie brauchen mir nichts zu erklären«, konterte sie bissig und musterte Trevisan mit fragendem Blick.

»Die Ermittlungen laufen ...«

»Ich will keinen Vortrag von Ihnen über Polizeiarbeit hören«, unterbrach sie Trevisan. »Gibt es einen konkreten Verdacht?«

Beck rutschte unruhig auf seinem Stuhl hin und her.

»Wir haben einen vagen Verdacht, doch noch gibt es nichts Greifbares«, antwortete Trevisan. »Einige Indizien deuten auf eine bestimmte Person. Wir fahnden nach ihr. Wir müssen uns gedulden.«

Frau Schulte-Westerbeck nickte. »Ich habe einen Kollegen vom Landeskriminalamt benachrichtigt. Er stellt uns eine Ermittlungsgruppe zur Verfügung. Die Männer können morgen mit ihrer Arbeit beginnen. Ich denke, wir sollten das Angebot annehmen.«

Trevisan schüttelte den Kopf. »Die Kollegen vom LKA kochen auch nur mit Wasser.«

»Was soll das heißen?«

»Herr Trevisan meint, dass es nur noch eine Frage der Zeit ist, bis der Zugriff erfolgt«, versuchte Beck zu beschwichtigen. »Trevisans Männer haben in aufreibenden Ermittlungen einen Tatverdächtigen ermittelt. Wir müssen den Mann nur noch festnehmen. Sollen wir uns selbst um die Früchte unserer Arbeit bringen und den Erfolg dem LKA überlassen?«

Trevisan horchte auf. Beck war schon ein ausgebuffter Fuchs, er traf genau ihren wunden Punkt. Trevisan sah der Leiterin der PI an, was in ihrem Kopf vorging. Angestrengt dachte sie nach.

»Es ist nicht leicht. Ich trage die Verantwortung und mir bleibt nichts weiter, als alle Anrufer zu vertrösten. Der Regierungspräsident ist ungehalten. Er will eine schnelle Verhaftung. Andererseits sehe ich es ähnlich wie Sie, Herr Beck. – Wir warten diese Woche noch ab«, entschied sie schließlich.

»Also, Trevisan, stöbern Sie den Kerl auf und verhaften Sie ihn«, sagte Beck, der nun deutlich Oberwasser hatte.

»Ich weiß noch nicht mal, ob der Kerl …« Trevisan spürte den harten Schlag gegen sein Schienbein und schwieg. Beck schaute ihn vorwurfsvoll an.

»Verhaften Sie ihn, damit endlich wieder Ruhe einkehrt«, forderte die Leiterin der PI.

»Ich werde tun, was in meiner Macht steht, aber zaubern kann ich nicht«, erwiderte Trevisan.

»Das verlangt auch kein Mensch, aber warten Sie nicht zu lange!«

Sie waren entlassen. Beck und Trevisan erhoben sich und verließen das Zimmer der Chefin.

»Das LKA, das wäre ja noch schöner«, flüsterte Beck, als sie sich im Flur verabschiedeten. »Trevisan, du machst das schon. Wenn du noch Leute brauchst, dann lass es mich wissen.«

Trevisan nickte nur. Ihm gefiel nicht, wie sich die Dinge entwickelten.

*

Als er den Streifenwagen um die Ecke kommen sah, duckte Straßberg sich tief in den Eingang der kleinen Bar. Er war auf der Flucht. Die Polizei lauerte überall.

Wie waren sie ihm nur so schnell auf die Schliche gekommen? Er hatte den Coup doch akribisch vorbereitet und keine Spuren hinterlassen. Niemand konnte ihn gesehen haben. Es hatte nicht einmal eine Minute gedauert. Irgendetwas anderes musste dahinter stecken.

Vielleicht hatte ihn jemand verpfiffen. Genau, so musste es sein. Wahrscheinlich hatte die Alte die Nerven verloren und ihn angezeigt. Diese blöde Kuh. Er würde sich bei Gelegenheit mit ihr unterhalten, aber jetzt hatte er keine Zeit dafür. Zuerst musste er die heiße Ware loswerden. Gerry hatte ihm zwanzigtausend Mark für die Klunker versprochen. Er wusste, dass das Zeug mindestens fünfmal so viel wert war, aber er hatte keinen anderen Abnehmer. Und er hatte auch keine Zeit mehr, einen anderen zu suchen. Er brauchte das Geld. In der vergangenen Nacht hatte er im Freien geschlafen. Auf weitere Nächte dieser Art hatte er keine Lust. Patricia war keine Gefahr, sie hatte keine Ahnung. Aber ihre Mutter. Sie wusste alles, sie hatte ihn in die Stadt gefahren. Er hatte ihr kein Sterbenswörtchen gesagt. Aber vielleicht hatte sie von dem Überfall in der Zeitung gelesen, oder hatte sie ihn gar beobachtet? Dieses verdammte Luder hatte ihn verpfiffen, es konnte gar nicht anders sein. Und alles nur wegen Patricia. Sobald er das Geld hatte, würde er sich aus dem Staub machen. Hinüber nach Holland. Dort hatte er Freunde, bei denen er untertauchen konnte.

Als der Streifenwagen vorübergefahren war, ging er weiter. Die Sporttasche hielt er fest umschlungen. Da drin befand sich seine einzige Chance und das Viertel hier war verrufen.

Als er an einem Dönerladen vorbeiging, duftete es verführerisch nach Gebratenem. Ihm fiel ein, dass er noch nichts gegessen hatte. Doch dafür hatte er keine Zeit. Zielstrebig ging er auf die Bar an der Ecke zu. Gerry würde nicht lange auf ihn warten. Sein Blick fiel auf das bunt erleuchtete Schaufenster. *Dinos* stand in greller Leuchtschrift über dem Eingang. Er war am Ziel. Als er die Bar betrat, stieg ihm der Gestank von abgestandenem Rauch und schalem Bier in die Nase. Er blickte sich um. Es war wenig los. Es war kurz vor Mittag. Ein Mann saß in einer Ecke und schlürfte einen Mokka. Ein südländischer Typ mit öligen Haaren. Das musste Gerry sein. Er ging auf den Tisch zu und blieb davor stehen.

»Gerry?«, fragte er unsicher. Er kannte ihn nicht, hatte ihn noch nie gesehen, aber er wusste, dass Gerry immer für ein schmutziges Geschäft gut war. Und Schmuck interessierte ihn besonders.

Der Mann blickte auf und nickte. »Du hast das Zeug?«, fragte Gerry mit italienischem Akzent.

Straßberg nickte und wollte schon die Sporttasche öffnen.

»Nicht hier!«, raunte ihm der Italiener zu und erhob sich. Kurz vor dem Ausgang blieb er stehen und drehte sich zu dem verdutzten Straßberg um.

»Worauf wartest du, komm schon!«

Straßberg zögerte einen Moment, doch dann folgte er ihm.

*

Trevisan saß hinter seinem Schreibtisch und blickte auf das braune Kuvert aus Mijboers Sekretär. Nachdenklich öffnete er es. Es raschelte, als er die Scheine hervorzog. Zwölftausendsiebenhundertdreißig Mark. Eine ganze Menge für einen Fischereigehilfen, bei dem es, traute man den Briefen seiner Ex-Frau, hinten und vorne nicht reichte. Woher stammte das Geld?

War es tatsächlich Drogengeld? Mijboer hatte es versteckt, also sollte niemand davon wissen. Gespart hatte er es wohl nicht. Sie hatten sein Konto überprüft. Er hatte gerade mal achthundert Mark im Monat. Davon überwies er einen Teil an seine Frau. Auch Hansen überwies Geld an eine Bank in Hamburg. In schöner Regelmäßigkeit. Was steckte dahinter?

Es klopfte an der Tür.

»Ja!«, rief Trevisan laut.

Monika Sander kam herein. »Wo warst du nur? Wir haben dich schon gesucht.«

»Ich wollte heute noch mal mit Paula reden.«

»Ausgerechnet heute! Beck hat dich auch gesucht. Die Chefin will mit dir sprechen.«

»Ich weiß, ich war schon bei ihr.«

»Und, was wollte sie?«

»Was schon«, antwortete Trevisan. »Den Mörder natürlich.« Er streckte Monika das Geld entgegen. Mit fragendem Blick betrachtete sie die Scheine.

»Was hältst du davon?«

»Typisches Drogengeld. Abgegriffen und zerknittert«, sagte sie nachdenklich.

»Es scheint, als ob Mijboer etwas zu verbergen hatte.«

Monika nickte und legte das Geld zurück auf den Schreibtisch.

»Damit liegst du genau richtig. Ich habe ihn und die anderen überprüft. Willemsen und Hansen sind unbescholten, aber Jan Ekke Mijboer saß zehn Monate im Gefängnis. Rauschgifthandel. Er hat mehrere Einträge im Polizeicomputer.«

Trevisan horchte auf. »Ich dachte es mir fast, aber kann Mijboer Ziel eines Mordanschlages im Drogenmilieu gewesen sein?«

»Er war ein Dealer, der sich mit kleineren Mengen Rauschgift abgab«, antwortete Monika. »Er wurde mit zwanzig Gramm Heroin erwischt. Das spricht nicht gerade für einen tollen Hecht im Karpfenteich.«

»Zwölftausendsiebenhundertdreißig Mark sind eine Menge, aber im Vergleich zu den Großen aus dem Gewerbe immer noch ein Trinkgeld. Ich kann mir nicht vorstellen, dass sich jemand an Bord eines Schiffes schleicht und drei Menschen ermordet, wenn es um solche Beträge geht. Warum wartet der Täter nicht, bis er Mijboer alleine erwischt? Und vor allem, wie passt der Mord an Gabler auf Wangerooge in dieses Bild?«

Monika Sander zuckte mit den Schultern.

Die Tür flog auf. Alex Uhlenbruch stürmte in den Raum. Er hielt ein Blatt in der Hand und legte es auf Trevisans Schreibtisch. Seine Augen glühten vor Spannung.

Trevisan griff nach dem Papier und überflog es. Uhlenbruch hatte die Adresse und Telefonnummer von Renate Maxdorf in Jever notiert. »Was soll das?«, fragte Trevisan und legte das Blatt vor sich auf den Schreibtisch.

»Die Nummer steht in Mijboers Notizbuch«, antwortete Alex stolz. »Hinter der Nummer steht der Name *Olli*. Damit kann nur Olaf Straßberg gemeint sein. Er wohnte bei der Maxdorf, ehe er verschwand.«

»Sie haben sich gekannt?«

»Mehr als das«, sagte Alex. »Straßberg und Mijboer saßen zusammen im Gefängnis und teilten sich eine Zelle in Fuhlsbüttel.«

»Damit schließt sich der Kreis«, folgerte Monika.

Auch Trevisan war von dieser Wendung überrascht. Sollte er sich tatsächlich geirrt haben?

»Straßberg kennt Mijboer«, sagte Alex. »Und die kleine Maxdorf wird ihm wohl auch von Gabler erzählt haben.«

*

Der kleine Hinterhof lag weitab vom Trubel der Innenstadt. Olaf Straßberg war es mulmig zu Mute, doch Gerry ging unbeirrt voraus. Sie liefen auf ein windschiefes Haus zu. Die Eingangstür stand offen. Der Italiener führte ihn in ein kleines Zimmer. Er schaltete das Licht ein. Eine verdreckte Glühbirne erhellte nur mäßig den Raum.

»Nun zeig mal, ob es die Sache wert ist«, sagte Gerry.

Straßberg zögerte. Er traute dem Italiener nicht. Die Sporttasche hielt er fest umklammert.

»Gut, dann vergessen wir alles«, sagte der Italiener nach einer Weile und wandte sich zur Tür.

»Halt! Schon gut!« Straßberg übergab Gerry die Tasche.

Der Italiener ging zu einem altersschwachen Tisch in der Ecke und schüttete den Inhalt vorsichtig aus. Uhren, Ringe, Ketten, Anhänger und ein funkelnder Armreif. Gerry zog eine Juwelierslupe aus seiner Jacke und begann jedes einzelne Stück genau zu begutachten. Er kannte sich aus und wusste, worauf es ankam.

Ungeduldig stand Straßberg im Zimmer und beobachtete den Mann, der mit dem Rücken zu ihm am Tisch stand.

»Doch, ist gute Ware. Hat sich gelohnt. Was willst du dafür?«

»Ich dachte an zwanzig Riesen.«

Der Italiener nickte und räumte den Schmuck in die Tasche zurück. Er lächelte zufrieden. »Das Geld muss ich erst holen. Einen Scheck willst du ja nicht.« Plötzlich wirbelte er herum. Ein Stilett lag in seiner Hand und mit einem »Klick« schoss die Schneide aus dem Griff hervor. Straßberg schaute überrascht auf die matt glänzende Klinge.

»Du rührst dich nicht von der Stelle!«

Straßberg blieb wie zur Salzsäule erstarrt stehen. Damit hatte er nicht gerechnet. Der Italiener griff nach der Sporttasche und ging an Straßberg vorüber, das Messer immer noch bedrohlich auf ihn gerichtet. Straßberg schätzte seine Chancen ab. Er schaute sich um. Sein Blick fiel auf einen Schürhaken in der Ecke.

Der Italiener rannte zur Tür. Schon verschwand er im düsteren Flur.

Straßberg dachte nicht daran, sich der Früchte seiner mühsamen Arbeit so einfach berauben zu lassen. Er ergriff den Schürhaken und hetzte hinter dem Flüchtenden her. Gerry hatte schon das Haus verlassen und spurtete über den Hinterhof. Straßberg war schnell. Schritt um Schritt holte er auf. Der Italiener musste Straßberg gehört haben, denn plötzlich wirbelte er herum und warf die Sporttasche zu Boden.

»Du willst es also wissen!«, raunte Gerry. Straßberg war heran. Drohend hob er den Schürhaken. Gerry ging ein paar Schritte zurück.

»Gib mir die Tasche!«, forderte Straßberg.

Nur noch wenige Schritte trennten die beiden Männer. Sie belauerten sich wie zwei Raubkatzen. Plötzlich, blitzschnell, warf sich der Italiener Straßberg entgegen. Straßberg sah die stählerne Klinge auf sich zukommen und holte zum Schlag aus. Der Italiener war quirlig und schnell. Tief duckte er sich und der Schlag ging ins Leere. Dann war er heran. Erbarmungslos stach er mit dem Stilett zu. Er traf Straßberg am Arm, im Bauch und in den Unterleib.

Die Schmerzen waren unbeschreiblich. Ein gellender Schrei brach sich an den Hauswänden. Straßberg stürzte zu Boden. Der Schürhaken fiel ihm aus der Hand.

Der Italiener griff nach der Tasche und rannte davon. Straßberg blieb am Boden liegen. Der Schmerz wollte nicht enden. Er schrie ihn sich aus dem Leib.

9

Schwer bepackt mit ihren Einkaufstaschen wankte die alte Frau über den gepflasterten Gehweg. Plötzlich hallten Schmerzensschreie über den Hinterhof hinaus auf die Straße. Die Frau blieb stehen und blickte sich suchend um. Ein südländischer Kerl mit schwarzer Lederjacke rannte direkt auf sie zu. In seinen Händen hielt er eine Sporttasche. Ihr ängstlicher Blick huschte über das sonnengebräunte Gesicht. Der Mann hatte es eilig. Eine besondere Eile. Ganz anders, als wenn man fürchtet, einen Bus oder den Zug zu verpassen. Eine Eile, die der alten Frau einen kalten Schauer über den Rücken jagte. Die anderen Passanten schienen keine Notiz von dem Mann zu nehmen, oder wollten sie von nichts wissen? Sie blickte ihm nach, bis er hinter der nächsten Hausecke verschwunden war. Dann wandte sie sich dem Hinterhof zu. Die Schreie waren verstummt. Vorsichtig schlich sie an der Hauswand entlang. Als ihr das alte Gemäuer den Blick in den schmuddeligen Hof gestattete, zuckte sie zusammen. Inmitten des Platzes lag ein Mann leblos im Schmutz. Als sie näher kam, sah sie das Blut an seinen Händen. Sie zögerte keine Minute und hastete so schnell sie konnte zurück zur Straße zu einer Telefonzelle.

Zwei Minuten später bremste ein Streifenwagen vor der Einfahrt. Hier in dieser Gegend war die Polizei niemals weit. Beamte stiegen aus und rannten in den Hinterhof. Kurz darauf kehrte ein Polizist zurück und griff zum Funkgerät. Die alte Frau wartete geduldig. Sirenen waren zu hören. Ein Krankenwagen stoppte mit quietschenden Reifen hinter dem Polizeiauto. Neugierige versammelten sich auf dem Gehweg.

Immer mehr Polizeiwagen rückten an. Beamte sperrten den Gehweg ab und drängten die Schaulustigen zurück. Die alte Frau überlegte, ob sie weitergehen sollte, doch sie verwarf den Gedanken. Es war ihre Pflicht, hier zu warten. Vor ihr standen ein paar Teenager. Sie scherzten und lachten, als wäre alles nur ein großer Spaß. Die alte Frau schüttelte den Kopf und schob sich langsam durch die Menge. Plötzlich tauchte vor ihr ein großer und kräftiger Polizist auf.

»Wer hat uns angerufen?«, schrie er in die Menge. Das Gemurmel der Menschen verstummte, um dann kurz darauf nur noch heftiger aufzuflammen. Der Beamte wiederholte seine Frage.

»Ich … ich … habe ihn gefunden«, kam es schüchtern über ihre Lippen. »Den anderen Mann habe ich auch gesehen. Er ist in Richtung Kirche gelaufen.«

Der Polizist schaute skeptisch auf sie herab. »Sie waren das?«

Die alte Frau nickte.

Der Beamte bahnte ihr einen Weg zum Wagen und öffnete ihr die Beifahrertür. Zögerlich nahm die Frau Platz.

»Können Sie den Flüchtigen beschreiben?«, fragte der Polizist, nachdem er sich auf die Fahrerseite gesetzt und einen Schreibblock gezückt hatte.

»Ich habe ihn genau gesehen«, antwortete die Frau bestimmt.

Der Polizist lächelte freundlich.

Sie beschrieb den Flüchtigen mit aller Akribie und vergaß auch nicht die große Kreole im linken Ohr zu erwähnen. Eine Kreole mit einem Stein besetzt. Ein auffälliges Schmuckstück für einen Mann.

*

Trevisan schenkte sich einen Kaffee ein und sah aus dem Fenster. Klein wie Ameisen wirkten die Menschen, die unten auf der Straße vorübergingen.

»Ich bin mir zu hundert Prozent sicher«, sagte Dr. Mühlbauer bestimmt. »Ein Pfeil mit einer Schaftbreite von etwa fünf Zentimetern. Die gleichen roten Farbpartikel wie bei dem Rentner auf Wangerooge. Mittlerweile wissen wir, dass es eine Art Kunstharzlack ist.«

»Konnte der Mann sich wehren, schreien oder sonst etwas?«

Doktor Mühlbauer schüttelte den Kopf. »Der Holländer ist innerhalb kürzester Zeit ausgeblutet. Nicht viel länger als ein paar Minuten. Der Pfeil trat unterhalb des Ringknorpels in die linke Halshälfte ein und durchtrennte nicht nur die Schlagader, sondern auch Teile des Rückenmarks. Der Wundkanal verlief um fast fünfundvierzig Grad schräg nach oben. Keine Spuren eines Kampfes. Ich würde fast sagen, er wurde vom Tod überrascht.«

Trevisan schlug die Akte der Spurensicherung auf und betrachtete die Bilder von Mijboers Leiche. »Wahrscheinlich hat sich der Täter irgendwo hinter dem Beiboot versteckt und auf seine Chance gewartet. Könnte als Tatwaffe eine Harpune ...«

»Das habe ich mir auch schon überlegt«, fiel ihm der Gerichtsmediziner ins Wort, »aber ich will Ihren Ermittlungen nicht vorgreifen. Im letzten Urlaub auf den Malediven habe ich einen Tauchkurs gemacht. Wenn Sie mich fragen, Trevisan, kommt das der Sache am nächsten.«

»Und Willemsen?«

»Mit dem Stauerhaken erschlagen. Die Schädeldecke wies mehrere Trümmerbrüche auf. Gehirnverletzungen waren die Folge. Er hat vermutlich noch eine halbe Stunde gelebt, doch zur Gegenwehr oder zu einer Bewegung war er nicht mehr fähig.«

Trevisan überlegte. Willemsen war ein großer und kräftiger Mann gewesen, aber auch er war ohne jeglichen Widerstand gestorben. Es gab nicht einmal eine Abwehrverletzung an den Armen. Das ließ nur den Schluss zu, dass der Täter auf dem Ruderhaus auf sein Opfer gelauert hatte. Willemsen hatte keine Chance gehabt.

»Wer von den beiden ist zuerst gestorben?«, murmelte Trevisan nachdenklich.

Der Doktor zuckte mit den Schultern. »Das, verehrter Trevisan, müssen Sie herausfinden. Dafür liegt der Todeszeitpunkt beider Leichen zu nahe beieinander. Der einzige Unterschied zwischen den drei Leichen ist wohl, dass der Täter für Willemsen und den Holländer einen relativ schnellen Tod beabsichtigt hat, während der alte Hansen zuerst niedergeschlagen und dann wie die Katze im Sack ertränkt wurde.«

Trevisan nickte.

»Noch etwas ist sehr bemerkenswert«, fuhr Doktor Mühlbauer fort. »Der abgeschnittene Finger der linken Hand stammt nicht von einer Abwehrreaktion wie anfangs gedacht. Er wurde oberhalb des zweiten Gliedes sauber abgetrennt. Die Prellungen und Hautabschürfungen stammen von dem Sturz und dem Einwickeln in das Fischernetz.«

Trevisan wurde hellhörig. »Sie wollen damit sagen, Hansen wurde niedergeschlagen, dann schnitt ihm der Täter den Finger ab, wickelte den Mann in ein Netz und warf ihn über Bord?«

»Etwa in dieser Reihenfolge. Der Schlag gegen seinen Kopf führte nur zur Besinnungslosigkeit. Die Lunge des Mannes war voller salzigem Seewasser. Er ertrank jämmerlich, gefangen in seinem eigenen Fischernetz.«

In Trevisans Kopf arbeitete es fieberhaft. Hatte er nach dem Bekanntwerden der Verbindung zu Mijboer auch nur kurz an seinen Überlegungen bezüglich Straßberg gezweifelt, so sah er nun wieder klar. Hansens langsamer Tod, der abgeschnittene Finger, das alles passte nicht zu Straßberg.

War Hansen das eigentliche Ziel des Mordanschlages gewesen? Wollte der Mörder mit der Todesart des alten Fischers ein Zeichen setzen, und was sollte die Sache mit dem abgeschnittenen Finger? War der abgetrennte Finger so etwas wie ein Zeichen?

Draußen schien die Sonne. Trevisan brauchte Ruhe und musste nachdenken. Er verabschiedete sich von Doktor Mühlbauer, verließ das Gebäude und schlug den Weg in Richtung Yachthafen ein.

*

Als Monika Sander die Dienststelle betrat, kam ihr Fürst, ein junger Kollege, der für Raubdelikte zuständig war, aufgeregt entgegen. »Hast du Trevisan gesehen? Vorhin war er noch nicht in seinem Büro. Weißt du, wo er ist?«

»Ich weiß es nicht«, antwortete Monika. »Was ist denn überhaupt los?«

»Wir haben Straßberg verhaftet«, erklärte Fürst stolz und strich sich gekünstelt über seine Haare.

Monika blickte den Kollegen mit großen Augen an. »Wo habt ihr ihn erwischt?«

»Im Hafenviertel. Er ist schwer verletzt«, berichtete Fürst. »Hatte offenbar eine Auseinandersetzung. Jemand hat ihn mit einem Messer bearbeitet.«

»Und wo ist er jetzt?«, fragte Monika ungeduldig.

»Straßberg liegt auf der Intensivstation im Reinhard-Nieter-Krankenhaus und ist noch nicht vernehmungsfähig. Er wird von zwei Kollegen bewacht. Es besteht aber keine Lebensgefahr mehr.«

Monika nickte stumm.

»Der Täter ist noch flüchtig, aber wir glauben zu wissen, wer es ist. Ein Italiener namens Giovanni Calabrese. Er wurde von einer Zeugin zweifelsfrei identifiziert. Seine Verhaftung ist nur noch eine Frage der Zeit.«

»Calabrese?«, brummelte Monika nachdenklich.

»Calabrese hat eine dicke Akte bei uns und ist bereits einmal wegen versuchten Totschlags vorbestraft. Ansonsten beschäftigt er sich vorwiegend mit heißer Ware. Sieben Vorstrafen wegen Hehlerei sind registriert. Ich wollte nur, dass ihr Bescheid wisst.«

»Hatte er jemals etwas mit Rauschgift zu tun?«

Fürst schüttelte den Kopf. »Nicht, dass ich wüsste.«

Monika bedankte sich und wandte sich zur Treppe. Auf dem Weg zu ihrem Büro kam ihr Dietmar Petermann auf dem Flur entgegen. »Dietmar, weißt du, wo Martin ist?«

Doch Petermann hatte es eilig, schüttelte nur den Kopf und hastete weiter. »Keine Zeit, ich habe einen Tipp bekommen, wo sich Straßberg aufhalten soll«, rief er noch, ehe er die Tür zum Treppenhaus öffnete.

»Da kommst du zu spät«, entgegnete Monika.

Erstaunt fuhr er herum. »Was ...was sagst du?«

»Straßberg liegt im Reinhard-Nieter-Krankenhaus auf der Intensivstation«, erklärte Monika. »Die Jungs vom Raubdezernat haben ihn erwischt. Er wurde offenbar bei einer Auseinandersetzung mit einem anderen Gauner im Hafenviertel verletzt. Aber er wird durchkommen. Zwei Kollegen sind bei ihm.«

Dietmar Petermann blickte ungläubig drein. »Ist das dein Ernst?«

Monika Sander nickte.

»Verflucht! Ausgerechnet die vom Raub«, brummelte Petermann enttäuscht. Sein Enthusiasmus war verflogen.

»Ist doch egal, Hauptsache, wir haben ihn. Wenn wir erst mal mit ihm gesprochen haben, werden sich bestimmt ein paar Ansatzpunkte ergeben, wo wir einhaken können.«

»Es war noch niemand von uns bei ihm?«

»Nein, er ist …«

»Dann fahr ich sofort mal rüber ins Krankenhaus«, fiel ihr Dietmar ins Wort. Sein Eifer war zurückgekehrt. Er eilte davon.

»Er ist noch nicht vernehmungsfähig«, rief ihm Monika nach. Doch Dietmar Petermann war bereits durch die Tür und verschwand im Treppenhaus.

Monika wandte sich um und ging ins Konferenzzimmer. Der Raum war leer. Sie schüttelte den Kopf. Wo war Martin nur? Ausgerechnet jetzt, wo er dringend gebraucht wurde. Ihre weitere Suche war vergeblich. Schließlich kehrte sie in ihr Büro zurück. Langsam machte sie sich Sorgen. War vielleicht irgendetwas mit Paula? Sie griff zum Telefon und wählte Trevisans Privatnummer, doch das Telefon klingelte durch. Bei seinem Handy meldete sich nur die Mailbox. Ärgerlich warf Monika Sander den Hörer auf die Gabel. Ihr blieb nichts weiter übrig, als zu warten.

*

Er hatte die Witterung aufgenommen. Die Beute würde ihm kein zweites Mal entkommen. Das Wangerland war sein Jagdrevier. Er hatte die Aufgabe übernommen, das Gute zu bewahren und das Böse zu vertilgen. Die grässliche Maske hatte es ihm befohlen und er würde gehorchen.

Die Fratze war allgegenwärtig, sie erschien ihm bei Tage und mitten in der Nacht. Sie wanderte durch seine Träume und fügte ihm unerträgliche Schmerzen zu. Und wäre da nicht das andere, das kleine, runde und friedliche Gesicht, das blaue Gesicht, dann wäre er längst dem Wahnsinn verfallen. Doch es umgab ihn und hielt seine schützenden Hände über ihn. Das kleine, runde, blaue Gesicht.

Wenn mitten in der Nacht der Kampf in ihm tobte, dann erwachte er schweißgebadet. Noch war seine Aufgabe nicht erfüllt. Noch herrschte Dunkelheit in seiner Seele. Doch einmal schon hatte die Fratze gelächelt. Sie würde es wieder tun, er wusste es.

Er schaute in den Innenspiegel. Seine Gesichtszüge entspannten sich. In der Nähe seiner Beute fühlte er sich wohl.

Hier atmete er die gleiche Luft, hier behielt er ihren Geruch in der Nase. Er griff zur Colabüchse auf dem Beifahrersitz. Der schale Geschmack befeuchtete seinen trockenen Gaumen. Im Auto war es stickig. Er hatte die Türen und Fenster geschlossen. Draußen schien die Sonne und erwärmte das Wageninnere. Er schwitzte, doch das Fenster musste geschlossen bleiben. Nichts sollte nach außen dringen. Kein Geräusch, keine Gedanken, noch nicht einmal sein Geruch. Er durfte die Beute nicht warnen. Das Wild wurde kurz vor dem Abschuss besonders sensibel.

Die Hitze im Wagen wurde langsam unerträglich, doch er war es gewohnt, Opfer zu bringen. Er schloss die Augen und versank in einem tiefen Traum.

Ein Boot fuhr über das ruhige Wasser. Er hörte das Lachen und Jauchzen. Dann kam der Kutter in Sicht. Er riss am Ruder, er riss und riss und riss, doch nichts passierte. Ein Schaudern lief über seinen Körper. Dann besuchte ihn das blaue Gesicht. Es war böse auf ihn. Er durfte nicht schlafen. Selbst wenn es noch zwei Stunden dauerte, bis seine Beute wieder auftauchte. Schlafen war falsch. Das Gesicht warnte ihn. Er erwachte.

Ein großer Lkw stand vor seinem Wagen. Ein Mann ruderte aufgeregt mit den Armen. Was wollte der Kerl bloß?

Er schaute sich um. Zweifellos meinte der Lkw-Fahrer ihn.

»Nun fahr schon weg, du Affe. Das ist eine Einfahrt. Verdammt, soll ich erst die Polizei holen?«

Er blickte sich um. Tatsächlich, er stand mit seinem Wagen vor einem Tor. Er hatte schon oft hier gestanden, noch nie hatte ihn jemand angesprochen. Nervös griff er zum Zündschlüssel. Der Wagen startete beim ersten Versuch. Er legte den Gang ein und brauste mit quietschenden Reifen davon. Er fühlte sich ertappt. Wie sollte er das dem blauen Gesicht nur erklären.

*

Es war kurz nach elf, als Trevisan zur Dienststelle kam. Monika Sander erwartete ihn ungeduldig. »Mensch, Martin, wo steckst du nur?«

»Ich war bei Mühlbauer. Die Leichen von der *Helge* wurden obduziert.«

»Wir haben Straßberg!«

Trevisan nickte gleichgültig.

Monika blickte ihn verwundert an. »Hast du nicht gehört? Straßberg ist verhaftet. Willst du denn nicht …«

»Straßberg hat mit den Morden nichts zu tun«, fiel ihr Trevisan ins Wort.

»Woher willst du das wissen?«, fragte sie ungläubig.

»Ich war von Anfang an skeptisch, wenn die Rede auf Straßberg kam. Weißt du, wir haben es uns zu einfach gemacht«, sagte Trevisan gedankenverloren. »Wir dachten nur in Schwarz und Weiß. Auf der einen Seite Straßberg und Mijboer, auf der anderen Seite Hansen, Willemsen und Gabler. Aber das Leben besteht aus vielen kleinen Graustufen. Mal heller, mal dunkler.«

Monika Sander sah ihn fragend an.

»Der Obduktionsbericht liegt auf meinem Schreibtisch. Lies ihn – die Zusammenfassung reicht, du weißt dann schon, was ich meine.«

Monika setzte sich hinter Trevisans Schreibtisch und schlug den Ordner auf. Trevisan blieb am Fenster stehen und schaute ihr zu.

Plötzlich wurde die Tür aufgestoßen und Beck trat ein. »Gratuliere zur Verhaftung. Das war saubere Arbeit. Oberstaatsanwalt Brenner ist bereits auf dem Weg hierher, er will sich über den Sachstand informieren. Die Chefin hat für heute Nachmittag eine Pressekonferenz anberaumt. Gute Arbeit, Trevisan!«

Trevisan verzog das Gesicht.

»Was ist denn los?«, fragte Beck. »Der Fall hat Aufsehen erregt. Das Wangerland will endlich wieder zur Ruhe kommen. Die Menschen haben ein Recht darauf. Warum schaust du so belämmert?«

»Weil Straßberg nicht der Täter ist«, erwiderte Trevisan.

10

Es war kurz nach zehn, als Horst Grevenstedt nach Hause kam. Seine Frau und die Kinder waren zur Großmutter nach Jever gefahren. Er kam von einer Sitzung des Musikvereins und freute sich auf das anstehende Wochenende. Als er in das Badezimmer im ersten Stock ging, spürte er einen Luftzug. Er schaute sich um. Das Fenster an der Westseite stand weit offen. Er selbst hatte es nur gekippt, als er das Haus verlassen hatte.

Seine Nackenhaare stellten sich auf und ein kalter Schauer lief über seinen Rücken. Er spürte, dass etwas nicht stimmte. Ein anderer, ein fremder Geruch lag in der Luft. Vorsichtig schlich er den Flur entlang. Eva hatte das Haus vor ihm verlassen, sie konnte das Fenster nicht geöffnet haben. Die Schlafzimmertür war nur angelehnt. Als sie der Windzug erfasste und laut gegen den Rahmen stieß, fuhr er zusammen. Seine Augen suchten nach einem Stock, einer Waffe. Er wollte nicht wehrlos sein. Hier musste jemand eingebrochen sein. Was sollte er tun? Sollte er die Polizei rufen?

Das Fenster lag direkt über der Garage. Ein beweglicher Kerl konnte von außen über das Garagendach an das Fenster gelangen. Eva hatte ihn immer gewarnt. Er hatte die Warnungen in den Wind geschlagen und zu ihr gesagt, sie solle nicht so ängstlich sein. Wer sollte schon bei ihnen einbrechen. Sie waren nicht reich.

Er nahm den schweren Kerzenständer vom Sideboard. Nun fühlte er sich ein wenig sicherer. Vorsichtig ging er auf das Schlafzimmer zu. Ein erneuter Windstoß versetzte die Tür in Bewegung. Erschrocken verharrte er und lauschte. Es blieb still. Nur der Wind fauchte draußen um das Haus. Es war Mai, bald kam der Juni, und noch immer herrschte im Wangerland ein Wetter wie im April.

Komisch, dass ihm ausgerechnet dieser Gedanke in den Sinn kam. Er nahm all seinen Mut zusammen. Kräftig trat er gegen die Tür. Sie schwang auf und der Türgriff schlug geräuschvoll gegen die Wand. Eilends knipste er das Licht an und stürzte kampfbereit in das Zimmer. Seine Nerven waren zum Zerreißen gespannt. Er rechnete damit, dass sich augenblicklich eine Gestalt auf ihn stürzen würde, doch das Schlafzimmer war leer. Hatte er sich geirrt? Hatte er das Fenster vielleicht nicht richtig geschlossen, als er das Haus verlassen hatte? War der Wind so kräftig, dass er das Fenster aus der Verriegelung wuchten konnte?

Er durchsuchte das Schlafzimmer, schaute im Schrank nach, unter dem Bett und in allen Ecken. Hier war niemand. Sein Körper entspannte sich. Er ging auf die Tür zu, doch plötzlich blieb er stehen. Sein Blick fiel auf eine Schublade der Kommode. Sie war geöffnet.

Jetzt war er sich sicher. Irgendjemand war bei ihm eingebrochen. Er rannte zum Telefon und wählte die Nummer der Polizei.

*

Sie saßen im Wohnzimmer. Eva zitterte am ganzen Leibe. Am liebsten hätte sie die heutige Nacht außerhalb ihres Hauses verbracht, doch er konnte sie beruhigen. Die beiden Polizisten hatten alles abgesucht. Sie hatten an der Garagenwand den Sohlenabdruck eines Schuhs gefunden. Die Sohle hatte ein klar erkennbares Muster hinterlassen. Es gab keine Zweifel, der Abdruck stammte von einem Turnschuh.

Mittlerweile hatten er und Eva nachgesehen, ob etwas fehlte. Aber es war noch alles vorhanden. Sogar die Sparbücher lagen immer noch unter der Wäsche im Schrank.

»Eines ist mir unverständlich«, sagte der ältere Beamte. »Meist werden Wertsachen im Kleiderschrank versteckt. Aber der Einbrecher schien überhaupt kein Interesse daran gehabt zu haben. Sogar der Schmuck in der Kassette auf der Schlafzimmerkommode ist noch vollzählig. Entweder war der Kerl ein Anfänger oder er wurde gestört. Wann sind Sie nach Hause gekommen, haben Sie gesagt?«

»Es war gegen zehn Uhr«, antwortete Grevenstedt.

»Dann kann es nicht anders gewesen sein: Der Täter wurde gestört und ist durch das Fenster verschwunden, als Sie unten durch die Tür kamen«, folgerte der Polizist.

»Ich war nicht besonders leise. – Damit war ja auch nicht zu rechnen«, fügte Grevenstedt nach einer Weile nachdenklich hinzu.

Der Polizist nickte. »Die Diebe nutzen jede Gelegenheit. Wahrscheinlich hat er das zurückgestellte Fenster gesehen. Sie sollten die Fenster schließen, wenn Sie das Haus verlassen.« Seine Stimme hatte einen belehrenden Tonfall.

»Glauben Sie, er kommt zurück?«, fragte Eva ängstlich.

Der Beamte schüttelte den Kopf.

»Sie sollten einmal unsere polizeiliche Beratungsstelle aufsuchen«, sagte der jüngere Kollege und klappte sein Notizbuch zu. »Es gibt Sicherheitsfenster, die lassen sich nicht so einfach öffnen.«

Grevenstedt nickte beflissen. Gleich morgen früh würde er einen Glaser bestellen.

Die beiden Polizisten versprachen sich zu melden, sobald sie etwas in Erfahrung gebracht hätten. In der nächsten Zeit wollten sie in dieser Gegend verstärkt Streife fahren. Aber an eine Rückkehr des Täters glaubten sie nicht.

Eine Stunde später gingen die Grevenstedts zu Bett. Zur Sicherheit ließen sie das Licht im Gang brennen. Die Kinder hatten sie zu den Nachbarn gebracht. Horst Grevenstedt putzte sich noch die Zähne. Als er in das Schlafzimmer kam, saß Eva auf der Bettkante und starrte entgeistert an die Wand.

»Was ist …?«

»Unser Hochzeitsbild. Es … es ist weg«, stammelte sie.

*

Dumpfe Schläge hallten durch das Treppenhaus. Ein Gewitter aus Höhen und Tiefen ergoss sich in den Flur. Snare, Tom, tiefes Tom, Bass, dazwischen das helle Krachen der Becken und das gläserne Klirren der Hi-Hat im rhythmischen Wechsel mit den hölzernen Paukenschlägen. Trevisan schwitzte. Milchige Salzperlen rannen über seine Stirn. Triplets veränderten sich in synkopische Rhythmen. Trevisan schlug hart auf die Felle.

»Papa, Telefon!«

Trevisan ließ die Stöcke über das Snare sausen.

»Papa!«

Paulas Stimme verklang ungehört in einem Trommelwirbel. Dann brach einer der Trommelstöcke entzwei. Trevisan fluchte.

Paula nutzte den Augenblick der Stille. »Komm endlich, Telefon für dich!«

Überrascht blickte Trevisan auf und sah seine Tochter im letzten Moment durch die Tür verschwinden. Er erhob sich, griff nach dem Handtuch und fuhr sich über das nasse Haar. Er atmete tief durch. Dann ging er nach oben ans Telefon.

»Trevisan. Was gibt's?«, sagte er, noch immer außer Atem.

»'Was gibt's'! Ist das eine Begrüßung?« Angela war am Apparat.

»Entschuldige.«

»Das klingt nicht besonders überzeugend. Kann es sein, dass du schlechte Laune hast?«

»Ich? Ich wüsste nicht, weshalb«, erwiderte er bissig.

»Noch immer Ärger mit Paula?«

»Paula benimmt sich wie ein kleines Kind. Aber das gibt sich wieder.«

»Dann hattest du wohl Ärger im Job. Dabei habe ich in den Nachrichten von eurem Erfolg gehört und wollte dir gratulieren.«

Trevisan seufzte. »Erinnere mich bloß nicht daran. Das war doch nichts weiter als ein billiges Schmierentheater zur Beruhigung der Bevölkerung.«

»Verstehe ich nicht.«

»Wir haben einen Mann verhaftet, aber keinen Mörder«, erklärte Trevisan.

»Aber es hieß doch in den Nachrichten ...«

»Das ist alles Blödsinn. Ich habe es meiner Vorgesetzten gesagt, aber sie meinte, es wäre an der Zeit, einen Erfolg zu verkaufen.«

»Das heißt, ihr wisst alle Bescheid und gebt bewusst eine Falschmeldung heraus?«

»Was heißt ‚Falschmeldung'... Noch ist es ja nicht sicher.«

»Aber dein Gefühl sagt dir, dass ihr den Falschen habt«, beharrte Angela.

»Er war es nicht, davon bin ich überzeugt. Aber was sollte ich tun? Der Termin stand schon fest. Ich kann nichts dafür.«

»Warum spielst du dieses Spiel mit?«

»Was bleibt mir übrig? Ich bin nur ein kleiner Beamter. Ein

Rädchen im großen Getriebe. Wenn ich nicht richtig funktioniere, dann werde ich einfach ausgewechselt.«

»Was soll's, wenn du allzu sehr quer treibst, dann kannst du immer noch eure Akten hüten«, antwortete Angela spöttisch. »Wo ist bloß der Kämpfer in dir geblieben? Du bist Beamter und hast einen sicheren Job.«

Trevisan blickte verlegen auf das Bild an der Wand. Ein Bild von Paula. »Ich weiß es ja selbst. Ich hätte mich nicht darauf einlassen sollen.«

»Und jetzt ärgerst du dich über dich selbst. Das geschieht dir recht.«

»Ich habe alles im Griff. Ich habe nur Schlagzeug gespielt, deshalb war ich etwas außer Atem.«

»Das habe ich gehört. Das war kein Schlagzeugspiel, das war die pure Vergewaltigung eines Instruments.«

»Verdammt, ich geb's ja zu. Manchmal würde ich am liebsten alles hinschmeißen.«

»Was ist mit Paula, hast du schon mit ihr geredet?«, wechselte Angela das Thema.

Trevisan verzog das Gesicht. »Paula geht mir aus dem Weg. Sie lässt nicht vernünftig mit sich reden. Da draußen spaziert ein Psychopath durch die Gegend und ermordet wahllos Leute, und sie hat nichts Besseres im Kopf als eine Bootstour mitten hinein in die Höhle des Löwen.«

»Ist es wirklich die Angst oder ist es eher der Vater, der nur sein kleines Mädchen festhalten will?«

»Jetzt fang nicht noch damit an. Weswegen rufst du eigentlich an?«

»Ich kann am Wochenende nicht kommen. Ich fahre morgen nach München. Eine ganze Woche lang. Dort findet ein Schriftstellerkongress statt. Ich schreibe darüber eine Reportage.«

»Dann sehen wir uns erst in zwei Wochen wieder?«, fragte Trevisan betroffen.

»Du wirst es schon überstehen. Keine Spielchen mehr. Lass dich nicht unterkriegen. Ich vertraue deiner guten Nase. Verlass dich einfach auf deinen Spürsinn und fang diesen Kerl. Danach machen wir ein paar Tage Urlaub. Griechenland soll im Juli sehr schön sein.«

»Und Paula?«

»Wir nehmen sie einfach mit, sie hat sowieso bald Ferien. Ein Trip nach Mykonos wird ihr sicher gefallen. Und die Ägäis ist sowieso reizvoller als die Nordsee.«

Es war kurz vor zwölf, als Trevisan müde ins Bett ging.

*

Gegen halb sechs klingelte das Telefon. Ein Anruf der Dienststelle. Fürst vom 2. Fachkommissariat war am Apparat. Trevisan beeilte sich. Er duschte, trank hastig einen Kaffee und fuhr nach Wilhelmshaven. Fürst erwartete ihn in der PI.

»Wo ist er?«, fragte Trevisan ohne Begrüßung.

»Der Chef bearbeitet ihn. Der Kerl ging uns am Bahnhof ins Netz. Er hatte einen Koffer bei sich. Der Inhalt liegt dort drüben.« Fürst zeigte in den Nebenraum.

Trevisan ging hinein. Vor dem Schreibtisch stand ein schwarzer Koffer. Kleidung, Hemden, Hosen und Unterwäsche lagen ausgebreitet auf den Stühlen. Trevisan hatte keinen Blick dafür. Neugierig schaute er auf die mit Uhren, Ringen, Ketten, Colliers und Ohrringen dekorierte Tischplatte. Der Schmuck glänzte im Neonlicht. »Weißt du schon, woher das stammt?«

»Wir haben von einigen Stücken eine detaillierte Beschreibung in unserem Computer«, antwortete Fürst. »Sie stammen aus einem Überfall auf einen Schmuckhändler. Ein Unbekannter hatte dem Mann aufgelauert und ihn von hinten niedergeschlagen. Es gibt keine Zeugen und keine Spuren. Aber das ist die Beute, so viel ist sicher.«

»Sagt er, woher er das Zeug hat?«

»Er behauptet, es gefunden zu haben. Er ist noch nicht am Ende, er taktiert noch. Er wird uns schon seine Version der Geschichte auftischen. Er ist als Hehler stadtbekannt.«

»Wann wurde der Überfall auf den Schmuckhändler verübt?«, fragte Trevisan gespannt.

»Am 19. Mai in der Tiefgarage in der Ebertstraße. Tatzeit war zwischen 22.30 Uhr und 23.00 Uhr.«

»Kann ich mit ihm reden?«

»Gut, versuch es, wenn du willst. Aber ich sag dir gleich, er ist eine harte Nuss«, erwiderte Fürst.

*

Der Mann saß mitten im Raum auf einem alten hölzernen Stuhl. Keine Regung, kein Zucken, kein nervöses Trippeln mit den Beinen blieb dem Vernehmungsbeamten verborgen. Giovanni Calabrese trug ein schweißnasses Hemd und eine dunkle Stoffhose. In seiner Jacke war ein Stilett gefunden worden. Mit Sicherheit die Tatwaffe. Es war bereits auf dem Weg zur Kriminaltechnik.

Calabrese wirkte müde. Das Gesicht war bleich. Die Haare waren wirr und fettig. In seinen Augen lag eine gespielte Gleichgültigkeit.

Der Leiter des Raubdezernats blickte auf, als Trevisan den kleinen Raum betrat.

»Ich übernehme«, sagte Trevisan und wartete, bis sich der Kollege erhob. »Hat er schon etwas gesagt?«, flüsterte Trevisan ihm zu, als der Beamte an ihm vorbeiging.

Der Kollege schüttelte den Kopf.

Trevisan schob den Stuhl nahe an den Verdächtigen heran und setzte sich. »Ich bin Hauptkommissar Trevisan vom 1. Fachkommissariat, ich ermittle in einem Mordfall«, stellte er sich vor. Aufmerksam musterte er den Verhafteten. Calabreses Augen verrieten Überraschung.

»Ich habe niemanden ermordet«, sagte er scheinbar ungerührt.

»So, sind Sie da sicher? Raub oder Hehlerei interessieren mich nicht. Sie können versuchen, weiterhin Ihr kleines Spielchen zu treiben oder ein paar Punkte sammeln.«

Calabrese schlug die Beine übereinander. »Ihr Bullen seid doch alle gleich. Ihr meint, ihr werft ein paar Köder aus und unsereins schnappt danach wie ein gieriger Hund«, antwortete er kalt.

»Und ihr macht immer die gleichen Fehler, ihr merkt gar nicht, wenn ihr eure Hälse mitten durch die Schlinge steckt. Ihr denkt, ihr seid allen anderen überlegen, aber trotzdem landet ihr immer wieder im Gefängnis. Wie oft haben Sie gesessen?«

Er hatte anscheinend den richtigen Ton getroffen. Calabrese dachte nach. Trevisan wartete geduldig ab. Er wollte seine Worte wirken lassen.

»Was ist drin für mich, wenn ich auspacke?«

»Ein paar Tage weniger im Knast vielleicht. Ihr wisst doch, wie der Hase läuft. Ein Geständnis war schon immer von Vorteil. Sie können es aber auch drauf ankommen lassen. Ich glaube, bei fünf Jahren zählt jeder Monat, den Sie einsparen, doppelt und dreifach, oder?«

»Also gut, aber ich will wissen, was ihr gegen mich in der Hand habt, bevor ich mich entscheide.«

»Das ist kein Problem«, antwortete Trevisan und legte die Fakten auf den Tisch. Der Schmuck, die Beschreibung, das Stilett. Trevisan klang überzeugend.

Calabrese überlegte. Er wusste, dass er nicht ungeschoren aus dieser Nummer herauskam. Bei seinem Strafregister würde ihm kein Richter der Welt glauben, dass er zufällig an den gestohlenen Schmuck gekommen war. Also entschloss er sich, seine Version der Geschichte zu erzählen.

Trevisan hörte zu. Er achtete auf den Tonfall und nickte ab und an aufmunternd. So erfuhr er, dass Straßberg tatsächlich den Überfall auf den Juwelier begangen hatte.

»Er hat mir die heiße Ware angeboten. Ich konnte einfach nicht widerstehen, Herr Kommissar. Aber plötzlich wollte er mein Geld. Er hat mich mit einer Eisenstange angegriffen. Ich musste mich wehren. Es war reine Notwehr. Es tut mir leid, dass Straßberg gestorben ist. Aber er hat es sich selbst zuzuschreiben.«

Trevisans Gesicht zeigte keine Regung.

»Was passiert jetzt mit mir, Herr Kommissar?«

Trevisan zuckte die Schultern, dann drückte er den kleinen Knopf unter dem Schreibtisch. Es dauerte einen Moment, dann ging die Tür auf. Fürst kam herein.

»Er gehört euch«, sagte Trevisan und erhob sich.

Als er an der Tür war, rief ihm Calabrese nach: »Ich wollte ihn nicht umbringen, das müssen Sie mir glauben!«

Trevisan blieb stehen und wandte sich um. »Wen wollten Sie nicht umbringen?«

»Straßberg, wen denn sonst?«

»Straßberg ist nicht tot. Er liegt im Krankenhaus und ist außer Lebensgefahr«, sagte Trevisan mit gespielter Verwunderung.

»Aber ich dachte ... Sie sind von der Mordkommission?«, stammelte der Italiener.

»Das ist richtig, aber es geht nicht um Straßberg. Es geht um die Toten auf dem Kutter, der vor ein paar Tagen aufgebracht wurde. Sie haben doch sicher davon gehört?«

Calabrese fluchte.

Trevisan verließ das Vernehmungszimmer. Er hatte erfahren, was er wollte. Straßberg war nicht der Wangerland-Mörder.

11

»Gut, das reicht zumindest für einen Haftbefehl«, sagte Oberstaatsanwalt Brenner. »Wir werden dafür sorgen, dass Straßberg schnellstmöglich in das Gefängniskrankenhaus nach Oldenburg überführt wird. Das kann zwar nach Auskunft der Ärzte noch eine Woche dauern, aber wir können wenigstens wieder aufatmen. In der Zwischenzeit müssen Sie versuchen, weitere Beweise zu finden. Bislang steht die Anklage noch auf schwachen Beinen.« Er schob den vorläufigen Ermittlungsbericht in seine Aktentasche. »Wo ist übrigens Herr Trevisan? Ich erwartete, ihn hier zu treffen.«

Dietmar Petermann zuckte die Schultern. »Er ist im Haus unterwegs, aber ich kann ihn ausrufen lassen.«

»Ach nein, lassen Sie. Der Bericht reicht einstweilen.« Oberstaatsanwalt Brenner reichte Petermann die Hand und verabschiedete sich.

Auf dem Flur begegnete ihm Trevisan.

»Ah, da sind Sie ja, ich dachte schon, Sie feiern Ihren Erfolg«, rief ihm Oberstaatsanwalt Brenner freundlich lächelnd zu.

»Welchen Erfolg meinen Sie?« Trevisan reichte Brenner die Hand.

»Na, untertreiben Sie jetzt nicht ein bisschen? Ich bin gerade auf dem Weg zum Richter. Ein Haftbefehl dürfte bei der Beweislage kein Problem werden. Für eine Anklage ist das Material zu dürftig. Aber wie ich Sie kenne, bleiben Sie am Ball.«

»Straßberg ist nicht unser Mann. Er hatte keine Zeit dafür. Es sei denn, er kann fliegen«, entgegnete Trevisan und bat Brenner in sein Büro. Dort erzählte er dem Oberstaatsanwalt, was er soeben von Giovanni Calabrese erfahren hatte. Brenner hörte entgeistert zu.

»Der Mörder läuft also immer noch frei herum«, sagte Trevisan. »Und ich bin überzeugt, wir werden noch vom ihm hören.«

»Verdammt! Sie glauben, dass es noch weitere Verbrechen geben wird?«

»Irgendwo da draußen ist ein sehr einsamer und sehr kranker Mensch«, sagte Trevisan trocken. »Ich weiß nicht, was ihn vorantreibt, aber er wird wieder töten, davon bin ich überzeugt.«

Brenner nickte. Nachdenklich schaute er aus dem Fenster. »Was können wir tun, um weitere Verbrechen zu verhindern?«

»Ich fürchte, nichts. Bislang hat er noch keinen Fehler gemacht, aber der Zeitpunkt wird kommen. Jeder macht irgendwann einen Fehler«, erwiderte Trevisan bissig.

»Und gestern noch gaben wir eine Pressekonferenz«, murmelte Brenner. »Wenn die Presse davon erfährt, dann werden wir uns einiges anhören müssen.«

Trevisan nickte. »Wir waren etwas zu voreilig.«

Nachdem Brenner gegangen war, rief Trevisan sein Team im Konferenzzimmer zusammen. Es war Zeit für ein Gespräch.

*

Er stellte das Bild an seinen Platz. Den Platz hatte er mit Bedacht gewählt. Es störte ihn nicht, dass auch die Frau auf dem Bild war. Im Gegenteil, diese Frau würde für ihn einen Teil des Schmerzes tragen. Warum sollte er sie also ausschließen?

Vierzehn Kerzen brannten auf dem kleinen Altar. Mit Backsteinen und Brettern hatte er eine Art Treppe auf dem Tisch errichtet. Die Bretter waren in schwarzen Samt gehüllt. Den Stoff hatte er sich bei Mutter besorgt. Plastikblumen und ein paar Muscheln hatte er fein säuberlich angeordnet. Der Altar verströmte eine Frische, die er förmlich riechen konnte. Auf der obersten Stufe hatte er zwei Bilder platziert. Mutter und

Vater. Darunter ein Bild von ihm und seinen Geschwistern. Es waren schöne Aufnahmen, lachende Gesichter, fröhliche Stimmung. Ein grober Gegensatz zu dem schwarzen Samt. Auf der dritten Stufe stand das Bild eines älteren Mannes mit einer Mütze. Einer typischen Friesenmütze, wie sie hier im Wangerland allerorten getragen wurde. Es war das Gesicht eines Toten.

Er ordnete die Kerzen. Zufrieden blickte er auf seinen Altar. Er war viel schöner als der Altar in der alten Kirche, in der er gestern gewesen war. Er war auch viel schöner als der Altar, den seine Mutter im Schlafzimmer errichtet hatte. Er kniete sich auf den Boden, schloss die Augen und murmelte ein Gebet. Ein kleines Kindergebet, das früher Mutter mit ihm gebetet hatte. Es hatte etwas mit dem Seelenheil der Menschen zu tun. Seine Seele hatte Narben zurückbehalten, doch er hatte die richtige Medizin gefunden, um diese schmerzhaften Narben zu heilen.

Er fuhr zusammen, als er die Stimmen hörte. Vorsichtig schlich er zum Fenster. Wer konnte das nur sein? Hier war seit Wochen niemand mehr vorbeigekommen.

Das helle Sonnenlicht, das durch die Ritzen des geschlossenen Rollladens fiel, schmerzte in seinen Augen. Er kniff sie zu dünnen Schlitzen zusammen und spähte hinaus. Nichts war zu sehen. Er entspannte sich. Hatte er sich getäuscht? Nein, plötzlich war ein helles Lachen zu hören. Seine Augen fuhren suchend herum. Am Schuppen lehnte ein Fahrrad. Ein kalter Schauer lief über seinen Rücken. Dann entdeckte er das Mädchen. Sie kam auf das Haus zu. Er griff in seine Tasche und zog das scharfe Messer hervor. Das Mädchen blieb stehen und ging zurück zu ihrem Fahrrad. Sie holte eine Decke aus dem Fahrradkorb und breitete sie auf dem sandigen Streifen zwischen der Villa und dem Schuppen aus.

Er beobachtete sie. Das Mädchen war schön. Sie trug ein gelbes Bustier und eine kurze, enge Jeans. Sie mochte wohl um die vierzehn sein. Ihr blondes, langes Haar war zu einem Zopf geflochten. Sie ließ sich auf der Decke nieder und blickte verträumt in den Himmel. Er konnte seine Augen nicht mehr abwenden. Das Gesicht des Mädchens zog ihn magisch an. Die Haare, der Zopf, die süßen kleinen Sommersprossen um ihre Nase.

»Mareike«, flüsterte er leise. Schon wollte er sich aufrichten und zu ihr gehen, doch seine Beine gehorchten ihm nicht. Etwas hielt ihn zurück. Obwohl sie mehr als zehn Meter von seinem Versteck entfernt auf der Decke lag, bildete er sich ein, sie riechen zu können. Es war der Duft einer Blumenwiese.

Was gäbe er dafür, wenn er sich einfach neben sie legen könnte. So wie früher. Er versank in seinem Tagtraum. Das blaue Gesicht verblasste. Auch die strenge und unnachgiebige Maske verlor für einen kurzen Augenblick die Macht über ihn. Er war allein. Alleine mit sich selbst und mit diesem schönen und so vertrauten Gesicht, draußen im Sand der Dünen.

Plötzlich hörte er ein Geräusch. Es kam aus dem Flur. Erschrocken fuhr er herum. Hitze durchwogte seinen Körper. Schweiß brach aus seinen Poren. Schritte drangen vom Flur in sein Versteck. Wenn sie ihn hier entdeckten, dann blieb ihm keine andere Wahl. Fest umklammerte er das Messer. Es gab ihm Sicherheit.

»Anja, wo bist du?«, rief das blonde Mädchen laut. Er wandte den Kopf zum Fenster. Das Mädchen hatte sich erhoben.

»Ich bin im Haus. Es ist unheimlich hier«, antwortete eine Stimme.

»Komm sofort heraus! Mein Vater sagt, das Haus ist baufällig. Es kann jederzeit einstürzen«, rief die Blonde der Unsichtbaren zu.

»Aber es gefällt mir hier. Ich möchte mich doch nur ein bisschen umsehen«, hallte es durch den Flur.

»Komm jetzt oder ich fahre weiter«, antwortete das blonde Mädchen. »Du weißt genau, dass du auf mich hören sollst. Sonst sage ich es Onkel Johann!«

Er wagte kaum zu atmen und horchte angestrengt auf jede Bewegung im Flur. Die Schritte entfernten sich wieder. Erleichtert glitt er zurück zum Fenster. Da tauchte das andere Mädchen auf. Sie hatte dunkelbraunes, kurz geschnittenes Haar, ein bubenhaftes Gesicht und wirkte um einiges jünger als die Blonde.

»Wie weit ist es noch?«

»Dort hinter den Dünen liegt Sophiensiel. Es sind vielleicht noch zwei Kilometer.«

»Wie spät ist es?«

Die Blonde schaute auf ihre Armbanduhr. »Kurz nach zwei.«

»Dann lass uns fahren. Umso mehr Zeit bleibt uns bei den Pferden.«

Das blonde Mädchen erhob sich. Gemeinsam falteten sie die Decke zusammen. Schließlich fuhren sie nach Westen davon.

Er war fast ein wenig traurig. Er schaute den beiden nach, bis sie hinter der Düne verschwunden waren. Vielleicht würden sie wieder zurückkommen. Heute Abend.

Das Gesicht des blonden Mädchens ging ihm nicht mehr aus dem Kopf. Er setzte sich mit dem Rücken zur Wand unter das Fenster und schloss die Augen. Vielleicht war es heute nicht notwendig, auf den Mann aufzupassen und ihn zu verfolgen. Es hatte Zeit bis morgen. Morgen würde er sich wieder seiner Aufgabe widmen. Heute wollte er hier warten. Hatte nicht jeder gute Arbeiter einmal in der Woche einen freien Tag für sich? Er wollte das blonde Mädchen unbedingt wieder sehen. In seinen Gedanken schmiegte er seine Wangen an die ihrigen. Legte seine Arme um ihren Körper, streichelte ihr die Haare.

Er sah ihr Gesicht vor seinen geschlossenen Augen, doch plötzlich begann es zu flimmern. Er versuchte das Gesicht festzuhalten, doch es löste sich auf, wie Morgentau im grellen Sonnenlicht. Ein anderes Gesicht nahm den Platz ein. Das strenge Gesicht. Es blickte ihn vorwurfsvoll an.

»Nein, lass mich ...«, stammelte er. Dann spürte er die Schmerzen. Das Brennen in seinem Körper wurde unerträglich. Das Gesicht lachte diabolisch. Die Schmerzen nahmen zu. Er krümmte sich am Boden, doch es half nichts.

»Vater, warum tust du mir das an?«, wimmerte er erschöpft. »Es ist nicht gerecht. Ich habe getan, was du wolltest. Sogar Mutter habe ich die Tränen und den Schmerz genommen.«

»Blut für Blut«, antwortete ihm das Gesicht.

Die Stille schmerzte in seinen Ohren.

*

Er wusste nicht, wie viel Zeit vergangen war. Aber er fühlte sich, als ob er zu viel getrunken hatte. In seinem Kopf hämmerte und pochte es, doch der quälende Schmerz in den Eingeweiden war verschwunden. Er richtete sich auf. Er musste sich am Tisch abstützen, um auf die Beine zu kommen. Draußen schien noch immer die Sonne. Wolken zogen von Westen über das Land. Er schlich sich vorsichtig aus dem Haus. Niemand war in der Nähe. Er wankte hinüber zum Schuppen. Vorbei an dem Platz, wo die beiden Mädchen ihre Decke ausgebreitet hatten. Noch waren ihre Spuren im Sand zu sehen.

Plötzlich blieb er stehen. Auf dem Boden lag etwas. Er bückte sich und griff danach. Es war ein Haarband aus rosa Frotteestoff. Er erinnerte sich, dass das blonde Mädchen dieses Haarband an ihrem Handgelenk getragen hatte. Er roch daran. Es duftete nach frischen Blumen. Tief zog er den Duft in seine Nase. Er schloss die Augen. Das blaue Gesicht trat aus dem Schatten hervor. Es lächelte ihm zu.

»Danke, ich danke dir. Du bist so gut zu mir. Sag ihm bitte nichts davon. Es soll unser Geheimnis bleiben«, flüsterte er in die Einsamkeit. Er steckte das Haarband in seine Hosentasche und ging hinüber zum Schuppen. Dann öffnete er das Tor und holte den kleinen Fiat heraus. Er verriegelte den Schuppen und setzte sich hinters Steuer. Langsam fuhr er den sandigen Weg entlang. Als er bei Sophiensiel auf die Landstraße einbog, gab er Gas.

Seine Beute wartete.

*

Patricia Maxdorf überflog die Zeilen. Dann griff sie zu dem Stift, der vor ihr auf dem Tisch lag, und setzte ihre Unterschrift unter das Dokument.

»Noch zweimal, bitte.« Alex Uhlenbruch wies auf die weiteren Blätter, die auf dem Tisch lagen.

Patricia Maxdorf unterschrieb auch diese beiden Formulare, dann blickte sie auf. »Und jetzt? Kann ich gehen?«

»Gehen Sie! Wenn wir Sie noch mal brauchen sollten, dann finden wir Sie«, antwortete Alex. Er wartete, bis sie die Tür von außen geschlossen hatte, dann schaute er Tina Harloff fragend an. »Glaubst du ihr?«

»Es klingt plausibel, aber ich weiß nicht so recht. Sie ist mit allen Wassern gewaschen.«

Das Telefon klingelte. Alex Uhlenbruch nahm den Hörer ab, meldete sich und lauschte. Nach einem kurzen Augenblick legte er wieder auf.

»Was war denn das?«, fragte Tina.

»Trevisan will, dass wir uns in einer halben Stunde im Konferenzraum treffen. Er klang gar nicht gut. Ausgerechnet jetzt, wo die Maxdorf uns auch noch ihre Lügengeschichte aufgetischt hat!«

*

Sie hatten sich im Besprechungsraum versammelt. An der Pinnwand hingen die Bilder der Tatorte. Daneben, an der Tafel, standen mit weißer Kreide die Namen der Toten und einige Details, die sie bisher über sie herausgefunden hatten.

Monika Sander, Dietmar Petermann, Alex Uhlenbruch, Tina Harloff und Kriminaldirektor Beck saßen um den langen Tisch. Aus dem Team fehlte nur Till Schreier.

Mittlerweile wussten alle, dass der Tatverdacht gegen Olaf Straßberg ausgeräumt war. Sie standen wieder am Anfang und der Mordfall *Helge* lag nun schon vier Tage zurück. Als Trevisan den Raum betrat, herrschte tiefes Schweigen.

Kriminaldirektor Beck erhob sich und ging auf ihn zu. »Die Chefin ist außer sich. Sie will das Landeskriminalamt in die Ermittlungen einschalten. Die Pressekonferenz war etwas voreilig …«

»Ich hatte ihr das gleich gesagt«, erwiderte Trevisan und trat an den Tisch. »Das Wochenende steht bevor. Ich hoffe, ihr habt euch nichts vorgenommen. Vor uns liegt viel Arbeit.« Prüfend blickte er in die Gesichter.

»Wir stehen wieder am Anfang, aber wir stehen nicht mit ganz leeren Händen da. Es gibt ein paar vage Hinweise. Da draußen läuft noch immer ein Mörder frei herum und ich bin felsenfest davon überzeugt, dass er noch einmal zuschlagen wird. Wir waren schlampig in unserer Arbeit und haben uns zu früh auf ein bestimmtes, aber fragliches Ziel eingeschossen. Das darf nicht mehr passieren. Ich weiß, dass euch das Wochenende mit euren Familien und Freunden heilig ist, aber wir müssen leider nachsitzen. Nach dem Obduktionsbericht bin ich überzeugt, dass Kapitän Ole Hansen das eigentliche Ziel des Mörders war. Bei ihm gab sich der Täter besondere

Mühe. Er ist der Schlüssel. Die anderen starben wohl nur, weil sie zur falschen Zeit am falschen Ort waren. Außerdem ist mir klar geworden, dass wir die Leichen finden sollten. Gabler auf Wangerooge und auch Hansen, Mijboer und Willemsen, die Männer auf der *Helge*. Es wäre ein Leichtes gewesen, den Kutter in tiefes Wasser zu manövrieren und die Flutventile zu öffnen. Niemand hätte Verdacht geschöpft. Vielleicht hätte man die *Helge* niemals gefunden und einen Unfall vermutet.«

Lautes Gemurmel erhob sich.

Trevisan wartete, bis sich die Diskussion gelegt hatte, dann fuhr er fort. »Allerdings dürfen wir jetzt nicht noch einmal den gleichen Fehler machen und uns allein auf Hansen stürzen. Wir müssen nach allen Seiten offen sein. Der Tod von Gabler auf Wangerooge liegt noch im Dunkeln. Das Bild von Willemsen muss noch abgerundet werden und die Herkunft von Mijboers Geld ist immer noch nicht aufgeklärt. Wir bilden deshalb Teams, die sich um die ungeklärten Fragen kümmern. Bei mir laufen die Fäden zusammen. Ich will sofort informiert werden, wenn ihr etwas in Erfahrung bringt.«

»Aber wie sollen wir genau vorgehen?«, fragte Tina Harloff.

»Dietmar und Alex fahren noch einmal nach Wangerooge und schauen sich dort genau um. Fragt euch durch, versucht etwas über Gabler zu erfahren. Es gibt dort sicher Menschen, die ihn gesehen haben.«

»Aber das haben wir doch schon getan«, wandte Dietmar Petermann ein.

»Vielleicht waren wir nicht gründlich genug«, antwortete Trevisan.

Dietmar Petermann schwieg.

»Die Obduktion ergab als Tatwaffe bei Gabler und Mijboer einen Pfeil. Ich glaube zwar nicht, dass der Täter ein Bogenschütze war, aber ein Pfeil wird auch von einer Harpune abgeschossen. Monika, du gehst bitte alle Fälle durch, bei denen eine Taucherausrüstung oder eine Harpune eine Rolle spielte. Egal welcher Art. Benutz den Zentralcomputer. Nimm dir das ganze Wangerland vor und schließ auch die anderen Küstenregionen ein. Tina wird dir dabei helfen.«

»Aber sollten wir nicht in den Geschäften nachfragen, ob

jemand in der letzten Zeit eine Harpune gekauft hat?«, entgegnete Monika.

»Das habe ich mir auch schon überlegt, aber ich erhoffe mir davon nichts. Harpunen sind frei verkäuflich. Es gibt keine Buchführung. Außerdem sind diese Dinger auch über den Versandhandel und im Internet zu bestellen. Ich denke, wir werden mehr Erfolg haben, wenn wir unsere Akten gründlich studieren.«

»Wie lange soll ich zurückgehen?«, fragte Monika Sander.

Trevisan überlegte. »Sagen wir, ein Jahr.«

Monika nickte.

»Ich selbst werde mich um Hansen kümmern. Vergesst nicht, sobald ihr etwas erfahrt, will ich es wissen.« Trevisan blickte den Kollegen in die Augen. Eigentlich hatte er mit Protesten gerechnet, doch ihre Gesichter waren voller Entschlossenheit.

»Brauchen Sie noch ein paar Männer?«, fragte Beck.

Trevisan schüttelte den Kopf. »Jetzt noch nicht, aber wenn sich ein paar Spuren ergeben, dann komme ich gerne darauf zurück.«

Sie alle wussten, dass ein anstrengendes Wochenende vor ihnen lag.

*

»Hallo, Martin. Ich wollte dich schon anrufen«, grüßte Kleinschmidt, als Trevisan das Büro betrat.

»Weshalb?«

»Die Fingerprints auf der *Helge* stammen ausschließlich von der Besatzung.«

»Ich habe nichts anderes erwartet«, sagte Trevisan.

Kleinschmidt erhob sich und schenkte sich einen Kaffee ein. »Willst du auch?«, fragte er.

Trevisan schüttelte den Kopf. »Hast du noch den kleinen Metallring, den wir auf Wangerooge gefunden haben?«

»Sicher, aber bislang …«

»Ich brauche ihn«, fiel ihm Trevisan ins Wort.

Kleinschmidt kramte im Asservatenschrank. Dann legte er das kleine Tütchen mit dem Metallring auf den Schreibtisch. Trevisan griff danach und schaute sich das Fundstück eingehend an.

»Was willst du damit?«
»Ich hab da eine Idee«, entgegnete Trevisan.

12

Sie hatten eine Witterung aufgenommen und waren wie arglose Sonntagsjäger allesamt der falschen Fährte nachgestolpert. Und dabei waren wichtige Überprüfungen vernachlässigt worden. Trevisan ärgerte sich über seine Blauäugigkeit. Er hatte die Kugel einfach rollen lassen, ohne sie in die richtigen Bahnen zu lenken. Dabei wäre genau das seine Aufgabe gewesen. Es war sein Fehler, seine Führungsschwäche. Nun mussten sie nicht nur von vorn beginnen, sondern hatten überdies auch noch Zeit verschwendet.

Kapitän Hansen hatte regelmäßig Geld auf ein Konto in Hamburg überwiesen. Seit dem Tod seiner Frau Monat um Monat tausend Mark. Das war eine große Summe für seine Verhältnisse. Dietmar Petermann hatte die Kontoinhaberin in Hamburg ermittelt, doch wegen der Straßberg-Sache war diese Spur nicht weiter verfolgt worden. Die Empfängerin des Geldes hieß Maria Linnemann. Der Auszug aus dem Gemeinderegister verriet, dass sie zweiunddreißig Jahre alt, geschieden und Mutter von vier Kindern war. Sie lebte in der Nähe der Reeperbahn in einer Mietskaserne. Welche Verbindung gab es zwischen ihr und Hansen? War sie seine Geliebte, eine Freundin oder eine Verwandte?

Trevisan hatte den blauen Dienstwagen aus der Garage geholt und war Richtung Hamburg gefahren. Er fühlte sich unwohl in der großen Stadt. Gegen Hamburg war Wilhelmshaven ein verschlafenes Dorf. Er hatte schon überlegt, den Wagen auf einem Parkplatz abzustellen und eine Straßenbahn zu benutzen, doch er verwarf den Gedanken. Er kämpfte sich durch die Ströme aus Blech und Stahl, durch die verstopften

Straßen und schließlich gelangte er in die Scheplerstraße. Angestrengt hielt Trevisan nach der Wohnung von Maria Linnemann Ausschau. Endlich entdeckte er das Gebäude. Es war ein zehnstöckiges Wohnsilo. Ein liebloses und tristes Haus. Die grauen Platten an der Fassade waren alt und brüchig. Ein paar Kinder spielten Fußball vor dem Haus.

Einen Anruf hatte er unterlassen. Er wollte sich einen möglichst natürlichen Eindruck von der Frau und ihrem Umfeld verschaffen. Trevisan ging den mit Waschbetonplatten ausgelegten Weg entlang. Vor dem Eingang blieb er stehen. Angestrengt suchte er auf den etwa dreißig Klingelschildern nach dem Namen Linnemann. Er klingelte und wartete. Nichts geschah. Er drückte noch einmal, diesmal länger. Schließlich hörte er das Krächzen der Sprechanlage. Eine Kinderstimme meldete sich.

»Kann ich mit deiner Mama sprechen?«, fragte er freundlich.

»Mama ist nicht da«, bekam er zur Antwort.

Bevor Trevisan eine weitere Frage stellen konnte, wurde die Verbindung unterbrochen. Er blickte sich um. Sterile Wohnblöcke der gleichen Machart, eingefasst von einer leblosen Rasenfläche, umgaben ihn.

Was nur verband Kapitän Hansen mit dieser grauen und öden Gegend? Einen Mann, der die Einsamkeit und die See liebte? Hansen war hier so deplatziert wie ein Fisch auf dem Trockenen.

Einige Jungs jagten einem Ball hinterher, als gäbe es nichts Wichtigeres auf der Welt als ein rundes Leder. Trevisan schaute eine Weile gedankenverloren zu. Einige waren sehr talentiert. Bestimmt träumten sie davon, eines Tages ganz große Stars zu werden. Wahrscheinlich würde es keiner unter ihnen schaffen. Doch was wäre ein Leben ohne Träumereien?

Trevisan setzte sich auf den Treppenabsatz. Dunkle Wolken zogen am Himmel auf und streiften den nahen Kirchturm. Er beschloss zu warten. Es war Samstag kurz vor drei Uhr. Frauen nutzten diesen Tag gerne, um die Wohnung zu putzen, zu waschen oder einkaufen zu gehen. Er hoffte, dass auch Maria Linnemann zu diesen Frauen gehörte, dann konnte es nicht sehr lange dauern, bis sie zurückkehren würde.

Er irrte sich. Sie kam erst kurz vor sechs. Es regnete und Trevisan hatte unter dem Vordach gewartet.

*

Es war die monotone und ermüdende Seite ihrer Arbeit. Monika Sander starrte auf den Bildschirm. Trevisan stellte sich das alles zu einfach vor. Sicher gab es zentral verwaltete Akten über ungelöste Fälle, doch war der Diebstahl einer Harpune wirklich so erwähnenswert, dass der Fall überhaupt gespeichert wurde? Zuerst hatte sie das Suchgebiet auf das Wangerland und die nahe Nordseeküste beschränkt. Datei um Datei rief sie ab. Immer wieder tippte sie das Wort *Harpune* in das Eingabefeld und wartete geduldig auf die ausgeworfenen Informationen. Müde rieb sie sich die Augen.

Tina kam mit einem Tablett herein, auf dem zwei Tassen dampften. »Ich habe uns Tee gekocht«, sagte sie und reichte Monika eine.

»Danke«, sagte Monika. Ihre Blicke trafen sich.

»Ist schon ganz schön langweilig, oder?«, sagte Tina, ehe sie an der Tasse nippte.

Monika nickte. »Das ganze Wochenende ist kaputt«, seufzte sie.

»Hast du schon etwas gefunden?«

»Bislang nicht.«

Tina schaute auf die Uhr. Seit über drei Stunden suchten sie vergeblich am Computer nach relevanten Dateien.

»Es bringt nichts, wenn wir uns beide den Abend um die Ohren schlagen. Ich übernehme die heutige Schicht und du löst mich morgen früh ab, okay?«

Tina strahlte. »Abgemacht! Ich wollte dich schon fragen. Ich habe nämlich Karten für das Oasis-Konzert in Oldenburg. Ich fürchtete schon, dass ich sie verfallen lassen muss.«

»Also dann, worauf wartest du noch?«

»Danke.«

Mit einem Lächeln schaute ihr Monika Sander nach. Dann wandte sie sich wieder dem Bildschirm zu. Vor ihr lag noch viel Arbeit.

*

Eine Frau bog von der Straße in den Weg zum Wohnhaus ein. Sie trug zwei Plastiktüten in der Hand und schützte sich mit einem abgetragenen Anorak vor dem Regen. Ihre Kapuze hatte sie tief in das Gesicht gezogen. Trevisan musterte sie neugierig. Die Frau kam direkt auf ihn zu. Ihr Alter war schwer zu schätzen. Trevisan ging ihr ein paar Schritte entgegen.

»Guten Tag, entschuldigen Sie, ich suche Frau Linnemann. Sie sind nicht zufällig …?«

»Wer sind Sie?«, fragte die Frau, ohne stehen zu bleiben.

»Trevisan ist mein Name, Polizei Wilhelmshaven«, antwortete er und griff in die Jackentasche, um seine Kripomarke hervorzuholen.

Jetzt blieb sie stehen. Sie schaute mit großen Augen unter der Kapuze hervor. »Ist … ist etwas passiert?«, fragte sie zögernd.

Trevisan schoss durch den Kopf, dass sie möglicherweise noch gar nichts von Hansens Tod wusste. »Frau Linnemann, kann ich mit Ihnen reden?«

Sie nickte. »Kommen Sie!«, antwortete sie tonlos. Ihre Miene wirkte sorgenvoll.

Der Fahrstuhl war von allerlei Graffiti verunstaltet. Sogar ein riesiges Hakenkreuz prangte an der Wand. Niemand schien sich daran zu stören.

»Ist etwas mit meinem Exmann?«, fragte sie ängstlich, als sie in den sechsten Stock fuhren.

Trevisan schwieg. Er wollte ihr jetzt noch nichts über den Grund seines Besuches verraten. Erst wollte er einen Blick in ihre Wohnung werfen. An der Wohnung erkannte man den Charakter der Leute.

Maria Linnemanns Wohnung lag direkt neben dem Fahrstuhlschacht. Ein Keramikschild hing an der Wand. »Hier wohnen Maria, Thomas, Kevin, Anja und Betty«, stand darauf. Eine Sonne lachte darüber. Schuhe standen ordentlich aufgereiht vor der Tür. Ein paar schmutzige Turnschuhe lagen herum. Maria Linnemann setzte ihre Tragetaschen ab und stellte die Schuhe ordentlich in die Reihe.

»Die Kinder, ich hab es ihnen schon tausend Mal gesagt«, murmelte sie und blickte Trevisan entschuldigend an. Sie wirkte müde und abgespannt, als sie die Kapuze vom Kopf streifte. Sie war ungeschminkt und etwas blass, aber sie war eine schöne Frau. Ihre ärmliche Kleidung war sauber.

»Entschuldigen Sie, ich komme von der Arbeit. Ich hoffe, dass meine Kinder nicht allzu viel Unordnung gemacht haben«, sagte sie, ehe sie den Schlüssel ins Schloss steckte.

Der Flur war sauber und ordentlich. Ein Läufer lag auf dem Boden. Die Garderobe und die beiden Sideboards waren nicht mehr ganz neu, aber sie waren staubfrei und glänzten matt.

Maria Linnemann bat Trevisan ins Wohnzimmer und bot ihm Platz auf der Couch an. Von den Kindern war nichts zu hören. Sie entschuldigte sich für einen Augenblick und ging in die Küche.

Trevisan nutzte die Gelegenheit und schaute sich im Wohnzimmer um. Auch hier war alles sauber und aufgeräumt. Das Wohnzimmer war in einem matten Gelb gestrichen, der Teppichboden passte zu der Farbe der Wand. Ein Vitrinenschrank stand an der Längsseite. Kleine Figuren waren darin aufgereiht. Auf dem Schrank befanden sich farblich abgestimmte Schalen und Vasen. Frau Linnemann hatte offenbar ein Gefühl für Farben und Details.

An der Wand hingen drei Bilder. Eine Fotografie zeigte sie selbst im Hochzeitskleid neben einem großen, blonden Mann. Das andere Bild, ebenfalls ein Hochzeitsbild, jedoch eine ältere Aufnahme, zeigte eine Braut, die Maria Linnemann wie aus dem Gesicht geschnitten war. Es konnte nur das Bild ihrer Mutter sein. Der Mann daneben wirkte grobschlächtig und ungepflegt.

Das dritte Bild erregte Trevisans Aufmerksamkeit. Es war eine Aufnahme von Ole Hansen. Er trug eine Schiffermütze und lächelte freundlich.

Als Maria Linnemann das Zimmer betrat und sich in den Sessel setzte, wandte sich Trevisan ihr zu.

»Was hat er wieder angestellt?«, fragte sie und in ihrer Stimme schwang eine Spur von Resignation.

»Wen meinen Sie?«

»Erhard natürlich, wen denn sonst?«

»Das Bild dort drüben«, Trevisan zeigte auf Hansen. »Wer ist das?«

»Das ist mein Vater«, antwortete sie.

In Trevisan zog sich alles zusammen. Ein unangenehmes Gefühl breitete sich in der Magengegend aus. Ole Hansen hatte eine Tochter? Wie hatte er das nur übersehen können? Er selbst hatte doch den Auszug des Standesamtes gelesen. Von einer Tochter war nie die Rede. Trevisans Mund wurde trocken. »Ich wusste nicht, dass er eine Tochter hat ...«, krächzte er heiser.

Maria Linnemann nickte. »Das ist eine lange Geschichte«, antwortete sie. »Ist etwas mit ihm passiert?« Sorgenvoll hielt sie ihren Blick auf Trevisan gerichtet.

Trevisan wurde es heiß. Er räusperte sich. »Es tut mir leid, Ole Hansen ist tot«, sagte er schließlich mit brüchiger Stimme.

Sie senkte ihren Kopf und schlug die Hände vor das Gesicht. Als sie wieder aufblickte, liefen dicke Tränen über ihre Wangen. »Was ... was ist geschehen?«

Trevisan überlegte. Was sollte er ihr sagen?

Er riss sich zusammen.

»Er wurde ermordet«, antwortete er.

»Ermordet?«, stammelte sie fassungslos. Mit den Händen wischte sie ihre Tränen fort. »Wer ... wer hat das getan? Er war so gut zu mir. Er war ein guter Mensch. Er hat allen nur geholfen. Wer bringt so jemanden um?«

»Wir wissen es nicht«, antwortete Trevisan leise.

Bedrücktes Schweigen herrschte im Raum.

Nachdem sie sich halbwegs gefasst hatte, erzählte sie ihm, dass sich Hansen und ihre Mutter im Sommer 1967 kennen gelernt hatten. Hansen war verheiratet, aber er war unglücklich. Er verliebte sich in ihre Mutter und schließlich war Maria das Resultat dieser Liebe. Da ihre Mutter wusste, dass sich Hansen nie von seiner Frau hätte trennen können, war sie gegangen, ohne ihm etwas von dem Kind zu erzählen.

»Lange Jahre habe ich nicht gewusst, wer mein Vater ist«, fuhr Maria Linnemann fort. »Meine Mutter hat es mir nie erzählt. Schließlich hat meine Mutter geheiratet, doch mein Stiefvater hat sich nie richtig um die Familie gekümmert. 1987 verunglückten beide tödlich bei einem Autounfall.«

Trevisan hörte interessiert zu. Er erfuhr, dass sich Ole

Hansen vor vier Jahren, nach dem Tod seiner Frau, bei Maria gemeldet hatte. Er hielt einen Brief ihrer Mutter in den Händen. Darin hatte sie Hansen von der gemeinsamen Tochter berichtet. Maria Linnemann lebte zu diesem Zeitpunkt in Scheidung. Sie hatte vier Kinder und wusste nicht, wie sie den Monat durchstehen sollte. Die Wohnung war ihr vom Sozialamt zugewiesen worden. Die Sozialhilfe reichte kaum zum Leben, so musste sie nebenher putzen gehen. Immer wieder kürzte das Sozialamt ihre Bezüge, forderte sie auf, ihre Vermögensverhältnisse offenzulegen, schickte Formulare über Formulare, und kamen diese nicht fristgerecht zurück, wurden die Zahlungen ganz eingestellt. Hätte Ole Hansen sie in den letzten Jahren nicht unterstützt, dann wären sie alle schon längst in der Gosse gelandet.

Es war eine traurige Geschichte. Trevisan mochte gar nicht daran denken, dass diese monatlichen Zuwendungen von nun an ausbleiben würden.

»In der letzten Zeit macht mir mein Ex-Mann zu schaffen. Er hat erfahren, wo ich wohne. Mittlerweile ist er auf die schiefe Bahn geraten. Er hat keine Wohnung, deshalb gibt er des Öfteren meine Adresse an, wenn er mal wieder beim Klauen erwischt wird. Aus diesem Grund dachte ich …«

»Hatte Ihr Vater Feinde? Hat er Ihnen etwas erzählt?«, unterbrach Trevisan. Er wollte nicht unhöflich sein, aber es war bereits kurz nach sieben und ein langer Weg lag noch vor ihm.

Sie schüttelte den Kopf. »Er besuchte mich mindestens einmal im Monat. Manchmal auch öfter, aber über so etwas haben wir nicht gesprochen.«

»Sie müssen mir die Wahrheit sagen, sonst werden wir seinen Mörder nie erwischen«, mahnte Trevisan.

»Ich weiß wirklich nicht viel über sein Leben«, antwortete sie.

»Hat er jemals darüber gesprochen, ob ihn jemand bedroht, ob er vor irgendjemandem Angst hat oder ob ihm irgendetwas Ungewöhnliches aufgefallen ist? Eine Veränderung in seinem Umfeld? Auch die kleinste Kleinigkeit kann wichtig sein.«

»Mir fällt etwas ein, aber ich weiß nicht, ob es wichtig ist. Er kam Mitte April zum letzten Mal. Er hat davon gesprochen, dass er einen guten Fang gemacht hätte und bald seine Schulden abbezahlt habe. Er wollte mich danach zu sich holen. Er lebte alleine, ich meine ohne Frau. Ich sollte mich dann um den Haushalt kümmern. Als er ging, erzählte er mir, dass zwei Tage zuvor jemand in sein Haus eingebrochen hatte. Es war aber nichts Wertvolles gestohlen worden. Nur ein Bild von ihm. Das gleiche, wie es dort an der Wand hängt. Ich riet ihm, zur Polizei zu gehen, doch er wiegelte ab. ‚Die halten mich doch für verrückt, wenn ich denen erzähle, dass bei mir jemand eingebrochen ist, um ein Bild von mir zu stehlen', sagte er. Ich weiß nicht, ob er den Einbruch angezeigt hat, und jetzt ist er tot.« Erneut liefen ihr die Tränen über die Wangen.

Trevisan überlegte. Die Sache mit dem Einbruch war mysteriös. Er würde sofort überprüfen, ob Hansen Anzeige erstattet hatte.

Trevisan erhob sich und trat an ihre Seite. Er legte seine Hand auf ihre Schulter und versuchte sie zu trösten. Doch er wusste selbst, dass die Worte eines Außenstehenden den Schmerz nicht lindern konnten. Der Kummer ließ sich nicht zerreden.

Eine halbe Stunde später verabschiedete sich Trevisan. Er versprach sich bei ihr zu melden, sobald sie den Mörder überführt hätten.

Auf dem Weg zum Wagen dachte er über Maria Linnemanns Angaben nach. Er wusste nicht, ob er etwas Wesentliches erfahren hatte, doch zumindest war ihm die Persönlichkeit Hansens etwas näher gerückt.

*

Der ganze Sonntag war verregnet. Monika Sander hatte den Nachmittag mit ihrem Mann und den Kindern verbracht und war gegen sechs in die Polizeiinspektion gefahren. Tina Harloff saß am Computer und blickte überrascht auf.

»Na, was gefunden?«, fragte Monika.

»Ich wusste gar nicht, dass es so viele Polizeidienststellen gibt«, entgegnete Tina und griff nach ihrer Jacke. Monika Sander übernahm.

Sie saß seit einer Stunde am Computer, als das Telefon klingelte. Dietmar Petermann rief von Wangerooge aus an. »Hallo, Monika, ist Martin in der Nähe?«

»Ich habe ihn heute den ganzen Tag über noch nicht zu Gesicht bekommen«, antwortete sie.

»Hier stürmt es und regnet wie aus Kübeln«, berichtete Petermann. »Alex und ich haben alles abgegrast. Wir haben mit unzähligen Leuten geredet. Nichts, alles umsonst. Keiner kennt Gabler, niemand weiß etwas über die Männer der *Helge*. Wir waren sogar noch mal am Tatort. Das Einzige, was wir in dieser trostlosen Gegend gefunden haben, ist eine Menge Sand und ein altes verwittertes Holzkreuz. Sobald es das Wetter zulässt und wir nicht in einer Springflut ersaufen, kommen wir zurück. Das hier bringt doch nichts.«

»Tut, was Ihr für richtig haltet. Ich bin auch nicht gerade erfreut, hier Stunden vor dem Computer zu verbringen und in den ollen Kamellen zu stöbern«, klagte Monika.

»Carpe diem«, hörte sie plötzlich eine Stimme hinter sich.

Erschrocken fuhr sie herum und blickte in das lächelnde Gesicht von Martin Trevisan.

»Dietmar und Alex wollen zurückkommen«, sagte sie und hielt ihm den Hörer hin.

»Wenn sie der Meinung sind, ihre Aufgabe erledigt zu haben, dann sollen sie ruhig kommen«, antwortete Trevisan und zog sich einen Stuhl heran.

Monika wiederholte seine Worte am Telefon. Einen kurzen Moment später legte sie auf.

»Ihr haltet mich wohl für einen Despoten«, scherzte er.

»Es ist nicht leicht, auf die Familie und auf das Wochenende zu verzichten, um einem Gespenst hinterherzujagen«, antwortete Monika und widmete sich wieder dem Monitor.

»Ich weiß, aber es gibt Dinge, die müssen einfach erledigt werden«, sagte Trevisan.

Monika nickte.

»Habt ihr schon etwas?«, fragte er.

»Nichts außer Kopfschmerzen von diesem Flimmerkasten.« Die Missbilligung in ihrer Stimme war deutlich zu hören.

Er verstand ihren Unmut. »Du bist sauer auf mich«, sagte er.

»Sauer, wieso? Ich mache nur meine Arbeit!«

»Monika, sag mir …«

»Was willst du? Wir werden ihn so nicht kriegen. Es passiert, was passiert. Das ist eben Schicksal und weder du noch ich, noch wir alle zusammen können ihn aufhalten.«

»Aber wir sollten es zumindest versuchen, meinst du nicht auch?«, antwortete Trevisan ruhig.

»Und wenn wir nichts finden? Wenn der Kerl die Harpune einfach gekauft hat?«

»Dann wird es schwierig werden. Ich war vorgestern im Internet und habe einfach mal das Wort *Harpune* in das Suchprogramm eingegeben. Es kamen über 60 000 Einträge zum Vorschein. Online-Versandhandel, Sportgeschäfte, Tauchschulen, überall kann man die Dinger herbekommen, ohne auch nur den Fuß vor die Haustür setzen zu müssen. Deswegen glaube ich nicht, dass eine Überprüfung unserer Geschäfte hier im Umkreis Sinn macht. Ich erhoffe mir ehrlich gesagt von den Überprüfungen der Polizeiakten mehr. Was aber nicht heißt, dass wir, wenn du nichts finden solltest, nicht auch diese Möglichkeit in Betracht ziehen müssen.«

»Ich weiß nicht. Es erscheint mir manchmal alles so sinnlos«, sagte Monika.

»Übrigens, ich habe gestern mit Hansens Tochter gesprochen«, erwiderte Trevisan.

Monika Sander blickte ihn mit großen Augen an. »Er hatte eine Tochter?«

»Eine uneheliche. Ein kleiner Seitensprung.«

»Eine Tochter? Das ist ja …?«

»Siehst du, ein bisschen Stöbern schadet nicht«, entgegnete Trevisan und ging hinaus.

Noch bevor er an der Treppe angelangt war, kam Monika Sander hinter ihm her. Sie rannte auf ihn zu und wedelte mit einem Blatt in ihrer Hand.

»Eine Harpune … am Donnerstag, den 13. April … in Aurich«, stammelte sie außer Atem. Sie reichte ihm das Blatt.

Trevisan überflog es. Tatort war ein Tauchsportgeschäft mit dem Namen *Nautica* mitten in der Auricher Fußgängerzone. Trevisan las laut vor: »Gestohlen wurde eine Harpune mit Vollglasfaserpfeil. Die Spitze ist aus gehärtetem Stahl.« Unter der Rubrik *Nähere Sachbeschreibung* wurde die Farbe mit Hellblau/Rot angegeben. »Das ist es!«, sagte er.

Monika grinste ihn an.
»Carpe diem«, wiederholte er.
»Verzeih mir, ich hatte etwas Ärger zu Hause«, antwortete sie und warf ihm einen entschuldigenden Blick zu.

*

Er weinte. Der Sturm peitschte gegen die Mauern der zerfallenen Villa und das Holz ächzte unter dem Druck des Windes.
»Vater, hilf mir!«, rief er gegen den Wind, doch eine Antwort blieb aus. Er zitterte. Draußen fiel etwas polternd gegen die Hauswand. Er zuckte zusammen. Dann griff er in seine Tasche. Er holte das rosa Haarband hervor und drückte es fest an sich. Um ihn herum versank alles in grenzenlose Gleichgültigkeit. Er schloss die Augen und wartete, bis ihn das kleine blaue Gesicht zu sich holte.

13

Trevisan parkte seinen Wagen in der Bahnhofstraße in Wilhelmshaven. Das Tauchsportgeschäft befand sich auf der gegenüberliegenden Seite. Es herrschte dichter Verkehr und Trevisan musste lange warten, bis er endlich die Straße überqueren konnte.
Nur wenige Kunden stöberten in den Regalen. Er blickte sich suchend um. In einer Ecke entdeckte er, wonach er gesucht hatte. Taucheranzüge in Hülle und Fülle. Bunte Farben bestimmten den diesjährigen Trend. Leuchtendes Gelb, Orange, helles Blau. Es roch streng nach Gummi.
»Guten Tag, der Herr. Sie suchen einen Taucheranzug?«, hörte er plötzlich eine Stimme hinter sich. Er wandte sich um. Ein junger, sportlicher Mann stand vor ihm und lächelte ihm freundlich zu.
»Ehrlich gesagt, nein«, sagte Trevisan zögernd.
»Kann ich Ihnen sonst irgendwie helfen?«

Trevisan wandte seinen Blick wieder den Taucheranzügen zu. »Sind das alle Modelle, die Sie vertreiben?«

»Das ist die neue Kollektion. Technisch auf dem neuesten Stand. Kälteabsorbierend, atmungsaktiv und auch ausgesprochen günstig...«

»Nein, ich meinte die Farben«, fiel ihm Trevisan ins Wort.

Der Verkäufer schaute verwirrt.

»Haben Sie auch etwas in Schwarz und Lila?«

»Sie können fast alle Farbkombinationen bekommen. Wir führen auch Anzüge von Camaro, Seemann und LW. Allerdings müsste ich erst ins Lager.«

»Wieso haben sie denn keine davon hier im Ausstellungsraum?«

»Ach wissen Sie, zum einen ist das eine Sache der Mode, zum anderen eine der Bezahlbarkeit.«

Trevisan runzelte fragend die Stirn.

»Das hier ist eine Kollektion für Hobbytaucher. Die Profianzüge stellen wir hinten aus. Dort werden Sie natürlich auch etwas in Schwarzlila finden. Schauen Sie sich da doch einfach mal um.«

Trevisan verstand. Schon wollte sich der Verkäufer einem anderen Kunden zuwenden, da hielt ihn Trevisan zurück. »Wissen Sie, ich bin überhaupt kein Taucher ...«

»Das habe ich gesehen«, unterbrach ihn der Verkäufer.

Trevisan war perplex. »So, das sehen Sie?«

Der Verkäufer nickte.

»Ich bin Polizist und habe eine Frage«, erklärte Trevisan und griff in seine Jackentasche. Er zog das Tütchen hervor und reichte es dem Angestellten. »Ich weiß, es ist vielleicht ein bisschen viel verlangt, aber können Sie mir erklären, wozu dieses Teil gehören könnte?«

Der Verkäufer warf einen kurzen Blick darauf. »Es ist eine Stellschraube, die zu einem Atemregler gehört«, erklärte er wie selbstverständlich.

»Ein Atemregler?«, fragte Trevisan nachdenklich.

»Ja, kommen Sie mal mit. Ich zeige es Ihnen.« Der Verkäufer ging zu dem Verkauftresen neben dem Eingang. »Es müsste zu einem Atemregler der Firma *Oceanic* gehören, ich tippe auf den Delta 3.«

Er holte ein Musterexemplar hervor und packte es aus. »Sehen Sie, ich hatte recht, ein Delta 3«, sagte er zufrieden und reichte den Atemregler an Trevisan weiter.

Trevisan starrte gebannt auf den faustgroßen Apparat. Er atmete tief ein. »Ich ahnte es ... ein Taucher«, murmelte er.

»Wie bitte?«

»Ach, nichts. Ich habe nur laut gedacht. Aber Sie haben mir sehr geholfen«, erwiderte Trevisan, eher er sich von dem jungen Mann verabschiedete.

Als er zu seinem Wagen zurückkehrte, hing ein Knöllchen an der Windschutzscheibe. Trevisan lächelte. Vielleicht auch deshalb, weil er wusste, dass er einen großen Schritt vorangekommen war.

*

Horst Grevenstedt schwitzte. Es war ein warmer und sonniger Tag. Er hatte sich Urlaub genommen. Die Kinder saßen bereits ungeduldig im Auto. Grevenstedt stellte einen weiteren Zehnlitereimer Farbe in seinen Kofferraum, ehe er sich in den Wagen setzte und in Richtung Horumersiel davonfuhr. Es war kurz vor elf.

Die Kinder freuten sich auf den Ausflug zum Bootsschuppen. Grevenstedt hatte das Boot und den Schuppen von seinem Vater geerbt. Früher war er noch oft hinausgefahren, hatte gefischt und seine Reusen ausgesetzt. Doch seit er in der Firma arbeitete, hatte er kaum noch Zeit dazu. Nur noch an den Wochenenden in den Sommermonaten. Er hatte schon oft darüber nachgedacht, das Boot und den Schuppen zu verkaufen, doch es waren die einzigen Andenken, die ihm sein Vater hinterlassen hatte.

Nach einer halben Stunde bogen sie in den einsamen Feldweg ein, der zum Bootsschuppen führte. Ein einzelnes Haus stand an der Einmündung. Hier wohnte die alte Frau Trewes. Sie war mittlerweile fünfundsiebzig. Als er vorbeifuhr, stand sie im Garten und winkte ihm zu. Hans Trewes und Grevenstedts Vater waren damals Partner gewesen. Gemeinsam hatten sie ihre Netze ausgebracht. Doch auch der alte Trewes war vor drei Jahren gestorben.

Grevenstedt stoppte den Wagen und kurbelte die Scheibe herunter. Frau Trewes kam auf ihn zu.

»Hallo, Horst, fährst du heute wieder hinaus?« Sie lächelte ihn freundlich an.

»Ich hab den Kindern versprochen, dass wir einen kleinen Ausflug hinüber nach Mellum machen. Es wird ein schöner Tag«, antwortete Horst Grevenstedt.

»Wenn ihr zurückkommt, könnt ihr ruhig mal hereinschauen. Ich habe einen Kuchen gebacken.«

Grevenstedt nickte.

Wenig später erreichten sie den Bootsschuppen. Horst Grevenstedt stieg aus und öffnete das Bügelschloss. Das große Tor knarrte laut, als er es aufschob. Sein Blick fiel auf das Motorboot, das auf dem Bootsanhänger stand. Es war ein altes Boot, die Farbe war abgeblättert. Er wusste, dass er es dringend streichen musste. Die Farbe hatte er im Kofferraum. Heute jedoch würde er mit seinen Kindern hinausfahren. Die Arbeiten hatten noch Zeit bis nächste Woche.

Im hinteren Teil des Schuppens befand sich eine Slipanlage. Das Wasser des Siels reichte bis in den Schuppen hinein. Es war trübe und stank modrig. Mit der Winde brachte er das Boot zu Wasser. Der Anhänger quietschte fürchterlich, als er auf der abschüssigen Anlage langsam dem Wasser entgegenlief.

Anschließend öffnete Grevenstedt das hintere Tor, das hinaus in den Siel führte. Der Bootsmotor sprang nach dem ersten Versuch an.

Den Mann, der aus weiter Entfernung zum Bootshaus hinüberschaute, blieb Grevenstedt verborgen. Der Beobachter wartete, bis das Boot außer Sichtweite war, dann stieg er in seinen weißen Kleinwagen und fuhr langsam davon. Er hatte Zeit.

*

»Er muss sie sehr geliebt haben«, sagte Trevisan und schob den Brief zurück in das Kuvert.

Dietmar Petermann blickte nachdenklich drein. Sieben Liebesbriefe aus längst vergangenen Tagen, von Kapitän Hansen an die Mutter seiner unehelichen Tochter gerichtet, lagen vor ihm auf dem Schreibtisch. »Trotzdem ist er bei seiner Frau geblieben«, murmelte Petermann gedankenverloren.

»Es muss schlimm sein, jemanden zu lieben und doch niemals das Leben mit ihm teilen zu können«, bemerkte Trevisan. Er hatte alle sieben Briefe gelesen und einiges über Ole Hansen erfahren. Er hatte seine Frau nicht verlassen, weil sie schon damals sterbenskrank gewesen war. Er wäre sich schäbig vorgekommen, wenn er einfach gegangen wäre. Er hatte sich für seine Frau entschieden und als sie schließlich an Knochenkrebs starb, war es zu spät. Margit Helmer, die Mutter seiner unehelichen Tochter, war längst verheiratet.

Trevisan ahnte, wie tief die innere Zerrissenheit in Ole Hansen gewesen sein musste. Hansen musste ein willensstarker und gutherziger Mensch gewesen sein. Welcher abgrundtiefe Hass musste in einem Mann stecken, der Hansen auf so schreckliche Art und Weise regelrecht hinrichtete. Wo lag das Motiv?

»Kann ein Mensch wie Hansen überhaupt einen Todfeind haben?«, fragte Trevisan laut.

Dietmar zuckte die Schultern. Schweigend blickte er zur Decke.

»Sind Tina und Monika eigentlich schon zurück?«, durchbrach Trevisan nach einer Weile die bedrückende Stille.

»Soviel ich weiß, werden sie erst heute Nachmittag zurückkehren. Alex sitzt am Computer und sucht nach weiteren Fällen im Zusammenhang mit Bootszubehör oder einer Taucherausrüstung«, erklärte Dietmar.

Trevisan nickte. Mittlerweile hatte er ihnen von seinen Erkenntnissen im Tauchsportgeschäft erzählt. Nun war er gespannt darauf, was Monika Sander in Aurich in Erfahrung bringen konnte. Vielleicht gab es einen weiteren Ansatzpunkt in diesem Fall. Trevisan hoffte es inständig.

Als das Telefon klingelte, nahm Trevisan den Hörer ab. Es war ein Kollege vom 2. Polizeikommissariat. Dort hatte Trevisan am frühen Morgen nachgefragt, ob Hansen den Einbruch in seinem Haus angezeigt hatte. Es lag aber keine Anzeige vor. Trevisan bedankte sich und legte auf.

»Ich mache mich wieder an die Arbeit«, sagte Dietmar.

»Heute werden die Leichen freigegeben. Willemsens Bruder kommt auf die Dienststelle. Vielleicht ergibt sich etwas.«

Noch bevor Dietmar an der Tür war, klopfte es. »Ja!« rief Trevisan. Till Schreier betrat das Büro. Sein Gesicht war aschfahl. Er war erst siebenunddreißig, doch es schien, als wäre er in den letzten Tagen um Jahre gealtert.

»Hallo, Till«, sagte Trevisan. »Du siehst schlecht aus.«

»Ich musste einfach raus von zu Hause. Ich falle sonst mit jedem Tag in ein tieferes Loch. Ich muss mal wieder auf andere Gedanken kommen. Ich hoffe, ich kann bleiben?«

Trevisan ahnte, was in Till Schreier vorging. Till war ein Arbeitstier. Bestimmt war es für ihn besser, hier im Büro mitzuarbeiten, als die Tage daheim in Untätigkeit und Trauer zubringen zu müssen. Trevisan musterte Till nachdenklich. »Setz dich, wir brauchen jetzt jeden Mann«, antwortete er.

*

»Und Sie sind sich absolut sicher?«, fragte Monika Sander nachdrücklich.

Der Ladeninhaber schaute sie erstaunt an. »Hören Sie, ich mag Ihnen wohl etwas alt und zerstreut erscheinen, aber ich bin seit über dreißig Jahren in diesem Geschäft. Ich weiß genau, was ich sage«, antwortete er etwas verschnupft.

»Verzeihen Sie, ich wollte Sie nicht kränken«, entgegnete Monika verlegen.

Seit zehn Tagen jagten sie ein Phantom. Niemand wusste, wer der grausame Mörder war, niemand wusste, wie er aussah oder was ihn zu seinen Taten trieb. Niemand, außer vielleicht diesem alten Mann, der in Aurich einen Tauchsportladen betrieb und nun direkt vor ihr stand. Wenn Monika Sanders Annahme richtig war, dann hatte er ihn gesehen. Ein junger, blasser Mann hatte vor fünf Wochen kurz vor der Mittagspause den Laden betreten und sich in verdächtiger Weise umgeschaut. An diesem Tage hatte die zweite Angestellte frei gehabt. Hinrich, der Ladeninhaber, hatte sich zunächst mit einem weiteren Kunden unterhalten, dann hatte er den jungen Mann mit dem bleichen Gesicht und den kurz geschorenen Haaren angesprochen. Doch der hatte geantwortet, dass er sich nur umsehen wollte. Nachdem Hinrich einen zweiten Kunden bedient hatte, war der junge Mann verschwunden. Spurlos.

Als es zwölf Uhr wurde, hatte Hinrich den Laden abgeschlossen und war in die Mittagspause gegangen. Seine Wohnung lag direkt über dem Geschäft. Nach dem Essen hatte er einen kleinen Mittagsschlaf gehalten. Als ihn der Wecker um viertel vor zwei weckte und er wieder hinunter in das Geschäft ging, fiel sein Blick auf die geöffnete Ladenkasse, dann entdeckte er die offene Ladentür. Der Schlüssel steckte von innen. Er wusste genau, dass er die Tür verschlossen hatte. So wie er es immer tat. Der Dieb musste sich also schon im Laden befunden haben. Es konnte nur dieser junge und bleiche Kerl gewesen sein. Vielleicht hatte er sich in einer der beiden Umkleidekabinen versteckt.

Hinrich hatte die Polizei gerufen. Anschließend stellte er fest, dass die Tageseinnahmen und aus der Ladenvitrine auch noch eine Harpune fehlten. Dennoch hatte er Glück gehabt. Ein Kunde hatte an diesem Tage einen teuren Atemregler samt Zubehör gekauft und mit einem Euroscheck bezahlt. Den Scheck hatte der Dieb nicht angerührt. Aus der Kasse fehlte lediglich ein geringer Bargeldbetrag.

»Diese Harpune – haben Sie noch so ein Exemplar auf Lager?«, fragte Tina Harloff.

Hinrich nickte und verschwand zwischen den Regalen. Kurz darauf tauchte er mit einem langen Paket wieder auf.

»Die Gordon ist ein Spitzenmodell. Sie hat einen nahezu unzerbrechlichen Glasfaserpfeil mit einer Haifischspitze und eine hundertprozentige Trefferquote auf fünf Meter. Sie wird über einen zuverlässigen Gummizug abgefeuert und entwickelt eine enorme Abschussenergie. Die Spitze ist aus gehärtetem Stahl und durchschneidet sogar Knochen. Sie ist leicht und gut zu transportieren«, erklärte Hinrich und präsentierte stolz die Waffe.

Die Spitze des Pfeils wirkte furchterregend.

»Haben Sie viele Kunden, die sich für Harpunen interessieren?«, fragte Monika.

»Ach, wissen Sie, hier braucht man so etwas nur selten«, antwortete er. »Die meisten Kunden sind Taucher, die in der Karibik oder in Amerika auf Tauchurlaub gehen. Viele Bestellungen erfolgen über unseren Versandkatalog. Wir inserieren regelmäßig im *Divemaster*. Das ist eine Tauchsportzeitschrift, die in ganz Deutschland erhältlich ist.«

»Haben Sie dieses Jahr schon welche verkauft?«

»Zwei Stück. Bestellungen über das Internet. – Mein Sohn hat das angefangen«, erklärte Hinrich stolz. »Er ist mittlerweile der Inhaber des Geschäftes. Aber zur Zeit ist er Tauchlehrer. Er hat eine Tauchschule auf Juist.«

Monika Sander bat Hinrich festzustellen, an wen die beiden Harpunen verkauft worden waren. Es dauerte nicht lange, dann kehrte Hinrich mit einem Zettel zurück. Demnach stammte eine Bestellung aus Mannheim, der andere Auftrag war nach Deventer in Holland gegangen.

»Gut, Herr Hinrich, wir holen Sie dann morgen gegen neun Uhr ab«, sagte Monika, ehe sie sich zur Tür wandte.

»Wie lange dauert so etwas?«, fragte Hinrich.

»Das kommt darauf an, wie gut Sie mit dem Zeichner zusammenarbeiten und an wie viele Details Sie sich erinnern. Ich glaube aber, dass Sie bis zum Nachmittag wieder hier sind«, versicherte Tina Harloff.

»Ich frage nur, weil ich um sechs Uhr das Geschäft abschließen muss. Meine Angestellte ist da immer etwas nachlässig, wissen Sie«, sagte Hinrich wichtig.

»Ich hoffe, dass er morgen recht lange bei unserem Zeichner sitzen wird«, sagte Tina mit einem Lächeln auf den Lippen, nachdem sie den Laden verlassen hatten.

*

Er verstaute das Seil in der Tasche und vergewisserte sich, dass er nichts vergessen hatte. Es ging schließlich um viel. Es ging um alles. Eine Nachlässigkeit konnte er sich nicht leisten. Die Ausrüstung war komplett. Mit zufriedenem Lächeln erhob er sich.

Er hatte Grevenstedt mit den Kindern im Boot beobachtet. Wie verantwortungslos der Mann doch war. Kannte er die Gefahren nicht?

Wenn Vater das wüsste. Er hatte es ihm zugeflüstert, doch Vater hatte nicht geantwortet. Er blieb im Verborgenen. Als wollte er nicht auf ihn hören. So wie damals. Vielleicht hätte

Vater seine Meinung ändern müssen? Es ist leicht, jemandem die Verantwortung aufzubürden, ihm die Schuld an etwas zu geben und sich hinterher einen Dreck um dessen Gefühle zu scheren.

Doch die Fratze hatte es nicht hören wollen.

Er ging hinüber zum Haus. Als er durch den geschwärzten Flur lief, beschlich ihn das Gefühl, etwas vergessen zu haben. Fieberhaft überlegte er. Noch einmal wandte er sich um und ging hinüber zum Schuppen. Ein weiteres Mal überprüfte er die Ausrüstung.

Plötzlich fiel ihm ein, was er vergessen hatte. Er würde eine Zange benötigen. In den alten Schränken suchte er, bis er endlich eine alte, rostige Beißzange gefunden hatte. Zufrieden packte er sie in die Tasche.

*

Till Schreier setzte sich an seinen Schreibtisch und widmete sich den Akten. Trevisan hatte ihm alles erzählt. Vieles hatte Till zuvor schon aus den Zeitungen erfahren.

»Und, wie geht es dir?«, erkundigte sich Trevisan.

»Es geht mir gut«, antwortete Till Schreier.

Trevisan begriff, dass er nicht darüber reden wollte. »Wenn du noch Fragen hast, ich bin in meinem Büro«, ließ er Till wissen, dann wandte er sich um und ging zur Tür.

»Martin, äh … ich musste einfach raus. Versteh mich bitte nicht falsch, aber … Vater war einfach unser Mittelpunkt. Er fehlt Mutter und auch mir sehr. Ich weiß, es hört sich für einen Siebenunddreißigjährigen bescheuert an, wenn er seinen Vater vermisst, aber er war mehr als nur …«

»Du musst mir nichts erklären«, fiel Trevisan ihm ins Wort. »Ich weiß, wie es ist. Ich kann dir deinen Schmerz nicht nehmen, aber du kannst immer zu mir kommen, wenn du reden willst.«

Till nickte, dann wandte er sich wieder den Akten zu.

Im Flur traf Trevisan auf Monika, die gerade aus Aurich zurückgekehrt war. Sie trug ein Paket in der Hand. Trevisan blickte sie neugierig an. »Und?«, fragte er erwartungsvoll.

Sie berichtete, was sie in Erfahrung gebracht hatte. Gespannt hörte Trevisan zu. Als sie ihm erzählte, dass der Ladeninhaber den möglichen Dieb beschreiben konnte und am morgigen Tag zum Erstellen eines Phantombildes zur Dienststelle kommen würde, stieß er einen Pfiff aus.

»Du hast recht gehabt, Martin. Ich glaube, dass wir ihm langsam auf die Schliche kommen«, sagte Monika zuversichtlich. »Entschuldige, dass ich …«

»Ist schon okay. Ich hoffe nur, dass es noch nicht zu spät ist«, erwiderte Trevisan.

»Was macht dich eigentlich so sicher, dass der Mörder noch mal zuschlagen wird?«, fragte Monika.

Trevisan blickte nachdenklich zu Boden. »Ein Gefühl. Ich kann einfach nicht glauben, dass ein Mann vier Menschen umbringt, nur weil er es auf einen der vier abgesehen hat. Er hätte auf eine günstigere Gelegenheit warten können, doch irgendetwas hat ihn daran gehindert. Der Kerl wollte ein Zeichen setzen. Dafür ging er ein großes Risiko ein. Verstehst du das?«

Monika Sander nickte. »Ich bringe die Harpune sofort zur KTU. Die Techniker werden schon feststellen, ob die Tatwaffe mit dieser hier identisch ist.«

Trevisan blickte ihr nach, dann ging er in sein Büro. Er konnte es noch gar nicht richtig fassen. Ein Phantombild vom Täter. Das war mehr, als er zu hoffen gewagt hatte.

Er hatte kaum Zeit sich zu setzen, als das Telefon klingelte. Alex Uhlenbruch war in der Leitung. »Wie passt eine gestohlene Taucherausrüstung in unser Bild?«, fragte er herausfordernd.

Trevisan machte sich sofort auf den Weg.

14

Es war Juni geworden. Das Wetter blieb kühl und regnerisch.

In den Zeitungen, auf Plakaten und Wurfzetteln, fast an jeder Ecke schauten die Menschen in ein Gesicht. War es das Gesicht eines Mörders?

Der alte Hinrich hatte ein glänzendes Erinnerungsvermögen. Er hatte hervorragend mit dem Polizeizeichner zusammengearbeitet. Fünf Stunden blieb er auf der Dienststelle und als der Zeichner das Bild präsentierte, hatte Hinrich erstaunt ausgerufen: »Das ist der Mann, da bin ich mir sicher!«

Über zweihundert Hinweise waren bislang eingegangen. Menschen hatten den mutmaßlichen Mörder in Wilhelmshaven und gleichzeitig in Jever gesehen. Sogar aus Hannover kam nach einer Nachrichtensendung im Fernsehen ein Hinweis. Trevisan hatte mit Beck geredet. Alleine war die Arbeit nicht mehr zu bewältigen. Beck hatte zugestimmt. Insgesamt arbeiteten nun zwanzig Mann an dem Fall. Sämtlichen Hinweisen wurde nachgegangen, doch bislang hatte sich noch keine wirklich konkrete Spur ergeben. Der Mörder blieb ein Gespenst.

Die Toten der *Helge* waren mittlerweile bestattet. Trevisan hatte der Beerdigung beigewohnt. Polizisten in Zivil beobachteten die Trauergemeinde. Trevisans Hoffnung, dass der Täter vielleicht auf dem Friedhof erscheinen würde, um seine letzte Genugtuung zu erfahren, hatte sich nicht erfüllt. Verwandte, Freunde und Kollegen. Eine kleine, überschaubare Gruppe. Etwa dreißig Personen hatten von Ole Hansen und den anderen Opfern Abschied genommen.

Auch Willemsens Bruder war von Leer herübergefahren. Petermann hatte sich lange mit ihm unterhalten. Doch der erste Eindruck hatte sich nur verstärkt: Willemsen war zu Lebzeiten eine graue Maus gewesen. Den Bruder hatte er nur selten besucht. Die Nordsee und das Fischen hatten ihm als Lebensinhalt gereicht.

Willemsens Mutter lag schon seit über einem Jahr in einem Pflegeheim im Koma. So war ihr wenigstens das Schicksal erspart geblieben, ihren Sohn beerdigen zu müssen. Maria Linnemann, Kapitän Hansens Tochter, war am Grab zusammengebrochen.

Alex Uhlenbruch hatte zwischenzeitlich in Erfahrung gebracht, dass bei einem Einbruch in die Tauchschule Norden am 4. April in Hilgenriedersiel eine komplette Taucherausrüstung gestohlen worden war. Es fehlte unter anderem ein Atemgerät der Marke *Oceanic*.

Trevisan war sich sicher, dass die am Tatort Wangerooge gefundene Stellschraube der gestohlenen Ausrüstung des Tauchclubs zuzuordnen war. Norden war von Wilhelmshaven etwa achtzig Kilometer entfernt.

Die Untersuchung der Harpune aus dem Auricher Geschäft durch Spezialisten der Kriminaltechnik und des Pathologischen Instituts hatte zu der sicheren Erkenntnis geführt, dass die Tatwaffe mit dem Vergleichsstück vom Fabrikat her identisch war. Die Farbproben stimmten mit den festgestellten Farbpartikeln in Gablers und auch Mijboers Wunde zweifelsfrei überein.

Die Harpune war in Aurich gestohlen worden, keine fünfzig Kilometer von Wilhelmshaven entfernt. Für Trevisan war klar, dass der Mörder aus dieser Gegend stammte. Trevisans Idee, nach mysteriösen Einbrüchen zu forschen, bei denen persönliche Fotos gestohlen worden waren, erstickte in einem unübersichtlichen Schwall aus Daten. Für eine Eingrenzung im Polizeicomputer waren die Angaben einfach zu vage. Dennoch beschloss Trevisan an den Nachforschungen festzuhalten. Die Ergebnisse zeigten zumindest den Bewegungsraum des Täters.

Doch etwas machte Trevisan immer noch Sorgen: Sie wussten nicht, woher Mijboers Geld stammte. Dietmar Petermann hatte alles versucht. Er hatte keine Idee mehr.

*

Till Schreier saß mit seinen Kollegen im überfüllten Konferenzraum. Berge von Akten und Schriftstücken stapelten sich auf dem langen Tisch und ständig wurden es mehr. Sie warteten auf Trevisans Rückkehr. Er war nach Norden gefahren, um sich ein Bild von dem Einbruch in die Tauchschule zu machen. Kaffee dampfte vor ihnen auf dem Tisch.

»So viele Zufälle kann es nicht geben«, sagte Alex. »Also nehmen wir an, der Einbruch in Norden ist ihm zuzurechnen, dann muss er ein Auto haben. Ich glaube kaum, dass er mit dem Bus zu seinen Taten aufgebrochen ist.«

Till schloss den Aktendeckel. »Er hat sich auf alle Eventualitäten genau vorbereitet. Das heißt aber, dass er seine Opfer studiert haben muss.«

»Anfänglich hast du ihn noch für einen Psychopathen gehalten«, wandte Dietmar ein.

»Er kann trotzdem psychische Störungen haben. Aber in seinen Aktionen geht er geplant und zielstrebig vor.«

»Aber Gabler passt nicht in dieses Bild«, sagte Alex. »Wir haben sein Leben genau untersucht. Es gibt keine Gemeinsamkeit zwischen Hansen und Gabler.«

»Gabler und Mijboer – das ist die Parallele. Vielleicht war Hansen einfach nur im Weg?«, bemerkte Petermann.

»Es wäre etwas anderes, wenn Gabler am gleichen Tage ermordet worden wäre wie die Männer auf der *Helge*. Dann könnte man annehmen, dass der Mörder von Wangerooge aus auf den Kutter gefahren ist …«

»… oder nach der Tat dort festmachte«, führte Till Schreier Alex' Gedanken weiter.

»Wäre es nicht möglich, dass er die Männer auf der *Helge* ermordet hat und noch den Tag über auf dem Kutter geblieben ist?«, warf Petermann ein.

Till schüttelte den Kopf. »Was hätte er dort noch tun sollen?«

»Wenn ich das wüsste! – Vielleicht hat er seine Taten gefeiert oder eine schwarze Messe gelesen?«, mutmaßte Dietmar mit einem schiefen Lächeln.

Monika Sander hatte sich zurückgelehnt und folgte der Unterhaltung interessiert. Erst als sich die Blicke der Anwesenden ihr zuwandten und es still im Raum wurde, sagte sie: »Wir wissen noch immer nicht genug. Ich werde das Gefühl nicht los, dass wir etwas Wesentliches übersehen haben. Irgendetwas muss ihn auf die Insel geführt haben. Dort wurde er von Gabler überrascht. Er muss dort etwas getan haben, von dem niemand wissen soll.«

Dietmar schüttelte den Kopf. »Wir haben den ganzen Tatort und das Umfeld wiederholt unter die Lupe genommen. Da ist nichts. Sand und nichts weiter. Was sollte der Kerl dort gesucht haben?«

»Es muss nichts Augenfälliges sein, was ihn auf die Insel getrieben hat«, erwiderte Monika. »Nichts Konkretes. Vielleicht hatte er dort ein Schlüsselerlebnis. Ich glaube, es lohnt sich, noch mal nach Wangerooge zu fahren.«

Dietmar wollte protestieren, doch er kam nicht mehr dazu. Die Tür ging auf und ein uniformierter Kollege betrat den Raum. »Wir hatten gerade einen Anruf von einer älteren Frau«, sagte er. »Sie meint den Kerl letzte Woche in Wittmund vor einem Gasthaus gesehen zu haben. Sie erzählte etwas von einer Autopanne. Sie ist sich hundertprozentig sicher.« Er reichte Monika Sander einen Zettel mit der Adresse der Anruferin.

»Till, kümmere dich bitte sofort darum«, sagte sie.

Kurz nachdem Till Schreier das Zimmer verlassen hatte, betrat Beck den Raum. Er machte einen besorgten Eindruck. »Wo ist Trevisan?«

»In Norden«, entgegnete Monika. »Ist etwas passiert?«

»Ich muss ihn unbedingt sprechen. Es gibt Probleme«, antwortete Beck.

*

Die Norder Tauchschule befand sich in Hilgenriedersiel. Norderney lag direkt gegenüber. Trevisan hatte den Betreiber der Tauchschule ausfindig gemacht und sich mit ihm verabredet.

Der lange Holzbau lag in der Abgeschiedenheit des Altendeichs. Ein kleiner Fahrweg führte zu dem Gelände. Für einen Einbrecher weit genug vom Ort entfernt, um ungestört arbeiten zu können.

Trevisan war zuvor auf dem Polizeikommissariat in Norden gewesen und hatte mit dem Polizisten gesprochen, der den Fall damals bearbeitet hatte. Außer einer Reifenspur im feuchten Sand hatte man keine Hinweise auf den Täter gefunden. Eine auffallend schmale Spur war es gewesen. Kein breiter Reifen, eher der Reifen eines kleineren Wagens.

»Wissen Sie, da fahren so viele Leute hin«, hatte der Polizist gesagt. »Jeder kommt mit seinem eigenen Wagen. Die Spur war zwar frisch, aber ob sie wirklich vom Auto des Täters stammt?«

Jetzt wartete Trevisan bereits eine halbe Stunde auf Holger Fitzmann, den Präsidenten des Tauchclubs Norden. Zweimal hatte er das Areal bereits umrundet.

Der vordere Teil des Gebäudes wirkte wie ein schmuckes Gartenhaus. Auf der überdachten Terrasse standen Stühle und Tische. Ein zwei Meter hoher Zaun umrahmte das Gelände. Doch er war kein ernstes Hindernis für jemanden, der auf das Grundstück wollte. Das große Tor war geschlossen. Eine Kette lag davor, gesichert mit einem Bügelschloss. Trevisan prägte sich die Umgebung genau ein.

Ein blauer BMW näherte sich dem Gebäude und parkte auf dem Platz vor der Zufahrt. Ein groß gewachsener Mann in dunklem Anzug stieg aus und kam auf Trevisan zu. »Sind Sie der Polizist aus Wilhelmshaven?«

Trevisan nickte und präsentierte seine Polizeimarke.

»Ich hätte nie gedacht, dass dieser Einbruch solche Wellen schlägt«, bemerkte Fitzmann erstaunt. »Die Versicherung hat in der Zwischenzeit alles ersetzt.«

Gemeinsam betraten sie das Gelände. Fitzmann führte Trevisan um das Gebäude. Er zeigte ihm das Fenster an der Ostseite, durch das der Einbrecher eingestiegen war. Er hatte den Holzrollladen mit einem Brecheisen aufgestemmt und das Fenster eingeschlagen. Von dort aus war er direkt in den Raum gelangt, in dem die Ausrüstung lagerte. Dort hatte er sich bedient. Einen Flaschenkompressor, einen Trockentauchanzug, ein Atemgerät mit Schläuchen, eine Tauchjacke, Flossen und Brille, einen Tauchcomputer, eine starke Lampe und eine Tauchflaschenkombination hatte er mitgenommen.

»Haben Sie einen Verdacht?«, fragte Trevisan, nachdem er den Tatort inspiziert hatte.

»Wissen Sie, in unserem Club gibt es niemanden, dem so etwas zuzutrauen wäre«, antwortete Fitzmann. »Unsere Mitglieder sind Ärzte, Lehrer und Geschäftsleute aus Norden und der Umgebung. Ich kann mir nicht vorstellen, dass es jemand nötig hat, eine Ausrüstung zu stehlen. Die Tauchschule ist nur ein Zubrot für die Vereinskasse. Wir haben zwei Profitaucher, die eine Schulungslizenz besitzen. Meist sind die Schüler Angehörige unserer Mitglieder. Fremde kommen hier eigentlich nicht herein.«

»Was meinen Sie mit ... eigentlich?«

»Nun ja, es kommt schon mal vor, dass wir eine Anmeldung von außerhalb kriegen. Wer denkt dabei, dass so etwas passieren könnte! Schließlich ist das Tauchen kein Breitensport. Eher etwas für Eingefleischte. – Wissen Sie, mich wundert, dass der Täter es nur auf die Ausrüstung abgesehen hat«, fuhr Fitzmann fort. »Hätte er die Zwischentür aufgebrochen, wäre er in den Clubraum gelangt. Dort gab es Bargeld in der Kasse, dort stehen ein Videorecorder, ein guter Fernseher und eine Stereoanlage. Aber das hat er offensichtlich übersehen.«

»Oder er hat sich nicht dafür interessiert.«

»Also, wenn ich Einbrecher wäre, dann würde ich mich überall umschauen und mitnehmen, was immer ich brauchen oder zu Geld machen kann.«

Fitzmann führte Trevisan zu der Tür, die den Clubraum und das Lager trennte. Es war eine einfache Holztür mit einem alten Bartschloss. Für einen Einbrecher kein ernsthaftes Hindernis.

Fitzmann öffnete die Tür. Der Clubraum war gemütlich eingerichtet. Ein Tresen stand an der Stirnseite.

»Fast sechshundert Mark waren in der Kasse«, sagte Fitzmann. »Jetzt schließen wir das Geld natürlich weg.«

»Haben Sie diesen Mann schon einmal hier gesehen?«, fragte Trevisan den Clubpräsidenten und hielt ihm das Phantombild unter die Nase.

Fitzmann griff danach. Er schaute eine Weile auf das Gesicht. Fieberhaft überlegte er. »Ich bin mir nicht sicher. Ich habe das Bild natürlich schon gesehen. Es ist ja mittlerweile in jeder Zeitung abgedruckt. Er kommt mir irgendwie bekannt vor. Vielleicht ist es auch nur Einbildung, aber ich glaube, den Mann schon mal hier gesehen zu haben. Ich weiß nicht, wann und in welchem Zusammenhang. Aber ... es ist so ein Gefühl, verstehen Sie?«

Fitzmann wollte ihm das Bild zurückreichen. »Behalten Sie es«, sagte Trevisan. »Fragen Sie Ihre Mitglieder. Vielleicht fällt es Ihnen ja wieder ein. Rufen Sie mich einfach an.« Er reichte Fitzmann seine Karte.

Fitzmann zeigte Trevisan noch den Rest der Anlage, dann verabschiedeten sie sich. Als Fitzmann in seinen BMW stieg, ging Trevisan noch mal zu ihm hinüber. »Entschuldigen Sie, ich habe etwas vergessen. Wie sah der Taucheranzug aus?«

»Es war ein Trockenanzug von Camaro. Er war schwarz.«

Trevisan hatte die Sachbeschreibung hervorgezogen, die er von der Polizei in Norden bekommen hatte. Er blätterte kurz darin. Überall war die Farbe erfasst, nur vom Taucheranzug und der Tauchweste fehlten die Farbangaben. »Und die Tauchjacke?«

Fitzmann überlegte. Schließlich sagte er: »Ich bin mir nicht mehr sicher, aber ich glaube, sie war lila.«

15

Es war Samstag. Trevisan war spät von Norden nach Wilhelmshaven zurückgekehrt. Die Kollegen waren schon nach Hause gegangen. Er hatte noch kurz in seinem Büro vorbeigeschaut, ehe er selbst nach Hause gefahren war. Wichtige Neuigkeiten gab es nicht. Sollten sich an diesem Wochenende neue Spuren abzeichnen, so würde Monika Sander für Trevisan einspringen. Er hatte sich das Wochenende frei genommen, um sich Paula widmen zu können.

Er stand in der Küche und bereitete ihr Lieblingsessen zu: Spaghetti Carbonara. Sein Blick fiel auf die Uhr. Es war kurz nach elf. Er hatte noch Zeit. Sie würde erst in einer Stunde aus der Tanzschule nach Hause kommen.

Er hatte überlegt, wie er anfangen, welche Worte er wählen sollte, um mit ihr ins Gespräch zu kommen.

Vielleicht hatte Angela recht? Gib ihr das Gefühl, dass du ihr vertraust, hatte sie am Telefon gesagt. Er wollte es versuchen.

Das Radio dudelte und das Wasser auf dem Herd dampfte. Er hatte den Samstag genau geplant. Nach dem Mittagessen wollte er mit Paula nach Bremen zum Einkaufen fahren. Es wurde langsam Sommer, wenn auch wenig davon zu merken war. Paula brauchte neue Kleider und Schuhe und auch er wollte sich neu einkleiden. Paula hasste es, wenn er in den dunklen Hosen und einfarbigen Hemden herumlief.

»Du siehst darin aus wie ein Versicherungsvertreter«, hatte sie ihm einmal gesagt.

Vielleicht hatte sie recht damit, aber korrekte Kleidung war ihm nun mal wichtig. Mit einem Anzug fühlte er sich einfach immer passend gekleidet. Nur in der Freizeit trug er gerne Jeans und Baumwollhemden. Er war beileibe kein Modemuffel, aber er liebte eher die dunklen und ernsten Farben. Überhaupt war das mit der Mode so eine Sache. Er wollte sich dem Diktat der Mode schon allein deshalb nicht unterwerfen, weil sich die Trends und Strömungen alleine des Geldes wegen ständig änderten.

Das Wasser hatte mittlerweile die richtige Temperatur. Er warf die Spaghetti in den Topf und widmete sich der Soße.

Nach der Einkaufstour würde es vielleicht für ein gemeinsames Essen in dem kleinen netten Lokal in der Hafenbahnstraße reichen. Es sollte ein Versöhnungswochenende werden und Paula stand im Mittelpunkt.

Im Radio spielten sie gerade sein Lieblingslied. *Who wants to live forever.*

Er hatte sich vorgenommen, an diesem Wochenende nicht an seine Arbeit zu denken, doch der Kopf hielt sich nicht an die Abmachung. Kaum waren die ersten Takte des Songs angespielt, tauchten auch schon die ersten Bilder vor seinem inneren Auge auf. Wangerooge, die Dünen, Hansen, die *Helge*. Was hatte er nur übersehen? Welche Hinweise gab ihm der Mörder, warum der abgeschnittene Finger, was wollte er mit dem symbolischen Akt bei der Ermordung Hansens ausdrücken?

Das Wasser auf dem Herd kochte über. Als er den Topf von

der Herdplatte zog, verbrannte er sich die Finger. Er fluchte laut. Grit hatte schon damals gesagt, dass sie sich einen neuen Herd kaufen sollten. Einen modernen Herd mit einem Cerankochfeld. Doch Trevisan hatte nur den Kopf geschüttelt. Der Herd war noch nicht einmal fünf Jahre alt und funktionierte hervorragend. Warum sollte er ihn auswechseln? Überhaupt war er mit seiner Küche rundherum zufrieden. Er selbst hatte sie damals ausgesucht und sich gegen Grit durchgesetzt. Grit hatte schon immer eine andere Auffassung von Ästhetik und Design gehabt.

Das Essen war fertig. Er probierte. Trevisan kochte gut. Er hatte es lernen müssen. Er schaute auf die Uhr. Seine Nervosität nahm zu. Die richtigen Worte zu finden, darauf kam es an. Paula das Gefühl geben, dass sie ihm wichtig war.

Alles war in der Theorie immer leicht gesagt, aber in der Realität entwickelten sich die Dinge oft anders.

*

Das kleine, runde, blaue Gesicht war mitten in der Nacht zu ihm gekommen und hatte ihn behütet. Er hatte ruhig und entspannt geschlafen, bis zum frühen Morgen.

In der Nähe des blauen Gesichtes empfand er keine Angst. Wenn auch jetzt fast an allen Ecken und Enden ein Plakat mit seinem Konterfei prangte und ihn mit leeren Augen anstarrte. Es kümmerte ihn nicht. Er hätte gerne die Sünden dieser Ungeheuer laut hinaus in die Welt geschrien, doch keiner hätte ihm zugehört. Schon damals hatte ihn niemand verstanden. Er erinnerte sich noch gut daran. In ihren teuren Anzügen mit ihren fetten Bäuchen hatten sie ihm gegenübergesessen und nur die Köpfe geschüttelt, als er ihnen von der Ungerechtigkeit berichtete, die ihm widerfahren war. Doch statt ihm zu helfen, hatten sie ihn mundtot gemacht, ihn weggeschlossen und mit Medikamenten zum Schweigen gebracht.

Jetzt hatten sie keine andere Wahl. Sie mussten ihm zuhören. Es war bestimmt schmerzhaft, doch es gab keinen anderen Weg. Auch Vater hatte gelernt. Wenn er auch immer noch mit strengem Blick über ihn wachte und ihn ständig unter Druck setzte. Auch aus dieser Umklammerung würde er sich befreien. Es war nur eine Frage der Zeit.

Der Kerl im weißen Kittel hatte gedacht, er könne ihm die Erinnerung nehmen. Doch darin hatte er sich getäuscht. Oh, er hatte gelernt. Er hatte viel gelernt. Er hatte sie alle getäuscht, hatte ihnen erzählt, was sie hören wollten. Hatte sich gefügig gezeigt und auf seine Stunde gewartet. Viele schlaflose Nächte waren vergangen. Er hatte oft genug dem Grauen mitten ins Gesicht geblickt. Doch er hatte es ertragen, geduldig und schweigend, weil er schon damals gewusst hatte, dass seine Stunde kommen würde. Jetzt war es so weit.

Als er sich erhob und zum Tisch ging, hörte er die Worte des weißen Mannes ganz deutlich in seinen Ohren. »Es wird alles gut«, hatte er gesagt, als die Riesen neben ihn getreten waren. Liebe, Hass, Schmerz und grenzenlose Leere. Kein Gefühl war ihm so schmerzhaft in Erinnerung geblieben wie diese bohrende Ungerechtigkeit.

Wenn sie ihn auch umgarnt, ihm geschmeichelt hatten und mit glasigen Worten zur Umkehr zwingen wollten, er war keinen Millimeter von seinem Weg abgewichen. Äußerlich hatte er sich vor ihnen gebeugt, aber innerlich hatte er über sie gelacht.

Es war nicht immer leicht gewesen, diese Fassade nach außen zu bewahren. Doch er hatte es geschafft. Er hatte ihnen mit offenen Augen über die Schultern geschaut, hatte gelernt, das wilde Tier zu bezähmen. Er wurde nicht mehr beherrscht, er selbst war zum Beherrscher geworden.

Als er die Schranktür öffnete, stellte er fest, dass nur noch zwei Scheiben Brot in der Tüte lagen. Das Geld war ihm gestern schon ausgegangen. Wenigstens war der Tank im Wagen noch voll. Es war Wochenende. Es gab genügend Möglichkeiten, an Essen und Geld zu kommen. Er würde die Nacht nutzen und sich noch einmal ordentlich eindecken. Er hatte Lust auf einen echten Matjessalat. Mutter hatte ihn immer gemacht. Sie hatte den besten Matjessalat der Welt gemacht. Er beneidete das kleine, blaue Gesicht. Mutter würde alles für das blaue Gesicht tun. Bestimmt saßen sie zu Tisch und Mutter kochte ihre Spezialitäten.

Erinnerungen an seine Kindheit schossen ihm durch den Kopf. Er musste lachen. Er erinnerte sich daran, wie er und sein Bruder über die Dünen gelaufen waren und Torben schließlich mitten in ein Schlammloch gestürzt war. Über und über mit diesem grauen Schlamm bedeckt war er wieder aufgetaucht. Mutter hatte geflucht und es am Abend Vater erzählt. Drei Tage Stubenarrest hatte es gegeben.

Wo war Torben überhaupt? Nur einmal hatte er ihn besucht. Ein einziges Mal war er in all den Jahren zu ihm gekommen. Er war noch immer böse mit ihm. Dabei war Torben damals so schnell gegangen, dass er keine Chance gehabt hatte, ihn zurückzuhalten. Er hatte es noch versucht. Er konnte nichts dafür, dass sie näher bei ihm war. Er hatte sie geliebt, doch auch für Torben hatte er Liebe empfunden. Er würde auch ihn von seinen Fesseln befreien. Dann wären sie alle wieder vereint. Sie würden das entgangene Leben nachholen, das ihnen die anderen noch schuldeten. Er freute sich wie ein Kind auf diesen Augenblick.

*

Monika Sander hatte Till Schreier gestern den Zettel in die Hand gedrückt und ihn gefragt, ob er sich darum kümmern könnte. Er hatte sofort zugestimmt. An diesem Wochenende war er an der Reihe, seinen Beitrag zu leisten. Es kam ihm nicht ungelegen. Er brauchte etwas Abstand. Der Tod seines Vaters lag noch immer wie ein Schatten über der Familie. Er wusste, dass dies noch eine ganze Weile so weitergehen konnte. »Wie sehr ein Mensch gebraucht wird und wie selbstverständlich seine Nähe oftmals ist, merken wir erst, wenn er gegangen ist«, hatte ihm Trevisan in den letzten Tagen gesagt und er hatte recht damit.

Auf der Fahrt nach Wittmund war Till so manches durch den Kopf gegangen. Vielleicht wäre es gut, einen Kurzurlaub einzuschieben. Doch er hatte den Gedanken wieder verworfen.

Als er vor der angegebenen Adresse anhielt und auf das kleine Einfamilienhaus zuging, kam ein großer, schwarzer Hund auf ihn zugelaufen. Till war froh über den hohen Zaun, der das Grundstück einfasste. Der Hund bellte wild und fletschte die Zähne. Tills Blick fiel auf den goldfarbenen Klingelknopf am Türpfosten. *Lenz* stand auf einem kleinen Schild. Er klingelte und wartete, bis sich die Haustür öffnete.

Ein alter Mann in grauer Strickjacke erschien und sah ihn misstrauisch an. »Moritz, ruhig, komm her!«, schrie er streng. Der Hund gehorchte und gab seine drohende Haltung auf. Er trollte sich und verschwand hinter der Hausecke.

»Guten Tag, Herr Lenz«, rief Till über den Zaun. »Ihre Frau hat bei uns angerufen. Ich bin von der Polizei.«

Der Mann kam näher. Till präsentierte seine Dienstmarke.

»Sie hat also doch angerufen«, sagte der Alte etwas erstaunt und öffnete die Gartentür. Till Schreier trat ein. Seine Augen flogen umher und suchten nach dem Hund.

Lenz registrierte Schreiers unsicheren Blick und sagte: »Keine Angst, der Hund tut Ihnen nichts.«

Till kannte diese leeren Versprechungen und war erst beruhigt, als sie endlich das Haus betraten und die Tür ins Schloss fiel.

»Sie ist verrückt«, sagte Lenz und führte Till in die Küche. »Ich habe es ihr gesagt. Doch sie lässt sich nicht davon abbringen.«

»Was meinen Sie damit?«, hakte Till nach.

»Ach, wissen Sie, sie glaubt, den Mörder gesehen zu haben. Ich habe versucht, es ihr auszureden.«

»Wann und wo war das?«, fragte Till.

»Wir waren im *Liekedeeler* und haben dort gegessen. Als wir das Lokal verließen, begegneten wir einem jungen Mann. Sein Wagen sprang nicht an. Ich habe ihm Starthilfe gegeben. Dann ist er ohne sich zu bedanken einfach davongefahren. Ich gebe zu, der Kerl war etwas eigenartig. Aber deswegen ...«

»Wann war das?«

»Am letzten Dienstag. Es war schon dunkel. Könnte gegen zehn Uhr gewesen sein«, antwortete Lenz.

»Haben Sie keine Ähnlichkeit zwischen dem jungen Mann und dem Phantombild festgestellt?«

»Ich habe mir ehrlich gesagt den Jungen nicht so genau angeschaut. Ich habe mich mehr mit seinem Wagen beschäftigt. Außerdem war es dunkel. Meine Frau hat eine Weile neben ihm gestanden. Mit dem Bild, das sie veröffentlicht haben, kann ich nicht viel anfangen. Es passt auf jeden und auf keinen.«

Till Schreier hatte seinen Notizblock gezückt und alle

wichtigen Einzelheiten notiert. »Wo ist Ihre Frau?«, fragte er.

»Sie ist draußen im Garten. Sie kommt gleich.«

Es dauerte ein paar Minuten, bis Frau Lenz die Küche betrat. Sie begrüßte Till Schreier und nahm Platz.

»Frau Lenz, ich habe schon mit Ihrem Mann gesprochen. Was macht Sie so sicher, dass es sich um den Gesuchten handeln könnte?«

»Es waren seine Augen. Diese engen und nervösen Augen. Wissen Sie, er hatte eine Panne …«

»Das hat mir Ihr Mann bereits erklärt«, unterbrach Till nicht aus Unhöflichkeit. Ihn interessierte vielmehr, was die Frau so sicher machte, dass der Mann vor dem Lokal mit dem Gesuchten auf dem Phantombild identisch war. In seiner langjährigen Dienstzeit hatte er schon öfter die Erfahrung gemacht, dass Frauen die besseren Beobachter waren.

»Ich stand ein paar Minuten neben ihm«, erklärte Frau Lenz nachdenklich. »Mein Mann wendete seinen Wagen und fuhr auf uns zu. Er hatte die Scheinwerfer eingeschaltet und so konnte ich das Gesicht des Mannes ganz gut erkennen und ich spürte, dass er nervös und angespannt war. Er verhielt sich sonderbar. Ich hatte ehrlich gesagt sogar etwas Angst vor ihm.«

Till sah in ihre Augen. Es schien, als ob die Frau den Abend noch einmal nachempfinden würde. Er glaubte ihr. Frau Lenz wusste genau, wovon sie sprach. »Hat er etwas gesagt, irgendeine Bemerkung, aus der sich etwas ableiten ließe, seine Herkunft, wo er wohnt?«

Frau Lenz überlegte. Till Schreier ließ ihr Zeit. Er spürte, dass sie versuchte, sämtliche Erinnerungsfragmente aus ihrem Gedächtnis hervorzuholen.

»Ich bin mir nicht mehr sicher. Ich fragte ihn, ob er auf jemanden wartete. Zumindest erschien es mir so. Er war mir schon aufgefallen, als wir noch im Gasthaus saßen. Wir hatten einen Fensterplatz. Er trug einen Jogginganzug und behauptete, er sei gejoggt. Doch das kann nicht sein. Er war nicht verschwitzt. Er sagte, er sei Student. Aber er sah ganz und gar nicht danach aus.«

»Was meinen Sie damit?«

»Er wirkte unsicher. Studenten haben ein anderes Auftreten… Ich kann es nicht erklären … Ich hatte eher den Eindruck, dass es ihm unangenehm war, dass wir ihn ansprachen. Fast so, als hätten wir ihn bei einer Lüge ertappt.«

»Elisabeth, was soll das?«, mischte sich ihr Mann ein, dem die Ansichten seiner Frau peinlich zu sein schienen. »Was redest du da! Sag nur, was du gesehen hast.«

»Lassen Sie nur. Ich glaube, Ihre Frau ist eine gute Beobachterin«, sagte Till ermutigend.

»Es kann sein, dass ich mich täusche. Nachdem sein Wagen wieder lief, gab er einfach Vollgas und brauste davon. Es wirkte wie eine Flucht. Ich dachte mir schon damals, dass etwas nicht stimmt.«

»Sprach er deutsch?«

»Er redete wie einer aus unserer Gegend. Ich habe keinen Akzent gehört. Ich glaube, er stammt aus dem Wangerland.«

Till nickte. »Was für ein Wagen war es denn?«

Lenz mischte sich ein. »Es war ein kleiner Opel. Ein weißer Wagen. Schon alt und teilweise verrostet«, behauptete er sicher.

»Aber du hast doch gesagt, dass es kein deutscher Wagen war. Eher ein französisches Auto. Klein war er und alt«, sagte Frau Lenz und musterte ihren Mann.

»Ach was! Ich bin sicher, dass es ein Opel war«, stellte Lenz klar.

»Haben Sie sich das Kennzeichen gemerkt?«

Beide überlegten.

»Wissen Sie, es ist eine Weile her«, antwortete Frau Lenz. »Es könnte Wilhelmshaven gewesen sein. Mir sind nur noch die Zahlen zwei und fünf in Erinnerung.«

Auch hier war ihr Mann etwas anderer Meinung. Doch auch er war sich nicht sicher. Die Zahlen zwei und fünf bestätigte er dennoch.

»Ist Ihnen sonst noch irgendetwas aufgefallen?«

»Ich sah seine Hände«, erwiderte die Frau nachdenklich. »Wenn ich es mir recht überlege, ich glaube, ein Finger fehlte an einer Hand. Ich bin mir aber nicht hundertprozentig sicher.«

*

Die Turmuhr schlug zwölfmal. Mitternacht. Dichte Wolken verhüllten das Gesicht des Mondes. Im Schein der Taschenlampe spiegelte sich der grausilberne Stahl der Feuerleiter. Den Wagen hatte er ein paar Straßen entfernt abgestellt. Den Rest des Weges war er zu Fuß gegangen. Er trug einen dunklen Jogginganzug und dunkelgrüne Turnschuhe. Ein Rucksack hing über seiner Schulter. Keine Menschenseele befand sich in der Nähe. Er lauschte in die Nacht. Nichts weiter als die nächtlichen Geräusche des Dorfes waren zu hören. Zweimal war er um das freistehende Gebäude geschlichen. Ein einzelner Wagen stand auf dem Parkplatz und das beunruhigte ihn. Das nächste Wohnhaus war über fünfhundert Meter entfernt. Das Licht in den Fenstern der Häuser war längst schon erloschen. Der Sonntag ging unbemerkt in den Montag über. Das Wochenende war vorbei.

Er wartete noch ein paar Minuten, dann griff er in den Rucksack.

Es dauerte eine Weile und der Schweiß brach ihm aus den Poren, ehe das Kettenglied nachgab. Lautlos klappte er die Leiter herab. Vorsichtig stieg er die Tritte empor. Auf dem flachen Dach blickte er sich um. Das Oberlicht lag nur wenige Schritte entfernt. Im Schein der Taschenlampe löste er die Verschraubung. Es war schwer, mit den Handschuhen den Schraubendreher zu führen. Dennoch behielt er sie an. Es durfte keine Spuren geben. Er holte ein Seil hervor und knotete es an der Einfassung des Dachfensters fest. Dann stieg er ein und hangelte sich bis zum Boden hinab. Er kniete sich nieder und spähte in die Dunkelheit. Hatte man ihn gehört? Er schlich weiter. In den Regalen suchte er nach allem, was er brauchte. Brot, Wurst, Butter, Coladosen, ein paar Tafeln Schokolade, dann wandte er sich dem Kühlregal zu.

Drei Dosen Matjessalat wanderten in seinen Rucksack. An die Kassen wagte er sich nicht. Er wusste, dass sie über das Wochenende sowieso leer waren. Manche waren sogar alarmgesichert.

Plötzlich drang Motorenlärm von draußen herein.

»Verdammt!«, fluchte er leise. Der Scheinwerfer eines Wagens erleuchtete durch das Schaufenster das Innere des Marktes.

Er warf sich auf den Boden.

»Wenn das die Polizei ist, dann ist alles vorbei«, fuhr es ihm durch den Kopf. Panik befiel ihn. Was sollte er tun?

Er schlich auf das Fenster zu. Vorsichtig schob er seinen Kopf empor. Draußen stand ein Wagen. Der Motor lief und die Scheinwerfer brannten. Im Widerschein des reflektierenden Flutlichts erkannte er einen Mann und eine Frau. Sie küssten sich. Das war sicher nicht die Polizei. Erleichtert setzte er sich auf den Boden. Sein Mund war ausgetrocknet. Nur ein Gedanke beherrschte ihn: weg hier, nichts wie weg. Es war nicht leicht, die Ruhe zu bewahren. Die Fratze erschien vor seinen Augen und war böse auf ihn. Seine Hände zitterten. Dann hörte er den dumpfen Knall einer Autotür. Er schloss die Augen. Tief duckte er sich zwischen die Regale. Bald darauf hörte er erneut eine Wagentür. Er riskierte einen Blick.

Erneut drang Motorenlärm von draußen herein. Wenig später entfernten sich beide Wagen. Dunkelheit und Stille kehrten zurück. Er atmete auf.

Eine Viertelstunde später verschwand auch er. Das Seil ließ er zurück. Wie ein Schatten tauchte er in die Dunkelheit ein.

16

Das Wochenende war einem tristen und verregneten Montagmorgen gewichen. Trevisan hatte sich mit seiner Tochter ausgesöhnt. Wie nie zuvor war ihm bewusst geworden, dass aus Paula langsam eine junge Frau wurde. Das kleine Mädchen wurde erwachsen. Wie hatte er das nur übersehen können? Wo waren bloß all die Jahre geblieben? Er erinnerte sich noch gut an die Zeit, als er sie auf den Armen getragen und ihr die Flasche gegeben hatte, bis sie endlich eingeschlafen war.

Er hatte ihr erklärt, warum er noch immer gegen die Bootstour war. Aber nicht wie ein Vater, sondern wie ein Freund. Sie hatte ihn verstanden. Er hatte sie in seine Arme genommen und sie fest an sich gedrückt. Wann hatte er das zuletzt getan? Es fiel ihm nicht mehr ein.

Den Nachmittag hatten sie in Bremen zugebracht. Sie hatte ihm einen modernen Anzug ausgesucht. Zuerst war er sich albern vorgekommen, doch sie bestand auf dem Kauf. Schließlich willigte er ein.

Am Abend hatte es dann zu regnen begonnen. Auch am Sonntag hatte der Regen nicht nachgelassen. Trotzdem waren sie zusammen losgezogen, waren nach Bremen gefahren, spazieren gegangen und hatten endlich miteinander geredet. Den ganzen Mittag über.

»Wirst du Angela heiraten?«, hatte sie ihn irgendwann gefragt.

Die Frage hatte Trevisan unvorbereitet getroffen. Er hatte eine Weile überlegt. »Ich glaube schon, wenn sie mich überhaupt will«, hatte er geantwortet und diese Vorstellung schien ihr zu gefallen.

Erst am Sonntagabend fiel ihm ein, dass er tags zuvor – nach drei Anrufen von Paulas Freundinnen – den Telefonhörer abgehängt hatte, um ungestört mit ihr reden zu können. Sicherheitshalber rief er im Büro an, doch dort ging niemand ans Telefon.

Als er am frühen Morgen erwachte, fühlte er erneut Schmerzen in der Nierengegend. Er ging ins Bad und dachte daran, dass er deswegen schon längst seinen Arzt hätte konsultieren sollen. Er duschte. Das warme Wasser tat gut und weckte die Lebensgeister. Kurze Zeit später hatte er die Schmerzen wieder vergessen.

Paula schlief noch. Sie musste erst gegen halb zehn zur Schule. Er trank einen Kaffee und war froh über den Verlauf des Gespräches mit ihr. Er zog seinen neuen Anzug an und fuhr zur PI. Er parkte seinen Wagen auf dem Parkplatz neben dem Dienstgebäude und blickte verwundert auf seine Uhr. Es war erst kurz vor acht, doch der Parkplatz war schon überfüllt.

Der Gesang unzähliger Vögel belebte den Morgen. Es war düster und in den Büros brannten die Neonlichter. Trevisan tastete den Zahlencode in den kleinen grauen Kasten. Der elektrische Türöffner summte. Er öffnete die schwere Sicherheitstür und betrat die Dienststelle. Ein junger Beamter kam aus der Wache und rief seinen Namen. Trevisan blieb stehen und wandte sich um.

»Herr Trevisan, Sie sollen sofort zum Chef. Er ist im Besprechungszimmer des Bereitschaftsdienstes.«

Trevisan nickte und fuhr mit dem Aufzug in den vierten Stock. Als er den großen Raum betrat, blieb er überrascht stehen. Monika Sander saß mit Beck und zwei weiteren Männern am Tisch. Ihre Köpfe fuhren herum, als die Tür ins Schloss fiel. Gespannt blickten sie ihn an. Beck erhob sich und machte eine einladende Geste. Einer der beiden Männer trug die Uniform des Sondereinsatzkommandos. Trevisan kannte den Mann flüchtig. Den anderen Mann im grauen Anzug hatte er noch nie gesehen.

»Mein Gott, Trevisan, wo warst du bloß? Seit Tagen versuchen wir dich zu erreichen«, empfing ihn Beck vorwurfsvoll.

Trevisan zuckte mit den Schultern. »Ich war unterwegs, aber ich hatte mein Handy bei mir. Ich habe keinen Anruf erhalten.«

»Na gut, setz dich. Wir warten noch auf Oberstaatsanwalt Brenner, dann sind wir komplett«, erwiderte Beck.

»Was ist passiert?«, flüsterte Trevisan Monika Sander zu und setzte sich neben sie.

»Es ist gut, dass du endlich da bist. Wir haben eine heiße Spur«, entgegnete sie leise.

»Trevisan, seit Wochen suchen wir nach einem Phantom und jetzt, wo wir es vermutlich haben, müssen wir nach dir suchen«, sagte Beck. »Ich denke, du kennst die Herren?« Beck warf Trevisan und den beiden Männern einen Blick zu.

Trevisan schüttelte den Kopf.

»Kriminalrat Ganter vom LKA und Hauptkommissar Riederberg vom Sondereinsatzkommando«, stellte Beck die beiden vor. Sie nickten Trevisan flüchtig zu. Stumm erwiderte er ihren Gruß.

»Am Samstagabend ging ein ernst zu nehmender Hinweis beim LKA ein, dem wir sofort nachgegangen sind. Nachdem wir dich nicht erreichten, übernahm ich die weiteren Ermittlungen. Eine Frau will den Mörder erkannt haben. Zusammen mit den Details, die Kollege Schreier in Erfahrung brachte, ergibt sich ein schlüssiges Bild. Der Verdächtige wird derzeit überwacht.«

Trevisan hörte wachsam zu. Er spürte ein Kribbeln auf seiner Haut.

»Die Beschreibung passt auf einen Mann, der schon einige Einträge aus zurückliegenden Jahren im Polizeiregister hat«, sagte Beck und reichte Trevisan eine Akte.

Er schlug sie auf und blickte in das ungepflegte Gesicht eines etwa dreißigjährigen Mannes. Lange, verfilzte Haare hingen ihm ins Gesicht. Trevisan musterte das Foto eingehend. »Aber wo soll hier die Ähnlichkeit … Es ist doch nicht …«, murmelte Trevisan.

»Oh, lassen Sie sich durch die Frisur nicht täuschen. Bartel hat seit einigen Monaten einen Stoppelschnitt«, erklärte Kriminalrat Ganter. »Das Bild ist alt.«

»Er ist ein Verrückter«, fügte Beck hinzu. »Etwas rechtslastig mit total irren Ansichten und Ideen. Er war schon in psychiatrischer Behandlung, aber anscheinend ist er ein hoffnungsloser Fall.«

Trevisan überflog die Eintragungen in der Akte. Henning Bartel war 29 Jahre alt und wurde als gewaltbereit eingestuft. Totschlag, Landfriedensbruch und Waffenvergehen standen auf seinem Konto. Die Taten lagen ein paar Jahre zurück.

»Wir haben ihn schon seit ein paar Monaten auf unserer Liste rechtsradikaler Gewalttäter«, sagte Ganter, als Trevisan die Akte schloss. »Er war plötzlich verschwunden. Wir verdächtigen ihn der Mitgliedschaft in einer rechtsradikalen Gruppe, die Zugang zu Waffen und Sprengstoff hat. Er verfügt über weitreichende Kontakte nach Holland und nach England. Er ist in einem alten verfallenen Bauernhaus in Sillenstede untergekrochen. Wir kamen nur aus Zufall auf seine Spur. Bei ihm müssen wir mit allem rechnen.«

Trevisan dachte an Mijboer und das versteckte Geld. »Gibt es sonst noch irgendwelche Hinweise?«

»Was willst du mehr?«, entgegnete Beck gereizt. »Er wurde auf dem Phantombild als der Mörder erkannt, er fährt einen weißen Kleinwagen und ihm fehlen ein paar Finger an der linken Hand.«

»Das erscheint mir noch ein bisschen wenig. Wenn wir jeden festgenommen hätten, der in den letzten Tagen als Mörder erkannte wurde, dann wären unsere Zellen längst überfüllt und die Staatsanwaltschaft müsste Sonderschichten einlegen«, witzelte Trevisan und zog sich damit vollends Becks Unmut zu.

»Zumindest liegen genügend Anhaltspunkte vor, die ihn verdächtig machen. Das ist mehr, als du bislang vorweisen kannst«, entgegnete Beck erbost.

»Außerdem haben Sie in den persönlichen Habseligkeiten eines der Ermordeten ein Flugblatt sichergestellt«, schob Kriminalrat Ganter ein. »Erinnern Sie sich?«

Überrascht horchte Trevisan auf.

»Sagen Ihnen die Initialen *N.A.B.* etwas?« Ein herausforderndes Lächeln lag auf Ganters Gesicht.

Trevisan überlegte. Siedendheiß fiel ihm das kleine Plakat ein, das er in Willemsens Zimmer gefunden hatte.

»*N.A.B.* oder *Nationale Arische Bewegung*, so heißt Bartels Geheimbund«, erklärte Ganter. »Wir glauben, dass er gerade etwas vorbereitet. Vermutlich geht es um Waffenschmuggel. Irgendetwas muss schief gelaufen sein.«

Trevisan schwieg.

»Herr Trevisan, Sie können uns glauben, dass wir über ein ausgezeichnetes Informationssystem verfügen«, stellte Ganter klar. »Die Akten mögen wohl schon etwas älter sein, aber wir wissen genau, wovon wir reden.«

»Woher haben Sie diese Erkenntnisse?«

»Vermutungen«, antwortete Ganter.

»Und warum haben Sie uns nicht schon längst Ihre wichtigen Informationen zukommen lassen?«, erwiderte Trevisan spitz.

»Es hat sich erst jetzt ergeben«, entgegnete Ganter kalt.

Trevisan kochte innerlich, doch er riss sich zusammen. »Wenn Sie alles über diesen Bartel wissen, können Sie mir vielleicht auch sagen, ob er Taucher ist?«

Beck warf Kriminalrat Ganter einen unsicheren Blick zu.

Ganters Gesicht zeigte keine Regung.

»Also wissen wir gar nichts über ihn, außer dem, was in längst veralteten Akten steht«, fuhr Trevisan fort. Er dachte an Straßberg. Eine voreilige Aktion sollte genügen.

Es klopfte an der Tür. Die Lage entspannte sich, als Oberstaatsanwalt Brenner das Zimmer betrat. Beck ging auf ihn zu, begrüßte ihn und informierte ihn über die vorliegenden Fakten.

»Hier war wegen dir schon die Hölle los«, flüsterte Monika Sander. Trevisan warf ihr einen fragenden Blick zu.

»Ich habe unzählige Male versucht, dich zu erreichen. Es war immer besetzt. Beck hat sogar einen Streifenwagen zu dir geschickt. Aber niemand hat geöffnet. Wo warst du nur?«

»Mit Paula in Bremen. Ich bin erst spät nach Hause gekommen.«

»Du wirst dir von der Schulte-Westerbeck noch einiges anhören müssen. Sie hat alles mitbekommen.«

Trevisan zuckte die Achseln.

»Glaubst du, Bartel hat etwas mit der Sache zu tun?«

Trevisan schüttelte den Kopf. »Es geht mir alles zu schnell.«

Monika nickte. »Du siehst übrigens gut aus, ist der Anzug neu?«, flüsterte sie.

»Paula hat ihn ausgesucht.«

»Schön, sie hat Geschmack. Ist alles wieder in Ordnung?«

»Ja, ich denke schon.«

»Gut«, antwortete Monika, bevor Beck das Wort ergriff und um Ruhe bat.

»Also, dann werden wir unser Vorgehen abstimmen«, sagte er. »Es sind genügend Verdachtsmomente für eine vorläufige Festnahme und eine Durchsuchung vorhanden. Zumindest rechtfertigen die Fakten eine Gegenüberstellung mit dem Ladenbesitzer aus Aurich. Es steht ja wohl inzwischen fest, dass die gestohlene Harpune die Tatwaffe war«, resümierte Brenner und blickte Trevisan fragend an.

»Daran besteht kein Zweifel«, erwiderte Trevisan.

»Also gut, dann schlagen wir zu und nehmen ihn fest«, sagte Beck entschlossen.

»Vielleicht würde es auch genügen, einfach nur mit ihm zu sprechen«, warf Trevisan ein.

»Der redet nicht mit Ihnen«, sagte Ganter. »Der Kerl ist gefährlich. Wir nehmen an, dass er eine größere Anzahl Waffen im Besitz hat. Leider konnten wir ihm bislang nichts beweisen. Er ist ein gefährlicher Psychopath. Der redet nicht, der handelt.«

»Deswegen haben wir Riederberg mit dem Einsatzkommando hinzugezogen«, erklärte Beck. »Er wird den Zugriff übernehmen. Ich will kein unnötiges Risiko eingehen. Wenn es sein muss, dann fahren wir lieber einen großen Einsatz, ehe jemand zu Schaden kommt.« Beck erhob sich und ging hinüber zu einer Tafel. Der Grundriss eines Hauses und das angrenzende Grundstück waren dort aufgezeichnet. »Bartel haust in einem alten Bauernhaus bei Sillenstede. Er ist zu Hause und hat sich bislang noch nicht gezeigt. Wir haben uns einen Plan vom Haus besorgt. Er lebt dort alleine. Weitere Personen sind nicht bekannt. Bartel hat sich dort eingenistet. Das Haus steht weit ab vom Schuss. Er wird uns im Blickfeld haben. Ich möchte sämtliche Risiken vermeiden. Riederberg, Sie sind für den Zugriff verantwortlich. Wichtig ist nur, dass nichts passiert.«

»Wo hat er bloß all die Informationen her?«, fragte Trevisan seine Kollegin.

»Da fragst du noch? Ich glaube, Ganter ist schon ganz heiß auf Bartel.« Monika lächelte Trevisan verschwörerisch zu.

»Komisch, ich werde das Gefühl nicht los, dass wir hier für jemanden die Kastanien aus dem Feuer holen sollen.«

Monika Sander nickte.

»Wir treffen uns gegen zehn im Einsatzraum und fahren dann hinüber nach Sillenstede. Die uniformierte Polizei hält sich im Hintergrund und sperrt die Gegend weiträumig ab. Ich selbst werde den Einsatz vor Ort leiten. Martin, du begleitest mich!«, ordnete Kriminaldirektor Beck in lautem Befehlston an.

*

Der Wagen störte ihn. Seit gestern stand ständig ein anderer Wagen auf dem Parkplatz gegenüber dem sandigen Zufahrtsweg. Sie hielten Abstand, dennoch hatte er sie bemerkt. Zivile Wagen. So zivil, dass sie genauso gut in großen roten Lettern *Polizei* auf die Fahrertür hätten schreiben können. Kein Aufkleber, keine Unregelmäßigkeit, keine Delle, ein Auto ohne jeglichen persönlichen Touch und noch dazu zwei Antennen. Doch er wusste auch, dass es für eine Flucht zu spät war. Er konnte nicht mehr weg. Es stand zu viel auf dem Spiel. Er würde nicht noch einmal in diesen kalten und nüchternen Raum zurückkehren. Keine weiteren Gespräche mehr, keine Medikamente. Er hatte genug. Lieber wollte er sterben. Fallen, im Kampf gegen die Heuchler und diese Horde von Ignoranten. Seine Finger umschlossen den kalten Stahl. Sollten sie doch kommen. Er würde sie erwarten.

*

»Wenn wir schon wieder daneben liegen, dann zerreißt uns die Presse in der Luft«, sagte Frau Schulte-Westerbeck und zupfte sich einen Faden von ihrem Kostüm.

»Ich habe eine Nachrichtensperre angeordnet«, erklärte Beck der Polizeichefin.

Trevisan stand neben Beck und lächelte. Beck warf ihm einen missbilligenden Blick zu.

»Sie werden wohl etwas mitbekommen, wenn wir mit der gesamten Kavallerie anrücken«, warf Trevisan ein.

»Herr Trevisan, wo waren Sie am Wochenende?«, fragte die Leiterin der PI.

Trevisan war überrascht.

»Ich erwarte von meinen leitenden Mitarbeitern, vor allem, wenn sie in dem spektakulärsten Mordfall der letzten zwanzig Jahre im Wangerland ermitteln, eine ständige Präsenz. Anscheinend teilen Sie diese Auffassung nicht.«

»Ich habe eine Tochter.«

»Wir alle haben Familie.«

»Dann waren Sie also am Samstag hier?«

Eine Antwort bekam Trevisan nicht. Oberstaatsanwalt Brenner kam näher und Frau Schulte-Westerbeck wandte sich ihm zu.

Beck nahm Trevisan zur Seite und warf ihm einen bösen Blick zu. »Verdammt, Trevisan, du bist wohl verrückt geworden. Du fällst mir die ganze Zeit in den Rücken. Was ist los mit dir?«

»Dieser Ganter ist mir einfach eine Spur zu eifrig bei der Sache«, flüsterte Trevisan. »Wir waren auch nicht untätig. Aber ich finde in Bartels Akte keine Parallelen zu unseren Ermittlungsergebnissen.«

»Was hätte ich tun sollen? Es war eine Entscheidung zu treffen und du warst ja nicht erreichbar«, erwiderte Beck vorwurfsvoll.

»Dann hättest du eben auf mich gewartet. Ich denke, Bartel steht unter ständiger Beobachtung?«

»Weißt du überhaupt, wann Ganter mich angerufen hat?«, entgegnete Beck.

Trevisan schüttelte den Kopf.

»Um zehn Uhr, mitten in der Nacht.«

*

Der Zeitpunkt des Einsatzes rückte unaufhaltsam näher. Sieben Polizeifahrzeuge, ein Krankenwagen und der Notarztwagen standen im Hof der Dienststelle. Ein Streifenwagen bildete die Spitze, dann folgten die drei weißen VW-Busse des SEK und drei Zivilwagen, danach die Fahrzeuge des Roten Kreuzes.

»Trevisan, du kommst mit mir. Schließlich bist du der Leiter des 1. FK«, hatte Beck gesagt.

Trevisan hielt sich bereit. Mittlerweile wusste er, was Till Schreier am Samstag in Wittmund in Erfahrung gebracht hatte. Frau Lenz war der Meinung, dass dem Mann vor dem Restaurant in Wittmund ein oder mehrere Finger an einer Hand fehlten. Kapitän Hansen war vor seiner Ermordung ein Finger abgetrennt worden und Bartel fehlten laut Akte ebenfalls mehrere Finger an der linken Hand. War das die Verbindung, das fehlende Bindeglied? Sollte Ganter mit seinem Verdacht doch recht behalten? Aber warum dann nur ein Finger bei Hansen? Und was für ein symbolischer Akt sollte sich hinter dem Abtrennen eines Fingers verbergen? Aus Bartels Akte ging hervor, dass er sich die Verletzungen an der linken Hand beim Basteln einer Bombe zugezogen hatte. Was aber hatte Kapitän Hansen damit zu tun? Was konnte er dafür, dass Bartel beim Hantieren mit Sprengstoff einen Unfall gehabt hatte? Trevisan überlegte hin und her, doch es ergab keinen Sinn. Nein, Bartel war nicht der Gesuchte. Er konnte es nicht sein.

Die Männer standen neben den Fahrzeugen und rauchten. Monika Sander, Alex Uhlenbruch und Dietmar Petermann fuhren im letzten Fahrzeug. Trevisan hatte sich zu ihnen gesellt.

»Glaubst du, wir liegen diesmal richtig?«, fragte Petermann skeptisch.

Trevisan schüttelte den Kopf. »Ich weiß es nicht, aber ich komme immer mehr zu der Auffassung, dass uns das Phantombild mehr zusätzliche und sinnlose Arbeit eingebracht hat, als dass es uns von Nutzen war.«

»Ich habe die Akte von Bartel gelesen. Er ist ein hoffnungsloser Spinner, aber er ist nicht der Wangerland-Mörder«, warf Monika ein.

»Ein Mord aus Habgier oder aus Rache? Immerhin hat auch Bartel Verbindungen nach Holland«, bemerkte Dietmar. »Wer weiß, vielleicht kannte er Willemsen und Mijboer?«

»Die Herkunft des Geldes ist immer noch nicht geklärt und ich glaube fast, dass wir auch nie herausbekommen werden, woher es stammt«, sagte Alex. »Es wäre doch möglich, dass er in ein Waffengeschäft verwickelt war. Waffenschmuggel mit einem Kutter ist ja durchaus vorstellbar.«

»Ich glaube eher, das Motiv des Mörders liegt im persönlichen Bereich. Morde im professionellen Gewerbe sehen anders aus. Wir vergeuden nur einen wertvollen Tag«, schloss Trevisan die Unterhaltung. Beck hatte das Zeichen zum Aufbruch gegeben. »Also gut, bringen wir die Sache hinter uns«, murmelte Trevisan, ehe er zu Beck und Ganter in den Wagen stieg.

17

»Kannst du mir sagen, was ein Scooter ist?«, fragte Tina Harloff.

Till Schreier blickte vom Schreibtisch auf. »Ein Scooter? Wie kommst du darauf?«

»Da war ein Einbruch auf Norderney«, sagte Tina. »Ein Bootsverleih. Gestohlen wurde ein Scooter, was auch immer das ist. Mehr steht hier nicht.«

»Zeig mal her.« Till überflog den Bildschirm. »Hier, klick mal die Sachbeschreibung an.«

Tina wanderte mit dem Mauszeiger auf das entsprechende Feld. Eine neue Computermaske tat sich auf.

»Lackierung schwarz, 7 PS-Motor, Länge 87 cm. Aufschrift: Ocean Scooter LX 17. Das klingt interessant. Außer für dieses komische Gerät schien sich der Dieb für nichts anderes interessiert zu haben. Komm, da haken wir nach.«

»Moment, ich mache einen Ausdruck.«

Wenig später hielt Till das Papier in der Hand. Er überflog die Zeilen, dann griff er zum Telefon. Das Gespräch dauerte keine fünf Minuten, dann hatte er erfahren, was er wollte.

Tina blickte ihn gespannt an. »Und?«

»Es ist ein Antriebsgerät für Taucher. Eine Art Torpedo mit Motor«, erklärte ihr Till mit einem Lächeln. »Der Taucher hängt sich daran und lässt sich durch das Wasser ziehen. Das Ding bringt es auf eine enorme Geschwindigkeit.«

Tina überlegte. »Dann ist er wohl auf diese Art auf die *Helge* gekommen«, folgerte sie nachdenklich.

»Oder damit verschwunden. Wann ist das Ding gestohlen worden?«

»Am 17. April auf Norderney aus dem Lagerschuppen eines Bootsverleihs.«

»Hast du die Adresse?«

»Sie steht in der Fahndungsnotiz.«

»Bootsverleih Kriegisch«, las Till laut vor. Er blickte auf die Uhr. Zehn Minuten nach zehn. »Ich mache mich sofort auf den Weg.«

»Soll ich dich begleiten?«

»Wenn du gerade nichts Besseres vorhast«, antwortete Till Schreier und grinste.

*

Das Bild war schlecht. Seine Augen standen zu dicht zusammen und seine Frisur war auch nicht richtig getroffen. Dennoch hieß es von nun an vorsichtig zu sein.

Er faltete die Zeitung auseinander und begann zu lesen.

Das Ungeheuer vom Wangerland, hieß es in der Schlagzeile. *Der irre Mörder noch immer frei*, stand im Untertitel. Es ärgerte ihn maßlos. Was wusste dieser Schmierfink schon von ihm. Er las weiter. Worte wie *»kaltblütig«*, *»hinterlistig«* und *»gnadenlos«*, standen in dem Bericht. Wut keimte in ihm auf. Grenzenlose Wut. Das Blut schoss ihm in den Kopf. Ärgerlich zerriss er die Zeitung und warf sie auf den Boden.

»Vater, wenn er jetzt hier wäre, dann würde ich ihn in der Luft zerreißen«, fluchte er laut. Seine Hände begannen unkontrolliert zu zittern. Er erhob sich. Wie ein Tiger im Käfig lief er auf und ab.

Er, ein Mörder? Er hatte niemandem etwas zuleide getan. Er würde niemanden aus purer Lust am Töten umbringen. Niemals. Er hatte eine Aufgabe und befand sich auf einer heiligen Mission. Das war etwas vollkommen anderes. Ja, der alte Mann auf der Insel mochte wohl ein Fehler gewesen sein. Doch dieser Fehler war nicht mehr korrigierbar. Aber hatte es der Alte selbst nicht herausgefordert? Warum hatte er ihn in seiner Trauer gestört? Vielleicht würde die Zeit kommen, in der er seine Taten den anderen erklären konnte. Vielleicht würden sie ihn auch verstehen. Er wusste, dass es für Außenstehende schwer war, sein Tun zu begreifen. Er selbst hatte eine lange Zeit gebraucht, bis er zur richtigen Sicht der Dinge gekommen war. Er musste handeln. Nichts anderes blieb ihm übrig. Die Weichen dazu waren vor sieben Jahren gestellt worden. Nun war er eins geworden mit der Welt der Schatten. Er verstand ihre Sprache und ihre Gesten.

Warum maßte sich ein kleiner Provinzreporter an, ihn zu verurteilen? Was wusste der schon von der Welt hinter der Welt. Von der Welt der Verlorenen. Nichts, nicht das Geringste.

Sie hatten ihn gesucht und seine Hilfe erfleht. Zuerst hatte er sich gewehrt. Doch dem blauen Gesicht konnte er nicht widerstehen. Er hatte richtig gehandelt. Das blaue Gesicht lächelte inzwischen, es lächelte ihm zu. Bald würden auch die anderen stummen Masken ihren starren Ausdruck verlieren. Er würde ihnen das verlorene Lachen wiederbringen. Sie würden es dem alten Mann auf Wangerooge erklären. Und er war sich sicher, der würde es verstehen.

*

Seit einer halben Stunde schien Sillenstede wie ausgestorben. Niemand schlenderte über den gepflasterten Gehweg. Kein Wagen fuhr durch die engen Straßen. Die Gegend war abgeriegelt. Sie waren sicher, dass sie unbemerkt geblieben waren. Bislang war alles gut gegangen, doch der schwierigste Teil der Aufgabe lag noch vor ihnen. Sie wussten nicht, was sie erwartete.

Das alte Haus lag etwa vierhundert Meter außerhalb von Sillenstede am Verbindungsweg nach Waddewarden. Das Gelände war für einen Einsatz denkbar ungünstig. Keine Deckung weit und breit. Kein Hügel, kein Baum, nichts, hinter dem sich das Aufgebot hätte verstecken können.

Neben dem Haus lag ein alter Schuppen. Rechts davon standen vier Birken. Ein weiterer Baum befand sich direkt vor dem Haus.

Trevisan schaute durch das Fernglas. Riederberg stand neben ihm und legte die schusssichere Weste an.

»Das wird nicht leicht«, sagte Trevisan. »Vielleicht wäre es besser, wir würden versuchen, mit ihm zu reden.«

»Wir werden frontal angreifen. Einen anderen Weg sehe ich nicht«, erwiderte Riederberg trocken.

Beck und Kriminalrat Ganter näherten sich.

»Und, Riederberg? Haben Sie sich schon eine Strategie überlegt?«, fragte Beck mit verbissenem Gesichtsausdruck. Auch ihm gefiel die Lage nicht.

»Sobald wir vorrücken, befinden wir uns auf dem Präsentierteller«, erklärter der SEK-Beamte. »Er hat freies Schussfeld zur Straße und auch die Rückfront des Gebäudes ist gut einzusehen. Die einzige Deckung, die wir nutzen können, sind die Bäume im Westen. Wir werden aus zwei Richtungen vorgehen. Er kann nicht beide Seiten kontrollieren.«

Beck nickte zufrieden.

»Was macht Sie eigentlich so sicher, dass er sich zur Wehr setzen wird?«, fragte Trevisan.

»Was erwarten Sie von einem Psychopathen?«, warf Ganter ein.

»Warum werde ich das Gefühl nicht los, dass Sie mehr wissen als wir?«, hakte Trevisan nach.

»Wir waren eine lange Zeit an dem Kerl dran«, erwiderte

Ganter. »Es hatte den Anschein, dass er etwas vorbereitete. Plötzlich tauchte er ab. Als wir euer Fahndungsplakat sahen, wussten wir sofort, warum er sich aus dem Staub gemacht hat.«

»Haben Sie eine Idee, warum er ausgerechnet einen Rentner auf Wangerooge ermordet?«, schob Trevisan nach.

»Ich habe keinen blassen Schimmer, aber ich hoffe, wir werden es von ihm erfahren«, schloss Ganter.

Riederberg hatte inzwischen seine Mannschaft um sich versammelt.

*

Sie waren mit dem Wagen bis nach Norden gefahren und hatten von dort aus die Fähre hinüber nach Norderney genommen. Der Bootsverleih lag unweit des Hafens am großen Steindamm. Herbert Kriegisch, der Inhaber des Geschäftes, erwartete sie bereits. Kriegisch war um die fünfzig. Der Wind hatte sein Gesicht gegerbt und die weißen Haare flatterten im rauen Wind.

Till Schreier hatte zwar auf dem Nordener Polizeikommissariat die Akte studiert, doch unter diesen Umständen war ein Gespräch mit Kriegisch unumgänglich. Vielleicht gab es auch hier Erkenntnisse, die das Bild der Tat und auch des Täters vervollständigten.

Kriegisch begrüßte die beiden und führte sie in sein Büro. »Ist es nicht etwas ungewöhnlich, dass sich die Kriminalpolizei aus Wilhelmshaven für einen Diebstahl auf Norderney interessiert?«

»Wir ermitteln in einem Fall, bei dem dieser Diebstahl womöglich eine Rolle spielen könnte«, antwortete Tina Harloff ausweichend.

»Ich weiß, es geht um die Morde an den Seeleuten.« Kriegisch blickte Tina mit sorgenvoller Miene an. »Sie brauchen mir nichts vorzumachen. Die Geschichte beschäftigt hier die ganze Gegend. Es vergeht kaum ein Tag, an dem ich die Leute nicht darüber reden höre.«

»Sie haben recht«, gab Till Schreier zu. »Es geht um die Morde auf dem Fischkutter. Wir versuchen, den Weg des Täters nachzuvollziehen, und der gestohlene Scooter passt möglicherweise ins Bild.«

»Sie meinen, der Verbrecher hat meinen Scooter benutzt, um an Bord zu gelangen?«

»Wäre das denn möglich?«

Kriegisch überlegte. »Wenn der Kutter nur viertel oder halbe Fahrt macht und nicht allzu weit vom Ufer entfernt ist, dann kann der Scooter durchaus mithalten. Für längere Strecken ist er natürlich nicht geeignet.«

»Wie lief die Sache ab, ich meine, so ein großes Ding kann man doch nicht einfach in die Tasche stecken?«, fragte Till.

»Genau das will mir noch immer nicht in den Kopf. Ich hatte an diesem Tag eine Tauchgruppe aus Bayern, alles Feuerwehrtaucher in Ausbildung. Ich arbeite oft mit den Feuerwehren und der Seerettung zusammen. Die Gruppe lieh ein Boot und nahm auch den Scooter mit. Sie brachten das Boot und den Scooter am Abend wieder zurück und legten am kleinen Steg an. Nachdem ich dem Tauchlehrer im Büro die Quittung ausgestellt hatte und zurück zum Boot kam, fehlte der Scooter. Es kann nur jemand mit einem anderen Boot gewesen sein.«

»Haben Sie jemanden gesehen, oder war jemand in der Nähe?«

»Das haben Ihre Kollegen auch schon gefragt. Aber ich kann es nicht sagen. Die Tauchgruppe ging hinüber ins Strandcafé, ihr Führer blieb bei mir. Wir redeten noch eine Weile. In dieser Zeit war niemand am Landesteg. Wissen Sie, außerhalb der Saison ist der Hafen meist menschenleer.«

»Wie genau muss man sich so ein Gerät vorstellen?«, fragte Tina.

Kriegisch zögerte nicht lange und bat die beiden, ihm ins Lager zu folgen. In der Halle stand ein weiterer Scooter neben einem Regal.

Das Gerät war etwa einen Meter lang und hatte ein ordentliches Gewicht, wie Till merkte, als er ihn versuchsweise anhob. »Da muss man aber fast zu zweit sein«, presste er angestrengt hervor, als er den Scooter wieder absetzte.

»Der hier hat einen großen Motor, der gestohlene war leichter«, wandte Kriegisch ein.

Sie verabschiedeten sich von Herbert Kriegisch und fuhren mit der Fähre zurück nach Norden. »Ich bin sicher, er war es«, sagte Till, als sie an der Reling standen und hinaus auf das unruhige Wasser blickten.

»Was meinst du damit?«

»Am 16. April klaut der Kerl eine Harpune, einen Tag später den Scooter. Ein Boot scheint er selbst zu besitzen und den Taucheranzug samt Ausrüstung hat er sich schon früher besorgt. Einen Monat später fährt er mit dem Scooter hinaus und schleicht sich an Bord eines Kutters. Dort ermordet er drei Fischer und verschwindet im Nichts. Dieser Kerl muss alles bis ins Detail geplant haben. Er hat gewusst, wo er sich alles besorgen kann. Wahrscheinlich ist er sogar aus dieser Gegend.«

»Und warum ist er nicht mit dem Boot zum Kutter hinausgefahren?«

»Dann hätten sie ihn vielleicht bemerkt oder erkannt«, antwortete Till.

*

Sie näherten sich von zwei Seiten. Zwei VW-Busse fuhren über den Verbindungsweg nach Waddewarden, ein weiterer benutzte einen ausgefahren Feldweg, der etwa einhundert Meter hinter dem Gebäude verlief. Die Männer waren vermummt und trugen ihre schusssicheren Westen. Sie rechneten mit Widerstand und waren sich der Gefahr bewusst.

Kurz vor dem Gebäude bog einer der weißen Busse in das Gelände ab. Sechs schwer bewaffnete Polizisten hasteten aus dem Wagen und suchten sofort Deckung hinter den Bäumen. Langsam arbeiteten sich vier Beamte auf den Schuppen zu. Die beiden anderen hatten ihre Maschinenpistolen im Anschlag und beobachteten das Haus. Noch war dort keine Regung zu erkennen.

Der andere VW-Bus war unterdessen am Gebäude vorbeigefahren und hatte kurz dahinter angehalten. Diese Beamten hatten es ungleich schwerer, denn an der Nordseite gab es nichts, hinter dem sie Deckung hätten finden können. Riederberg selbst führte diese Gruppe. Sie drückten ihre Körper gegen den sandigen Boden und warteten, bis auch die dritte Gruppe über Funk ihre Bereitschaft signalisierte. Sie hatten den weitesten Weg. Hundert Meter über freies Feld mussten sie zurücklegen, um an die Rückseite des Gebäudes zu gelangen. Niemand wusste, wie Bartel reagieren würde. Niemand wusste, über welche Bewaffnung er verfügte.

Endlich meldete der Führer der dritten Gruppe, dass sie in Stellung gegangen waren. Noch war alles ruhig. Riederberg richtete sich auf. Er hatte sich ein Megaphon um den Hals gehängt. Es knackte laut, als er den Lautsprecher einschaltete.

»Henning Bartel! Hier spricht die Polizei. Wir haben das Haus umstellt. Kommen Sie mit erhobenen Händen heraus. Ansonsten werden wir Gewalt anwenden!« Riederbergs Stimme war klar und verständlich. Er war sich sicher, dass Bartel ihn gehört haben musste, doch es blieb ruhig. Keine Bewegung war im Haus zu erkennen. An beiden Fenstern waren die Fensterläden geschlossen.

Einige Minuten verstrichen, ehe Riederberg seine Aufforderung wiederholte.

*

Trevisan blickte durch das Fernglas. Er war mit Beck und den anderen am Ortsrand von Sillenstede zurückgeblieben. Ferngläser kreisten. Riederbergs zweite Aufforderung war verklungen, doch außer ein paar Vögeln war nichts weiter zu hören.

»Das ist doch alles Blödsinn. Wir hätten mit ihm sprechen sollen«, sagte Trevisan.

Beck räusperte sich. »Können wir sicher sein, dass es wirklich kein Schlupfloch gibt?«, fragte er den Beamten, der neben ihm stand. Es war einer der Kollegen, die bereits seit dem frühen Morgen Beobachtungsposten bezogen hatten.

»Er kam gestern Abend gegen neun Uhr nach Hause und verschwand im Haus«, antwortete der Kollege. »Seitdem hat sich dort nichts mehr gerührt. Er ist sicher noch drin. Das Auto steht im Schuppen.«

Beck nickte. Er blickte Trevisan fragend an. »Er wird es doch nicht versuchen?«

»Was meinst du?«

»Na, er wird es doch nicht darauf ankommen lassen«, erwiderte Beck und blickte nervös auf seine Armbanduhr.

Der Wind wehte Riederbergs Worte herüber. Die dritte Aufforderung. Danach würden sie vorrücken.

»Der Kerl ist wohl lebensmüde. Hoffentlich geht das gut«, sagte Beck und hob das Fernglas vor die Augen.

Trevisan fluchte. Seine Nerven waren zum Zerreißen gespannt. Er hasste diese ungewissen Situationen. Er war der Überzeugung, dass Bartel mit einem einzelnen Mann, ihm selbst, geredet hätte. Doch bei diesem Aufgebot an Einsatzkräften war eine Kurzschlussreaktion nicht auszuschließen.

Trevisan fuhr zusammen, als ein lauter Knall zu ihm herübergeweht wurde.

»Der Kerl ist anscheinend völlig von der Rolle«, rief Beck entrüstet und presste sein Glas an die Augen.

Viel war nicht zu erkennen. Vermummte Gestalten schlichen auf das Haus zu.

*

Die dritte Aufforderung Riederbergs war verhallt. Er hatte das Megaphon neben sich auf den Boden gelegt, als der Schuss die Stille zerrissen hatte. Im Haus war noch immer keine Regung zu erkennen, noch immer erschien es still und friedlich.

»Wer hat geschossen?«, brüllte Riederberg in das kleine Mikrophon. Er erhielt keine Antwort. Hastig wiederholte er seine Frage.

»Wir brauchen einen Krankenwagen!«, dröhnte es plötzlich aus dem kleinen Lautsprecher.

»Wer sagt das, wohin?«

»Dritte Gruppe! Dritte Gruppe! Ein Mann angeschossen. Schnell!«, bekam er von seinem Gruppenführer zur Antwort.

Er blickte auf das Haus. »Achtung, hier Einsatzleiter an alle Positionen. Zielperson hat geschossen, wiederhole: Zielperson hat auf uns geschossen. Sofortiger Zugriff!«, wies er seine Männer an. Ein weiterer Schuss fiel. Riederberg sprang auf und rannte auf das Haus zu. Zwei Mann folgten ihm, während die anderen liegen blieben und mit ihren Maschinenpistolen das Haus anvisierten. Auch die anderen Gruppen rückten vor. Von drei Seiten stürmten schwer bewaffnete Polizisten auf das Haus zu. An den Hauswänden angelangt, gingen sie sofort in Deckung und richteten ihre Waffen auf die Fenster.

Niemand wusste, wo sich Bartel aufhielt und von wo aus er geschossen hatte. Die Sondereinsatzbeamten gingen routiniert an ihr Werk. Vier Mann schlichen sich auf die Eingangstür zu und bezogen daneben Stellung. Sie gaben sich ein Zeichen. Ein Beamter erhob sich und trat mit voller Wucht gegen die Haustür. Die alte Holztür gab sofort nach. Mit einem lauten Knall schlug sie gegen die Wand des Flurs. Riederberg war ebenfalls an der Tür angekommen. Zusammen mit einem Kollegen betrat er das Haus. Die Waffe hielt er im Anschlag. Ein langer und schummriger Flur lag vor ihnen. Rechts und links befanden sich ein paar Türen. Hinter jeder konnte Bartel mit einer Waffe im Anschlag lauern. Auf Riederbergs Zeichen rückten die Beamten vor. Riederberg sicherte den Vormarsch. Als sie an der ersten Tür angelangt waren, gingen sie wieder in Position. Die Kollegen behielten unterdessen die anderen Türen im Auge. Riederberg drückte die Tür auf. Es war die Küche. Vorsichtig durchsuchten sie den Raum. Er war leer. Dann nahmen sie sich das nächste Zimmer vor. Von Bartel keine Spur. Nach und nach durchsuchten sie Raum um Raum, bis sie das Erdgeschoss unter Kontrolle hatten.

»Wir machen mit dem Keller weiter!«, befahl Riederberg. Die Kellertür befand sich am Ende des Flures. Zwei Beamte ließen sie an der Treppe ins Obergeschoss zurück. Der Keller bestand aus zwei großen Räumen. Die schwache Glühlampe erhellte den Eingang nur spärlich. Nur ein paar verschlossene Kisten befanden sich dort.

»Er muss oben sein«, sagte Riederberg, nachdem sie den Keller gründlich durchsucht hatten.

Der Weg nach oben war gefährlich. Riederberg selbst ging voran. Wenn Bartel oben an der Treppe lauerte, dann konnte es brenzlig werden. Doch sie schafften es, unbehelligt ins Obergeschoss zu gelangen. Vom Gang zweigten vier Türen ab. Ein kleines Schild verriet, dass die erste ins Badezimmer führte. Ein Beamter drückte die Klinke herunter. Die Tür war verschlossen. Riederberg legte seinen Finger auf den Abzug seiner MP. Er war sicher, dass Bartel sich hier verschanzt hatte. Warum sollte sonst das Badezimmer abgeschlossen sein?

Sie verständigten sich mit Handzeichen. Ein Kollege erhob sich und stellte sich vor die Tür. Dann trat er mit seinem Stiefel kräftig gegen das Türblatt, um einen kurzen Augenblick später hinter der Wand wieder in Deckung zu gehen. Die Tür flog auf. Holzsplitter fielen im hohen Bogen zu Boden. Riederberg war der Erste, der in den Raum stürmte. Dann blieb er stehen, als wäre er mitten in seiner Bewegung eingefroren.

*

Die Zeit schien stillzustehen. Trevisan fuhr sich nervös durch die Haare. Die Ungewissheit nagte an ihm. Ein zweiter Schuss war gefallen. Trevisan sorgte sich um die Kollegen. Sicher, sie waren ein eingespieltes Team und trainierten solche Situationen. Doch dies hier war bitterer Ernst. Er fühlte einen unangenehmen Druck in der Magengegend.

Er sah sich um. Nervös lief Beck in der Nähe eines Streifenwagens auf und ab. Ihm schien es keinen Deut besser zu gehen.

»Krankenwagen und Notarzt sofort zum Objekt«, drang plötzlich Riederbergs Stimme aus dem Funkgerät. Trevisan zuckte zusammen. Ein paar Sekunden später fuhr der Notarztwagen an ihm vorbei. Der Krankenwagen folgte. Irgendetwas war schief gegangen, doch Riederberg meldete sich nicht mehr.

18

Henning Bartel lag tot im Badezimmer seines Hauses. Eine Hälfte seines Gesichtes fehlte.

»Er muss die Waffe aufgesetzt haben«, sagte Trevisan zu Beck, der neben ihm stand und den Kopf schüttelte. Ganter blickte sich ungeniert in der Wohnung um, öffnete die Schubladen der Garderobe und stöberte in herumliegenden Schriftstücken.

Das Haus war heruntergekommen. Eine dicke Staubschicht lag auf den Möbeln. Trevisan beobachtete Ganter. Er traute ihm nicht.

»Würden Sie das bitte uns und der Spurensicherung überlassen«, versuchte Trevisan den Eifer des LKA-Beamten zu zügeln. Ganter schob die Schublade zu und hob entschuldigend die Hände.

»Was glaubst du, Trevisan, ist das unser Mann?«, fragte Beck.

Trevisan zuckte mit den Schultern. »Wir müssen erst mehr über ihn in Erfahrung bringen. Ich habe aber eher den Eindruck …«

Lautes Gepolter unterbrach ihn. Beck und er wandten sich um. Ganter stand grinsend im Gang. Eine Holzkiste stand vor ihm. Riederberg war gerade damit beschäftigt, sie zu öffnen. Der Deckel splitterte unter dem Druck des Schraubenziehers. Riederberg schob ihn beiseite. Die Kiste war voller Sägespäne. Ganter beugte sich herab und griff hinein. Als er sich wieder aufrichtete, lag eine schwarze Kugel auf seiner Handfläche. Etwas größer als ein Hühnerei und gefährlich geriffelt. Stolz präsentierte er seinen Fund. Das dunkle Metall schimmerte bedrohlich.

»Ich wusste es. Zweifellos jugoslawischer Herkunft«, sagte Ganter zufrieden und gab die Handgranate an Riederberg weiter.

Trevisan sah die Genugtuung in Ganters Augen. »Also darum ist es Ihnen gegangen. Nur darum und um nichts anderes«, sagte Trevisan fassungslos.

»Was wollen Sie überhaupt? Sie haben Ihren Mörder und wir die Granaten«, erwiderte Ganter gelassen. »Was glauben Sie, was ein Spinner wie Bartel mit einer Handgranate alles anfangen könnte.«

»Sie haben alles geschickt eingefädelt«, sagte Trevisan scharf, »aber es ging Ihnen gar nicht um unseren Fall. Wer weiß, ob der Mann im Badezimmer überhaupt der Wangerland-Mörder ist. Aber das ist Ihnen ja wohl egal. Warum haben Sie die Aktion nicht alleine durchgeführt, wenn Sie sich so sicher waren, Handgranaten und Waffen hier zu finden?«

»Er wurde auf Ihrem Fahndungsplakat erkannt. Ihm fehlen ein paar Finger und den Rest müssen Sie schon selbst herausfinden.«

Ganter wandte sich wieder Riederberg zu und fragte: »Wie viele haben Sie gefunden?«

»Insgesamt vier Kisten und eine ganze Menge Wurfzettel

und Propagandamaterial«, beeilte sich Riederberg zu berichten.

»Dann packen Sie alles zusammen. Wir nehmen das Ganze mit«, beauftragte Ganter den Polizisten.

»Wenn Sie auch nur einen Fetzen Papier aus diesem Haus hinaustragen, dann passiert etwas, das verspreche ich Ihnen.« Trevisan trat drohend einen Schritt auf Ganter zu.

Beck stellte sich ihm in den Weg. »Trevisan, lass ihn!«, sagte er bestimmt. »Herr Ganter, ich teile die Auffassung meines Kollegen. Wir ermitteln in diesem Fall. Alles, was sich hier im Haus befindet, geht zuerst durch unsere Amtstuben. Bevor wir nicht mit Sicherheit wissen, ob der Tote der von uns gesuchte Mörder ist, halten Sie sich bitte zurück.«

Ganter hob beschwichtigend die Hände. Dann griff er in die Jackentasche und holte sein Handy hervor. Er entschuldigte sich und ging ein paar Schritte zur Seite.

Trevisan ging in die Knie und griff in die Kiste. Auch er zog eine Handgranate hervor. Der Sicherungsbügel wurde von einem Bolzen gehalten. Die Granate fühlte sich kalt an.

»Seien Sie bloß vorsichtig. Die Dinger sind scharf«, sagte Riederberg nachdrücklich.

»Wie geht es dem verletzten Kollegen?«, fragte Trevisan.

»Oberschenkeldurchschuss, nichts Lebensbedrohliches«, erwiderte Riederberg.

»War das wirklich notwendig?«

»Fragen Sie Ganter«, murmelte der SEK-Beamte.

Trevisan wollte antworten, doch Ganter kehrte zurück. »Herr Beck, Telefon für Sie«, sagte er mit einem Lächeln.

Beck griff nach Ganters Handy und meldete sich mit seinem Namen. Die Unterhaltung dauert nur kurz. Mehr als ein paar kleinlaute »Ja« und ein untertänig klingendes »Selbstverständlich«, brachte Beck nicht hervor. Trevisan erkannte an der Haltung seines Vorgesetzten, dass dieser sich unwohl in seiner Haut fühlte.

Als das Gespräch beendet war, reichte er Ganter das Telefon zurück. »Also gut, packen Sie Ihre Sachen ein. Aber zeigen Sie uns wenigstens, was Sie alles mitnehmen. Vielleicht hilft es uns in unserem Fall weiter. Schließlich wären Sie ohne unser Zutun gar nicht hier.«

»Was soll das?«

»Schon gut, Trevisan«, beschwichtigte Beck. »Lass nur. Es geht hier um Politik, so weit reicht unsere Macht nicht.« Er wandte sich ab. Ein junger uniformierter Kollege stand in der Nähe. Beck fragte ihn, ob die Spurensicherung bereits eingetroffen sei. Der junge Mann zuckte mit den Schultern. »Dann finden Sie es gefälligst heraus, zum Teufel!«, schnauzte Beck den Beamten an. Der Uniformierte beeilte sich, der barschen Aufforderung nachzukommen.

Trevisan beobachtete die Szene wortlos. Er kannte Beck schon lange und wusste, was in ihm vorging. Machtlos musste er die Segel streichen.

»Gut, Sie haben gewonnen. Warum spielen Sie jetzt nicht mit offenen Karten und helfen diesmal uns?«, fragte Trevisan Ganter mit ruhiger Stimme.

Ganter blickte Riederberg an. Dann gab er ihm ein Zeichen. Riederberg bückte sich, hob die Kiste auf und verließ damit das Haus.

»Wir sind schon seit zwei Jahren hinter Bartel her«, antwortete Ganter. »Er ist durch und durch Neonazi und militant. Wir wussten, dass er etwas vorbereitet. Aber er roch den Braten und tauchte hier unter. Nachdem wir ihn aufgespürt hatten, versuchten wir mit dem Material einen Durchsuchungsbefehl zu beantragen, doch der Richter lehnte ab. Zu dürftig, meinte er. Dann sahen wir euer Phantombild.«

Noch bevor Ganter das Haus verließ, rief ihm Trevisan nach: »Ist er Ihrer Meinung nach wirklich der Wangerland-Mörder?«

»Er sieht ihm zumindest ähnlich«, antwortete Ganter.

Trevisan ging ins Badezimmer. Beck stand vor dem Toten und musterte ihn nachdenklich.

»Zu einer Identifizierung wird es nicht mehr reichen«, sagte Beck. »Ich kann doch dem Generalstaatsanwalt nicht sagen, dass wir die Beweismittel für uns behalten«, fuhr er entschuldigend fort.

»Es ist schon gut«, antwortete Trevisan.

Riederberg betrat den Raum. Er trug ein paar Papiere in der Hand. »Vier Kisten mit je sechs Handgranaten. Jugoslawischer Herkunft. Eine Kiste mit Flugblättern und ein paar alte Kriegsorden. Mehr brauchen wir vorerst nicht.« Riederberg reichte Trevisan die Liste. Bevor er das Badezimmer verließ, wandte er sich um und sagte entschuldigend: »Es tut mir leid. Er hat mir auch nicht alles erzählt und mich zur Verschwiegenheit verpflichtet.«

Trevisan seufzte. »Schon gut, Riederberg. Sie haben Ihren Job gut gemacht.« Er blickte dem Polizisten nach, bis er nach draußen gegangen war. Trevisan schaute sich die Flugblätter an. Werbung für verblendete Ideologien. *Nationale Arische Bewegung* stand in blutig roten Buchstaben auf einem der Blätter. Trevisan überflog die Schmähschrift. Gehörte Willemsen dazu? Wieder ein neues Rätsel, das ungelöst bleiben sollte?

*

»Herr Trevisan, ich hoffe, dass wir diesmal richtig liegen und uns nicht wieder blamieren«, sagte Frau Schulte-Westerbeck und reichte die Aufnahmen an Oberstaatsanwalt Brenner weiter.

»Bislang haben wir keine einzige tragende Verbindung zu den Mordfällen«, antwortete Trevisan. »Es ist noch nicht einmal mehr möglich, eine Gegenüberstellung mit dem Ladenbesitzer aus Aurich durchzuführen. Bartel hat sich die halbe Schädeldecke weggeschossen. Ich glaube, dass Ganter sein eigenes Ziel verfolgte und uns nur benutzt hat.«

Die Polizeichefin blickte ihn entgeistert an. »Was soll das heißen? Ich kenne Kriminalrat Ganter schon seit Jahren. Er ist Polizist mit Leib und Seele. Das kann man nicht von jedem behaupten, der eine Polizeimarke trägt.« Sie wandte sich Beck zu. »Was soll ich morgen der Presse erklären? Wir bekommen stündlich dreißig Anrufe. Der Einsatz in Sillenstede ist in Pressekreisen längst bekannt. Sie wollen nur noch unsere offizielle Bestätigung.«

Beck rutschte unruhig auf dem Stuhl hin und her. Ihm war die Situation sichtlich unangenehm. »Vielleicht wäre es möglich, den Schädel des Toten nachzubilden. Es gibt doch mittlerweile Computerprogramme, die dazu taugen«, bemerkte er schließlich kleinlaut.

»Da haben Sie recht, Herr Beck, eine gute Idee«, antwortete Frau Schulte-Westerbeck erfreut. »Ich werde sofort mit dem LKA Verbindung aufnehmen.«

Trevisan lächelte.
»Sie glauben wohl nicht an die moderne Kriminaltechnik?«, wandte sich die Polizeichefin mit deutlichem Missfallen an Trevisan.
»Wir müssen alle mit der Zeit gehen, aber dennoch ziehe ich es vor, das zu glauben, was ich sehe und fühle«, antwortete er gelassen. »Und ich hatte von Anfang an das Gefühl, dass wir von Ganter in diesem Fall nur benutzt wurden. Ich glaube nicht, dass Bartel der Täter war. Doch ich hatte Sie auch schon im Fall Straßberg gewarnt.«
Frau Schulte-Westerbeck blickte mürrisch. Die Antwort gefiel ihr nicht. »Also sage ich der Presse, dass sich mein Leiter der Mordkommission nicht sicher ist, ob der Tote von Sillenstede der Wangerland-Mörder ist«, sagte sie ungehalten.
Trevisan nickte.
Oberstaatsanwalt Brenner räusperte sich. »Vielleicht hat Herr Trevisan recht. Zu diesem Zeitpunkt wäre es fatal, allzu früh mit einer weiteren möglichen Falschmeldung an die Presse zu gehen. Wir haben zwar eine Spur, aber wir können noch nicht mehr dazu sagen. Ich denke, als offizieller Kommentar reicht das aus.« Er nickte Trevisan freundlich zu und erhob sich. »Frau Schulte-Westerbeck, meine Herren … Es ist Zeit, ich muss heute noch nach Hamburg.« Er streifte seine Jacke über.
Die Polizeichefin wartete, bis sich Oberstaatsanwalt Brenner verabschiedet hatte. Trevisan blickte aus dem Fenster. Er sah zu, wie sich die drei Birken vor dem Dienstgebäude dem starken Wind beugten. Es herrschte Windstärke 6. Wieder ein trüber Tag. Es wollte einfach nicht Sommer werden.
»Also gut, meine Herren, die Besprechung ist beendet«, sagte die Leiterin der Polizeiinspektion bestimmt. »Wir werden die Presseerklärung noch heute über die Leitstelle an alle Presseorgane übermitteln.«
Beck, der Leiter der Presseabteilung und Trevisan erhoben sich. Als sich Trevisan aufmachte, den Besprechungsraum zu verlassen, trat Frau Schulte-Westerbeck an seine Seite. »Herr Trevisan, bleiben Sie bitte. Ich will mit Ihnen reden!«
Trevisan ließ sich wieder auf den Stuhl fallen. Anke Schulte-

Westerbeck wartete, bis die beiden Männer den Raum verlassen hatten.

»Herr Trevisan«, sagte sie scharf. »Ich bin mir nicht mehr sicher, ob Sie die Lage im Griff haben. Sagen wir, Ihre Ermittlungsmethoden erscheinen mir manchmal nicht mehr zeitgemäß. Die Morde liegen zwei Wochen zurück. Sie haben bislang nichts in der Hand und das, obwohl ich Ihre Abteilung mit einer ausreichenden Zahl von Mitarbeitern ausgestattet habe. Ich muss leider den Gedanken ins Auge fassen, das LKA um Unterstützung zu bitten.«

»Dann holen Sie doch einfach Ganter zurück. Vielleicht kann er Ihnen helfen.«

»Jetzt hören Sie auf, Trevisan. Ich habe eher den Eindruck, dass es Ihnen schwer fällt, mit Autorität umzugehen. Sie können doch nicht bestreiten, dass er unsere Sache ein gehöriges Stück vorangebracht hat.«

»Die einzige Sache, um die es Ganter geht, ist seine Karriere«, murmelte Trevisan.

»Was haben Sie gesagt?«

»Sie haben mich genau verstanden. Wenn Sie mir den Fall entziehen wollen, dann tun Sie es.«

»Ich sagte nicht, dass ich Ihnen den Fall entziehe. Ich sprach eher von etwas Unterstützung durch das LKA. Schließlich stehe ich in der Verantwortung. Hannover macht Druck. Das Ministerium will Ergebnisse. Wir können den Kopf nicht in den Sand stecken und an früher denken. Wir müssen unseren Blick in die Zukunft richten. Die Polizeiarbeit hat sich gewandelt. Sie müssen sich anpassen. Moderne EDV-Techniken, computergestützte Ermittlungsmethoden, engere Verzahnung in der Zusammenarbeit mit Fachbehörden. Das alles beinhaltet die moderne Polizeiarbeit!«

Wortlos erhob sich Trevisan und ging zur Tür. Bevor er das Zimmer verließ, wandte er sich zu der konsternierten Polizeichefin um und sagte: »Die anwachsende Arbeit auf der Straße verteilt sich auf immer weniger Schultern, dafür platzen die Büros vor lauter Verwaltungspolizisten aus den Nähten. Der ganze schöne Plan geht nicht auf, wenn keiner mehr auf der Straße ist.«

»Trevisan, ich habe Ihnen noch nicht gestattet ...«

»Womit wollen Sie Ihre Computer füttern, wenn keiner mehr einen Schritt vor die Tür macht?«, fiel ihr Trevisan ins Wort. »Woher bekommen Sie dann Ihre Weisheiten?« Unbeeindruckt schloss er die Tür hinter sich. Er hatte genug von diesem Gespräch.

*

Sie hatten das ganze Haus auf den Kopf gestellt. Raum um Raum hatten sie durchsucht. Den Keller, den Speicher, das Nebengebäude, den Wagen in der Garage und schließlich die Garage selbst. Sie hatten nichts ausgelassen. Es gab keine Hinweise darauf, dass Bartel etwas mit den Morden im Wangerland zu tun hatte. Vielleicht war eine gewisse Ähnlichkeit mit dem Phantombild vorhanden, auch der Umstand, dass zwei Finger an Bartels linker Hand fehlten, war ein schwaches Indiz. Doch weder wurde ein Taucheranzug noch irgendein Hinweis auf die Taucherei gefunden.

Trevisan fuhr zurück in die PI. Erschöpft ließ er sich auf seinen Stuhl fallen. Gedankenverloren blickte er auf die Karte an der Wand. Sie zeigte die einzelnen Tatorte. Die Morde waren mit roten Fähnchen markiert, der Einbruch in Norden und der Harpunendiebstahl mit einem blauen. Der Wangerland-Mörder stammte zweifellos aus dieser Gegend, doch wo hatte er sich verkrochen?

Bartel besaß eine Neun-Millimeter-Pistole. Warum hätte er bei den Morden an Gabler und Mijboer auf eine Harpune zurückgreifen sollen? Er hätte sie ganz einfach mit der Pistole erschießen können.

19

Horst Grevenstedt, der Familienvater aus Altgarmssiel, hatte sich für das Wochenende eine Menge vorgenommen. Das Boot musste gestrichen, die Türen des Schuppens geölt und gerichtet, das Dach abgedichtet und der Treppenzugang ausgebessert werden. Er bog mit seinem Wagen auf den Parkplatz des Baumarktes ab und suchte eine freie Lücke zwischen den Fahrzeugen. Als er eine Parkbucht unweit des Eingangs fand, war er froh, denn grauschwarze Wolken türmten sich am Himmel.

Es war Donnerstag, kurz vor sieben Uhr. Der Laden war gut besucht. Grevenstedt suchte nach Schrauben. Eine Verkäuferin beschrieb ihm den Weg. Horst Grevenstedt bedankte sich und steuerte mit seinem Einkaufswagen zielstrebig auf die angewiesenen Regale zu. Fast hätte er einen jungen, bleichen Mann umgefahren, der an einem Regal lehnte. Grevenstedt entschuldigte sich und ging weiter. Der junge Mann blickte schüchtern zu Boden. Grevenstedt überlegte. Der Mann kam ihm bekannt vor. Er wandte sich noch einmal um, doch der junge Mann war verschwunden.

Nachdem er die passenden Schrauben gefunden hatte, ging Grevenstedt zur Kasse. Als er draußen auf dem Parkplatz seine Einkäufe in den Kofferraum räumte, fuhr ein weißer PKW an ihm vorbei. Der junge Mann aus dem Baumarkt saß hinter dem Steuer. Fieberhaft überlegte Horst Grevenstedt, woher er ihn kannte. Er war sich sicher, ihn schon einmal gesehen zu haben. Doch es fiel ihm nicht ein.

*

Trevisan blickte in die müden Gesichter seiner Kollegen. Es war kurz nach acht Uhr abends. Wieder einmal hatte er den Weg ins Rechtsmedizinische Institut antreten müssen, doch diesmal war der Weg nicht umsonst. Henning Bartel war kein Taucher gewesen. Er hatte an einer schweren Lungenerkrankung gelitten. Dennoch galt es jetzt auch noch die letzten Zweifel auszuräumen, denn immerhin besaß Willemsen ein Flugblatt von Bartels rechtsradikaler Organisation.

»Ist diese sonderbare *N.A.B.* überhaupt schon irgendwann mal in Erscheinung getreten?«, fragte Alex Uhlenbruch.

Trevisan schüttelte den Kopf. »Wir haben Antrag auf Akteneinsicht gestellt, aber das wurde mit dem Hinweis auf das laufende Verfahren abgelehnt. Die Generalstaatsanwaltschaft mischt da mit. Da ist vorläufig nichts zu machen.«

»Wie kam Bartel eigentlich zu seiner Vorstrafe?«, fragte Monika Sander.

»Vor elf Jahren nahm er an einer Veranstaltung der Volksunion in Papenburg teil«, erzählte Trevisan. »Dort kam es zu einer Auseinandersetzung mit linken Gegendemonstranten. Dabei zog Bartel eine Pistole und erschoss einen Jugendlichen. Bartel kam in Untersuchungshaft. Der Psychiater stellte schwere Defizite in seiner Persönlichkeitsentwicklung fest. Bartel wurde in eine geschlossene Anstalt verlegt und nach sieben Jahren entlassen. Seit dieser Zeit wurde zumindest unseren Akten nach nichts mehr über ihn bekannt.«

»Aber das LKA hat doch gegen ihn ermittelt?«, fragte Till Schreier verwundert.

»Da ist Politik im Spiel. Ich weiß nicht, wie Ganter an seine Informationen kam. Aber ich weiß sicher, dass ich der Letzte wäre, dem er es auf die Nase binden würde.«

»Manchmal glaube ich, dass wir immer wieder auf den Nullpunkt absinken«, sagte Monika. »Kaum haben wir eine Spur, löst sie sich im Nichts auf.«

Alex nickte. »Manchmal glaube ich sogar, dass es ein Fehler war, das Phantombild zu veröffentlichen.«

»Zumindest hätte sich bei sauberen Vorermittlungen der ganze Einsatz in Sillenstede erübrigt«, bemerkte Trevisan. »Wenn ich überlege, was da noch hätte passieren können …«

»Und wie machen wir jetzt weiter?«, fragte Monika.

»Ich werde morgen noch mal nach Fedderwarden fahren und mich in der Nachbarschaft umhören«, sagte Trevisan entschlossen.

Dietmar Petermann horchte auf. Die ganze Zeit über hatte er mit seiner pinkfarbenen Krawatte gespielt, hatte sie aufgerollt und dann wieder fallen lassen. Auf dem mit weißen Linien durchzogenen und graublau gemusterten Hemd wirkte sie wie der Körper eines Schmetterlings, der sich in einem Spinnennetz verfangen hatte. »Aber wir haben denen doch schon genügend Fragen gestellt«, warf er empört ein.

»Vielleicht waren es die falschen Fragen«, entgegnete Trevisan.

*

Das Wochenende stand vor der Tür. Der Verkehr hatte zugenommen und die Menschen fuhren aggressiver als sonst. Trevisan war froh, als das Dorf hinter ihm lag und er den Wagen vor dem kleinen Anwesen abstellen konnte. Er stieg aus und ging auf das Häuschen auf der anderen Straßenseite zu. Trevisan schaute sich um. Die Zeit schien hier stehen geblieben zu sein. Die beiden Bäume im Vorgarten wiegten sich leicht im Wind. Das Bild hatte etwas Beschauliches, etwas Friedvolles an sich. Durch nichts ließ sich erahnen, welche Tragödie die Menschen in diesem Haus getroffen hatte.

Trevisan entfernte das Polizeisiegel und öffnete die Tür. Ein bedrückendes Gefühl beschlich ihn, als er den Flur betrat. Hier war alles unverändert. Die Luft roch noch immer modrig und abgestanden. Er ging auf die Treppe zu. Sie hatten alles durchsucht. Jeder Gegenstand, dem sie eine Bedeutung beigemessen hatten, war sichergestellt und mitgenommen worden.

Vor der Treppe blieb er stehen. Er blickte sich um. Eine kleine Holztür neben dem Treppenaufgang fiel ihm ins Auge. Der Schlüssel steckte. Trevisan drückte dagegen. Knarrend schwang die Tür auf. Es war dunkel. Fauliger Gestank stieg in seine Nase. Eine steinerne Treppe führte hinunter in den Keller. Er tastete nach dem Lichtschalter. Eine einfache Glühbirne erhellte den dunklen Gang. Das bedrückende Gefühl nahm zu.

Der Keller war aufgeräumt. Ein einziger großer, niedriger Raum. Ein alter Kleiderschrank stand in der Ecke. Trevisan wunderte sich, wie Hansen dieses Ungetüm durch das enge Treppenhaus hier hinunter gebracht hatte. Er öffnete eine der fünf Türen. Frauenkleider auf Bügeln hingen fein säuberlich aufgereiht auf der Stange. Er widmete sich der nächsten Schranktür. Auch darin nur abgetragene Kleidungsstücke. Tür um Tür öffnete er. Hansen musste die gesamte Kleidung seiner Frau aufbewahrt haben.

Hinter der letzten Tür verbargen sich eine Angelausrüstung, alte Schuhe, Zeitschriften und Magazine, Geschirr und ein paar Bücher. Mehr fand er nicht. Er griff nach einem Buch. Es war eine Enzyklopädie der Krankheiten. Ein Lesezeichen war eingefügt. Er schlug das Buch auf der entsprechenden Seite auf und las. Es war eine Abhandlung über Knochenkrebs. Trevisan überflog ein paar Zeilen, dann schloss er das Buch und stellte es zurück. In der anderen Ecke des Kellers stand eine alte, verstaubte Kiste. Sie war mit einem Bügelschloss gesichert. Trevisan rüttelte vergeblich daran. Er ging zurück zum Schrank und holte ein Halstuch hervor. Dann wandte er sich wieder der Kiste zu. Er schlang das Halstuch um den Bügel, die Enden des Tuches wickelte er um seine Hände. Nach einem kräftigen Ruck sprang das Bügelschloss auf. Er öffnete die Kiste. Sein Blick fiel auf eine alte Wehrmachtsuniformjacke. Darunter lagen ein Stahlhelm, eine Uniformhose und ein paar Stiefel. Trevisan räumte die Kiste aus. Er staunte nicht schlecht, als ein verrosteter Karabiner auftauchte. Er durchsuchte die Taschen der Kleidungsstücke, doch sie waren leer.

Trevisan schloss die Kiste.

Hansen war bei Kriegsende nicht älter als zehn Jahre gewesen. Willemsen und Mijboer waren noch nicht geboren. Die Uniform musste jemand anderem gehören. Vielleicht Hansens Vater.

Trevisan ging wieder nach oben und klopfte sich den Staub aus seiner Jacke.

Sein Weg führte ihn in Willemsens Zimmer im oberen Stock. Der Raum war kalt und trist. Gedankenverloren blickte sich Trevisan um. Welches Leben hatte Willemsen geführt? Welche Träume hatte er geträumt? War da nicht mehr als die Arbeit und die Monotonie eines Außenseiters? Schon bei der ersten Durchsuchung war ihm aufgefallen, dass es in Willemsens Zimmer kein einziges Bild gab. Keine Fotografie der Mutter, des Bruders oder irgendeines Menschen, der ihm etwas bedeutete. Wie stark muss jemand sein, der ein solches Leben erträgt? War Hansen seine einzige Bezugsperson gewesen? Langsam wurde ihm klar, was Willemsen für ein Mensch gewesen sein musste. In diesem Zimmer hatte nie jemand wirklich gelebt.

Eine Stunde später verließ Trevisan das Haus.

An Hansens Stammlokal stoppte er den Wagen. Es war kurz vor Mittag. Er betrat die Gaststube und suchte sich einen Platz am Fenster. Das Lokal war menschenleer. Es dauerte eine Weile, bis der Wirt erschien.

»Moin«, krächzte er. »Sie haben sich wohl verirrt?«

Trevisan lächelte und bestellte ein Bier. Sein Magen knurrte. »Gibt es bei Ihnen etwas zu essen?«

»Fisch und Bratkartoffeln«, erwiderte der Wirt. Trevisan nickte. Der Wirt verschwand in der Tür hinter dem Tresen. Nach wenigen Minuten servierte er das Essen.

»Sind Sie ein Feriengast?«, fragte er, nachdem er den Teller auf den Tisch gestellt hatte. Trevisan schüttelte den Kopf und präsentierte seine Dienstmarke.

»Aha, ich wunderte mich schon. Fremde verirren sich nur selten hierher. Sie kommen wegen Hansen?«

»Ich habe noch ein paar Fragen. Ihr Name ist ...«

»Nennen Sie mich Fietje, das tun hier alle«, fiel ihm der Wirt ins Wort. Dann zog er sich einen Stuhl heran.

»Also gut, Fietje. Willemsen soll bei Ihnen Stammgast gewesen sein. War er jemals in Begleitung?«

»Nach dem Tod von Hansens Frau waren sie fast jeden Tag bei mir. Sie aßen hier auch zu Mittag, sofern sie nicht draußen waren. Er war immer nur mit Hansen unterwegs. Wir nannten sie Vater und Sohn.«

»Was war Willemsen für ein Mensch?«, fragte Trevisan.

»Willemsen brauchte nicht viel«, antwortete Fietje. »Er war zufrieden, wenn sein Bier vor ihm stand und man ihm seine Ruhe ließ.«

»Hat er sich eigentlich für Politik interessiert?«

Fietje lachte. »Politik? Ich glaube, Willemsen war alles egal. Ich habe mich oft gefragt, ob ihn überhaupt etwas aus der Ruhe bringen kann.«

»Und Hansen?«

»Der war nicht anders. Natürlich war er sauer auf die Regierung, weil sie ständig die Fangquoten der Fabrikschiffe erhöhen. Aber das sind wir alle.«

»Hatte Willemsen einen Freund im Dorf?«

»Er saß am Stammtisch, aber mit ihm war nicht zu reden. Mehr als drei Worte sagte er selten.«

Trevisan fasste in seine Jacke und holte das zusammengefaltete Flugblatt hervor. Er zeigte es dem Wirt. »Haben Sie das schon mal gesehen?«

Fietje griff danach und überflog die Zeilen. »Da kam vor vier Wochen so ein Spinner in mein Lokal. Der hat die Dinger da verteilt. Ich habe ihn eigenhändig rausgeworfen. Ist das wichtig?«

Trevisan schüttelte den Kopf.

»Nein, vergessen Sie es. Es ist vollkommen unwichtig«, erwiderte er.

*

Horst Grevenstedt war früh aufgestanden. Hastig verschlang er sein Frühstück. Dann fuhr er hinaus nach Wangersiel. Er hatte alles besorgt. Der Wagen war vollgeladen. Nach einem kurzen Besuch bei Frau Trewes parkte er seinen Wagen direkt vor dem Schuppen. Quietschend schwang das Tor auf. Er suchte nach dem Maschinenöl. Es gab viel zu tun.

In der letzten Zeit hatte er öfter darüber nachgedacht, das Boot und den Schuppen zu verkaufen. Doch jedes Mal erinnerte er sich an die Worte, die sein Vater kurz vor dessen Tod zu ihm gesagt hatte. »Junge, das Bootshaus und das Boot ist alles, was ich dir hinterlassen kann, wenn ich sterbe. Denke stets daran, dass die See uns ernährt.«

Dies waren mehr als nur Worte. Dies war ein Vermächtnis. Darin lag der Sinn eines ganzen Lebens. Doch auch eine Verpflichtung ergab sich daraus. Die Verpflichtung eines Sohnes gegenüber seinem Vater. Horst Grevenstedt würde die Worte nie vergessen. Noch auf dem Sterbebett hatte sein Vater sie wiederholt.

Nun war er der Fischer von Horumersiel.

*

Er ließ das Schlauchboot zu Wasser und beeilte sich mit den Vorbereitungen. Heute war ein Feiertag. Ein Gedenktag. Er trug wieder den Anzug. Es waren die Farben des Todes. Schwarz und Lila. Nur deshalb hatte er den Anzug ausgesucht. Er blickte in den trüben Himmel. Zum Glück regnete es nicht.

Der Bootsschuppen lag über einen Kilometer entfernt. Seinen Wagen hatte er hinter einer Düne geparkt. Er hatte keine Angst. Bevor jemand etwas merken würde, wäre er längst wieder verschwunden. Er fürchtete nichts und niemanden, denn er wusste genau, dass alle bei ihm waren und ihn beschützten. Ihn umgab eine Aura der Unantastbarkeit. Er prüfte seine Ausrüstung. Ein zufriedenes Lächeln huschte über sein Gesicht. Dann stieg er in das Schlauchboot und nahm die Ruder zur Hand. In der Nacht war er in Gedanken jeden einzelnen Schritt seines Planes durchgegangen. Er wusste, dass seine Beute heute hierher kommen würde. Wenn man die Beute richtig studierte, lernte wie sie zu denken, wie sie zu fühlen und zu handeln, dann war man ihr immer einen Schritt voraus.

Er war schon ein ordentliches Stück vorangekommen. Schweiß rann über seine Stirn. Er kämpfte gegen die Strömung. Der Rückweg würde einfacher. Hinter der nächsten Biegung tauchte der kleine Schuppen auf. Er wirkte grotesk. Das Bootshaus war halb auf Land und halb in den Priel hinaus gebaut, der vor Jahren zu einem Kanal vertieft worden war und stetig vom Wasser des Jadebusens gespeist wurde. Stämmige Pfosten ragten aus dem Wasser. Die Pfeiler sorgten für eine Art Gleichgewicht, so wie auch er für die Balance sorgen musste. Langsam ruderte er auf das Haus zu. Er wusste genau, was ihn erwartete. Er würde aus dem Wasser kommen. Wie der Tod selbst. Auch nach ihm hatte damals der kalte und nasse Tod gegriffen. Doch ihn hatte er wieder ausgespuckt.

Vorsichtig ruderte er weiter, bis seine Hände das kalte und glitschige Holz des Pfeilers zu greifen bekamen. Beinahe wäre er abgerutscht. Er musste nachfassen. Er machte das Boot fest und steckte das Metallrohr in seinen Gürtel. Lautlos glitt er in das stinkende Wasser. Er schwamm auf das Tor zu. Die Bootslandungsanlage verbarg sich dahinter.

Ein paar Möwenschreie hallten durch die Einsamkeit, ansonsten herrschte Stille. Das Tor endete wie der restliche Überbau einen halben Meter über dem Wasser. Er war dankbar dafür, dass er in dieser Kloake nicht untertauchen musste. Lautlos schlich er sich die Schräge hinauf. An dem Geländer zog er sich voran. Er roch seine Beute. Ein leises Plätschern ließ ihn bewegungslos verharren. Noch verwehrte ihm die schräge Ebene einen Blick in das Bootshaus. Es stank nach frischer Farbe und ein rhythmisches Schleifen verriet ihm, dass seine Beute bei der Arbeit war. Lautlos schlich er voran. Dann sah er ihn. Grevenstedt kniete mit dem Rücken zu ihm am Boden. Das war seine Chance. Unhörbar stieg er aus dem Wasser und huschte auf sein Opfer zu. Er zog das Metallrohr aus seinem Gürtel. Als er nahe genug war, holte er zum Schlag aus. Der Mann schien ihn nicht zu bemerken. Wie einfach es doch war, dachte er. Plötzlich knackte es laut. Er war auf einen Holzpinsel getreten. Grevenstedt fuhr herum.

Erschrockene Augen starrten ihn an.

»Hey, was soll …!«

Der Schlag stoppte Grevenstedts Worte. Doch er verfehlte den Kopf und traf lediglich Grevenstedts Schulter. Grevenstedt sprang auf und stürzte auf ihn zu. Er versuchte auszuweichen, doch Grevenstedt war schneller. Beide gingen sie zu Boden. Er verlor das Metallrohr. Grevenstedt umfasste seinen Hals und drückte zu. Er wehrte sich verbissen. Es gelang ihm, Grevenstedt abzuschütteln. Er sprang auf und versuchte, das Metallrohr zu ergreifen, doch auch Grevenstedt kam wieder auf die Beine. Wo waren nur die Schutzengel?

Ihm blieb keine Zeit zum Nachdenken. Grevenstedt war wieder heran und schlug ihm kräftig gegen die Schulter. Er taumelte zurück und stolperte über einen Schemel. Der Eimer mit Farbe stürzte um und das fröhliche Hellblau verteilte sich auf dem traurigen Boden.

Grevenstedt setzte nach, doch er wirbelte bereits am Boden herum. Grevenstedts Angriff ging ins Leere. Er trat nach Grevenstedt, doch der Tritt ging fehl. Trotz seines Taucheranzuges sprang er auf wie ein Raubtier. Sein Blick erfasste das Regal vor ihm. Ein Hammer lag dort. Indessen drehte sich Grevenstedt wieder um. In seiner Hand hielt er ein Taschenmesser.

»Verschwinde hier … sonst erlebst du was …!«, stieß Grevenstedt atemlos hervor.

Er stürmte wieder auf ihn zu.

Grevenstedt wehrte den Angriff mit dem Taschenmesser ab. Die kurze Schneide drang in weiches Fleisch.

Er schrie auf. Der Schmerz war höllisch. Durch die Wucht des Stiches wurde er mit dem Rücken gegen das Regal geworfen. Eine Angelrute fiel herab.

Grevenstedt war heran. Doch bevor Grevenstedt ein zweites Mal zustechen konnte, hielt er den Hammer in der Hand. Er schlug zu. Wild und unkontrolliert. Der laute Aufschrei Grevenstedts verriet ihm, dass er getroffen hatte. Ein zweiter Schlag. Grevenstedts Gegenwehr erlahmte. Mit dem dritten Schlag stürzte Grevenstedt zu Boden.

Erschöpft blieb er stehen. Der Schmerz in der Nierengegend war infernalisch. Er griff sich an die Seite. Seine Hand war voller Blut.

»Du erbärmlicher Hund!«, stieß er hervor und trat mit dem Fuß gegen den regungslosen Leib.

Grevenstedt stöhnte. Sein Gesicht war blutüberströmt.

Rechts neben dem Regal hingen die Netze. Er schleifte den benommenen Grevenstedt ans Wasser und wickelte ihn in das Netz. Er verknotete das Ende des Netzes mit einer Schnur und band es an das Geländer. Grevenstedt sollte sich nicht noch einmal davonschleichen können. Bevor er den Besinnungslosen in das trübe Wasser warf, hob er das Taschenmesser auf und holte sich seine Trophäe.

Er wusch sich das Blut von den Händen und verließ das Bootshaus durch die Tür. Die Wunde ging nicht tief, doch sie brannte wie Feuer.

Als er wieder in seinem Schlauchboot saß, atmete er kräftig durch. Er löste die Leine und ließ sich einfach von der Strömung davontreiben. Das Blut rauschte in seinen Ohren und sein Herz hämmerte wild.

*

Eva Grevenstedt blickte nervös auf die Wohnzimmeruhr. So spät war Horst noch nie zurückgekommen. Vielleicht war er von Frau Trewes aufgehalten worden oder irgendetwas hatte nicht geklappt. Am Himmel zogen sich die Wolken zusammen. Es würde bald wieder regnen.

Eva Grevenstedt fühlte sich hilflos. Unerbittlich wanderten die Zeiger weiter. Es wurde sieben, es wurde acht und langsam legte sich ein dunkler Schleier über das Land.

Eva ging zum Telefon und wählte die Nummer von Frau Trewes. Sie wohnte etwa einen halben Kilometer vom Bootshaus entfernt. Vielleicht würde sie nachschauen, solange es noch einigermaßen hell war.

Frau Trewes war nicht mehr besonders gut zu Fuß. Eva zögerte. Sollte sie wirklich diese alte Frau in Aufregung versetzen?

Die innere Unruhe wurde unerträglich. Sie hatte Angst. Es war mehr als ein Gefühl. Sie nahm den Hörer ab und wählte. Es klingelte eine Weile, bevor die alte Frau sich endlich meldete.

»Hallo, Frau Trewes, hier ist Eva Grevenstedt. Mein Mann ist heute zum Bootshaus gefahren. Er wollte bis sechs Uhr wieder zurück sein. Jetzt ist es fast neun. Entschuldigen Sie, aber ich mache mir Sorgen. Vielleicht ist etwas passiert.« Eva bemühte sich bei aller Aufregung langsam und deutlich zu sprechen. Frau Trewes hörte nicht mehr gut.

»Ja, Horst war heute schon bei mir«, antwortete die alte Frau. »Er ist zum Bootshaus gefahren. Er müsste doch längst zurück sein. Ich werde mal nachsehen.«

Frau Trewes hörte die Angst in Evas Stimme. Sie war die Frau eines Fischers gewesen und kannte das Gefühl, in aller Ungewissheit und Sorge auf den Mann warten zu müssen. Eilends zog sie die dicke Strickjacke über und griff nach dem gelben Ölmantel. Draußen wehte ein kräftiger Wind und der Regen prasselte hernieder. Sie nahm eine Taschenlampe aus dem Schrank und schlang den dicken Schal um ihren Hals. Dann ging sie hinaus.

Wenn man so lange alleine leben musste, dann entwickelte man einen Sinn fürs Praktische. Die Taschenlampe entpuppte sich als äußerst nützlich, denn Nebel kam auf. »So'n Schiet, jetzt kommt's pottendick«, murmelte Frau Trewes, als sie sich durch den Regen kämpfte. Dafür hatte der starke Wind nachgelassen und wehte nur noch als leiser Zug. Frau Trewes überlegte die ganze Zeit, was Horst nur zugestoßen sein konnte. Vielleicht war er hinausgefahren. Den ganzen Tag hatte der Radiosprecher vor der steifen Brise, Windsprüngen und schwerer See gewarnt. Hoffentlich hatte Horst die Warnungen nicht überhört.

Schließlich erreichte sie das Bootshaus. Grevenstedts Wagen stand neben dem Schuppen. Horst war also noch immer hier.

»Horst, wo bist du!«, rief sie gegen das Wetter an. Keine Antwort. Sie zitterte. Wie ein knöcherner Finger strich der Strahl der Taschenlampe über das dunkle Gebäude. Ihr wurde angst und bange. Tapfer ging sie auf den Eingang zu. Knarrend schwang die Tür auf. Sie leuchtete in den dunklen Raum hinein. Der Lichtstrahl glitt über das Boot und blieb schließlich auf dem umgefallenen Holzschemel haften. Die blaue Farbe auf dem Boden glänzte bedrohlich. Hier war etwas passiert. Was sollte sie tun? Einen Augenblick lang dachte sie daran, sich einfach umzudrehen und wegzulaufen, doch sie fasste sich ein Herz und betrat den Schuppen. Vorsichtig tastete sie sich voran. Nirgends war eine Spur von Horst Grevenstedt. Das Regal war unordentlich. Einige Gegenstände darauf waren umgefallen. Eine Angelrute lag auf dem Boden. Mit schreckgeweiteten Augen sah sie den dunklen Fleck auf dem lehmigen Boden. Eine dunkle Spur, die zum Wasser führte. Sie ahnte, dass dies die Spur des Todes war. Sie folgte ihr. Ihr Herz hämmerte wild. Dann richtete sie die Taschenlampe auf das Wasser.

Ein markerschütternder Schrei drang hinaus in die Nacht.

*

Martin Trevisan legte seinen Arm um Angela und zog sie zu sich heran. Er hauchte ihr einen sanften Kuss auf die Wange und flüsterte ihr liebevoll ins Ohr: »Ich freue mich, dass du gekommen bist.«

Dann zog er seine Jacke über und ging zur Treppe.

»Paula, wir gehen. Pass auf und lass niemanden rein, klar!«, rief er gegen die Musik an. Gemeinsam verließen sie das Haus. Er freute sich auf diesen Abend. Ein nettes Essen bei Giovanni und danach ein Glas Wein.

Das *Roma* gehörte zu den Häusern der gehobenen Klasse. Entsprechend groß war auch der Andrang. Giovanni führte sie in eine ruhige Ecke des Restaurants. Sie bestellten eine Karaffe feinen piemontesischen Wein. Trevisan suchte in der Speisekarte nach dem passenden Gericht. Er hatte in den letzten Wochen drei Kilo zugenommen. Er überblätterte die

Nudelgerichte. Nach Fleisch stand ihm eher der Sinn.

Angela schloss ihre Karte. Sie blickte ihn fragend an. »Weißt du nicht, was du dir bestellen sollst?«

Trevisan schüttelte den Kopf. »Ich will nur aufpassen, dass ich mich bewusst ernähre. Es geht auf den Sommer zu.«

Angela lächelte. »Ich empfehle dir einen schönen gemischten Salat. Damit machst du bestimmt keinen Fehler.«

Er hasste Salat. Schließlich bestellte er Scampi.

»Es wird jetzt langsam Zeit Griechenland zu buchen, hast du dir schon etwas überlegt?«

Trevisan blickte Angela betroffen an. »Aber ich stecke doch noch mitten in der Arbeit.«

»In den Zeitungen hieß es doch, dass sich der Mörder bei seiner Verhaftung selbst erschossen hat«, sagte sie.

»Ach, was wissen die Zeitungen schon«, antwortete Trevisan. »Der Kerl kann niemals der Mörder gewesen sein.«

»Weshalb bist du dir so sicher?«

»Er konnte nicht tauchen«, antwortete Trevisan gereizt. »Er hatte es an der Lunge. Aber lass uns über etwas anderes reden. Ich habe Feierabend und das Thema passt nun wirklich nicht zum Kerzenlicht.«

Angela verstand. Ihr Gespräch verstummte, als sich der Ober näherte. »Scusi, Signore Commissario, Telefono!« Er deutete auf die kleine Zelle im Eingangsbereich. Trevisan erhob sich. Ein paar Minuten später kam er zurück.

»Entschuldige, ich muss sofort los, der Wangerland-Mörder hat wieder zugeschlagen«, sagte Trevisan niedergedrückt. Es war Samstag, der 10. Juni, und vom Sommer war nichts zu spüren.

20

Das Bootshaus lag mitten in der Einsamkeit, südlich der Landstraße nach Schillig nahe Wangersiel. An der Zufahrt stand ein einsames Wohnhaus. Licht schimmerte durch eines der Fenster. Vor dem Haus stand Dietmar Petermanns Dienstwagen. Trevisan hielt am Straßenrand und stieg aus. Vorsichtig öffnete er die Gartentür. Er kannte diese kleinen Anwesen außerhalb der besiedelten Gebiete. Dort war mit einem Hund zu rechnen und meist war es gleich einer von diesen großen und gefährlichen. Als er eintrat, blieb es ruhig. Er ging an den Büschen vorbei und direkt auf die Haustür zu. Nach zweimaligem Klingeln öffnete Dietmar Petermann die Tür.

Dietmars Gesicht war bleich. Er wirkte übermüdet. Entgegen seiner sonstigen Gepflogenheiten trug er einen dunklen Anzug. Sogar die Krawatte war passend ausgewählt. Er wirkte bedrückt. »Hallo, Martin. Du hast wohl schon gehört, er hat wieder zugeschlagen«, sagte er mit brüchiger Stimme.

»Ich weiß, Tina hat es mir schon am Telefon gesagt. Wer ist das Opfer?«

»Ein Arbeiter aus Altgarmssiel. Er hat hier einen Bootsschuppen. Horst Grevenstedt heißt er, ist siebenundvierzig Jahre alt und unseres Wissens vollkommen unbescholten.«

»Wie ist er umgekommen, weiß man schon etwas?«

»Er wurde in ein Netz gewickelt und wie ein Tier ersäuft«, flüsterte Dietmar betroffen.

»So wie bei Hansen«, murmelte Trevisan.

»Diesmal scheint es aber einen Kampf gegeben zu haben. Das ganze Bootshaus ist verwüstet.«

»Kann man mit der Frau reden?«

»Der Arzt ist gerade hier und hat ihr ein Beruhigungsmittel verabreicht. Sie hat einen schweren Schock erlitten. Sie ist schon über siebzig und hat Herzprobleme. Wir warten nur noch auf den Krankenwagen. Der Doktor hält es für besser, wenn sie ins Krankenhaus kommt. Zur Beobachtung.«

»Konntest du wenigstens noch mit ihr sprechen?«

Dietmar nickte. »Komm erst mal rein in die Küche. Der Tatort ist abgesperrt. Wir warten noch auf Kleinschmidt.«

Trevisan betrat das Haus. Dunkle, schwere Farben beherrschten den Flur, es roch muffig. Dietmar ging voraus. Er führte Trevisan in die Küche und setzte sich mit einem Seufzer auf die Eckbank. Trevisan nahm neben ihm Platz.

»Also?«

»Horst Grevenstedt ist heute um neun Uhr vorbeigekommen«, berichtete Dietmar. »Er hält immer kurz hier an, um Guten Tag zu sagen. Er wollte das Boot streichen und den Schuppen reparieren. Frau Trewes hat bis kurz vor sechs im Garten gearbeitet und ist dann ins Haus gegangen. Sie hat sich schon gewundert, dass Grevenstedt nicht schon längst an ihr vorbeigefahren war. Er wollte um fünf wieder gehen. Sie wurde kurz nach neun von Grevenstedts besorgter Frau angerufen. Anschließend ist sie bei anbrechender Dunkelheit zum Schuppen gelaufen. Dort fand sie Grevenstedt im Wasser.«

»War er an dem Tag anders als sonst, hat sie etwas darüber gesagt?«

»Nein, überhaupt nicht. Er war freundlich und höflich wie immer. Sie haben ein bisschen miteinander geplaudert.«

»Hat sie sonst noch etwas gesagt? Hat sie etwas Außergewöhnliches bemerkt?«

Dietmar Petermann blätterte in seinem Notizbuch. Dann fand er die gesuchte Stelle. »Heute nicht. Aber vor ein paar Tagen fuhr ein weißer Kleinwagen an ihr vorbei. Grevenstedt war an diesem Tag nicht im Schuppen. Frau Trewes sagte, dass sie im Garten gewesen sei. Der Wagen fuhr zum Schuppen hinüber. Etwa eine Stunde später tauchte er wieder auf.«

Trevisan spitzte die Ohren. »Kann sie etwas zum Fahrer sagen, hat sie ein Kennzeichen abgelesen oder sonst irgendetwas, das uns weiterhilft?«

»Den Fahrer hat sie nicht gesehen«, erwiderte Dietmar. »Auch das Kennzeichen hat sie sich nicht gemerkt. Aber sie sagt, dass der Wagen eine dunkle Tür auf der Beifahrerseite hatte. Außerdem fielen ihr zwei übergroße Aufkleber am Heck des Wagens auf. Einer davon zeigte einen Taucher.«

»Habt ihr schon eine Fahndung …?«

»Nein, ich wollte warten, bis du kommst.«

»Gut, dann übernimm es bitte gleich. Ein solcher Wagen müsste doch auffallen«, sagte Martin Trevisan. Insgeheim ärgerte er sich, dass Dietmar nicht sofort reagiert hatte. Manchmal war er ein bisschen schwerfällig.

Es klingelte. Dietmar erhob sich und ging zur Tür, bald darauf kehrte er wieder zurück. Trevisan blickte ihn fragend an.

»Die Rettungssanitäter. Ich habe sie nach oben geschickt«, erklärte er, ehe er sich wieder setzte.

»Grevenstedt war verheiratet?«

»Ja.«

»Du hast die Adresse seiner Frau?«

Dietmar nickte.

»Ich werde jetzt erst mal den Tatort besichtigen. Danach fahre ich zur Ehefrau des Mordopfers. Kümmere dich bitte gleich um die Fahndung. Wir treffen uns am Tatort. Es wäre schön, wenn du mich zu Grevenstedts Frau begleitest«, sagte Trevisan, ehe er nach draußen ging.

*

Am Bootsschuppen traf Trevisan auf Monika Sander und Till Schreier. Zwei uniformierte Polizisten sperrten die Straße ab. Von Kleinschmidt war noch nichts zu sehen. Auch die Ausrüstung der Spurensicherung war noch nicht am Tatort eingetroffen. Ihre einzigen Lichtquellen waren die Scheinwerfer der Wagen und ihre Taschenlampen.

»Es sieht furchtbar aus«, berichtete Monika. »Der Arzt war schon bei ihm. Grevenstedt hängt immer noch im Wasser. Der Arzt hat den Tod festgestellt. Er ist sich nicht sicher, ob das Opfer ertrunken ist oder erschlagen wurde.«

Trevisan betrat den Schuppen mit einem unangenehmen Gefühl in der Magengegend. Hier hatte heute ein Mensch sein Leben verloren. Eine alte Zigeunerin hatte vor Jahren einmal zu ihm gesagt, dass die Seelen der Ermordeten noch einen ganzen Tag in der Nähe ihres Körpers verbrachten, ehe sie in den Himmel aufstiegen. Er hatte die Worte der Frau nie mehr vergessen, obwohl er nicht daran glaubte. Trotzdem fühlte er seitdem eine innere Anspannung, wenn er sich in der Nähe eines Mordopfers aufhielt.

Die Spuren des heftigen Kampfes waren nicht zu übersehen. Die Farbe auf dem Boden, der umgestürzte Schemel, die zerbrochenen Regalbretter. Schließlich sah er das Blut und folgte der rotbraunen Schleifspur. Ein blutiger Hammer lag unweit des Wassers.

Blut sieht im Schein der Taschenlampe noch gespenstischer aus als bei Tageslicht, dachte er. Er ging hinüber zum Wasser. Die Leiche trieb mit dem Gesicht nach oben nur wenig unter der öligen Wasseroberfläche. Tote Augen blickten ihn an. Trevisan erschauderte.

Dann fiel sein Blick auf die Schnur, die vom Netz herüber zum Geländer verlief und dort festgebunden war. Es schien, als habe der Mörder verhindern wollen, dass die leichte Strömung die Leiche davontrug. Wollte er sichergehen, dass der Tote auch wirklich entdeckt wurde und nicht irgendwo im Siel versank?

Trevisan hatte genug gesehen. Er verließ den Schuppen und achtete peinlich darauf, keine Spuren zu verwischen.

»Es ist kein schöner Anblick«, sagte Till Schreier, als Trevisan durch die Tür ins Freie trat.

Kräftig atmete er die salzige Luft ein. »Das gleiche Bild wie bei Hansen. Das war zweifellos unser Mann. Wenn wir die Leiche aus dem Wasser ziehen, werden wir feststellen, dass ein Finger an der linken Hand fehlt«, prophezeite Trevisan.

Eine Viertelstunde später traf Kleinschmidt mit seinem Team ein.

*

Als Trevisan den Wagen vor der Garagenauffahrt parkte, war ihm unwohl. Es war eines der schwierigsten und traurigsten Kapitel der Polizeiarbeit. Er musste mit einer Frau reden, die gerade ihren Mann auf eine grausame Art und Weise verloren hatte.

Es hatte zu regnen begonnen, doch Trevisan bemerkte es nicht einmal. Dietmar Petermann war ebenfalls ausgestiegen und zog die Jacke über den Kopf. Es war kurz vor zwei Uhr mitten in der Nacht. Im Haus brannte noch Licht. Er schaute auf das liebevoll verzierte Türschild. *Familie Horst Grevenstedt* stand darauf. Ein Name, der verloren gegangen war. Unwiederbringlich.

Ein alter Mann öffnete auf das Klingeln.

»Guten Abend. Mein Name ist Martin Trevisan von der Kriminalpolizei und das ist mein Kollege Dietmar Petermann«, sagte Trevisan mit belegter Stimme. Guten Abend, hatte er gesagt. Wie schizophren diese Floskel angesichts des Grundes seines Besuchs doch wirken musste.

Der alte Mann nickte wortlos und trat einen Schritt zur Seite. »Sie sind alle im Wohnzimmer«, sagte er.

»Wer sind Sie, wenn ich fragen darf?«

»Ich bin ... das heißt, ich war Horsts Schwiegervater. Wissen Sie schon ... wer es war?«

Trevisan war überrascht. Ihm war nicht klar gewesen, dass die Grevenstedts Bescheid wussten. Fragend blickte er Petermann an, doch der zuckte nur mit den Schultern.

»Woher wissen Sie, was passiert ist?«, fragte Trevisan verwundert.

»Frau Trewes hat uns angerufen«, erwiderte der Alte. »Sie hat es meiner Tochter am Telefon gesagt.« Grevenstedts Schwiegervater führte die beiden Polizisten ins Wohnzimmer.

Schon als Trevisan eintrat, sah er den Schmerz in den Zügen der Frau. Ihre Augen waren rot geschwollen und ihr Gesicht bleich wie Mehl. Eine ältere Frau saß neben ihr auf der Couch und hielt ihre Hände. Auch sie hatte sich die Augen wund geweint.

»Die Herren sind von der Polizei«, sagte Grevenstedts Schwiegervater und bot Trevisan und Petermann Platz an. Trevisan lehnte dankend ab.

»Warum, warum macht ein Mensch so etwas?«, jammerte Frau Grevenstedt.

Trevisan blickte betroffen, doch die Antwort blieb er ihr schuldig. Er musste sich dazu zwingen, über ihren Schmerz hinwegzugehen. Sie war eine Zeugin, nicht mehr und nicht weniger. »Frau Grevenstedt. Mein Beileid. Es tut mir ...«

»Warum macht ein Mensch so etwas? Warum tötet er ... Ich ... ich kann es nicht fassen.« Ein Krampf schüttelte ihren Körper, doch ihre Augen blieben trocken. Alle Tränen waren bereits geweint.

Trevisan wartete eine Weile, bevor er seine Fragen stellte.

Er bemühte sich, klar und deutlich zu formulieren. Nach einer Weile überwand Eva Grevenstedt ihren Schmerz und antwortete ihm. Sie bestätigte, dass ihr Mann vorgehabt hatte, das Boot zu streichen. Sie erzählte, dass Horst Grevenstedt unmittelbar nach dem Frühstück aufgebrochen war. Er wollte gegen sechs Uhr wieder zurück sein.

Am Abend wollten sie gemeinsam eine Fernsehshow ansehen. Horst Grevenstedt hielt sich immer an solche Absprachen, und kam etwas Unvorhergesehenes dazwischen, dann rief er an. Grevenstedt spielte im Musikverein Trompete, sang im Kirchenchor und war Mitglied des Kirchengemeinderates. Eva Grevenstedt zeichnete das Bild eines liebevollen Vaters und eines herzlichen Ehemannes. Trevisan hatte das Gefühl, dass in dieser Beziehung noch sehr viel Liebe füreinander vorhanden war. Hansen kam ihm in den Sinn. Dessen Tochter hatte ihn ähnlich beschrieben.

»Kennen Sie einen Ole Hansen aus Wilhelmshaven? Hat Ihr Mann jemals diesen Namen erwähnt?«, fragte Trevisan ins Blaue hinein.

Frau Grevenstedt überlegte. Dann schüttelte sie den Kopf.

»Sagen Ihnen die Namen Gabler, Mijboer oder Willemsen etwas?«

Wiederum dachte sie eine Weile nach. »Willemsen habe ich schon einmal gehört. Ich weiß aber nicht mehr, in welchem Zusammenhang.«

»Bitte, ich weiß, es ist viel verlangt, aber könnten Sie noch mal darüber nachdenken? Es ist wichtig«, setzte Trevisan nach.

In ihrem Gehirn arbeitete es, doch schließlich schüttelte sie den Kopf.

Trevisan wusste, wie schwer es ihr fallen musste, sich angesichts des Todes ihres Mannes auf solche Nebensächlichkeiten zu konzentrieren. Er wechselte das Thema. Er wollte die Frau nicht zu sehr in die Enge treiben. Sie brauchte Zeit. »Ich habe noch eine Frage«, sagte Trevisan. »Gab es in der letzten Zeit einen ungewöhnlichen Vorfall? Etwas, das nicht in das Alltagsgeschehen passt, egal was. Alles kann wichtig sein.«

Eva Grevenstedt blickte Trevisan überrascht an. Schließlich schüttelte sie den Kopf.

»Ich habe im Augenblick keine Fragen mehr. Ich werde mich wieder bei Ihnen melden«, sagte er und wandte sich zum Gehen.

»Moment, da fällt mir doch noch etwas ein«, sagte Eva Grevenstedt. »Vor drei Wochen wurde bei uns eingebrochen. Wir haben die Polizei angerufen, aber Ihre Kollegen haben nichts festgestellt. Sie waren der Meinung, dass der Einbrecher gestört worden sein muss.«

»Vermissen Sie nichts? Ein Bild vielleicht?«

»Woher wissen Sie das?«, fragte sie entgeistert. »Seit dem Einbruch fehlt unser Hochzeitsbild aus dem Schlafzimmer. Wir bemerkten es erst, nachdem die Polizei wieder gegangen war.«

»Haben Sie das gemeldet?«, hakte Trevisan nach.

»Mein Mann wollte, aber er hat es dann wohl doch nicht getan«, entgegnete sie.

Eine halbe Stunde später geleitete der Schwiegervater Trevisan und Petermann zur Tür. Bevor sie das Haus verließen, stürzte Eva Grevenstedt ihnen nach. »Bitte, fassen Sie den Kerl. Sie müssen ihn kriegen. Ich will, dass er bestraft wird. Er hat mir meinen Mann genommen. Ich wünschte, er würde qualvoll sterben. Bitte, fassen Sie ihn … Sie müssen ihn …«

»Eva, hör auf! Reiß dich zusammen. Denk an die Kinder!«, schrie ihr Vater sie an.

Als sie das Wort *Kinder* hörte, wurde sie wieder ruhig.

»Entschuldigen Sie, Herr Kommissar. Ich weiß nicht mehr ein noch aus. Bitte verstehen Sie mich. Ich kann es einfach nicht glauben.«

Trevisan verstand.

Draußen regnete es in Strömen.

»Wohin fahren wir jetzt?«, fragte Dietmar, als sie wieder im Wagen saßen.

»Zurück an den Tatort, wohin sonst?«, antwortete Trevisan.

Es war drei Minuten nach fünf.

*

Sie fuhren auf der Landstraße nach Wangerwarden. Trevisan saß am Steuer und ging nochmals Stück für Stück das Gespräch mit Eva Grevenstedt durch. Sie musste ihren Mann sehr geliebt haben. Sie würde eine geraume Zeit brauchen, bis sie überhaupt registrierte, was geschehen war. Es würde eine schmerzvolle und tränenreiche Zeit werden.

»Glaubst du, er schlägt noch mal zu?«, unterbrach Dietmar Petermann die lastende Stille.

»Ich bin mir nicht sicher, aber es scheint ein Muster dahinterzustecken.«

»Wie kommst du darauf?«

»Erinnere dich an die *Helge*«, sagte Trevisan. »Er hätte den Kutter ganz einfach versenken können, in dem er die Ventile öffnet. Er hat es aber nicht getan. Im Fall Grevenstedt hätte er die Leiche ins Wasser werfen oder sogar versenken können. Aber auch das lag nicht in seiner Absicht. Im Gegenteil. Er hat den Mann in ein Netz gewickelt und das Netz sogar mit einer Schnur an das Geländer gebunden, damit er nicht untergeht oder von der Strömung mitgerissen wird. Er will auf sich aufmerksam machen.«

Sie fuhren durch Hohenkirchen und an Wangerwarden vorbei, ehe Trevisan nach links in Richtung Schillig abbog. Der Regen hatte nachgelassen.

»Warum tut er das?«, fragte Dietmar plötzlich.

»Darüber habe ich mir auch schon oft genug den Kopf zerbrochen. Ich glaube, die eigentlichen Ziele seiner Mordanschläge waren Hansen und Grevenstedt. Hast du Grevenstedts Leiche gesehen?«

»Nein, ich bin bei Frau Trewes geblieben«, antwortete Petermann.

»Grevenstedt trieb in ein Netz gewickelt im Wasser«, erklärte Trevisan. »Die Gerichtsmediziner werden die gleiche Todesursache feststellen wie bei Hansen. Da bin ich mir sicher. Grevenstedt wurde betäubt und dann ertränkt. Bestimmt wird ihm auch ein Finger fehlen.«

»Und was ist mit Gabler?«

»Da bin ich mir noch nicht ganz sicher.«

Trevisan musste stark bremsen. Ein Wagen war vor ihm aus einem Feldweg in die Straße eingebogen.

»Eigentlich muss ich mich bei dir entschuldigen«, sagte Dietmar nach einer Weile kleinlaut.

»Wieso?« Trevisan bemerkte seine innere Unruhe. Dietmar

richtete sich auf und blickte Trevisan an. Im Halbdunkel sah Trevisan seine funkelnden Augen.

»Ich habe dir nicht geglaubt«, antwortete Dietmar und strich sich über die Stirn. »Weißt du, Liebe, Habgier, Eifersucht, das alles sind Motive, mit denen ich etwas anfangen kann. Diese psychologischen Geschichten sind immer so undurchsichtig.«

Trevisan nickte stumm.

»Zwei Fragen beschäftigten mich schon eine ganze Weile. Vielleicht war ich auch deshalb skeptisch …«

»… und das wäre?«

»Die *Helge* war schon ausgelaufen, als die Männer darauf ermordet wurden. Wie kam er überhaupt an Bord?«

Trevisan überlegte. »Er hat offensichtlich ein Boot, er hat eine Taucherausrüstung gestohlen und er hat sich diesen Scooter auf Norderney besorgt. Außerdem scheint er sich mit der Seefahrt gut auszukennen.«

»Das mag alles richtig sein, aber die Nordsee ist groß. Hansen hätte auch weiter draußen oder gar in der Deutschen Bucht fischen können. Wie konnte er das Schiff finden?«

Die Frage war gut. Ein Schiff auf der Nordsee zu verfolgen, war das überhaupt möglich?

»Sagen wir, deine Annahme ist richtig, dann muss er gewusst haben, wohin Hansen an diesem Tag zum Fischen wollte«, murmelte Trevisan. »Dennoch ist der Borkumriffgrund ein großes Gebiet. Ein Schiff dort auszumachen, von dem man nur ungefähr weiß, wohin es fährt, ist nicht so einfach.« Dietmar Petermann hatte recht. Daran hatte Trevisan noch gar nicht gedacht. Er kam ins Grübeln. »Er muss also gewusst haben, wann Hansen auslaufen will …«

»… und er war schon längst an Bord«, vervollständigte Dietmar Trevisans Gedanken.

»Das muss es sein«, antwortete Trevisan. »Er war bereits an Bord, als die *Helge* auslief. Nur das macht Sinn. Nach der Tat fuhr er mit dem Schiff in die Nähe der Inseln und ging von Bord. Aus diesem Grund hat er auch den Scooter gestohlen. Und deine zweite Frage?«

»Warum hat er es sich so schwer gemacht?«, fragte Dietmar. »Er war alleine gegen drei. Er hätte doch warten können, bis er Hansen alleine begegnet. Auf der Fahrt zu seiner Tochter zum Beispiel.«

Diese Frage war fast noch besser als die erste. Trevisan hatte sie sich selbst schon ein paar Mal gestellt. Für den Mord an Hansen hätte es bestimmt bessere Möglichkeiten gegeben als auf dem Kutter. Der Anschlag hätte auch scheitern können. Mijboer war ein quirliger und drahtiger Kerl und Willemsen, noch ein Stück größer und kräftiger, konnte ebenfalls zupakken. Jeder von ihnen hätte den Täter wohl leicht überwältigen können. Nach Hinrichs Schilderung war der Harpunendieb von Aurich eher schmächtig. Der Mörder musste sich aus einem ganz speziellen Grund dieser Gefahr ausgesetzt haben. Doch was steckte dahinter?

21

Als Trevisan und Petermann am Bootshaus ankamen, war Horst Kleinschmidt mit seinem Team noch bei der Arbeit. Petermann blieb im Wagen sitzen.

Wieder musste Kleinschmidt mit den lauten Generatoren für ausreichend Strom sorgen, um den Tatort zu erhellen. Die Scheinwerfer streuten ihr grelles Licht in die Dunkelheit. Trevisan beschlich ein beklemmendes Gefühl. Er dachte an die Worte der Zigeunerin über die Seelen der Toten. Erst jetzt fiel ihm ein, dass er ganz vergessen hatte, nach einem Bild des Toten zu fragen. Zwar hatte Frau Trewes das Opfer eindeutig als Horst Grevenstedt identifiziert, doch Trevisan hätte gerne gewusst, wie Grevenstedt zu Lebzeiten ausgesehen hatte. Er ging durch den Regen hinüber zum Schuppen. Ein uniformierter Beamter im Regenponcho stand vor der Tür und begrüßte ihn.

»Es ist eine lausige Nacht. Sie können sich ruhig in Ihren Wagen setzen«, schrie Trevisan dem jungen Polizisten gegen den Lärm der Generatoren zu. »Ich glaube nicht, dass sich jemand zu dieser Zeit hierher verirrt.«

Der Polizist nickte dankbar, die Kollegen im Schuppen hatten ihn wohl längst vergessen. Trevisan blickte ihm nach, als er zu dem Streifenwagen hinüberging. Er dachte an seine Zeit als Streifenbeamter zurück. Er hatte diese Nächte gehasst. Sie waren ihm damals endlos vorgekommen.

Die Holztür knarrte, als er sie öffnete, doch die Generatoren überlagerten das Geräusch. Anscheinend war Grevenstedt nicht mehr dazu gekommen, die Scharniere zu ölen.

Monika Sander stand unweit der Tür. Sie fuhr herum, als Trevisan eintrat. Als sie ihn erkannte, entspannten sich ihre Züge.

Trevisans Blick fiel auf die kleinen, schwarzen Nummerntafeln, die auf dem Boden aufgestellt waren. Jede Nummer war eine Chance. Eine Chance für ihn, sich dem Täter zu nähern. Die Leiche war geborgen und lag hinter dem Boot. Ein Polizeifotograf machte Bilder.

»Sie sind bald fertig?«, rief Monika herüber.

Trevisan nickte.

Kleinschmidt und seine Männer steckten wieder in ihren weißen Spurensicherungsanzügen.

»Bist nur du hier?«

Monika nickte. Trevisan schaute sich um. Kleinschmidt stand vor der Leiche und redete mit dem Fotografen. Er schlenderte zu ihnen hinüber. »Habt ihr schon etwas Außergewöhnliches entdeckt?«, fragte Trevisan laut.

Kleinschmidt schüttelte den Kopf und sagte: »Männliche Leiche, identifiziert als Horst Grevenstedt. Papiere stecken im Geldbeutel der Hosentasche. Ihm wurde vermutlich mit dem Hammer auf den Kopf geschlagen, anschließend wurde er ins Netz gewickelt und ins Wasser geworfen. Das schwere Netz hat ihn unter Wasser gezogen. Entweder starb er durch die Schläge auf den Kopf oder er ertrank.«

»Sonst noch etwas?«

»Es hat offensichtlich einen Kampf gegeben.«

»Das sehe ich, und weiter?«

»Lass uns erst mal unsere Arbeit machen. Du bekommst übermorgen Bescheid. Beck hat dem Fall absolute Priorität eingeräumt. Alles andere bleibt liegen.«

»Du brauchst uns hier wohl nicht mehr?«, fragte Trevisan.

Kleinschmidt lächelte ihn an und nickte. Dann hob er die Hand zum Gruß und ging wieder zurück an seine Arbeit. Trevisan verließ zusammen mit Monika Sander den Schuppen. Draußen wurde es bereits hell. Noch bevor sie den Dienstwagen erreichten, kam Kleinschmidt ihnen nach. »Übrigens, dem Toten fehlt der kleine Finger der linken Hand. Er wurde oberhalb des ersten Gliedes abgetrennt. So wie bei Hansen.«

»Ich weiß«, entgegnete Trevisan und ließ Kleinschmidt verdutzt zurück.

*

Es war kurz nach sieben, als Trevisan in die Peterstraße einbog und den Dienstwagen abstellte. Er hatte Monika Sander und Dietmar Petermann nach Hause gefahren. Kleinschmidt würde wohl erst gegen Mittag mit der Spurensicherung fertig werden. Trevisan fuhr mit dem Aufzug aus der Garage und erkundigte sich bei dem Beamten des Bereitschaftsdienstes, ob die Fahndung nach dem weißen Kleinwagen auch wirklich bei der Einsatzzentrale angekommen war. Der Beamte bestätigte die Anfrage. Jetzt würden alle Polizeistreifen im Wangerland Ausschau nach dem PKW halten. Ein weißer Kleinwagen mit schwarzer Beifahrertür musste doch einfach auffallen.

Trevisan ging die Treppen hinauf und betrat sein Büro. Er war in Gedanken. Sie wussten nun schon allerhand über den Wangerland-Mörder. Er fuhr einen auffälligen Wagen, war Taucher und kannte sich mit den seemännischen Gepflogenheiten aus. Sie hatten sogar ein Phantombild von ihm, trotzdem tauchte der Mörder wie ein Geist aus der Dunkelheit auf und nach der Tat wieder darin unter. Wo hielt er sich zwischen den Taten auf? Er musste irgendwo schlafen, er musste essen und brauchte Lebensmittel.

Für Trevisan stand fest, dass der Mann viel über seine Opfer wusste. Doch woher stammte dieses Wissen? Er brach bei ihnen ein und stahl ihre Bilder. Weswegen tat er das?

Trevisan kam sich vor wie in einem Labyrinth, doch er bewegte sich im Kreis. Längst hatte er die Spur aufgenommen, doch egal, wie er es anstellte, er kam keinen Schritt weiter. Vielleicht hatte seine Vorgesetzte recht, vielleicht war er zu alt für die Mordermittlung, vielleicht waren seine Methoden nicht mehr zeitgemäß.

Möglicherweise war das Auto eine viel versprechende Spur. Es blieb ihm nichts anderes übrig als abzuwarten. Straßberg war eine Sackgasse gewesen, Bartel hatte nur Zeit gekostet und zu nichts geführt. Mittlerweile teilte Trevisan die Auffassung von Alex Uhlenbruch: Das Phantombild hatte mehr geschadet als genutzt. Noch immer waren Kollegen unterwegs, um allerlei Hinweisen nachzugehen.

Trevisan schob seinen Stuhl in die Ecke und schaltete den Computer ein. Er musste für die Staatsanwaltschaft einen Sofortbericht fertigen. Unnötige Formalitäten in seinen Augen. Was sollte er schreiben?

Er begann damit, die Adressenfelder auszufüllen. Unzählige hellgrüne Felder. Gott und die Welt mussten über den neuen Mord informiert werden. Er war mitten in seiner Arbeit, als das Telefon klingelte. Er nahm den Hörer ab und meldete sich. Frau Schulte-Westerbeck war in der Leitung.

»Herr Trevisan, ich warte nun schon seit einer Stunde auf Ihren Anruf«, klagte sie ungehalten. Die Begrüßung ersparte sie sich.

»Guten Morgen, Frau Schulte-Westerbeck«, entgegnete Trevisan gelassen. »Es wurde mir nicht ausgerichtet, dass ich zurückrufen soll.«

»Können Sie sich nicht vorstellen, dass es eine Selbstverständlichkeit ist, Ihre Vorgesetzten bei einem Fall solcher Brisanz zu informieren? Darüber gibt es sogar eine Dienstanweisung!«

Trevisans Gesicht lief rot an. »Es gibt für alles und jedes irgendein unnützes Papier«, murmelte er. Er blickte auf die Wanduhr. Es war kurz nach zehn.

»Trevisan, Ihr Ton gefällt mir nicht«, entgegnete sie.

Trevisan hatte nicht vor, sich weiter mit ihr zu unterhalten. »Hören Sie!«, sagte er. »Ich bin jetzt seit mehr als zwanzig Stunden auf den Beinen. Ich bin gestern Abend aus einem guten italienischen Restaurant geholt worden und direkt an den Tatort gefahren. Ich habe in die kalten Augen eines Ermordeten geschaut. Anschließend bin ich zu seiner Frau gefahren und habe ihr in das verweinte Gesicht gesehen. Für heute habe ich wirklich genug. Jetzt schreibe ich den Sofortbericht, dann gehe ich nach Hause und schlafe.«

»Wir sprechen uns morgen«, sagte sie aufgebracht. »Kommen Sie um acht in mein Büro!«

Das hatte Trevisan gerade noch gefehlt.

Kurz vor elf verließ er die Dienststelle. Kleinschmidt war noch immer nicht zurück.

*

Der Regen hatte aufgehört. Es war mild. Die Wolkendecke brach auf und die ersten Sonnenstrahlen bahnten sich ihren Weg durch das triste Grau. Er saß im Sand und blickte hinaus auf die sanften Wellen. Er genoss die frische Luft und schloss seine Augen. Alles war friedlich um ihn herum und auch tief in sich empfand er einen erlösenden Frieden. In dieser Nacht hatte er wie ein Kind geschlafen. Er hatte von einer unendlichen und beruhigenden Weite geträumt. Er war über eine grüne Wiese gelaufen und ein blauer Schleier hatte vor ihm im Wind getanzt. Dann war ihm das blaue Gesicht erschienen. Es hatte gelächelt. Engel tanzten im Reigen um einen Baum. Sie lachten und sie freuten sich. Überall glückliche Gesichter. Dann hatte ihn seine Mutter gerufen. Sie saß unter einem Baum auf einer Decke und streckte die Arme nach ihm aus. Er lief zu ihr und ließ sich in die geöffneten Arme fallen. Alles war so wunderschön.

Eine Schar kreischender Möwen riss ihn aus seinen Gedanken. Er erhob sich und schlenderte ein Stück den Weg entlang. Ein leichter Wind kam auf und strich ihm über das Gesicht. Heute war Sonntag, ein Feiertag. Das Schicksal hätte keinen besseren Tag wählen können. Er trug das Geschenk für seinen Vater in der Jackentasche. Langsam schlenderte er durch die Dünen. Er hatte Zeit. Zeit im Überfluss. Als er auf die Opferstätte zuging, fühlte er sich stark wie nie zuvor. Er griff in die Tasche und holte einen kleinen Karton hervor. Er kniete nieder und grub mit seinen Händen ein tiefes Loch in den sandigen Untergrund. Anschließend legte er den Karton hinein und faltete seine Hände.

»Vater, das ist mein Geschenk an dich. Ich widme es dir. Ich bitte dich, verzeih mir und höre mich an«, murmelte er leise. Dann schloss er erneut seine Augen und wartete. Es dauerte nicht lange, bis sich der Vater aus der Tiefe erhob. Sein Gesicht kämpfte sich durch eine Vielzahl von Farben und kam näher und näher, bis es schließlich harte und scharfe Konturen annahm. Er zitterte, als Vater zu ihm sprach. Er verstand die Worte nicht, obwohl er versuchte ihn zu verstehen. Es gelang ihm nicht. Es war, als stünde Vater hinter einer undurchdringlichen Glasscheibe. Die Angst kehrte zurück, doch diesmal wehrte er sich. Er kämpfte dagegen an. Er versuchte, die Glasscheibe zu zerschlagen. Schließlich verschwammen die Konturen. Sie wurden einfach weggeblasen wie Rauch an einem stürmischen Tag. Doch bevor sich das Gesicht ganz verflüchtigt hatte, schien ein Lächeln über die strengen Züge zu huschen.

Er öffnete die Augen. Die Helligkeit schmerzte. Er schüttete das Loch zu und vergrub die kleine Schachtel. Er wandte sich um und ging davon, ohne sich noch einmal umzudrehen. Ein weiter Weg lag vor ihm. Die Fähre zum Festland ging in fünfzig Minuten.

*

Als Martin Trevisan nach Hause zurückkehrte, saß Angela zusammen mit Paula beim Mittagessen. Sie hatten auf ihn gewartet.

»Hallo, Martin, hast du Hunger?«, fragte Angela.

Trevisan schüttelte den Kopf. Er fühlte sich müde und ausgelaugt. Seine Augen waren gerötet, die Haut war weiß und durchscheinend. Schon alleine die Fahrt von der Dienststelle nach Sande war eine einzige Tortur gewesen.

Er wollte jetzt nur noch in sein Bett und schlafen.

22

Trevisan betrat kurz vor acht das Dienstgebäude. Bestimmt hatte Anke Schulte-Westerbeck schon ihre Messer gewetzt. Bevor er zu ihr in den vierten Stock ging, schaute er noch in seinem Büro vorbei. Vielleicht hatte ihm Kleinschmidt eine Nachricht zukommen lassen. Auf seinem Schreibtisch lag ein Zettel. Er blickte auf die Uhr. Er hatte noch vier Minuten. Er griff zum Telefon und wählte Kleinschmidts Nummer, doch niemand meldete sich.

Mit dem Aufzug fuhr er in den vierten Stock. Als er am Zimmer der Chefin klopfte, atmete er noch einmal durch. Er hatte sich vorgenommen, höflich zu bleiben.

Ein leises »Herein« ertönte, er öffnete die Tür.

Anke Schulte-Westerbeck saß hinter ihrem Schreibtisch und blickte auf. »Ah, Trevisan. Heute pünktlich«, stellte sie fest. Es war zwei Minuten nach acht. Mit einer einladenden Geste bot sie ihm einen Platz an. »Möchten Sie einen Kaffee?«, fragte sie freundlich.

Trevisan war verblüfft. Er hatte sich auf eine Strafpredigt eingestellt, doch mit keiner Miene verriet sie, dass sie noch immer ärgerlich war. Eher das Gegenteil war der Fall.

»Herr Trevisan, ich wollte Ihnen gestern keineswegs zu nahe treten. Sie sollten aber auch meinen Standpunkt verstehen. Schließlich stehe ich in der Öffentlichkeit. Es vergeht kaum ein Tag, an dem ich nicht wegen der Mordserie angegangen werde. Was soll ich sagen, ohne ausreichende Informationen?« Sie lächelte.

Trevisan achtete auf den Unterton in ihrer Stimme. Ihre Worte klangen ehrlich, doch traute er dem Frieden nicht.

»Herr Trevisan, ich weiß, dass Sie und Herr Beck Freunde sind. Viele sähen lieber ihn als mich auf dem Chefsessel sitzen, aber die Dinge entwickeln sich manchmal anders. Ich kann nichts dafür und ehrlich gesagt, fühle ich mich dafür auch nicht verantwortlich. Es gibt hier die unterschiedlichsten Strömungen, aber ich sehe nicht ein, mich in irgendeine Richtung zu beugen. Es ist nicht leicht, vor allem als Frau, in diesem Beruf seinen Mann zu stehen, wenn Sie verstehen, was ich meine.«

Wieder legte sie eine Pause ein und musterte Trevisan aufmerksam. Ihm schien es fast, als ob sie etwas im Schilde führte.

»Ich möchte Sie deshalb bitten, dass Sie mir künftig direkt Meldung machen, wenn es im Falle des Wangerland-Mörders irgendwelche Veränderungen gibt. Haben Sie ein Problem damit?«

Ihr durchdringender Blick lastete auf ihm.

»Ich habe damit überhaupt keine Probleme«, erwiderte Trevisan. Er sah, wie sich ihre Haltung entspannte.

»Wer wird die weiteren Ermittlungen führen?«, fragte Trevisan nach einer Weile.

Sie ließ sich in ihren Stuhl sinken. »Ich bin zu der Auffassung gelangt, dass Sie der richtige Mann sind. Allerdings ist dies ein Fall von besonderer Brisanz. Ergänzend zu Ihren Ermittlungen habe ich um Unterstützung gebeten. Wir erwarten einen Profiler vom LKA. Sie werden den Mann einweisen. Er wird Ihnen zur Seite stehen.«

Trevisans Miene verdunkelte sich. Er hielt nichts von diesem neumodischen Schnickschnack. Wie sollte man mittels Ferndiagnose einen Mörder überführen?

Die Tür wurde geöffnet und die Sekretärin stellte zwei Tassen Kaffee auf den Schreibtisch. Angesichts der Unterbrechung verkniff sich Trevisan seinen bissigen Kommentar und spülte seinen Ärger mit einem Schluck Kaffee hinunter. Innerlich kochte er. »Wie soll diese Zusammenarbeit aussehen?«, fragte er spitz.

»Sie haben nach wie vor in ermittlungstaktischer Hinsicht die Führung, der Profiler übernimmt lediglich beratende Funktion. Wir werden uns alle zwei Tage zu einer Lagebesprechung in meinem Büro treffen. Ich denke, das lässt sich einrichten.«

Trevisan verstand. Die lange Leine. Nicht mehr und nicht weniger, und dann noch einen Besserwisser an seiner Seite.

»Herr Trevisan, das war vorerst alles. Ich erwarte Sie heute um 15.00 Uhr. Dann wird der Mann hier eintreffen.«

*

Kleinschmidt stand an der Pinnwand in der Ecke seines Büros und wandte sich um, als Trevisan eintrat.

»Endlich, ich dachte schon, du hättest verschlafen«, begrüßte er seinen Kollegen.

»Guten Morgen, Horst«, entgegnete Trevisan gedrückt und ließ sich mit einem Seufzer auf einem Stuhl nieder.

»Hey, was ist mit dir los? Welche Laus ist dir denn über die Leber gelaufen?«

Trevisan erzählte ihm von der Unterredung mit der Vorgesetzten. Kleinschmidt hörte empört zu.

»So etwas habe ich mir schon gedacht«, antwortete er verschmitzt. »Sie gehört zu dieser Yuppie-Generation, von denen immer mehr in unseren Reihen auftauchen. Vollgestopft mit Theorie und hohlen Phrasen, nur noch ihre Karriere im Kopf und von der eigentlichen Polizeiarbeit keine Ahnung. Manchmal wundere ich mich, dass wir überhaupt noch einen Verbrecher fangen. Es gibt anscheinend doch noch dümmere als uns.«

Trevisan nickte. »Du hast etwas herausgefunden?«, fragte er schließlich. Ihm war nach einem Themenwechsel.

»Ja, deshalb wollte ich dich sprechen. Wir haben gestern noch bis zum Abend gearbeitet. Der Bereitschaftsdienst des Rechtsmedizinischen Instituts hat mich verständigt. Auf dem sichergestellten Hammer, mit dem Grevenstedt aller Wahrscheinlichkeit nach erschlagen wurde, fanden wir Blut, das möglicherweise vom Täter stammt. Zumindest wurden zwei unterschiedliche Blutgruppen festgestellt. Außerdem war da noch ein sauberer Daumenabdruck, möglicherweise auch vom Täter. Ich bekomme bis heute Mittag Bescheid.«

»Das ist die erste gute Nachricht, die ich seit Tagen zu hören bekomme«, sagte Trevisan mit einem Lächeln.

»Möglicherweise bringt uns eine DNA-Analyse weiter«, fuhr Kleinschmidt fort.

»Lass uns erst einmal abwarten, ob sich das Untersuchungsergebnis bestätigt«, erwiderte Trevisan, bevor er sich erhob. »Es sind schon so viele hoffnungsvolle Spuren im Sande verlaufen, dass ich mir erst Gedanken mache, wenn es so weit ist.« Er sah zur Uhr. Es war kurz nach neun. Er hatte sich für heute noch einiges vorgenommen.

Bevor er das Zimmer verließ, sagte Kleinschmidt zu ihm: »Martin, ich weiß, dass du ein guter Polizist bist. Du sollst wissen, dass wir voll hinter dir stehen.«

»Danke«, antwortete Trevisan und schloss die Tür.

*

Trevisan führte ein kurzes Telefongespräch mit Frau Lenz, der Zeugin vom Restaurant in Wittmund, die die ersten Hinweise auf den weißen Kleinwagen und den jungen Mann gegeben hatte. Trevisan zweifelte nicht daran, dass sie damals dem Wangerland-Mörder gegenübergestanden hatte. Zwar hatte Till bereits mit ihr gesprochen, doch vielleicht würde ihr nach den neuen Erkenntnissen zu dem Wagen noch etwas einfallen. Manchmal genügte es, wenn man dem Gedächtnis auf die Sprünge half. Sie war zu Hause und würde auf ihn warten. Bevor er in die Tiefgarage ging, gab er Monika Sander Bescheid.

Als er in Wittmund vor dem Einfamilienhaus stoppte, sah er den großen Hund, der auf dem gegenüberliegenden Grundstück aufgeregt hin und her lief. Es schien, als ob ihn der Hund erwartete. Trevisan überquerte die Fahrbahn. Der Hund bellte laut. Noch bevor Trevisan den Gehweg erreichte, kam eine ältere Frau aus dem Haus. Sie trug eine blaue Kittelschürze und hatte ihr Haar hochgesteckt. Ein kurzer Pfiff und der Hund verstummte.

Neugierig musterte die Frau Trevisan. Trevisan grüßte freundlich.

»Sind Sie der Kriminalbeamte aus Wilhelmshaven?«, fragte sie leise. Trevisan zückte seinen Dienstausweis.

»Kommen Sie nur herein«, sagte sie schließlich. Die Frau führte ihn in das Haus. Bevor sie die Tür schloss, schaute sie sich draußen verstohlen um.

»Ich will nicht, dass die Nachbarn denken, wir hätten etwas mit der Polizei zu tun«, erklärte sie. Sie führte Trevisan in die Küche. Er nahm auf der Eckbank Platz. Auf dem Tisch lag die Tageszeitung.

Das Monster vom Wangerland schlägt erneut zu, stand in großen Buchstaben auf der ersten Seite. Ihm fiel ein, dass er heute noch überhaupt nicht zum Lesen der Zeitung gekommen war. Er hatte die ganze Nacht schlecht geschlafen, war mit heftigen Kopfschmerzen aufgewacht und hatte anschließend lange und ausgiebig geduscht.

Als sich Frau Lenz gegenüber auf den Stuhl setzte, blickte er von der Zeitung auf.

»Er hat es wieder getan, oder?«, fragte sie voller Sorge.

Trevisan nickte stumm.

»Werden Sie ihn erwischen?«

»Ich denke schon, aber es braucht seine Zeit«, entgegnete Trevisan.

»Möchten Sie einen Kaffee und ein paar Plätzchen?«

Trevisan spürte seinen Magen. Er hatte Hunger, trotzdem lehnte er dankend ab. Er hatte nur noch wenig Zeit.

»Ich wundere mich, dass die Polizei noch einmal mit mir reden will«, sagte Frau Lenz. »Ich habe doch schon damals alles gesagt.«

»Damals war ein Kollege hier«, erklärte Trevisan. »Ich habe Ihre Aussage gelesen. Daraus haben sich für mich noch ein paar Fragen ergeben.«

»Also gut, dann fragen Sie.«

»Sie haben ausgesagt, dass Sie sich damals mit dem jungen Mann unterhalten haben. Wissen Sie noch, worüber Sie gesprochen haben?«

»Ich sagte es doch schon. Er gab sich für einen Jogger aus. Aber das war eine Lüge. Er trug zwar einen Jogginganzug …«

»Wissen Sie noch, wie der Sportanzug aussah?«, unterbrach Trevisan.

Frau Lenz überlegte. »Er war schwarz.«

Trevisan hatte insgeheim gehofft, dass die Frage ihn weiterbringen würde.

»Warten Sie …ich glaube, die Ärmel hatten eine andere Farbe …, ja, ich denke, sie waren in Lila abgesetzt.«

Trevisan horchte auf. »Können Sie sich noch an ein paar Einzelheiten zum Auto erinnern?«

Nachdenklich schwieg sie einen Moment. Trevisan ließ ihr Zeit.

»Ich sagte doch schon, es war ein weißer Kleinwagen«, erwiderte sie. »Ein älteres Modell. Mein Mann sagte, es sei ein ausländisches Fabrikat. Ich erinnere mich genau. Weil der

Wagen nicht ansprang, machte er eine abfällige Bemerkung darüber. Wissen Sie, mein Mann fährt einen Mercedes und hatte noch nie Probleme damit.«

Trevisan verstand. Er wiederholte seine Frage. Frau Lenz konzentrierte sich, doch sie schüttelte den Kopf.

Trevisan war ein wenig enttäuscht, er hatte sich mehr erhofft. Zumindest eine Bestätigung von Frau Trewes Angaben. Er erhob sich und dankte Frau Lenz.

Sie brachte ihn zur Tür.

»Als der Wagen davonfuhr, müssen Sie ihn doch von hinten gesehen haben«, sagte Trevisan. »Gab es dort vielleicht einen Aufkleber oder eine ...«

Frau Lenz griff sich an die Stirn. »Jetzt, wo Sie es sagen. Moment, ich stand zuerst vor dem Wagen, dann fuhr er an mir vorbei und hinten ... ja, hinten war etwas. Es war zwar schon dunkel, aber es dürfte kein Schatten gewesen sein. Es war ein unförmiges Gebilde. Aber fragen Sie mich bitte nicht, was es war.«

Trevisan griff in seine Jackentasche und zog einen Autoaufkleber hervor. Der Schattenriss eines Tauchers, den er sich zuvor im Tauchsportladen in Wilhelmshaven besorgt hatte. Er reichte ihn der alten Frau. Sie betrachtete den Aufkleber lange und nachdenklich. Trevisan spürte, wie es in ihrem Gehirn arbeitete.

Schließlich reichte sie ihn zurück und sagte: »Ich weiß es nicht sicher, aber ich glaube, der auf dem Wagen sah ähnlich aus. Nur war er viel größer.«

Trevisan hatte genug erfahren. Er verließ das Grundstück durch die Gartentür. Der Hund nahm keine Notiz von ihm.

*

Es war kurz nach eins. Trevisan hielt an einer Bäckerei an und kaufte zwei Rosinenbrötchen. Mit Heißhunger verspeiste er eines während der Fahrt. Er griff zum Funktelefon und rief Monika Sander an. Er bat sie, dafür zu sorgen, dass sich alle Kollegen des 1. Fachkommissariats um 14.00 Uhr im Besprechungszimmer einfanden. Kurz vor zwei parkte er seinen Dienstwagen in der Tiefgarage.

Im Konferenzzimmer hatten sich bereits alle versammelt.

An der großen Pinnwand gegenüber waren Aufnahmen vom Tatort *Grevenstedt* hinzugekommen.

»Kleinschmidt lässt dir ausrichten, dass der Vortest bestätigt wurde«, sagte Monika. »Das Blut auf der Schlagfläche des Hammers stammt von Grevenstedt, das Blut auf dem Stiel müsste demnach vom Täter stammen. Er hat über die Staatsanwaltschaft eine DNA-Analyse veranlasst.«

»Das ist gut, hoffentlich bringt uns das diesmal weiter«, erwiderte Trevisan.

Schließlich berichtete er von seinem Gespräch mit Anke Schulte-Westerbeck. Unruhe machte sich breit.

»Wofür hält sie sich denn?«, warf Dietmar Petermann erbost ein.

»Ich weiß ehrlich gesagt auch nicht, was ich davon halten soll«, erklärte Trevisan ruhig. »Dennoch dürfen wir in unseren Bemühungen nicht nachlassen. Wir wissen schon sehr viel über den Täter. Trotzdem sind wir von ihm noch genauso weit entfernt wie am ersten Tag.«

»Ich finde nicht richtig, was sie tut«, warf Monika ein. »Sie scheint uns wohl für blöde zu halten.«

»Ich denke, es ist am besten, wir konzentrieren uns einfach nur auf unsere Arbeit«, sagte Till Schreier.

»Till hat recht«, ergriff Trevisan das Wort. »Wir wissen ungefähr, wie er aussieht, wir wissen ungefähr, welchen Wagen er fährt, wir wissen, dass er seine Opfer studiert und zuvor in ihre Häuser einbricht, um an ein Bild von ihnen zu kommen. Er hat Ahnung vom Tauchen und kennt sich mit Sicherheit auch in nautischen Belangen aus. Außerdem scheint er für die Farben Schwarz und Lila eine besondere Vorliebe zu haben. Möglicherweise wissen wir sogar bald, welchen DNA-Schlüssel seine Körperzellen haben. Er geht mit äußerster Brutalität vor und scheut bei seinen Taten kein Risiko. Hinter der Tatausführung muss eine bestimmte Strategie stecken. Gabler, Willemsen und Mijboer sind Zufallsopfer. Das bedeutet, der Schlüssel zum Täter führt über Hansen und Grevenstedt«, resümierte Trevisan.

»Beängstigend an der ganzen Sache ist, dass wir eigentlich sehr viel wissen und trotzdem keine konkrete Spur von ihm haben«, warf Till ein.

»Till hat recht«, sagte Monika. »Als das Phantombild in der Zeitung veröffentlicht wurde, gingen unzählige Anrufe hier ein. Kein einziger führte zum Erfolg. Obwohl das Phantombild noch immer an allen Polizeidienststellen und an vielen öffentlichen Gebäuden aushängt, ist die Resonanz jetzt gleich Null.«

»Vielleicht hat er sein Aussehen verändert«, erwiderte Tina Harloff.

Trevisan hatte diese Eventualität ebenfalls in Erwägung gezogen, doch es gab noch eine andere Möglichkeit. »Es könnte aber auch sein, dass er sich irgendwo versteckt. Das würde ins Bild passen. Er erscheint mir menschenscheu. Ich glaube nicht, dass er in einer Stadt lebt.«

»Er kann überall sein. Die Harpune klaute er in Aurich, den Scooter auf Norderney und den Taucheranzug in Norden«, gab Alex Uhlenbruch zu bedenken.

»Das ist schon richtig, aber die Morde beging er allesamt im Wangerland«, sagte Trevisan. »Wenn man davon ausgeht, dass er seine Opfer studiert, dann muss er sich die meiste Zeit hier in der Gegend aufhalten.«

»Aber dann muss er doch auch unterwegs gewesen sein. Dann hätte man ihn doch sehen müssen«, erwiderte Dietmar Petermann.

»Wer achtet schon auf einen Mann, der in einem Wagen sitzt«, entgegnete Monika.

»Genau, der Wagen kann der Schlüssel sein«, bestätigte Trevisan. »Ich war heute noch einmal bei Frau Lenz, die den ersten Hinweis auf den Wagen gab. Ich bin überzeugt, dass sie mit unserem Mann vor dem Gasthaus in Wittmund gesprochen hat. Es ist ein weißer Kleinwagen. Am Heck befindet sich ein Aufkleber, der einen Taucher zeigt. Sie hat das Auto nur von der Fahrerseite gesehen, deshalb kann sie nichts über die Beifahrertür sagen.«

»Frau Trewes sagte etwas von zwei Aufklebern«, fügte Dietmar hinzu. »Sie meinte auch, einen Taucher erkannt zu haben. Außerdem war eine Tür schwarz.«

»Dann müssen wir die Fahndung nach dem Wagen intensivieren«, warf Till ein. »Meinst du, wir sollten Einzelheiten an die Medien …«

»Dann wird er den Wagen stehen lassen und sich einen anderen besorgen«, gab Trevisan zu bedenken.

»Wie sollen wir weiter vorgehen?«, fragte Monika Sander.

Trevisan überlegte und spielte dabei mit seinem Kugelschreiber. Schließlich sagte er: »Er stammt offensichtlich hier aus dieser Gegend. Irgendwann hat er tauchen gelernt. Monika, Till, Alex und Tina, ihr überprüft alle Tauchclubs und Tauchschulen, die es hier so gibt. Es sind mit Sicherheit nicht wenige. Lasst euch die Mitgliederlisten zeigen. Nehmt ein Phantombild mit und denkt daran, dass ihm möglicherweise ein Finger an der Hand fehlt. Teilt euch das Gebiet. Beginnt in Norden und hier in Wilhelmshaven. Dietmar und ich kümmern uns um Grevenstedt und Hansen. Wir haben keine Zeit zu verlieren. Ich bin sicher, er ist noch lange nicht am Ende.«

Es war drei Minuten vor drei. Draußen türmten sich schon wieder dunkelgraue Wolken am Himmel.

*

Als Trevisan sieben Minuten später den Aufzug betrat, ärgerte er sich darüber, dass er nicht auf die Uhr geachtet hatte. Nun würde er wieder zu spät zur Besprechung kommen.

Bevor er an die Tür klopfte, richtete er seine Krawatte und ordnete seine Kleidung. Anke Schulte-Westerbeck saß am Tisch. Eine junge Frau saß ihr gegenüber.

Sein fragender Blick blieb der Polizeichefin nicht verborgen. Sie erhob sich und wandte sich der Unbekannten zu. »Darf ich vorstellen: Herr Trevisan, Leiter der Mordkommission«, sagte sie, dann wandte sie sich Trevisan zu. »Frau Martinson ist Psychologin und arbeitet für die Staatsanwaltschaft und die Hamburger Polizei als Profilerin. Sie wurde uns über das Landeskriminalamt vermittelt und wird an diesem Fall mitarbeiten. Sie wird ein Täterprofil erstellen und Ihnen bei den Ermittlungen helfen. Sie ist für die nächsten vier Wochen zu uns abgeordnet. Herr Trevisan, Sie werden sich um sie kümmern!«

Trevisan schaute sich die Frau an. Sie war etwa dreißig Jahre alt, sehr konservativ gekleidet, trug eine altmodische Brille und hatte ihre braunen Haare hochgesteckt.

»Und? Gefalle ich Ihnen?«

Trevisan zuckte zusammen. Sie hatte seinen prüfenden Blick bemerkt. Es war ihm peinlich. »Entschuldigen Sie, aber …«

»Schon gut, ich bin das gewohnt«, fiel ihm die Psychologin ins Wort.

»Ich denke, es ist am besten, wenn Sie sich gleich in die Materie einarbeiten«, mischte sich Anke Schulte-Westerbeck in die Unterhaltung ein.

Trevisan nickte.

Er wusste nicht, was er von der Sache halten sollte.

23

Im Bereich der ostfriesischen Inseln und dem Wangerland gab es vierundsechzig Tauchschulen, dazu kamen noch neunundzwanzig Tauchclubs und Tauchsportvereine. Die privaten Tauchlehrer nicht mit eingerechnet. Außerdem konnte es durchaus sein, dass der Wangerland-Mörder das Tauchen sonst irgendwo auf der Welt, bei einer Feuerwehr, dem Technischen Hilfswerk, der Bundeswehr oder bei der Seenotrettung erlernt hatte. Dennoch gingen sie mit Eifer der vagen Spur nach. Sie vertrauten Trevisans Riecher, denn schon mehr als einmal war sein Plan aufgegangen.

Monika Sander war am frühen Morgen mit Alex Uhlenbruch aufgebrochen, um in das achtzig Kilometer entfernte Norden zu fahren und dort mit den Recherchen zu beginnen. Drei Tauchschulen und einen Tauchclub hatten sie schon vergeblich aufgesucht. Weder das Phantombild brachte sie weiter, noch erinnerte sich jemand an einen Mann, an dessen Hand ein Finger fehlte. Till Schreier und Tina Harloff versuchten ihr Glück in der Gegend von Wilhelmshaven. Doch ihnen erging es nicht besser.

Dietmar Petermann kümmerte sich nochmals um Kapitän Hansen, doch er hatte wenig Hoffnung auf etwas Neues zu stoßen. Das Buch *Ole Hansen* lag offen ausgebreitet vor ihnen. Ein neues Kapitel darin zu entdecken wäre eine Überraschung.

*

Trevisan hatte sich nach einer kurzen Einsatzbesprechung einen Dienstwagen besorgt. Er rief im Krankenhaus an und erkundigte sich nach dem Befinden von Frau Trewes. Der Arzt vertröstete ihn auf die nächste Woche. Der Anblick des Toten hatte sie schwer mitgenommen. Innerlich fluchte Trevisan. Als er das Büro verließ, begegnete ihm die Psychologin vom LKA, Margot Martinson, auf dem Gang. Sie trug dieselbe Kleidung wie gestern. Trevisan erwiderte mürrisch ihren Gruß.

»Mir scheint, ich komme gerade rechtzeitig«, sagte sie.

Trevisan schüttelte den Kopf. »Es tut mit leid, ich muss weg. Ermittlungen, Sie verstehen!«

Sie nickte und als er an ihr vorüberging, drehte sie sich um und lief neben ihm her.

»Es ist wohl das Beste, wenn ich Sie begleite. Dann können wir während der Fahrt über den Fall reden«, bemerkte sie und fuhr sich durch das Haar.

Trevisan blieb stehen. »Im Konferenzzimmer am Ende des Ganges habe ich die Akten für Sie auflegen lassen. Es erscheint mir sinnvoll, dass Sie die Einzelheiten über die Mordfälle erfahren.«

»Sie wollen mich wohl mit einem Berg Akten zuschütten und kaltstellen. Ich höre mir aber gerne erst einmal an, was der Sachbearbeiter selbst über den Fall denkt. Das erscheint mir sehr wichtig. Schließlich soll ich aus dem Gesamtbild, das Sie bislang zusammengetragen haben, ein Profil des Täters erstellen.«

Trevisan spürte, dass er sie so leicht nicht loswerden würde. »Sind Sie gestern Abend noch irgendwo untergekommen?«, fragte er, um die Unterhaltung in eine andere Bahn zu lenken.

»Ich wohne im Hotel *Fürstenwerth*«, antwortete sie. »Das ist gerade mal drei Straßen weiter.« Sie folgte ihm in den Aufzug. Nachdem sich die Türen geschlossen hatten, sagte sie: »Herr Trevisan, ich hatte schon gestern den Eindruck, dass Sie nicht gerade glücklich über mein Erscheinen sind. Aber ich bin nicht Ihre Gegnerin. Ich sehe mich eher in einer Beraterrolle.«

Trevisan hörte wortlos zu.

»Man muss nicht Psychologie studiert haben, um zu erkennen, dass Ihr Verhältnis zu Ihrer Chefin, gelinde gesagt, etwas angespannt ist«, fuhr Martinson fort. Der Blick ihrer Augen lag auf Trevisan, doch dessen Miene blieb unverändert. Als der Aufzug in der Tiefgarage ankam, folgte Margot Martinson Trevisan zum Wagen.

»Egal, welche Probleme Sie mit Frau Schulte-Westerbeck haben, es sind nicht meine Probleme. Ich möchte in Ihren Konflikt nicht hineingezogen werden, auch wenn ich für Sie wie eine Abgesandte Ihrer Vorgesetzte wirken muss.«

Sie stiegen in den blauen Dienstwagen. »Wohin fahren wir?«, fragte Martinson.

»Ich fahre zur Ehefrau eines der Ermordeten. Es erscheint mir wichtig, noch einmal mit der Frau zu reden«, erwiderte Trevisan.

Margot Martinson ignorierte die Anspielung.

Auf der Fahrt nach Altgarmssiel herrschte bedrückendes Schweigen. Margot Martinson gab ihre Bemühungen auf, mit Trevisan ins Gespräch zu kommen. Nach einer Dreiviertelstunde stoppte Trevisan den Wagen vor Grevenstedts Einfamilienhaus. Erst jetzt fiel ihm auf, wie viel Charme und Wärme das Häuschen ausstrahlte. Es war nicht groß, nicht besonders luxuriös, doch es vermittelte den Eindruck, dass hier glückliche Menschen lebten. Aber all dies hatte den Mörder nicht abgehalten. Er war mitten in diese Idylle eingebrochen und hatte gnadenlos zugeschlagen. Hatte der Mörder willkürlich seinen Hunger nach dem Tod eines Menschen gestillt oder war Horst Grevenstedt gerade wegen der offenkundigen Idylle, in der er lebte, ins Visier geraten?

»Träumen Sie?«

Trevisan wurde aus seinen Gedanken gerissen. Er schüttelte den Kopf, stieg aus und blickte sich um. Die blauen Fenstereinfassungen und Rollladenkästen setzten sich von der weiß getünchten Fassade ab. Der Rasen vor dem Haus war gepflegt, die Garagenauffahrt sauber. Trevisan betrat das Grundstück und klingelte. Wie in der Mordnacht öffnete Eva Grevenstedts Vater die Tür.

»Sie sitzt im Wohnzimmer. Machen Sie es bitte kurz«, sagte er barsch und wies Trevisan und Martinson den Weg.

Eva Grevenstedt lag auf der Couch. Ihr Gesicht war bleich und ihre Augen noch immer gerötet. Leid und Schmerz hatten ihre Züge gezeichnet. Als sie sich erheben wollte, taumelte sie.

»Bleiben Sie ruhig liegen«, sagte Trevisan.

»Sie müssen entschuldigen, mir geht es nicht gut«, antwortete sie mit brüchiger Stimme.

Trevisan nickte. »Das ist Frau Martinson, sie ist Psychologin«, stellte er seine Begleiterin vor.

Frau Grevenstedt blickte ihr ins Gesicht, dann wandte sie sich wieder an Trevisan, der noch immer vor ihr stand. »Wissen Sie schon, wer es getan hat?«

Trevisan schüttelte den Kopf. »Ich habe noch eine Reihe von Fragen. Fühlen Sie sich stark genug …?«

»Fragen Sie ruhig«, fiel ihm Eva Grevenstedt ins Wort und bot ihnen Platz an.

Trevisan setzte sich in den Sessel. »Ist Ihnen inzwischen eingefallen, woher Sie den Namen Willemsen kennen?« Trevisan hatte den Eindruck, dass Frau Grevenstedt erleichtert über sein Erscheinen war. Vielleicht trugen seine Fragen dazu bei, sie für den Augenblick aus ihrem Kummer herauszureißen.

Eva Grevenstedt richtete sich auf. »Ich habe die ganze Nacht darüber nachgedacht. Ich glaube mich zu erinnern, dass ein früherer Arbeitskollege meines Mannes Willemsen hieß. Er hatte Probleme in der Firma und wurde entlassen. Mein Mann war lange Zeit für die Gewerkschaft tätig. Es muss in diesem Zusammenhang gewesen sein. Aber es ist zwei, drei Jahre her.«

Trevisan hatte seinen Notizblock gezückt. »Hat Ihr Mann oft über Probleme im Betrieb geredet?«

»Wir führten eine gute Ehe«, sagte Eva Grevenstedt bestimmt. »Wir sprachen miteinander über alles.«

»Hatte Ihr Mann Feinde? Hatte er mit jemandem Streit?«

Eva Grevenstedt versuchte ein Lächeln, doch es misslang. »Sie haben ihn nicht gekannt, sonst würden Sie solche Fragen nie stellen. Er war bei seinen Freunden und Kollegen stets beliebt. Streit hatte er mit niemandem. Man konnte mit ihm keinen Streit bekommen.«

Nach und nach vervollständigte sich das Bild von Horst Grevenstedt, das dem Hansens ähnelte. Grevenstedt verbrachte viel Zeit im Kreise seiner Familie und bezog seine Frau und die Kinder stets in sein Leben ein. In der Fabrik war er beliebt. Einziges Hobby war die Fotografie. Eva Grevenstedt zeigte Trevisan die Alben ihres Mannes. Das Meer und die Natur waren häufige Motive, doch auf den meisten Fotos waren seine Frau und die Kinder abgelichtet. Früher, so erzählte Frau Grevenstedt, sei er an Wochenenden mit dem Boot noch zum Fischen hinausgefahren, doch schon seit einigen Jahren hatte er die Fischerei aufgegeben. Dennoch hatte er es nie fertig gebracht, den Schuppen und das Boot zu verkaufen. Sie waren die einzige Hinterlassenschaft seines Vaters.

Nach annähernd zwei Stunden fielen Trevisan keine Fragen mehr ein. Das Bild, das Frau Grevenstedt von ihrem Mann gezeichnet hatte, war so rund und schlüssig, dass die Suche nach einem Ansatzpunkt für weitere Ermittlungen nahezu unmöglich erschien. Grevenstedt und Hansen, beide waren offenbar gute Menschen gewesen. Worin also lag das Motiv dieser bestialischen Morde?

Trevisan bedankte sich bei der Frau. Bevor er sich verabschiedete, fiel ihm noch eine wichtige Frage ein. »Sind Sie vor drei Wochen mit Ihrem Mann ausgegangen?«

Frau Grevenstedt blickte Trevisan ungläubig an. Sie verstand den Sinn der Frage nicht. »Wir waren oft miteinander aus«, antwortete sie verdutzt.

»Es ist wichtig. Waren sie vor etwa drei Wochen in Wittmund im Restaurant *Liekedeeler* zu Gast?«

Eva Grevenstedt überlegte. »Horst hatte an dem Tag frei. Wir sind nach Wilhelmshaven zum Einkaufen gefahren. Auf der Rückfahrt fuhren wir nach Wittmund. Wir waren dort schon oft. Aber warum ist das wichtig?«

»Wissen Sie noch, wann sie dort einkehrten und wann sie wieder gegangen sind?«

»Wir kamen gegen sieben und gingen kurz nach neun. Die Kinder waren dabei«, antwortete sie. »Jetzt sagen Sie mir schon, woher Sie wissen, dass wir an diesem Tag ausgegangen sind!«

Trevisan überlegte, ob er es ihr sagen sollte. Was konnte diese Frau noch ertragen?

Schließlich entschied er, ihr von den Beobachtungen der Familie Lenz vor dem Gasthaus zu erzählen. Sie erschrak.

»Dann hat er uns damals schon belauert!«, stieß sie hervor. Ein Weinkrampf schüttelte sie.

*

»Das war keine Meisterleistung«, bemerkte Margot Martinson, nachdem sie das Wohnzimmer verlassen hatten. Frau Grevenstedt hatte sich dank ihres Zuspruches wieder beruhigt.

Er zog die Stirn kraus. Er hatte es einfach versuchen müssen. Nun wusste er, dass seine Theorie richtig war. Der Mörder belauerte seine Opfer, suchte sie mit Bedacht aus. Doch der Grund lag immer noch im Verborgenen.

Sie wandten sich zum Gehen, als Grevenstedts Schwiegervater aus dem Wohnzimmer kam und nach ihm rief. »Es wäre schön, wenn Sie meine Tochter nicht mehr behelligen würden. Sie und die Kinder leiden sehr unter der Situation. Wie sollen ihre Wunden jemals heilen, wenn Sie mit Ihren Fragen laufend darin herumstochern?« Die Augen des alten Mannes funkelten böse.

Trevisan verstand den alten Mann, doch was sollte er tun?

»Herr …« Erst jetzt fiel ihm auf, dass er den Namen des Mannes überhaupt nicht kannte.

»… Vath, Heribert Vath«, sagte Grevenstedts Schwiegervater bedeutungsvoll, fast so, als hätte der Name einen tieferen Sinn.

»Herr Vath, entschuldigen Sie. Aber ich muss Ermittlungen führen. Ihr Schwiegersohn wurde ermordet. Vielleicht ergeben sich aus seinem Leben einige Anhaltspunkte, die …«

»Ich war selbst über fünfundzwanzig Jahre Justizbeamter. Ich bin in meinem Leben unzähligen Verbrechern begegnet. Dieben, Einbrechern, Totschlägern und sogar Mördern. Ich weiß, wovon ich spreche. Horst liebte seine Frau und die Kinder und war stets hilfsbereit. Er war beliebt bei den Menschen. Nicht nur in der Musikkapelle oder in der Firma schätzte man ihn. Auch die Nachbarn oder die Menschen der Kirchengemeinde wussten, was sie an ihm hatten. Sie können jeden fragen. Vor dreizehn Jahren rettete er sogar einem jungen Burschen das

Leben, dessen Boot gekentert war. Mein Schwiegersohn war ein ganz besonderer Mensch. Suchen Sie den Täter, aber lassen Sie uns endlich in Ruhe!«

Trevisan blickte betreten zu Boden. Er wusste, dass jedes weitere Wort überflüssig war. Er wandte sich zur Tür und verließ das Haus. Margot Martinson folgte ihm.

*

Trevisan fuhr nach Aurich, um sich in Grevenstedts Firma umzuhören. Vielleicht ergab sich dort irgendein Anhaltspunkt.

»Der Mörder hat mittlerweile fünf Menschen umgebracht, wie können wir ihn nur aufhalten?«, sagte er, als sie über die einsame Landstraße fuhren.

»Sind Sie sicher, dass er wieder zuschlagen wird?«, entgegnete Margot Martinson.

Trevisan erzählte ihr von den Morden. Sie hörte aufmerksam zu, schließlich sagte sie: »Ich habe die Akten bereits gelesen.«

»Was halten Sie davon?«

»Ich denke, der Täter hat einen rituellen Hintergrund. Der Mörder handelt aus einer tiefen inneren Überzeugung heraus. Er kommt unerbittlich wie ein Racheengel mit Feuer und Schwert über seine Opfer und kennt kein Erbarmen. Sind Sie religiös?«

Trevisan blickte sie ungläubig an.

»Schauen Sie auf die Straße!«, sagte sie energisch. Trevisan erschrak. Der Wagen holperte über das Seitenbankett.

Was hatten die Ermittlungen mit seinem persönlichen Glaubensbekenntnis zu tun?

»Kommen Ihnen die Farben Schwarz und Lila in Bezug auf den christlichen Glauben nicht irgendwie bekannt vor? Der Täter scheint eine Vorliebe für genau diese Farben zu haben.«

Auch Trevisan war schon zu diesem Schluss gekommen, aber er hatte bislang eher an einen modischen Tick gedacht.

»Wissen Sie um die liturgische Bedeutung der Farben?«, fragte Margot Martinson.

Trevisan schüttelte den Kopf. Er war beileibe kein eifriger Kirchgänger. Er warf ihr einen fragenden Blick zu.

»Tod! Die Farben stehen für Tod«, sagte sie nach einer Weile. »Und für die Auferstehung.«

Trevisan schluckte. Er erinnerte sich an seine letzten Besuche in der Kirche. An den Weihnachtsgottesdienst, mit Paula, vor drei Jahren. An die Beerdigungen in den letzten Jahren, bei denen der Kirchgang zum Pflichtprogramm gehörte, und an Ostern vor einem Jahr, als ihn Paula einfach mitgeschleift hatte. War damals nicht die Kirche mit lila Fahnen und Tüchern geschmückt gewesen? Er fühlte, dass Margot Martinson recht hatte. Seine Gedanken überschlugen sich.

»Vorsicht, bremsen Sie doch!«, schrie Margot Martinson laut.

Trevisan erschrak und machte eine Vollbremsung. Er kam gerade noch rechtzeitig zum Stehen. Er hatte den Wagen vor sich einfach übersehen. Er zitterte am ganzen Körper.

»Na, Sie können vielleicht Auto fahren«, schimpfte seine Begleiterin.

Trevisan konzentrierte sich wieder auf den Verkehr und wartete, bis der Wagen vor ihm abgebogen war. Dann steuerte er einen Parkplatz an.

»Sie glauben also, dass der Mörder sich eine schwarzlila Kluft anlegt und sich aufmacht, um Menschen auszusuchen, die er in die Hölle schickt?«

»Nicht wahllos, gezielt. Sie entsprechen einem ganz bestimmten Muster. Dieses Muster müssen wir noch herausfinden.«

»Wir haben die Hintergründe der Mordopfer überprüft«, sagte Trevisan. »Es gibt keine Gemeinsamkeiten. Zumindest haben wir keine gefunden.«

»Es können auch Äußerlichkeiten sein«, entgegnete Margot Martinson. »Verhaltensweisen, eine bestimmte Eigenart oder eine gemeinsame Vorgeschichte, die sie ins Visier des Täters rückt. Wir werden Gemeinsamkeiten im Leben der Opfer finden, da bin ich mir sicher, genauso wie sie auch im Tod Parallelen aufweisen. Sehen Sie, Ihnen ist doch sicher aufgefallen, dass nur bei Hansen und Grevenstedt das Fingerglied abgetrennt wurde. Diese Trophäe ist für den Mörder von essentieller Symbolik. Es ist der finale Akt. So wie der Pfarrer am Ende des Beerdingungsrituals Erde auf den Sarg schüttet. Bei dem Holländer und Willemsen finden wir diese rituelle

Handlung nicht. Ihr Tod ist bloßes Beiwerk. Nur der Fall Gabler wirft in dieser Beziehung noch Fragen auf. Ihm fehlt zwar nicht das Fingerglied. Doch wir wissen, dass der Täter bei diesem Mord seine zeremonielle Kleidung getragen hat. Sie ist auf dem Foto des Ermordeten zu sehen.«

Trevisan staunte nicht schlecht. »Welche Gemeinsamkeit könnte es da geben?«, murmelte er gedankenverloren.

»Das ist unterschiedlich. Die Ursprünge solcher Gewalttaten sind für logisch denkende und rational bestimmte Menschen nicht immer gleich zu erkennen. Sehen Sie, ich hatte vor einem Jahr in Hamburg einen Fall, da ermordete ein geistesgestörter Mann zwei alte Frauen, die ein rotes Kopftuch getragen hatten. Das allein war Grund genug für ihn. Der Ursprung der Tat lag in der posttraumatisch nachwirkenden Kindheit. Seine Großmutter hatte stets ein rotes Kopftuch getragen. Sie hatte ihn Tag für Tag misshandelt und manchmal sogar mehrere Stunden in einen dunklen Keller gesperrt.«

Trevisan gingen die Farben Schwarz-Lila nicht mehr aus dem Sinn. Er musste sich eingestehen, dass Margot Martinson mit ihren Gedanken neue Impulse in den Fall gebracht hatte. Und er spürte, dass er den Code des Opferschemas knacken musste, denn der Wangerland-Mörder hatte sich erst zwei Finger geholt.

*

Es war ein sonniger und klarer Sommertag. Der erste in diesem Jahr. Die Temperaturen stiegen auf über dreißig Grad. Bald würde es in dieser Gegend vor Menschen nur so wimmeln. Er hasste diese Zeit, denn je mehr Menschen sich hier aufhielten, umso unübersichtlicher wurde es. Er musste vorsichtig sein. Er war noch lange nicht am Ziel.

Er griff nach der Schere und schnitt das Bild heraus. Es zeigte einen alten Mann und einen preisgekrönten Zwergdackel. Es war ein Schwarzweißfoto, doch es erfüllte seinen Zweck. Er war diesbezüglich nicht anspruchsvoll. Er blätterte weiter. Wieder einmal beschäftigte sich die Presse mit der Mordserie im Wangerland. Der Kommentator ließ kein gutes Haar an den ermittelnden Polizisten.

Sie taten ihm fast leid. Sie konnten nichts dafür. Sie hatten keine Macht über ihn. Er stand unter einem besonderen Schutz. Er war im Auftrag einer höheren Instanz unterwegs. Was konnten weltliche Mächte schon am göttlichen Willen ändern. Diese Journalisten bildeten sich ein, ein Urteil sprechen zu können. Was wussten sie schon. Nichts!

Auch über ihn hatten sie nur dummes Zeug berichtet.

Irgendwann käme die Zeit, da würde er ihren dunklen Geist erleuchten. Doch so lange mussten sie noch in ihrer erbärmlichen Unwissenheit schmoren.

Er legte die Zeitung aus der Hand und trug das ausgeschnittene Bild wie eine Monstranz vor sich her.

Vorsichtig schob er es in einen Glasrahmen, dann platzierte er es auf der vierten Stufe des Altars. Er entzündete eine Kerze und schloss die Augen. Im Geiste rief er ihre Namen. Die Hände faltete er zum Gebet. Es dauerte nicht lange, bis das blaue Gesicht erschien und ihm freundlich zulächelte.

Seine Worte gingen in ein gleichförmiges Gemurmel über. Immer wieder betete er die Litanei, doch der Vater erschien ihm nicht. Warum wollte er nicht kommen? Warum bestrafte er ihn wieder?

Eine Träne lief über seine Wange. Er hatte ihm doch das Opfer dargebracht. Was wollte er noch? War er noch immer böse auf ihn?

»Träne um Träne, Blut für Blut«, sagte er mitten in die Stille.

Die Dunkelheit zerbrach wie ein Spiegel in tausend Stücke. Ein Grollen kündete von der bevorstehenden Ankunft. Die Maske schälte sich aus der Finsternis der Tiefe und kam über ihn mit aller Macht.

Doch die Maske hatte ihren Schrecken verloren. Sie war nicht mehr verzerrt und unwirklich. Sie strahlte Zuversicht und Frieden aus. Eine Art Frieden, nach der er sich so lange gesehnt hatte.

»Vater, ich danke dir«, sagte er, dann öffnete er seine Augen.

24

Als Trevisan kurz nach acht das Gebäude betrat, wurde er bereits von Anke Schulte-Westerbeck erwartet. Sie kam ihm auf dem Flur entgegen. Der Mord an Grevenstedt hatte Aufsehen erregt.

»Oberstaatsanwalt Brenner hat für heute elf Uhr eine Pressekonferenz anberaumt. Er will, dass Sie als Leiter der Ermittlungen daran teilnehmen.«

Trevisan blickte die Polizeichefin konsterniert an. »Eine Pressekonferenz? Und was soll ich dabei?«

»Sie werden neben dem Staatsanwalt sitzen und den Pressevertretern höflich zulächeln.«

»Es ist noch viel zu früh dafür, mit unseren Ermittlungsergebnissen …«

»Herr Trevisan«, fiel ihm Anke Schulte-Westerbeck ins Wort. »Bei einer Mordserie dieses Ausmaßes stehen wir nun mal im Blickpunkt der Öffentlichkeit. Es ist auch ein Teil unserer Tätigkeit, so etwas wie Zuversicht an die Menschen weiterzugeben.«

»Ich sehe derzeit keinen Sinn darin. Im Gegenteil, wir geben vielleicht sogar ein paar Ansatzpunkte aus der Hand, wenn wir zu viel erzählen.«

»Oberstaatsanwalt Brenner wird den Journalisten berichten, dass wir einige viel versprechende Spuren verfolgen, aber derzeit noch nichts darüber sagen können, um die Ermittlungen nicht zu gefährden. Frau Martinson ist ebenfalls anwesend.«

»Also bin ich für die Zuversicht zuständig?«

»Wenn Sie so wollen!«

»Volkstheater, mehr nicht?«

Anke Schulte-Westerbeck nickte. »Es ist unsere Pflicht. Seien Sie bitte pünktlich!«

Ohne auf Antwort zu warten, ließ sie Trevisan alleine im Flur zurück. Er ärgerte sich. Schließlich hatte er sich für diesen Tag viel vorgenommen. Nun kam sein gesamter Zeitplan durcheinander. Er klopfte an Monika Sanders Bürotür, doch im Raum blieb es stumm. Auch die anderen waren alle unterwegs. Als er aus dem verwaisten Konferenzzimmer in den Gang hinaustrat, kam ihm Margot Martinson entgegen. Sie hielt ein Bündel Akten unter ihrem Arm.

»Guten Morgen, Herr Trevisan. Haben Sie schon von der Pressekonferenz gehört?«

Trevisan nickte stumm.

»Ihrem Gesichtsausdruck entnehme ich, dass Sie nicht gerade begeistert sind.«

»Verlorene Zeit. Das hält uns nur von unserer eigentlichen Arbeit ab«, bemerkte Trevisan ungehalten.

»Wir sollten uns um zehn Uhr im Besprechungszimmer treffen. Wir müssen abklären, welche Informationen wir herausgeben und welche nicht«, sagte die Profilerin. »Also, wir sehen uns dann.«

Auf dem Weg zu seinem Büro schaute er im Geschäftszimmer vorbei. Dort erfuhr er von der Sekretärin, dass Monika und Alex nach Minsen und Till mit Tina nach Emden gefahren waren und erst am Abend wieder zurück sein würden.

Außerdem hatte sich Dietmar Petermann krank gemeldet. Ihn plagte eine üble Sommergrippe. Trevisan ging in sein Büro und wählte Kleinschmidts Nummer.

»Ich habe keine Zeit, ich muss ins Labor«, bekam er sofort zur Antwort.

»Habt ihr schon was?«

»Wir arbeiten daran, hexen kann ich nicht«, vermeldete Kleinschmidt genervt.

Trevisan warf den Hörer auf die Gabel. Ein weiterer Anruf in der Pathologie erbrachte ebenfalls keine Neuigkeiten. Trevisan war ungeduldig. Der Zeiger der Uhr wanderte unaufhaltsam auf neun Uhr zu. Noch hatte er nichts gearbeitet. So konnte man keinen Mörder fangen. Er setzte sich an seinen Schreibtisch und schaute aus dem Fenster. Es regnete. Sein Blick folgte den Regentropfen, die an dem Fensterglas hinabrannen. Er ließ sich die Unterhaltung mit Margot Martinson durch den Kopf gehen.

Das Telefon klingelte. Kriminaldirektor Beck war am Apparat.

»Ich habe nur wenig Zeit«, sagte Trevisan.

»Ich will auch nur wissen, ob du weitergekommen bist.«

»Wir können nicht hexen«, benutzte Trevisan Kleinschmidts Floskel.

»Wir haben gleich eine Pressekonferenz und stehen mit leeren Händen da«, seufzte Beck. »Das sieht überhaupt nicht gut für uns aus.«

»Da kann ich dir auch nicht helfen«, entgegnete Trevisan.

Es war halb zehn, als er in den Konferenzraum ging. Margot Martinson hatte sich zwei Stühle zusammengeschoben und ihre Füße hochgelegt. Sie schien vollkommen entspannt und hielt ihre Augen geschlossen. Obwohl Trevisan den Raum betrat, zeigte sie keine Regung.

»Schlafen Sie?«, fragte Trevisan und blickte sie abschätzend an.

Sie öffnete die Augen. »Ich denke nach.«

Trevisan lächelte.

»Sie scheinen mir nicht zu glauben, aber es stimmt wirklich. Je entspannter Sie sich fühlen, umso besser arbeitet Ihr Gehirn. Sie müssen es selbst mal versuchen.«

»Ich dachte mir schon immer, dass Psychologen selbst ihre besten Kunden sind«, antwortete Trevisan.

»Haben Sie sich in der letzten Zeit Ihrem Geist und Ihrem Körper gewidmet?«

Trevisan blickte sie ratlos an. »Ich habe dafür keine Zeit. Ich muss eine Mordserie aufklären«, antwortete er abfällig.

Margot Martinson richtete sich auf. »Sie lehnen wohl alles ab, was Ihnen fremdartig erscheint? Ist das Ihre Art, mit dem Leben klarzukommen?«

Trevisan setzte sich. »Wie meinen Sie das?«

»Genau so, wie ich es sage.«

»Dann haben Sie ein falsches Bild von mir«, erwiderte er. »Ich entspanne meist bei einem heißen Bad. Da kommen mir auch die besten Gedanken.«

Margot Martinsons Armbanduhr piepste. »Es ist Zeit. Wir müssen nach oben!«

*

Eine ganze Stunde dauerte die Unterredung mit Oberstaatsanwalt Brenner. Gemeinsam legten sie die Strategie fest.

Als Trevisan den kleinen Saal im Erdgeschoss betrat, sah er die vielen wartenden Journalisten vor dem Portal. Der Platz im Foyer würde kaum reichen. An der Stirnseite des Raumes waren drei Tische zusammengeschoben. Eine Lautsprecheranlage war installiert worden. Fünf Stühle standen hinter den Tischen. Trevisan ging auf den äußersten zu, doch dann sah er die Namensschilder an den Plätzen stehen. Oberstaatsanwalt Brenner nahm in der Mitte Platz. Jung von der Presseabteilung saß zu seiner Linken. Margot Martinson setzte sich rechts neben Trevisan. Zuletzt setzte sich die PI-Leiterin auf den noch verbliebenen Stuhl.

Als zwei Polizisten draußen die Türe öffneten, war es, als ob man eine Schleuse flutete. Der kleine Saal schien überzuquellen. Die dreißig bereitgestellten Stühle reichten bei weitem nicht aus. Trevisan beobachtete das bunte Treiben. Er schüttelte den Kopf. Im Saal wurde es langsam heiß. Jung begrüßte die anwesenden Journalisten und erteilte Oberstaatsanwalt Brenner das Wort. Brenner verlas die vorgefertigte Pressemitteilung. Das Phantombild wurde präsentiert, ein weitere vorgefertigte Pressemitteilung verlesen, dann stellte sich Brenner den Fragen der Journalisten. Direkten Fragen nach den Ermittlungsergebnissen wich er aus. Als Jung die Pressekonferenz beenden wollte, brach ein Sturm der Entrüstung los. Ein Stimmengewitter prasselte auf Trevisan nieder. Er musste an die Möwen auf Wangerooge denken.

»Es werden keine weiteren Fragen beantwortet!«, rief der Pressesprecher immer wieder in das Mikrophon. Doch seine Stimme ging trotz der elektronischen Verstärkung unter. Ratlos blickte Jung den Oberstaatsanwalt an. Brenner erhob sich und forderte die Anwesenden mit ausgebreiteten Händen zur Ruhe auf. Langsam wurde es leiser.

»Die Öffentlichkeit hat ein Recht darauf, mehr zu erfahren«, rief einer der Journalisten.

»Sie müssen verstehen, jede weitere Auskunft würde den Ermittlungserfolg gefährden«, brüllte Brenner in die unruhige Menge. »Bitte haben Sie dafür Verständnis.«

Ein Reporter erhob sich. »Stimmt es, Herr Trevisan, dass Ihnen der Fall wegen Unfähigkeit entzogen wurde?«, rief er laut.

Gespannte Stille breitete sich aus.

»Was sagen Sie dazu, Herr Trevisan? Wer leitet jetzt die Ermittlungen?«, setzte der Reporter nach. Alle Augen waren auf Trevisan gerichtet. Selbst Brenner und die Polizeichefin schauten ihn erwartungsvoll an. Trevisan spürte die Blicke auf sich ruhen.

»Warum antworten Sie nicht?«, tönte es erneut aus der Menge.

Trevisan blickte den Reporter an. Er kannte ihn. Schulze vom Tageblatt war ein unangenehmer und sensationslüsterner Zeitgenosse.

»Sagen Sie etwas!«, flüsterte ihm die Polizeichefin zu.

Trevisan suchte fieberhaft nach den richtigen Worten. Er räusperte sich. »Wir haben unter Leitung unserer Polizeichefin einen Ermittlungsstab eingerichtet, der sich mit dem Fall beschäftigt«, antwortete er diplomatisch und hoffte, dass diese Antwort genügte. Doch er irrte sich.

»Dann sind Sie also als Leiter der Ermittlungen abgesetzt!«, rief eine Reporterin aus der zweiten Reihe. Trevisan schüttelte den Kopf.

»Wussten Sie, dass manche Fischer in der Küstenregion schon darüber nachdenken, sich zu bewaffnen? Sie sind der Meinung, die Polizei kann sie nicht mehr schützen«, schob Schulze nach. Vor einigen Monaten hatte er bei einer Pressekonferenz des Amtsgerichts schon einmal die Methoden der Polizei in Frage gestellt. Die anderen Anwesenden warteten gespannt, welche Entwicklung dieses Wortgefecht nehmen würde.

»Der Staat hat in einem solchen Falle die hoheitlichen Rechte«, fiel Brenner in das Wortgefecht ein. »Ich warne alle davor, sich in diesem Punkt falsche Gedanken zu machen. Wir dulden keinerlei Übergriffe.«

Schulze ignorierte den Einwurf. »Trevisan, können Sie den Menschen im Wangerland garantieren, dass Sie den Mörder in kürzester Zeit dingfest machen?«

Trevisan überlegte einen Augenblick.

»Wer Garantien will, der muss sich eine Waschmaschine kaufen«, antwortete er schließlich. Erstaunte Gesichter blieben zurück, als er sich erhob und den Saal verließ. Noch lange hallten die lauten Protestrufe der Reporterschar nach. Trevisan hatte genug von dem Theater. Es war neun Minuten nach zwölf.

*

Trevisan brütete über den Akten. Bilder lagen verstreut auf seinem Schreibtisch. Er dachte über das Gespräch mit Margot Martinson auf der Rückfahrt aus Altgarmssiel nach.

Schwarz-Lila, die Farben des Todes? Was steckte dahinter?

Das Gefühl, etwas Wesentliches übersehen zu haben, wurde langsam übermächtig. Es zermarterte seinen Kopf. Er suchte in den Akten nach etwas ganz Bestimmtem. Doch er konnte nicht sagen, was es war. Er blätterte Seite für Seite um. Mittlerweile bestand die Ermittlungsakte aus drei Ordnern.

Das Klopfen an der Tür überhörte er. Erst als das Trommeln lauter wurde, rief er schließlich ein genervtes »Herein!«

Margot Martinson betrat das Zimmer. Er blickte sie missgelaunt an. Sie lächelte. »Störe ich?«

Unverständliches Gemurmel kam über Trevisans Lippen.

»Ihr Abgang war wirklich stark«, sagte die Psychologin. »Ich bin sehr beeindruckt. Nur Ihrer Chefin scheint es nicht recht gefallen zu haben. Wir brauchten noch eine gute Viertelstunde, bis wir die Meute endlich beruhigt hatten.«

Aus ihrer Stimme klang deutliche Anerkennung. Trevisan saß regungslos hinter seinem Schreibtisch.

»Ich wollte es Ihnen nur sagen«, bemerkte sie, ehe sie sich umwandte und ging.

Trevisan seufzte. Er blätterte die nächsten Seiten um und stieß auf Alex Uhlenbruchs Bericht.

Natürlich! Das war es! Wie konnte der Mörder wissen, wo er einen Taucheranzug in genau den Farben finden würde, die er für seine rituellen Handlungen benötigte? Er musste sich im Tauchclub Norden ausgekannt haben.

Hastig griff Trevisan zum Telefon. In Uhlenbruchs Bericht fand er die Telefonnummer des Tauchclubpräsidenten Dr. Holger Fitzmann. Aufgeregt wählte er dessen Nummer. Ungeduldig trommelte Trevisan mit den Fingern auf den Schreibtisch. Eine Frauenstimme meldete sich nach einer Weile. Er nannte seinen Namen und fragte nach Fitzmann.

»Mein Mann ist auf einer Tagung. Er kommt erst morgen Mittag zurück. Soll ich ihm etwas bestellen?«

Trevisan fluchte innerlich. Tief atmete er ein. »Wo kann ich ihn erreichen?«, fragte er schließlich.

»Sie können erst morgen mit ihm sprechen. Sind Sie ein Patient?«

»Nicht direkt, ich müsste dringend mit ihm sprechen«, antwortete Trevisan ausweichend.

Die Frau am Telefon wurde langsam ungeduldig. »Sie finden ihn morgen Mittag in seiner Praxis. Und nun entschuldigen Sie.«

Noch bevor Trevisan etwas erwidern konnte, beendete die Frau das Gespräch. Trevisan schlug mit der flachen Hand auf den Schreibtisch. Hatte sich heute alles gegen ihn verschworen?

*

Die Zeit verging wie im Flug. Trevisan blickte auf die Uhr. Es war kurz nach fünf. Er griff nach seiner Jacke. Er musste sich beeilen. Paula hatte heute Abend ihren Abschlussball der Tanzschule. Er wollte auf keinen Fall zu spät kommen. Als er vor dem Fahrstuhl wartete, begegnete ihm Monika Sander. Sie sah erschöpft aus.

»Und, habt ihr schon etwas in Erfahrung gebracht?«, fragte Trevisan gespannt.

»Das gleiche wie gestern. Wir haben heute drei Tauchschulen und sieben Tauchclubs abgeklappert. Keiner kennt den Mann auf dem Phantombild. Keiner kennt den Wagen und an einen jungen Mann, dem ein Finger an der Hand fehlt, kann sich auch niemand erinnern.«

»Wie viele Tauschschulen habt ihr noch offen?«

»Zwanzig bis dreißig Adressen sind noch nicht überprüft. Wir fahren morgen noch einmal hinaus. Aber langsam glaube ich, dass alles umsonst ist.«

»Er ist aus dieser Gegend und er ist Taucher. Ich kann mir nicht vorstellen, dass er sich das Tauchen alleine beigebracht hat. Also muss er es irgendwo gelernt haben«, antwortet Trevisan voller Überzeugung.

»Manchmal glaube ich wirklich, dass wir ein Phantom jagen. Vielleicht ist er längst schon über alle Berge«, antwortet Monika mutlos.

25

Der Wecker riss Trevisan aus einem unruhigen Schlaf. Sein Kopf schmerzte. Er ging ins Badezimmer und duschte, da klingelte das Telefon. Ein mulmiges Gefühl beschlich ihn. Hatte der Wangerland-Mörder wieder zugeschlagen?

Er atmete auf, als er Angelas Stimme hörte.

»Wenn du dich nicht meldest, dann muss ich es wohl tun«, sagte sie bissig.

Trevisan hatte ein schlechtes Gewissen. Am vergangenen Sonntag war er so müde gewesen, dass er sich am Abend auf die Couch gelegt hatte und eingeschlafen war. Angela hatte ihn schlafen lassen. Sie war nach Westerstede zurückgefahren und hatte ihm eine Nachricht hinterlassen. Er sollte sie zurückrufen, doch er hatte es die ganze Zeit über vergessen. Er entschuldigte sich dafür.

»Ich verstehe, du hast jetzt bestimmt viel um die Ohren. Ich hoffe, dass ihr den Kerl endlich schnappt, bevor ich mir noch einen anderen Begleiter suchen muss.«

»Das nächste Wochenende gehört uns«, versprach Trevisan feierlich. »Wir werden schön essen gehen und danach das Nachtleben genießen.«

»Und wenn er wieder zuschlägt, werde ich sitzen bleiben und auf deine Rechnung die Speisekarte von oben nach unten durchprobieren«, antwortete sie belustigt. »Also dann, bis übermorgen.«

Trevisan fuhr mit seinem Wagen zur Arbeit. Paula schlief noch. Sie hatte die ersten beiden Stunden frei, weil ein Lehrer erkrankt war.

Kurz vor acht parkte er auf dem Inspektionsparkplatz. Als

er zum Eingang hinüberging, begegnete ihm Margot Martinson. Sie lächelte ihm freundlich zu und wünschte einen guten Morgen.

Trevisan schaute in den grauen Himmel. »Ich weiß nicht, ob dies ein guter Morgen wird. Es sieht nach Regen aus.«

Martinson nickte.

»Haben Sie heute etwas vor?«, fragte er, als sie den Fahrstuhl betraten. Sie verneinte.

»Wollen Sie mich begleiten? Wir fahren nach Norden.«

»Wenn Sie heute besser fahren als gestern, dann gerne«, antwortete sie lächelnd.

»Gut, dann in einer Stunde in meinem Büro ... und Entschuldigung wegen meiner ruppigen Art. Übrigens, mit Ihrer Theorie haben Sie die Ermittlungen in einem neuen Licht erscheinen lassen.« Ohne auf eine Antwort zu warten, verließ Trevisan den Fahrstuhl.

*

Auf seinem Schreibtisch fand er eine Nachricht von Monika Sander. Dietmar Petermann war weiterhin krank. Trevisan nahm es zur Kenntnis. Auch er fühlte sich krank, doch er konnte es sich nicht leisten, einfach zu Hause zu bleiben. Er las die Morgenzeitung, das Wilhelmshavener Tageblatt. Auf der Titelseite befand sich ein Bericht über die Morde im Wangerland. Als Trevisan die zweite Seite aufblätterte, traute er seinen Augen nicht. Ein Interview war darin abgedruckt. Ein Interview mit Kriminalhauptkommissar Martin Trevisan. Gespannt las er die Zeilen. Zornesröte stieg in sein Gesicht. *Trevisan ratlos, keine Ansatzpunkte, veraltete Polizeimethoden, keine Garantien seitens der Polizei für die Bürger im Wangerland. Der Mörder schlägt wieder zu. Jeder kann der Nächste sein.* Woher hatten die Medien nur diese Weisheiten? *Jörg Schulze vor Ort*, stand unter dem Bericht.

»Dieser gemeine Kerl hat sich meine Antworten so zurechtgelegt, wie er es brauchte«, fluchte Trevisan. Der Artikel malte ein düsteres Bild und ließ kein gutes Haar an der Polizei. Trevisan kochte. Am liebsten wäre er ins Auto gestiegen und in die Redaktion gefahren. Er fuhr zusammen, als es an seiner Tür klopfte.

Kriminaldirektor Beck kam herein, in seiner Hand hielt er die Tageszeitung. »Schon gelesen?«, fragte er.

»Ja«, antwortete Trevisan knapp.

»Sie ist bestimmt außer sich, wenn sie das zu sehen bekommt«, sagte Beck sorgenvoll.

»Wer?«

»Die Chefin.«

»Sie ist noch nicht im Büro?«

»Sie ist heute bereits seit vier Uhr unterwegs nach Bonn zu einem Lehrgang beim BKA«, antwortete Beck. »Eigentlich wollte ich den Lehrgang besuchen, aber sie hat sich wieder mal vorgedrängt. Wie konntest du der Presse nur ein solches Interview liefern?«

»Ich habe nichts dergleichen getan!«

»Die saugen sich doch so etwas nicht aus den Fingern.«

»Ich weiß genau, was ich in der letzten Zeit getan habe und ich habe bestimmt kein Interview gegeben, das kannst du mir glauben.«

Beck überlegte einen Augenblick. »Und wie erklärst du dir das?«

»Es gibt Reporter, die drehen dir jedes Wort im Mund herum«, sagte Trevisan. »Ich war von Anfang an gegen diesen Presserummel, aber es musste ja unbedingt sein.«

»Diese elenden Hyänen. Nicht mal im eigenen Haus ist man vor denen sicher. Ich wünschte, dieser Spuk wäre endlich vorbei«, fluchte Beck.

Ein halbe Stunde später saß Trevisan mit Margot Martinson im Wagen und fuhr in Richtung Norden. Die Psychologin schaute schweigend aus dem Seitenfenster auf die belebten Straßen der Stadt.

»Wohnen Sie eigentlich schon immer hier in Wilhelmshaven?«, fragte sie schließlich.

»Ich wohne in Sande, das ist ein paar Kilometer entfernt«, antwortete Trevisan.

»Ich weiß, ich meinte nur …«

»Ich wurde in Oldenburg geboren«, antwortete Trevisan. »Meine Eltern zogen nach Schortens, als ich elf war. Mein Vater war Schiffsbauingenieur.«

»Warum sind Sie Polizist geworden?«

»Warum ...? Mein Gott, ich glaube fast, ich habe es vergessen. Es ist schon so lange her.«

»Macht Ihnen die Arbeit Spaß? Ich meine, befriedigt Sie Ihr Beruf?«

»Wenn ich nicht schon wüsste, dass Sie Psychologin sind, dann wäre es mir spätestens jetzt klar«, antwortete Trevisan mit einem Lächeln.

»Entschuldigen Sie, ich wollte nicht unhöflich sein. Aber es scheint einfach in mir zu stecken«, rechtfertigte sie sich. Sie schwiegen eine Weile, ehe sie erneut das Wort ergriff. »Ich habe gehört, dass Sie allein erziehender Vater einer Tochter sind.«

Trevisan nickte. »Es ist nicht immer leicht.«

»Das glaube ich Ihnen. Was machen wir eigentlich in Norden?«

»Ich habe über Ihre Worte nachgedacht. Vielleicht haben Sie recht mit Ihrer Vermutung, dass der Wangerland-Mörder die Farben Schwarz-Lila aus irgendeinem rituellen Grund trägt. Wir haben ermittelt, dass er aller Wahrscheinlichkeit nach aus einem Tauchclub in Norden einen Taucheranzug gestohlen hat. Der Taucheranzug ist schwarz und die dazugehörige Tauchjacke lila. Es besteht immerhin der Verdacht, dass ...«

»... er gewusst haben könnte, dass er ausgerechnet dort einen Anzug in diesen Farben vorfinden würde«, vollendete sie Trevisans Satz.

»Sie sind eine kluge Frau«, erwiderte Trevisan.

*

Trevisan hatte sich ein paar Mal verfahren. Es war kurz vor elf Uhr, als er sich in der Nähe der Osterstraße einen Parkplatz suchte. Martinson folgte ihm zu einem großen, modernen Gebäude. *Dr. med. H. Fitzmann, Chirurgische Tagesklinik,* stand auf dem Messingschild neben der Tür. Fitzmanns Praxis befand sich im zweiten Stock. Die Tür war offen. Trevisan trat ein. Eine Frau, Mitte Zwanzig, in einen weißen Kittel gekleidet, saß hinter einem Empfangspult und blickte Trevisan erwartungsvoll an.

»Ihren Namen bitte?«, fragte das Mädchen.

»Trevisan.«

»Haben Sie einen Termin?«

Trevisan nickte.

Das Mädchen suchte in ihrem Computer nach einem Eintrag. Trevisan blickte sich um. Es roch nach Medikamenten. Schon allein die Umgebung ließ Trevisan erschaudern. Er hasste Arztpraxen. Sein letzter Arztbesuch lag über ein Jahr zurück. Er dachte an seine immer wiederkehrenden Nierenschmerzen.

»Wie ist der Name Ihres Hausarztes?«, fragte die junge Frau nach einer Weile. Sie hatte keinen Eintrag im Computer gefunden.

Trevisan verstand. Er griff in seine Jackentasche und zog seine Dienstmarke hervor. »Ich bin Polizist. Ich muss mit Doktor Fitzmann sprechen. Ich habe über seine Frau um elf Uhr einen Termin ausgemacht. Melden Sie mich bitte an.«

Das Mädchen schaute ihn mit großen Augen an. Dann griff sie zum Telefon. Zwei Minuten später saßen Martin Trevisan und Margot Martinson dem Arzt gegenüber.

»Ich dachte, ich hätte schon alles über den Einbruch zu Protokoll gegeben«, sagte der Arzt.

»Das ist zwar richtig, aber bei laufenden Ermittlungen kommt es immer wieder vor, dass neue Fragen aufgeworfen werden. Ich bin noch einmal wegen des gestohlenen Taucheranzuges hier. Wir sind zu dem Schluss gekommen, der Einbrecher könnte gewusst haben, dass Ihr Club im Besitz eines Anzugs in den Farben Schwarz und Lila ist. Sind mit diesem Anzug viele Tauchgänge unternommen worden?«

Der Arzt überlegte. »Eigentlich bin nur ich mit dem Anzug getaucht. Um ihn zu testen. Wissen Sie, wir hatten ihn ja erst gekauft. Diese Trockenanzüge sind sehr teuer. Ein normaler Taucheranzug kostet gerade mal ein Drittel des Preises. Ich selbst habe ihn besorgt.«

»Wo haben Sie ihn gekauft?«, fragte Margot Martinson.

»Oh, es war ein günstiges Angebot«, antwortete Fitzmann. »Er war nicht neu, allerdings noch original verpackt. Ich kaufte ihn von einem Bekannten, mit dem ich früher viele Tauchgänge unternommen habe.«

Trevisan wurde hellhörig. »Dieser Bekannte wohnt auch in Norden?«

»Nein, Stefan lebt schon seit drei Jahren auf den Malediven. Er besitzt auf einer der Inseln eine Tauchschule.«

»Dann haben Sie den Tauchanzug von den Malediven mitgebracht?«, fragte Trevisan enttäuscht. Er warf Margot Martinson einen entmutigten Blick zu.

»Nein«, entgegnete Fitzmann. »Es ist eine lange Geschichte. Stefan war im Frühjahr hier. Sein Vater ist Anfang des Jahres gestorben. Er kam herüber, um die Erbschaftsangelegenheiten zu regeln. Der Vater betrieb draußen in Norddeich eine Tauchschule. Stefan wollte den Verkauf des Anwesens organisieren, musste aber dann wieder zurück. Geschäfte, Sie verstehen.«

Trevisan atmete erleichtert auf. »Wie heißt Ihr Bekannter?«

»Sein Name ist Stefan Lütjens.«

»Diese Tauchschule Lütjens, ist sie derzeit geschlossen?«

»Kopersand«, antwortete Fitzmann.

»Bitte?«

»Kopersand ist der Name der Schule«, erklärte Fitzmann. »Sie ist nach dem Landstrich draußen am Deich benannt. Ich selbst habe bei Stefans Vater Tauchen gelernt. Ich war schockiert, als ich erfuhr, dass der alte Seebär so plötzlich gestorben ist.«

Trevisan spürte ein Kribbeln auf der Haut. »So plötzlich? Was meinen Sie damit?«

»Ich wusstenicht, dass er ein Herzleiden hatte. Er starb an Herzversagen. Aber mehr weiß ich leider nicht. Wir hatten in den letzten Jahren nur wenig Kontakt.«

Trevisan entspannte sich. Er hatte schon das Schlimmste befürchtet. »Gibt es hier jemanden, der mir weiterhelfen könnte? Angehörige, einen Partner oder einen Angestellten?«

»Nur Stefan … Das heißt, es soll da einen Mann gegeben haben, der dem alten Lütjens ab und zu geholfen hat …«

Das Kribbeln kehrte zurück und wurde stärker. Trevisan fuhr sich durch die Haare und warf Margot Martinson einen viel sagenden Blick zu. »… einen jungen Mann, etwa um die dreißig Jahre?«, fragte er.

»Oh, da fragen Sie mich zu viel. Das kann Ihnen nur Stefan beantworten. Warten Sie, er hinterließ mir seine Telefonnummer.« Fitzmann blätterte in seinem Notizbuch.

Trevisans spürte, dass er hier auf eine viel versprechende Spur gestoßen war. Ehe er sich verabschiedete, ließ er sich den Weg zur Tauchschule Kopersand erklären.

*

Das langgestreckte Gerätehaus lag östlich des Fährhafens. Ein Bootssteg führte ins Wasser. Trevisan und die Psychologin umrundeten mit gespannter Wachsamkeit das Haus und den Nebenbau. Alle Türen und Fensterläden waren fest verschlossen. Spinnweben hingen überall am Gebälk.

Sie untersuchten den abgeschiedenen Ort, doch es gab keine Anzeichen dafür, dass sich der Mörder hier versteckt hielt.

»Glauben Sie, dass der Helfer des verstorbenen Tauchlehrers etwas mit der Sache zu tun hat?«, fragte Margot Martinson auf der Rückfahrt.

»Zuerst müssen wir wissen, wer es überhaupt ist«, antwortete Trevisan. »Ich denke, der Mann könnte uns zumindest dabei helfen, herauszufinden, wer alles von der Existenz des Taucheranzugs wusste.«

Gegen vier Uhr parkte Trevisan den Dienstwagen in der Tiefgarage.

Als Trevisan zehn Minuten später hinter seinem Schreibtisch Platz genommen hatte, holte er sein Notizbuch hervor. Er tippte die endlose Telefonnummer in den Apparat. Er wartete, doch die Verbindung brach ab. Noch zweimal versuchte er es, doch vergebens. Eine Verbindung kam nicht zustande.

*

Eine Viertelstunde verging, dann klingelte das Telefon. Trevisan meldete sich.

Kleinschmidt war am Apparat. »Ich habe das Obduktionsergebnis von der Pathologie bekommen. Außerdem ist der Tatortbefundsbericht fertig«, sagte der Chef der Spurensicherung.

»Ich komme sofort zu dir hoch«, antwortete Trevisan und machte sich auf den Weg. Er ignorierte den Aufzug und benutzte die Treppe. Bewegung tat gut. In der letzten Zeit war er viel zu wenig dazu gekommen, sich fit zu halten.

Kleinschmidt erwartete ihn in der Sitzecke und hatte zwei Ordner vor sich aufgebaut. »Kaffee?«, fragte er, nachdem sich Trevisan in den Sessel gesetzt hatte.

Trevisan blickte auf die Uhr, dann nickte er.

»Ich habe heute schon ein paar Mal vergeblich versucht, jemanden aus deiner Abteilung zu erreichen. Was treibt ihr den schönen langen Tag?«

»Monika und die anderen überprüfen alle Tauchschulen in der Gegend und Dietmar ist krank«, antwortete Trevisan. »Ich war noch einmal wegen des Taucheranzugs unterwegs.«

»Und, hast du etwas erreicht?«

»Es hat sich etwas ergeben«, entgegnete Trevisan. »Vielleicht die erste ernst zu nehmende Spur zum Wangerland-Mörder.«

Kleinschmidt schlug einen der Ordner auf und reichte ihn Trevisan.

»Den ausführlichen Bericht lese ich später«, sagte Trevisan. »Gib mir erst mal die Kurzform. Ich glaube sowieso, es gibt nur einen wesentlichen Unterschied zum Mord an Hansen.«

»Und der wäre?«

»Es kam zu einem Kampf«, sagte Trevisan trocken.

»Du hast recht. Grevenstedt ist am Ende genauso ertrunken wie Hansen. Die Kopfverletzung wurde durch zwei kräftige Schläge auf Grevenstedts Hinterkopf verursacht. Es wurden eine Fraktur des Schlüsselbeines, eine Schädelfraktur und deutliche Einblutungen im Gehirnbereich festgestellt. Schon alleine die Schläge hätten vermutlich seinen Tod zur Folge gehabt. Doch das war dem Mörder wohl nicht genug. Er musste ihn dazu noch ersäufen wie eine räudige Katze.«

»Genau das ist seine Absicht«, sagte Trevisan bestimmt. »Seine erwählten Opfer sollen alle ertrinken. Sie werden wie eine Katze im Sack in ein Netz geschnürt, damit sie dem Wasser hilflos ausgeliefert sind.«

»Der kleine Finger der linken Hand wurde oberhalb des ersten Gliedes abgeschnitten. Zu diesem Zeitpunkt lebte Grevenstedt noch«, beendete Kleinschmidt seine Zusammenfassung.

»Der Mörder muss kräftig sein«, bemerkte Trevisan. »Grevenstedt war kein Leichtgewicht.«

Kleinschmidt nickte.

»Hast du auch was Erfreuliches herausgefunden?«, fragte Trevisan.

Kleinschmidt widmete sich dem zweiten Aktenordner. Er reichte Trevisan eine Skizze vom Tatort. »Alle Gegenstände stammen aus dem Bootshaus. Eimer, Schemel und die Angelrute sind mit Sicherheit bei dem Kampf zu Boden gefallen. Die Farbe an der rechten Bootshälfte war neu aufgetragen. Grevenstedt muss auf dem Schemel gesessen haben und mit dem Streichen des Bootsrumpfes beschäftigt gewesen sein, als er angegriffen wurde. Wir haben alles nach Fingerabdrücken abgesucht. Wir fanden aber nur einige verwischte Prints. Eine Auswertung ist nicht möglich.«

Nachdenklich studierte Trevisan die Tatortskizze. Jedes Detail war darin eingezeichnet. »Das würde bedeuten, dass er den Mörder gekannt hat?«, folgerte Trevisan nachdenklich.

»Wie kommst du darauf?«

»Die Tür liegt in Grevenstedts Sichtfeld. Ich glaube nicht, dass er einfach sitzen bleibt und friedlich den Bootsrumpf streicht, wenn ein Fremder den Schuppen betritt.«

»Dort, wo der Hammer eingezeichnet ist, war es noch immer feucht, als wir am Tatort eintrafen. Der Rest des Bodens war trocken. Der Kerl kam nicht durch die Tür, er kam aus dem Wasser«, stellte Kleinschmidt klar.

Trevisan schluckte.

»Grevenstedt muss ihn bemerkt haben«, fuhr Kleinschmidt fort. »Der erste Schlag ging fehl und traf nur die Schulter. Deswegen auch das gebrochene Schlüsselbein. Die Untersuchung der Schlagmarken auf der Schulter und der des Kopfes ergeben deutliche Unterschiede …«

»… und das bedeutet, er hatte einen anderen Gegenstand dabei, um Grevenstedt niederzuschlagen. Der Hammer wurde nur zufällig zum Tatmittel«, vollendete Trevisan Kleinschmidts Vortrag.

»Das denke ich auch. Der Kerl hatte vermutlich einen Totschläger bei sich. Grevenstedt weicht dem ersten Schlag aus. Er wird an der Schulter getroffen, dadurch bricht er sich das Schlüsselbein. Beim anschließenden Kampf gewinnt der Täter die Oberhand und trifft ihn mit dem Hammer am Kopf. Grevenstedt bleibt betäubt liegen. Der Mörder schneidet Grevenstedt den Finger ab, fesselt ihn mit dem Netz, schleift ihn ans Wasser und wirft ihn hinein. Er bindet das Netz zuvor am Geländer an, damit Grevenstedt nicht durch die Strömung davontreibt. Dann verschwindet er.«

»So wird es wahrscheinlich gewesen sein«, bestätigte Trevisan. »Er kam in einem Boot oder als Taucher und ist vermutlich auf dem gleichen Weg verschwunden.«

»Was für ein kranker Geist wohnt in solch einem Kopf?«, fragte Kleinschmidt erschüttert. Er griff nach seiner Pfeifentasche und holte eine Pfeife aus dem Etui.

»Was ist mit dem Blut auf dem Stiel des Hammers?«, fragte Trevisan, nachdem Kleinschmidt seine Pfeife gestopft hatte.

»Es stammt mit Sicherheit nicht von Grevenstedt«, antwortete Kleinschmidt und zündete seine Pfeife an. »Wir haben einen genetischen Fingerabdruck angefertigt. Ich habe aber noch keine Antwort vom BKA.«

»Wie lange kann das noch dauern?«

»Sie haben versprochen, sich sofort an die Auswertung zu machen«, entgegnete Kleinschmidt und schaute auf den Kalender an der Wand. »Aber es wird wohl Ende nächster Woche.«

»Gut. Ich muss noch einen dringenden Anruf führen«, entschuldigte sich Trevisan, ehe er sich erhob.

Kleinschmidt schob ihm die Ordner zu. »Vergiss sie nicht, ich wollte sie dir heute Morgen schon bringen.«

Trevisan bedankte sich.

Kleinschmidt blickte Trevisan nachdenklich an. »Glaubst du, wir haben bald wieder mit ihm zu tun?«

»Ich habe das Gefühl, dass wir alle nur an der harten Schale dieses Wahnsinns kratzen«, entgegnete Trevisan grüblerisch. »Bislang ist es uns noch nicht gelungen, auch nur ein Stück weit in den Kern vorzustoßen.«

»Was meinst du damit?«

Trevisan zuckte mit den Schultern.

*

Diesmal kam die Verbindung zustande. Trevisan führte von seinem Büro aus ein Gespräch mit Stefan Lütjens auf den Malediven. Lütjens bestätigte, dass sein Vater am 20. Januar an Herzversagen gestorben war. Außer dem alten Fischer Dahmke aus Ostermarsch war ihm ab und zu ein junger Mann zur Hand gegangen. Doch über ihn wusste Stefan Lütjens nichts zu berichten. Sein Vater hatte zuletzt vom Bootsverleih und Ausflugsfahrten mit Touristen ins Wattenmeer gelebt. Die Tauchschule war schon seit langem geschlossen. Umso mehr hatte sich Stefan Lütjens darüber gewundert, dass sein Vater einen so teuren Taucheranzug samt Zubehör besaß.

Trevisan notierte Dahmkes Adresse. Die Telefonnummer kannte Lütjens nicht. Trevisan schaute aus dem Fenster. Der Wind trieb dunkle Wolken von Westen her.

26

Als sich Trevisan an diesem Abend ins Bett legte, konnte er nicht einschlafen. Er fühlte eine tiefe innere Unruhe. Die sonderbarsten Gedanken schossen ihm durch den Kopf. Grübelnd lag er wach. Er war dem Mörder auf den Fersen, doch wie konnte er ihn fassen? Er wälzte sich im Bett hin und her.

Mit einem Mal dachte er an die Zeit mit Grit zurück. Die wenigen glücklichen Momente mit ihr kamen ihm in den Sinn. Die Geburt ihrer Tochter, der verrückte Tag am Strand. Sie hatten sich damals wie Kinder benommen. Alles war so unendlich weit entfernt.

Seine Gedanken an die schönen Momente verliefen wie eine Tuschezeichnung im Regen. Sie wurden einfach weggewaschen und an ihre Stelle traten all der Zank und Streit der letzten Jahre. Trevisan schreckte aus dem Halbschlaf hoch. Er ging in die Küche und trank ein Glas Wasser. Gegen halb vier schlief er endlich ein.

Es wurde eine kurze Nacht. Als der Wecker um halb sechs klingelte, fühlte er sich krank. Schon wollte er sich wieder hinlegen, da fiel ihm ein, was er sich für heute alles vorgenommen hatte. Er beeilte sich mit der Morgentoilette und trank zwei Tassen Kaffee.

Eine Stunde später fuhr er bereits mit dem Dienstwagen nach Norden. Kurz hinter der Stadt bog er nach Ostermarsch ab. Er schaute auf die Uhr. Es war kurz vor acht. Als er den schmalen Weg am Rande des Ortes entlangfuhr, fiel sein Blick auf ein altes Häuschen. Allerlei Plunder stand in dem geschotterten Hof. Sonnenschirme, Schwimmreifen aus Plastik, Schlauchboote, Sandspielzeug und vieles andere mehr. Trevisan suchte nach einer Hausnummer. Dann sah er die verblasste Ziffer auf der dunklen Fassade. Trevisan parkte den Wagen gegenüber des Grundstückes. Als er auf den Hof zuging, sah er den alten Mann hinter einem kleinen Bretterverschlag stehen. Der Mann rauchte.

»Sind Sie Herr Dahmke?«, fragte Trevisan freundlich.

Der alte Mann nickte wortlos.

Trevisan präsentierte seine Polizeimarke und stellte sich vor.

»Was liegt an?«, fragte der Alte.

»Stefan Lütjens hat mich zu Ihnen geschickt. Er meinte, wenn ich Fragen bezüglich der Tauchschule Kopersand hätte, dann wäre ich bei Ihnen an der richtigen Adresse.«

»So, sagt er das. Ich dachte, er ist im Ausland.«

»Da haben Sie recht. Ich habe ihn angerufen«, antwortete Trevisan.

»Ich hörte mal, er ist in der Nähe von Australien«, entgegnete Dahmke. »Wenn Sie ihn dort angerufen haben, dann muss es aber wichtig sein.«

»Er lebt auf den Malediven. Sie haben aber recht, es ist überaus wichtig.«

Der Alte schnippte die Zigarette in ein nahes Gebüsch und bat Trevisan in das Haus. Der Gang war voll gestopft mit Paketen. Sogar in der Stube standen unzählige Kisten herum. Dahmke räumte einen Sessel frei und bot Trevisan Platz an.

»Die Sommersaison steht vor der Tür«, murmelte er. »Neue Lieferungen, Sie verstehen. Meine Frau ist noch nicht zum Auspacken gekommen. Man hat es nicht leicht heutzutage.«

»Von Lütjens' Sohn erfuhr ich, dass Sie ab und zu dem alten Lütjens zur Hand gingen«, sagte Trevisan. »Ich hätte dazu ein paar Fragen.«

»Das stimmt. Ab und zu. So, wie ich Zeit hatte. Lütjens gab mir ein paar Mark dafür.«

»Es heißt, dass Lütjens einen jungen Mann bei sich beschäftigte?«

»Ja, das stimmt«, antwortete Dahmke. »Sven.«

»Wissen Sie seinen vollen Namen?«

»Nein.«

»Wissen Sie, wann und woher er kam?«

»Er kam vor etwa einem Jahr nach Norden«, antwortete Dahmke. »Er sagte, er sei Taucher und suche Arbeit. Lütjens war zu alt für das Geschäft, er konnte nicht mehr. Er trug sich mit dem Gedanken, die Tauchschule zu verkaufen.«

»Woher kam dieser Sven?«

»Er sagte, dass er auf einer der Inseln aufgewachsen sei. Aber dann sei er weggezogen. Ich weiß nicht, woher er kam.«

»Wo wohnte er denn?«

»Ich habe Hans damals gewarnt, aber er wollte nicht auf mich hören. Er kannte ihn überhaupt nicht. Er ließ ihn bei sich wohnen. Der junge Mann war zwar immer freundlich, aber ich hab ihm nicht getraut. Ich weiß nicht, warum. Der hatte was an sich …, na ja, er war schon ein bisschen eigentümlich, verstehen Sie.«

Trevisan schüttelte den Kopf.

»Seine Augen«, erklärte Dahmke. »Ich glaube, ich habe noch nie so eiskalte Augen gesehen. Selbst wenn er freundlich gelacht hat, die Augen, die blieben leblos und leer.«

»Waren Sie oft mit ihm zusammen?«

»Drei- oder viermal. Ich hatte das Gefühl, der wusste, dass ich ihn nicht mochte. Wir sind uns aus dem Weg gegangen.«

»Welche Arbeiten hat er für Lütjens erledigt?«

»Oh, er half, wo er konnte. Er hat die Boote repariert oder vormittags den Verleih gemacht. Manchmal hat er auch Ausflüge ins Watt verkauft und den Wagen gelenkt. Der kannte sich ganz gut hier aus.«

»Hat er erwähnt, welchen Beruf er erlernt hat?«

»Mechaniker oder so was. Aber er verstand viel vom Tauchen. Hans war herzkrank. Er musste oft zum Arzt. Trotzdem hat er davon geträumt, die Tauchschule wieder eröffnen zu können. Mit Sven als Tauchlehrer.«

»Ich dachte, man braucht einen Lehrschein oder so etwas, um Tauchlehrer werden zu können?«

»Das ist wahr. Hans wollte ihm den Lehrgang bezahlen. Ich weiß nicht, wie der das geschafft hat, aber Sven konnte Hans einfach um den Finger wickeln.«

»Hatte Sven einen Wagen?«

»Nein, soviel ich weiß, nur ein Fahrrad. Wenn er fahren musste, hat Hans ihm seinen Wagen überlassen.«

Trevisan horchte auf. »Was für ein Wagen war das?«

»Hans hat einen Kleinwagen gefahren«, antwortete Dahmke. »Einen Fiat.«

Trevisan schluckte. Er war auf der richtigen Spur. Endlich. »Einen weißen Wagen mit schwarzer Beifahrertür?«

»Woher wissen Sie das?«, fragte Dahmke erstaunt.

Trevisan ignorierte die Zwischenfrage. »Wo befindet sich der Wagen jetzt?«

»Er steht in der Garage in Norddeich«, antwortete der Alte bestimmt.

»Und Sven?«

»Den habe ich seit Hans' Tod nicht mehr gesehen. Er ist einfach verschwunden.«

»Stimmt es, dass Sie noch einen Schlüssel zur Tauchschule haben?«

Dahmke nickte und kramte in der Hosentasche. »Stefan hat ihn mir gegeben. Er war im Januar hier. Er wollte die Tauchschule und die Boote verkaufen, aber die Zeit war zu knapp. Er will im Herbst wiederkommen. Er hat mich gebeten, ab und zu nach dem Anwesen zu sehen.«

»Wann waren Sie das letzte Mal in der Tauchschule?«

»Ich gehe jeden Donnerstag rüber.«

»War da alles in Ordnung?«

»Natürlich. Wieso?«

»Kann es sein, dass dieser Sven noch draußen in Kopersand untergekrochen ist?«

Dahmke schüttelte den Kopf. »Wäre mir sicher aufgefallen, das können Sie mir glauben. Außerdem hat Stefan damals die Schlösser ausgetauscht«, sagte er entschieden.

»Haben Sie auch nach dem Wagen gesehen?«

»Der Wagen steht in einer Garage am Bahnhof. Dafür habe ich keinen Schlüssel.«

»Hat der Wagen am Heck einen Aufkleber?«, fragte Trevisan.

An Dahmkes Gesicht konnte Trevisan erkennen, dass der alte Mann fieberhaft überlegte, dann sagte er schließlich: »Wenn ich mich recht erinnere, dann war ein Aufkleber der Tauchschule auf dem Kofferraumdeckel.«

»Wie sieht dieses Emblem aus?«

»Ein Taucher und der Schriftzug der Schule.«

»Würde es Ihnen etwas ausmachen, mich zu dem Gelände zu begleiten?«

Dahmke schüttelte den Kopf.

Sie fuhren hinüber nach Norddeich und parkten direkt vor dem lang gestreckten Holzgebäude. Es sah noch genauso leblos aus wie beim gestrigen Besuch. Dahmke nahm den Schlüssel und öffnete. Drinnen war es dunkel. Es roch modrig. Trevisan fasste unter seine Jacke. Er fühlte den kalten Stahl seiner Dienstpistole.

Der Alte zog die Rollläden auf. Weiße Decken lagen über den Sitzmöbeln und schützten sie vor dem Staub der Einsamkeit.

Trevisan war vorsichtig. Bedächtig durchsuchte er die Räume. Überall stieß er auf das gleiche Bild: Das Haus war unbewohnt. Im angebauten Geräteschuppen sah es genauso aus. Hier hatte schon seit Monaten niemand mehr einen Fuß hineingesetzt. Eine dicke Staubschicht lag auf dem Boden und auf allen Geräten.

»Sehen Sie, hier war schon lange keine Menschenseele mehr«, sagte Dahmke, nachdem sie sich in allen Räumen umgeschaut hatten.

»Dann nehmen wir uns jetzt die Garage vor«, sagte Trevisan. Irgendwie würde es ihm schon gelingen, einen Blick in die Garage zu werfen. Er wartete geduldig, bis der Alte das Gebäude wieder ordentlich verschlossen hatte. Dann fuhren sie hinüber zum Bahnhof. Die Doppelgarage war Trevisan schon bei seinem ersten Besuch aufgefallen. Ein buntes Graffito zierte das Garagentor.

»Es ist die linke«, sagte Dahmke. Er rüttelte am Tor, doch es ließ sich nicht bewegen. »Verschlossen«, murmelte er.

Trevisan umrundete das Gebäude. Es gab keine Fenster. Innerlich fluchte er. Als er hinter die Garage ging, stieß er auf ein altes, rotes Herrenfahrrad. Unscheinbar lehnte es an der Wand.

»Kennen Sie dieses Rad?«, rief er Dahmke zu.

Dahmke kam näher. Schon wollte er nach dem Lenker greifen, doch Trevisan hielt ihn zurück.

»Das ist das Rad von Sven, da bin ich mir ganz sicher«, antwortete Dahmke. Trevisan fasste in seine Jackentasche und entfaltete das Phantombild. Dahmke betrachtete es. Zögernd sagte er: »Die Augen stimmen. Das könnte Sven sein. Aber er trägt die Haare anders. Und die Mundpartie ist auch nicht gut getroffen. Trotzdem, das könnte Sven sein. Warum suchen Sie den denn?«

»Wegen Mordes«, antwortete Trevisan trocken.

*

Eine halbe Stunde später kam die angeforderte Polizeistreife des Nordener Polizeikommissariats angefahren. Ein uniformierter Kollege stieg aus. Trevisan wies sich aus.

»Wir müssen unbedingt einen Blick in die Garage werfen«, sagte er zu dem Polizisten und erklärte ihm kurz, um was es ging. Der Polizist rief auf seiner Dienststelle zurück. Es dauerte eine Weile, bis ein Schlosser vorfuhr.

Zehn Minuten später war das Tor geöffnet. Außer ein paar Altreifen, einer Werkbank und einem rostigen Moped war die Garage leer. Der Wagen fehlte.

»Wissen Sie, welches Nummernschild der Wagen hat?«, fragte Trevisan den sprachlosen Dahmke. Dahmke wusste es nicht. Trevisan griff nach seinem Handy und rief seine Dienststelle an.

Monika Sander meldete sich. »Wo bist du nur, wir haben uns schon Sorgen gemacht!«

»Ich bin in Norden. Ich glaube, wir sind ihm ein großes Stück näher gekommen. Kleinschmidt soll mit dem Spurensicherungsteam hier anrücken. Außerdem musst du mir eine Fahrzeugzulassung überprüfen.« Er erzählte Monika, was er in Erfahrung gebracht hatte.

Bald darauf rief sie zurück. Kleinschmidt war auf dem Weg. Trevisan nannte ihr das Auricher Kennzeichen. »Gib es sofort an die Fahndung weiter. Der Wangerland-Mörder ist damit unterwegs«, sagte Trevisan und beendete das Gespräch.

*

Kleinschmidt traf kurz nach zwölf in Norddeich ein. Hanselmann und ein weiterer Kollege begleiteten ihn. Trevisan schilderte kurz die Lage und Kleinschmidt machte sich sofort an die Arbeit. Sie fanden unzählige Fingerabdrücke in der Garage und auch am Fahrrad.

Als Trevisan abends nach Wilhelmshaven zurückkehrte, waren die Büros der Kollegen verwaist. Nur Margot Martinson saß noch im Konferenzraum. Sie brütete über den Akten und arbeitete am Persönlichkeitsprofil des Täters.

»Sie wollen heute wohl gar keinen Feierabend machen«, meinte Trevisan.

Martinson blickte auf.

»Keinen Ehemann, keinen Verlobten, keinen Freund, der auf Sie wartet? Schließlich ist Wochenende.« Trevisan musterte die Psychologin.

»Niemand wartet auf mich, ich lebe alleine«, antwortete sie.

Trevisan spürte, dass ihr die Unterhaltung nicht behagte, und wechselte das Thema. »Haben Sie schon etwas herausgefunden?«

Martinson schüttelte den Kopf, dann warf sie entmutigt ihren Bleistift auf den Tisch. »Ich komme einfach nicht weiter! Sobald ich denke, ich hätte einen Ansatzpunkt für ein Täterprofil gefunden, wird dieses Gedankenmodell durch andere Indizien und Ermittlungsergebnisse zerstört.«

Trevisan begriff nicht, was sie meinte. Er blickte sie fragend an.

»Der Täter weist so ein zerrissenes Persönlichkeitsprofil auf, dass Verhaltensprognosen unmöglich sind. Religionswahn, aber auf der anderen Seite keine Spur von missionarischem Handeln. Er agiert im Geheimen. Er führt ein total unstrukturiertes Leben, doch bei den Morden plant er jedes Detail, überlässt nichts dem Zufall und geht äußerst konzentriert vor. Er weist Züge einer schwersten Schizophrenie auf, hat sich aber dennoch so weit unter Kontrolle, dass es ihm immer wieder gelingt, rechtzeitig unterzutauchen und ruhig zu bleiben, so dass er keine Aufmerksamkeit erregt. Seine psychotischen Symptome müssen für ihn manchmal überwältigend sein, doch er schafft es anscheinend, über diese tief gehenden Phasen ohne fremde Hilfe hinwegzukommen. Etwas scheint ihm dabei zu helfen, doch Medikamente sind es wahrscheinlich nicht. Der Mord an Grevenstedt spricht für motorisch koordiniertes Handeln und geistige Beweglichkeit. Sein innerer Antrieb ist stärker als die Summe aller Persönlichkeitsstörungen, die sein Leben beherrschen. Doch leider vermag ich nicht einmal zu erahnen, was dahinter steckt. Seine Psychogenese erscheint mir derart verworren, dass es mir unmöglich ist, die Hypostase klar herauszuarbeiten.«

Trevisan blickte verwirrt. »Das ist mir zu viel Fachchinesisch.«

»Entschuldigen Sie. Ich meine nur, es gibt kein klares Bild.«

»Vielleicht machen ihn seine Erinnerungen einfach nur krank«, sagte Trevisan.

»Sie denken an eine Posttraumatisierung?«

»Ich meine, er mordet zum einen, um sich selbst oder sein Vorhaben zu schützen, und zum anderen, um seine Art der Rache zu üben«, resümierte Trevisan. »Einmal passiert es aus einem Sachzwang heraus, das andere Mal verfolgt er einen genauen Plan.«

»Keine gesicherten Erkenntnisse, zu viele Mutmaßungen«, antwortete sie mit deutlicher Resignation in ihrer Stimme. »Auf dieser Basis kann ich keine Hilfe sein. Meine Aufgabe ist es, die Ermittlungen zu unterstützen, indem ich Hinweise auf das Lebensumfeld, die Charakterzüge und Persönlichkeitsstrukturen, insgesamt den Habitus des Täters gebe. Aber hier hab ich versagt. Am Montag werde ich zu Frau Schulte-Westerbeck gehen und sagen, dass ich nicht weiterkomme. Über diesen Mann lässt sich kein genaues Psychogramm erstellen.«

»Warten Sie erst einmal ab«, erwiderte Trevisan. »Sie werden mit Sicherheit noch gebraucht.«

»Ich werde Ihnen aber nicht weiterhelfen können!«

»Ziehen Sie Ihre Jacke an, wir gehen jetzt zusammen etwas trinken.«

»Aber ich habe …«

»Keine Widerrede«, befahl Trevisan mit einem Lächeln. »Ich habe heute etwas Wichtiges herausgefunden und Sie haben wesentlich dazu beigetragen. Ich bin zwar kein Psychologe, aber ich weiß trotzdem, was Ihnen jetzt fehlt. Sie müssen einfach mal raus. Und nun Ende der Diskussion!«

*

Er spürte, dass etwas nicht stimmte. Es war, als wäre etwas aus dem Gleichgewicht gekommen. Es nagte in ihm. Er wusste nicht, was es war, aber dieses Gefühl der Machtlosigkeit wurde langsam unerträglich. Als es draußen zu regnen begann, ging er zurück ins Haus. Er betrat das Schlafzimmer. Die Kerzen verströmten einen angenehmen Duft. Er liebte diesen Geruch seit seiner Kindheit. Es lag etwas Friedvolles darin. Er schaute auf den Altar. Der kleine Dackel auf dem Bild gefiel ihm. Er hatte sich schon immer so ein Tier gewünscht. Jemanden, für den er die Verantwortung tragen durfte. Er schalt sich selbst einen Narren. Hatte er nicht genug Verantwortung zu tragen? Die Wiederherstellung der einzig wahren Gerechtigkeit lastete auf seinen Schultern.

Das Foto war schlecht. Es war grobkörnig und schwarz-weiß und aus der Zeitung ausgeschnitten, doch es würde seinen Zweck erfüllen. Er ging zurück in die Küche und öffnete den großen Wandschrank. Zwei Scheiben Toastbrot lagen darin. Ansonsten war der Schrank leer. Er würde wieder losziehen müssen. Es ließ sich nicht vermeiden. Wenn er bei Kräften bleiben wollte, dann musste er essen. Er griff nach dem Toastbrot. Für heute würde es reichen. Er fühlte sich nicht wohl. Heute war ein schlechter Tag. Er schaute in seinen Geldbeutel. Nur noch Münzen befanden sich darin. Nicht einmal fünf Mark.

Er hätte sich gerne eine Pizza geholt. Er liebte Pizza. Wenn es damals in Wehnen welche gab, dann aß er, bis sein Bauch zu platzen drohte. Für Essen war dort gesorgt, doch das war auch alles. Nie mehr würde er dorthin zurückgehen. Nie mehr.

*

Das Wochenende verging wie im Flug. Trevisan befürchtete, dass er erneut von Angelas Seite weggerissen werden könnte, doch seine Sorge war unbegründet. Es blieb ruhig. Zusammen mit Paula hatten sie am Sonntag eine Wattwanderung unternommen. Sie waren erst spät nach Hause gekommen. Das Phantom vom Wangerland hatte Trevisan eine Pause gegönnt. Als Trevisan am Montagmorgen zum Dienst ging, fühlte er sich ausgeruht und erholt.

Monika Sander betrat das Büro. Trevisan saß hinter seinem Schreibtisch und las in Kleinschmidts Bericht.

»Hallo, Martin«, begrüßte sie ihn. »Es ist am Freitag wohl spät geworden?«

Trevisan blickte auf. »Als ich am Freitag zurückkam, wart ihr schon alle weg. Wie ist es bei euch gelaufen?«

»Nichts. Niemand kann sich an einen Schüler erinnern, der nur vier Finger an einer Hand hat. Auch das Bild hat uns nicht weitergebracht. Aber warum fragst du, du hast die Tauchschule doch gefunden?«

»Ich habe herausgefunden, wo er im letzten Jahr gearbeitet hat und untergekommen ist. Ich kenne seinen Vornamen, aber das ist auch schon alles.«

»Übrigens, hat dich meine Nachricht noch erreicht?«

»Welche Nachricht?«

»Ich bin zufällig auf eine mögliche Erklärung für das Geld in Mijboers Schreibtisch gestoßen. Ich habe einen Zettel auf deinem Schreibtisch hinterlassen.«

Trevisan zuckte die Schultern und suchte nach Monikas Notizen.

»Bemüh dich nicht. Es gibt einen Hinweis aus dem Betrugsdezernat«, erklärte Monika. »Demnach war Mijboer ein Spieler. Ein Kartenhai. Er spielte in verschiedenen Clubs in Bremen. Wahrscheinlich stammt das Geld aus dem Glücksspiel. Aber das ist ja jetzt nicht mehr so wichtig. Wie gehen wir weiter vor?«

»Wo sind die anderen?«, fragte Trevisan.

»Dietmar ist noch immer krank«, entgegnete Monika. »Till und Alex schreiben gerade an ihrem Bericht und Tina hat heute früh einen Termin bei Beck. Es geht um die Stellenvergabe.«

»Wir müssen dringend miteinander reden. Wir treffen uns heute Mittag um zwei im Konferenzraum. Was hast du jetzt vor?«

»Eigentlich nichts.«

»Dann kannst du mich begleiten«, sagte Trevisan und schloss den Aktenordner.

*

Sie hatten den anderen Bescheid gegeben und waren in die Tiefgarage gegangen. Erst als sich Trevisan hinter das Steuer setzte, sagte er Monika, dass er nochmals zu Grevenstedts Bootshaus fahren wolle.

»Du hast noch immer nicht gesagt, wie wir nun weitermachen«, sagte Monika.

Trevisan richtete den Blick auf die Fahrbahn. Ein Wagen bog vor ihm in die Straße ein. Trevisan musste bremsen. Er zerbiss einen Fluch auf den Lippen.

»Und?«, fragte Monika.

Trevisan blickte sie fragend an.

»Wie geht es weiter?«

»Ich weiß es noch nicht so genau. Wir müssen seine Geschichte kennen lernen, nur dann haben wir eine Chance.«

»Und wie willst du das anstellen?«

»Wir müssen lernen, seine Sprache zu verstehen. Er äußert sich nicht mit Worten, aber jede einzelne seiner Taten sagt mehr über ihn als das, was wir bislang herausgefunden haben. Er geht einen Weg. Nur wenn es uns gelingt, ihm auf diesem Weg entgegenzugehen, werden wir ihn fassen. Solange wir nur versuchen, ihn einzuholen, ist er uns immer einen Schritt voraus.«

»Ich verstehe nicht, wie du das machen willst.«

»Die Psychologin vom LKA hat mir dabei geholfen«, sagte Trevisan. »Wusstest du eigentlich, dass Schwarz und Lila in dieser Kombination eine tiefere religiöse Bedeutung haben?«

Monika schüttelte den Kopf.

»Schwarz und Lila stehen für den Tod und das Leiden Christi. An Karfreitag und Ostern ist die Kirche in lila Farben geschmückt. Aber die Farbe steht auch für die Hoffnung. Jeder Tod ist eine Wiedergeburt in einer anderen Welt. Die Seelen der Menschen werden geprüft. Sie werden geläutert. Der Tod ist praktisch eine Weggabelung mit einer Art Durchlasskontrolle. Es ist die Frage, wohin der weitere Weg führt. In eine bessere Welt, ins Fegefeuer oder in die Hölle.«

Monika hörte aufmerksam zu. »Dann ist er ein Racheengel?«, fragte sie gedankenverloren.

»Eher ein Schuldeneintreiber«, erwiderte Trevisan. »Der Tod ist die Bringschuld der Menschen.«

»Aber worin liegt die Schuld seiner Opfer? Gabler hatte ein Hang zur Pädophilie, Mijboer hatte Drogenprobleme und Willemsen war vielleicht ein bisschen rechtsradikal, zumindest hatte es für uns den Anschein. Hansen hingegen war ein anständiger Mensch und von Grevenstedt haben wir auch nur Gutes gehört. Wofür hat er sie bestraft?«

»Angenommen, Gabler, Mijboer und Willemsen waren Zufall, dann blieben Hansen und Grevenstedt übrig«, entgegnete Trevisan. »Hansen hat seine Frau betrogen und von Grevenstedt kennen wir vielleicht nicht die ganze Wahrheit.«

»Dann müssen wir einfach weitergraben«, erwiderte Monika.

»Möglicherweise machen wir auch einen Denkfehler. Wir suchen nach dem dunklen Fleck auf ihrer Weste. Bislang haben wir bei Hansen einen kleinen grauen Punkt entdeckt. Aber wir legen unsere Maßstäbe an. Es kann gut sein, dass sich der Mörder eine eigene Betrachtungsweise zugelegt hat.«

»Wie meinst du das?«

»Gut oder böse ist lediglich eine Frage der subjektiven Perspektive«, stellte Trevisan fest.

Monika wollte antworten, doch Trevisan bremste und hielt den Wagen an. Monikas Blick fiel auf das kleine Häuschen von Gerda Trewes. »Was hast du vor?«

»Wir fügen unserem Bild von Grevenstedt einen weiteren Pinselstrich hinzu«, sagte Trevisan und öffnete die Wagentür.

*

Gerda Trewes sah mitgenommen aus. Ihr bleiches Gesicht war von traurigen Furchen gezeichnet. Sie trug trotz der milden zwanzig Grad eine dunkle Strickjacke. Sie wirkte zerbrechlich, als sie vor Trevisan herging. In der Stube war es entsetzlich warm. Die Luft über dem Ölofen flirrte. Trevisan öffnete seine Windjacke.

»Diesen Anblick werde ich nie vergessen«, sagte die alte mit brüchiger Stimme. »Ich kannte ihn noch als kleiner gen, da ist er dort drüben über die weiten Felder gesprungen. Er war ein so fröhliches Kind. Wenn er hier vorbeikam, hat er angehalten und mich besucht. Welches Ungeheuer tötet so einen Menschen?« Sie war den Tränen nah.

»Ich möchte Sie nicht unnötig aufregen. Wenn Sie sich nicht in der Lage fühlen ...«

»Wenn es dazu beiträgt, diesen Unmenschen zur Strecke zu bringen, dann fragen Sie ruhig«, sagte sie mit einer Kraft, die ihr Trevisan nicht mehr zugetraut hätte.

»Was für ein Mensch war Horst Grevenstedt?«

Gerda Trewes malte ein Bild, das einen Menschen voller Liebe, voller Güte und voller Herzenswärme skizzierte.

»Er hat sogar einmal einem jungen Menschen das Leben gerettet. Dabei hat er sein eigenes Leben aufs Spiel gesetzt. Das sagt eigentlich alles«, schloss sie.

Trevisan fragte sich, was er erwartet hatte. Eine Affäre, eine kleine Unzulänglichkeit, einen guten Grund für einen Mord, zumindest einen Ansatzpunkt. Vergeblich. Auch Frau Trewes konnte kein Licht in das Dunkel bringen.

Trevisan standen die Schweißperlen auf seiner Stirn. Monika Sander erging es nicht besser. Sie waren beide froh, dem stikkigen Raum entkommen zu sein, als sie zum Bootsschuppen hinausfuhren.

»Zufrieden?«, fragte Monika.

»Es ist eine Frage der Perspektive«, antwortete Trevisan. »Ich werde das Gefühl nicht los, dass die Lösung schon längst offen vor uns liegt. Wir sehen sie einfach nicht, weil wir seine Betrachtungsweise nicht kennen.«

*

Als Trevisan gegen zwei Uhr den Konferenzraum betrat, saßen die anderen schon am Tisch. Till Schreier berichtete, dass die Überprüfungen in den Tauchschulen nichts ergeben hatte. In seiner Stimme lag eine deutliche Spur von Enttäuschung.

»Es tut mir leid, dass ich euch vergeblich durch die Gegend gehetzt habe. Fest steht jedenfalls, dass er eine ziemliche Ahnung vom Tauchen hat. Irgendwo muss er doch seine Kenntnisse erworben haben.« Trevisan teilte seinen Kollegen mit, was er am Freitag in Erfahrung gebracht hatte. Sie hörten gespannt zu.

»Und was unternehmen wir jetzt?«, fragte Alex Uhlenbruch.
»Hast du eine Idee?«, fragte Trevisan.
Im Raum herrschte Schweigen.
»Uns bleibt nicht viel anderes, als abzuwarten, bis er irgendwo gesehen wird«, warf Tina Harloff ein.
»Alle Polizeistreifen im Land halten Ausschau nach ihm. Trotzdem ist er bislang nicht aufgefallen«, gab Till zu bedenken.
»Er muss irgendwo untergekrochen sein«, folgerte Tina.
»Eben«, sagte Trevisan. »Irgendwo in der Einsamkeit des Landes. Den Wagen versteckt er und bleibt selbst immer nur im Schatten.«
Till schüttelte den Kopf. »Vielleicht verkleidet er sich und hat längst den Wagen gewechselt.«
»Er muss essen, er muss trinken, er braucht Benzin für den Wagen« , sagte Monika.
»Er spielt Katz und Maus mit uns«, bemerkte Alex Uhlenbruch.
»Erinnert euch, wir vermuten – nein, mehr noch: Wir wissen, dass er seine Opfer vor der Tat studiert«, sagte Till. »Das heißt also, dass er aus seinem Versteck kommen muss. Trotzdem finden wir ihn nicht. Vielleicht liegt der Fiat irgendwo im Wasser.«
Trevisan schüttelte den Kopf. Er blickte aus dem Fenster. »Er wird es wieder tun, ich weiß es.«
»Und was machen wir in der Zwischenzeit?«, fragte Tina in die Runde.
»Wir sollten jeden gottverdammten Stein hier in der Gegend umdrehen«, antwortete Till.
»Wie meinst du das?«
»Ferienhäuser, leerstehende Villen, Scheunen, Bootshäuser, Boote, egal«, sagte er energisch. »Dort, wo Ratten sich verkriechen, wenn es brenzlig wird.«
»Wo willst du damit anfangen?«, fragte Alex.
»Beginnen wir auf Wangerooge. Dort muss er zumindest einmal gewesen sein, ohne dass er dem Opfer nachjagte. Natürlich nur, wenn Gabler wirklich nur durch Zufall starb.«
»Ich weiß nicht, es ist ein Fass ohne Boden«, hielt Alex dagegen.

»Willst du hier vielleicht abwarten, bis wir wieder mit dem Leichenkarren ausrücken können?«, entgegnete Till empört.

Trevisan schaltete sich ein. »Till, deine Idee ist nicht schlecht. Wir sollten es zumindest versuchen. Erinnert euch an die Überprüfungen der Einbrüche. Dadurch haben wir erfahren, dass er sich seine Ausrüstung zusammengestohlen hat. Am Ende hielten wir ein Phantombild in der Hand. Mit den Tauchschulen hatten wir zwar keinen Erfolg, aber warum sollte sich das Glück nicht wieder zu unseren Gunsten wenden? Es ist zumindest besser, als untätig herumzusitzen.«

Schließlich stimmten alle zu. Gemeinsam erarbeiteten sie einen Plan, nach dem sie vorgehen wollten.

27

Mittlerweile hatte der Sommer Einzug im Wangerland gehalten. Der Dienstag präsentierte sich warm und ein strahlend blauer Himmel lag an diesem Morgen über dem gesamten Land. Trevisan trug ein kurzes Hemd und eine leichte Windjacke.

Er stand im Besprechungszimmer und blickte nachdenklich auf die Landkarte. Till Schreier hatte topografische Karten des Wangerlands besorgt. Karten der Streitkräfte im Maßstab 1:10 000. Alle Einzelheiten waren darin verzeichnet. Vier große Karten hingen nebeneinander. Sie nahmen die halbe Wand gegenüber dem Fenster ein. Monika Sander hatte die Tatorte darin eingezeichnet. Rote Fähnchen standen für die Morde, grüne Fähnchen bezeichneten die Einbrüche und Diebstähle. Auffällig war, dass der Täter die Morde alle im Wangerland begangen hatte, während die Einbrüche und Diebstähle im Westen zwischen Aurich und den ostfriesischen Inseln verübt worden waren.

»Er hielt sich wohl noch lange Zeit in der Gegend um Norden auf, ehe er ins Wangerland wechselte«, folgerte Till Schreier, als er sich neben Trevisan stellte und die Karte betrachtete.

»Er kennt sich in beiden Regionen aus«, sagte Trevisan. »Er hat seine Taten fein säuberlich vorbereitet. Er wusste genau, wo er sich die Taucherausrüstung, die Harpune und den Scooter besorgen kann.«

»Er stammt also aus dem Westen«, warf Alex Uhlenbruch ein. »Vielleicht erklärt es auch, warum wir bei uns mit dem Phantombild nicht weiterkommen.«

»Das Phantombild wurde auch im Harlingerland und in den Zeitungen der größeren Städte veröffentlicht«, gab Tina Harloff zu bedenken.

»Das stimmt schon, aber hier in unserer Gegend liegen die Tatorte«, antwortete Alex. »Die Menschen im Westen lesen deshalb vielleicht ein wenig sorgloser darüber hinweg.«

Trevisan verfolgte die Diskussion. Uhlenbruchs Argument hatte etwas für sich. Die Betroffenheit der Menschen schwand mit zunehmendem Abstand zum Ort des Geschehens.

»Er mordet im Wangerland und taucht im Harlingerland unter«, folgerte Till. »Das wäre eine mögliche Erklärung für unsere vergebliche Suche.«

»Er lauert seinen Opfern auf. Er verfolgt und beobachtet sie«, sagte Margot Martinson bestimmt. Die Profilerin hatte unbemerkt den Raum betreten und das Gespräch verfolgt. Alle Köpfe wandten sich zu ihr um. »Er bricht bei ihnen ein und stiehlt Bilder von ihnen. Das bedeutet, dass er hier präsent sein muss. Er kann sich nicht wie eine Muräne in einer dunklen Höhle verkriechen und darauf warten, bis sein Opfer zufällig an ihm vorbeischwimmt. Er muss in ihrer Nähe sein, er will ihren Atem und ihre Angst spüren. Das ist Teil des Rituals. Er ist hier!«

»Sie hat recht«, bekräftigte Trevisan. »Er ist irgendwo da draußen. Er studiert die Gewohnheiten seiner Opfer. Er ist unterwegs. Er muss schlafen, er muss essen, er muss sich bewegen. Das ist unsere Chance.«

»Alle Polizeistreifen sind informiert und halten Ausschau nach dem Wagen. Trotzdem haben wir bislang keinen einzigen Hinweis«, warf Monika ein.

»Er muss einen sicheren Unterschlupf haben«, sagte Till

überzeugt. »So etwas wie ein Basislager. Es liegt außerhalb der Städte, sonst wären bestimmt einige Anrufe aus der Bevölkerung eingegangen.«

»Vielleicht sollten wir auch den Wagen in die Öffentlichkeitsfahndung einbeziehen«, überlegte Alex laut.

»Damit würden wir aber unsere einzige Chance riskieren, ihn zu erwischen«, antwortete Trevisan. »Was ist, wenn er sich des Wagens entledigt und sich einen anderen besorgt?«

Zustimmendes Gemurmel erfüllte den Raum.

»Könnte er sich einfach in einer Ferienpension eingemietet haben?«, fragte Tina Harloff nach einer Weile.

»Eher unwahrscheinlich. Da hätten wir bestimmt schon einen Anruf erhalten«, konterte Till.

»Er könnte den Wagen außerhalb versteckt haben«, warf Alex ein. »Es ist auch denkbar, dass er mittlerweile sein Aussehen verändert hat.«

Margot Martinson schüttelte den Kopf. »Ich schließe das aus. Er braucht uneingeschränkte Beweglichkeit. Seine Taten, zumindest die Morde an Hansen und Grevenstedt, tragen eine ungeheure Symbolik in sich. Er hat meiner Ansicht nach einen zwanghaften Hang dazu. Solche Menschen führen oft symbolische Gegenstände mit sich. Bilder, Kreuze, Kerzen. Er braucht sie, um seine Messen zu zelebrieren. Ich kann mir nicht vorstellen, dass er so etwas unbemerkt in einer Ferienpension oder in der Nähe anderer Menschen tun kann.«

»Damit wären leerstehende Gebäude, alte Fabriken und Bootshäuser als Unterschlupf denkbar«, murmelte Trevisan.

»Wir werden von Wilhelmshaven bis zur Küste jeden Stein umdrehen«, sagte Monika. »Alle verlassenen Gebäude, jeden möglichen Unterschlupf. Es wird am besten sein, wenn wir uns aufteilen und mit den örtlichen Polizeiposten zusammenarbeiten. Die kennen ihre Gebiete genau.«

Sie teilten sich Bezirke zu. Eine wahre Sisyphusarbeit lag vor ihnen.

Als Trevisan das Besprechungszimmer verließ und sein Büro aufsuchte, klingelte das Telefon. Kleinschmidt war am Apparat.

»Ich habe Nachricht vom Landeskriminalamt«, sagte er. »Sie haben das Identifizierungsmuster der Blutspur mit den einliegenden Spurenträgern verglichen. Keine Übereinstimmung.«

Trevisan hatte eigentlich nichts anderes erwartet.

»Martin, bist du noch dran?«, fragte Kleinschmidt nach einer Weile.

»Ja«, entgegnete Trevisan und las die Nachricht von Anke Schulte-Westerbeck, die auf seinem Schreibtisch lag.

*

»Es wäre eine Möglichkeit, wenn wir den Ort näher eingrenzen könnten. Aber dennoch wäre es relativ zeit- und kostenintensiv«, sagte Oberstaatsanwalt Brenner nachdenklich.

»Zeit und Geld kann in diesem Fall keine Rolle spielen«, entgegnete die Polizeichefin energisch. »Die DNA-Analyse hat uns neue Möglichkeiten eröffnet, die wir nicht ungenutzt lassen sollten.«

Trevisan dachte daran, dass Anke Schulte-Westerbeck in Sachen Zeit schon mal ganz anderer Auffassung gewesen war. Er wunderte sich überhaupt darüber, dass sie ihn in der letzten Tagen weitgehend in Ruhe gelassen hatte.

»Wir fangen unsere Suche auf Wangerooge an. Auf freiwilliger Basis, versteht sich. Wir beschränken das Alter auf Männer zwischen fünfundzwanzig und fünfunddreißig Jahren. Das wird den Aufwand minimieren«, fuhr Schulte-Westerbeck unbeirrt fort. Trevisan runzelte die Stirn, doch er schwieg.

»Trevisan, was meinen Sie dazu?«, fragte die Polizeichefin und schaute ihn mit durchdringendem Blick an.

Trevisan räusperte sich. »Ich weiß nicht. Ich glaube nicht, dass es uns weiterbringt«, sagte er schließlich zögernd.

»So, warum denn nicht?«, hakte seine Vorgesetzte nach.

»Es ist nur ein vager Verdacht, dass er sich auf Wangerooge aufhalten könnte«, erklärte Trevisan mit ruhiger Stimme. »Lediglich der Mord an Gabler ist in meinen Augen ein schwaches Indiz dafür. Ich bin überzeugt, er lebt nicht wirklich im Wangerland. Er hat hier in der Gegend keinen eingetragenen Wohnsitz. Er haust hier irgendwo. Mit einem freiwilligen Gentest werden wir ihn nicht erreichen. Er bleibt einfach in seinem Versteck.«

»Wenn wir so viel über ihn wissen, warum haben wir ihn dann noch nicht?«

Ein bissiger Unterton schwang in ihrer Stimme. Trevisan zuckte mit den Schultern.

»Er scheint uns immer einen Schritt voraus zu sein«, bemerkte Oberstaatsanwalt Brenner.

»Das würde ich nicht sagen«, wandte Trevisan ein. »Er verfolgt ein Ziel. Unbeirrt. Er hat nur den Vorteil, dass wir nicht wissen, was er als nächstes vorhat. Doch irgendwann werden sich unsere Wege kreuzen.«

»Wann wird das sein?«, fragte Antje Schulte-Westerbeck. »Wie viele Leichen wird es noch geben? Wir können uns keine weiteren Toten leisten. Bald beginnt die Hauptsaison. Die Gäste werden unserem Landstrich fernbleiben, wenn sie sich hier nicht sicher fühlen können. Jeden Tag erhalte ich unzählige Anrufe. Ich weiß schon gar nicht mehr, was ich sagen soll. Wir müssen etwas unternehmen.«

»Wir überprüfen derzeit alle leer stehenden Gebäude in der Region«, sagte Trevisan. »Die Polizeidienststellen sind informiert. Er muss irgendwo schlafen und sich verstecken. Monika Sander und Till Schreier koordinieren die Aktion.«

Brenner nickte.

»Brauchen Sie noch Männer?«, fragte Schulte-Westerbeck.

Trevisan schüttelte den Kopf. »Die Schutzpolizei unterstützt uns bereits. Wir arbeiten mit den örtlichen Polizeidienststellen zusammen. Die Beamten wissen, welche Objekte in ihrem Zuständigkeitsbereich in Frage kommen.«

»Dann kann ich nur hoffen, dass uns Ihre Aktion weiterhilft. Trotzdem schlage ich vor, einen Gentest im Auge zu behalten«, schloss die Polizeichefin die Unterredung.

Oberstaatsanwalt Brenner blickte auf die Uhr. Eilends erhob er sich. »Entschuldigen Sie, aber ich habe noch einen wichtigen Termin«, sagte er, ehe er den Raum verließ. Trevisan erhob sich ebenfalls.

»Herr Trevisan, ich möchte gerne mit Ihnen reden«, hielt die Chefin ihn zurück. Er setzte sich wieder auf den Stuhl. Anke Schulte-Westerbeck lief unruhig auf und ab.

»Trevisan«, sagte sie schließlich. »Ich war ungerecht zu Ihnen. Ich habe überzogen reagiert. Dafür möchte ich mich bei Ihnen entschuldigen. Sie sind ein hervorragender Beamter.

Ich habe Ihre Methoden angezweifelt, aber es geschah unter dem Druck der Ereignisse. Ich muss mich erst noch daran gewöhnen, dass nicht mehr alles wie im Ministerium glatt und nach Plan verläuft. Bitte, lassen Sie uns die vergangenen Wochen vergessen.«

Sie ging auf Trevisan zu und reichte ihm die Hand. Trevisan war sprachlos. Zögernd erhob er sich.

Was hatte sie vor? Welche Taktik hatte sie sich nun wieder ausgedacht? Er griff nach ihrer Hand und blickte in ihre Augen. Trevisan spürte, dass sie es ehrlich meinte. Als er das Büro verließ, hatte er ein gutes Gefühl.

Auf dem Weg zu seinem Zimmer traf er auf Monika Sander. »Wie sieht es aus?«, fragte Trevisan.

»Till und Alex brüten über der Landkarte. Wir haben unzählige Rückmeldungen von den Polizeidienststellen aus der Gegend. In der Nähe der Nordsee gibt es einige Ferienparks mit kleinen Bungalows. Es liegt viel Arbeit vor uns. Was machst du jetzt?«

»Ich habe einen Termin beim Arzt. Ich hatte in den letzten Tagen Schmerzen. Paula hat gesagt, wenn ich nicht gehe, dann fesselt sie mich ans Bett und holt den Arzt nach Hause.«

Monika lächelte. Als Trevisan weitergehen wollte, sagte sie zu ihm: »Was ist, wenn wir ihn auf diese Art und Weise nicht kriegen?«

»Dann müssen wir uns etwas anderes überlegen.«

»Was?«

»Ich habe keine Ahnung.«

Die folgenden Tage vergingen mit endlosen Durchsuchungen und unzähligen Befragungen. Und langsam stellte sich Trevisan die Frage, ob Monika Sander nicht recht hatte. Hatte der Wangerland-Mörder schon alle seine Opfer getötet, war er längst auf immer und ewig verschwunden?

*

Der Juni neigte sich dem Ende zu. Der Wind trug wieder dunkle Wolken von Westen heran. Der gestrige Tag hatte sonnig und warm begonnen, doch gegen Mittag hatte es geregnet. Sie hatten bei Waddewarden eine Feriensiedlung durchsucht. Trevisan musste seine Schuhe hinterher wegwerfen. Sie waren mit einer dicken Schlammschicht überzogen. Wieder einmal war alles umsonst.

Monika Sander saß auf ihrem Stuhl und blickte nachdenklich aus dem Fenster. Trevisan ging die Liste der Objekte durch, die dem Wangerland-Mörder als Unterschlupf dienen konnten. Er nahm den roten Stift und strich bereits durchsuchte Gebiete aus der Liste.

»Seit Tagen sind wir nun schon unterwegs«, sagte Monika mutlos. »Manchmal glaube ich, dass wir ihn nie finden werden. Was ist, wenn er bei jemandem untergekrochen ist?«

»Das glaube ich nicht. Nach allem, was Margot herausgefunden hat, ist er ein Einzelgänger. Andere Menschen in seiner Nähe würden ihn nur stören.«

»Vielleicht hat er sich bei jemandem eingeschlichen und sie oder ihn längst umgebracht. Dann würden wir ihn so auch nicht finden.«

»Auch das glaube ich nicht. Er tötet nicht wahllos«, konterte Trevisan voller Überzeugung. »Grevenstedt und Hansen standen auf seiner Liste und die anderen mussten sterben, weil sie ihm bei seinem Ziel im Weg waren.«

»Bei Willemsen und Mijboer leuchtet mir das schon ein«, bestätigte Monika. »Aber was war bei Gabler? War der auch im Weg?«

»Ich glaube, dass er von der *Helge* aus Wangerooge ansteuerte«, sagte Trevisan. »Die Insel liegt dem Fundort des Kutters am nächsten. Wahrscheinlich wurde er dabei von Gabler überrascht.«

Sie fuhren herum, als die Tür aufging und Kleinschmidt in das Besprechungszimmer trat. »Hallo, Martin, ich habe schon versucht, dich zu erreichen.« Er nickte Monika freundlich zu.

»Hast du etwas für mich?«, fragte Trevisan.

»Ich hoffe, es interessiert dich. Die Fingerabdrücke wurden ausgewertet. Leider sind sie nicht in der Kartei«, berichtete Kleinschmidt.

»Das passt doch wunderbar ins Bild«, sagte Monika. »Seit Tagen suchen wir ihn erfolglos. Er ist überhaupt kein Mensch, wir jagen ein Phantom.«

»Dann ist euer Phantom in den letzten Tagen wohl sehr

hungrig gewesen«, antwortete Kleinschmidt.

Trevisan und Sander schauten ihn entgeistert an. »Was meinst du damit?«, fragte Trevisan.

»Eben kam eine Anfrage wegen der festgestellten Fingerabdrücke in Grevenstedts Schuppen. Euer Mann ist am letzten Samstag in Sankt Joost in einen Rewe-Markt eingebrochen und hat dort Lebensmittel, Batterien und Kerzen gestohlen. Er war unvorsichtig und hat seine gestochen scharfen Fingerabdrücke auf ein paar Zellophanverpackungen hinterlassen.«

Trevisan ging zur Karte. Monika folgte ihm. »Dann ist er weiter im Norden«, sagte sie.

»Ich will alles über den Einbruch wissen. Welche Polizeidienststelle bearbeitet den Fall?«, fragte Trevisan.

»Die Polizeistation in Hohenkirchen«, erwiderte Kleinschmidt und reichte ihm einen Computerauszug.

»Komm, Monika, wir fahren«, sagte Trevisan. Sie verließen das Zimmer und fuhren mit dem Aufzug in die Tiefgarage.

*

Es war Freitag, der letzte Tag im Juni und auf der Landstraße nach Minsen herrschte dichter Verkehr. Sie kamen nur langsam voran. Schwere Lastwagen fuhren voraus. Es regnete in Strömen und die aufgeworfene Gischt nahm Trevisan zeitweise die Sicht.

»Und das soll ein Sommer sein«, bemerkte er griesgrämig. Die Scheibenwischer liefen auf höchster Stufe, doch es schien, als ob die prall gefüllten Wolken am Himmel einfach zerbrachen.

Hinter Hooksiel besserte sich das Wetter und der Regen ließ nach. Es war kurz vor Mittag. Trevisans Magen knurrte.

»Der Tatort liegt gerade mal fünf Kilometer von Grevenstedts Adresse entfernt. Glaubst du, er ist wieder auf der Jagd?«, fragte Monika, als sie an einem Hinweisschild vorbeifuhren.

»Ich bin davon überzeugt, dass er noch nicht am Ende seines Weges ist«, erwiderte er.

»Und was tut er, wenn er so weit ist?«

»Ich glaube mittlerweile, dass er seinem letzten Opfer folgen wird.«

»Du meinst, er bringt sich um?«

»Genau das ist meine Meinung«, entgegnete Trevisan trocken.

Der Signalton des Funkgerätes unterbrach die Unterhaltung. Sie wurden von der Dienststelle gerufen. Monika Sander meldete sich. Trevisan versuchte die Worte aus dem kleinen Lautsprecher zu verstehen, doch die Fahrgeräusche übertönten den Funk.

»Gib Gas!«, rief Monika, als sie den Hörer wieder zurücklegte. »Er wurde gesehen. An einer Tankstelle in Mederns.«

»Wann war das?«

»Vor etwa zehn Minuten. Die Fahndung läuft. Die Streifenpolizei errichtet Kontrollpunkte entlang der Straße.«

»Wohin ist er gefahren?«

»Er tankte an einer Tankstelle, ohne zu bezahlen. Er ist in Richtung Wilhelmshaven gefahren«, erwiderte Monika.

Trevisan beschleunigte den Wagen und zog an einem Tanklastzug vorbei. Er beobachtete die Straße. Es konnte durchaus sein, dass ihm der Wangerland-Mörder entgegenkam. Mederns war keine zehn Kilometer entfernt. Noch nie waren sie dem Mörder so nahe gewesen.

»Warum melden die sich nicht? Steht die Absperrung?«, fragte Trevisan ungeduldig.

Monika Sander nahm den Funkhörer in die Hand. Sie rief die Zentrale. Von dort erfuhr sie, dass bereits mehrere Streifenwagen ihre Kontrollpunkte erreicht hatten. »Die Straßensperren stehen in ein paar Minuten.«

»Verdammt, er darf uns nicht durch die Maschen schlüpfen.« Trevisan richtete den Blick nach vorne. Ein weißer PKW kam ihm entgegen. Es war ein Kleinwagen. Trevisans Augen verfolgten den Wagen. Angespannt spähte er auf das Nummernschild.

»Pass auf!«, schrie Monika. Trevisan schaute nach vorn. Die roten Bremslichter schmerzten in seinen Augen. Er trat auf die Bremse. Der Kleinwagen fuhr vorüber.

»Da ist er!«, rief Trevisan. Er hatte Mühe, seinen rutschenden Wagen auf der Fahrbahn zu halten. Monika Sander zog den Kopf ein. Es krachte fürchterlich, als ihr Dienstwagen auf den stehenden Anhänger prallte.

»Verdammt!«, fluchte Trevisan. Er schaute in Monikas Gesicht. »Ist dir etwas passiert?«

Monika Sander schüttelte den Kopf. Trevisan schnallte sich ab und stieg aus. Er schaute sich den Schaden an. Am Wagen war die Stoßstange verbeult, Kühlwasser lief aus und tausend Splitter lagen auf der nassen Straße.

Monika kam hinzu und begutachtete den Unfallschaden. »Das hast du sauber hingekriegt«, sagte sie ironisch.

»Ich dachte schon, der Kerl kommt uns entgegen«, antwortete er.

»Und, war er es?«

Trevisan schüttelte den Kopf. »Sonst würde ich jetzt nicht seelenruhig hier stehen.«

*

Trevisan und Monika Sander trafen eine Stunde später an der Tankstelle in Mederns ein. Kollegen von der Streifenpolizei hatten zuerst den Unfall aufgenommen und sie dann zur Tankstelle gefahren. Der Dienstwagen musste abgeschleppt werden. Als Trevisan die Tankstelle betrat, blickte ihm der Tankwart gespannt entgegen. »Sind Sie der Polizist aus Wilhelmshaven?«

Trevisan nickte.

»Ich habe das Videoband schon vorbereitet. Er hat getankt und ist einfach davongefahren.« Unaufgefordert nannte der Tankwart das Kennzeichen. Es passte.

Trevisan blickte Monika fragend an. Von einem Videoband wusste er nichts. Ihm fiel ein, dass auch seine Tankstelle in Sande mittlerweile mit einer Videoanlage überwacht wurde. »Können wir das Band sehen?«, fragte er den Mann im blauen Overall.

Der Tankwart führte sie ins Büro. Dort standen ein Videorecorder und ein Monitor. Umständlich legte der Tankwart das Band ein. Die Aufnahme war von guter Qualität. Sie zeigte, wie der weiße Fiat an eine Tanksäule fuhr und dort anhielt. Ein junger Mann mit nackenlangen hellblonden Haaren stieg aus. Das Gesicht war nur leidlich zu erkennen. Als der junge Mann den Tankrüssel in die Tanköffnung einführte, schaute er sich um. Für einen kurzen Moment wurde sein Gesicht frontal von der Kamera erfasst. Einen Augenblick sah Trevisan in die Augen des Mörders. Er hätte am liebsten zugreifen und ihn festhalten mögen. Sie hatten ihn um knapp zwei Stunden verpasst. Als der junge Mann den Tankschlauch wieder in die Säule zurückgesteckt hatte, schraubte er den Tankdeckel zu, warf noch einen kurzen Blick in Richtung Kasse, stieg ein und fuhr davon.

»Er sieht ganz anders aus als auf dem Phantombild«, flüsterte Monika Sander. Trevisan nickte stumm. »Wie lange haben Sie schon eine Videoanlage?«, fragte er den Tankwart.

»Seit drei Monaten«, erwiderte der Mann.

»Haben Sie den Mann oder den Wagen schon einmal hier gesehen?«, fragte Monika.

Der Tankwart schüttelte den Kopf. Als die Ladenglocke einen Kunden ankündigte, ging er hinaus. Kurz darauf kam er wieder zurück. »Ein Streifenwagen«, sagte er. »Ihre Kollegen wollen mit Ihnen sprechen.«

»Monika, kümmere dich um das Band, ich gehe schon mal vor«, sagte Trevisan und verließ das kleine Büro. Er ging zum Streifenwagen.

»Sie haben den Flüchtigen wieder gesichtet«, berichtete der Kollege am Funk. »Kurz vor Jever. Zwei Wagen sind hinter ihm her.« Trevisan setzte sich auf den Fahrersitz und hörte gespannt den kurzen Standortmeldungen zu. Das Jagdfieber hatte ihn gepackt. Er bemerkte nicht einmal, dass Monika Sander an seine Seite trat. Die Kollegen aus den Streifenwagen gaben kurz und bündig ihre Meldungen an die Zentrale durch. Von dort aus wurden weitere Streifenwagen in die Gegend beordert. Trevisans Kopfhaut juckte. Über fünf Minuten zogen sich die hektischen Funkmeldungen hin. Die Spannung stieg ins Unerträgliche. Dann endlich kam die erlösende Nachricht. Der Wagen war kurz vor Asel gestellt worden.

Trevisan war voller Ungeduld. Zu dem Polizisten hinter dem Steuer gewandt sagte er: »Wir müssen sofort nach Asel.«

Monika stieg ein und setzte sich im Fond neben den uniformierten Kollegen. Der Fahrer startete den Wagen.

Als sie das Gelände der Tankstelle verlassen hatten, dröhnte erneut eine Stimme aus dem Lautsprecher. Die Zentrale meldete sich sofort.

»Wir haben den Kerl festgenommen. Es ist nicht der Gesuchte. Wiederhole: Es ist nicht der Gesuchte. Es ist ein fünfzehnjähriger Junge, der sich den Wagen seiner Mutter unter den Nagel gerissen und eine Spritztour unternommen hat«, tönte es aus dem Lautsprecher.

Trevisan fluchte laut.

*

Auf dem Rückweg fuhren sie über Hohenkirchen. Der Beamte der Polizeistation gab bereitwillig Auskunft über den Einbruch in den Lebensmittelmarkt. Der Täter war vor zwei Wochen in der Nacht von Samstag auf Sonntag über das Dach eingestiegen. Er hatte Brot, einige Wurstdosen, Getränke und mehrere Batterien mitgenommen. Außerdem fehlte ein ganzes Sortiment Kerzen. Als Trevisan nach der Farbe der Kerzen fragte, schaute ihn der Beamte verdutzt an. Er durchsuchte seine Akte nach dem Eintrag.

»Er hat sich ausnahmslos für Kerzen in Schwarz und Lila entschieden«, sagte der Beamte überrascht.

»Das habe ich mir fast gedacht«, antwortete Trevisan.

»Hat das irgendeine besondere Bedeutung?«

Trevisan behielt die Antwort für sich.

Als er wieder neben Monika Sander im Wagen saß, blickte er grüblerisch aus dem Fenster. Sie schaute ihn eine Weile an, doch er schien es nicht zu bemerken. »Was bedrückt dich?«, fragte sie schließlich.

Trevisan wandte sich ihr zu. »Ich glaube, wir hören bald wieder von ihm«, antwortete er leise.

Wangerland Juli 2000

28

Es war kurz nach neun Uhr abends, als der alte Mann das Haus verließ. Es war seine Zeit. Seit der Pensionierung hatte er Probleme mit dem Einschlafen. Der ausgedehnte Abendspaziergang hatte schon Tradition. Außerdem brauchte Herakles Auslauf. Der Hund war nun schon fast sieben Jahre alt.

Heute früh hatte Gustav Lüdke schon befürchtet, auf seinen Spaziergang im Hafengebiet verzichten zu müssen, sein Knie hatte infernalisch geschmerzt. Aber jetzt hatte er es ohne Probleme über die Müllerstraße bis zum Nordhafen geschafft. Am Kurpark waren ihm noch Menschen begegnet, doch hier am Hafen war es ruhig und einsam geworden.

Er ließ Herakles von der Leine. In der Stadt ging das nicht. Herakles war sein ganzer Stolz, ein prämierter Dachshund, ein Teckel. Vor ein paar Tagen hatte Herakles wieder einmal eine Hundeschau gewonnen. Gustav Lüdke hatte das Bild aus der Zeitung ausgeschnitten und zu den anderen an die Wand gehängt.

An der Hafenmauer bog er links ab und ging den kleinen Trampelpfad an den stillgelegten Bahngleisen entlang.

Es war Juli geworden, bald hatte Anna Geburtstag. Es war ihr Sechzigster. Er hatte sich für sie etwas Besonderes einfallen lassen. Sie hatte es verdient. Schon lange wünschte sie sich eine Reise nach Venedig. Morgen würde er noch einmal im Reisebüro vorbeischauen. Für sie würde er die Strapazen dieser Reise auf sich nehmen. Er hasste die südliche Hitze und erinnerte sich nur ungern an den Urlaub am Gardasee vor sieben Jahren. Anna hatte es genossen, doch er hatte jeden sonnigen Tag verflucht. Er war nun einmal ein Nordlicht. Kälte und Wind war er gewohnt. Damals, als er noch zur See gefahren war, hatte er nie eine Erkältung gehabt. In diesen beiden Wochen am Gardasee hatte er sich die Lunge aus dem Leib gehustet.

Zwei Wochen Venedig. Insgeheim hatte er etwas Angst davor. Doch es war für Anna. Sie hatte immer nur Rücksicht auf ihn nehmen müssen. Nun würde er ihr ein Geschenk machen, für alles, was sie für ihn getan hatte, für alles, was sie durch ihn ertragen musste.

Mittlerweile war es dunkel geworden, so dass er nur noch ein grauer Schatten in der Schwärze der hereinbrechenden Nacht war. Er hatte das Ende der Bahnlinie erreicht. Das Ufer des Nordhafens lag nur wenige Meter entfernt. Es wurde Zeit für den Nachhauseweg. Er schaute zurück. Die Laternen am Nordhafen erfüllten die Nacht mit ihrem kalten Glanz. Als er an einem Gebüsch vorüberging, hörte er ein Rascheln. Herakles blieb stehen und witterte in die Dunkelheit. Der Hund hatte einen fremden Geruch wahrgenommen. Beruhigend sprach er auf Herakles ein, doch der Hund verharrte und war wie zu Stein erstarrt. Herakles hatte Angst. Lüdke beugte sich zu ihm hinab und leinte ihn wieder an.

Lüdke wollte weitergehen, da hörte er erneut ein Knacken aus dem Geäst. Jetzt wurde auch er unruhig. Lüdke hatte so oft der Gefahr direkt ins Auge geschaut, dass ihn nichts so leicht aus der Ruhe brachte. Dennoch, ein grausiges Gefühl beschlich ihn. Die Angst strich über seinen Nacken. Er zog an der Leine, doch der Hund stemmte sich gegen diese Bewegung. Wieder ein Rascheln. Ängstlich drehte sich Lüdke um, da brach ein Schatten aus dem Gebüsch hervor. Eine dunkle Gestalt mit gierig glänzenden Augen.

Der Schatten sprang auf ihn zu. Noch bevor Lüdke einen klaren Gedanken fassen konnte, war der Schatten über ihm. Lüdke stürzte zu Boden. Der Schrei wurde im Schmerz erstickt. Das ängstliche Fiepen von Herakles war das Letzte, das er in dieser Welt hörte, dann versank Lüdke im lautlosen Nichts.

*

»Er hätte längst schon zu Hause sein müssen!« Die Frau war der Verzweiflung nahe. Aus geröteten Augen blickte sie den Beamten an. »Sie müssen mir glauben, es muss etwas passiert sein. Er hat sich noch nie verspätet.«

»Ich habe eine Streife hinausgeschickt«, versuchte der Polizist sie zu beruhigen. »Sie suchen alles ab.«

»Es ist etwas passiert. Ich spüre es.«

»Mutter, bitte!«, sagte ihre junge Begleiterin.

Der Beamte beugte sich über die Stadtkarte. »Sind Sie sicher, dass er diesen Weg genommen hat?«

»Mein Vater geht schon seit Jahren den gleichen Weg«, antwortete Petra Lüdke. »Nur wenn es regnet, spaziert er durch den Kurpark. Aber da kann er den Hund nicht frei laufen lassen.«

»Die Streife hat den Bereich zweimal abgesucht. Sie haben niemanden gefunden.« Der Beamte rief eine Kollegin hinzu. »Kümmere dich bitte um die Dame«, sagte er. Dann nahm er Petra Lüdke zur Seite. »Können Sie wirklich ausschließen, dass er vielleicht zu nahe ans Wasser gegangen ist?«

»Mein Vater war über dreißig Jahre in der Seenotrettung tätig«, erwiderte die junge Frau energisch. »Er ist zwar schon pensioniert, aber er gehört noch lange nicht zum alten Eisen. Er würde bei Dunkelheit niemals zu nahe an ein unbefestigtes Ufer treten. Und noch dazu, wenn es feucht draußen ist.«

Der Beamte nickte. »Ich werde trotzdem die Wasserschutzpolizei informieren. Sie sollen den Nordhafen mal absuchen.«

*

Trevisan hatte schlecht geschlafen. Die verstrichene Chance ging ihm nicht aus dem Sinn. Noch dazu hatte sein Hausarzt angerufen und ihn zu einer Nachuntersuchung gebeten. Seine Blutwerte stimmten hinten und vorne nicht. Er war hundemüde, als er sich hinter seinen Schreibtisch setzte.

Es klopfte und Till Schreier und Monika Sander kamen herein. Er sah in ihren Augen, dass sie etwas beschäftigte.

»Kaffee?«

Monika nickte.

»Ich frage mich, ob wir unsere Strategie weiter durchhalten können«, sagte Till.

»Was meinst du damit?«, fragte Trevisan.

»Na ja, nach dem Vorfall am Wochenende sieht es doch wohl ein bisschen anders aus.«

Trevisan lehnte sich nachdenklich zurück und schaute Till mit großen Augen an. »Was sollte sich geändert haben? Der Einbruch in den Lebensmittelmarkt und der Benzindiebstahl sind doch sogar eine Bestätigung meiner Theorie.«

Monika blickte Trevisan fragend an.

»Er hat noch nicht einmal Geld, um für sein Auskommen zu sorgen«, erklärte er. »Er kann sich weder Lebensmittel noch Benzin leisten. Dennoch ist er nach wie vor in unserer Gegend unterwegs. Das spricht dafür, dass er sich irgendwo verborgen hält.«

»Das stellen wir auch gar nicht in Abrede«, sagte Monika, »aber wir sollten die Suchaktion ausweiten und auf das Dreieck Mederns, Horumersiel und Sankt Joost konzentrieren. Notfalls auch mit Hilfe einer gesamten Hundertschaft der Bereitschaftspolizei.«

Trevisan runzelte die Stirn. Ein Großaufgebot an Polizisten war eigentlich nicht in seinem Sinn. Er hatte Bedenken, dass der ganze Rummel den Wangerland-Mörder dazu trieb, sich nur noch tiefer in sein Versteck zu ducken. Doch Monikas fordernder Blick lag noch immer auf ihm.

»Also gut, ich werde mit der Chefin reden«, antwortete er endlich.

»Wir werden in der Zwischenzeit bei den Polizeistationen anfragen, welche Verstecke sich ihm dort oben bieten«, erwiderte Till Schreier.

In diesem Augenblick klingelte das Telefon. Trevisan nahm den Hörer ab und meldete sich. Sein Gesicht wurde während des Gespräches immer bleicher. »Wir kommen«, sagte er, bevor er auflegte.

Er blickte in die gespannten Gesichter seiner Kollegen. »Der Wangerland-Mörder hat wieder zugeschlagen. Ich brauche jeden Mann«, sagte er und griff erneut zum Telefon.

*

Polizisten sicherten das Gelände nach allen Seiten ab. Rotweiße Absperrbänder flatterten im Wind. Trevisan parkte den Wagen neben der Bahnlinie direkt hinter einem Streifenwagen. Ein Polizist in weißem Mantel kam auf ihn zu, als er aus dem Wagen stieg. Er kannte den Mann.

»Guten Morgen, Herr Trevisan«, begrüßte ihn der Beamte und reichte Trevisan die Hand. »Die Leiche liegt dort hinten am Ende der Bahnlinie. Sie trieb im Wasser und war in ein Netz verschnürt. Sie war mit einer Schnur am Ufer festgemacht.«

»Weiß man schon, wer der Tote ist?«

»Ja, es gibt eine Vermisstenmeldung«, entgegnete der Polizist. »Die Frau des Opfers kam gegen Mitternacht zu uns und erstattete Anzeige. Der Mann heißt Gustav Lüdke, ist zweiundsechzig Jahre alt und Pensionär. Er führte gestern Abend etwa gegen neun seinen Hund aus und kam nicht wieder nach Hause. Der Hund fehlt immer noch. Nach der Vermisstenmeldung haben die Kollegen dreimal die Gegend hier abgesucht. Aber sie haben nichts gefunden.«

»Wer hat ihn entdeckt?«

Der Beamte zeigte auf einen Mann in grünem Parka, der neben einem uniformierten Kollegen stand. »Ein Angler, der heute früh hier fischen gehen wollte. Er ist beinahe über die Schnur gestolpert.«

Ein weiterer Wagen war vorgefahren. Monika Sander stieg aus. »Kleinschmidt ist unterwegs«, rief sie Trevisan zu.

Gemeinsam gingen sie den Trampelpfad an den Bahngleisen entlang. Eine Viertelstunde später kamen sie in den Uferbereich am Nordhafen. Trevisan fielen sofort die abgebrochenen Zweige im Gebüsch links des Weges auf. Ein weiterer Polizist stand am Ufer und rauchte eine Zigarette. Der Notarzt stand unmittelbar daneben. Vor ihnen lag eine schwarze Decke im feuchten Gras.

Trevisan wusste, was unter der Decke lag. Er trat auf die Männer zu. »Wissen Sie schon, wie er zu Tode kam?«, fragte er den Mann in der leuchtend roten Einsatzjacke.

Der Arzt schüttelte den Kopf. »Entweder ist er ertrunken oder er wurde erschlagen. Auf alle Fälle wurde er ermordet.«

»Gibt es irgendeine Auffälligkeit?«

»Er wurde gefesselt und ins Wasser geworfen.«

»Nein, ich meine, fehlt dem Toten ein Finger an einer Hand?«

»Sie haben recht, der kleine Finger der linken Hand wurde abgetrennt. Allem Anschein nach lebte er da noch. Woher wissen Sie das?«

Trevisan beugte sich zu der Leiche hinab und hob die Decke. Er sah in die leblosen Augen eines alten Mannes. Er richtete sich auf und blickte hinaus auf das trüb schimmernde Wasser.

»Weiß seine Frau schon Bescheid?«, fragte Trevisan den Kollegen.

»Wir haben einen Pastor …«

»Das ist gut«, unterbrach Trevisan den Polizisten.

Kleinschmidt kam den Weg entlanggelaufen. Sie hatten den Spurensicherungswagen über die feuchte Wiese herangefahren. Mittlerweile hatte sich am Beginn des Fußweges ein Heer von Neugierigen und Journalisten eingefunden. Die Polizisten hatten alle Hände voll zu tun, die Gaffer zurückzuhalten. Kleinschmidt ging mit seinen Männern routiniert zu Werke. Trevisan, Till Schreier und Monika Sander standen in der Nähe und schauten der Spurensicherung bei ihrer Arbeit zu. Trevisans Miene wirkte erstarrt.

»Was denkst du?«, fragte Monika.

»Ich frage mich, wie lange das noch so weitergeht. Ich fühle mich so hilflos«, antwortete er deprimiert.

»Trevisan!«, rief ihm jemand zu. Er wandte sich um. Margot Martinson stand hinter dem Absperrband. Ein Polizist hielt sie zurück. Trevisan gab dem Beamten ein Zeichen, sie passieren zu lassen. Die Profilerin kam auf ihn zu. »Ich hörte, der Wangerland-Mörder soll wieder …«

»Das gleiche Muster«, bestätigte Trevisan mit gedämpfter Stimme. »Niedergeschlagen, den kleinen Finger abgeschnitten, das Opfer ins Netz gefesselt und ins Wasser geworfen.«

»Kennt man schon Hintergründe?«

»Nein, wir stehen erst am Anfang«, entgegnete Trevisan.

»Dann lassen Sie uns gemeinsam suchen. Beginnen wir bei seinen Angehörigen«, sagte sie entschlossen. Wenig später fuhren Trevisan und Margot Martinson in die Widukindstraße, der Wohnadresse des Ermordeten.

*

Trevisan fühlte sich nicht wohl in seiner Haut. Er hatte das Bild schon viel zu oft gesehen. Doch er würde sich nie daran gewöhnen.

Frau Lüdke saß auf einer Couch und weinte hemmungslos.

Der Pastor saß ihr gegenüber, doch auch er war hilflos.

Eine junge Frau saß neben Lüdkes Ehefrau und hielt sie eng umschlungen. Zweifellos Lüdkes Tochter.

Wortlos schaute sich Trevisan im Wohnzimmer um. Er prägte sich jede Einzelheit ein. Pokale standen im Vitrinenschrank. Bilder von Lüdke und seinem Hund befanden sich daneben. Auch an den Wänden hingen solche Bilder. Alle Pokale stammten von Hundeschauen und Wettbewerben des Teckelvereins.

An der Wand gegenüber hing ein großes Bild. Es zeigte einen rot-weiß lackierten Seenotrettungskreuzer. Trevisan trat näher heran. *Knut Jansen* hieß das Schiff. An der Reling standen zwei Männer und lachten in die Kamera. Lüdke und der Kapitän.

Trevisan wandte sich einem Regal zu. Eine goldene Medaille lag dort in einer geöffneten Schatulle. Trevisan griff danach. Es war eine Auszeichnung der Deutschen Gesellschaft zur Rettung Schiffbrüchiger. Eine Auszeichnung für gerettetes Leben. Lüdkes Leben hatte niemand mehr retten können. Trevisan betrachtete nachdenklich das glänzende Metall.

»Meine Mutter ist jetzt nicht in der Lage, Ihre Fragen zu beantworten. Es ist ... Es ist schrecklich, wir können es alle noch gar nicht fassen«, stammelte die junge, blonde Frau.

Trevisan fühlte sich ertappt. Er stellte die Schatulle zurück.

»Können wir uns irgendwo ...«

Die junge Frau erhob sich. Sie führte ihn in die Küche. Margot Martinson folgte.

»Haben Sie hier zusammen mit Ihrem Vater gelebt?«

Sie nickte. »Ich habe mein Zimmer oben.«

»Was für ein Mensch war Ihr Vater?«, schaltete sich Margot Martinson ein. Petra Lüdke blickte sie entgeistert an. Sie verstand den Sinn der Frage nicht.

»Was hat er gearbeitet, welchen Hobbys ging er nach?«, schob Trevisan zur Klarstellung nach. In solchen Situationen fühlte er sich wie ein Störenfried. Er brach in die Trauer wildfremder Menschen ein und füllte sich seine Taschen mit Anhaltspunkten, Ermittlungsansätzen und Widersprüchen im Leben des Opfers.

Petra Lüdke erzählte, dass ihr Vater über dreißig Jahre im

Seenotrettungsdienst gearbeitet hatte. Vor drei Jahren war er pensioniert worden. Er hatte nur ein Hobby gehabt, und das war sein Dachshund, von dem noch immer jede Spur fehlte.

Es gab nichts Aufregendes zu berichten. Widersprüche suchte Trevisan vergebens. Eine Geschichte, so rund wie die von Grevenstedt und Hansen. Wieder stand er vor einem Rätsel. Warum hatte sich der Wangerland-Mörder ausgerechnet Lüdke ausgesucht? Unverblümt fragte Trevisan die junge Frau nach Grevenstedt und Hansen, doch sie hatte diese Namen noch nie gehört. Wo war das Bindeglied?

Eineinhalb Stunden später verließen Trevisan und Martinson die Wohnung. Doch Trevisan wusste genau, dass er noch einmal wiederkommen musste.

*

»Nach allem, was wir wissen, passt er genau in das Opferschema«, sagte Margot Martinson selbstsicher in das betretene Schweigen. Sie hatten sich im Besprechungszimmer versammelt. Monika Sander, Till Schreier, Alex Uhlenbruch, Tina Harloff und sogar die Polizeichefin waren anwesend. Trevisan stand an der Tafel und schaute auf die Landkarte. Ein weiteres Fähnlein war hinzugekommen. Diesmal ganz in ihrer Nähe. Der Wangerland-Mörder hatte vor ihrer Haustür zugeschlagen.

»Nein!« Trevisan widersprach Martinsons Theorie, dass der Täter seine Opfer nach Gemeinsamkeiten ihres Lebenswandels aussuchte. »Es muss etwas anderes sein. Es muss eine direkte Verbindung zwischen den Mordopfern geben.«

»Er sieht die heile Welt, die er nie gehabt hat, und beschließt die Männer zu töten«, fuhr Margot Martinson fort. »Es ist eine Form der Rache und eine Form seiner Perspektive zum Leben. Das könnte das Bindeglied sein, das wir suchen.«

Trevisan schüttelte den Kopf.

»Aber wie findet er seine Opfer?«, wandte Monika ein.

»Er beobachtet«, mutmaßte die Profilerin, »geht mit offenen Augen durch die Welt und sobald er die Witterung aufgenommen hat, lässt er nicht mehr locker.«

Als Kleinschmidt das Zimmer betrat, kehrte Ruhe ein. Er sah müde aus. Draußen war es bereits dunkel. Es hatte zu regnen begonnen.

»Hallo, Horst.« Trevisan schenkte dem Kollegen von der Spurensicherung einen heißen Kaffee ein. »Seid ihr fertig geworden?« Es war kurz nach zehn Uhr.

Kleinschmidt nickte. »Es war wie bei Grevenstedt. Diesmal gab es keinen Kampf. Den Spuren nach hat er seinem Opfer aufgelauert. Er muss gewusst haben, wann und wohin Lüdke seine Spaziergänge unternahm. Als Lüdke ahnungslos seines Weges kam, brach er aus dem Gebüsch heraus und schlug ihn mit einem stumpfen Gegenstand nieder. Er hat wohl so etwas wie eine Eisenstange benutzt. Danach holte er das Netz hervor und wickelte Lüdke darin ein. Mit dem Seil fesselte er ihn und beförderte ihn ins Wasser. Das Seil machte er an einem Pfosten fest, den er dort tief in den Boden rammte. Das Seil ist übrigens das gleiche wie bei Grevenstedt. Dutzendware. Die Herkunft ist nicht nachvollziehbar. Jeder Baumarkt und jedes Handwerkergeschäft vertreiben diese orange Perlonschnur. Der Überfall hat nicht länger als ein paar Minuten gedauert.«

»Aber wo ist der Hund abgeblieben?«, warf Monika ein.

»Wahrscheinlich hat er auch ihn getötet und ins Wasser geworfen«, erklärte Kleinschmidt. »Die Strömung ist in diesem Teil des Hafens sehr stark. Es kann sein, dass wir ihn noch finden.«

Die Polizeichefin erhob sich. »Meine Damen und Herren, dieser weitere Mord wird die Bewohner unserer Stadt und des Wangerlands endgültig verunsichern. Der Druck auf uns wird noch größer. Ich weiß, es ist nicht die Zeit, nach schnellen Ergebnissen zu rufen. Ich habe dazugelernt. Aber es ist nun an der Zeit, einige Details an die Öffentlichkeit zu bringen. Wir sollten das Kennzeichen und die Beschreibung des Wagens an die Presse weitergeben. Außerdem werde ich morgen früh Kräfte der Bereitschaftspolizei hinzuziehen. Wir werden jedes leerstehende Gebäude und jedes unbewohnte Ferienhaus, jeden Bootsschuppen durchsuchen.«

»Ich weiß nicht, ob das mit dem Wagen eine gute Idee ist«, gab Trevisan zu bedenken.

»Herr Trevisan, unsere Streifen halten nun schon seit mehreren Tagen vergeblich Ausschau nach diesem Fahrzeug. Wir werden die Öffentlichkeit informieren müssen.«

»Gut, dann werden wir es riskieren«, entgegnete Trevisan nachdenklich.

»Ich habe über das Wochenende mit einem Computerprogramm die Videoaufzeichnung aufbereitet und ein neues Phantombild erstellt«, berichtete Kleinschmidt. »Es weist deutliche Abweichungen zu dem bisher veröffentlichten Bild auf. Seine Haare sind länger und heller, außerdem wirkt das Gesicht voller. Ich glaube, es ist einen Versuch wert.«

»Das ist sehr gut, wir geben morgen früh um elf Uhr eine neue Pressekonferenz. Herr Kleinschmidt, kommen Sie bitte um zehn in mein Büro.« Anke Schulte-Westerbeck verabschiedete sich mit dem Hinweis, dass sie morgen einen schweren Tag vor sich hatten.

Die Männer und Frauen vom 1. FK diskutierten noch eine Stunde lang, ehe auch sie nach Hause gingen. Dennoch konnte Trevisan die Theorien von Margot Martinson nicht nachvollziehen. Es musste eine Verbindung zwischen den Mordopfern geben, aber wo war der Ansatzpunkt? In Trevisans Hirn arbeitete es. Es war, als liege ihm die Lösung wie ein lange gesuchtes Wort auf der Zunge, doch es fiel ihm einfach nicht ein.

Als Trevisan nach Hause kam, war es bereits nach Mitternacht, trotzdem schaute er noch bei Paula vorbei. Leise öffnete er die Tür zu ihrem Zimmer. Sie schlief friedlich in ihrem Bett. Ihre blonden Haare umrahmten ihr immer noch kindliches Gesicht. Er hätte gerne mit ihr geredet, sie gefragt, wie der Tag heute für sie verlaufen war, doch dazu war es viel zu spät. Leise schloss er die Tür und ging hinüber in sein Schlafzimmer. Bevor er sich in sein Bett legte, schaute er noch einmal nach draußen. Der Regen hatte aufgehört.

29

Die Zeitungen versuchten einander an diesem Dienstagmorgen mit Schreckensszenarien zu übertrumpfen. Dunkle Schatten lagen über dem Wangerland. Die Schwingen des Todes. In bildhafter Sprache zeichneten die Journalisten die Apokalypse auf ihre Titelseiten. Trevisan ging achtlos am Zeitungskiosk vorbei. Er musste ein Geschenk besorgen. Angela hatte am Wochenende Geburtstag. Beinahe hätte er es vergessen, doch Paula hatte ihn daran erinnert. Als er anschließend in die Peterstraße fuhr, suchte er vergeblich einen Parkplatz in dem weiten Areal. Streifenwagen, Mannschaftstransporter und Motorräder in grün-weißer Lackierung belegten die freien Plätze. Bereitschaftspolizisten in dunkelgrünen Overalls liefen hektisch hin und her. Trevisan war überrascht von diesem Durcheinander am frühen Morgen. Inmitten einer Gruppe von uniformierten Polizisten entdeckte er Till Schreier. »Was ist denn hier los?«, fragte Trevisan.

»Ah. Martin, da bist du ja endlich«, antwortete Till erleichtert. Die Anspannung stand ihm ins Gesicht geschrieben. »Die Bereitschaftspolizei wurde zu unserer Unterstützung abgestellt. Schulte-Westerbeck weist die Gruppenführer gerade ein. In einer Stunde wollen wir aufbrechen.«

»Wer leitet den Einsatz?«

»Ich dachte, du …«

»Du, Alex und Tina haben den Plan ausgearbeitet. Also übernehmt auch ihr die Leitung vor Ort. Ich habe heute etwas anderes zu erledigen«, erwiderte Trevisan und ging weiter. Till blickte ihm überrascht nach. Trevisan bahnte sich seinen Weg ins Dienstgebäude durch eine Gruppe rauchender Polizisten. Selbst in den Gängen herrschte das Chaos.

»Das sind doch mindestens zweihundert Mann«, dachte Trevisan und ging zielstrebig auf den Aufzug zu. Als er vor der Bürotür angekommen war, bog Monika Sander um die Ecke.

»Guten Morgen«, begrüßte sie ihn freundlich.

»Ich wüsste nicht, was an diesem Morgen gut sein sollte«, erwiderte Trevisan griesgrämig.

»Welche Laus ist dir über die Leber ...«

»Ich musste meinen Wagen auf den Parkplatz an der Marktstraße stellen«, unterbrach er sie. »Jede Stunde kostete mich fünfzig Pfennig. Jetzt muss man schon bezahlen, wenn man hier arbeiten will.«

»Tja, zwei Hundertschaften verlaufen sich halt nun mal nicht auf unserem engen Gelände«, witzelte Monika. Schon wollte sie weitergehen, da rief Trevisan sie zurück.

»Was hast du heute vor?«

»Welche Frage, die Suchaktion natürlich.«

»Darum werden sich Till und Alex kümmern. Wir beide haben etwas anderes zu erledigen. Wir fahren noch einmal zu Frau Lüdke. Vielleicht können wir heute mit ihr reden. Ich muss wissen, was für ein Mensch der Tote war.«

»Wann willst du aufbrechen?«

Trevisan schaute auf die Uhr. Es war kurz vor neun. »Am besten gleich«, sagte er und öffnete die Tür.

*

Gegen neun Uhr stoppte Monika den Dienstwagen vor dem Mehrfamilienhaus in der Widukindstraße. Die Rollläden waren hochgezogen. In der Wohnung im ersten Stock hatte wohl heute Nacht niemand Ruhe gefunden. Trevisan klingelte. Kurz darauf meldete sich eine weibliche Stimme im krächzenden Lautsprecher der Gegensprechanlage. Trevisan nannte seinen Namen. Der elektrische Türöffner summte. Trevisan drückte gegen die Tür. Sie gingen die Treppen hinauf. Petra Lüdke öffnete die Wohnungstür. Sie trug einen Morgenmantel und wirkte müde und abgespannt.

»Kann ich heute mit Ihrer Mutter sprechen?«, fragte Trevisan.

Petra Lüdke nickte und bat die beiden herein. Anna Lüdke saß in der Küche. Ihre grauen Haare hingen wirr herab. Ihre Augen waren noch immer gerötet. Das Gesicht schien unnatürlich verzerrt. Sie saß in ihrem Stuhl und blickte apathisch zu Boden.

»Guten Morgen, Frau Lüdke«, sagte Trevisan. Die Frau sah auf.

»Ich weiß, wie Sie sich fühlen müssen, aber ich komme

nicht umhin, Ihnen ein paar Fragen zu stellen«, sagte Trevisan. Monika hielt sich im Hintergrund.

Die Frau nickte nur, dann brach das ganze Leid aus ihr heraus. Tränen liefen in Strömen über ihre Wangen. Sie schlug die Hände vor das Gesicht. Trevisan versuchte Frau Lüdke zu beruhigen, doch er schaffte es nicht. Erst als sich ihre Tochter vor ihr niederkniete und ihr behutsam über die Stirn streichelte, schien sie ruhiger zu werden.

Trevisan stellte seine Fragen. Er sprach ruhig und blieb sachlich. Dennoch gelang es ihm nicht, die Führung in diesem Gespräch zu behalten. Immer wieder verlor sich die Frau in ihrem Schmerz und wurde von Weinkrämpfen geschüttelt. In ihren Antworten spiegelte sich das Bild wider, das gestern bereits Petra Lüdke von ihrem Vater vermittelt hatte. Als Trevisan sie nach den anderen Mordopfern fragte, schüttelte sie nur den Kopf. Die Namen sagten ihr nichts.

»Haben Sie in der letzten Zeit das Gefühl gehabt, dass jemand in Ihrer Wohnung war?«, fragte Trevisan schließlich. Die Frau schüttelte den Kopf. Trevisan blickte auf die Tochter, doch auch in ihrem Blick lag nur Überraschung und Verständnislosigkeit.

»Fehlt vielleicht etwas, ein Kleinigkeit«, hakte Trevisan nach.

»Was meinen Sie?«, erwiderte die Tochter.

»Ein Bild Ihres Vaters.«

Wiederum erntete er nur einen überraschten Blick und heftiges Kopfschütteln der beiden Frauen. Trevisan erkannte, dass er mit dieser Befragung nicht mehr viel erreichen würde. Er verabschiedete sich und versprach, jederzeit für die Familie erreichbar zu sein, falls es noch Fragen geben sollte. Er wusste, dass dies eine Floskel war, die jeder Beamte angesichts der Hilflosigkeit benutzte.

»Es hat wohl nicht viel gebracht?«, sagte Monika Sander, als sie in den Wagen stieg

Trevisan schüttelte den Kopf. »So würde ich es nicht ausdrükken. Ungewöhnlich ist aber, dass kein Bild von Lüdke fehlt.«

Monika blickte ihn fragend an.

»Kennst du das Gefühl, du stehst mitten im Wald und hörst in der Ferne die Stimmen von Menschen? Du weißt, dass jemand in der Nähe ist, du weißt auch, dass du da hin musst, aber du findest einfach den Weg nicht mehr.«

Monikas Augen wurden immer größer. Sie konnte Trevisan nicht folgen. »Was machen wir jetzt?«

»Wir fahren noch mal zu Hansen«, erwiderte Trevisan und schnallte sich an.

Sie waren kaum hundert Meter gefahren, als sie über Funk gerufen wurden. Monika meldete sich. Das Gespräch dauerte nur wenige Sekunden. Trevisan konzentrierte sich auf die Straße.

»Sie haben den Scooter gefunden«, sagte Monika.

*

Zwei Stunden später parkten sie ihren Wagen vor der Polizeistation in Hohenkirchen. Der Beamte hinter dem Schalter blickte auf, als Monika und Trevisan den Raum betraten. Monika wies sich mit ihrer Dienstmarke aus. »Wir sind wegen des gefundenen Scooters hier«, erklärte Trevisan.

»Sind Sie Herr Trevisan von der Mordkommission in Wilhelmshaven?« Trevisan nickte stumm.

»Wir erhielten heute früh einen Anruf von der Minsener Vogelschutzgruppe. Sie säubern jeden Monat den Strand. Sie fanden ein sonderbares Gerät. Ein Antriebsaggregat für Taucher. Es lag unmittelbar vor der Seevogelfreistätte von Minsener Oog. Sie haben uns sofort informiert. Wir sind schleunigst hinausgefahren und haben das Gerät überprüft. Dabei haben wir festgestellt, dass das Aggregat am 17. April auf Norderney gestohlen wurde. Als ich die dortigen Kollegen anrief, sagten sie mir, dass Sie sich für dieses Ding interessieren, deshalb habe ich sofort Ihre Dienststelle verständigt.«

Trevisan nickte dem Beamten dankbar zu. »Können Sie mir zeigen, wo Sie das Gerät gefunden haben?«

Der Polizist erhob sich und ging zur Landkarte, die gegenüber dem Schalter an einer Pinnwand hing. Trevisan trat neben ihn. Der Fundort lag unmittelbar in Höhe des Minsener Leuchtfeuers neben der Fahrrinne nach Helgoland.

»Haben Sie den Scooter gesehen?«

»Natürlich. Wir haben ihn sichergestellt. Er ist in unserer Asservatenkammer in der Garage untergebracht. Wollen Sie ihn sehen?«

Trevisan nickte.

Der Polisit führte sie in die Garage.

Trevisan beäugte den Scooter aufmerksam. Er war über und über mit Vogelkot beschmiert. Außerdem befand sich eine dicke Schicht Schlamm zwischen der Antriebsschraube und den Sicherheitslamellen.

»Das liegt wohl schon eine Weile«, sagte der Polizist.

»Wie lange, würden Sie schätzen?«, fragte Trevisan.

»Mehrere Wochen, würde ich sagen. Ich habe vor drei Wochen ein Schlauchboot da draußen abgeholt. Es hatte sich losgerissen und trieb sechs Wochen im Seichtwasser. Es sah nicht viel besser aus.«

»Es kommt jemand von der Spurensicherung und holt das Gerät«, sagte Trevisan noch, ehe er mit Monika die Dienststelle verließ.

Am Wagen blieb Trevisan stehen. »Etwas stimmt da nicht. Warum liegt der Scooter hier in der Jademündung und nicht auf Wangerooge?«

»Vielleicht wurde er nur hier angeschwemmt«, entgegnete Monika.

»Vielleicht haben wir uns auch die ganze Zeit über geirrt«, sagte Trevisan gedankenverloren. In seinem Kopf arbeitete es fieberhaft.

*

Als er den Zeitungsständer vor dem Bahnhofskiosk sah, fuhr er erschrocken zusammen. Er zog den Kopf ein und hoffte, dass niemand Notiz von ihm nahm. Dieses Mal hatte er einen Fehler gemacht. Sie hatten ein gestochen scharfes Bild von ihm und außerdem wussten sie genau, welchen Wagen er fuhr. Sie waren ihm zu früh auf die Schliche gekommen. Er war noch nicht am Ziel. Noch lange nicht.

Er musste den Wagen loswerden. Nur heraus aus der großen Stadt.

Durch die Hintertür des Bahnhofsgebäudes verschwand er. Er ging die kleine Straße entlang. Bei jedem Passanten wandte er sein Gesicht ab, blickte auf die andere Straßenseite oder zu Boden. Er hoffte, dass ihn niemand erkennen würde. Doch wie lange noch konnte er sich den Blicken der Menschen entziehen? Er musste hier weg. Jede Tageszeitung brachte sein Konterfei auf der ersten Seite.

Bunte Bilder tanzten vor seinen Augen. Er keuchte. Als er an dem Pförtner des Parkhauses vorüberging, spürte er buchstäblich dessen durchdringenden Blick in seinem Gesicht. Er hastete auf seinen Wagen zu. Er riss sich zusammen. Nur keine Panik. Ruhig bleiben und den Wagen beseitigen. Dann konnte ihm überhaupt nichts passieren. Als er den Wagen beschleunigte und auf der Bundesstraße in Richtung Norden fuhr, atmete er erleichtert auf. Er fuhr vorsichtig und hielt sich an die Verkehrsregeln. Er durfte sich nicht verdächtig machen. Er blickte in den Rückspiegel. War der dunkle Ford nicht schon seit Wittmund hinter ihm? An der nächsten Kreuzung bog er nach rechts in Richtung Berdum ab. Der Ford fuhr geradeaus weiter. Erleichtert richtete er seinen Blick auf die Straße, die vor ihm lag. Bei Altgarmssiel gingen ihm beinahe vollends die Nerven durch. Unzählige Streifenwagen und Polizeibusse fuhren vor ihm. Er bremste und bog in einen Feldweg ein. Er kam sich vor wie ein Hase auf der Flucht vor einem Adler. Er hatte Glück. Nach drei Kilometern mündete der Feldweg wieder auf eine Straße. Kurz vor Sophiensiel hatte er sich wieder im Griff.

Er stoppte den Wagen. Ihm blieb nichts anders übrig als das Auto zu beseitigen, doch wie sollte er beweglich bleiben? Er fuhr in ein kleines Wäldchen und hielt an. Dann stieg er aus und ging zum Kofferraum. Der Ersatzkanister war leer. Ein Schlauch lag daneben. Er hätte die Tankstelle meiden und sich das Benzin auf die altbewährte Art besorgen sollen. Er öffnete den Tankdeckel und stellte den Ersatzkanister vor sich auf den Boden. Dann führte er den Schlauch in den Tankstutzen ein. Er sog kräftig am Schlauch, bis das Benzin aus dem Tank quoll. Er füllte den Kanister. Anschließend übergoss er den Wagen mit Benzin. Der Geruch kitzelte in seiner Nase. Mit dem Rest der stinkenden Flüssigkeit legte er eine Spur. Als er weit genug entfernt war, griff er nach dem Feuerzeug in seiner Tasche. Es zischte, als die Flamme das Benzin erfasste. Langsam schlängelte sich das Feuer auf den Fiat zu. Es gab einen dumpfen Knall und Sekunden später stand der Wagen in hellen Flammen.

Er hastete in Richtung Westen davon. Als er sich umwandte, sah er den schwarzen Qualm, der in den Himmel stieg. Er musste sich beeilen. Es war kurz nach Mittag.

*

Sie hatten in einem Schnellrestaurant eine kleine Mahlzeit zu sich genommen. Trevisan hatte sich für das Schollenfilet entschieden. Monika Sander hatte einen Salat mit Thunfisch und Shrimps gewählt.

Anschließend fuhren sie nach Fedderwarden. Trevisan schwieg. Monika kannte den Ausdruck in seinem Gesicht. Er grübelte. Sie traute sich nicht, ihn anzusprechen.

Vor der Gaststätte *Klosterkrug* wies er Monika an, den Wagen zu parken. Ein Schild stand vor dem Lokal. Es war geöffnet.

Als Trevisan mit seiner Kollegin den Gastraum betrat, blickten sich die wenigen Gäste nach ihnen um. Fietje, der Wirt, saß am Stammtisch und unterhielt sich mit zwei älteren Herren. Er wandte sich um, als Trevisan die Tür schloss. Sofort erhob sich der Wirt und ging auf Trevisan zu. »Der Polizist aus Wilhelmshaven«, sagte er überrascht.

»Sie haben ein gutes Gedächtnis«, lobte Trevisan.

»Ich glaube kaum, dass Sie hier essen und trinken wollen. Was liegt an?« Er führte Trevisan und Monika an einen leeren Tisch. »Ich habe gehört, dass der Mörder schon wieder zugeschlagen hat.«

Trevisan nickte. »Ich habe noch eine Frage im Zusammenhang mit dem Mord an Hansen«, sagte er leise.

Der Wirt spitzte die Ohren.

»Können Sie sich daran erinnern, ob Willemsen, Hansen oder auch Mijboer jemals darüber sprachen, ob sie einem Menschen das Leben gerettet haben? Egal, wie lange das her ist?« Trevisan blickte dem Wirt verschwörerisch ins Gesicht.

Fietje überlegte. Geistesabwesend schaute er auf den Tisch. Schließlich antwortete er: »Da war mal was. Ich kriege es nicht mehr genau zusammen. Aber …« Der Wirt wandte sich zum Stammtisch um. »Dort hinten, der Alte mit der Kapitänsmütze. Das ist Ahlers. Er war ebenfalls Fischer und hatte einen eigenen Kutter. Ich glaube, er könnte etwas wissen. Ich hole ihn eben mal her.«

Trevisan stimmte zu.

Unsicher setzte sich der alte Mann zu Monika und Trevisan an den Tisch. »Fietje meinte, Sie sind von der Polizei?«

»Das stimmt«, entgegnete Trevisan und stellte dem Mann die gleiche Frage, die er auch Fietje gestellt hatte,

»Sie sind der Polizist, der dieses Phantom jagt? Meine ganzen Kollegen sind schon voller Angst. Werden Sie diesen Kerl kriegen?«

»Wenn Sie uns helfen«, warf Monika ein.

Der alte Mann nickte. »Hansen erwähnte mal was in dieser Art. Es ging um einen Jungen, der mit seinem Boot gekentert war. Ich weiß aber leider nicht viel darüber.«

»Wissen Sie noch, wann das war?«

»Oh, das ist schon Jahre her«, erwiderte der Alte.

»Wie lange?«

»Zehn Jahre. Vielleicht sogar mehr.«

»Und wo war das?«

»Es war vor Wangerooge. Ich glaube sogar, dass dabei jemand ertrunken ist. Aber es ist schon so lange her. Mein Gedächtnis, wissen Sie. Man wird ja nicht jünger.«

Trevisan bedankte sich bei dem alten Mann.

Sie fuhren zurück nach Wilhelmshaven. Monika lag eine Frage auf der Zunge, doch sie sah den leeren Blick in Trevisans Augen und schwieg.

*

Monika Sander saß ihm stumm gegenüber und beobachtete ihn. Trevisan blätterte in den Akten. Seite um Seite überflog er. Sie waren wieder in der PI angekommen und sofort in den Besprechungsraum gegangen, wo die Akten und Berichte des Falles auflagen. Die anderen waren noch unterwegs, das ganze Stockwerk wirkte wie ausgestorben.

»Ich war zwar den ganzen Tag mit dir zusammen, aber ehrlich gesagt verstehe ich noch immer nicht, wonach du suchst«, sagte sie schließlich. Es war kurz nach fünf Uhr.

»Verstehst du nicht, wir haben heute die Gemeinsamkeit zwischen Hansen, Grevenstedt und Lüdke herausgefunden«, erwiderte Trevisan ohne aufzublicken.

»Und die wäre?«

»Hansen hat vor Jahren einem Jungen das Leben gerettet. Grevenstedts Vater sagte dasselbe von seinem Sohn und in Lüdkes Wohnung liegt sogar eine Lebensrettungsmedaille herum. Das ist die Gemeinsamkeit.«

»Es ist doch nichts Schlimmes daran. Im Gegenteil«, antwortete Monika verblüfft.

»Das ist eine Frage der Perspektive«, erwiderte Trevisan. »Alles ist eine Frage der Perspektive, hat mal jemand zu mir gesagt.«

»Du meinst, sie haben den Falschen gerettet?«

»Ich weiß nicht. Ich weiß nicht mal, ob es um eine bestimmte Person geht. Ob die drei vielleicht zusammen waren, als sie den Jungen aus dem Wasser zogen.«

»Vielleicht wollte der Junge gar nicht gerettet werden?«, sinnierte Monika.

Trevisan legte den Ordner beiseite. »Ich weiß nicht warum, aber der Mord an Gabler erscheint jetzt in einem ganz anderen Licht.«

»Was meinst du damit?«

»Bislang dachte ich, Gabler ist dem Mörder in die Quere gekommen, als er von seinem Mordanschlag auf der *Helge* in Wangerooge an Land ging«, sagte Trevisan. »Doch nach dem Fund des Scooters zu urteilen, kann das so nicht gewesen sein. Die Strömung hätte den Scooter niemals dort an Land getrieben. Der Mörder hielt sich aus einem anderen Grund auf Wangerooge auf.«

Monika strich sich mit der Hand durch das Haar. »Vielleicht hat er dort sein Ritual vollzogen.«

»Martinson meint, er hat sich irgendwo in seinem Unterschlupf einen Altar oder so etwas Ähnliches aufgebaut«, sagte Trevisan. »Solche Menschen brauchen ein Symbol, eine Art Opfertisch mit einem Bild, einer Statue, oder ein Kreuz.«

»Dann ist er vielleicht anders?«

»Er hat sich Bilder von seinen Opfern besorgt«, fuhr Trevisan fort. »Er ist sogar bei Hansen und Grevenstedt eingebrochen. Bei Lüdke hat er das nicht getan. Auch das ist seltsam und passt nicht ins Bild.«

Monika überlegte. »Als du mit Frau Lüdke geredet hast,

habe ich mich ein bisschen umgeschaut. Im Flur hingen einige Bilder von Lüdke. Sie stammten aus einer Zeitung. Er war immer mit seinem Hund darauf abgebildet.«

Trevisan schlug sich mit der Hand gegen die Stirn. »Mein Gott, du hast recht.«

Er suchte Lüdkes Telefonnummer und wählte bedächtig. Fünf Minuten später wusste er, dass vor knapp einer Woche ein Bildbericht über Gustav Lüdke und seinen Hund im Wangerlandboten erschienen war. Der Wangerland-Mörder hatte sich den Einbruch sparen können. Er hatte das Bild sogar frei Haus geliefert bekommen.

Trevisan fuhr zusammen, als die Tür aufflog und Till Schreier und Alex Uhlenbruch hereinkamen.

»Oh, entschuldigt. Ich wusste nicht, dass ihr noch da seid«, sagte Schreier und legte die Funkgeräte in seiner Hand auf dem Tisch ab.

»Wie ist es gelaufen?«, fragte Monika neugierig.

Till Schreier schüttelte nur den Kopf.

*

Als Trevisan an diesem Abend nach Hause fuhr, war er mit seinen Gedanken noch immer mitten in den Ermittlungen. Er parkte seinen Ford in der Garagenzufahrt. Die Nachbarin grüßte ihn freundlich. Sie hätte wohl gerne mit ihm geredet, doch Trevisan nickte ihr nur zu und ging ins Haus. Paula war in ihrem Zimmer und hörte Musik. Trevisan ging die Stufen hinauf und klopfte an ihre Tür. Ein leises »Herein« drang an sein Ohr.

»Oho, ein Fremder«, sagte Paula, als Trevisan das Zimmer betrat.

»Entschuldige, aber ich habe Stress bei der Arbeit.« Trevisan setzte sich zu ihr auf die Bettkante.

»Ich weiß. Du suchst noch immer nach diesem Mörder. Bist du ihm denn schon auf die Spur gekommen?«

»Ich glaube schon, doch ich kriege die Puzzlestücke nicht richtig zusammen«, antwortete Trevisan grüblerisch. »Alles ist noch vage und undurchsichtig.«

»Ich habe Vertrauen zu dir. Ich weiß, dass du ihn fangen wirst«, erwiderte sie und lächelte. Dann umarmte sie ihn.

»Manchmal wünschte ich, Angela und du wärt zusammen, dann wäre alles ... einfacher«, flüsterte sie ihm ins Ohr.

»Ich möchte, dass du glücklich bist«, antwortete Trevisan.

Das Telefon klingelte. Er griff nach dem Hörer. Es wurde ein kurzes Gespräch. Als er auflegte, wandte er sich wieder Paula zu. Sein Gesicht wirkte ernst. »Ich muss leider noch mal weg.«

»Was ist passiert?«

»Sie haben bei Sophiensiel einen ausgebrannten Wagen gefunden. Er gehört aller Wahrscheinlichkeit nach dem Wangerland-Mörder.«

30

Trevisan kam gegen Morgen nach Hause. Es gab keine Zweifel, der ausgebrannte Wagen, den ein Spaziergänger in der Nähe von Sophiensiel gefunden hatte, war der Wagen des Wangerland-Mörders. Trevisan hatte es befürchtet: Der Täter hatte von der Fahndung erfahren und sich einfach von dem Ballast befreit. Eine weitere Möglichkeit, ihn zu fassen, war damit zunichte gemacht.

Trevisan veranlasste, dass alle Polizeistationen sofort informiert wurden. Alle Morde hatten gezeigt, dass der Täter mobil gewesen war. Trevisan rechnete deshalb damit, dass bald irgendwo ein Wagen fehlen würde. Doch noch etwas wurde Trevisan klar: Sie waren ihm dicht auf den Fersen und hatten ihn in die Enge getrieben. Die Suchaktion musste ausgeweitet werden. Für den nächsten Tag war der Einsatz eines Polizeihubschraubers geplant.

Trevisan versuchte zu schlafen, doch seine Gedanken ließen ihm keine Ruhe. Sechs Tote pflasterten den Weg des Wangerland-Mörders. Hatte Trevisan den gemeinsamen Nenner zwischen Hansen, Grevenstedt und Lüdke gefunden? Alle drei hatten Menschenleben gerettet. Hansen hatte einen Jungen aus dem Wasser gezogen, doch niemand konnte bislang Näheres darüber sagen. Lüdke war beruflich mit der Rettung von Menschen in Seenot beschäftigt gewesen und Grevenstedts Schwiegervater hatte ebenfalls erwähnt, dass Horst Grevenstedt einmal einem Menschen das Leben gerettet hatte. Gleich heute Mittag musste Trevisan noch einmal mit Grevenstedts Schwiegervater reden.

Trevisan schaute auf die Uhr, es war neun Minuten nach acht. Er hörte Paulas Schritte im Gang. Sie ging zur Schule. Er konnte zufrieden sein, dass Paula schon so selbstständig war, doch was blieb ihr auch anderes übrig. Er starrte an die Decke. Ein Sonnenstrahl verirrte sich ins Schlafzimmer. Er hatte vergessen, die Lamellen der Rollläden zu verschließen. Paula verließ das Haus, Trevisan hörte das Zuschlagen der Haustür. Er drehte sich auf die Seite und zog sich die Decke über den Kopf.

Draußen fuhr ein Traktor am Haus vorüber. Trevisan gähnte. Er war hundemüde, doch der Schlaf wollte ihn nicht erlösen. Unruhig wälzte er sich herum. Der Mord an Gabler geisterte durch seinen Kopf. Was hatte den Wangerland-Mörder nach Wangerooge verschlagen? Die ganze Zeit über hatte Trevisan angenommen, dass der Mordanschlag auf der *Helge* der Grund dafür gewesen war, doch nun, nach dem Fund des Scooters am Ufer von Minsener Oog, rund fünf Kilometer von der Ostküste Wangerooges entfernt, musste er diese Annahme gründlich überdenken. Etwas anderes hatte den Mörder veranlasst, die Insel aufzusuchen. Trevisan blieb nichts anderes übrig, er musste noch einmal nach Wangerooge.

Es war kurz vor neun. Das Telefon klingelte. Trevisan erhob sich und lief die Treppen hinunter. Als er den Apparat erreichte, verstummte der schrille Klingelton. Er fuhr sich durch die Haare. Sein Kopf schmerzte. Es war die Müdigkeit. Er wandte sich um und ging zur Treppe, doch dann entschied er sich anders. Er griff zum Telefon und wählte die Nummer seiner Dienststelle. Monika Sander meldete sich. Er fragte, ob sie ihn angerufen hatte, doch Monika verneinte. Sie erzählte ihm, dass bislang noch keine Meldung über einen Fahrzeugdiebstahl auf der Dienststelle eingegangen war. Till Schreier, Alex Uhlenbruch und Tina Harloff waren unterwegs. Zusammen mit den Bereitschaftspolizisten durchsuchten sie einen Ferienpark in der Nähe von Friederikensiel.

Trevisan berichtete Monika, was ihm durch den Kopf gegangen war. »Was machst du gerade?«, fragte er schließlich.

»Ich gehe mit Margot noch einmal die Akten durch«, erwiderte sie. »Wir suchen nach einem Ansatzpunkt.«

»Vielleicht könntest du mir einen Gefallen tun«, sagte Trevisan. »Geh doch bitte noch mal bei Grevenstedts vorbei und frage den Schwiegervater, ob er sich noch an den Vorfall mit dem Jungen und dem gekenterten Boot erinnert. Ich will alles darüber wissen. Vielleicht ergibt sich daraus eine Spur.«

Monika stimmte zu.

»Ich komme um zwei in die PI. Das heißt, wenn ich heute noch zum Schlafen komme«, erklärte Trevisan und beendete das Gespräch. Eine halbe Stunde später schlief er ein.

*

Er lag auf der Matratze und träumte. Es war ein schöner Traum. Er lief über eine bunte Blumenwiese. Das blaue Gesicht lächelte ihm zu. Die langen Haare wiegten sich im Wind. Unter einem Baum auf einer Decke saßen Mutter und Vater. Die Vögel zwitscherten. Es war ein friedvolles Bild. Vaters kräftiger Oberkörper glänzte im Sonnenlicht. Er rief nach ihm. Auch Torben war dabei, doch er saß abseits. Sein Blick war hart und vorwurfsvoll. Es war, als gehöre er nicht dazu. Er war noch nicht aufgenommen in die Gemeinschaft. Aber es war nur eine Frage der Zeit.

Als er sich auf die Decke setzte, rutschte seine Mutter dicht an ihn heran und legte ihren Arm um seine Schultern. Er ließ sich fallen. Er genoss diese Zuneigung. Sie war ihm so lange verwehrt geblieben. Er lächelte. Das blaue Gesicht setzte sich neben ihn. Er blickte seinem Vater ins Gesicht. Die Fratze hatte all ihren Schrecken verloren. Die harten Züge waren weich. Die Zornesfalten waren verschwunden.

Er erwachte. Irgendetwas zog ihn aus diesem tiefen Frieden. Erschrocken fuhr er hoch. Ein Geräusch drang in sein Ohr. Ein entferntes Geräusch. Der Lärm nahm zu. Er erhob sich von seinem Lager und ging hinüber zum Fenster. Er schaute hinaus, doch außer der weiten und sandigen Ebene war nichts zu erkennen. Er suchte den Horizont ab. Das Geräusch kam näher. Er wandte sich um. Es kam von Westen. Er rannte aus dem Zimmer und hetzte den Flur entlang. Irgendetwas ging da draußen vor. Er sprang über die verkohlten Balken. Der Brandgeruch kratzte in seinem Hals. Das Geräusch, ein lautes Brausen, schwoll an und wurde zu einem Dröhnen. Es klang bedrohlich. Dann schaute er durch die eingefallene Wand hinaus in den blauen Himmel. Da sah er ihn. Ein Hubschrauber flog von Westen auf das Gebäude zu.

Er duckte sich, obwohl der Helikopter noch weit entfernt war.

Seine Augen verfolgten das fliegende Ungetüm. Unaufhaltsam hielt der Hubschrauber seinen Kurs. Er flog keine hundert Meter hoch. Der Boden vibrierte, als er dicht über dem Haus in der Luft stehen blieb. Er war so nahe, dass er die Piloten mit ihren weißen Helmen erkennen konnte. *Polizei* stand in leuchtend weißen Buchstaben auf der Seite.

»Oh Gott, sie kommen«, flüsterte er. Der Lärm schmerzte in seinen Ohren. Wie erstarrt blickte er in den Himmel. Das Monstrum lauerte direkt über ihm. Eine Ewigkeit verharrte der Helikopter bewegungslos in der Luft. Es war, als hätte ihn jemand an unsichtbaren Schnüren dort aufgehängt. Der Wind der Rotorblätter blies ihm Sand in die Augen. Sie schmerzten. Plötzlich stieg der Hubschrauber steil in den Himmel und verschwand in östliche Richtung. Er wagte nicht einmal zu atmen. Hatten sie ihn entdeckt?

Sie machten Jagd auf ihn. Er hatte es von Anfang an gewusst, doch er hatte nicht damit gerechnet, dass sie ihm schon so nahe gekommen waren. Es blieb nicht mehr viel Zeit. Er kehrte in das Zimmer zurück und griff nach seiner Tasche. Dann ging er hinüber in den Schuppen. Bevor er das Tor öffnete, blickte er sich um. Weit und breit war niemand zu sehen. Doch wie lange noch? Er warf einen letzten Blick auf das Haus. Er würde nie mehr hierher zurückkommen. Er hatte alles vorbereitet. Sie sollten wissen, wer die Schuld an seinem Schicksal trug. Dann würden sie vielleicht verstehen, dass er nicht anders handeln konnte. Es klebte Blut an ihren

Händen und ihre blutigen Hände ließen sich nur durch Blut reinwaschen. Durch ihr eigenes Blut. Dieser Gedanke trieb ihn voran. Das würden alle verstehen. Erst durch ihn würden alle die wahren Schuldigen erkennen. Dafür sollten sie ihm eigentlich dankbar sein.

*

Der Wecker riss Trevisan aus einem unruhigen Schlaf. Die Kopfschmerzen waren heftiger geworden. Er hatte das Gefühl, als flögen tausend Hummeln durch seinen Schädel.

Nachdem er aufgestanden war, duschte er lange und ausgiebig.

Als er gegen zwei Uhr das Dienstgebäude betrat, suchte er sofort das Büro von Monika Sander auf. Er blickte auf den leeren Stuhl hinter dem Schreibtisch und wandte sich um.

Auch die Sekretärin wusste nicht, ob Monika Sander schon von ihrem Auftrag zurückgekehrt war. Trevisan ging in den Besprechungsraum. Das ganze FK 1 war verwaist.

Monika kam gegen drei Uhr zurück auf die Dienststelle. Als Trevisan ihre Stimme draußen auf dem Gang hörte, hastete er ihr ungeduldig entgegen. »Und, hast du etwas erfahren?«, fragte er gespannt.

Monika schüttelte den Kopf. »Nicht viel mehr als das, was wir schon wussten.«

Sie gingen zusammen in den Besprechungsraum.

»Es war vor ungefähr sieben Jahren, hat mir Grevenstedts Schwiegervater erzählt«, berichtete Monika. »Grevenstedt war mit seinem Boot hinausgefahren. Er wollte seine Fangnetze vor Wangerooge ausbringen. Dabei muss es passiert sein. Ein Junge sei mit seinem Kahn gekentert. Grevenstedt und ein paar andere hätten den Jungen aus dem Wasser gezogen. Der Seenotrettungsdienst kam dazu und kümmerte sich weiter um den Jungen.«

»Wusste Frau Grevenstedt Namen oder die genaue Unfallstelle?«

»Grevenstedt hat ihr nicht mehr darüber gesagt. Keine Namen, keine genaue Zeit, keine genaue Unfallstelle. Nichts.«

Trevisan ließ sich auf den Stuhl sinken und schaute aus dem Fenster. Graue Wolken zogen draußen vorbei. Nachdenklich rieb er sich das Kinn. »Hast du nur mit dem Schwiegervater…?«

»Ich habe mit Frau Grevenstedt und ihrem Vater gesprochen«, entgegnete Monika. »Ich bin dann sogar noch einmal zu Frau Trewes gefahren. Doch sie wusste auch nicht mehr darüber.«

»Verdammt!«, fluchte Trevisan. »Ich dachte schon, wir hätten den Ansatzpunkt endlich gefunden.«

»Vielleicht hast du sogar recht. Vielleicht sind sich Grevenstedt, Hansen und Lüdke bei diesem Rettungseinsatz begegnet. Aber haben sie nicht einem Jungen das Leben gerettet? Welchen Grund sollte der Mörder haben, sich ausgerechnet deswegen an ihnen zu rächen?«

»Wie kommst du auf Rache?«, fragte Trevisan.

»Was gibt es sonst noch für Gründe?«

»Bei diesem Rettungseinsatz muss mehr passiert sein. Etwas, von dem wir noch nichts wissen. Ich werde noch einmal mit Frau Lüdke reden. Vielleicht hat Lüdke etwas zu Hause erzählt?«

»Vielleicht war es ein Selbstmörder und er wollte überhaupt nicht gerettet werden?«

»… oder er sollte nicht gerettet werden«, ertönte plötzlich eine weibliche Stimme in Trevisans Rücken. Er wandte sich um. Margot Martinson stand hinter ihm, die Profilerin.

Trevisan überlegte. Eine weitere Möglichkeit. »Moment«, sagte er zu Monika. »Du sagtest, der Rettungsdienst war im Einsatz. Jedes Schiff hat doch so etwas wie ein Logbuch. Vielleicht gibt es einen Bericht darüber?«

»Aber wir wissen weder, wann und wo der Einsatz war, noch welcher Kreuzer hinzugerufen wurde«, gab Monika zu bedenken.

»Aber wir wissen, dass es vor ungefähr sieben Jahren irgendwo vor Wangerooge war«, entgegnete Trevisan. »Damit müsste sich doch etwas anfangen lassen.«

Schweigen breitete sich im Raum aus. Margot Martinson ging zu der Landkarte an der Pinnwand und warf einen oberflächlichen Blick darauf. »Es muss etwas Ungewöhnliches bei der Rettungsaktion passiert sein«, sagte sie nachdenklich.

»Etwas, das einen Menschen zu solchen Taten treibt, bleibt nicht verborgen.«

»Ich werde mich darum kümmern«, erklärte Monika.

»Und ich fahre noch einmal zu Frau Lüdke«, sagte Trevisan. »Frau Martinson, es wäre schön, wenn Sie mich begleiten.«

Zwanzig Minuten später parkte Trevisan den Dienstwagen in der Widukindstraße. Doch auch Frau Lüdke konnte sich an keinen speziellen Vorfall erinnern. Trevisan erfuhr, dass Lüdke auf mehreren Kreuzern gearbeitet hatte. Das Schiff auf dem Bild, das im Wohnzimmer der Lüdkes hing, war erst ein Jahr vor seiner Pensionierung in Dienst gestellt worden. Damit zerschlug sich Trevisans Hoffnung. Entmutigt fuhr er mit Margot Martinson zurück ins Büro.

*

Es wurde spät an diesem Abend. Till Schreier war erst gegen acht Uhr zusammen mit Alex Uhlenbruch und Tina Harloff zur Dienststelle zurückgekommen. Die Durchsuchung einiger unbewohnter Ferienhäuser in der Nähe von Sophiensiel hatte keine Anhaltspunkte ergeben. Monika Sander hatte unterdessen alles versucht, um das Geheimnis des Unfalls auf See zu lüften. Sie hatte stundenlang mit der Rettungsleitstelle in Wilhelmshaven und dem Wasser-und Schifffahrtsamt in Norden telefoniert, doch all diese Gespräche waren im Sand verlaufen. Der Verwaltungsdirektor des Seenotrettungsdienstes hatte ihr erklärt, dass die Einsatzakten maximal fünf Jahre aufbewahrt wurden. Heute noch festzustellen, auf welchem Kreuzer Lüdke davor gearbeitet hatte und welche Einsätze er gefahren war, wäre nicht mehr möglich. Er verwies sie ans WSA.

Trevisan hatte sich für diesen Tag so viel erhofft, doch seine Hoffnungen stürzten ein wie ein Kartenhaus. Die Enttäuschung stand ihm ins Gesicht geschrieben.

»Ein Racheakt, weil einem Menschen das Leben gerettet wurde?« Till schüttelte den Kopf. »Das kann ich mir beim besten Willen nicht vorstellen.« Er griff nach der dampfenden Tasse, die vor ihm stand.

»Ich weiß, es mag abenteuerlich klingen, aber das ist bislang das einzige Verbindungsglied zwischen den drei Opfern«, erklärte Trevisan.

»Wisst ihr, was ich anfangs dachte?«, warf Alex ein. »Ich dachte, ein militanter Tierschützer treibt dort oben sein Unwesen.«

»Egal wie man es dreht und wendet, ich glaube, wir müssen noch einmal nach Wangerooge«, sagte Trevisan grüblerisch. »Die Insel hat eine ganz andere Bedeutung, als ich zuerst annahm.«

»Du hast recht«, bestätigte Monika. »Jetzt, wo der Scooter auf Minsener Oog gefunden wurde, muss Wangerooge unter einem anderen Aspekt gesehen werden.«

»Dietmar und ich waren dort«, entgegnete Alex. »Wir haben jeden Stein umgedreht. Dort ist nichts. Das Tarnnetz stammte definitiv von Gabler. Wir haben mit unzähligen Leuten gesprochen. Keiner konnte etwas sagen. Niemand hat etwas mitbekommen. Dort, wo Gabler lag, gab es nur Sand, kreischende Möwen und ein altes verwittertes Kreuz. Was also hat der Kerl da draußen gesucht? Vielleicht wollte er nur alleine sein. Das ist das Einzige, wozu der Teil der Insel …«

»Was hast du gesagt?«, unterbrach Trevisan Uhlenbruchs Vortrag. In seinen Augen lag ein sonderbarer Glanz.

»… vielleicht wollte er nur alleine sein«, wiederholte Alex entgeistert.

»Nein, ich meine davor«, erwiderte Trevisan.

»Wir haben mit unzähligen Leuten geredet …«

»Du hast gerade etwas von einem Kreuz erzählt«, unterbrach Trevisan seinen Kollegen erneut. »Was meinst du damit?«

»Ein Holzkreuz. Es steht auf der anderen Uferseite«, berichtete Alex verdutzt. »Es ist aber schon uralt.«

Trevisan schaute Margot Martinson an.

Sie nickte. »Ein Kreuz ist der ideale Platz für einen gläubigen Menschen. Ein ideales Symbol noch dazu.«

»Etwa so wie die Farben Schwarz und Lila«, bemerkte Trevisan.

Schweigen herrschte im Raum.

»Wann geht morgen die erste Fähre nach Wangerooge?«, durchbrach Trevisans Frage die Stille.

»Wir könnten ein Polizeiboot anfordern«, erwiderte Monika.

Till blätterte in der Akte und zog einen Gezeitenkalender

hervor. »Um 13.00 Uhr wird der Höchststand erreicht«, sagte er nach einer Weile.

»Das ist mir zu spät. Wir müssen einen Flug buchen. Monika, du wirst mich begleiten. Wir treffen uns morgen um sieben Uhr«, entschied Trevisan.

*

Trevisans Kopfschmerzen waren zurückgekehrt. Er hatte eine weitere unruhige Nacht hinter sich gebracht und war kurz vor sechs Uhr aufgewacht. Draußen war es bewölkt und eine steife Brise wehte durch die Straßen. Er war eine halbe Stunde vor sieben Uhr im Büro. Als Monika Sander an seine Tür klopfte, hatte er bereits zwei Telefonate geführt. Noch immer hatte er niemanden gefunden, der bereit war, nach Wangerooge zu fliegen. Ein Tiefausläufer über der Nordsee würde heute für heftigen Wind sorgen. Windgeschwindigkeiten bis zu 120 Stundenkilometer wurden erwartet. Auch die Fahrt über See war bei dieser Windstärke ein hohes Risiko. Der Fährverkehr war eingestellt.

»Verdammt noch mal, ausgerechnet heute!«, fluchte Trevisan und wählte die Nummer eines weiteren Flugplatzes. Doch auch dort wurde er abgewiesen.

»Nicht bei diesen Windverhältnissen!«, erhielt er zur Antwort. Absolutes Startverbot für Kleinflugzeuge.

»Und was ist mit dem Polizeihubschrauber?«, fragte Monika gespannt.

»Glaubst du, die fliegen bei diesem Wetter?«

»Wir können es zumindest mal versuchen«, entgegnete sie.

Trevisan wählte die Nummer der Flugbereitschaft. Nach einem langen Gespräch legte Trevisan den Hörer zurück auf die Gabel. Ein Lächeln huschte über sein Gesicht. »Es war nicht leicht. Aber sie landen in einer halben Stunde auf unserem Landeplatz«, erklärte er zufrieden. »Ich hoffe, du hast einen warmen Mantel. Wir werden zu Fuß in die Ostdünen gehen müssen.«

»Wieso setzen sie uns nicht einfach in den Dünen ab?«

»Zu gefährlich bei diesem Wetter«, erwiderte Trevisan. Er schaute auf die Uhr. Es war kurz nach halb acht. »Meinst du, die Polizeistation in Wangerooge ist schon besetzt?«

Monika schüttelte den Kopf. Trevisan erhob sich und holte das Telefonbuch aus dem Regalschrank.

»Was suchst du?«

»Herbst, der Kollege von Wangerooge, hat mir seine Privatnummer gegeben. Ich rufe ihn zu Hause an«, erklärte Trevisan. »Er soll uns am Flughafen abholen.«

*

Als der Hubschrauber neben dem Inspektionsgebäude landete, standen Trevisan und Monika Sander bereit. Draußen hatte es zu regnen begonnen und der Wind hatte zugenommen. Der Lärm des Motors schmerzte in Trevisans Ohren. Erst als die Rotorblätter der Bell zum Stillstand gekommen waren, stieg einer der Piloten aus. Trevisan und Monika liefen über den Platz. Trevisan hatte den Mantelkragen hochgeschlagen und kämpfte gegen den heftigen Wind an. Der Pilot begrüßte die beiden Passagiere und öffnete die Fondtür.

Als Trevisan einstieg, war ihm mulmig zumute. »Sind Sie sicher, dass wir damit auch nach Wangerooge kommen?«, rief er dem Piloten zu. Der nickte nur und zeigte ihm den erhobenen Daumen. Keine zwei Minuten später hob der Hubschrauber ab. Es wurde ein unruhiger Flug und Trevisan war froh, dass er außer zwei Tassen Kaffee noch kein Frühstück zu sich genommen hatte. Die kräftigen Böen rüttelten an dem Helikopter und mehr als einmal musste Trevisan schlucken. Auch Monikas Gesicht sprach Bände.

Das laute Dröhnen im Inneren des Hubschraubers erstickte jede Unterhaltung. Der Flug schien eine Ewigkeit zu dauern. Als Trevisan durch das Fenster nach draußen schaute, wurde ihm noch übler. Nach einer Weile spürte er, dass die Maschine an Höhe verlor. Er riskierte erneut einen Blick nach draußen. Wangerooge lag unter ihnen.

*

Nachdem die Rotorblätter zum Stillstand gekommen waren, öffnete der Pilot die Tür. Herbst stand mit hochgeschlagenem Anorakkragen unweit des Landesplatzes.

Trevisan stieg aus. Monika Sander folgte ihm. Heftige Windböen rissen an Trevisans Mantel. Zum Glück regnete es hier auf Wangerooge noch nicht.

»Es muss sehr wichtig sein, wenn Sie bei dem Wetter hier herauskommen«, begrüßte ihn der Polizist.

»Es ist vielleicht sogar lebenswichtig«, entgegnete er.

Herbst führte sie zur Polizeistation.

In dem kleinen Wachraum kam Trevisan ohne Umschweife zum Thema. »Draußen in den Ostdünen steht ein altes Kreuz. Wissen Sie, wer es dort aufgestellt hat?«

Herbst blickte Trevisan verwundert an. »Deswegen sind Sie hierher gekommen?«

Trevisan nickte.

»Das Kreuz steht schon ein paar Jahre da draußen«, erklärte Herbst. »Es heißt, dass dort in der Nähe ein paar Kinder ertranken. Ich bin erst fünf Jahre hier auf Wangerooge. Leider kenne ich den genauen Hintergrund nicht. Aber es muss von den Eltern aufgestellt worden sein.«

»Wer könnte darüber Bescheid wissen?«, fragte Monika.

»Wenn es hier auf Wangerooge jemanden gibt, den Sie fragen können, dann ist es der alte Joost« , erwiderte Herbst. »Er kennt alle Geschichten rund um die Insel.«

»Wo können wir ihn finden?«

Herbst schaute auf seine Armbanduhr. »Heute wird er wohl keine Wattwanderung organisieren. Dann ist er bestimmt bei Hanne im *Seestern*. Ich mache mich sofort auf die Suche nach ihm.«

»Können Sie uns zuerst zu dem Kreuz bringen?« Trevisan warf einen Blick aus dem Fenster. Noch regnete es nicht.

»Wie gut sind Sie bei einem solchen Wetter mit dem Fahrrad?«, fragte Herbst.

Trevisan zuckte die Schultern. Er war schon lange nicht mehr Fahrrad gefahren.

»Dienstwagen haben wir hier auf der Insel nun mal nicht, Wangerooge ist autofrei«, erklärte Herbst. »Zu Fuß dauert es aber eine Weile.«

Eine Viertelstunde später brachen sie auf. Herbst hatte zuerst noch ein passendes Fahrrad für Monika Sander besorgen müssen. Noch war der Weg geteert, doch bald erreichten sie den ausgetretenen Wanderweg, der hinaus zu den Ostdünen führte.

Für Trevisan war es eine vollkommen neue Erfahrung, sich bei orkanartigem Wind und sandigem Untergrund auf zwei Rädern zu bewegen. Er schwankte bedrohlich auf dem Rad hin und her. Der Wind zerrte an ihm und er wünschte sich schon nach kurzer Zeit, die Fahrt wäre bald zu Ende. Herbst fuhr voraus. Auch Monika kam gut voran. Der Abstand zwischen Trevisan und seinen Begleitern vergrößerte sich zusehends. Trevisan blieb zurück. Er spürte den Schweiß auf seiner Stirn. Als Herbst und Monika Sander auf ihn warten wollten, gab er ihnen ein Zeichen, dass sie weiterfahren sollten. Einen Moment dachte Trevisan darüber nach, abzusteigen und den Rest des Weges zu laufen, doch er riss sich zusammen. Mehr als einmal verfluchte er den Sand, den Wind und das Wetter. Er traf eine halbe Stunde nach Sander und Herbst am östlichen Teil der Insel ein. Sie warteten am Wegesrand auf ihn.

Sie stellten die Räder ab und gingen den Rest des Weges zu Fuß. Das Kreuz lag versteckt hinter den Dünen, nur wenige Meter vom Wasser entfernt. Das Holz war grau und verwittert. Die breiten Risse der Maserung wirkten wie schmerzende Narben. Tief hatten sich der Wind und das Wetter in die weiche Oberschicht eingegraben. Trevisan blickte wie gebannt auf das tote Holz. Zwei Namen standen in der Mitte: Torben und Mareike. Die Zahlen dahinter verrieten wohl das Alter. Demnach musste Torben 14 und Mareike 11 Jahre alt gewesen sein. Im Holz darunter stand »unvergessen und beweint«. Diese wenigen Worte spiegelten all die Hilflosigkeit der Menschen gegen den Tod wider. Als Trevisan das Datum las, spürte er, wie die Hitze in ihm aufstieg. Seine Kopfhaut kribbelte. Es war der 18. Mai 1987.

Stumm starrte Trevisan auf das traurige Symbol des Leids. Nur kurz wandte er sich ab und schaute zum Himmel. Dann kniete er sich auf den Boden. Mit seinen Händen griff er in den feuchten Sand. Der Boden war locker. Er begann zu graben. Immer tiefer wurde das Loch, das er mit seinen Händen schaufelte. Dann stieß er auf einen harten Gegenstand. Herbst und Monika Sander schauten ihm fassungslos zu. Als er sich zu ihnen umwandte, lag ein bunter Geschenkkarton in seiner Hand. Der Karton war feucht. Er öffnete den Deckel. Ein

Taschentuch lag darin. Es war voller Blut. Er spürte einen weichen Gegenstand in dem Stoff. Vorsichtig hob er das Taschentuch auf und rollte es auseinander. Ein blutiger Finger kam zum Vorschein. Monika erschauderte.

»Kleinschmidt muss sofort hier herauskommen«, sagte Trevisan, ehe er sich erhob.

*

Trevisan schwang sich auf das Fahrrad und radelte den langen Weg zurück. Monika war mit Herbst am Kreuz zurückgeblieben. Als Trevisan die Polizeistation erreichte, war er vollkommen außer Atem. Herbsts Kollege auf der Station blickte entgeistert auf, als Trevisan in die Wache stürzte. »Schnell! Ich muss sofort telefonieren«, rief er dem verdutzten Beamten zu.

»Was wollen Sie, wer sind Sie überhaupt?«, antwortete der Polizist.

»Trevisan, Mordkommission Wilhelmshaven«, erwiderte er, warf seinen Dienstausweis auf den Tisch und griff blitzschnell zum Telefon. Der Beamte nahm den Ausweis in die Hand. Schweigend verfolgte er das Telefonat. Seine Augen wurden immer größer.

Als Trevisan auflegte, wandte er sich dem Beamten zu.

»Können Sie Joost hierher holen?«

Wortlos nickte der Polizist. Dann griff er nach seinem Anorak und der Mütze und verließ die Polizeistation.

Trevisan ging zum Waschbecken. Sein Mund war ausgetrocknet.

31

Joost saß auf dem hölzernen Stuhl und blickte Trevisan aus wachen Augen an. »Sie sind viel zu wenig an der frischen Luft, junger Mann«, sagte der Alte nach einiger Zeit.

Trevisan lächelte und legte den Telefonhörer auf. »In zwanzig Minuten landet der Hubschrauber«, sagte er zu dem Polizeibeamten.

»Gut, dann werde ich die Herren in die Ostdünen führen«, erwiderte der Kollege und ging hinaus in den Sturm.

»Sie sind viel zu erregt und hektisch«, legte Joost nach. »Das schadet nur Ihrer Gesundheit. Schauen Sie mich an. Ich bin einundsiebzig Jahre alt und kerngesund. Ich schlafe regelmäßig, vermeide Aufregungen und achte auf meine Ernährung.«

»Eines kann ich Ihnen versprechen«, sagte Trevisan. »Wenn ich diesen Fall gelöst habe, dann werde ich mich erst mal richtig ausschlafen.«

»Also gut, dann will ich Ihnen helfen, sofern ich es überhaupt kann«, erwiderte Joost. »Was wollen Sie von mir wissen?«

»Es geht um das alte Holzkreuz draußen in den Ostdünen. Was wissen Sie davon?«

Joost überlegte. »Oh, das ist schon sehr alt. Es steht schon dreizehn Jahre da draußen. Es ist die klagende Erinnerung an einen traurigen Tag.« Seine Stimme klang brüchig.

»Sie wissen also, was da draußen passiert ist?«

Joost nickte. »Es war ein sonniger Tag. Ich glaube, es war Mai. Da sind drei Kinder mit dem Boot vom alten Ferdens hinausgefahren. Es lag immer an der Mole im Hafen. Der Älteste half Ferdens ab und zu beim Ausbringen der Netze. Der Junge hat seine Geschwister mitgenommen und ist einfach hinausgefahren, ohne zu fragen. Verstehen Sie? Dann ist es passiert. Ein Kutter hatte draußen im Fahrwasser die Netze ausgebracht. Der Junge steuerte das Boot direkt in die Kurrleinen. Das Boot ist gekentert. Zwei der Kinder sind ertrunken. Ein Mädchen und ein Junge. Der Kapitän hat sofort beigedreht. Ein anderer Fischer hat den Unfall beobachtet. Sie haben noch versucht, die drei zu retten, doch sie haben nur den Ältesten aus dem Wasser gezogen. Er war auch fast schon tot. Zufällig war ein Rettungskreuzer in der Nähe. Sie haben den Jungen wiederbelebt. Es war schlimm.« Joost strich sich mit seiner Hand durch die silbergrauen Haare. Seine Augen waren feucht geworden.

»Wissen Sie noch, welcher Kutter in den Unfall verwickelt war?«

»Der Kutter war in Wilhelmshaven registriert. Den Namen weiß ich nicht mehr.«

»Können Sie sich an die Namen der Fischer erinnern?«

Joost legte seine Stirn in Falten. Dann schüttelte er den Kopf.

»Wer waren die Kinder? Stammten sie von Wangerooge?«

»Sie waren oft hier auf der Insel zu Gast«, erwiderte Joost. »Sie müssen vom Festland gewesen sein.«

»Dieser Ferdens, wo kann ich ihn finden?«

»Da haben Sie Pech. Der liegt schon seit zehn Jahren auf dem Friedhof.«

»Wissen Sie, was aus dem geretteten Jungen und seiner Familie wurde?«

»Es hieß, dass sie weggezogen sind. Die Mutter hat offensichtlich den Verstand verloren. Ich habe nie mehr etwas von ihnen gehört.«

Trevisan spürte ein Kribbeln in seinen Haarwurzeln. Nur schade, dass Joost ihm keine Namen nennen konnte. Doch irgendwo mussten diese Namen zu finden sein.

»Vielleicht sollten Sie mal im Inselarchiv stöbern«, riet ihm der alte Joost. »Unsere Gemeinde sammelt alle Geschichten rund um Wangerooge. Vielleicht gibt es dort noch Dokumente.«

»Sie haben mir sehr geholfen«, sagte Trevisan nachdenklich. »Wo finde ich dieses Archiv?«

»Ich werde Sie hinbringen.« Joost erhob sich.

Draußen hatte es zu regnen begonnen.

*

»Dieses verdammte Scheißwetter«, fluchte Kleinschmidt, als er sich über das kleine Sandloch am Fuße des Kreuzes beugte. Er war vor knapp einer Stunde mit dem Polizeihubschrauber gelandet. Hanselmann und der Polizeifotograf begleiteten ihn. Kleinschmidt wartete geduldig, bis der Fotograf seine Bilder gemacht hatte, ehe er zum Spaten griff und vorsichtig zu graben begann. Zwar rutschte der Sand Stück um Stück nach, doch er wurde fündig. Er förderte zwei weitere Geschenkkartons zu Tage. Einer der Kartons war rot, der andere schwarz. Auch in ihnen befand sich der gleiche grausige Inhalt. Vorsichtig steckte Kleinschmidt seine Funde in eine Plastiktüte. Akribisch beschrieb er den Fundort und den Inhalt der Tüte auf dem dazugehörigen Formular.

»Wie seid ihr darauf gekommen, dass sich die abgeschnittenen Finger hier befinden müssen?«, fragte er Monika.

»Trevisan kam darauf. Nach dem Fund des Scooters auf Minsener Oog war klar, dass der Mörder aus einem anderen Grund hier auf Wangerooge gewesen sein muss, als wir zunächst annahmen.«

»Habt ihr schon seinen Namen?«

»Trevisan ist gerade im Dorf. Es dürfte nicht besonders schwer sein, hinter den Sinn des Kreuzes zu kommen.«

Kleinschmidt nickte, dann blickte er sich um. »Kaum zu fassen«, murmelte er. »Vor wenigen Wochen waren wir keine zweihundert Meter von dieser Stelle entfernt und untersuchten einen Mord. Zwei Monate und sechs Leichen später stehen wir wieder hier auf dieser Insel. Es ist, als hätten wir uns die ganze Zeit über nur im Kreis gedreht.«

»Aber wer konnte das damals ahnen«, fügte Monika nachdenklich hinzu.

Ein Regentropfen lief über ihre Stirn.

*

Das Archiv befand sich im dritten Stock des alten Westturmes. Joost hatte Trevisan direkt dorthin geführt und mit der Verwalterin bekannt gemacht. Trevisan blickte sich um. Es war düster. Die kleinen Fenster ließen nur wenig Licht in den Raum. Dunkle und schwere Holzregale, über zwei Meter hoch, standen an den Wänden. Sie waren gefüllt mit Büchern und Aktenordnern. Eine riesige Schiffsglocke hing von der Decke herab. Die Verwalterin stellte in ihrem zartrosa Kostüm einen krassen Gegensatz zu der Inneneinrichtung des

Zimmers dar. Sie war Mitte Vierzig und blickte Trevisan mit neugierigen Augen an. Joost erzählte ihr in hastigen Worten den Grund ihres Erscheinens.

»Ah, das alte Holzkreuz«, sagte sie mit hoher Stimme. »Das wurde Ende der Achtziger aufgestellt. Es ist seltsam, ich bin erst vor ein paar Tagen über eine Chronik gestolpert. Moment, ich glaube, hier muss sie sein.« Sie ging zu einem der Regale, zog sich die kleine Leiter heran, stieg ein paar Tritte hinauf und ergriff ein großes Buch mit tiefblauem Einband. Sie legte es auf den Tisch und begann zu blättern.

»Der Unfall ereignete sich am 18. Mai 1987«, erwiderte Trevisan.

»Ja, ich habe es gleich. Hier ist es.«

Trevisan trat neben sie und schaute ihr über die Schulter. Sein Blick fiel auf einen handschriftlichen Eintrag in schöner, geschwungener Schrift. Die Verwalterin trat ein Stück zur Seite. Gespannt überflog Trevisan die Zeilen. Joost hatte recht. Doch der Bericht ging weiter. Die Namen der beiden ertrunkenen Kinder und auch der Name des geretteten Jungen waren registriert. Er hieß Sven Sörensen. Sven, schoss es Trevisan durch den Kopf – das musste der Namen des Mörders sein. Nach den Namen Hansen, Grevenstedt und Lüdke suchte er jedoch vergebens.

»Wissen Sie, woher die Sörensens stammten?«, fragte Trevisan. Die Verwalterin schüttelte den Kopf. Es war nirgends vermerkt. Trevisan überlegte. Wenn sich eine solche Tragödie ereignete, dann hatte das bestimmt eine Untersuchung nach sich gezogen. Er bat die Frau um eine Abschrift des Textes. Wenig später kehrte sie mit einer Kopie zurück. Trevisan bedankte sich bei ihr und auch bei Joost. Dann ging er zu Fuß zurück zur Polizeistation. Der Regen hatte aufgehört.

*

Trevisan wartete über eine Stunde, bis Monika mit Kleinschmidt und den anderen endlich zurückkehrte.

Neugierig lauschten sie Trevisans Worten, als er die Geschichte des Kreuzes erzählte. Dann wandte sich Trevisan an Herbst und fragte ihn, ob noch Akten aus dieser Zeit existieren würden.

Herbst schüttelte den Kopf und zeigte auf den kleinen Aktenschrank in der Ecke. »Das glaube ich kaum. Unsere Akten werden zentral in Wilhelmshaven verwaltet. So viel ich weiß, werden sie nach zehn Jahren vernichtet.«

»Würden Sie bitte nachfragen«, bat Trevisan. »Und wenn Sie schon dabei sind, fragen Sie auch, ob wir etwas über einen gewissen Sven Sörensen in unseren Datensätzen haben. Er müsste heute achtundzwanzig oder neunundzwanzig Jahre alt sein.«

Herbst nickte und setzte sich hinter seinen Schreibtisch.

»Wir haben seinen Namen und den Rest werden wir auch noch in Erfahrung bringen«, murmelte Trevisan.

»Wir sind einen großen Schritt weiter«, bestätigte Monika.

Kleinschmidt blickte auf die drei dunklen Plastiktüten in seiner Hand. »Das Untersuchungsergebnis wird bis nächsten Montag vorliegen. Aber es ist schon sicher. Es handelt sich ausnahmslos um Finger von Männerhänden. Mir ist kein weiterer Fall bekannt, bei dem den Opfern die Finger abgetrennt wurden, und das Wangerland ist nicht Chicago.«

»Wie kommt ihr zurück?«, fragte Trevisan.

»Der Hubschrauber wird in ein paar Minuten landen«, sagte Kleinschmidt. »Du fliegst doch mit uns zurück?«

Trevisan schaute aus dem Fenster. Die weiße Birke vor dem Fenster schüttelte sich im Wind. »Mir bleibt wohl nichts anderes übrig«, erwiderte er schließlich.

Herbst hatte inzwischen sein Gespräch beendet und den Hörer aufgelegt. »Es ist so, wie ich dachte, die Akten wurden bereits vernichtet. Datenschutz. Aber Peters von der Aktenhaltung meinte, dass die Versicherungen solche Vorgänge dreißig Jahre aufbewahren. Wenn wir wüssten, welche Versicherung mit diesem Fall befasst war …«

»Erklären Sie mir das genauer?«

»Na ja, jeder registrierte Kutter braucht eine Versicherung«, erklärte Herbst. »Das ist nicht viel anders als bei den Autos auf der Straße. Was, glauben Sie, passiert, wenn ein Tanker wegen eines Fischkutters auf Grund läuft? Wer sollte für den Schaden geradestehen?«

Trevisan verstand. »Das heißt also, wenn Hansen mit seinem Schiff an dem Unglück beteiligt war, dann weiß zumindest seine Versicherung Bescheid.«

»Richtig«, erwiderte Herbst. »Übrigens, in unseren Computern herrscht derzeit Chaos. Ein heftiges Gewitter tobt über dem Festland. Die Überprüfung von Sörensen ist zur Zeit nicht möglich.«

Das Brummen des Hubschraubers überlagerte das Brausen des Windes. Eine Viertelstunde später flog Trevisan mit Monika Sander und den anderen Kollegen zurück auf Festland. Das Wetter war schlechter geworden und dazu kam jetzt auch noch die bedrückende Enge in der Kabine. Trevisan war heilfroh, als der Hubschrauber in Wilhelmshaven landete.

Er schaute auf die Uhr. Es war kurz nach fünf.

*

Als Monika Sander das Besprechungszimmer betrat, schüttelte sie den Kopf. »Die Systeme sind lahm gelegt. Blitzeinschlag. Frühestens Morgen können wir wieder mit einem ungestörten Betrieb rechnen.« Sie setzte sich gegenüber auf den Stuhl.

»Sind die anderen schon zurück?«

Monika nickte. »Sie haben schon Feierabend gemacht. Sie mussten die Suchaktion wegen des schlechten Wetters abbrechen. Hast du noch jemanden erreicht?«

Trevisan schüttelte den Kopf. »Wahrscheinlich hat die Schifffahrtsbehörde schon längst Feierabend gemacht.«

»Verdammt! Jetzt haben wir zwar seinen Namen, aber wir wissen noch immer nicht, wo er steckt …«

»… und warum er es getan hat«, vervollständigte Trevisan.

»Was tun wir jetzt?«

»Was können wir noch tun? Die Einwohnermeldeämter sind geschlossen. Hier auf der Insel kommen wir nicht mehr weiter. Uns bleibt nicht mehr als die Fahndung.«

»Ich glaube nicht, dass er irgendwo auftaucht. Dazu ist er einfach zu gerissen«, bemerkte Monika Sander niedergeschlagen.

Trevisan nickte. »Ich kann nur hoffen, dass es ruhig bleibt. Jedes Mal, wenn ich zu Hause bin und das Telefon läutet, zucke ich zusammen und frage mich, bei welchem Toten wir diesmal die Nacht verbringen müssen.«

»Wenn wir ihn wenigsten gezielt suchen könnten«, sagte Monika.

»Wir werden ihn fassen!« Trevisan fuhr sich mit der Hand über die Haare. Er fühlte sich noch immer miserabel. Sein Magen knurrte, doch er traute sich nicht, etwas zu essen. Obwohl er nun auf einem Stuhl saß, schien der Boden unter seinen Füßen noch immer zu schwanken.

»Wie war es eigentlich beim Arzt, du wolltest dich doch untersuchen lassen?«, fragte Monika nach einer Weile.

Trevisan atmete tief ein. Die Schmerzen in der Nierengegend waren einfach wieder verschwunden. Er war nicht zum Arzt gegangen, wenngleich ihm auch Monika damals dringend dazu geraten hatte. Mit derartigen Schmerzen spaßt man nicht, hatte sie ihn gewarnt. »Oh, es geht mir gut. Alles in Ordnung«, log er. »Es wird Zeit, dass wir den Kerl bald kriegen. Er bringt unser aller Leben durcheinander.«

»Da hast du recht. Mein Mann hält mir auch schon vor, dass ich nur noch in der PI bin. Ich weiß gar nicht, wann wir das letzte Mal so richtig gemütlich ausgegangen sind.«

»Bis zum Ende der nächsten Woche werden wir ihn haben«, sagte Trevisan zuversichtlich.

»Dein Wort in Gottes Ohr«, erwiderte Monika.

Gemeinsam erhoben sie sich, griffen nach ihren Jacken und verließen den Raum. Monika schloss die Tür. Es war ruhig auf dem Stockwerk des 1. FK. Als sie an Trevisans Büro vorbeigingen, klingelte das Telefon. Erschrocken fuhren sie herum.

»Das wird doch nicht …«, stieß Monika aus.

Trevisan betrat sein Büro und nahm den Hörer ab. Monika wartete mit gespannter Miene in der Tür. Sie schien schon das Schlimmste zu befürchten. Trevisan legte den Hörer auf.

»Ist wieder …«, fragte sie.

Trevisan schüttelte den Kopf. »In Altgarmssiel wurde ein Wagen gestohlen. Keine zwei Kilometer von der Stelle entfernt, wo wir Sörensens ausgebrannten Fiat fanden. Der Wagen gehört einer Krankenschwester. Sie arbeitet in Oldenburg und ist mit einer Kollegin gefahren. Der kann bereits seit Dienstag fehlen.«

»Er ist also wieder auf der Jagd.« Monikas Miene wirkte versteinert.

32

Trevisan war früh aufgestanden. Er gönnte sich eine zweite Tasse Kaffee zum Frühstück. Die Nacht war ruhig gewesen. Er hatte gut geschlafen. Von den Kopfschmerzen war nichts mehr zu spüren. Paula leistete ihm Gesellschaft. Sie hatte heute erst um halb zehn Uhr Schule. Bald begannen ihre Ferien.

»Seid ihr nun schon weitergekommen?«, fragte sie, als sie sich an den gedeckten Frühstückstisch setzte. Trevisan legte die Morgenzeitung beiseite.

»Was hast du gesagt?«

»Habt ihr ihn bald?«, setzte sie nach.

Trevisan nickte. »Wir kennen seinen Namen. Aber er läuft noch immer frei herum. Ich habe nur noch keinen blassen Schimmer, wie wir ihn kriegen sollen.«

»Ich vertraue dir. Wenn es jemand schafft, dieses Scheusal zu fassen, dann bist du es«, antwortete Paula überzeugt.

Trevisan fühlte sich geschmeichelt, dennoch lenkte er die Unterhaltung auf ein anderes Thema. »Wie geht's in der Schule?«

Paula rümpfte die Nase.

»Es geht so«, antwortete sie zögernd.

»Das klingt aber nicht besonders, jetzt, wo es Zeugnisse gibt.«

»Deutsch und Englisch sind okay. Mathe geht so, aber Chemie und Physik laufen nicht so gut«, erklärte sie.

»Woran liegt es?«

»Diese blöden Formeln.«

»Ja, ich erinnere mich noch gut. Damit hatte ich auch immer meine Schwierigkeiten. Aber darüber reden wir noch. Ich muss los«, entgegnete Trevisan und griff nach seiner Jacke.

Bevor er zur Tür ging, wandte er sich noch einmal um. »Wenn wir ihn endlich haben, dann ist der versprochene Urlaub fällig. Und wenn es nur ein paar Tage sind.«

»Das will ich aber auch hoffen, schließlich hast du mir ja auch meinen Segeltörn versaut«, antwortete Paula.

»Versprochen ist versprochen.«

»Und Angela fährt mit?«

Trevisan nickte und wandte sich ab.

»Habt ihr eigentlich schon darüber nachgedacht, wann ihr endlich heiraten wollt?«, sagte Paula, bevor Trevisan die Tür schloss.

Er streckte den Kopf durch den Türspalt. »Wolltest du dich nicht um den Abwasch kümmern?«

*

Trevisan fuhr mit seinem Wagen nach Wilhelmshaven. Unterwegs bog er in Richtung Banter Seedeich ab. Es war kurz vor acht. Trevisan wollte keine Zeit verlieren. Er parkte den Wagen am Handelshafen und ging auf das Gebäude der Hafenverwaltung zu. Als er das Gebäude betrat, begegnete ihm eine junge Frau. Er fragte sie, wohin er sich wenden müsse, wenn er eine Auskunft über einen in Wilhelmshaven registrierten Kutter haben wolle. Die Frau zeigte ihm den Weg.

Aktenverwaltung stand auf dem Türschild. Trevisan klopfte. Ein zögerliches »Herein« ertönte. Ein älterer Herr mit grauem Bart, dicker Hornbrille und dunkelblauem Hemd saß hinter einem Schreibtisch. Zu dem Hemd trug er eine giftgrüne Krawatte. Trevisan fühlte sich an Dietmar Petermann erinnert. Offenbar hatten die beiden den gleichen Geschmack. Zumindest, was die Kleidung anging. Der Mann wirkte zudem noch mürrisch und abweisend. Trevisan trat näher und wies sich aus.

Die Miene des Mannes erhellte sich. »Womit kann ich der Staatsmacht behilflich sein?«

»Ich brauche die Versicherung eines hier registrierten Kutters«, entgegnete Trevisan.

»Da sind Sie hier richtig. Um welches Schiff handelt es sich?«

»Es geht um einen Kutter namens *Helge*. Eigner ist … das heißt war ein gewisser Ole Hansen aus …«

»… aus Fedderwarden«, vollendete der Verwaltungsbeamte den Satz. Trevisans schaute ihn erstaunt an.

»Jeder hier kennt Hansens Geschichte«, antwortete der Beamte. »Es ist eine bodenlose Sauerei, so etwas.« Er erhob sich und ging zu einem Aktenschrank hinüber. »Dieser Wahnsinnige muss endlich geschnappt werden. Und dann … sogar eine Kugel ist zu schade für ihn. Was genau wollen Sie wissen?«

»Ich will wissen, wo der Kutter versichert war.«

»Die *Helge* … *Helge* … Moment, das war …«, murmelte er in seinen grauen Bart. Zielsicher zog er einen Aktenordner hervor.

»Die *Helge*, WHV 221, Eigner Ole Hansen, Fedderwarden. Er ist bei der Deutschen Lloyd versichert. Die Policenummer lautet SSF 654567 A 72«, las er vor.

Trevisan zückte seinen Notizblock und schrieb sich die Daten auf. »War er die ganze Zeit bei der gleichen Gesellschaft unter Vertrag?«

»Die *Helge* wurde hier im Jahre … Moment, ah, da haben wir es, genau am 12. Mai 1972 von Hansen angemeldet. Er war schon damals bei der Deutschen Lloyd.«

»Wissen Sie, wo der Sitz der Versicherung ist?«

»Die Lloyd hat ihren Sitz in Hamburg, in der Katharinenstraße«, antwortete der ergraute Mann.

Trevisan notierte die Adresse und auch gleich die Telefonnummer. Er bedankte sich. Ehe er den Raum verließ, sagte der Beamte noch: »Hoffentlich haben Sie ihn bald.«

»Wir werden uns bemühen«, entgegnete Trevisan und schloss die Tür. Als er wieder im Wagen saß, rief er die Dienststelle an. Monika Sander war am Apparat.

Er gab ihr Adresse und Telefonnummer der Versicherung durch. »Ruf dort bitte an und erkundige dich, ob die so etwas wie eine Aktenhaltung haben. Wenn ja, dann frage, ob ich heute noch vorbeikommen kann.«

»Kommst du vorher noch auf die Dienststelle?«

»Wieso, ist was passiert?«

»Nein, das nicht, aber die Chefin möchte mit dir sprechen«, sagte Monika.

»Dann gib mir bitte gleich durch, was du erreicht hast«, erwiderte Trevisan. »Ruf mich bitte zurück. Das ist wichtiger als eine Besprechung.«

»Warum rufst du nicht selbst an?«, fragte Monika.

»Du weißt doch, dass ich ein sehr schlechter Autofahrer bin«, sagte Trevisan. »Ich kann mich nicht auf beide Sachen konzentrieren. Außerdem werden die einen Rückruf starten wollen, sonst könnte ja jeder anrufen und nach Akteneinsicht fragen.«

Kaum eine Viertelstunde später kam der Rückruf.

»Sie erwarten dich gegen zehn«, berichtete Monika. »Melde dich an der Pforte und sage, du wirst in der Abteilung Seefahrt erwartet. Die wissen Bescheid und können dir weiterhelfen.«

»Ich danke dir.« Trevisan legte das Handy beiseite. Er war kurz vor der Autobahnauffahrt.

*

Er saß abseits der Wetterwarte und suchte mit dem Fernglas nach dem richtigen Boot. Er wusste nur, dass es *Antje* hieß. Genauso wie die jüngste Tochter des Silberfuchses. Es musste jenseits der Wetterwarte liegen. Mittlerweile wusste er alles über den Mann. Der Tag des jüngsten Gerichtes war nicht mehr fern. Er sah die Vorboten des Todes. Sie kreisten bereits über dem Wangerland. Die Rechnung war geschrieben und der Preis war Blut. Diesmal würde er selbst die lange Reise antreten. Er würde ihn begleiten. Dies war seine Genugtuung. Er selbst würde der Ankläger sein. Ob der Silberfuchs bereits ahnte, was ihn erwartete?

Silberfuchs. So hatten ihn alle genannt. Natürlich nur, wenn er es nicht hörte. Still und heimlich, hinter seinem Rücken. Er war der Einzige gewesen, der den Mut besessen hatte, es ihm ins Gesicht zu sagen.

»Silberfuchs … Silberfuchs … Silberfuchs.«

Am Ende hatte er es ihm ins Gesicht geschrien. Es gab kein Erbarmen. Männer in weißen Anzügen und mit Oberarmen so dick wie Oberschenkel waren herbeigeeilt und hatten ihn festgehalten. Dann wurde er in den hellgrünen Raum gesperrt. Seine Ohren fielen zu. Die Polsterung an der Wand ließ seine Worte dumpf und schal klingen. Die Männer mit den starken Oberarmen würden Silberfuchs diesmal nicht helfen können. Schon damals, als der Silberfuchs vor all den Menschen aufgestanden war und das Urteil über ihn gefällt hatte, hatte er damit sein Leben verwirkt.

»Ein Psychopath. Schizophrenie, übersteigerter Hang zur Religion. Wahnsinnig … wahnsinnig … wahnsinnig.«

Die Worte hallten in seinem Kopf wider. Er richtete sich auf. Ein Stöhnen kam über seine Lippen. Erschrocken blickte er sich um. Niemand war in seiner Nähe. Er hob das Glas wieder an seine Augen. Das vierte Boot in der zweiten Reihe. Deutlich sah er die blauen Buchstaben am Bug. Er wusste genau, was der Silberfuchs vorhatte. Nichts konnte ihm verborgen bleiben. Warum hatte der Silberfuchs nicht einfach geschwiegen?

Mittlerweile hatte sich die Familie wieder um ihn versammelt. Sogar Torben war aus der Unendlichkeit zurückgekehrt. Torben, mit dem er früher so oft gestritten hatte. Auch er war ihm jetzt nahe.

Er fühlte sich glücklich. Nur noch ein einziger Schritt lag vor ihm. Ein letzter und das Glück wäre vollkommen. Der Tag war nicht mehr fern. Egal, wo Silberfuchs auch sein mochte, er konnte ihm nicht mehr entkommen. Er hatte ein Bild von ihm. In diesem Bild konnte er lesen. Das blaue Gesicht half ihm dabei. Er hörte dem Gesicht gerne zu. Es wusste alles. Nichts blieb ihm verborgen.

Er erhob sich und packte das Fernglas in seinen Rucksack. Dann ging er vor zum Leuchtturm. Er hatte noch Zeit. Genügend Zeit, um sich vorzubereiten. Die Nächte waren lang, doch im Wagen war es warm. Er durfte sich nur nicht zu sicher fühlen. Etwas lag in der Luft. Eine gegensätzliche Kraft. Eine böse Macht war auf der Suche nach ihm. Er hatte deren Stärke bereits in dem alten verfallenen Haus gespürt. Doch sein Vorteil lag in der Zeit. In den nächsten Tagen würde er sich verstecken und in aller Ruhe abwarten, bis es soweit war. Noch immer waren die guten Mächte auf seiner Seite. Sie würden ihn beschützen und sicher an das Ziel geleiten. Er trug die Kleidung des Engels mit dem feurigen Schwert.

*

Trevisan hatte sich zweimal verfahren. Er fluchte laut. Diese Städte waren für Autofahrer eine einzige Tortur. Er blickte auf den Stadtplan. Der Verkehr vor ihm stockte. Es war wie verhext. Er wünschte, er hätte Monika Sander mitgenommen. Sie fuhr gut und sicher, egal wie viel Verkehr um sie herum war.

Endlich fand er die richtige Straße. Dreimal fuhr er an dem mehrstöckigen Gebäude vorbei. Es gab keine Parkplätze. Als er endlich einen Parkplatz gefunden hatte und auf das Geschäftgebäude zuging, war es halb elf.

Der jungen, freundlichen Frau an der Pforte nannte er seinen

Namen. Sie blickte ihn fragend an. Trevisan erklärte ihr, weswegen er gekommen war. Es dauerte noch einige Minuten, ehe die zuständige Dame der Abteilung Seefahrt endlich erschien.

»Sie sind Herr Trevisan von der Polizei?«, fragte sie mit nasaler Stimme. Trevisan zeigte ihr seinen Dienstausweis. Sie forderte ihn auf, ihr zu folgen. Gemeinsam fuhren sie mit dem Fahrstuhl in den sechzehnten Stock.

»Ihre Kollegin hat mir schon einiges erklärt, aber ich verstehe noch immer nicht genau, um was es geht.«

Trevisan erklärte ihr detailliert den Grund seines Besuches. Ihre Augen wurden immer größer.

»Ich werde sehen, was ich für Sie tun kann«, antwortete sie schließlich beflissen. Sie führte Trevisan in ihr Büro und bat ihn, sich zu setzen. Sie nahm hinter ihrem Schreibtisch Platz und widmete sich dem Computer.

»Haben Sie zufällig die Policenummer? Das würde einiges erleichtern«, sagte sie nach einer Weile.

Trevisan zückte seinen Notizblock und las langsam die Nummer vor.

Eifrig flogen ihre Finger über die Tasten. Es dauerte einen Moment, ehe sich ein Eintrag auf dem Bildschirm zeigte. Sie lehnte sich zurück. »Stimmt, wir haben hier eine Unfallmeldung eingetragen. Sie ist auf den 21. Mai 1987 datiert. Es geht um einen Unfall auf See mit Todesfolge. Es gab aber keine Forderungen, nur die Meldung des Schiffeigners Hansen. Sie haben Glück. Da haben wir sogar noch etwas in den Akten.«

Trevisan pochte ungeduldig mit den Fingern auf die Tischplatte. Die Spannung war schier unerträglich. »Können Sie mir die Akte überlassen?«, fragte er voller Erwartung.

»Das ist leider nicht möglich, Datenschutz, Sie verstehen?«, antwortete sie.

Trevisan war wie vom Donner gerührt.

»Ich kann Ihnen aber aufgrund eines Gerichtsbeschlusses und nach Genehmigung unserer Rechtsabteilung eine Kopie zukommen lassen«, fuhr sie schließlich fort.

»Wie lange würde das dauern?«

»Ein, zwei Wochen. Vielleicht auch etwas länger.«

Trevisan atmete tief ein. »Hören Sie«, sagte er schließlich

gefasst. »Ein Mörder läuft noch immer frei herum. Er hat mittlerweile sechs Menschen umgebracht. Er wird wieder töten. Bald schon. Unsere Ermittlungen haben ergeben, dass die Morde mit diesem Unfall zusammenhängen. Sie haben einen wesentlichen Teil zur Lösung des Falles und vielleicht sogar den Schlüssel zum Täter in Ihren Akten. Wollen Sie wirklich am Tod eines weiteren Menschen schuld sein, nur weil Sie glauben, einen bürokratischen Weg einhalten zu müssen? Das ist doch nicht Ihr Ernst?«

Die Frau blickte Trevisan unsicher an. Er sah, wie es in ihrem Hirn arbeitete.

»Ich muss zumindest meinen Chef ... Datenschutz, Sie verstehen?«

»Wenn ich jetzt einen Staatsanwalt anrufe, dann habe ich innerhalb der nächsten fünf Minuten einen Beschluss, der mir erlaubt, ihre ganze Registratur auf den Kopf zu stellen. Wenn es Ihnen hilft ...«

Sie schüttelte den Kopf. Unsicher fuhr sie sich mit den Händen übers Gesicht. Dann richtete sie sich auf. »Folgen Sie mir«, sagte sie leise.

Gemeinsam fuhren sie mit dem Aufzug ins dritte Stockwerk hinunter. Sie führte Trevisan in einen großen, klimatisierten Raum. Ein Luftbefeuchter summte laut. Berge von Akten stapelten sich in den Regalen.

»Warten Sie hier«, wies sie Trevisan an.

Trevisan setzte sich auf einen Stuhl neben dem Eingang. Sie verschwand hinter den Regalwänden. Es kam ihm vor wie eine halbe Ewigkeit, als sie nach einer Viertelstunde endlich wieder auftauchte und einen grauen Aktenordner in den Händen hielt. Trevisan wollte danach greifen, doch sie zog ihre Hände zurück.

»Ich werde die betreffenden Blätter kopieren«, sagte sie.

Es verging eine weitere Viertelstunde, ehe sie zurückkehrte. Die Kopien steckten in einem braunen Kuvert. Trevisan riss ihr die Papiere aus der Hand. Neugierig holte er die Blätter hervor und überflog die Seiten. Anhörungen, Gutachten, polizeiliche Vernehmungen. Es war alles vorhanden. Trevisan atmete auf.

»Sie haben heute wahrscheinlich einem Menschen das Leben

gerettet«, sagte er, als er sich von Frau Haid verabschiedete.
Noch immer lag eine Spur Skepsis in ihrem Blick.

*

Als die Polizeistreife auf den kleinen Parkplatz unweit der Schule in Wittmund einbog, blickten die Beamten gleichgültig aus den Seitenfenstern. Es war ein Routineauftrag. Jemand hatte offensichtlich seinen Unrat entsorgt. Ein besorgter Bürger hatte im Kommissariat angerufen. Der Streifenführer stieg aus. Er schlenderte auf den Müllberg zu. Ein paar alte Decken, verschimmelte Essensreste und unzählige Coladosen. Der Beamte schüttelte den Kopf.

Sein Kollege trat an seine Seite. »Da hat wohl einer den Frühjahrsputz hinter sich gebracht.« Er stieß mit seinem Fuß gegen die Decken. Etwas Hartes musste darunter versteckt liegen.

»Vielleicht gibt es einen Hinweis auf den Verursacher«, sagte der Streifenführer. Der Kollege nickte. Er ging zurück zum Wagen und holte Handschuhe. Dann begann er in dem Müllberg zu stöbern. Eine Zeitung kam zum Vorschein. Zeitungen waren gut, oft enthielten sie auf der Rückseite eine Adresse. Er schlug die Zeitung auf und blätterte sie durch. Auf einer Seite war ein Artikel ausgeschnitten worden. Einen Adressenaufkleber gab es nicht. Achtlos warf er sie zurück auf den Abfallhaufen. Er suchte weiter und wickelte die Decke auf, unter der er den harten Gegenstand gespürt hatte.

Eine Gasflasche kam zum Vorschein. Doch nicht irgendeine Flasche, es war eine Taucherflasche. Sie sah abgenutzt aus und hatte schon einige Jahre auf dem Buckel.

»Was manche zu Hause so alles unter dem Bett aufbewahren«, witzelte er. Der Streifenführer lachte. Der Kollege suchte weiter, doch es war nichts Brauchbares mehr zu finden.

»Wir informieren die Stadt, sie sollen den Plunder hier abholen«, sagte der Streifenführer schließlich und wandte sich ab. »Einen Verursacher werden wir wohl nicht finden.« Schon wollte er zum Streifenwagen zurückkehren, da fiel sein Blick auf den gelben VW Polo, der in der Nähe in einer Parkbucht stand. Die Kofferraumhaube des Wagens war nur angelehnt. Als er auf den Wagen zuging, erkannte er, dass die Seitenscheibe auf der Beifahrertür geöffnet war. Er warf einen Blick in das Innere des Wagens. Auch dort befand sich allerlei Unrat. Er öffnete die Tür und sah die losen Kabel am Zündschloss baumeln.

»Komm mal hier rüber!«, rief er seinem Kollegen zu.

Zwei Minuten später hatten sie Gewissheit. Der Wagen war als gestohlen gemeldet. Doch noch ein Detail ging aus der Fahndungsnotierung hervor: Der Wangerland-Mörder war mit dem Wagen unterwegs gewesen.

*

Trevisan war froh, als er dem Großstadtverkehr endlich entkommen konnte und auf der breiten Landstraße in Richtung Bremen fuhr. Er hatte Monika angerufen und ihr aufgetragen, dafür zu sorgen, dass sich die Kollegen um drei im Besprechungszimmer versammelten. Von den Neuigkeiten berichtete er nichts.

Monika erwiderte im Gegenzug, dass auch sie eine wichtige Entdeckung gemacht habe. Als sie ihm davon berichten wollte, vertröstete er sie auf später. Er fuhr zweieinhalb Stunden, ehe er vor der Dienststelle stoppte. Er hatte eine ganze Stunde Verspätung.

Als er das Besprechungszimmer betrat, blickte er in die gespannten Gesichter seiner Kollegen. Auch Kriminaldirektor Beck, Margot Martinson und die Leiterin der PI waren anwesend.

»Wir wollten schon eine Suchmeldung nach Ihnen aufgeben«, begrüßte ihn Anke Schulte-Westerbeck. Sie lächelte.

Er nahm Platz und legte die Kopien vor sich auf den Schreibtisch. »Ich kenne jetzt die ganze Geschichte des Kreuzes«, sagte er geheimnisvoll. Im Raum wurde es so ruhig, dass man eine Stecknadel hätte fallen hören.

»Also, berichten Sie«, sagte Frau Schulte-Westerbeck.

»Vor über dreizehn Jahren ereignete sich vor Wangerooge ein Unfall, bei dem zwei Kinder ertranken und eines gerade noch gerettet werden konnte. Ein Boot hatte sich im Schleppnetz eines Kutters verfangen. Der Kutter war die *Helge*. Hansen war der Kapitän. Ein Junge steuerte das kleine Boot. Er hatte es sich heimlich für eine Spritztour mit seinen Geschwistern ausgeborgt. Der Junge hieß Sven Sörensen. Er überlebte den

Unfall, weil ein Fischer in der Nähe war und ihn, zusammen mit Hansen, aus dem Wasser zog. Dieser andere Fischer war Grevenstedt. Er berichtete, dass der Junge sich heftig wehrte und sogar nach seinen Rettern schlug. Ein Rettungskreuzer befand sich in der Nähe. Lüdke war der Rettungssanitäter. Er kam, um den Jungen zu versorgen, doch der schlug wie wild um sich und stürzte sich wieder ins Wasser. Er wollte seine Geschwister retten und konnte nur durch Gewalt zurückgehalten werden. Sörensen verlor bei der Rettungsaktion übrigens den linken kleinen Finger. Sven Sörensen lebte mit seiner Familie auf Spiekeroog. Wir müssen nur noch herausfinden, ob er noch immer dort wohnt.«

Monika räusperte sich. »Willst du wissen, wie die Geschichte weitergeht?« Sie legte einen Aktenordner auf den Tisch.

»Was ist das?«, fragte Trevisan erstaunt.

»Die Polizeiakte von Sven Sörensen«, entgegnete Monika.

»Sven Sörensen muss danach die Hölle erlebt haben. Seine Mutter war streng religiös. Sie und sein Vater behandelten ihn wie einen Mörder. Sie machten ihn für den Tod der Geschwister verantwortlich und verziehen ihm nie. Am 10. Juni 1989 kommt es zwischen dem Sohn und dem Vater zum Eklat. Sven sticht wie ein Rasender auf seinen Vater ein. Am Ende zählt der Leichenbeschauer über vierzig Messerstiche in Brust, Bauch, Hals und Gesicht. Zwölf davon sind tödlich. Sven Sörensen wird verhaftet und kommt in Untersuchungshaft. Doch es kommt nie zum Prozess. Ein Psychologe erklärt ihn für geistig gestört und unzurechnungsfähig. Sörensen kommt in die geschlossene Abteilung der Psychiatrie in Wehnen. Im Herbst 1998 wird er als geheilt entlassen. – Übrigens, Tauchen hat er in einer Therapie gelernt«, beendete Monika ihren Vortrag.

»Gibt es eine Adresse, einen Aufenthaltsort?«, fragte Trevisan neugierig.

»Er gab die Adresse seiner Mutter an. Sie wohnt in Itzendorf. Das liegt kurz hinter Norden am Hohen Riff.«

»Dann müssen wir so schnell wie möglich ...«

»Wir werden nichts überstürzen«, unterbrach Frau Schulte-Westerbeck. »Wir haben eine Überwachung des Hauses organisiert. Vielleicht kehrt er dorthin zurück.«

»Er hat übrigens in Wittmund den gestohlenen VW abgestellt«, sagte Kriminaldirektor Beck. »Eine neue Diebstahlsanzeige liegt noch nicht vor.«

»Und wenn er nicht nach Hause zurückkehrt?«, gab Trevisan zu bedenken. »Schließlich hat er sich lange genug in unserer Gegend herumgetrieben.«

»Warum sollte er das nicht machen?«, warf Margot Martinson ein. »Das Haus scheint ein idealer Unterschlupf. Außerdem hat er getan, was er tun wollte. Was könnte er hier noch wollen? Sie hatten mit Ihrer Theorie von Anfang an recht. Nur Hansen, Grevenstedt und Lüdke waren seine ausgewählten Opfer. Hansen starb am 18. Mai, das war der Tag, als sich damals der Unfall ereignet hatte. Grevenstedt wurde am 10. Juni ermordet, dem Tag des Vatermordes, und wir kennen nun die Bedeutung des 2. Juli. Am 2. Juli 1987 förderten nämlich ein paar Fischer vor Wangerooge einen grausigen Fund zu Tage. Ein Junge, verstrickt in ein abgerissenes Netz. Es war der verunglückte Torben Sörensen. Am 2. Juli starb Lüdke. Sven Sörensen hat jedem seiner ausgewählten Opfer den Finger abgeschnitten und am Kreuz in Wangerooge als Opfergabe dargebracht. Nach seiner Vorstellung hat er damit seine Schuld gesühnt. Es gibt nichts mehr zu tun für ihn.«

»Was wird er Ihrer Meinung nach jetzt machen?«, fragte Trevisan.

»Viele in seiner Lage richten sich selbst«, erwiderte Martinson. »Ganz wenige stellen sich der Polizei.«

»Und wenn wir uns irren? Wenn er mit seinem Rachefeldzug noch nicht fertig ist?«, hakte Trevisan nach.

»Wen sollte er jetzt noch umbringen wollen? Er hat seine Verantwortung an dem Unfall, an dem Tod seiner Geschwister und an seiner ungewollten Rettung auf seine Retter übertragen. Er ist jetzt frei von Schuld. Über die Zufallsopfer denkt er überhaupt nicht nach. Sie existieren in seiner Vorstellung nicht. Er wacht langsam aus seinem Alptraum auf. Ich glaube, dass er sich seit diesem Unfall noch nie so zufrieden und glücklich gefühlt hat wie jetzt.«

»Eine sonderbare Art der Vergangenheitsbewältigung«, warf Tina Harloff ein.

»Oh, verstehen Sie es nicht falsch. Er bewältigt keine Vergangenheit. Er rückt nur etwas gerade, was aus dem Lot gekommen ist.«

»Aber weshalb?«

»Sie hinderten ihn an weiteren Rettungsversuchen und sie verhinderten, dass er seinen Geschwistern auf ihrem Weg folgen konnte«, folgerte Margot Martinson.

»Das ist doch verrückt«, sagte Till Schreier.

»Es ist seine Realität«, antwortete Trevisan.

»Was soll das bedeuten?«

»Auf uns mag er wie ein Verrückter wirken«, erklärte Margot Martinson, »doch er lebt in einer anderen Welt. Er hat seine eigenen Gesetze und Regeln aufgestellt und genau das macht ihn so gefährlich.«

»Der typische Verrückte unserer Klischeevorstellung handelt meist irrational«, ergänzte Trevisan. »Er tötet, aber er macht dabei Fehler. Seine Stimmungen sind sprunghaft und nicht immer durch logisches Handeln bestimmt. Sörensens Welt mag uns verrückt erscheinen, doch er handelt zielgerichtet und überlegt innerhalb ihrer eigenen Grenzen.«

Stille herrschte im Raum. Überraschung und Verständnislosigkeit standen in manchem Gesicht.

»Wie lange wollen wir das Haus beobachten?«, fragte Trevisan in das Schweigen hinein.

»Die Überwachung bleibt auf alle Fälle bis morgen bestehen«, beschloss die Chefin. »Ich will kein unnötiges Risiko eingehen. Der Kerl ist gefährlich. Wir werden das Sondereinsatzkommando hinzuziehen.«

Die Tür ging auf und Kleinschmidt betrat den Raum. Er hatte eine kalte Pfeife im Mund und kaute auf dem Mundstück. »Ich habe Nachricht von der Pathologie. Die Untersuchungen der Finger sind abgeschlossen. Sie stammen eindeutig von Hansen, Grevenstedt und Lüdke.«

»Damit schließt sich der Kreis, oder?«, murmelte Beck leise.

33

Trevisan fühlte sich innerlich zerrissen und schlecht, doch es half nichts, er musste weitermachen. Er hatte eine Aufgabe vor Augen und die Zeit war sein größter Gegner. Wieder einmal hatte er ein weiteres Wochenende keine Zeit für Paula und vor allem für Angela, die ihren Geburtstag ohne ihn feiern musste. Doch sie würden die Feier nachholen, das hatte Trevisan hoch und heilig versprochen. Trevisan hatte das Gefühl, dass sich die Jagd nach dem Wangerland-Mörder langsam dem Ende zu neigte, doch was hatte der junge Sörensen noch vor, welchen teuflischen Plan trug er mit sich herum?

Trevisan brach früh auf. Es war kurz nach sieben, als er in den Wagen stieg und nach Wilhelmshaven fuhr. Es war Samstag und die Welt schien diesen Tag einfach verschlafen zu wollen. Die Straßen waren frei und nur wenige Autos begegneten ihm zu dieser frühen Stunde. Als er auf den Parkplatz neben dem Dienstgebäude fuhr, waren fast alle Stellplätze schon belegt. Sein Blick fiel auf den VW Golf von Monika Sander, aber auch der kleine, gelbe Sportflitzer von Alex Uhlenbruch parkte nicht weit davon entfernt. Nachdem er seinen Wagen abgestellt hatte, fuhr der dunkle Mercedes von Till Schreier durch die Einfahrt.

Trevisan wartete, bis Schreier seinen Wagen geparkt hatte. »Moin, Till. Du bist früh dran. Ich sagte doch halb acht«, begrüßte ihn Trevisan. »Wie geht es dir?«

»Ich bin nur noch ein wenig müde, aber sonst ist alles okay«, entgegnete Schreier. Sie gingen zusammen auf das Dienstgebäude zu.

»Wie geht es deiner Mutter? Hat sie den Tod deines Vaters schon einigermaßen verkraftet?«

»Das braucht sicher noch Zeit«, erwiderte er. »Aber die ersten vierzehn Tage waren die schlimmsten. Sie hat oft nächtelang nur geweint.«

Trevisan nickte.

»Alles um sie herum erinnert an ihn. Die Bilder, seine Pfeifen, die Bücher, seine Kleider, einfach alles. Als ich vor ein paar Tagen vom Dienst nach Hause kam, saß sie im Schlafzimmer und räumte den Schrank aus. Sie hat Papas Kleider in Säcke verstaut. Am nächsten Tag musste ich sie zum Roten Kreuz bringen. Sie ließ sich einfach nicht davon abbringen.«

Trevisan dachte an den Tod seines Vaters. Seine Mutter hatte damals ähnlich reagiert. Vierzig gemeinsame Jahre lassen sich nicht so einfach wegwischen. Sieben Monate später war sie ihm gefolgt.

»Und wie wirst du damit fertig?«, fragte Trevisan, als sie zusammen den Aufzug betraten.

»Er fehlt mir«, antwortete Till trocken.

Schweigend betraten sie das Besprechungszimmer. Alex Uhlenbruch und Tina Harloff saßen auf ihren Stühlen. Kaffeeduft lag in der Luft. »Guten Morgen. Hat sich etwas getan?«, fragte Trevisan.

»Alles noch unverändert«, erwiderte Tina. »Zwei Streifen observieren das Haus. Bislang ist noch niemand dort aufgetaucht.«

Monika kam ins Zimmer. »Die Chefin wird gleich kommen.«

»Gibt es sonst etwas Neues, das ich wissen sollte?«, fragte Trevisan. Monika schüttelte den Kopf. Wenig später betrat die Polizeichefin das Konferenzzimmer.

»Schön, dass Sie alle schon hier versammelt sind«, sagte sie und begrüßte die Anwesenden per Handschlag. »Es gibt bislang keine Veränderung der Lage. Im Gegenteil. Das Haus wirkt unbewohnt. Auch Sven Sörensens Mutter ist bislang noch nicht gesehen worden. Die ganze Nacht blieben die Fenster dunkel. Was schlagen Sie vor?«

Trevisan überlegte. »Das Sondereinsatzkommando ist informiert. Zwei Gruppen sind in Bereitschaft. Wenn wir wollen, sind sie in einer Stunde am Einsatzort.«

»Trotzdem denke ich, dass wir noch abwarten sollten«, widersprach Alex. »Sonst verscheuchen wir ihn noch.«

»Vielleicht taucht die Frau heute im Laufe des Vormittags auf«, fügte Tina hinzu. »Das Wochenende steht bevor. Da erledigt man doch die Einkäufe für den Sonntag.«

Trevisan saß gedankenverloren auf seinem Stuhl. Sein Blick war leer.

»Wie gehen wir jetzt vor, Herr Trevisan?«, fragte Schulte-Westerbeck laut.

»Er ist nicht dort, das wäre zu einfach«, sagte Trevisan.

»Was meinen Sie damit?«

»Ich glaube nicht, dass wir ihn dort finden werden. Er ist noch nicht am Ende angelangt. Wenn er das wäre, hätten wir ihn längst schon zu Gesicht bekommen.«

»Ich bin der Meinung, wir sollten nicht länger mit dem Zugriff warten«, meldete sich Monika zu Wort.

»Also gut, ich alarmiere das Einsatzkommando«, erwiderte die Polizeichefin.

*

Sie fuhren mit zwei neutralen Dienstwagen nach Norden. Schulte-Westerbeck hatte den Polizeichef des Bezirks über die weiteren Schritte informiert. Das Einsatzkommando war auf dem Weg.

Trevisan saß neben der Chefin im Fond. Die Fahrt dauerte fast eine Stunde. Die meiste Zeit schwiegen sie. Als sie vor dem Polizeikommissariat in Norden stoppten, wurden sie bereits von den Kollegen erwartet. Hagen, der Leiter des Norder Kriminal-und Ermittlungsdienstes, war ein großer, hagerer Mann um die fünfzig. Trevisan kannte ihn von früher.

»Das hätte ich mir auch nicht träumen lassen, dass sich der meistgesuchte Verbrecher dieser Tage ausgerechnet bei uns verkrochen hat«, sagte er, als er Trevisan begrüßte.

»Noch wissen wir nicht, ob er sich auch wirklich im Haus aufhält«, entgegnete Trevisan.

»Hat sich inzwischen etwas getan?«, schaltete sich Schulte-Westerbeck ein. Trevisan stellte die Vorgesetzte vor.

Hagen reichte ihr die Hand. »Ich habe zwei Zivilfahrzeuge in der Nähe des Hauses postiert. Einer überwacht die Vorderfront, der andere den Hintereingang. Wir haben gleich nach Ihrem Anruf gestern bei den Nachbarn Erkundigungen eingezogen. Sie haben Frau Sörensen schon seit mehreren Tagen nicht mehr gesehen. Aber das ist nicht verwunderlich. Die Sörensen lebt sehr zurückgezogen. Ins Dorf kommt sie nur ab und an zum Einkaufen oder wenn sie in die Kirche geht.«

»Und ein Mann ist dort nicht aufgefallen?«

»Das Haus liegt außerhalb des Dorfes in der Abgeschiedenheit. Es war mal ein Landgasthof. Der Deich ist nicht weit entfernt. Das Haus der Nachbarn liegt fast zweihundert Meter entfernt. Nur der Postbote kommt ab und zu dort hinaus.«

»Haben Sie schon mit ihm gesprochen?«

Hagen schüttelte den Kopf. »Wir haben ihn erst heute ausfindig gemacht. Er ist schon wieder auf Tour. Aber meine Leute wissen Bescheid. Sie werden ihn abfangen, wenn er auf seinem Weg dort vorbeikommt.«

Trevisan blickte auf seine Armbanduhr. Es war kurz nach halb zehn. Dunkle Wolken zogen von Westen her. Im Radio war für heute wieder Regen vorausgesagt worden.

*

Es war kurz nach zehn, als drei weiße VW-Busse in den Hof des Polizeikommissariats in Norden fuhren. Hagen hatte inzwischen für Frühstück gesorgt und von einer nahen Bäckerei Brötchen besorgen lassen. Nach einer Besprechung mit dem Einsatzleiter der Sondereinheit setzte sich der Tross nach Itzendorf in Bewegung. Auf der Fahrt dachte Trevisan an Bartel. Er hoffte, dass dieser Tag nicht die gleiche Wendung nehmen würde wie der Einsatz in Sillenstede.

Dicke Regentropfen fielen mittlerweile aus den schwarzen Wolken.

Hanna Sörensen wohnte an der Beckerplate. Eine kleine Straße, die unterhalb des Deiches verlief und nach Westerwarf führte.

»Früher war der Gasthof ein beliebtes Ausflugsziel für Touristen«, erklärte Hagen während der Fahrt. »Der Nationalpark Wattenmeer liegt nicht weit entfernt. Aber dann starb der Inhaber. Seine Ehefrau war nicht in der Lage, das Gasthaus weiterzuführen. Sie war krank. Das Gebäude verfiel zusehends. Als sie starb, tauchte Frau Sörensen hier auf. Sie ist die Schwester der Verstorbenen. Sie hat den *Seeblick* geerbt. Aber sie hat nie den Versuch unternommen, das Gasthaus wieder zu eröffnen.«

»Wie gehen wir vor?«, fragte Trevisan.

»Das Einsatzkommando übernimmt vor Ort«, erklärte Hagen. »Wir halten uns im Hintergrund.«

Die Chefin, die auf dem Beifahrersitz Platz genommen hatte, drehte sich herum und blickte Trevisan streng an. »Wir werden nicht mehr länger mit dem Zugriff warten, aber vor Ort ist das Sache der Spezialisten«, stellte sie klar.

Als sie das Dorf durchquert hatten, bogen sie nach links in einen schmalen Weg ein. Ein dunkler Audi stand am Straßenrand.

»Halten Sie bitte hier!«, forderte Hagen. Monika Sander trat auf die Bremse.

Hagen stieg aus und ging auf den Audi zu. Nach einer kurzen Unterhaltung mit den beiden Männern im Wagen kehrte er zurück. »Das sind meine Beamten. Das Haus liegt hinter der nächsten Biegung. Bislang hat sich nichts getan. Nicht einmal die Vorhänge wurden aufgezogen. Es scheint alles tot hier draußen.« Er nahm wieder neben Trevisan Platz.

»Tot«, hallte es in Trevisans Kopf.

Sie fuhren noch ein kleines Stück, dann stoppte Monika am Fahrbahnrand. Hinter einem sanften Hügel war das schwarze Dach eines Hauses zu erkennen.

»Da vorne ist es«, erklärte Hagen.

Trevisan sah sich um. Er hatte das Gefühl, als habe er dies alles schon einmal erlebt. Die Transporter des Einsatzkommandos hielten direkt hinter ihnen. Der Einsatzleiter stieg aus. Hagen und Anke Schulte-Westerbeck schlossen sich ihm an. Trevisan und Monika blieben im Wagen zurück

»Glaubst du, er ist dort?«, fragte Monika.

»Ich sagte doch schon, ich glaube es nicht. Ich befürchte, dass wir dort nur den Tod treffen werden«, sagte er nüchtern.

»Was meinst du damit?«

Bevor Trevisan antworten konnte, trat Hagen an den Wagen heran und öffnete die Tür. »Ein Teil der Einsatzkräfte wird zunächst das Gebäude umstellen. Erst wenn die Absperrung steht, rückt eine Gruppe vor.«

»Und dann?«, fragte Trevisan.

»Sie werden zuerst klingeln und wenn niemand öffnet, stürmen sie das Haus. Schließlich besteht der dringende Verdacht, dass sich ein Mörder darin versteckt.«

Trevisan hatte ein ungutes Gefühl in der Magengegend.

*

Direkt vor dem alten Gasthaus stoppten die Transporter. Schwerbewaffnete Männer in dunklen Einsatzanzügen, mit Schutzweste, Helm und Maschinenpistole, sprangen aus den Fahrzeugen. Zielsicher steuerten sie ihre Positionen an. Einer um den anderen ging in Deckung. Sie verschanzten sich hinter Bäumen und Büschen, hinter Zaunpfosten und allem, was sich sonst noch bot. Sie waren vorsichtig. Erst als das Gebäude abgeriegelt war und der Einsatzbefehl kam, trennten sich sechs Polizisten aus der Gruppe und schlichen, eng angeschmiegt an die Hauswand, auf den Eingang zu. Einer betätigte die Klingel. Sie warteten. Der Mann läutete Sturm. Im Haus regte sich nichts.

Schließlich setzte ein Beamter ein Brecheisen an. Die altersschwache Holztür konnte dem Eisen keinen Widerstand entgegensetzen. Krachend flog sie auf. Geduckt sprangen zwei Polizisten in den Flur. Die Maschinenpistolen hielten sie im Anschlag.

Weitere Männer folgten. Meter um Meter schlichen sie sich voran. Tür um Tür wurde aufgestoßen, Raum um Raum durchsucht. Es gab keine Anzeichen von Gefahr. Die Gästezimmer waren leer. Sie schienen schon eine Weile unbewohnt. Staub lag auf den Schränken und Tischen.

Als sie die Tür zum Wohnbereich aufbrachen, schlug ihnen ein übler Gestank entgegen. Sie hasteten weiter. Auch das Wohnzimmer war menschenleer. Das Schlafzimmer lag im Halbdunklen. Im schwachen Licht waren unzählige abgebrannte Kerzenstummel auf dem Boden zu erkennen. Eine Art Altar stand neben der Tür. Der Gestank wurde unerträglich. Als der Strahl der Taschenlampe über das Bett strich, sahen sie den Grund für den entsetzlichen Geruch.

Eine alte Frau mit schlohweißen Haaren und schwarzem Sonntagskleid lag wie aufgebahrt im Bett. Ihre Hände ruhten gefaltet in ihrem Schoß. Eine lila Schärpe lag um ihre Schultern. Einer der Beamten betätigte den Lichtschalter. Die Frau auf dem Bett war schon lange tot, doch von Sven Sörensen fehlte jegliche Spur. In diesem Haus gab es kein menschliches Leben mehr. Trevisans Befürchtungen hatten sich bestätigt.

*

Trevisan stand vor dem Haus und sog die frische Luft in seine Lungen. Es hatte aufgehört zu regnen.

Der Körper der Frau war schon in Verwesung übergegangen. War sie eines natürlichen Todes gestorben oder hatte ihr Sohn sie ermordet? Das würden nur noch die Gerichtsmediziner feststellen können. Die Spurensicherung hatte ihre Arbeit aufgenommen.

Trevisan hatte eine Weile stumm vor dem Altar im Schlafzimmer gestanden. Nachdenklich hatte er die Bilder betrachtet. Das Gesicht des kleinen, lachenden Mädchens auf einem der Fotos ging ihm nicht mehr aus dem Sinn.

Auf dem Altar lag eine schwarze Decke mit einer lilafarbenen Einfassung. Schwarz-Lila, die Farben des Todes. Hatte Sven Sörensen deshalb diese Farben für seine Taten gewählt?

Die Frau hatte den Tod ihrer Kinder und ihres Mannes wohl nie überwunden. Dieser Altar war ihre Art gewesen zu trauern. Trevisan konnte sich vorstellen, welches Leben Sven Sörensen nach dem Unfall hatte ertragen müssen. Die Symbole seiner Schuld hatten ihn ständig umgeben. Egal, wohin er sich wandte, egal, was er tat. Er hatte keine Chance. Es gab für ihn keine Zukunft mehr. Trevisan erinnerte sich an ein Gedicht, das er einmal gelesen hatte. Eine Zeile darin hieß: *Kindheit ist Erinnerung und Zukunft*. Doch Sörensens Erinnerung und Gegenwart war der Tod. Und aus nichts anderem bestand seine Zukunft. Kindheit ist Erinnerung und Zukunft.

Trevisan wandte sich ab. Er ging ein paar Schritte. Die Polizeichefin saß auf einer Mauer. Ihr Gesicht war blass. Sie rauchte eine Zigarette. Trevisan war überrascht. Er hatte sie noch nie rauchen sehen. Auch die Gesichter der anderen wirkten wie versteinert.

Anke Schulte-Westerbeck blickte zu Trevisan auf. »Glauben Sie, er hat das getan?«

Trevisan nickte. Leichter Nieselregen fiel vom Himmel, doch es störte ihn nicht.

*

Den Tag über blieb der Tatort abgesperrt. Als Trevisan zum Haus der Sörensens zurückkehrte, war er tropfnass. Die Kollegen aus Norden hatten unterdessen den Postboten ausfindig gemacht und befragt. Er hatte schon seit über zwei Wochen keine Post mehr für Frau Sörensen ausgeliefert. Da an der Haustür nur ein einfacher Einwurfschlitz vorhanden war, konnte niemand von außen erkennen, dass sich auf dem Boden im Gang Briefe und Prospekte bereits stapelten. Der älteste Brief trug den Datumsstempel vom 11. Mai, heute war der 9. Juli. Auch einer der Prospekte stammte aus der zweiten Maiwoche. Sven Sörensens Mutter musste zu dem Zeitpunkt schon längst tot gewesen sein. Der Postbote erinnerte sich, dass er am letzten Aprilwochenende noch mit ihr gesprochen hatte. Einen jungen Mann hatte er aber nicht bemerkt. Auch in der Nachbarschaft konnte niemand sagen, ob Frau Sörensen zu diesem Zeitpunkt Besuch gehabt hatte.

Der Tod musste also zwischen dem 30. April und dem 12. Mai eingetreten sein.

Trevisan kam immer mehr zu der Überzeugung, dass der Tod der Mutter zu Sörensens großem Plan gehörte. Doch noch war es reine Spekulation. Nähere Einzelheiten würden die Untersuchungen erbringen. Bislang war noch nicht einmal gesichert, ob die Frau überhaupt ermordet worden war.

Trevisan stand vor der Haustür. Der Regen hatte aufgehört. Als zwei dunkel gekleidete Männer den Zinksarg aus dem Haus trugen, schluckte er. Trevisan spürte einen schalen Geschmack im Mund.

»Wie machen wir nur weiter?« Monika schaute zu, wie die beiden Männer den Sarg in den schwarzen Leichenwagen luden.

»Was bleibt uns übrig?«, fragte Trevisan. »Intensive Fahndung. Überprüfungen von leer stehenden Gebäuden. Alles wie gehabt. Eine andere Chance sehe ich noch nicht.«

*

Als Trevisan am Montag um acht das Kommissariat betrat, wartete Anke Schulte-Westerbeck bereits auf ihn. Sie bat ihn in ihr Büro. Am gestrigen Sonntag hatten Alex Uhlenbruch und Tina Harloff die Suchaktion geleitet. Mit zwanzig Beamten hatten sie die Gegend südlich von Sophiensiel durchsucht – erfolglos. Als sie auf ein altes bäuerliches Anwesen gestoßen waren, war etwas Hoffnung aufgekeimt. Spuren deuteten darauf hin, dass sich hier vor kurzem jemand aufgehalten hatte. Doch ihre Hoffnungen waren vergebens. Ein harmloser Landstreicher hatte dort Unterschlupf vor dem Regen gesucht. Gegen sieben Uhr abends hatten sie ihre Suche abgebrochen.

Till Schreier und Monika Sander übernahmen die heutige Einsatzleitung.

Trevisan wusste, dass die Fahndung der Suche nach einer Nadel im Heuhaufen glich, aber etwas anderes konnte er nicht tun. Trotz der Fahndungsfotos, trotz der Großfahndung der Polizei: Es gab keinerlei Hinweise auf den Wangerland-Mörder. Er schien wie vom Erdboden verschluckt.

Vorgestern hatte Monika den Verdacht geäußert, dass er einen Helfer haben könnte, doch daran wollte Trevisan nicht glauben. Sörensen war ein Einzelgänger.

Anke Schulte-Westerbeck bot Trevisan Platz an. Er setzte sich und wartete gespannt, was seine Vorgesetzte zu sagen hatte.

»Herr Trevisan«, begann sie. »Ich habe schlechte Nachrichten. Die Suchaktion stößt zunehmend auf Ablehnung. Sie erfordert viel Zeit und sehr viel Geld. Die Bezirksregierung hat uns noch drei Tage eingeräumt. Ich habe auf die Brisanz dieses Falles hingewiesen, doch der Chef ließ sich nicht erweichen. Das Geld, Sie verstehen?«

Trevisan verstand.

»Glauben Sie denn überhaupt noch daran, dass er sich noch hier in der Gegend herumtreibt?«, fragte sie nach einer Weile.

»Ich bin davon überzeugt«, entgegnete Trevisan.

»Viele sind der Ansicht, dass er sich längst abgesetzt hat. Vielleicht ist er schon im Süden.«

Trevisan schüttelte den Kopf. »Er ist noch nicht am Ende seines Weges angekommen. Er ist immer noch in der Gegend. Wir werden bald wieder von ihm hören. Ich hoffe nur, dass es uns gelingt, ihm zuvorzukommen.«

»Ich vertraue Ihnen. Ich kann gegen die Anweisung aus der Bezirksregierung nichts machen, aber wenn Sie weitere Unterstützung brauchen, dann kommen Sie zu mir.«

Trevisan war überrascht, diese Worte ausgerechnet von ihr zu hören.

*

Sörensens Polizeiakte lag auf Trevisans Schreibtisch. Er blätterte in den Seiten, als es an der Tür klopfte.

»Herein!«, rief er laut.

Dietmar Petermann trat ein. Er trug einen grellgelben Rollkragenpulli und lächelte entschuldigend.

»Dietmar!«, sagte Trevisan überrascht. »Ich dachte, du bist noch krank.«

»Es geht mir besser«, antwortete Dietmar. »Außerdem weiß ich, dass du jetzt jeden Mann brauchst. Die Erkältung ist so gut wie auskuriert.«

Trevisan lächelte. »Aber nur, wenn du es dir auch wirklich zutraust. Wenn du krank bist, bist du krank.«

»Ich sagte doch, es geht schon wieder. Was liegt heute an?«

Trevisan klappte die Akte zu. »Du kannst Monika und Till bei den Durchsuchungsaktionen helfen. Sie sind draußen im Hof bei der Einsatzbesprechung.«

»Alles klar.« Dietmar wandte sich zur Tür.

»Dietmar«, sagte Trevisan leise.

Dietmar Petermann drehte sich noch einmal um.

»Danke. Du hast recht, ich brauche jetzt wirklich jeden Mann.«

Nachdem Dietmar das Büro verlassen hatte, erhob sich Trevisan und ging hinüber ins Besprechungszimmer. Er hoffte dort auf Margot Martinson zu treffen, doch das Zimmer war leer.

»Alles geht auf das Ende zu und uns geht langsam die Luft aus«, dachte er. Margot Martinsons Abordnung endete am nächsten Freitag. Trevisan hätte vor ein paar Tagen nicht geglaubt, dass ihm der Abschied von der Psychologin einmal schwer fallen könnte, doch mittlerweile war ihm die junge, unscheinbare Frau ans Herz gewachsen. Er nahm seine Windjacke vom Haken und ging hinaus in den Flur.

Als er am Büro der Sekretärin vorüberging, hörte er das laute Klacken der Computertastatur. Er öffnete die Tür. Margot Martinson saß am Schreibtisch und schaute gebannt auf den Monitor vor ihr.

»Ich habe schon nach Ihnen gesucht«, sagte Trevisan.

Sie wandte sich um. »Ich bin gerade mit dem Abschlussbericht an die Staatsanwaltschaft beschäftigt.«

»Das kann warten. Ich brauche Sie für eine Überprüfung.«

Zehn Minuten später saßen sie im Dienstwagen. Auf der Fahrt erzählte ihr Trevisan, wohin ihr Weg führte.

»Sie trauen Berichten nicht?«, fragte sie ihn.

Trevisan schüttelte den Kopf. »Berichte sind schon wichtig, aber sie enthalten meist nur die halbe Wahrheit. Wirklich wichtige Einzelheiten erfährt man nur durch Gespräche. Wenn ich den Menschen in die Augen blicke, dann sehe ich viele Dinge klarer.«

Die Antwort schien Margot Martinson zu gefallen.

Eineinhalb Stunden später stoppte Trevisan den Wagen auf dem Parkplatz der Psychiatrischen Landesklinik in Wehnen. Hier hatte Sven Sörensen sieben Jahre seines Lebens zugebracht, bevor er wie ein Schatten im Nichts verschwunden war. Ein hoher, stacheldrahtbewehrter Zaun umschloss das Areal. Die Umgebung wirkte bedrückend. Häuser in sterilem Hellgrün getüncht, umrahmt von leblosen Rasenflächen, starrten ihn freudlos an. Im Hintergrund zeichnete sich eine kleine Kapelle ab. Eine Straße führte am Zaun entlang und hinter den Häusern vorbei. Zwischen den doppelstöckigen und schmucklosen Gebäuden verloren sich geschotterte Fußwege in trister Einförmigkeit. Alles wirkte auf Trevisan unnatürlich, ja sogar bedrohlich.

Im großen Gebäude unmittelbar hinter dem Tor war die Verwaltung untergebracht. Nachdem der Pförtner seinen Dienstausweis überprüft und ihn angemeldet hatte, öffnete sich die Sicherheitsschleuse.

»Nicht viel anders als in einem Gefängnis«, bemerkte Trevisan, als er auf das Gebäude zuging.

»Mit dem deutlichen Unterschied, dass hier den Menschen geholfen wird«, entgegnete Margot Martinson entrüstet.

»Ja richtig, ich vergaß«, erwiderte Trevisan. »So wie Sven Sörensen.«

Margot Martinson warf ihm einen missbilligenden Blick zu. »Die Psychologie ist im Gegensatz zur Medizin immer noch eine Wissenschaft mit vielen Unbekannten und nicht mit einer Blinddarmoperation vergleichbar. Es gibt keine allgemein gültigen Grundsätze. Vieles basiert auf Erfahrungswerten und

Hypothesen. Ich weiß, dass viele Menschen das nicht verstehen, aber es gibt keine grünen Pillen gegen Depressionen, keine roten Pillen gegen Psychosen und keine gelben Pillen gegen Debilität. Schluck sie und alles ist wieder in Ordnung. Das ist nicht der Weg. Ich weiß, die Heilungschancen sind sehr begrenzt. Viele dieser Menschen sind auf eine Mischung von Tabletten und Medikamenten angewiesen, damit sie wenigstens ein kleines Stück Lebensglück empfinden können. Aber sollen wir sie deshalb einfach nur wegsperren? Im Dritten Reich gab es keine Probleme. Alles, was außerhalb der Norm lag, wurde umgebracht oder landete in den Behandlungszimmern der Doktoren. Doktor Mengele, der Name wird Ihnen wohl noch etwas sagen, war darin Spezialist. Wollen Sie, dass diese Zeit wieder zurückkehrt?« Margot Martinsons Stimme klang energisch.

»Entschuldigen Sie. Ich habe nicht richtig nachgedacht«, sagte Trevisan verlegen.

»Schon gut«, antwortete sie knapp.

Ein kleiner schmächtiger Mann fegte vor dem Gebäude den Boden. Er trug einen blauen Overall und grinste Trevisan aus einem unförmigen Gesicht an. Als Trevisan an ihm vorüberging, sah er in seine Augen. Der Mann lächelte und sagte: »Ein sehr schöner Tag. Ich fege hier. Ich bin Freddy. Ich freue mich, dich zu sehen.«

Trevisan nickte ihm freundlich zu. Zögernd blieb er stehen und schaute dem Mann bei seiner Arbeit zu.

Margot Martinson wartete vor dem Eingang. »Sehen Sie, das meine ich damit«, sagte sie. »Er sieht glücklich aus. Er lebt in seiner eigenen Welt und nimmt sie ungeheuer wichtig. Das ist auch eine Form von Existenz. Nur weil er in unseren Augen kein normales Leben führt, haben wir kein Recht, über ihn zu urteilen.«

Trevisan waren seine achtlos dahergeredeten Worte peinlich. Er begriff, wie gemein und hinterhältig sie für jemanden wie Margot Martinson klingen mussten.

Gemeinsam betraten sie das Gebäude und gingen zum Empfangspult. »Trevisan ist mein Name. Ich bin von der Wilhelmshavener Kripo. Doktor Dremel erwartet mich.«

34

Dietmar Petermann war mit Monika Sander und zehn uniformierten Polizisten von Altgarmssiel in Richtung Sophiensiel gefahren. Ein Kollege von der Polizeistation Wangerland in Hohenkirchen hatte sich zu ihnen gesellt. Der junge Polizist wohnte in Friederikensiel und kannte sich in der Gegend bestens aus. Monika hatte die Karte auf ihre Knie gelegt und hielt nach eingezeichneten Wegen und Gebäuden Ausschau. Der uniformierte Kollege wusste, um was es ging. Fieberhaft hatte er überlegt, wo sich ein flüchtiger Verbrecher in dieser Gegend verstecken konnte. Ihm war sofort der alte Baderhof zwischen Sophiensiel und Mederns eingefallen. Sie hatten den Hof umstellt und durchsucht. Doch es gab nicht die geringste Spur. In dem alten und verfallenen Bauernhof hatte schon seit Jahren niemand mehr gelebt.

Nach dem Mittagessen in einem Gasthaus in Sophiensiel hatten sie sich in Richtung Westen aufgemacht. Ihr Weg führte sie durch eine Dünenlandschaft. Kleine Wasserkanäle durchzogen das Land. Einfache Holzstege führten darüber und Monika Sander war jedes Mal froh, wenn sie eine der baufällig wirkenden Brücken hinter sich gelassen hatten.

»Da vorne müssen wir rechts in den kleinen Weg abbiegen«, sagte der Kollege und zeigte mit dem Finger die Richtung an. Dieter nickte und setzte den Blinker. Der Polizeibus folgte.

»Also, viel werden wir dort nicht mehr finden. Das Gebäude ist mal in Brand geraten. Die gesamte Westfront wurde ein Raub der Flammen. Außerdem ist der Dachstuhl eingestürzt. Nachdem der alte Hartmann starb, hat sich nie mehr jemand aus der Familie hier blicken lassen.«

»Trotzdem werden wir nachschauen«, erwiderte Dietmar. Er war froh, dass er seine schwere Grippe überwunden hatte und sich endlich wieder an der Suche nach dem Mörder beteiligen konnte.

Als sie die Dünen hinter sich gelassen hatten und der Weg einen scharfen Rechtsbogen beschrieb, sahen sie von weitem schon die Reste der verfallenen Hartmann-Villa. Ein düsteres und dunkles Holzgebäude, von dem wirklich nicht mehr viel übrig geblieben war. Langsam kamen sie näher. Vor dem Schuppen stoppte Dietmar den Wagen.

Von der ehemaligen Villa standen nur noch drei Wände. Teile des Daches waren eingestürzt und hatten das Obergeschoss mit sich gerissen. Dietmar stand vor dem Haus und schaute sich um. Verkohlte Holzbalken lagen neben dem Gebäude. Es wirkte auf ihn wie ein Mahnmal.

»Hier steht wirklich nicht mehr viel«, bemerkte er, als sich Monika zu ihm gesellte. Unterdessen umstellten die Polizisten das Haus und den Schuppen.

»Schauen wir zuerst im Schuppen nach«, schlug Monika vor. Zusammen mit dem Kollegen und zwei weiteren Polizisten gingen sie auf das windschiefe Gebäude zu. Die Tür war unverschlossen. Sie betraten den Schuppen.

Regale standen an den Wänden. Dietmars Blick fiel sofort auf einen Außenbordmotor, der in der Ecke auf einem Holzgestell ruhte. Direkt daneben lag ein gelbes, luftleeres Schlauchboot. Als er sich umwandte, fiel sein Blick auf einen Kompressor. Die Abdeckung des Motors glänzte mattschwarz. Der Kompressor konnte noch nicht alt sein. Die Gegenstände wirkten in der alten und modrigen Hütte wie Fremdkörper. »Ich dachte, hier wäre niemand mehr?« Er schaute den uniformierten Begleiter fragend an. Der Polizist zuckte mit den Schultern.

»Was ist das?« Monika zeigte auf das schwarze Ding.

»Ein Kompressor«, antwortete Petermann. »Wahrscheinlich, um das Boot mit Luft zu füllen.«

Der Kollege kniete vor dem Gerät nieder und suchte nach dem Typenschild. Er fand es an der Unterseite. Aufmerksam las er die technischen Daten, dann hob er den Kopf. »Das ist ein Hochleistungskompressor zum Befüllen von Tauchflaschen.«

Ungläubige Blicke wechselten zwischen Monika Sander und Dietmar Petermann hin und her.

»Wir müssen vorsichtig sein, Sörensen ist hier«, flüsterte Monika und zog ihre Dienstwaffe aus dem Halfter.

»Sollen wir auf Verstärkung warten?«, fragte Dietmar.

Monika schüttelte den Kopf. Ihre Miene wirkte entschlossen. Sie wandte sich zur Tür.

Mittlerweile wussten die Polizisten des VW-Busses von dem Fund und hielten ihre Waffen im Anschlag. Jeder hatte eine Deckung aufgesucht. Ausnahmslos kannten sie die Geschichte des Wangerland-Mörders und wussten von seiner Gefährlichkeit.

Monika, Dietmar und der uniformierte Begleiter besprachen sich im Schutz des Schuppens. Ihre Augen blieben auf die Tür des verfallenen Hauses gerichtet.

»Ich habe ein paar Schutzwesten im Wagen. Es wird wohl besser sein, wenn ich sie hole«, sagte der Polizist und verschwand für kurze Zeit hinter dem Schuppen. Bald darauf kehrte er mit drei Westen zurück.

»Kannst du mir mal sagen, wie ich das zukriegen soll?« Dietmar hielt eine Schlaufe der Schutzweste in der Hand. Er hatte die Weste verkehrt herum angezogen. Monika huschte ein Lächeln über das Gesicht, doch angesichts der gespannten Situation verrutschte es zu einem schmalen Grinsen. Sie half Dietmar beim Anlegen der Weste.

»Wir gehen jetzt gemeinsam an die Tür. Ich weiß nicht, was uns erwartet, aber wir müssen mit allem rechnen«, sagte sie warnend.

Zwei uniformierte Polizisten in Schutzwesten gingen voran. Der junge Kollege und ein weiterer Beamter folgten. Die Männer verteilten sich neben der Tür. Monika und Dietmar warteten auf das Zeichen. Einer der Uniformierten trat mit dem Fuß die Tür auf. Krachend knallte sie gegen die Wand. Sofort sprangen zwei Polizisten auf und stürmten in den dunklen Flur. Ihre Waffen lagen fest in ihren Händen, ihre Gesichter verrieten ihre Anspannung. Monika folgte den Männern. Schon als die Polizisten die erste Tür rechts des Einganges öffneten, hatte Monika die Gewissheit, auf den Unterschlupf des Wangerland-Mörders gestoßen zu sein. Ein paar Sekunden lang starrte sie nachdenklich auf das einfache Matratzenlager.

Die Polizisten durchsuchten den Raum. Im Schrank lagen verdorbene Lebensmittel und ein verschimmelter Laib Brot.

Der nächste Raum war leer. Als sie um die Ecke bogen, stießen sie auf einen weiteren Eingang. Einer der Beamten öffnete die Tür, zwei seiner Kollegen stürmten den Raum.

Auch dieser Raum war leer. Monika betrat das Zimmer. Ihr Blick fiel auf den Altar in der Ecke. Vor kurzem hatte sie so etwas schon einmal gesehen. Doch damals hatten sie nicht weit entfernt eine Leiche gefunden.

Eine schwere schwarze Decke war über den Opfertisch gelegt. Ein quadratisches lilafarbenes Deckchen brachte traurige Abwechslung in die bedrohliche Finsternis. Fotografien waren symmetrisch auf dem Altar verteilt. Abgebrannte Kerzen standen daneben, fast so, als ob sie die Abbildungen bewachten. Monika Sander schüttelte den Kopf. Sie trat näher und erkannte Hansen, Grevenstedt und Lüdke. Als die Polizisten den Raum verlassen hatten, stand Monika noch immer gedankenverloren vor dem Opfertisch des Todes.

»Alles leer. Der Vogel ist wohl längst ausgeflogen«, sagte Dietmar. »Kleinschmidt braucht noch eine Stunde.«

Sie fuhr erschrocken herum. »Was ... was hast du gesagt?«

»Er ist weg. Längere Zeit schon.«

*

Doktor Dremel war ein großer, aristokratisch wirkender Mann Ende Vierzig. Die kurzgeschorenen Haare und graumelierten Schläfen verliehen ihm einen weithin sichtbaren Anschein von Kompetenz. Wie es sich gehörte, begrüßte er zuerst die Dame, dann wandte er sich Trevisan zu. Sein Händedruck war weich und schwammig. Trevisan war der Meinung, dass der Händedruck eines Mannes sehr viel über seinen Charakter aussagte.

»Sie sind wohl Herr Trevisan?«, fragte Dremel mit blasiertem Lächeln. »Ich begrüße Sie hier in der Psychiatrischen Landesklinik Wehnen. Womit kann ich dienen?«

»Das ist meine Kollegin Margot Martinson. Wir haben ein paar Fragen an Sie.«

Mit einer leichten Verbeugung grüßte Doktor Dremel die Profilerin erneut, dann sagte er: »Bitte folgen Sie mir.«

Gemeinsam fuhren sie mit dem Aufzug in den vierten Stock. Dremels Büro lag am Ende des Ganges.

»Und Sie sind wirklich sicher, dass ein ehemaliger Patient von uns ein Mörder sein soll?«, fragte Dremel ungläubig, nachdem ihm Trevisan den Grund seines Erscheinens erklärt hatte.

»Es besteht zumindest der dringende Verdacht«, antwortete Trevisan.

Dremels Büro wirkte nüchtern und steril. Er bot ihnen Platz auf einem der bequemen Stühle an und setzte sich gegenüber. »Professor Hohlberg ist im Urlaub. Ich leite derzeit die Klinik. Ich bin zwar erst seit einem Jahr in dieser Stellung, dennoch hoffe ich, dass ich Ihnen helfen kann.«

»Wie ich schon am Telefon sagte, würde ich gerne mehr über Ihren ehemaligen Patienten Sven Sörensen erfahren«, erwiderte Trevisan. »Er saß hier zwischen 1989 und 1996 ein.«

»Aber bitte, Herr Trevisan! Niemand sitzt bei uns ein. Er war allenfalls bei uns in Behandlung. Ich war zwar zu dieser Zeit noch nicht hier in der Klinik tätig, aber ich habe mir dennoch die Krankenakte heraussuchen lassen.«

»Welcher Arzt war denn für ihn zuständig?«, fragte Trevisan.

Doktor Dremel ging zu seinem Schreibtisch. Er griff nach einem Aktenordner und blätterte in den Seiten. »Soviel ich hier ersehen kann, war es ein schwieriger Fall. Eine schwere Psychose. Posttraumatischer Schuldkomplex mit Reflexionsverhalten dürfte der Auslöser dafür gewesen sein.«

Der Arzt suchte weiter in seinen Aufzeichnungen. »Ah, jetzt habe ich es. Mein Vorgänger war der verantwortliche Arzt. Aber Doktor Terberge ist seit fast zwei Jahren im Ruhestand. Da werde ich nicht viel helfen können.«

»Aber es wird hier doch jemanden geben, mit dem wir über Sörensen sprechen können«, warf Margot Martinson ein.

Doktor Dremel nickte. »Zunächst war er im Haus Drei untergebracht, später wurde er auf die Zwei verlegt. Ich denke, es ist das Beste, wenn Sie mit Doktor Lohhof reden. Er ist Oberarzt in der geschlossenen Abteilung.«

»Wo können wir ihn finden?«

»Warten Sie, ich werde ihn rufen lassen.« Doktor Dremel griff zum Telefon. »Die Sicherheitsvorkehrungen im Haus Drei verbieten jeglichen Außenkontakt. Es wäre nicht gut für die Patienten.«

Es war ein kurzes Gespräch. Nachdem Doktor Dremel aufgelegt hatte, wandte er sich wieder Trevisan und seiner Begleiterin zu. »Doktor Lohhof wird in fünf Minuten hier sein. Darf ich Ihnen etwas anbieten?«

Margot Martinson und Trevisan lehnten dankend ab.

»Ich hörte, er wurde hier eingewiesen, weil er seinen Vater umgebracht hat?«, fragte Margot Martinson nach einer Weile.

»Das ist richtig. Doktor Terberge war vom Gericht mit der Erstellung eines Psychogramms beauftragt. Er kam zu dem Schluss, dass Sörensen zur Tatzeit unzurechnungsfähig war. Ihm wurde damals vom Gericht die weitere Behandlung übertragen.«

»Galt Sörensen als therapierbar?«

»Das entzieht sich meiner Kenntnis. Aber Doktor Lohhof wird Ihnen diese Frage sicherlich beantworten können«, erwiderte Doktor Dremel.

Es klopfte. Ein kleiner Mann im weißen Kittel betrat das Zimmer. Trevisan schätzte ihn auf nicht mehr als 1,60 Meter. Die grauen, nackenlangen und wuscheligen Haare hingen wirr von einem viel zu großen Kopf herab. Trevisan kam der Mann bekannt vor, doch er wusste nicht, woher.

Doktor Dremel bat die Anwesenden in der Ecke des Besprechungszimmers Platz zu nehmen. Er selbst zog sich seinen Schreibtischstuhl heran. Dann erklärte er seinem Kollegen, um was es ging. Die kleinen Augen von Doktor Lohhof flogen wild umher. Trevisan fiel ein, warum Lohhof ihm bekannt vorkam. Er erinnerte ihn an das Poster von Albert Einstein in Paulas Zimmer.

Der Doktor nahm Platz und musterte Trevisan neugierig. »Es muss wohl wichtig sein, wenn Sie sich den weiten Weg machen?«, sagte er mit krächzender Stimme.

»Das kann man wohl sagen«, erwiderte Trevisan. »Wir würden uns gerne ein Bild ihres ehemaligen Patienten Sven Sörensen machen. Sie erinnern sich doch noch an ihn?«

Doktor Lohhof warf seinem Vorgesetzten einen fragenden Blick zu. Fast unmerklich nickte Doktor Dremel.

»Natürlich erinnere ich mich an Sörensen«, antwortete der Psychiater. »Es war ein schwerer Fall. Er hatte seinen Vater auf grausame Art und Weise umgebracht. Wir haben zwar mehrere solcher Patienten hier bei uns, aber er war ein ganz spezieller Fall.«

»In welcher Hinsicht?«, mischte sich Margot Martinson ein.

»Nun, anfänglich nahm er eine ablehnende Haltung gegen jeden und alles ein. Er war verschlossen, lebte in seiner eigenen Welt und reagierte äußerst aggressiv auf unsere Annäherungsversuche. Es war kein leichter Umgang mit ihm. Doktor Terberge und ich waren uns einig, dass er nicht therapierbar war. Er hatte sich in eine Scheinwelt verrannt, redete mit imaginären Personen und schrie in der Nacht von Albdruck geplagt die ganze Station zusammen. Wir mussten ihn ständig ruhig stellen. Oft blieb es auch nicht aus, ihn zu fixieren und in einen speziellen Sicherheitsraum zu verlegen. Die ersten Jahre waren schlimm. Wir fanden überhaupt keinen Zugang. Erst im vierten Jahr gelangen uns erste Erfolge.«

Trevisan nahm einen Notizblock aus seiner Jackentasche und machte sich Notizen. Doktor Dremel musterte Trevisan argwöhnisch.

»Welcher Art waren diese Fortschritte?«, fragte Margot Martinson.

»Nun, es gab erste Gespräche. Erste Anzeichen für das Ende seiner Teilnahmslosigkeit. Wir konnten ihn ein Stück weit in die reale Welt zurückholen. Besonders Doktor Mainhardt hat sich große Verdienste in dieser Angelegenheit erworben. Sie beschäftigte sich viel mit ihm. Natürlich waren diese ersten Gespräche nur von kurzer Dauer. Minuten, nicht viel mehr, doch mit der Zeit verbesserte sich die Situation.«

Trevisan horchte auf. »Können Sie sich diesen Umschwung erklären?«

Wieder warf der Arzt seinem Chef einen fragenden Blick zu. Fast so, als ob er nicht wüsste, ob er darauf antworten sollte.

»Es ist doch außergewöhnlich, oder?«, fasste Trevisan nach.

»Ich denke, es hing damit zusammen, dass meine Kollegin, Frau Mainhardt, sich Zeit für ihn nahm«, entgegnete Lohhof. »Außerdem hatte Frau Doktor Mainhardt sehr viel Ähnlichkeit mit Sörensens Mutter. Dies mag wohl auch ein Grund dafür gewesen sein.«

»Wie ging die Geschichte weiter?«, fragte Trevisan interessiert.

»Es entwickelte sich. Nach viereinhalb Jahren konnten wir ihn auf die offene Abteilung verlegen. Mein Kollege Doktor Simon übernahm die weitere Therapie. Aber wir redeten oft miteinander über den Fall Sörensen. Es gelingt nur selten, hoffnungslose und aufgegebene Fälle erfolgreich ins Leben zurückzuführen.«

»Kann es sein, dass Sörensen nur Theater spielte?«

Ein strafender Blick des Arztes traf Trevisan. »Niemals. Seine Störungen saßen so tief, dass er dazu nicht in der Lage gewesen wäre.«

Doktor Dremel räusperte sich. »Herr Trevisan, Sie haben wohl sehr wenig Erfahrung auf diesem Gebiet. Eine solche Handlungsweise ist bei unseren schwer erkrankten Patienten schlichtweg unmöglich.« Der schulmeisterhafte Unterton in der Stimme des Chefarztes missfiel Trevisan. Er war froh, als Margot wieder die Initiative übernahm.

»Sein Krankheitsbild wurde mit einem posttraumatischen Schuldkomplex überschrieben«, fragte Margot Martinson. »Daraus resultierten die weiteren Symptome. Wussten Sie, welche Geschichte dem Vatermord vorausging?«

Doktor Lohhof nickte. »Er führte anscheinend ein ganz normales Leben, bis es zu einem schrecklichen Unfall kam, bei dem er seine Geschwister verlor. Ich erinnere mich noch, dass ich damals ein Gespräch mit Sörensens Mutter führte. Es steckte so viel Feindseligkeit und Hass gegenüber ihrem Sohn in dieser Frau, dass wir es für besser hielten, sie bei der Therapie außen vor zu lassen. Ihre Ansichten hätten die Situation nur noch verschlimmert.«

Trevisan hatte neuen Mut gefasst. »Hat er jemals versucht, sich das Leben zu nehmen?«, fragte er. Diesmal schwieg Doktor Dremel.

»Suizidale Absichten waren an der Tagesordnung. Doch am Ende legte sich das. In einem Gespräch äußerte er einmal, dass die anderen, damit meinte er wohl seine Lebensretter, ihn besser hätten ertrinken lassen sollen. Überhaupt stand er seiner Rettung sehr ablehnend gegenüber. Er war der Meinung, dass seine Retter dafür verantwortlich waren, dass es ihm nicht gelang, seine Geschwister vor dem Tod zu bewahren. Ein anderes Mal war er betrübt darüber, dass er nun in dieser Welt zurückbleiben musste, obwohl seine Geschwister bereits in eine bessere Welt vorausgegangen waren. Anfänglich drehten wir uns wirklich nur im Kreis.«

Das Telefon klingelte. Doktor Dremel entschuldigte sich für einen Augenblick.

»Hat er jemals davon gesprochen, dass er seine Lebensretter hasst?«, fragte Trevisan direkt.

»Mehrmals. Er gab ihnen, wie gesagt, sogar die Schuld an seinem Versagen. Doch das war für mich nachvollziehbar. Die Mutter und der Vater begegneten ihm nur mit Vorwürfen. Für sie war er der Schuldige. Er hatte ein Boot gestohlen und einen schwerwiegenden Unfall herbeigeführt. Diese ewigen Schuldvorwürfe entluden sich schließlich im Vatermord. Er war nicht mehr Herr seiner Sinne. Alles war in ihm abgestorben. Erst Jahre später gelang es uns, seine Gefühle wieder ein Stück zum Leben zu erwecken.«

Doktor Dremel hatte sein Gespräch beendet und kehrte wieder in die Runde zurück.

»Hat er denn später, als er in die offene Abteilung verlegt wurde, jemals ähnliche Äußerungen von sich gegeben?«, fragte Martinson.

Doktor Lohhof schüttelte den Kopf. »Dann wäre er mit Sicherheit wieder bei mir gelandet.«

»Wie sah die Therapie aus, die er in der offenen Abteilung erhielt?«

»Medikamente, Gespräche und Aktivitäten«, erklärte Doktor Lohhof. »Eine gute Mischung aus alledem. Raftingtouren, Wanderungen, sogar einen Tauchkurs beinhaltete das Programm. Jeden Tag Gespräche und die für die Sedierung erforderlichen Arzneimittel. Ein ausgewogener und umfassender Plan für seine Rückkehr ins Leben.«

»Er wurde nach sieben Jahren entlassen. Wissen Sie noch, wer das damalige Gutachten für das Gericht erstellte?«, fragte Trevisan.

»Soviel ich weiß, waren es Professor Günther von der Universitätsklinik in Hannover und Professor Hohlberg, unser Klinikleiter«, antwortete Lohhof.

»Glauben Sie wirklich, dass Sörensen der Wangerland-Mörder ist?«, mischte sich Doktor Dremel in das Gespräch ein.

»Wir glauben es nicht nur, wir wissen es mittlerweile«, entgegnete Trevisan.

Lohhof und Dremel schauten sich an.

»Seine Prognose war außerordentlich günstig. Es ist unglaublich«, stellte Doktor Lohhof nachdenklich fest.

»Wie, glauben Sie, wird er reagieren, wenn wir auf ihn treffen?«, fragte Trevisan.

»Die Mordserie geistert durch alle Tageszeitungen. Nach dem, was Sie mir erklärten, sieht es fast so aus, als ob er wieder in seine Schattenwelt zurückgekehrt ist«, antwortete Lohhof. »Sollte dies der Fall sein, dann glaube ich nicht, dass er sich durch irgendetwas von seinen Vorstellungen abbringen lässt. Er wird aggressiv und unnachgiebig sein und seinen Weg bis zum Ende gehen.«

»Und wie sieht dieses Ende aus?«, fragte Trevisan.

»Er wird seinen Geschwistern folgen.«

Trevisan hatte erfahren, was er wissen wollte. Seine Befürchtungen wurden bestätigt. Er bedankte sich bei den beiden Ärzten und verabschiedete sich. Als er neben Margot Martinson zum Wagen zurückging, arbeitete es fieberhaft in seinem Gehirn. Der Mord an Lüdke lag schon wieder neun Tage zurück. Wer war jetzt an der Reihe? Erst Sörensens eigener Tod war das Ende des Wahnsinns.

Als er in den Wagen steigen wollte, klingelte das Handy. Er meldete sich. Monika Sander war am Apparat. Sie berichtete vom Fund des Unterschlupfes in der alten, verfallenen Hartmann-Villa. Dort musste Sörensen die letzten Wochen gehaust haben.

Dunkle Wolken zogen von Westen über den Himmel heran.

*

Er blickte hinüber zu der mondänen Villa. Die weißen Rollläden waren geschlossen. Seit Tagen schon trieb er sich in dieser noblen Gegend herum. Trotzdem war er niemandem aufgefallen. Er war unsichtbar. Er wusste genau, wo sich der

Bewohner der Villa aufhielt. Er wusste, wann er gefahren war, er wusste, wann er sich mit den Kindern treffen wollte und wohin ihn der erste Abschnitt seiner Reise führen würde. Er wusste auch, dass er schnell sein musste. Der Silberfuchs war das Opfer für sein eigenes Schicksal. Diesmal war die Reihe an ihm. Träne für Träne, Blut für Blut und Leben für Leben.

Gestern Mittag war er an einer Kirche vorbeigekommen. Er war hineingegangen. Er liebte den abgestandenen Geruch von Schweiß, kaltem Rauch und Kerzenwachs. Früher war er oft in die Kirche gegangen. In die kleine Kirche direkt neben dem Zaun. Durch die bunten Fenster war das Licht in allen Farben des Regenbogens gefallen. Manchmal blieb er stundenlang auf der harten Holzbank sitzen, schloss die Augen und träumte. Dorthin waren sie ihm nicht gefolgt. Dort hatte er seine Ruhe. Es war ein heiliger Ort, an dem der Mensch alleine mit Gott sein konnte. Sie wussten, dass sie diese Zweisamkeit nicht stören durften. Deshalb blieben sie fern. Sie achteten die Regeln, denn sie waren nahe bei Gott. Er hatte gebetet. Über eine Stunde. Dann hatten Menschen die Kirche betreten. Er war aufgestanden und gegangen.

Gottesdienste hasste er. Diese Pfaffen, die vor dem Altar die Worte Gottes herunterleierten und nur daran dachten, diese lästige Pflicht so schnell wie möglich hinter sich zu bringen, waren doch alle gleich. Ihr Glaube war oberflächlich und stumpf. Sie lebten nicht wirklich nach den heiligen Regeln. Er hatte viele von ihnen kennen gelernt. Kein Einziger war ihm begegnet, der Gott so nahe war wie er selbst.

Als er die Kirche verlassen hatte, war er in sein Versteck zurückgekehrt und hatte auf die Nacht gewartet. Die Dunkelheit war sein Verbündeter. Er konnte es überhaupt nicht verstehen, dass sich so viele Menschen vor der Nacht fürchteten.

Ein Wagen näherte sich. Er duckte sich tief in den Fahrersitz. Doch niemand nahm von ihm Notiz.

Er hatte Zeit. Die Putzfrau war vor zwei Stunden gegangen. Er brauchte sich nicht zu beeilen.

*

»Wir sind ihm so dicht auf den Fersen wie noch nie«, sagte Dietmar Petermann und trommelte mit seinen Fingern auf den

Tisch. »Trotzdem fassen wir ihn nicht. Das ist doch verrückt.«

»Zumindest wissen wir jetzt, wie er reagieren wird, falls wir ihn zu Gesicht bekommen«, erwiderte Trevisan müde.

»Und wenn er wirklich schon längst verschwunden ist? Nach Holland oder über den Kanal?«

»Er ist noch hier. Er ist noch nicht an seinem Ziel.«

»Wie meinst du das?«

»Der letzte Name auf seiner Todesliste ist er selbst. Ihm liegt daran, dass seine Leichen gefunden werden. Warum sollte er also seine eigene Leiche verstecken? Wäre er tot, hätten wir seine Leiche längst gefunden. Das bedeutet, dass er noch einen anderen Namen auf seiner Liste führt.« Trevisan fuhr herum, als die Tür aufgestoßen wurde. Monika kam atemlos in das Zimmer gestürzt. Einen Augenblick lang dachte Trevisan, dass wieder eine Leiche gefunden worden war.

»Hier wurde ein Wagen aus dem Parkhaus am Bahnhof gestohlen!«, sagte sie aufgeregt.

»Sörensen?«

»Es könnte passen. Wilhelmshaven und Wittmund liegen nicht weit auseinander. Außerdem ist der Bahnhof in Wittmund nicht weit vom Fundort des Polos entfernt. Diesmal geht es um einen Renault Clio mit Wilhelmshavener Kennzeichen. Der Wagen war für längere Zeit dort abgestellt. Das Parkticket galt bis zum 21. Juli. Der Besitzer ist früher zurückgekehrt.«

»Das könnte bedeuten, dass Sörensen noch nicht weiß, was wir wissen. Hast du die Fahndung …«

»Ich bin nicht erst seit gestern bei der Polizei«, fiel sie Trevisan ins Wort und lächelte.

35

Wieder einmal hatten sie sich alle an diesem Morgen im Besprechungsraum versammelt. Die Fahndung nach dem gestohlenen Wagen lief auf Hochtouren.

Der Bericht der Kollegen aus Norden war eingetroffen. Hanna Sörensen war zweifellos ermordet worden. Der Gerichtsmediziner hatte Spuren von Badewasser in ihren Lungen gefunden. Verletzungsspuren am Kopf bestätigten den Eindruck. Jemand hatte sie gewaltsam ertränkt, und dieser Jemand konnte kein anderer als Sven Sörensen gewesen sein. Seine Fingerabdrücke hatten sich im ganzen Haus befunden. Anschließend hatte er sie in ihrem Bett aufgebahrt.

Trevisan las in der Ermittlungsakte, dann warf er den Ordner ärgerlich auf den Tisch. »Hansen für die Schwester, Grevenstedt für den Vater, Lüdke für den Bruder. Seine Mutter starb laut Untersuchung der Gerichtsmedizin bereits Anfang Mai. Für wen ist er jetzt auf der Jagd? Es muss in diesen Akten stehen!«

»Es war aber niemand mehr an der Rettungsaktion beteiligt. Alle sind tot«, gab Monika zu bedenken.

Margot Martinson blickte auf. »Vielleicht ist der nächste Tote für ihn selbst.«

»Aber wer kann es sein?«, fragte Monika.

»Es sind viele Alternativen denkbar«, warf Trevisan ein. »Angefangen beim Arzt, der ihn im Krankenhaus versorgte. Der Polizist, der ihn nach dem Mord am Vater verhaftete, der Richter, der ihn in die Psychiatrie eingewiesen hat. Wir werden eine Liste anfertigen. Wir gehen die Aufzeichnungen noch einmal Seite für Seite durch und notieren alle Personen, die mit ihm zu tun hatten.«

»Das können aber sehr viele sein«, sagte die Profilerin. »Es wäre auch denkbar, dass ein Arzt oder ein Pfleger aus der Anstalt in Frage käme.«

Trevisan wusste, dass er keine Möglichkeiten hatte, alle potentiellen Opfer beschatten zu lassen. Eines jedoch wusste er: Sörensen würde zu einem bestimmten Datum zuschlagen.

Ein Datum, das ihm wichtig erschien. Der Mörder wusste, dass jetzt die Zeit gegen ihn arbeitete. Also musste das Datum in der nahen Zukunft liegen. Ein, zwei Wochen, nicht mehr. Es musste ein einschneidendes Erlebnis, eine massive Veränderung seiner Lebensumstände gewesen sein. Ein Datum, das sich untrennbar mit einem einzelnen Namen verbinden ließ.

Sie arbeiteten fieberhaft. Doch in der Akte stand lediglich, dass Sörensen nach dem Unfall mit starker Unterkühlung in das Krankenhaus nach Sanderbusch gebracht worden war. Dort war er bis zum 13. Juli geblieben. Die Namen der behandelnden Ärzte waren nicht erfasst. Aus dem Versicherungsbericht ging auch hervor, dass Sörensen nicht in Lebensgefahr geschwebt hatte. Trotzdem durften sie die Ärzte nicht außer Acht lassen. Es bestand die Möglichkeit, dass damals im Krankenhaus etwas vorgefallen war, das nicht in den Akten erwähnt wurde.

Dietmar Petermann nahm sich zusammen mit Tina Harloff dieser Geschichte an. Obwohl alle starken Zweifel daran hatten, dass nach dreizehn Jahren noch etwas herauszubekommen war.

Sörensen hatte seinen Vater am 10. Juni 1989 erstochen. Er war noch am gleichen Tage verhaftet und in Untersuchungshaft gebracht worden. Damit konnte Trevisan aber auch schon den Polizisten, der Sörensen festgenommen hatte, von der Liste streichen, denn für den Vatermord hatte der Wangerland-Mörder sein Opfer längst geholt. Horst Grevenstedt hatte dafür sterben müssen.

Ein Richter des Landgerichtes in Oldenburg hatte ihn am 13. Juli 1989 in das Psychiatrische Krankenhaus zur Untersuchung eingewiesen. Der Richter hieß Eigenrauch. Till Schreier bekam den Auftrag, mit ihm in Kontakt zu treten.

In der Anstalt hatte der zuständige Psychiater nach drei Tagen eine Beurteilung über Sörensen erstellt. Das Gutachten war von Doktor Gerhard Terberge unterzeichnet, dem damaligen Oberarzt der Psychiatrischen Landesklinik. Trevisan wusste von seinem Besuch in der Anstalt, dass Terberge bereits pensioniert war. Über die Klinik war leicht herauszufinden, wo er heute lebte. Monika Sander übernahm diesen Auftrag.

Am 18. Juli 1989 hatte ein weiterer Richter namens Kollmann aufgrund von Terberges Gutachten die Zwangseinweisung in die Psychiatrische Landesklinik durch einen entsprechenden Gerichtsbeschluss veranlasst. Demnach sollte Sörensen bis auf weiteres in der Klinik bleiben. Das Verfahren war damit abgeschlossen. Auch Richter Kollmann kam somit als Ziel des Wangerland-Mörders in Frage. Trevisan selbst würde sich darum kümmern.

Damit hatte Trevisan ihre weitere Strategie festgelegt. Er konnte nur hoffen, dass der Wangerland-Mörder ähnlich dachte wie er. Sein Gefühl sagte ihm, dass er mit seiner Einschätzung richtig lag. Als Trevisan an diesem Abend nach Hause ging, hatte er zum ersten Mal seit langer Zeit wieder ein gutes Gefühl.

*

Seit zwei Stunden saß er am Seedeich und schaute hinüber zum Liegeplatz der Boote. Er hatte sich seinen Favoriten herausgesucht. Einige Bootsliegeplätze waren leer. Ein ganz bestimmtes Boot hatte er bei der Abfahrt beobachtet. Ein teures Boot. An Bord hatte sich der Silberfuchs befunden. Er war, wie erwartet, alleine aufgebrochen.

Er wartete noch, denn er hatte es nicht eilig. Den Zeitpunkt, an dem er zuschlagen würde, hatte das Schicksal schon vor langer Zeit bestimmt. Jetzt galt es Geduld zu haben und nicht aufzufallen. Bald würde es dunkel werden, dann kam seine Stunde. Er hatte einen Seesack bei sich. Darin befand sich, was er brauchte. Den Anzug würde er erst im Schutz der Nacht anlegen. Der alte Lütjens und die Tauchschule Kopersand waren eine Fügung Gottes gewesen. Beinahe wäre sein Plan fehlgeschlagen, aber er hatte starke Verbündete auf seiner Seite. Erst in der letzten Zeit spürte er, dass sich das Gleichgewicht der Kräfte zu seinen Ungunsten verschoben hatte. Er wusste, dass sich der Teufel längst an diesem Spiel beteiligt hatte, und der würde seine stärksten Kämpfer in die letzte Schlacht schicken. Von einem hatte er bereits gelesen. Trevisan war sein Name. Er war Polizist. Doch auch der würde ihn nicht aufhalten können.

Es war schon grotesk. Ein Polizist verfolgte ihn. Dabei war er doch auf der Seite des Rechts. Ihm hätte der Polizist doch helfen müssen.

»... obschon er wandelte auf dem Pfade der Finsternis«, dachte er bei sich. Die Ärzte, die Pfaffen, warum nicht auch die Polizei.

Ein Mann mit einem Hund schlenderte vom Hafenkanal zu ihm herüber. Er beobachtete den Mann mit sorgenvoller Miene. Der kleine, schwarze Hund lief aufgeregt hin und her, beschnüffelte die Büsche und Sträucher und setzte überall seine Duftmarken. Er dachte an Lüdkes Dackel. Es hatte ihn damals Überwindung gekostet, das kleine Fellbündel zu all den Steinen in den braunen Sack zu stecken und in das faulige Wasser zu werfen. Doch was war ihm anderes übrig geblieben. Einen kurzen Augenblick hatte er daran gedacht, den Hund zu behalten. Doch diesen Gedanken hatte er schnell wieder verworfen. Er hatte seinen Auftrag, für einen Hund blieb keine Zeit. Zuerst hatte er mit dem Knüppel zugeschlagen, dann hatte er das Tier ins Wasser geworfen.

Der alte Mann mit dem Hund änderte seine Richtung und ging auf die Schleuse zu. Nachdenklich schaute er dem Mann hinterher.

Gestern hatte er den Silberfuchs zum ersten Mal nach drei Jahren wieder von nahem gesehen. Er war erschrocken. Alt war er geworden. Alt und abgezehrt. Er hatte nichts mehr mit dem Mann gemein, der er einmal gewesen war. Doch das änderte nichts an der Sache. Es machte ihm nur deutlich, dass die Zeit wie im Flug verging. Dennoch, Mitleid empfand er nicht. Dieser Mann hatte ihm zu viel angetan.

Er schaute auf die Uhr. Es war kurz vor zehn und die Dämmerung zog über das Land. Er griff nach seinem Seesack und ging. Nahe der Doppelschleuse blieb er stehen und blickte sich um. Der Mann mit dem Hund war verschwunden. Niemand war mehr in der Nähe. Es wurde Zeit. Er schlenderte auf den kleinen Steg hinaus und ging auf das silberblaue Sportboot zu. Damals in Norddeich hatte er einige Runden mit dem gleichen Boot gedreht. Er warf seinen Seesack hinüber und ging an Bord.

Der Außenbordmotor war mit einer Kette gesichert, doch das störte ihn nicht. Er hatte alles dabei, was er brauchte. Es dauerte nicht lange, bis das Boot klargemacht war. Ein Motorboot war sogar noch leichter zu stehlen als ein Wagen. Man musste es nicht einmal aufbrechen. Nachdem er die beiden Kanister im Heck verstaut hatte, startete er den Motor. Die kräftige Maschine lief ruhig und gleichmäßig. Er löste die Leine und ging ans Steuer. Vorsichtig manövrierte er das Boot durch den Yachthafen. Endlich hatte er es geschafft.

Er blickte in den Himmel. Für die nächsten vier Tage war dieses Boot seine Heimat. Die Abdeckplane unter der Rückbank würde ihn gegen den Regen schützen. Doch nach Regen sah es heute nicht aus.

*

Trevisan hatte gut geschlafen. Nachdem er nach Hause gekommen war, hatte er sich lange mit Paula unterhalten. Um sieben war sie in den Chor gegangen und er hatte sich die Nachrichten angesehen. Während eines Spielfilms um Viertel nach acht war er eingeschlafen. Der Fernseher war sein bestes Schlafmittel. Er hatte Paula nicht gehört, als sie nach Hause gekommen war. Sie war leise auf ihr Zimmer gegangen und hatte ihn schlafen lassen. Als er kurz nach zehn aufwachte, schaute er in den Flur. Ihre Jacke hing an der Garderobe und die Schuhe standen neben der Tür. Zufrieden ging er ins Bett.

Der Wecker klingelte zehn nach sechs. Er fühlte sich frisch und ausgeruht. Nach dem Frühstück fuhr er nach Wilhelmshaven. Heute würde er sich mit Richter Kollmann treffen. Der Richter arbeitete immer noch am Landgericht und wohnte in Schortens.

Auf dem Weg zum Büro begegnete ihm Monika.

»Guten Morgen«, begrüßte er sie. »Ich schätze, das gibt heute einen langen Tag. Wie geht es dir?«

Sie sah müde und abgespannt aus. »Nicht besonders gut, ich hatte gestern Abend noch etwas Ärger mit meiner Ältesten. Sie weiß einfach nicht, wann sie die Grenze überschreitet. Sie war auf einer Geburtstagsparty und sollte um elf Uhr zu Hause sein. Um Mitternacht ist sie gekommen. Ich habe mir fürchterliche Sorgen gemacht.« Trevisan schaute sie mitleidig an.

»Ich werde mich heute Abend mit ihr unterhalten müssen.«

»Jemand sagte mal zu mir, in diesem Alter sind wohl alle gleich«, antwortete Trevisan.

Ein Lächeln huschte über ihr Gesicht.

»Hast du schon eine Ahnung, wo der pensionierte Arzt seinen Lebensabend verbringt?«

Monika nickte. »Ich habe gestern mit der Klinikleitung gesprochen. Sie haben mir die Adresse gegeben. Er wohnt in Nordenham. Ich werde später zu ihm hinüberfahren. Mir ist da noch etwas eingefallen.«

»Was denn?«

»Der Wagen, der aus dem Parkhaus gestohlen wurde, war bis zum 17. Juli dort untergestellt. Das könnte dafür sprechen, dass er vor diesem Datum seine nächste Tat ausführen wird.«

Trevisan hörte nachdenklich zu.

»Sicherlich könnte er sich wieder des Wagens entledigen und einen neuen stehlen, aber er hätte dann auch gleich einen anderen nehmen können. Trotzdem hat er sich ausgerechnet für den Kleinwagen entschieden, in dem – gut sichtbar für alle – der Zettel mit dem Ablaufdatum der Parkberechtigung hinter der Windschutzscheibe lag.«

»Damit kämen die Richter und der Arzt in Betracht«, folgerte Trevisan.

»Es sei denn, Dietmar und Tina werden im Krankenhaus fündig und es gibt ein weiteres Datum, das innerhalb dieser Zeitspanne liegt.«

»Ich werde mit der Chefin reden. Wir werden Überwachungstrupps brauchen. Vier Leute mindestens. Sechs sind besser. Morgen ist der 13. Juli. Wenn er es auf Richter Eigenrauch abgesehen hat, dann werden wir es bald wissen.«

Monika nickte.

»Wir treffen uns heute Mittag um drei im Besprechungsraum.«

Als Monika in ihrem Büro verschwand, blickte ihr Trevisan gedankenverloren nach.

*

Maria Dagovica steckte den Schlüssel in das Schloss und drehte ihn vorsichtig um. Sie hatte ein ungutes Gefühl in der Magengegend. Schon als sie das Grundstück betreten hatte, war ihr aufgefallen, dass das große Tor nur angelehnt war. Das war noch nie vorgekommen. Ihr Chef legte immer großen

Wert darauf, dass alles ordentlich verschlossen wurde, wenn er verreiste. War es ein Versehen?

Maria war froh, diese Arbeitsstelle gefunden zu haben. Sie war auf das Geld angewiesen. Als allein erziehende Mutter von drei Kindern musste sie sehen, wo sie blieb. Seit einem Jahr machte sie den Haushalt für den pensionierten Doktor. Und der Doktor war immer großzügig zu ihr gewesen, wenngleich er in manchen Sachen sehr pingelig sein konnte. Sie wusste, dass er reich war. Das Haus lag im Westen von Nordenham. Hier waren die Reichen zu Hause. Das Villenviertel. Ein Haus schöner als das andere. Manchmal, wenn sie mit ihrem altersschwachen Peugeot in die Straße einbog, kam sie sich so fehl am Platz vor wie ein kleiner Sperling unter lauter Paradiesvögeln. Maria war im Osten der kleinen Stadt aufgewachsen. Dort, wo die Mietskasernen standen und die Straßen schmutzig und eintönig waren.

Als sie den Flur betrat, schaute sie sich mit wachen Augen um. Der Doktor war gestern aufgebrochen. Er war mit seinem Boot und der Staffelei auf die Reise gegangen. Er hatte ihr seine Tour penibel aufgeschrieben und darunter seine Handynummer vermerkt. Das machte er immer so, wenn er sich auf eine Exkursion begab.

»Aber nur, wenn die Welt aus den Fugen gerät«, hatte er noch zu ihr gesagt. Sie hatte wie immer gelächelt.

Vorsichtig schlich sie sich durch den Flur. Etwas stimmte hier nicht. Das ungute Gefühl weitete sich aus. Sie überlegte, ob sie einfach umdrehen und die Polizei holen sollte, doch sie verwarf den Gedanken. Die Polizisten würden sie für verrückt halten, wenn sie ihnen von der unverschlossenen Gartentür erzählte. Sie schob die breite Schiebetür auf und betrat den Salon. Ihr Blick fiel auf die Verandatür. Ein Luftzug strich über ihr Gesicht. Der Vorhang bewegte sich im Rhythmus des Windes. Eiskalt lief es ihr über den Rücken. Jemand war hier gewesen – oder war er sogar noch im Haus? Sie lauschte. Nichts war zu hören. Nur die Stimmen der Vögel, die ihr Mittagskonzert durch den geöffneten Spalt in den Salon sangen. Sie verharrte regungslos. Was sollte sie tun?

Ein lautes Krachen ließ sie herumfahren. Mit schreckgeweiteten Augen starrte sie auf den Eingang. Doch es war nur die Haustür, die zugefallen war. Oder hatte sie jemand zugestoßen?

Voller Panik rannte sie zum Telefon und wählte die Nummer der Polizei. Sie blickte hinaus in den Flur. Überall meinte sie Schatten zu sehen. Sie warf den Hörer auf die Gabel und rannte über die Veranda hinaus zu ihrem Wagen. Sie setzte sich ans Steuer und verriegelte die Tür. Ängstlich blickte sie zu dem Haus hinüber. Sie sehnte die Polizei herbei wie noch nie in ihrem Leben.

*

Martin Trevisan ärgerte sich über die hochnäsige Art des Richters. Seit einer Viertelstunde saß er ihm gegenüber und versuchte ihm klarzumachen, in welcher Gefahr er sich möglicherweise befand. Doch Richter Kollmann lächelte nur.

»Ich habe in meinem Leben schon so viele Mörder, Vergewaltiger und Räuber ins Gefängnis geschickt, dass ich irgendwann zu zählen aufgehört habe«, antwortete Kollmann und zündete sich eine Zigarre an. »Wenn ich mich von jeder Drohung gleich einschüchtern ließe, dann wäre ich den ganzen Tag nur mit meiner Angst beschäftigt.«

»Es geht hier aber nicht um irgendeinen Verbrecher, es geht um den Wangerland-Mörder. Durch Ihren Beschluss wurde er damals in der Psychiatrie untergebracht. Jetzt ist er wieder frei und rächt sich an all denen, die er für sein Schicksal verantwortlich macht.«

»Und was macht Sie so sicher, dass ausgerechnet mein Name auf seiner Todesliste steht?«

»Ich sagte doch, wir sind uns nicht sicher. Wir wissen nur, dass Sie an dem Verfahren vor zehn Jahren beteiligt waren. Sie sind eines der möglichen Opfer. Er tötet seine Opfer an ganz bestimmten Tagen. In Ihrem Fall tippen wir auf den 18. Juli. Zumindest wurde der Beschluss, den Sie erließen, an diesem Tag ausgefertigt.«

Die Gesichtszüge des Richters verschwammen im blauen Dunst der Zigarre. »Dann habe ich ja noch ein bisschen Zeit«, antwortete er ironisch.

»Sörensen hat bisher sieben Menschen getötet. Er hat sich

durch nichts davon abhalten lassen. Er ist gefährlich und rücksichtslos. Sein eigenes Schicksal interessiert ihn nicht. Er sucht offenbar seinen eigenen Tod.«

»Und warum fangen Sie ihn dann nicht?«

Trevisan platzte der Kragen. »Wir tun alles, was wir können, aber wir sind auf Ihre Kooperation angewiesen. Wenn Sie aber der Meinung sind, dass Sie alleine mit der Situation zurechtkommen, dann nur zu. Es wird für Sie auch einen Platz auf dem örtlichen Friedhof geben. Was sollen wir auf Ihren Grabstein schreiben? Hier starb ein Held?« Trevisan rang um Fassung.

»Schon gut, schon gut«, beschwichtigte der Richter. »Aber ich kenne den Mann wirklich nicht. In einem solchen Verfahren verfügt ein Richter die Einweisung in die Psychiatrie nach Aktenlage. Ich habe mich am Gutachten orientiert. Ich habe diesen Sörensen kein einziges Mal gesehen. Ich habe nur die Einweisung meines Kollegen bestätigt. Verstehen Sie? Wenn der Kerl sich an jemandem rächen will, dann entweder an meinem Kollegen, der unmittelbar mit ihm in Kontakt stand, oder am Gutachter. Ich bin in dieser Kette nun wirklich nur das letzte Glied.«

»Ich sagte ja auch nur, dass Sie ein mögliches Opfer sein könnten. Es muss nichts heißen. Ich bitte Sie nur, in der nächsten Zeit vorsichtig zu sein und einsame Orte zu meiden. Ich werde die Kollegen anweisen, dass sie verstärkt Streife in Ihrem Wohngebiet fahren. Sollten Sie eine ungewöhnliche Feststellung machen, dann rufen Sie mich bitte sofort an.« Trevisan reichte dem Mann seine Karte und ging.

»Herr Trevisan«, rief ihm der Richter nach. »Entschuldigen Sie meine etwas sorglose Art. Ich danke Ihnen für Ihren Besuch. Sobald ich etwas feststelle, das außerhalb der Norm liegt, rufe ich Sie an.«

Als Trevisan zu seinem Wagen kam, klingelte das Telefon. Ein Kollege von der Bereitschaft war am Apparat. »Soeben kam ein Fax, dass die Kollegen in Bremerhaven einen gestohlenen Wagen sichergestellt haben. Es handelt sich um den hier gestohlenen Renault aus dem Parkhaus am Bahnhof. In der Fahndungsnotierung steht, dass Sie beim Auffinden des Wagens sofort verständigt werden sollen.«

»Wo genau wurde er gefunden?«

»Er stand auf einem Parkplatz in der Nähe des Hafens.«

Trevisan bedankte sich und beendete das Gespräch. Kollmann wohnte in Wilhelmshaven. Richter Eigenrauch wohnte in Schortens und Terberge in Nordenham. Was also wollte der Wangerland-Mörder in Bremerhaven? Er blickte nachdenklich in den Himmel. Hatte er sich getäuscht, gab es noch jemanden, der in Gefahr schwebte und von dem er nichts wusste?

*

Als Monika Sander von der Hauptstraße in Richtung Westen abbog, änderte sich schlagartig das Erscheinungsbild der Stadt. Die kleinen Häuschen verschwanden, große Villen mit ausladenden Grundstücken versteckten sich nur unzureichend hinter Büschen und Sträuchern. Sie schaute auf die Straßenschilder. Sie war richtig, die Blumen und Pflanzen wurden durch die Dichter und Denker abgelöst. Sie fuhr die Moltkestraße entlang. Die dritte Querstraße war die Theodor-Storm-Allee. Die Villen wurden mondäner, die Büsche höher und die Grundstücke noch üppiger. Langsam näherte sie sich ihrem Ziel. Erstaunt runzelte sie die Stirn. An der Seite parkte ein Streifenwagen. Sie hielt direkt gegenüber und stieg aus. Mit schnellen Schritten überquerte sie die Straße. Ein Polizist trat ihr in den Weg.

»Ist etwas passiert?«, fragte sie erschrocken.

Der Beamte schüttelte den Kopf. »Gehören Sie hier ins Haus?«

»Nein, ich bin von der Polizei aus Wilhelmshaven.« Sie präsentierte ihre Marke.

Der Polizist warf einen kurzen Blick darauf. »Wurden Sie ebenfalls gerufen?«, fragte er erstaunt.

Monika schüttelte den Kopf. »Hier wohnt doch Doktor Terberge?«

»Das ist richtig. Uns wurde ein Einbruch gemeldet. Aber anscheinend wurde der Täter durch die Putzfrau gestört. Der Hausherr ist verreist, falls Sie zu ihm wollten.«

Monika atmete tief ein. »Wissen Sie, wohin er gefahren ist?«

Der Beamte schüttelte den Kopf. »Gehen Sie ruhig hinein. Die Putzfrau ist dort drinnen. Sie wird Ihnen vielleicht mehr sagen können.«

Im Garten traf sie auf die Putzfrau, die sich mit einem weiteren Kollegen unterhielt.

»Kann ich mit der Frau kurz reden?«, fragte sie den Polizisten.

»Wir sind hier sowieso fertig«, sagte der Kollege, ehe er das Grundstück verließ.

Monika zeigte der Frau ihre Dienstmarke und erkundigte sich nach Doktor Terberge.

»Sie sind von der Kriminalpolizei?«

Monika nickte.

Schon brach ein Wortschwall aus der Frau heraus. In allen Einzelheiten schilderte sie ihr schreckliches Erlebnis. Nach einigen vergeblichen Versuchen gab Monika es auf, die junge Frau unterbrechen zu wollen. Geduldig wartete sie, bis Maria Dagovica zum Ende kam. Dann fragte sie noch einmal, wo sich Doktor Terberge aufhielt. Maria schaute sie mit ihren großen und dunklen Augen an.

»Sie sind nicht wegen des Einbruchs hier?«, fragte sie entgeistert.

Monika schüttelte den Kopf.

»Kommen Sie bitte mit.« Maria ging auf das Haus zu.

Monika wollte ihr folgen, doch ihr Handy klingelte. Trevisan war am Apparat und berichtete ihr von dem aufgefundenen Wagen in Bremerhaven. Aufmerksam hörte Monika zu. Dann erzählte sie ihm von dem Einbruchsversuch in Terberges Villa. Sie hörte, wie Trevisan tief einatmete.

»Wurde etwas gestohlen, ein Bild vielleicht?«

Monika zuckte zusammen. Natürlich, daran hatte sie nicht gedacht.

»Ich ruf dich sofort zurück«, sagte sie und folgte der Putzfrau ins Haus. »Haben Sie schon überall nachgeschaut, ob etwas fehlt?«

»Ich habe nichts bemerkt«, antwortete die Frau. »Alle Schränke sind verschlossen. Auch oben ist alles in Ordnung.«

»Fehlt zufällig ein Foto von Doktor Terberge?«

Maria schaute Monika ungläubig an. »Ein Bild?«

»Ja, ein Bild. Schauen Sie bitte nach, rasch!«, antwortete Monika bestimmt. Gemeinsam durchsuchten sie die Räume.

Unterwegs erzählte Maria, dass sich Doktor Terberge auf eine Bootstour begeben hatte. Als sie das Schlafzimmer betraten, stieß Maria einen spitzen Schrei aus. Sie wies mit ihrer Hand auf die Kommode.

»Woher haben Sie das gewusst?«, fragte die junge Frau. »Das Bild vom Doktor und seiner Frau fehlt!«

»Hat der Doktor ein eigenes Boot?«, fragte Monika.

Die Putzfrau nickte.

»In welchem Hafen liegt es?«

Maria Dagovica überlegte. »In Bremerhaven, soviel ich weiß.«

Mit fahrigen Fingern holte Monika ihr Handy hervor. Sie wählte Trevisans Nummer.

Es dauerte eine Weile, bis er sich meldete.

»Doktor Terberge ist unser Mann. Der Kerl hat sich ein Bild von ihm besorgt«, sagte Monika erregt.

Trevisan schaute auf den Kalender. Es war Mittwoch, der 12. Juli. Ein sonniger Tag. »Dann haben wir nicht mehr viel Zeit.«

36

Trevisan war mit der Profilerin Margot Martinson sofort nach Bremerhaven aufgebrochen. Dort hatte er sich mit Monika verabredet. Der gestohlene Wagen stand unscheinbar auf einem Großparkplatz in der Nähe des Schifffahrtsmuseums. Ein Streifenwagen parkte daneben. Trevisan blickte sich suchend um. Monika war nirgends zu sehen. Sie hätte schon längst hier sein müssen.

Trevisan fragte die Kollegen nach Monika Sander, doch auch die wussten nicht, wo sich die Kriminalbeamtin aufhielt.

Ungeduldig ging Trevisan zu seinem Wagen zurück. »Haben sich Till und Dietmar schon gemeldet?« Margot Martinson schüttelte den Kopf. Mit einem Seufzer ließ sich Trevisan auf den Fahrersitz sinken.

»Beruhigen Sie sich, sie wird schon kommen«, sagte Martinson, der Trevisans Nervosität nicht verborgen blieb.

Trevisan zog die Stirn kraus. »Wir haben gerade mal drei Tage Zeit. Ich hoffe nur, dass sich Terberge an seine Reiseroute hält. Vielleicht ist der Mörder längst schon an Bord der Yacht und hält den Doktor in seiner Gewalt.«

»Ist etwas im Wagen, ein Abschiedsbrief, eine Erklärung oder etwas Ähnliches?«

»Nein, der Wagen ist leer. Außer, dass es im Kofferraum furchtbar nach Benzin stinkt, ist alles ordentlich und aufgeräumt. Die Kollegen warten auf den Abschleppdienst.«

Margot Martinson blickte nachdenklich drein.

»Stimmt etwas nicht?«, fragte er.

»Ich glaube nicht, dass Sörensen schon an Bord von Terberges Boot ist. Wenn er sich seiner Sache schon so sicher sein könnte, dann bräuchte er nicht länger Versteck zu spielen.«

»Er muss noch drei Tage warten, wenn er sich an seinen Zeitplan hält. Da draußen gibt es genügend Möglichkeiten, sich mit einer Geisel zu verstecken.«

Endlich bog ein roter Audi auf den Parkplatz ein. Monika Sanders Dienstwagen. Trevisan richtete sich auf. Ein alter Mann saß neben ihr auf dem Beifahrersitz. Gespannt wartete Trevisan, bis sie den Wagen geparkt hatte.

»Hallo, Martin. Das ist Viktor Gallwitz«, sagte Monika Sander und wies auf den Mann. »Er wohnt hier um die Ecke und kümmert sich um die Boote in diesem Hafen. Er hat Terberge beim Ablegen geholfen.«

»Hat er etwas gesehen?«

»Nichts Ungewöhnliches. Terberge ist gestern planmäßig um zwölf Uhr aufgebrochen.«

»Kann es sein, dass Sörensen vielleicht schon an Bord war?«

»Dann hätte er sich gut verstecken müssen. Terberge hat ein Hobby. Er malt. Seine Motive sind die Nordsee und alles, was dazugehört. Er hat eine Unmenge an Zeichenutensilien mitgenommen. Gallwitz half ihm beim Einladen. Aber nach dem Einbruch weiß Sörensen genau, wohin Terberge fahren wird. Der Doktor hat die Reiseroute für seine Haushälterin hinterlegt. Für alle Fälle.«

Monika wandte kurz ihren Kopf in Richtung ihres Begleiters. »Allerdings weiß Sörensen noch viel mehr.«

Gallwitz war inzwischen ausgestiegen. Er war ein Mann um die siebzig, wirkte rüstig und blickte Trevisan mit wachen Augen an.

Trevisan musterte ihn.

»Also, wenn ich das gewusst hätte, dann hätte ich dem Kerl doch niemals etwas erzählt«, sagte Gallwitz.

»Was meinen Sie damit?«, fragte Trevisan erstaunt.

Der alte Mann blickte Monika unsicher an.

»Erzählen Sie es meinem Kollegen ruhig noch einmal«, ermunterte sie ihn.

»Er kam am letzten Sonntag. Ein junger Mann. Nicht älter als dreißig. Ich habe gerade das Boot vom Doktor klargemacht. Er kam auf mich zu und wollte wissen, ob das Boot zu mieten sei. Ich habe ihm natürlich gesagt, dass das nicht geht. Aber er ließ nicht locker. Er sagte, dass er selbst ein Boot besitzt und sich mit dem Gedanken trägt, das gleiche Modell zu kaufen.«

»Wie sah der Mann aus?«

»So wie auf dem Bild«, erwiderte Gallwitz. »Zumindest sehr ähnlich.«

»Ich habe ihm das Fahndungsfoto gezeigt«, warf Monika ein.

»Was haben Sie ihm alles erzählt?«, fragte Trevisan.

Gallwitz zuckte mit den Schultern. »Ich habe ihm nicht viel… Wir kamen so ins Gespräch. Er kam auf das Boot. Er hat sich sehr gut ausgekannt. Ich habe ihm das Boot gezeigt. Vielleicht habe ich gesagt, dass der Doktor verreist. Ich weiß es nicht mehr genau.«

So wie der alte Mann herumdruckste, ging Trevisan davon aus, dass der Wangerland-Mörder alles erfahren hatte, was er wissen wollte oder besser gesagt, was Gallwitz über die Tour wusste.»Waren Sie heute schon hier am Hafen?«

»Ich bin jeden Tag hier«, erklärte Gallwitz eifrig. »Meist morgens.«

»Haben Sie den Wagen dort drüben bemerkt?«

Gallwitz drehte sich um und musterte den Renault. »Ich komme jeden Morgen über die Columbusstraße hierher gelaufen. Ich wohne hinter dem Stadttheater. Aber das Auto stand heute früh noch nicht hier am Vorhafen.«

»Sind Sie sich absolut sicher?«

Gallwitz nickte. »Ganz sicher.«

»Würden Sie sich bitte hier im Hafen umschauen, ob sich irgendetwas verändert hat?«, bat ihn Trevisan.

Der alte Mann nickte. Gemeinsam gingen sie hinunter zu den Bootsliegeplätzen. Etwa vierzig Boote lagen dort vertäut im Wasser und schaukelten im Rhythmus der sanften Wellen. Bedächtig ging Gallwitz über die Stege. Große und kleine Motorboote, Segelyachten und einfache Ruderboote dümpelten im dunklen Wasser. Sie zerrten und zogen an ihren Fesseln, doch die starken Taue lagen fest an den Pollern an. Gallwitz ging voraus. In Höhe eines Pollers blieb er stehen. Der Platz war leer.

»Hier lag das Boot des Doktors«, sagte er zu Trevisan.

Gallwitz ging weiter. Als er am Ende des Steges ankam, verharrte er vor einem weiteren Pfahl, an dem kein Boot anlag. »Das gibt's doch gar nicht«, murmelte er. »Hier müsste eigentlich das Boot der Fergusons liegen. Aber es ist weg. Das darf doch wohl nicht wahr sein!«

»War das Boot heute Morgen noch hier?«

»Aber natürlich«, erwiderte der Alte aufgeregt.

»Kann es nicht sein, dass die Besitzer zu einer Spritztour aufgebrochen sind?«

»Die Fergusons wohnen in der Schweiz und sind nur in den Ferienzeiten hier. Es kann nicht sein. Ich habe den Schlüssel zu Hause.«

»Kann man ein solches Boot stehlen, ich meine, kriegt man den Motor zum Laufen?«

»Eigentlich nicht«, erwiderte Gallwitz. »Das Boot war ohne Sprit. Ich habe die Tanks geleert.«

Trevisan dachte an den Benzingeruch im Renault. »Ich brauche eine detaillierte Beschreibung des Bootes und natürlich auch eine von Terberges Yacht«, forderte Trevisan scharf, dann ging er zum Wagen zurück.

Monika sah an seinem Blick, dass etwas nicht stimmte. Fragend blickte sie ihn an.

»Er hat ein Boot gestohlen«, sagte Trevisan.

*

Tief sog Terberge die Luft in seine Lungen. Er blickte auf die untergehende Sonne und fühlte sich entspannt und glücklich. Er hatte noch genügend Zeit. Eine Stunde würde es dauern, ehe es dunkel wurde. Er lag auf seiner Decke und wartete geduldig, bis der glühend rote Ball in das Wasser tauchte. Das friedvolle Rauschen des Wassers hatte etwas Beruhigendes. Er genoss diese Augenblicke aus vollen Zügen.

Der alte Westturm war ein imposantes Gebäude. Er war zufrieden mit seinem Gemälde. Er wusste nicht, wie oft er das alte Wahrzeichen von Wangerooge schon gemalt hatte. Aber immer wieder fand er eine neue Perspektive. Eine neue Art der Darstellung.

Eine halbe Stunde später erhob er sich und packte seine Staffelei zusammen. Bis zum Westanleger, wo er einen ruhigen Liegeplatz für seine Yacht gefunden hatte, hatte er noch ein Stückchen zu gehen. Er genoss den Spaziergang durch die hohen Dünen und den Blick auf das silbrig schimmernde, weite Watt.

Nachdem er seine Utensilien an Bord verstaut hatte, verschloss er die Kajüte, zog eine Windjacke über und verließ das Boot in Richtung des Dorfes. Langsam wurde es dunkel. Er holte seine Taschenlampe hervor. Eine Viertelstunde später erreichte er die ersten Häuser. In einem kleinen Restaurant am Dorfrand aß er zu Abend. Zwei Stunden später kehrte er zu seinem Boot zurück.

Es war stockdunkel, als er auf den Liegeplatz zuging. Einen Augenblick lang meinte er etwas gehört zu haben. Ein Geräusch. Ein Schaben oder Knarren. Er verharrte und leuchtete mit seiner Taschenlampe hinaus in die Nacht. Nichts war zu erkennen. Ein Schaudern lief über seinen Rücken. Er schüttelte den Kopf und ging weiter.

Auf dem Boot fand er alles unverändert vor. Er öffnete die Kajüte und schaltete das Licht ein. Die Helligkeit beruhigte ihn. Trotz der fortgeschrittenen Stunde war es noch warm. Er setzte sich an Deck und blätterte in einer Zeitschrift. Insekten umschwirrten die Bootsbeleuchtung. Er fasste sich an den Hals. Etwas hatte ihn gestochen. Er hatte genug für diesen Tag. Er war müde. Bevor er hinunter in die Kajüte ging, leuchtete er nochmals mit der Taschenlampe die Umgebung ab. Es war still geblieben. Das Geräusch hatte er nicht mehr gehört. Dennoch hatte er ein ungutes Gefühl in der Magengegend. Er fühlte sich beobachtet.

*

»Wenn wir mit einem großen Aufgebot suchen, dann verscheuchen wir ihn nur«, sagte Trevisan entschlossen. »Wir müssen es anders versuchen.«

Monika nickte. »Wenn sich Terberge an seine Tour hält, dann ist er am 16. auf Borkum. Dort können wir ihn in Empfang nehmen.«

»Aber da kann es schon längst zu spät sein«, erwiderte Trevisan. »Terberge hat vor, sich dort um drei Uhr mittags mit seinen Töchtern zu treffen. Aber der 16. beginnt bereits um Mitternacht.«

»Norderney. Wir fliegen nach Norderney, dort warten wir auf ihn«, schlug Till Schreier vor. »Es ist die letzte Station auf seiner Reise. Also wird er sich bestimmt am 15. dort aufhalten.«

»Wir sollten mit ihm Kontakt aufnehmen«, warf Dietmar Petermann ein.

»Daran habe ich auch schon gedacht, aber ich weiß nicht, wie er reagieren wird«, sagte Trevisan. »Wenn er die Reise abbricht und einfach zurückkehrt, dann werden wir Sörensen nicht fassen.«

»Aber wir würden damit Terberges Leben retten«, entgegnete Monika.

Trevisan seufzte. »Bist du dir dessen so sicher? Der Mörder ist bereits auf Tuchfühlung. Ich denke, sobald Terberge außerplanmäßig reagiert, wird er zuschlagen. Wir können erst mit Terberge reden, wenn wir ihn gesichtet haben.«

»Was, glaubst du, wird Sörensen dann tun?«, fragte Tina Harloff.

Trevisan warf Margot Martinson einen fragenden Blick zu.

»Er hat sich durch nichts von seinen Taten abhalten lassen«, antwortete die Profilerin. »Ich denke, er wird bis zum Äußersten gehen.«

»Wir wissen nicht einmal, ob er eine Waffe hat«, warf Dietmar ein.

»Das ist richtig, aber wir müssen davon ausgehen. Er hat sich bislang alles besorgt, was er für seine Taten benötigte«, gab Monika zu bedenken.

»Wir werden die Häfen und Inseln mit zivilen Kräften überwachen«, sagte Trevisan entschlossen. »Er wird schon auftauchen. Wenn wir Terberge bis zum Abend des 14. nicht gesichtet haben, werden wir ihn anrufen. Wir brauchen mindestens drei zivile Boote und ein Flugzeug.«

»Ich werde mich darum kümmern«, erwiderte Monika.

»Also gut, dann gehen wir ans Werk und bereiten den Einsatz vor«, sagte Trevisan.

Er wartete, bis sich das Besprechungszimmer geleert hatte, dann schaute er auf die Uhr. Es war kurz vor Mitternacht. Er griff zum Telefon und informierte die Leiterin der Polizeiinspektion über den bevorstehenden Großeinsatz.

*

Er roch seine Ausdünstung, sog diesen Geruch tief in seine Nase. Er genoss es, seinem Opfer so nahe zu sein. Der Silberfuchs würde sich noch wundern.

Weniger als zehn Meter trennten ihn von seinem Opfer. Einen Augenblick lang dachte er darüber nach, einfach hinüberzugehen, die Kajüttür aufzubrechen und über ihn herzufallen. Doch er verwarf den Gedanken. Der Silberfuchs war ihm ausgeliefert, dafür hatte er gesorgt. Er griff nach dem Handy und öffnete das Fach für die Chipkarte. Es war ein Handy mit neuester Technologie. Er hatte es aus einem Geschäft in Bremerhaven gestohlen.

Er dachte an die vergangenen Tage. Wie hatte ihm nur dieser Fehler unterlaufen können? Warum hatte er nicht aufgepasst? Er hätte damit rechnen müssen. Als er vor zwei Tagen in die Villa eingedrungen war, hatte er sich in der Zeit verschätzt. Ein Wagen war in den Hof gefahren. Er hatte die Villa durch die Terrassentür verlassen müssen. Doch selbst, wenn jemand den Einbruch bemerken sollte: Sie würden den Silberfuchs nicht mehr erreichen können.

Er griff nach der kleinen Chipkarte in seiner Jackentasche und schob sie in die Halterung. Dann ließ er das neue Telefon mit Terberges Chipkarte ins Wasser fallen. Der Prepaid-Chip, den er zuvor in Terberges Handy eingesetzt hatte, war leer. Terberge würde nichts bemerken. Das Display seines Mobiltelefons würde nach wie vor Betriebsbereitschaft signalisieren, doch anrufen konnte er nun niemanden mehr. Genauso wenig konnte er erreicht werden. Das Funkgerät auf dem Boot hatte er bereits vor der Abfahrt manipuliert. Der Silberfuchs würde nichts weiter hören als das statische Rauschen der Kanäle.

Er malte sich in seinen Gedanken das Ende des verhassten Mannes aus. Wie oft hatten sie damals in den engen Räumen darüber gesprochen, was sie mit ihm machen würden, wenn er ihnen einmal alleine begegnete. Nun war er dieser Fantasie zum Greifen nah. Die anderen hatten nur geredet. Er würde es tun. Er würde dem Silberfuchs beweisen, dass er nicht verrückt war. Zu einem Werkzeug des Teufels hatte sich der Doktor machen lassen. Mit den Wölfen hatte er geheult, doch nun würden seine Tränen die Farbe des Blutes tragen. Er würde ihn nicht in ein Netz wickeln und ertränken. Er würde ihm die Luft nehmen. So wie ihm die Tage im engen grünen Raum die Luft zum Atmen genommen hatten. Der Silberfuchs sollte ihm in die Augen schauen, er sollte wissen, warum er vor den höchsten Richter treten musste. Er sollte seine Lügen bereuen.

Er freute sich auf den Augenblick, wenn der Silberfuchs um sein armseliges Leben winseln würde. Er allein war der Herr über das Leben.

Er blickte hinüber zum Boot. Alles war ruhig und friedlich. Die Morgendämmerung war die schönste Zeit des Tages. Schon oft hatte er die frühen Stunden genossen. Wenn der Frühnebel seinen milchigen Schleier über die Wiesen legte und die Vögel den kommenden Tag begrüßten. Er schaute in den Himmel. Heute würde es wieder einen schönen, warmen Tag geben. Er ging hinunter zum Wasser.

Als er an Bord seines Bootes ging, schaute er noch einmal zu der weißen Motoryacht. Schlaf nur noch ein wenig. Bald wirst du keine Zeit mehr dafür haben, dachte er. Dann ließ er den Motor an. Draußen auf See würde er ihn erwarten. Er würde kommen. Er wusste es. Schließlich hatte er mächtige Verbündete. Sie würden den Silberfuchs in seine Falle treiben.

Unaufhaltsam. Zufrieden grinste er, als er auf das westliche Ufer der Insel zuhielt.

*

Sie hatten sich zur verabredeten Zeit im Besprechungsraum eingefunden. Eile trieb sie an. Monika war nach nebenan gegangen, um für die nächsten Tage ein Kleinflugzeug zu chartern. Trevisan hatte schlecht geschlafen und machte einen nervösen Eindruck. Auch die anderen Gesichter waren von einer tiefen inneren Anspannung gezeichnet. Als die Polizeichefin das Zimmer betrat, blickte Trevisan auf.

»Hat sich schon etwas getan?«

»Wir sind noch mitten in den Vorbereitungen«, entgegnete er.

»Wie gehen wir vor?«

»Wir werden im Hafen jeder Insel zwei Mann postieren. Die Küstenwache, der Seenotrettungsdienst und die Polizeiboote werden von mir informiert. Aber wir müssen vorsichtig sein, sonst schöpft Sörensen Verdacht.«

»Gut, und wo befindet sich unsere Zielperson in diesem Augenblick?«

»Das wissen wir nicht genau«, antwortete Trevisan verlegen.

»Was soll das heißen?«

»Er ist vor zwei Tagen gestartet und müsste jetzt auf Wangerooge sein. Er hat seiner Haushälterin einen Routenplan hinterlegt, daher wissen wir, wann er welchen Hafen ansteuern wird.«

»Wenn er sich daran hält«, warf Antje Schulte-Westerbeck skeptisch ein.

»Warum sollte er fein säuberlich seine Reiseroute niederschreiben, wenn er sich nicht daran halten möchte? Außerdem wird er sich am Nachmittag des 16. mit seinen Töchtern auf Borkum treffen.«

»Und was ist, wenn Sörensen bereits zugeschlagen hat oder der Doktor aus einem anderen Grund von seiner Route abweicht?«, wandte die Polizeichefin ein.

Trevisan bedrückten diese Fragen selbst. Er musste es trotzdem riskieren. Ihm war klar, dass ihm nichts weiter übrig blieb, als seinen Hut zu nehmen, wenn es Sörensen gelang, seinen Plan auszuführen.

»Er wird am 16. zuschlagen, sonst hätte er nicht so lange warten müssen. Außerdem haben wir die Nummer von Terberges Handy. Falls etwas schief geht und wir die Yacht bis heute Abend noch nicht ausgemacht haben, werden wir Terberge anrufen und unter einem Vorwand in den Hafen von Borkum lotsen. Dann müssen wir hoffen, dass Sörensen dem Doktor folgt und in unsere Falle geht.«

Die Polizeichefin nickte. »Wie viel Männer brauchen Sie?«

»Insgesamt benötigen wir zusätzlich sechzehn Männer für die Aktion. Außerdem werde ich eine Gruppe des Sondereinsatzkommandos anfordern. Sie sollen sich auf Borkum in Bereitschaft halten. Die Männer müssen beweglich sein. Es ist nicht auszuschließen, dass Terberge erst am 16. Borkum ansteuert. Der Mörder kann also schon vorher zuschlagen.«

»Geben Sie mir eine Liste«, antwortete Anke Schulte-Westerbeck. »Bei der Brisanz des Falles haben Sie Ihre Leute bis spätestens zehn Uhr.« Trevisan war zufrieden.

Die Polizeichefin ging zur Tür. »Trevisan, ich verlasse mich auf Sie. Enttäuschen Sie mich nicht«, sagte sie, ehe sie das Zimmer verließ.

Trevisan blickte auf die Uhr. Es war kurz vor sieben. Er dachte an Terberge. Wo mochte er sich jetzt aufhalten?

*

Der Doktor hatte unruhig geschlafen. Gegen Morgen war er aufgewacht. Etwas hatte ihn geweckt. Das Geräusch eines Außenbordmotors. Draußen dämmerte es bereits. Er konnte sich den bohrenden Eindruck nicht erklären, aber etwas stimmte nicht. Er hatte das Gefühl, dass sich jemand in seiner Nähe befand. Angst beschlich ihn. Einen Augenblick lang dachte er darüber nach, seine Tour einfach abzubrechen und nach Bremerhaven zurückzukehren. Doch schon kurz darauf schalt er sich einen Narren. Sein ganzes Leben lang hatte er gegen die Angst gekämpft. In der Klinik war es nicht leicht gewesen. Doch letztlich hatte er gesiegt.

Nach der Morgentoilette ging er an Deck. Die Luft war frisch und kühl. Mit argwöhnischem Blick schaute er sich um, doch weit und breit war nichts Bedrohliches zu erkennen. Alles war wie am Tag zuvor. Nichts Ungewöhnliches. Der

Morgennebel waberte über das Wasser.

»Ich sehe wohl schon Gespenster«, murmelte Terberge, nachdem er sich vergewissert hatte, dass mit dem Boot alles in Ordnung war. Er machte die Yacht klar und startete den Motor. Er löste die Leinen und ging ans Ruder. Dann schipperte er nach Westen davon. Das Wasser war ruhig. Vor zwei Stunden hatte die Flut ihren Höchststand erreicht. Er fuhr langsam. Langeoog war das nächste Ziel seiner Reise.

*

Die Männer der Küstenwache wussten Bescheid, der Seenotrettungsdienst war informiert und auch die Polizeiboote würden Ausschau nach Sörensens und Terberges Boot halten. Trevisan hatte genau erklärt, welche Maßnahmen zu treffen waren. Ansonsten sollten sich die Männer zurückhalten und nur die jeweilige Position melden. Die Polizeistationen waren informiert. Der Polizeihubschrauber würde heute verstärkt Streife im Küstenbereich fliegen und später die Männer vom Einsatzkommando auf Borkum absetzen. Bis zum späten Nachmittag waren alle Häfen und Bootsanlegeplätze auf den Inseln mit zivilen Polizeibeamten besetzt. Trevisan hoffte inständig, dass sie Terberges Boot bis zum Abend ausfindig machen würden.

Als er nach Monika Sander in das Flugzeug stieg, schaute er sorgenvoll in den Himmel. Hoffentlich hielt das Wetter. Mit Schrecken dachte er an den stürmischen Flug vor ein paar Tagen nach Wangerooge.

Das Flugzeug startete und drehte kurz darauf nach Norden in Richtung Küste ab. Trevisan schaute aus dem Fenster. Die Piper gewann an Höhe. Die Häuser wurden immer kleiner. Er richtete den Blick nach vorne. Die Luft war klar und es herrschten gute Sichtverhältnisse. Bald konnte er das Wasser der Nordsee am Horizont erkennen.

Heinen war ein erfahrener Pilot. Er hielt die Maschine ruhig im sanften Wind und langsam begann Trevisan den Flug zu genießen.

»Er müsste jetzt schon auf Langeoog sein«, rief Monika durch den Motorenlärm. Trevisan blickte auf die Uhr. Er nickte. Langeoog und danach Norderney, das war Terberges Route.

Eine unendliche blaue Fläche lag unter ihnen. Unzählige Quadratkilometer, in denen sich irgendwo der Mörder und das Opfer aufhielten. Drei Tage blieben ihnen, beide ausfindig zu machen und ein Menschenleben zu retten.

Trevisan hatte an alle Männer eine Fotografie von Terberges Schiff verteilen lassen. Es war ein imposantes und teures Boot. Die Doral war eine außergewöhnliche Luxusyacht und würde bestimmt auffallen. Schließlich hatte sie rund zwei Millionen Mark gekostet.

Von dem gestohlenen Boot hatte er leider keine Fotografie auftreiben können. Doch die Beschreibung, die Gallwitz gegeben hatte, war so gut, dass sie wohl ausreichen würde.

Der Pilot hielt Kurs auf Wangerooge und drehte dann nach Westen ab. Trevisan blickte durch das Seitenfenster hinunter auf die See. Zahllose Boote und Segelyachten sprenkelten das Wasser. Der Pilot ging tiefer. Trevisan nahm das Fernglas.

»So viele Boote habe ich ehrlich gesagt nicht erwartet«, rief er dem Piloten zu.

»Es ist Sommer. Hochsaison«, antwortete Heinen.

Mit zweifelndem Blick wandte Trevisan sich zu Monika um. Auch in ihren Augen lag eine Spur Skepsis. Die vielen Boote und Yachten auf dem Wasser würden die Suche nicht gerade erleichtern.

Der Pilot überflog eine Insel. »Langeoog«, rief er und deutete mit dem Daumen nach unten. Trevisan bat ihn, die Insel noch einmal zu überfliegen. Gebannt suchte er mit dem Fernglas das Wasser ab. Kein Schiff ähnelte Terberges Boot. Der Pilot flog eine zweite Schleife. Eine dritte folgte. Die Kreise wurden größer. Dann drehte er ab. »Wir müssen landen und nachtanken«, rief er.

Trevisan schaute auf seine Uhr. Es war kurz nach drei. Die Männer vom Einsatzkommando würden bald auf Borkum eintreffen.

*

Er fuhr in seinem Fahrwasser und hielt einen konstanten Abstand. Der Silberfuchs ließ sich Zeit. Das war gut so. Auch er hatte es nicht eilig.

Sie waren weit hinausgefahren. Abseits der Schifffahrtsrouten hatte der Silberfuchs die Yacht auf volle Kraft beschleunigt. Wie ein Pfeil war das Boot über das ruhige Wasser gejagt.

Er hatte von weitem zugeschaut und sich dabei ausgeruht. Sollte der Silberfuchs seine letzten Tage ruhig genießen. Bald war es damit vorbei.

Er schaute auf die Tankanzeige. Der Tank war noch zu einem Viertel gefüllt. Bis Langeoog würde es noch reichen und dann konnte es ihm egal sein. Er schaute auf die leeren Kanister. Mit dem gestohlenen Boot in den Hafen einzulaufen, war viel zu gefährlich. Er zweifelte nicht daran, dass er bereits gesucht wurde. Doch noch hatte die Polizei keinen Kontakt zu Terberge aufgenommen. Noch hatte sich ihm niemand genähert.

Er warf einen Blick auf die Seekarte. Er würde außerhalb im Schatten der Westküste ankern und dort an Land gehen. Am Süderriff war eine kleine Bucht eingezeichnet. Ein idealer Liegeplatz abseits der Fährrouten. Er blickte auf. Die Insel lag vor ihm. Er drosselte den Motor und vergrößerte den Abstand. Terberge hielt auf die Langeooger Balje zu. Der Silberfuchs würde die Südküste ansteuern und die heutige Nacht im Schutz des Hafens verbringen. Doch das störte nicht weiter. Genau damit hatte er gerechnet.

Sörensen steuerte das Boot geschickt durch die enge Einfahrt. Im Schutz mannshoher Schilfhalme ankerte er. Nach einer Weile holte er den Seesack und die Sauerstoffflaschen aus dem Stauraum hervor.

Terberges Boot verschwand in der engen Hafeneinfahrt.

Zufrieden setzte er sich auf die Rückbank und zog seine Schuhe aus. Bestimmt würde Terberge den Rest des Tages für seine Malerei nutzen. Sieben Stunden lagen noch vor ihm. Bevor er an Land ging, zog er den Außenborder ein und die blaue Abdeckplane über das Boot. Dann verschwand er hinter den Dünen. Nun durfte er den Silberfuchs keinen Augenblick mehr aus den Augen lassen.

*

»Er ist um halb fünf eingelaufen«, berichtete Friedhelm Fürst, der dem 1. FK zur Unterstützung zugeordnet worden war. Er war mit einem weiteren Beamten im Hafen von Langeoog eingesetzt. »Das Boot hat im Hafen festgemacht. Er ist mit einer Staffelei aufgebrochen.«

Trevisan atmete auf. Endlich hatten sie Terberges Boot gesichtet. »Könnt ihr das andere Boot irgendwo in der Nähe ausmachen?«

»Negativ«, antwortete Fürst. »Wir haben bereits alles abgesucht. Keine Spur von einem Aluboot. Weder im Hafen, noch davor.«

»Okay, die Boote sind auf dem Weg zu euch. Folgt dem Doktor und beschattet ihn. – Aber passt auf«, ermahnte Trevisan die Kollegen. »Sörensen ist bestimmt in der Nähe. Benehmt euch nicht zu auffällig.«

Alex Uhlenbruch und Tina Harloff waren in unmittelbarer Nähe. Sie würden in wenigen Minuten im Hafen von Langeoog eintreffen und die Beschattung von Terberges Boot übernehmen.

Trevisan saß auf einem alten Holzstuhl und wartete ungeduldig auf das Klingeln seines Handys. Es dauerte keine zwei Minuten, bis Tina meldete, dass sie ihre Position im Hafen eingenommen hatten.

Jetzt galt es geduldig abzuwarten, bis Sörensen auftauchte.

Trevisan blickte auf, als Monika hereinkam. »Das werden drei lange Tage«, sagte sie.

»Ich hoffe nur, dass alles glatt geht«, sagte er. »Mir ist nicht ganz wohl bei der Sache. Wenn wir auch nur den geringsten Fehler machen, dann verlieren wir nicht nur unseren Job, sondern haben auch noch ein Menschenleben auf unserem Gewissen.«

»Welche Alternativen gibt es?«

»Wir könnten Terberge warnen. Ein Anruf genügt.«

»Damit wäre die Sache aber nicht ausgestanden«, antwortete Monika. »Wir sollten zumindest die heutige Nacht abwarten. Er hat sich immer an seinen Zeitplan gehalten. Wir haben noch genügend Zeit, es uns anders zu überlegen.«

»Also gut, du hast recht. Wir warten noch«, entschied Trevisan. »Aber wenn wir bis morgen Abend Sörensen noch nicht entdeckt haben, dann rufe ich Terberge an.«

»Ich hoffe, dass Sörensen auftaucht und wir ihn fassen. Mein Mann will mich auch wieder mal zu Hause sehen.«

»Wem sagst du das. Paula wollte alleine zu Hause bleiben. Sie hasst es, bei Tante Klara schlafen zu müssen. Aber es ist besser so. Ich bin einfach beruhigter, wenn ich weiß, dass sich jemand um sie kümmert.«

*

Terberge blieb drei Stunden draußen in den Herrenhusdünen. Dann kehrte er zu seinem Boot zurück. Alex Uhlenbruch und Tina Harloff hatten die ganze Zeit über Terberges Boot beobachtet. Doch nichts war geschehen.

Dietmar Petermann war mit Hoogdahlen von der Fahndung im zweiten Boot vor Langeoog eingetroffen. Sie kreuzten vor der Insel, doch das gestohlene Aluboot war nirgends auszumachen.

Terberge aß in einem Restaurant zu Abend und trank zwei Gläser Rotwein. Als sich die Dunkelheit langsam über die Insel legte, kehrte er zu seinem Boot zurück. Die beiden Männer, die ihm in einigem Abstand folgten, bemerkte er nicht.

Doch ein anderes Augenpaar war auf die Männer gerichtet.

*

Er hatte sie gesehen. Verdammt, sie waren schon hier auf der Insel. So früh hatte er nicht damit gerechnet. Heute war erst der 13. Noch zwei lange Tage musste er warten, bis endlich der 15. Juli anbrach. Das war sein Datum. Es war, als wäre es gestern gewesen. Vor elf Jahren hatte der Silberfuchs seine Zelle betreten und lange mit ihm geredet.

Er hatte es damals genau gespürt: Dieser Mann mit den grauen Haaren, der zu ihm in sein Zimmer gekommen war, hatte die Macht, ein Urteil über ihn zu sprechen, und dieses Urteil war längst schon gefällt. Einen Tag später war er dann in die Hölle verlegt worden. Dort versuchten sie mit aller Macht, ihm die Seele aus dem Leib zu reißen. Anfangs hatte er sich gewehrt, hatte um sich geschlagen, getreten und gespuckt. Es hatte nichts genutzt. Sie sperrten ihn in den grünen Raum und spritzten ihm die Glückseligkeit in die Adern. Jeden Tag. Mehrmals. Er hatte lange gebraucht, bis er sie durchschaut hatte: Sie kamen zu ihm und sagten, dass sie ihm nur helfen wollten. Doch sie hatten gelogen und der Silberfuchs war der größte Lügner unter ihnen.

Aber er hatte seine Strategien entwickelt. Er spielte ihr Spiel auf seine Art. Er machte es genauso wie sie. Er täuschte, er betrog, er log. Damit hatte er es geschafft. Er hatte in das andere Haus gedurft. Dort stand eine Kirche in der Nähe. Wann immer er konnte, hatte er sich Kraft von diesem heiligen Ort geholt, um die restliche Zeit überstehen zu können.

Und jetzt gehörte der Silberfuchs ihm. Niemand durfte sich zwischen ihn und den verhassten Mann stellen. Ihr Auftauchen änderte nichts. Es bedeutete nur, dass er etwas früher zuschlagen musste als geplant.

37

Der fahle Halbmond und die wenigen Laternen kämpften vergeblich gegen die Dunkelheit im Hafengelände an. Die Boote und Yachten schaukelten träge im trüben Wasser. Die beiden Leuchtfeuer an der Hafeneinfahrt waren außer Betrieb. Die *Antje*, Terberges Boot, nach seiner erstgeborenen Tochter benannt, lag in der Nähe der Hafeneinfahrt. Es war dunkel an Bord. Terberge schlief.

Alex Uhlenbruch blickte angestrengt durch das Nachtsichtglas. Er hatte zusammen mit Tina Harloff auf der gegenüberliegenden Seite in einem kleinen Ruderboot Position bezogen. Sie lagen unter einer Plane und hüllten sich in ihre Schlafsäcke. Dennoch kroch die Kälte langsam an ihren Gliedern empor.

»Hoffentlich wird es nicht noch kälter«, flüsterte Tina schlotternd.

»Ich habe es dir gesagt. Die Nächte hier draußen können kalt und feucht werden, aber du wolltest ja nicht auf mich hören«, erwiderte Alex oberlehrerhaft.

»Gibt es etwas dort drüben?«

»Nein, er schläft friedlich in seiner Kajüte. Bislang hat sich noch niemand dem Boot genähert.«

»Wie spät ist es?«

»Es ist kurz nach zwei«, antwortete Alex, ohne den Blick von Terberges Boot abzuwenden.

Die Sekunden zogen sich schier endlos hin. Nebel kam auf und züngelte über das Wasser.

»Verdammt, dreihundertsechzig Tage ist es an dieser Küste windig und ausgerechnet heute weht kein Lüftchen. Nebel ist das Letzte, was wir jetzt brauchen können.« Tina schob sich näher an ihn heran.

»Holla!« Alex feixte.

»Bilde dir bloß nichts ein«, flüsterte sie. »Es ist nur die Kälte.«

Er setzte das Nachtsichtglas ab und schaute sie lächelnd an. Das Licht der Laternen verzerrte seine Züge. Der Nebel wurde dichter.

»Schlaf ein bisschen«, sagte er.

»Bist du verrückt? Hier ist es so unheimlich. Ich mache bestimmt kein Auge zu.«

Erneut spähte Alex durch das Nachtsichtglas hinüber auf die andere Seite. Plötzlich zuckte er zusammen. Er hatte einen schwachen Lichtimpuls wahrgenommen. Nicht weit entfernt vom Funkmast neben dem alten Bootssteg . »Es tut sich was. Da ist jemand«, flüsterte er erschrocken.

»Wo?«

»Neben dem Funkmast. Ich sah ein kurzes Aufleuchten.«

Tina hob das Fernglas an die Augen. »Du hast recht«, bestätigte sie ängstlich.

Zwei glühende Augen hatte sie an der angegeben Stelle ausgemacht. Orangerote Punkte. Wie die Augen des Teufels. Tina schlug das Herz bis zum Hals. »Ich glaube, ich dreh durch, das ist doch kein Mensch …«

»Was soll es sonst sein? Werd jetzt bloß nicht hysterisch. Verdammt, das Boot verdeckt mir die Sicht«, fluchte Alex und griff zum Funkgerät.

»Fürst, melde dich«, sagte er leise, während er die Sprechtaste betätigte.

»Was ist bei euch los?«, drang es aus dem kleinen Lautsprecher in seinem Ohr. Es war Trevisans Stimme.

Alex teilte seine Beobachtungen mit. Doch noch bevor Trevisan antworteten konnte, meldete sich Fürst zu Wort.

»Unsere Position ist etwa vier Meter rechts vom Funkmast. Was habt ihr genau gesehen?«

»Ein Licht. Gebt uns ein Zeichen«, antwortete Alex.

Kurz flammte auf der anderen Seite eine Taschenlampe auf.

Uhlenbruch schüttelte den Kopf. Langsam dämmerte es ihm.

»Macht bloß euere verdammten Kippen aus. Die sind meilenweit zu sehen. Da könnt ihr euch gleich Helme mit Blaulicht auf eure hirnlosen Köpfe setzen.« Er erhielt keine Antwort.

»Zentrale, habt ihr mitgehört?«, fragte er nach einer Weile.

Trevisan meldete sich. »Bei uns Fehlalarm, definitiv Fehlalarm.«

*

Trevisan entspannte sich. Er lehnte sich im Stuhl zurück. »Mein Gott, ich dachte schon …«

Monika schüttelte den Kopf. »Das ist noch viel zu früh. Ich glaube, dass er sich erst auf Norderney dem Boot nähern wird.«

Sie saßen in einem kleinen Zimmer mitten im Gemeindezentrum von Borkum. Hier hatten sie eine provisorische Einsatzzentrale eingerichtet. In der Ecke saß der Einsatzleiter des Sonderkommandos. Er war auf einem Sessel zusammengesunken und leise Schnarchtöne drangen aus seinem Mund. Trevisan warf ihm einen neidischen Blick zu.

»Du bist müde«, sagte Monika, als sie Trevisans Blick bemerkte. »Leg dich ein bisschen aufs Ohr. Morgen müssen wir fit sein.«

»Uns stehen zwei harte Tage bevor«, erwiderte Trevisan. »Wir werden danach schlafen können.«

Es war vier Uhr, als Trevisan vor Müdigkeit die Augen schloss. Monika war ebenfalls eingeschlafen.

*

Das leise Plätschern verlor sich ungehört in der Nacht. Er war vorsichtig. Nun war seine Stunde gekommen. Er hatte sie gesehen und ihre Unterhaltung mitgehört. Er wusste genau, wo sie sich versteckt hatten. Die beiden im Schatten des Mastes und auch das Pärchen gegenüber im Boot. Sie fühlten sich sicher. Sie spielten dieses Katz-und-Maus-Spiel nach ihren Regeln, doch er hielt sich einfach nicht daran. Längst hatte er sie zu kleinen armen Mäusen degradiert. Es gab nur eine Katze hier in diesem Hafen. Und diese Katze hatte scharfe Krallen.

Er wusste, dass Terberge an Bord des Bootes war und er wusste, dass kein Polizist ihn an Bord erwartete. Er hatte die Yacht keine Sekunde aus den Augen gelassen. Vorsichtig schnallte er den Tauchgürtel und die Flaschen ab und ließ sie achtlos auf den Grund des Hafens gleiten. Er brauchte diesen unnötigen Ballast nicht mehr, er war am Ziel. Schon bei seiner Inspektion von Terberges Boot vor wenigen Tagen hatte er sich über die tiefer gelegene Badeplattform am Heck des Schiffes gefreut. Sie erleichterte sein Vorhaben ungemein. Er streifte die Taucherflossen ab und sammelte seine Kräfte. Vorsichtig glitt er aus dem kalten Wasser. An den seitlich eingelassenen Sprossen zog er sich hoch. Er verursachte keinen Lärm. Geduldig wartete er, bis das Wasser von seinem Taucheranzug abgeperlt war. Erst dann schlich er den engen Durchstieg entlang aufs Deck. Trotz der spärlichen Beleuchtung wusste er genau, wohin er sich wenden musste.

Vorbei am Steuerstand robbte er vorsichtig auf die Kajütentür zu. Er prüfte den Griff. Natürlich war sie verriegelt, damit hatte er gerechnet. Er öffnete die wasserdichte Tauchertasche, die er um seine Hüften geschlungen hatte, und zog einen Schlüssel hervor. Vorsichtig führte er ihn in das kleine Schloss ein. Er passte. Lautlos schob er die Kajütentür auf. Geduckt ging er den Niedergang hinunter. In der Kajüte war es finster. Er hatte an alles gedacht. Dies hier war der Höhepunkt. Dieses Opfer war für ihn. Nur für ihn ganz allein. Er griff erneut in seine Tasche und kramte eine Taschenlampe hervor. Niemand außerhalb des Bootes würde den schwachen Schein der Lampe wahrnehmen. Die schweren Stoffvorhänge waren geschlossen. Er kroch auf das Bett im hinteren Bereich der Kabine zu. Er bewegte sich geschmeidig wie eine Katze.

Er vernahm Terberges Atemzüge. Sie waren ruhig und gleichmäßig. Der Silberfuchs schlummerte friedlich in seiner Koje. Bevor er an das Bett herantrat, zog er einen Wattebausch und ein kleines Fläschchen aus seiner Tasche hervor. Die Lampe legte er zur Seite. Er brauchte jetzt kein Licht. Er hatte jeden Handgriff bei Dunkelheit einstudiert. Er schätzte die Dosis ab. Dann stellte er das Fläschchen auf den Boden. Er nahm die Lampe auf und leuchtete Terberge ins Gesicht. Der Silberfuchs lag auf dem Rücken. Die Augen waren geschlossen. Blitzschnell warf er sich auf den Schlafenden. Mit unbändiger Kraft presste er den Wattebausch auf den Mund des Doktors. Terberges Körper verkrampfte. Er versuchte sich zu wehren, doch nach wenigen Sekunden sank sein Leib schlaff und regungslos zurück auf das Bett. Sörensen zog das Klebeband aus seiner Tasche und fesselte Terberges Arme und Beine. Dann knebelte er den Arzt. Schließlich sank er neben Terberge auf das Bett.

Er schloss die Augen und ruhte sich einen Augenblick aus. Alle waren sie bei ihm. Er blickte in ihre lächelnden Gesichter. Die ganze Familie. Das kleine blaue Gesicht grinste lustig.

Er wartete noch eine halbe Stunde. Draußen dämmerte es. Dann ging er zum Niedergang und öffnete die Luke zum Stauraum. Er holte den Rucksack hervor, den er vor Tagen dort versteckt hatte.

Es war kurz nach sechs. Er schaltete das Licht ein und ging hinüber zum Schrank. Im Vorübergehen warf er einen Blick auf das Bett. Terberge war noch immer bewusstlos. Der Bauch des Arztes hob und senkte sich gleichmäßig. Sörensen hob die heruntergefallene Bettdecke auf und breitete sie über dem Doktor aus. Als er das Kopfkissen richtete, traute er seinen Augen nicht. Unter dem Kissen lag eine Pistole. Er griff nach dem kalten Stahl. Kalt und schwer fühlte sich die Waffe an. Nachdenklich betrachtete er die Pistole, dann steckte er sie in seinen Hosenbund.

Aus dem Schrank holte er ein Hemd und eine Hose, dann verschwand er mitsamt dem Rucksack im Baderaum.

*

»Hey, da tut sich etwas!« Alex rüttelte Tina an den Schultern.

Schlaftrunken öffnete sie die Augen. »Was ist ... Ich bin noch müde ... Lass mich in Ruhe ...«

»Er legt ab«, sagte Alex energisch.

»Wie spät ist es?«

»Sieben Uhr.«

Tina wälzte sich herum und warf einen schläfrigen Blick hinüber zu Terberges Boot. »Verdammt, warum schläft er nicht wie jeder normale Mensch bis zehn«, murmelte sie erbost.

Schemenhaft erkannte sie die gebückte Gestalt, die sich auf Terberges Boot zu schaffen machte und die Leine vom Poller löste. Sie griff nach dem Fernglas und schaute hindurch. »Der Doc spinnt«, sagte sie und verfolgte die Bewegungen des Mannes auf der weißen Motoryacht. Keine Minute später starteten die Dieselmotoren der *Antje*. Zielsicher steuerte der Mann das Schiff in die Fahrrinne.

Alex griff zum Funkgerät. »Dietmar, melde dich«, flüsterte er. Er musste seine Durchsage mehrmals wiederholen, bis Dietmar Petermann endlich antwortete.

»Er kommt aus dem Hafen und hält genau auf euch zu«, meldete Alex.

Dietmar bestätigte den Funkruf. Er ankerte mit einem Kollegen von der Wasserschutzpolizei außerhalb des Hafens und hatte an einer Tonne festgemacht. Dietmar beobachtete mit dem Fernglas die Hafenausfahrt, unterdessen machte der Kollege das Boot klar.

»Aha, da kommt unser Zuckerpüppchen«, sagte Dietmar, als er den schlanken Bootskörper hinter der Kaimauer auftauchen sah. Dietmars Begleiter startete die Maschine. Sie warteten geduldig, bis Terberges Motoryacht in etwa fünfzig Meter Entfernung an ihnen vorüberglitt, dann folgten sie ihr.

Die *Antje* fuhr in Richtung Norden. Sie machte langsame Fahrt. Immer weiter entfernte sich die Yacht von der Insel. Terberge befuhr die Fahrrinne nach Helgoland. Er hatte die Geschwindigkeit auf halbe Kraft erhöht. Dietmars Boot folgte mit gleich bleibendem Abstand.

»Wo will der bloß hin?«, rief der Wasserschutzpolizist Dietmar durch das Dröhnen der Motoren zu. Dietmar zuckte mit den Schultern. Er verstand nicht viel von Navigation, deshalb hatte der Kollege das Ruder übernommen. »Norderney ist das nächste Ziel«, erwiderte er.

»Dann sollte er in den nächsten Minuten nach Westen abdrehen.«

Dietmar schaute durch das Fernglas. Er erkannte nur eine gebeugte Gestalt in einem hellen Hemd. Eine weitere Person war nicht zu sehen. Er warf seinem Begleiter einen fragenden Blick zu. Die *Antje* drehte nicht nach Westen ab, im Gegenteil. Sie hielt ihren Kurs. Immer größer wurde der Abstand. Das Schiff beschleunigte. »Dranbleiben. Versuch dranzubleiben!«, schrie er durch den Lärm.

Der Polizist zog den Gashebel zurück. »Mehr geht nicht. Der macht ja schon längst über dreißig Knoten.«

Terberges Motoryacht wurde immer kleiner. Sie schrumpfte zu einem dunklen Fleck in der Ferne. Schließlich verschwand sie hinter der Grenze aus Wasser und See.

Dietmar Petermann fluchte laut. Als der Kollege das Boot drosseln wollte, schüttelte er energisch den Kopf und wies mit der Hand auf den Punkt, wo Terberges Yacht aus dem Sichtfeld verschwunden war.

Einige Minuten folgten sie der Yacht mit Vollgas, dann drosselte der Wasserschutzpolizist die Geschwindigkeit. »Es hat keinen Sinn. Wir holen ihn nicht mehr ein«, rief er Dietmar zu.

Dietmar warf ihm einen entnervten Blick zu, dann griff er zum Funkgerät.

*

»Verschwunden! Was soll das heißen?«, fragte Trevisan bestürzt. Seine Hände zitterten, als er auf die Sprechtaste drückte. Eine unheilvolle Hitze breitete sich in seinem Körper aus und presste kleine, glitzernde Perlen auf seiner Stirn hervor.

»Er hat Kurs auf die offene See genommen und ist ihnen einfach davongefahren«, erklärte der Beamte.

Trevisan sprang auf und fuhr sich mit den Händen durch die Haare. Monika Sander schaute ihn fassungslos aus geröteten Augen an.

»Was hat er vor?«, murmelte Trevisan aufgewühlt. Wie ein Tiger in seinem Käfig wanderte er auf und ab.

»Vielleicht will er bloß eine Runde auf offener See drehen«, erwiderte Monika. Doch sie zweifelte selbst an ihren Worten.

Trevisan schüttelte den Kopf. »Nein, nein, da stimmt was nicht.«

Monika zuckte mit den Schultern.

»Haben wir den Hubschrauber schon in der Luft?«, fragte Trevisan den Beamten.

Der Polizist nickte. »Er ist vor einer Minute auf Borkum gestartet.«

»Monika, ich will, dass alle informiert werden. Sie sollen nach Terberge Ausschau halten. Außerdem möchte ich, dass die ganze verdammte Insel nach dem gestohlenen Boot abgesucht wird. Wir brauchen alles, was Beine hat!«

»Aber meinst du nicht, dass wir Sörensen damit warnen?«, fragte sie.

»Das ist jetzt egal. Ich habe so ein mieses Gefühl bei der Sache. Da ist was oberfaul. Ist auch wirklich sicher, dass sich nur eine Person an Bord befand?«

»Herr Petermann hat diese Meldung bestätigt«, versicherte der Polizist.

»Wecken Sie den Piloten. Ich will sofort rüber nach Langeoog.«

»Mensch, Martin, vielleicht bildest du dir da bloß was ein«, versuchte Monika Trevisan zu beruhigen. »Wie sollte er an Bord gekommen sein? Das Boot wurde die ganze Zeit überwacht. Fürst hat an der Mole Position bezogen, Alex lag in seinem Boot direkt gegenüber und Dietmar hatte die Zufahrt im Blick. Er ist zwar gerissen, aber da hätte Sörensen schon fliegen müssen.«

»Nein, verdammt, verdammt noch mal … nicht fliegen – tauchen. Und ich Trottel habe es einfach übersehen!«

*

Eine halbe Stunde später saß Martin Trevisan neben Heinen im Flugzeug. Monika war auf Borkum zurückgeblieben und übernahm die Einsatzleitung. Sie hatten inzwischen mehrmals erfolglos versucht, Terberge telefonisch zu erreichen.

Inzwischen hatten sie die Einsatzkräfte über Trevisans Verdacht unterrichtet. Polizeihubschrauber, Patrouillenboote der Küstenwache und Polizeiboote hielten Ausschau nach Terberges Yacht. Doch es schien, als wäre sie von der Wasseroberfläche verschwunden, einfach abgetaucht in die kalte See.

Trevisan schaute durch die Seitenscheibe. Ein Tankschiff fuhr unter ihnen vorbei. Er warf einen Blick auf die Karte.

Sie hatten gerade die letzte bekannte Position überflogen und hielten Kurs nach Nord-Nord-Ost. Die Zeit verging. Weit und breit war keine Motoryacht auszumachen. Trevisan fühlte sich hundeelend. Die Müdigkeit war verflogen. Nervosität trat an ihre Stelle. Hatte er zu hoch gepokert? Hätte er Terberge warnen müssen? Fragen, auf die er keine Antwort hatte.

Noch zwei Tage. Vielleicht hatte Monika recht und Terberge machte wirklich nur einen kurzen Abstecher auf die offene See. Zweifel befielen ihn, bohrende Fragen.

Die Sonne stand bereits hoch am Himmel, als der Pilot beidrehte. Trevisan warf ihm einen fragenden Blick zu. Heinen deutete auf die Tankanzeige. Eine halbe Stunde später landete die Piper auf Baltrum. Trevisan verließ die Maschine und griff nach seinem Handy. Er sprach mit Monika. Doch auch sie wusste nichts Neues zu berichten. Terberge hatte sich weder telefonisch noch per Schiffsfunk gemeldet. Auch sein Boot war bislang nicht gesichtet worden.

Während Heinen die Maschine betankte, ging Trevisan zu den Häusern hinüber. Sein Magen knurrte und er fühlte sich erbärmlich. Vielleicht würde es etwas nützen, wenn er erst mal etwas aß? Im Lebensmittelladen kaufte er ein paar Käsebrötchen, dann ging er zum Flughafen zurück. Heinen wartete bereits auf ihn. Trevisan reichte ihm ein Brötchen. Dankbar griff Heinen zu. Zehn Minuten später waren sie wieder in der Luft.

Trevisan blickte auf die Uhr. Es war Mittag. Wiederum flogen sie auf die Nordsee hinaus. Immer größer wurden ihre Kreise. Sie waren eine Stunde unterwegs, als Trevisans Handy klingelte.

Heinen warf ihm einen missbilligenden Blick zu. »Handys sollen während eines Fluges nicht eingeschaltet sein!«

Trevisan ignorierte den Einwand und meldete sich. Er presste den Lautsprecher an sein Ohr, dennoch war durch den Motorenlärm nicht alles zu verstehen. Doch das Wesentliche in Monikas Worten begriff er sofort: Terberge war noch immer nicht zu erreichen. Weder über Telefon noch über den Seenotfunk. Doch mittlerweile hatten sie das gestohlene Boot in einer kleinen Bucht auf Langeoog gefunden. Von Sörensen fehlte jede Spur.

Für Trevisan war nun zweifelsfrei klar, dass sich der Doktor längst in der Hand des Wangerland-Mörders befand.

Er hatte versagt.

Sechs Stunden später musste Heinen wiederum zum Auftanken landen. Diesmal auf Norderney. Erneut rief Trevisan in der Einsatzzentrale an, doch es gab keine Neuigkeiten. Die Yacht blieb verschollen.

»Wir müssen das Boot aufspüren«, sagte Trevisan. »Es bleibt uns keine andere Wahl. Terberge ist sicher noch am Leben.«

Zum dritten Male startete er an Bord der Piper zu einem weiteren Suchflug. Trevisan hatte sein Handy abgeschaltet. Er hatte es Heinen versprechen müssen. »Falls sich irgendetwas ergibt, muss man mich doch erreichen können«, hatte er noch protestiert.

»Dann werden sie uns über den Flugzeugfunk erreichen können«, beschwichtigte Heinen.

Es war kurz vor neun Uhr abends, als Heinen auf Wangerooge landete. »Das Flugzeug ist nur für Sichtflug ausgerüstet. Bis Borkum reicht das Licht nicht mehr aus«, hatte Heinen gesagt, als Trevisan gegen die Landung protestierte. Was sollte er jetzt auf Wangerooge?

Nachdem Heinen das Flugzeug für den nächsten Tag vorbereitet hatte, gingen sie zusammen ins Dorf. Heinen hielt direkt auf das nächste Gasthaus zu. Trevisan beschloss, an der Polizeistation vorbeizuschauen. Vielleicht wusste einer der Polizisten, wie er heute noch nach Borkum kommen konnte. Doch die Station war schon längst geschlossen. Ärgerlich ging er zu dem nahen Gasthaus hinüber. Bevor er eintrat, fiel ihm ein, dass er sein Handy abgeschaltet hatte.

Er rief in der Zentrale an. Monika meldete sich sofort. »Verdammt, ich habe die ganze Zeit über versucht, dich zu erreichen«, sagte sie ärgerlich. »Was war denn los?«

»Wieso, habt ihr ihn?«

»Nein, immer noch nicht. Morgen bekommen wir Verstärkung. Aber Margot Martinson will mit dir sprechen. Sie hat dir etwas Wichtiges mitzuteilen. Du kannst sie in der Inspektion erreichen.«

Ein lauter Piepton zeigte an, dass der Akku erschöpft war.

Er beendete das Gespräch und rief auf der Dienststelle an. Ein Kollege von der Telefonzentrale meldete sich. Er stellte Trevisan sofort zu Martinsons Anschluss durch. Er hörte ihre Stimme, doch schon brach das Gespräch ab. Er schaute auf das Display. Es war dunkel. Er steckte das Handy ein und ging in das Gasthaus. Dort würde es bestimmt ein Telefon geben.

38

Die Luft war verräuchert und es roch nach gedünstetem Fisch, als Trevisan den Gastraum betrat. Sein Magen knurrte. Erst jetzt fiel ihm ein, dass er außer den beiden Käsebrötchen am Mittag noch nichts gegessen hatte. Das Klirren der Gläser mischte sich mit dem Gemurmel der Gäste. Es war Freitag, der Raum war angefüllt mit Menschen. Manche unterhielten sich, andere spielten Karten, wieder andere saßen trotz der fortgeschrittenen Stunde bei Tisch und aßen einen kleinen Happen. Dennoch ruckten die Köpfe einiger Gäste neugierig herum, als Trevisan eintrat.

Er blickte sich um. Ein dicker Wirt mit Stirnglatze und einer weißen Schürze um seinen voluminösen Bauch stand hinter dem Tresen und trocknete ein Bierglas mit einem Geschirrtuch ab.

»Ich suche ein Telefon«, sagte Trevisan. »Könnte ich bei Ihnen …«

Der Wirt versuchte ein Lächeln und deutete mit dem Kopf in Richtung einer Tür. *Zu den Toiletten*, stand auf einem Messingschild.

Trevisan nickte und wandte sich um. Beinahe wäre er gegen den kleinen alten Mann geprallt, der ihn freundlich anlächelte. »Wenn das nicht der Kriminalbeamte aus Wilhelmshaven ist?«

»Joost!«, sagte Trevisan überrascht.

»Haben Sie den Mörder schon oder ist er wieder auf der Insel?«, fragte Joost.

Trevisan schüttelte den Kopf.

»Ah, Ihre Anwesenheit hier ist wohl geheim. Sind Sie ihm auf den Fersen?«

»Entschuldigen Sie mich bitte, ich muss unbedingt telefonieren«, erwiderte Trevisan ungeduldig. »Wenn Sie später noch hier sind, dann können wir ein Glas miteinander trinken.«

»Gut, ich sitze am Stammtisch. Kommen Sie nach Ihrem Telefonat ruhig zu uns rüber«, erwiderte der Alte und wies mit ausgestrecktem Finger auf den großen runden Tisch neben dem Tresen.

Trevisan nickte kurz, dann verschwand er durch die Nebentür. Ein Münzfernsprecher hing direkt neben dem Eingang zur Herrentoilette. Er kramte in seinem Geldbeutel nach Kleingeld. Dann nahm er den Hörer ab und wählte die Nummer seiner Dienststelle.

Margot Martinson meldete sich sofort. »Gott sei Dank – ich versuche Sie schon seit ein paar Stunden zu erreichen.«

»Ich dachte, Sie würden heute nach Hamburg zurückkehren?«, fragte Trevisan konsterniert.

»Das hat noch Zeit. Sie glauben doch nicht, dass ich jetzt, wo es auf das Ende dieses Falles zugeht, einfach abreise.«

»Dann wissen Sie es noch gar nicht?«

»Was denn?«, fragte sie neugierig.

»Ich habe versagt. Ich habe alles vermasselt«, berichtete er mutlos. »Er hat den Doktor in seiner Gewalt und ist uns einfach auf und davon gefahren. Hinaus auf die offene See. Bestimmt wartet er dort draußen ab, bis seine Zeit gekommen ist. Ich kann nur hoffen, dass wir Terberge noch einmal lebendig zu Gesicht bekommen.«

Margot Martinson schwieg.

»Seine Zeit ist bald gekommen«, antwortete sie schließlich.

Trevisan stutzte.

»Was heißt das?«

»Ich habe mir das Gutachten von Doktor Terberge noch einmal genau durchgelesen. Er muss nicht bis Sonntag warten. In knapp zwei Stunden bricht der 15. Juli an. Terberge hat ihn damals am 15. Juli zu einem ersten Gespräch im Gefängnis besucht. Ich bin überzeugt davon, er wird den Doktor bereits morgen umbringen.«

Ein lauter Seufzer kam über Trevisans Lippen. Schweiß brach aus seinen Poren und sein Magen krampfte sich zusammen. Er stützte sich an der kalkweißen Wand ab.

»Trevisan, was ist mit Ihnen?«

» … und ich werde an seinem Tod schuld sein«, erwiderte Trevisan mit brüchiger Stimme.

»Noch lebt er, noch haben wir eine Chance«, sagte Margot Martinson aufmunternd.

Trevisan griff in seine Tasche und warf eine weitere Münze ein. »Wir haben die Suche abgebrochen. Bei Nacht ist es unmöglich. Außerdem ist das Gebiet riesengroß. Er kann praktisch überall sein.«

»Dennoch glaube ich nicht, dass er den Doktor einfach so umbringen wird. Der Tod Terberges soll ihn endgültig von aller Schuld reinigen. Es ist ein symbolischer Akt der Befreiung. Er wird es nicht in der Dunkelheit tun. Er wird es dort tun, wo das Licht für ihn leuchtet.«

In Trevisans Gehirn keimte eine Ahnung auf. Noch war sie hinter all den nebelhaften Gedanken verborgen, doch langsam bahnte sie sich ihren Weg. »Sie haben recht. Sörensen wird Höhepunkt und die Krönung seiner Taten nicht im Stillen, weit entfernt von irgendeinem Bezugspunkt, ausführen. Er wird das Symbol ansteuern, das für ihn Sinnbild der gesamten Ungerechtigkeiten ist. Dort vollzieht er den finalen Akt.« An dem Ort, an dem alles begonnen hatte, dort sollte es auch enden. Der Wangerland-Mörder hatte sich nie wirklich von hier entfernt. Er hatte sich nur in einem großen Kreis bewegt.

»Wo sind Sie jetzt?«, fragte Margot Martinson hastig.

»Ich bin genau am richtigen Ort«, sagte Trevisan.

»Dann bleiben Ihnen noch knapp zwei Stunden«, antwortete Martinson.

Trevisan blickte auf die Uhr. Es war zwanzig nach zehn.

*

Die Motoryacht dümpelte im seichten Wasser der kleinen Bucht an der Ostküste von Wangerooge. In weniger als einer Stunde würde auch noch der letzte Rest des Wassers aus dem Becken laufen. Niedrigwasser. Ihm war es egal. Er war am

Ziel. Er würde die Yacht nicht mehr brauchen. Auch der Silberfuchs hatte keine Verwendung mehr dafür.

Es hatte ihn einige Anstrengungen gekostet, den Doktor an Land zu bringen. Terberge war wach. Das sollte er auch sein. Er sollte wissen, was mit ihm geschehen würde und er sollte auch den Grund dafür erfahren. Er würde es ihm schon erklären. Er hatte sich eigens für dieses Ereignis die schwarze Hose und die lila Jacke angezogen. In genau diesen Farben sollten sie ihn finden. Diese Farben hatten ihn seit dem Unfall ständig umgeben. Schwarz und lila. So hatte er gelebt, so hatte er geträumt und so würde er sterben. Aber zuvor galt es sein eigenes Blut von jeglichem Makel zu befreien. Träne für Träne, Blut für Blut.

Er würde dem Silberfuchs die Luft nehmen, so wie er ihm die Luft zum Atmen genommen hatte. Jeden verdammten Tag in dieser kleinen grün getünchten Zelle, in der Einsamkeit und der Hilflosigkeit, jetzt würde er den Tribut dafür einfordern.

Das Holzkreuz stand direkt vor ihm. Er keuchte vor Anstrengung, nachdem er Terberges Körper den ganzen langen Weg auf seinem Rücken getragen hatte.

Terberges ängstliche Augen flogen aufgeregt hin und her. Das silbrige Mondlicht ließ die Dünenlandschaft kalt und unwirtlich erscheinen. Doch der Doktor hatte keinen Blick dafür. Die Angst schnürte seine Kehle zu. Noch wusste er nicht, wer die dunkle Gestalt mit dem grimmigen und entschlossenen Gesicht war. Zwar kamen ihm die Züge vertraut vor, doch der dazugehörige Name fiel ihm einfach nicht ein. Dieser Gedanke war die einzige Ablenkung, die es für ihn noch gab. Ansonsten hätte er am liebsten geweint und sich seine Angst aus dem Leib geschrien.

Sörensen drehte Terberges Körper auf den Rücken, hob dessen Kopf und schaufelte Sand darunter. So lange, bis Terberge wie auf einem Kopfkissen gebettet lag. Terberges Blick heftete sich auf das schemenhafte Holzkreuz, das sich wie ein Mahnmal von dem Silber der Mondnacht abhob.

»Damit haben Sie nicht gerechnet, dass wir uns noch einmal wieder sehen«, flüsterte Sörensen dem Doktor zu. Der Doktor blickte ihm ängstlich in das dunkle Gesicht.

»Ich habe es lange ertragen. Ich habe gelernt. Ich schwieg. Ich habe das dunkle Tal durchwandert und auf den Herrn vertraut. Wir wollen den Rest dieser Stunde im Gebet verbringen. Sie sollten den Schöpfer um Verzeihung für Ihre Sünden bitten. Es wird Ihnen helfen, denn bald treten wir gemeinsam vor das höchste Gericht.«

Terberge wollte schreien. Wollte gegen den ganzen Wahnsinn in dieser tonlosen und grausamen Stimme anschreien. Doch es gelang ihm nicht. Der Schrei verfing sich in dem künstlichen Gewebe des Klebebandes und wurde zu einem leisen Wimmern.

*

Joost hatte das Schlauchboot hervorgeholt und fuhr zielsicher durch die Dunkelheit. Der Elektromotor schnurrte leise und gleichmäßig. In ausreichender Entfernung schaltete Joost den Motor ab. Den Rest des Weges ruderten sie. Mehr als einmal blieb Trevisan mit dem Ruder im Schlickboden hängen. Die Wassertiefe betrug keinen Meter mehr. An einer kleinen Landzunge legte Joost an und ließ Trevisan an Land. Er wies ihm den Weg hinüber in die Ostdünen.

»Sie bleiben hier!«, sagte Trevisan eindringlich. »Kommen Sie mir um Gottes Willen nicht nach. Wenn ich nach einer Stunde nicht zurück bin, dann gehen Sie ins Dorf und holen die Polizei. Versprechen Sie mir das?«

Joost bestätigte mit einem kurzen »Ja«. Schon hetzte Trevisan über den ausgetretenen Weg dem östlichen Ufer der Insel entgegen. Mehr als einmal stolperte er in der fahlen Dunkelheit und stürzte in den feuchten Sand. Doch immer wieder raffte er sich auf. Ihm blieben nur wenige Minuten und ein ganzer Kilometer lag noch vor ihm. Er keuchte vor Anstrengung. Doch er biss die Zähne zusammen und hastete weiter. Das schummrige Mondlicht tauchte die Landschaft in ein fahles Grau. Die sandigen Hügel ließen sich nur erahnen.

Dann kam er an eine Weggabelung. Suchend blickte er sich um. Die Dünenlandschaft hatte ihr Gesicht seit seinem letzten Besuch verändert. Dort, wo der Weg eine Biegung machen sollte, führte er heute geradeaus weiter.

Osten, er musste doch einfach nur nach Osten gehen. Doch wo

zum Teufel war nur dieser kleine Trampelpfad abgeblieben? Dort, wo er eigentlich sein musste, türmte sich der Sand in die Höhe. Trevisan fühlte sich wie in einem Labyrinth. Er blickte auf seine Uhr. Noch sieben Minuten bis Mitternacht. Sieben Minuten bis zum Tod. Würde er es noch rechtzeitig schaffen? Er erstieg den sandigen Hügel. Immer wieder rutschte der lose Sand herab. Mittlerweile spürte er die feinen Krümel überall in seiner Kleidung. Auf allen Vieren kroch er voran, bis er es endlich geschafft hatte. Vorsichtig richtete er sich auf. Die bleiche Mondsichel spiegelte sich auf dem Wasser wieder. Er hatte das nördliche Ende der Insel erreicht. Lautlos schlich er am Ufer entlang. Sein Gefühl sagte ihm, dass er auf dem richtigen Weg war. Das Holzkreuz war nicht mehr weit. Er fasste unter seine Jacke und zog seine Pistole aus dem Schulterhalfter. Als seine Finger den Abzug umschlossen, lief ein Schauer über seinen Rücken. Er hatte vor einem Monat zum letzten Mal damit geschossen. Auf Zielscheiben. Zweiundneunzig Ringe hatte er getroffen. Zweiundneunzig von hundert Möglichen. Er war ein guter Schütze. Doch auf einen Menschen anzulegen, auch wenn es ein Mörder war, das war etwas anderes als Übungsschüsse auf eine Ringscheibe. Bislang hatte er seine Pistole noch nie gebrauchen müssen. Er trug sie nur, weil jeder Polizist eine Waffe brauchte und weil es in der Vorschrift stand. Doch dieses Mal hatte er das Gefühl, dass er sie benötigen würde.

»Er wirde bis zum Äußersten gehen. Er hat nichts zu verlieren«. Waren das nicht Margot Martinsons Worte gewesen? Trevisan verharrte. Das Plätschern und Gurgeln von Wasser drang zu ihm herüber. Vorsichtig schlich er weiter. Plötzlich fühlte er, dass er nicht mehr alleine war. Eine weitere Düne versperrte ihm den Blick. Er legte sich flach auf den Boden. Langsam kroch er voran, dem Dünenkamm entgegen. Vorsichtig spähte er über den Sand. Da sah er ihn.

Sörensen kniete im Sand und blickte in den Himmel. Neben ihm im Sand lag ein regungsloses dunkles Bündel.

»Ich bin zu spät gekommen«, fuhr es Trevisan durch den Kopf. Langsam hob er die Pistole. Er kniff ein Auge zu und zielte. Sörensens Körper erschien über Kimme und Korn.

Noch hatte er Trevisan nicht bemerkt. Tief atmete Trevisan ein und riss sich zusammen. Wie sollte er vorgehen, was sollte er sagen?
Plötzlich richtete sich Sörensen auf und blickte sich suchend um. Trevisan erschrak. Kaum zwanzig Meter trennten ihn vom Wangerland-Mörder. Trevisan duckte sich und lauschte in die Nacht. Ein leises Wimmern und Stöhnen war zu hören. Terberge war also noch am Leben. Trevisan wusste, dass er schnell handeln musste.
Als er den Blick wieder erhob, war Sörensen verschwunden. Nur noch Terberge lag unterhalb der Düne am Strandwall. Trevisans Augen suchten verzweifelt die Umgebung ab. Doch Sörensen war wie vom Erdboden verschluckt.
»Ich wusste, dass du kommst«, sagte plötzlich eine kalte Stimme hinter Trevisans Rücken. Sie klang, als käme sie aus einem Grab. Trevisan wirbelte herum. Sörensen stand direkt hinter ihm. Lautlos wie ein Geist hatte er sich angeschlichen. In seiner Hand schimmerte matt eine Pistole im Mondlicht.
»Ich spürte von Anfang an, dass du auf der Insel bist. Aber du hast keine Macht über mich. Deine Verbündeten sind schwach.«
»Sörensen … du hast keine Chance … Es ist vorbei«, stammelte Trevisan. »Gib auf. Überall sind Kollegen von mir. Es gibt kein Entkommen.«
Ein lautes, gespenstisches Lachen kam über Sörensens Lippen. Trevisan richtete sich langsam auf. Noch immer hielt er seine Waffe in der rechten Hand.
»Dorthin, wo ich von hier aus gehe, wird mir niemand von euch folgen«, sagte Sörensen kalt. »Nur du wirst mich begleiten.« Er hob die Waffe und zielte auf Trevisans Kopf.
»Was … was wird dein Vater diesmal dazu sagen?«
Sörensen zögerte. »Mein Vater ist frei. Ich habe ihn befreit. So wie ich auch meine Mutter und meine Geschwister befreit habe… und bald werde auch ich frei sein«, antwortete er.
»Du wirst nie wirklich frei sein«, schrie ihm Trevisan ins Gesicht. »Terberge wird überleben. So wie auch ich überleben werde!«

Durch Sörensens Körper ging ein Ruck. Fast so, als habe ihm jemand ins Gesicht geschlagen. »I…ich … w…ww… werde frei … frei sein. D…du … wirst e…es ni…nicht verhindern«, stotterte er. Sein Körper zitterte vor Wut.
Es war nur ein kurzer Augenblick der Unaufmerksamkeit, doch Trevisan nutzte ihn und ließ sich einfach fallen. Er rollte die Düne hinab. Feiner Sand drang in seinen Mund und in seine Nase. Als er unten angekommen war, fuhr er herum und riss seine Waffe in die Höhe. Sörensen stand auf dem Dünenkamm. Ein Schuss peitschte durch die Nacht. Trevisan blickte in einen hellen Lichtblitz. Direkt neben ihm stob eine Sandfontäne auf. Instinktiv krümmte Trevisan den Zeigefinger. Dreimal feuerte er auf die schemenhafte Gestalt.
Als der Pulverdampf sich verzogen hatte, war der Mann verschwunden. Trevisan richtete sich auf. Keinen Meter entfernt lag Sörensen auf dem Rücken. Ein leises Stöhnen kam über seine Lippen. Trevisan ging wachsam auf ihn zu.
»Es ist … es … ist … zu früh … viel zu früh …«, ächzte Sven Sörensen, ehe sich sein Körper noch einmal aufbäumte. Dann sackte er leblos zusammen. Trevisan beugte sich über ihn. In den gebrochenen Augen spiegelte sich die bleiche Sichel des Mondes.

Epilog

Nachdenklich stand Trevisan vor dem Altar. Dann blätterte er die nächste Seite um. Bedächtig las er in den Zeilen von Sven Sörensens Tagebuch. Sörensen hatte alles aufgeschrieben. Seine Geschichte, seine Gedanken, seine Träume.
Nach einer Weile schloss Trevisan das Buch und legte es auf den Altar. Ein letzter Blick streifte die Gesichter der Ermordeten auf den Fotos. Ein Bild fehlte in der Sammlung seiner Opfer. Das Bild von Doktor Terberge. Sie hatten es auf Wangerooge gefunden. Es lag neben dem Kreuz.
Trevisan erhob sich und ging durch die Tür hinaus ins Freie. Noch einmal wandte er sich um und musterte die alte Hartmann-Villa, in der Sörensen in den letzten Wochen gehaust hatte. Dann blickte er auf die Uhr. Es war kurz nach vier. Morgen um diese Zeit würde er schon längst in einem Flugzeug sitzen und in den Süden fliegen.

*

Am 25. Juli wurde der Wangerland-Mörder in Wilhelmshaven beigesetzt. Es war eine stille und einsame Beerdigung. Der Pfarrer trug ein schwarzes Gewand und einen lila Schal um den Hals. Zwei Tage später wurde Doktor Terberge aus dem Krankenhaus entlassen. Trevisan war zu dieser Zeit etwa zweitausend Kilometer entfernt an einem sonnigen Strand im Süden. Er war umgeben von hellen, fröhlich leuchtenden und pastellzarten Farben.
Er hatte genug von den Farben des Todes.

Ulrich Hefner

geboren 1961 in Bad Mergentheim, ist Polizeibeamter, Autor und Journalist. Er ist verheiratet, hat zwei Kinder und lebt in Lauda-Königshofen.
Veröffentlichungen im Leda-Verlag: *Der Tod kommt in Schwarz-Lila* (2004, TB 2007, NA 2010); *Die Wiege des Windes* (2006, NA 2008); *Trevisan und der Tote am Kai* (2007); *Das Haus in den Dünen* (2008, NA 2009), *Das Lächeln der toten Augen* (2009), 2002 gewann er den *eScript* des ZDF. Hefner ist Mitglied im *Syndikat* und bei den *Polizei-Poeten*. www.ulrichhefner.de.

Ulrich Hefner
Das Haus in den Dünen
OstFrieslandkrimi
978-3-939689-07-2
352 Seiten; 9,90 Euro

Ulrich Hefner
Die Wiege des Windes
Inselkrimi
Taschenbuch
978-3-934927-69-8
9,90 Euro

Ulrich Hefner
Das Lächeln der toten Augen
Frieslandkrimi
978-3-939689-17-1
9,90 Euro

Ulrich Hefner
Trevisan und der Tote am Kai
978-3-934927-97-1
8,90 Euro

Peter Gerdes
Sand und Asche
Inselkrimi
978-3-939689-15-7ca
9,90 Euro

Peter Gerdes
Wut und Wellen
Inselkrimi
978-3-939689-34-8
9,90 Euro

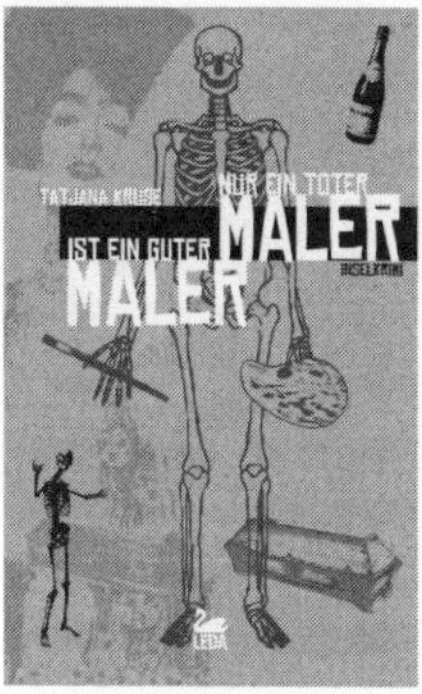

Tatjana Kruse
Nur ein toter Maler ist ein guter Maler
Inselkrimi
978-3-939689-26-3
8,90 Euro

Regula Venske
Bankraub mit Möwenschiss
Inselkrimi – Juist
978-3-939689-28-8
8,90 Euro

Ulrike Barow
Baltrumer Bärlauch
Inselkrimi
978-9-939689-31-7
9,90 Euro

Regine Kölpin
Otternbiss
Inselkrimi
978-9-939689-35-5
9,90 Euro

Andreas Scheepker
Tod eines Häuptlings
Ostfrieslandkrimi
978-3-939689-24-9
9,90 Euro

Hanna Dunkel
Mordsache Ulsnis
Schleswig-Holstein
978-9-939689-30-0
9,90 Euro

Peter Gerdes (Hrsg):
Mordkompott
Kriminelles zwischen
Klütje und Kluntje
978-3-934927-01-8
240 Seiten; 12,70 Euro

H. & P. Gerdes (Hrsg):
Friesisches
Mordkompott
Herber Nachschlag
978-3-939689-20-1
300 Seiten; 9,90 Euro

H. & P. Gerdes (Hrsg):
Friesisches
Mordkompott
Süßer Nachschlag
978-3-939689-21-8
300 Seiten; 9,90 Euro

Buttler/Ehlers (Hrsg):
Tee mit Schuss
Kriminelles zwischen
Blatt und Tasse
978-3-934927-89-6
240 Seiten; 12,70 Euro

H. & P. Gerdes (Hrsg):
Flossen höher
Kriminelles zwischen
Fisch und Pfanne
978-3-934927-34-6
240 Seiten; 12,70 Euro

Peter Gerdes (Hrsg.)
Fiese Friesen
Kriminelles zwischen
Deich und Moor
978-3-934927-58-2
256 Seiten; 12,70 Euro